川上徹《終末》日記

——時代の終わりと僕らの終わり——

定価：本体２７００円＋税

藤田省三さんは言った——
「人類は滅んでいく。
キミのやることは世紀末のルポルタージュ、
それを書くことだ」（○九・一二・三○記）

二○○二年から二○一四年まで書き記していた著者の日記と、その期間に発表されたエッセー、論考、書簡を時系列順に収録。

宮崎学による寄稿「何が終わり、何が残されるのか」収録

……この《終末》日記を読むと、川上さんが、左翼が「どこでまちがったのか」左翼の「何を継いでもらわねばならないか」ということを時代状況との関連で考えていることがわかる。そして、それは私自身の時代状況認識と多くの点で重なる。重なるのは当たり前で、この日記がカバーしている時期、川上さんと私は、時代状況について、何度もくりかえし語り合ってきたのだ。特に、それは川上さんが企画してくれた私の『続・突破者』をまとめていく過程で、濃密にかわされたのであった。……

大日本帝国植民地下の
琉球沖縄と台湾
これからの東アジアを平和的に生きる道

又吉盛清著
またよし・せいきよ
1941年沖縄生まれ。
沖縄大学客員教授。

定価：本体３８００円＋税

大日本帝国による台湾植民地支配に、琉球沖縄人はどんな役割を担ったのか。

敗戦までの琉球沖縄と台湾に関わる領土、政治、経済、教育文化など、
埋もれていたもうひとつの琉球沖縄史、日本近代史の歩みを明らかにする。

同時代社
電 03-3261-3149　FAX 03-3261-3237
〒101-0065 千代田区西神田2-7-6
http://www.doujidaisya.co.jp

葦牙

44

2018.10

ASHIKABI

葦牙

第四十四号

特集1

日本と東アジアの今

米朝核戦争のトランプ的展開

——戦争ゲームは平和と連結できるか

武藤　功

1　アインシュタインの提言に始まった核の歴史

歴史にはそれまでいつもの川のように続いていた流れが突然方向を変えて思わぬ方向へ流れ出すことがある。核兵器の歴史には少なくてもそうしたことが二度起こった。核兵器の歴史は、皮肉なことに平和の申し子のような存在だったアルバート・アインシュタインの提言によって始まった。ヒトラー・ドイツが核兵器を利用して暴力的な世界制覇の野望を抱くのではないかと危惧した亡命物理学者レオ・シラードの訴えを受けてアインシュタインは、その阻止のためにアメリカのルーズベルト大統領にドイツより先に核兵器を開発することを勧めた。一九三九年、ヒトラーがポーランド侵攻を始めた年である。この提言を受けてルーズベルトは一九四二年からニューヨークを拠点とするマンハッタン計画を開始した。その成果となった最初の一発が広島に投下されたことはよく知られる通りである。

一度目の核の歴史の変更はこの最初の流れの段階で起こった。その歴史の流れがスムーズに進めば、日本に原爆が投下されることはなかった。原爆はドイツを目指していたからである。ところが、ルーズベルトは、一九四四年九月に原爆製造でも共同していたイギリスのチャーチル首相をひそかに米国に呼び寄せて「ハイドパーク会談」を開き、原爆投下目標をドイツから日本に変更した。ドイツはもはや核兵器を使用する必要がないほど各戦線で敗北を喫し、ヒトラーの第三帝国の崩壊が見え始めていたからだ。これはアインシュタインにとっては想定外の出来事であった。ドイツが核兵器を製造する力量を失ってそれほど早く崩壊の危機に至るとも、またそのために米英の指導者によって原爆投下目標が日本に変更されるとも想像できないことであった。

アインシュタインが想像できなかったことはまだある。彼の原爆製造提言を実行したルーズベルトが原爆完成前の一九四五年四月一二日に急死してしまったことである。このため、その原爆投下の決定権は副大統領から昇格したトルーマンの手に委ねられた。このトルーマンは前大統領の「ハイドパーク協定」を忠実に実行したが、この秘密協定もアインシュタインの知るところではなかった。ただ、彼は戦後、広島に原爆が投下されたことを知り、大きな衝撃を覚え、自分の原爆製造提言がとんでもない方向へ進んでしまったことに科学者としての深い責任を感じ続けた。

ルーズベルトの急死が彼自身の汚名といえるものをいくつか消し去ってくれたことにも触れておきたい。一つは日本への原爆投下目標を変えた裏には「パールハーバーへの報復」の意識が働いていたことである。それは彼自身が一九四二年二月一九日に署名した大統領令九〇六六号にも込められていた報復の意識であった。この大統領令によって、当時のアメリカに居住していた一二万人の日系米国人とまだ国籍を付与されていなかった日本人移民は刑罰的な処遇を受けることになった。彼らは各州に造られた集合センターに集められ、それぞれの強制収容所へと送られた。財産を没収され、居住権も教育権も営業権も労働権も奪われて、軍隊と司法当局の手によって組織的に車やバスや列車に詰め込まれて移送されたのだった。その姿は、ナチのユダヤ人に対する強制収容所送りと同じようなもので、違いはその施設にガス室がないことくらいだった。

当時のルーズベルトは、ナチスに親炙したような政策的志向を持っていたらしく、チャーチルとのハイドパーク会談の直前の八月の閣議では、ドイツの指導者と軍人たち五万人に対して断種治療を施す案についてまじめに検討していたといわれる。その点ではルーズベルト大統領もずいぶん危うい地点にいたわけで、その具体的なあらわれが日系米国人に対する刑罰的な大統領令九〇六六号による行政措置だといえた。これは日系米国人にとっては自由の国のアメリカが突然大転換をして、ナチの国家と同様の人権と生存権無視の国家になり下がってしまったような措置だった。

しかもこの大統領令九〇六六号が発せられた一九四二年は、広島原爆につながるマンハッタン・プロジェクトが開始された年でもあったから、その原爆開発提言者のアルバート・アインシュタインの存在にもかかわらず、ルーズベルトの究極の意図には、ヒトラーとは違った意味での世界制覇を目指す帝国主義的な野望が隠されていたのではないかと疑われた。

しかし、そのルーズベルトは原爆完成寸前の四月一二日に急死してしまい、最初の原爆使用についての権限は副大統領から大統領に昇格したトルーマンの手に委ねられることになった。そのトルーマンは当時、ポツダム会談に出席するためにすでにポツダムの町に来ていたが、その会談の時間的運営をうまくコントロールしながら、ニューメキシコ・ロスアラモスで行われることになっていた原爆実験の成功を一刻千秋の思いで待っていた。そしてポツダム会談が明日始まることになった七月一六日になって、まさにギリギリのタイミングで、その原爆実験成功の電報を手にした。

その電文には「赤ん坊は無事に生まれた」と印されていた。トルーマンに知らされていた暗号電文であった。その結果、トルーマンはようやくソ連の対日参戦の前の八月六日に原爆投下を広島に決定することができたのである。その決定に従って、ティベッツ中佐を機長とするエノラゲイは一九四五年八月六日の早朝にテニアン空港を飛び立って、「赤ん坊」を連れて広島上空に飛び、残酷にも「赤ん坊」を広島市に落下させたのだった。核兵器の歴史を作る川の流れが、あっという間に氾濫した瞬間である。

2　ドナルド・トランプの登場

ここで取り上げるのは、核の歴史のもう一つの流れについての例で、その核の氾濫があわやという寸前で防止された例である。その氾濫防止は、二〇一六年一一月のドナルド・トランプ氏の大統領当選を機に生まれた。トランプ氏の当選は初めだれ一人として核兵器の歴史に影響を及ぼすと思う人はいなかった。むしろ、「グレート・アメリカ」を一九四〇年代に原爆を作った強いアメリカに託してその再来を呼び込んでいたトランプ氏は、「核のない世界」を標榜していたオバマ前政権から大きく後退して「核のアメリカ」による世界支配をさらに露骨に推進するだろうと予測されていた。

大統領選をトランプ氏と戦ったヒラリー夫人の言葉でいえば、女が挑んでも容易に破れない「ガラスの天井」も、核兵器廃絶の理想を映すオバマ式透明ガラスの天井はトランプ氏の剛腕によってあっさり砕かれてしまうのではないかと危惧されたのだ。しかもそれを証明する日はすぐにも訪れそうに思われた。トランプ氏が大統領となる前から北朝鮮の核とミサイル開発によって米朝間の核戦争の危機が日に日に増大していたからだ。

その北朝鮮による核危機は、トランプ氏の登場によってオバマ氏の「核なき世界」の理念は厳しい反動を余儀なくされるはずだった。トランプ氏の「グレート・アメリカ」という理念の下ではオバマ氏の「核なき世界」という理念は青臭い観念論として葬られるだろうとも思われたからである。まして現実的な核問題としては、「核なき世界」などという思考はトランプ氏のどこを探しても存在しないように思われた。トランプ氏は確かに都市開発や高層ビルの建設ではエキスパートであり、金儲けの天才であっても、核については素人の域を出なかったはずだからだ。

それに、北朝鮮の核とミサイル開発は、トランプ氏が大統領候補に名乗りを上げる前から、もう取り返しのできないほど進んでしまっていた。トランプ氏がクリーヴランドで開かれた共和党全国大会で大統領指名候補となった二〇一六年七月、あるいはそのもっと前、大統領になる野心のもとに走り回っていた二〇一五年五月頃は、北朝鮮はすでにSLBM（潜水艦発射型弾道ミサイル）を「北極星」と銘打って発射実験を済ませていた。そして、トランプ氏が正式に大統領候補者となる前の二〇一六年一月には北朝鮮は四回目の核実験を行い、さらにその二月にはテポドン二号改良型ミサイルの発射実験を行ったのである。その後の七月になってクリーヴランドの共和党の全国大会が開かれたのである。

トランプ氏は二〇一七年一月から大統領の仕事を始めたが、北朝鮮はそれに合わせるかのように核とミサイル実験を連続的に強行して対抗的な存在を誇示して見せた。三月の新型ミサイル実験に続いて、五月にはIRBM（中距離弾道ミサイル）「火星12」の発射実験を、七月にはECBM（長距離弾道ミサイル）「火星14」の発射実験を、さらに九月三日には、六回目の核実験として広島原爆の一六倍相当の破壊力二四〇キロトン（TNT火薬換算）の威力を持つ「水爆」実験を行うという具合であった。この一月から九月までの核とミサイル開発の怒濤のごとき推進プロセスを見ると、とてもそれが一〇〇万人もの餓死者を出した最貧国の仕業とは思えなかった。米国の二〇〇〇分の一とか一〇〇〇分の一しかないといわれる非力な国力を考えると、それら核とミサイル開発に集中して国力を運用した政治力、資金力、技術力、科学力は普通の国では想像も出来ないほどであったといえた。それゆえ、一〇〇万人もの餓死者を出さざるを得ないほどの無理をしたともいえたし、金正恩自身が好きなバスケット・ボールを全学童に配るだけの生産計画も立たなかったともいえたのだろう。

しかしそうした事情を抱えながらも、北朝鮮は二〇一六年一月の四回目の核実験から二〇一七年九月の六回目の核実験まで連続的に核実験とミサイル発射実験を強行した。これに対し、トランプ大統領も九月の国連総会で演説し、「米国と同盟国を守らなければならなくなった時、北朝鮮を完全に破壊する。他の選択肢はない。ロケットマンのやっていることは自殺行為だ」と論難した。一方の金氏の方も、このトランプ氏の国連演説に対して「あくどい宣戦布告だ」と非難し、「怖じ気づいた犬が吠え立てるのと同じだ」と罵った。また、「超強硬の断行措置を取る」とも宣言した。

この後、トランプ大統領は一一月五日から九日にかけて日韓訪問を行い、まず日本の安倍首相と首脳会談をして「北朝鮮への最大限の圧力を加えることで一致した」後に韓国に飛んで韓国国会で挑発的な演説した。つまりトランプ氏は「北朝鮮は『監獄国家』であり、『カルト国家』であり、さらに『ならず者国家』でもあり、地獄にこそふさわしい国家だ」と、これまでどこの国家元首も口にしなかったような悪罵を繰り返した。これらはまぎれもなく米朝核戦争を示すもう一つの表現であり、この現実は実際の戦争があわや火を噴く寸前にまで行っていた現われだったといえた。

それにもかかわらず、北朝鮮はさらに危機を加熱させた。トランプ大統領が日韓をはじめとするアジア歴訪から戻るのを待っていたかのように、一一月二九日にはICBM（大陸間弾道ミサイル）「火星15」の発射実験を行って、米国本土まで射程をのばす攻撃力を示してトランプ政権を激怒させたのである。これは二〇一六年一月と二〇一七年九月に「水爆実験」なる核実験を行い、広島原爆の一〇倍から一六倍に相当するTNT火薬換算一五〇キロトンから二四〇キロトンの破壊力を誇示した時と同じような衝撃を米国と世界に与えたのだった。

この段階では、北朝鮮の核のミサイル搭載の可能性とそのための核の小型化についてはまだ十分に実証されたとは言えなかったが、しかし世界はそれを過小評価してきたかもしれないとも考えて、安心していることもできなかった。万一ということも十分にあり得ると考えられたからである。北朝鮮は二〇一八年一月、金党委員長が「新年の辞」を発表し、米国本土を攻撃できる核搭載のICBMを実戦配備したと宣言した。北朝鮮がその前年一一月の「火星15」の発射成功を「国家核戦力の大業を果たした」としていた事態と合わせて考えると、金党委員長の宣言を検証抜きで偽宣言だと見なしてしまうこともできなかった。

世界と核兵器の関係から見ると、もちろんそれは米朝間の核問題にとどまらない。世界の核保有国は米朝を除いて七か国もあり、その保有核兵器の合計はストックホルム国際平和研究所によるとロシアを最大に八〇〇〇発ほどになる。しかも、オバマ大統領が「核のない世界」を強調している米国にはロシアと同程度の核兵器があり、さらにその米国は今後三〇年にわたって一〇〇兆円を使って核兵器の近代化に取り組むことになっていた。この意味で、米朝核戦争の脅迫の問題は、これまでの核の世界には存在しなかった新しい意味をもたらした。新しい謎である。それは、なぜ、一〇発か二〇発しか保有していないと思われていた北朝鮮の核兵器を米国はそんなに恐れたのかという問題である。それはこれまで誰も考える必要もなかった問題であった。

その答えはいとも簡単だった。これまでの世界のすべての核兵器は、ロシアと中国の核を含めて、核大国アメリカに挑戦する核兵器ではなかったからだ。「キューバ危機」の時、ソ連の核が一度挑戦したことがあったが、フルシチョフはカストロの決意を退けて直ぐに取り下げてしまった。中国はまだ自分が核兵器を保有する以前の毛沢東時代に「張り子の虎」という挑戦的な主張を展開して、「一億人殺されても一億人が生き残る」から、米国の核は脅威ではないと説いたことがあった。しかし、核を所有した後の中国はそんな好戦的なことは言っていない。

　ところが、現代の北朝鮮は本気だった。「体制破壊者」には体制破壊をもって応える。そのテーゼを金正日政権の先軍政治以来、護持して来た。その相手の体制には同盟国の体制も含まれたから、米国は韓国や日本のことを考えて震えた。米国は北朝鮮問題に関して、クリントン大統領とペリー国防長官の時代、北朝鮮に対する核戦争を決意してミサイル攻撃をするため、日韓両政府に同意の根回しをしたことがあった。日本にはペリー長官自身が来て、日本の首相に同意を求めたのである。当時の日本は細川政権から短命羽田孜政権への変わり目にあった時で、同意を求められた羽田氏は、いとも簡単に「はい、いいですよ」と答えたと、ペリー氏が語っている。それは羽田氏が「ソウルを火の海にする」という北朝鮮の決意を知らなかったか、それとも米朝戦争とは何たる意味を持つのかについて無知だったからであろう。今の安倍首相や河野外相も同じような立場に立ったら、同じように答えたであろうが、日本の政治のなかの「朝鮮」という鬼門の認識とはつねにその程度なのだ。

　クリントン政権時のその「米朝危機」は、幸いカーター元大統領と金日成国家主席の会談によって回避されたが、危機一髪の状況だったとペリー元国防長官は述べている。

　この歴史が教える危うい関係から考えても、トランプ大統領が北朝鮮との対話に応じ、朝鮮半島の「完全な非核化」を約束させ、米朝核戦争を未然に防いだ意義は革命的といえるほど大きい。クリントン氏やオバマ氏など前・元大統領たちの北朝鮮政策と比べて見ても革命的だ。今後の北朝鮮の非核化プロセスの進行次第では「ノーベル平和賞」も笑い話ではなくなるといえる。

　米朝核戦争を回避しえたことにおいて、トランプ氏と金正恩氏は核兵器禁止運動の「ＩＣＡＮ」の業績と並ぶ歴史的な成果となる可能性さえ生んだといえる。この核兵器禁止条約の推進運動は、法制上は一二二か国の賛成を得て条約の前提条件を成立させたが、その賛成国の署名と批准については日米政府の妨害などがあってまだ条件を満たしていない。批准はまだ目標の五分の一しか達成していないからだ。この批准問題については、とくに世界で唯一の被爆国である日本が核保有国と一緒になって妨害者の立場にいることを厳しく認識しなければならない状況なのである。

　ＩＣＡＮ（条約推進団体である国際ＮＧＯ「核兵器廃絶国際キャンペーン」）のベアトリス・フィン事務局長は一〇か国が批准した現状について「二～三年以内に必ず発効する」と自信を示している。そして、米朝首脳会談後に見えてきたことであるが、米朝合意による北朝鮮の「完全なる非核化プロセス」の達成目標がこの核兵器禁止条約の批准目標となる「二～三年」と重なってほぼ一致する時間内にあることである。このため、フィン事務局長は、北朝鮮が早期に核兵器禁止条約に加わることを提案している。これは米国の非核化要求よりもさらに一歩前進した領域に進み出ることであり、核の歴史にとってもまた新しい成果となる。ぜひ、そうあって欲しいと願いたい。

いずれにしろ、これまでの交渉による重要な成果は、核が生み出す危機の状況によってその米朝両国の対決が理論的あるいは感情的な暴発を誘導して「今の世界」を破壊してしまうことにもなる恐れも含んでいたことを乗り越えたことが何より肝心である。とくにこの「今の世界」において、とりわけ韓国と日本は米国の「核の傘」に守られているといわれるがゆえに、逆に北朝朝の核の脅威に晒されてきたともいえる。言うまでもなく、韓国と日本は地政学的にいって北朝鮮の隣国であり、韓国にいたっては地続きの同邦国でもある。しかし一九五〇年代の初めに勃発した朝鮮戦争によって両国は敵対国同士の関係に置かれてきた。今もその戦争は休戦状態となって継続しているという厳しい敵対関係にある。

日本もまた一九一一年から一九四五年まで植民地支配を続けた宗主国として韓国・北朝鮮関係と同じような歴史的矛盾の関係に置かれてきた。韓国との間では一九六五年の日韓基本条約によって主な課題は解決してきたが、北朝鮮との間では国交正常化問題を始め何らの課題も解決していない。その上、日本は現在の核とミサイル問題では米国に追随して「圧力」一辺倒の敵対関係を続けてきたのであるから、北朝鮮の敵意を大いに増大させてきたといえた。

この危機的な状況において、米朝間に渦巻いていた核の敵対的な歴史の流れについて変化の兆しが見えたのは、二〇一八年の平昌冬季五輪を契機にしてであった。それは二〇一七年一一月の国連総会で「朝鮮半島と東北アジアの平和」のための「オリンピック停戦」を求める決議が採択されたことに始まる。この決議を受けて、国連事務総長のグテーレスは、一二月に北朝鮮に特使を派遣して国連総会の意思を伝えた。またこの動向についてはIOCのバッハ会長が南北融和の仲介的意思をもって国連外から積極的な対応をしたことも大きな意味を持った。ロシア選手のドーピング問題では厳しい対応をしてきたバッハ会長であったが、北朝鮮の五輪参加とそのための韓国との合同チーム編成については積極的な姿勢を示してサポートした。平昌五輪のホスト国である韓国の文在寅大統領も、その北朝鮮選手団と応援団や交流楽芸団の受け入れなどを積極的に協力した。

この結果、北朝鮮も韓国との合同チームで参加することになり、五輪開会日には最高人民会議常任委員長の金永南氏と金正恩委員長の実妹である金与正特使が出席し、文在寅大統領のピョンヤン訪問を招請した。結果、文在寅大統領は四月二七日に両国を分断している軍事境界線上の板門店平和の家で北朝鮮の金党委員長と南北首脳会談を行うことになったのである。この南北首脳会談こそ、歴史的な米朝首脳会談につながる大きな一歩となったものである。

3　南北首脳会談

二〇一六年一一月の米国大統領選挙でドナルド・トランプ氏が当選して、「米朝核戦争」と言われた危機の時代に一方の権力者の立場を引き継いだ時、アメリカ人はもとより、世界の誰一人として彼が核兵器の歴史に重要な変更を加えるとは思わなかったことはすでに述べた通りだ。トランプ氏は「アメリカ第一主義」を唱えて登場し、米国が核兵器を製造して新しい軍事帝国の道を開いた時代の米国を「グレート・アメリカ」として描き、その再来の夢を語ってきた。そこには一九四五年八月六日の広島原爆については贖罪の意識のカケラも働いていなかった。ただその「グレート・アメリカ」の意識にはそれと木霊し合うかのように「ラストベルト」といわれた不況地帯に置き去りにされた貧しい白人たちの怒りと悲鳴の声が響いていた。雇用と生産の復活なくしては落ちぶれた中産階級の再建ができないとするリアルな認識の一面も見られたのである。

そのトランプ氏がまず始めたのは雇用の創出であり、力ずくで企業に圧力をかけ生産の海外流出を止め、バイ・アメリカン政策を強調することであった。「メキシコの壁」を強調し、「パリ協定」からの脱退を宣言して石炭産業を推奨し、「TPPからの離脱」を実行した。メキシコやカナダとの北米自由貿易協定による鉄鋼・アルミ製品に対しては二〇一八年六月に高関税措置を発動した。これらはすでに世界的な「貿易戦争」の様相を呈して拡大され、安全保障を理由として日本やEU諸国など同盟国の鉄鋼やアルミニウム製品への高額課税も宣告された。これらには当然のことながら、メキシコ、カナダ、EUなどが報復関税を実施する構えを示しだ。

この「貿易戦争」の中心にあるのは米中間の関税引き上げ争いで、まずアメリカが知的財産権などを巡って第一弾として自動車、ロボットなど情報通信関連製品など八一八品目(三四〇億ドル分)に二五パーセントの課税をし、さらに第二弾として化学製品や鉄鋼製品など二八四品目(一六〇億ドル分)にも二五パーセントの課税を発表した。一方、中国も、報復措置の第一弾として自動車、農産物など五四五品目(三四〇億ドル分)に、また第二弾として化学製品や医療機器など一一四品目(一六〇億ドル分)に対して報復関税を発動した。これに対して、トランプ政権はさらなる関税を課すと述べて、報復合戦がまだまだ終わりそうもない荒れた現実を示している。

この「貿易戦争」と絡み合うように進展してきたのが「米朝核戦争」である。現在、この戦争は二〇一八年二月の平昌冬季五輪を契機に、対話の気運を作り出しているのはすでに述べた通りである。トランプ大統領にとっては、これまでのオバマ政権までには成しえなかった米朝首脳会談を自ら実現して、北朝鮮の非核化を実現したいという思惑があったのであろう、三月八日には金正恩党委員長との会談を行う意思があることを表明した。この会談への気運を敏感に嗅ぎつけて後押ししたのが文在寅大統領であった。そのため文氏は側近の情報院長らを北朝鮮に派遣し、南北首脳会談へ布石を打った。その成果が四月二七日に開かれた南北首脳会談となって実現したのもすでに見た通りである。

トランプ大統領の当選時の印象とは違って、文在寅氏が二〇一七年の朴槿恵大統領の弾劾の後に韓国大統領に当選した時、「米朝核戦争」に対しても重要な歴史的役割を担うことになるだろうという予感があった。私は盧武鉉政権の時代に訪韓して当時の国政選挙で与党「ウリ党」が一〇〇議席以上を増やすという大躍進を遂げた政情を見た経験から、その盧武鉉政権の中枢にいた文氏が新しい時代の舵取りを担う立場に立ったことに強い印象を抱いていた。それは単に盧武鉉氏の傍らにいた文氏に対する期待というだけでなく、当時の盧武鉉氏を押し上げた民衆的土台としての「参与連帯《チャミョヨンデ》」といわれる市民的な連帯運動の力強さが深い印象として残っていたからである。

その期待につながる文在寅大統領と金正恩党委員長との会談は、二〇一八年四月二七日、南北朝鮮を分断している朝鮮戦争の軍事境界線上にある板門店で開催された。厳しい冷戦の六五年前、一九五三年七月二七日、「氷の戦争」といわれた朝鮮戦争に休戦をもたらした板門店である。当時、それを戦った朝鮮人兵士と援軍の中国人兵士、その一方の国連軍として参戦した米軍兵士そして南北朝鮮市民などの総計では五〇〇万人を焼き尽くした「炎の戦争」を休止させてシンボルの地となった板門店である。

この朝鮮戦争は日本にとっても「もう一つの戦争」というべき実質をもって戦われた戦争であった。日本は後方の兵站基地となって米韓両軍の一翼を担い、昼夜を問わない生産体制を組み、軍事物資と弾丸を作り続けた。それは弾丸を撃たないことにだけ違いのある戦争であった。大小の企業をつらねた街からは軍事物資と弾薬を満載した列車が走り、海の港も空の港も戦争一色に溢れさせた。朝鮮特需といわれるこの実態は企業と社会のなかに浸透し、講和条約後の日本を深く彩った。一九五三年七月二七日、その休戦協定が確定したとき、全土が荒廃した朝鮮と全土が潤い始めた日本という二つの国家的現実を北東アジアに出現させたのである。それが日本に地政学的な立場から漁夫の利をもたらした究極の姿であり、一方の南北両国には深い分断と歪みの歴史をもたらしたものであった。北朝鮮の核とミサイル開発も、その歴史の歪みに発して拡大して行ったものといえる。

この意味からも、文在寅大統領と金正恩労働党委員長が首脳会談の地として板門店を選んだ意味は深い。その朝鮮戦争による全土の荒廃とそのための死者たちの存在こそ、彼ら首脳の新しい復活への祈りの土台となったものであろう。その二人の向こう側にはまだアメリカという高い壁が立ちはだかっていたとしても、その米側からも確かな応答の気配が感じられていたから会談は希望をもって進められたといえる。

米国抜きで板門店に残されていた課題が解決できないことは分かり切ったことであったから、まず南北首脳による板門店会談は、炎と氷の朝鮮戦争に終止符を打つ第一段階のセレモニーとして行われたはずであった。本番はその第二段階の米朝首脳会談によって決定されることになるのを、文在寅大統領は強く意識して、金党委員長に米朝首脳会談の早期実施を勧めたはずである。

その首脳会談の日、二人は軍事境界線の前で出会いの挨拶をした時、金委員長は文大統領を北側の領域に導き、二人は揃ってポーズを取り、相互に軍事境界線を越えて訪問し合ったことを示すようなシンボル的なパフォーマンスを見せた。その後、会談は板門店の南側にある「平和の家」で行われたが、金党委員長は冒頭、「ここに着くまでに一一年かかった」と述べ、「なぜそんなに長い時間がかかったのか」と感慨を語った。若い委員長はその遅滞を「失われた一一年」と表現し、「万感の思いで歩んできた」と述べた。一一年と言えば、二〇〇七年に韓国の盧武鉉大統領が訪朝して当時の政権を担っていた正恩氏の父である金正日国防委員長と会談し、共同宣言を出した年から数えた歳月である。若い委員長はそれを「失われた一一年」といったわけであるが、客観的に見ればそれはさらに長い六五年前の「七・二七」の休戦日から数えた「失われた歳月」ともいえる。つまり、その「失われた一一年」にはさらに長い「失われた六五年」があったはずである。

そのうち金委員長が指導したその歳月には三回目から六回目にわたる計四回の核実験があり、ミサイル実験では米国本土まで射程に入れたＩＣＢＭの発射実験があった。世界はそれを戦争挑発の瀬戸際政策と言って非難したが、それらの核実験とミサイル発射実験なくして北朝鮮の体制保障の声が米国に届くことはなかったろう。また、米国大統領がトランプ氏ではなくヒラリー・クリントン氏であったなら、その声を受け止めることはできなかったろう。歴史にはたしかに計り難い偶然によって道が開けることがあるのだ。そして歴史の力学は悪魔的な人物を天使に変えることもある。アメリカにとって最悪の人物とされてきた金英哲党副委員長が米朝首脳会談を決定づけることになった訪米時に、トランプ氏が北朝鮮に対しては「もう最大限の圧力という言葉は使いたくない」と述べた時、耳を疑いながらも、その「マキシマム・プレッシャー」という言葉から自由になる可能性を口にしたトランプ氏の政治の方向性について考えさせられた。言うまでもないが、安倍首相なら絶対に口にしない言葉であったろう。

さて、二人の南北首脳の会談内容は「板門店宣言」にまとめられたが、そこで両首脳は「朝鮮半島の非核化と恒久平和体制のために」相互の緊密な協力を確約した。また、軍事的緊張緩和のためにさらなる当局者間の会談の開催や離散家族の再会のための赤十字会談などについても合意した。さらに席上、金委員長は核実験とミサイル発射を中止し、核実験場を廃棄することも表明した。その朝鮮半島の非核化の道筋は、米朝首脳会談でも十分明らかにされたとはいえないが、その表明された北朝鮮政策の転換は、韓国への影響にとどまらず、日本の防衛政策にも重大な影響を与えずにはおかない。何しろ、北朝鮮問題は七〇年にもわたって共産主義封じ込めの一環として日米防衛当局が最前線に置いてきた問題である。

その意味で、トランプ氏が在韓米軍の縮小に触れた意味と、休戦協定を国交正常化協定に切り替える意思を示したことは大きな意味を持つ。在韓米軍の縮小と将来的な撤退の意味は、在日米軍にも少なくない影響を与える問題であり、東アジアの防衛にも関わる重大な現状変革を意味する。また、休戦問題を解決して北朝鮮の独立を保障することになるなら、東アジアの自立的な安定につながることは確実であろう。

文在寅大統領もそうした国家的方向性を強く願っているはずである。北朝鮮の非核化はその重大な第一歩である。文大統領がそうした進展を強く願って、徐薫国家情報院長らを米国に派遣して南北首脳会談で表明された金党委員長の非核化決意をいち早く米国へ伝えたのもそのためであろう。トランプ大統領も、その南北首脳会談の成果を評価した。しかし、五月二四日になってから南北首脳会談には専門家が参加していなかったことを理由にして、「米朝会談の中止」を表明した。しかし、米朝首脳会談を希望していた北朝鮮は、その実現をはかるために五月二六日に再度南北首脳会談を行うことを文大統領に提案し、文氏もこれに応じてトランプ氏が会談中止を翻意するように「金委員長の非核化への確固たる意思は不変である」ことを伝達し、米朝首脳会談を行われることに強い期待を表明した。このため、トランプ大統領もあらためて金党委員長との首脳会談に同意し、予定通り六月一二日にシンガポールで行うことを発表した。

4　米朝首脳会談

米朝首脳会談は、トランプ氏のシンガポール開催確認後に、まず金党委員長が金英哲党副委員長を訪米させ、ポンペオ国務長官と事前交渉を行わせたことから本格化した。その際、金英哲氏はトランプ大統領とも会い、金委員長の親書も手渡した。一方、首脳会談に向けて板門店では米国側からソン・キム比国大使らが、また北朝鮮側からは崔善姫外務次官らが出席して実務者協議を行い、相互の準備を進め合った。

そしてようやく歴史的な米朝首脳会談が大きな注目の中、六月一二日午前九時過ぎからシンガポール・セントーサ島のカペラホテルで行われることになった。会談はまず首脳二人だけで行われ、そのあと代表団全員による会談というかたちで行われた。その全体会談の終了後に両首脳の共同声明に対する署名式が行われた。それについては、トランプ大統領から一時間を超える長い記者会見によって説明が行われた。

首脳会談の中心に置かれたのは北朝鮮の非核化問題と北朝鮮に対する米国の体制保障の問題だった。それについては、まず金正恩委員長が朝鮮半島の完全な非核化について速やかに進めることを約束し、トランプ大統領が北朝鮮の体制の安全の保障について約束した。また、米朝両国は朝鮮半島の持続的な平和体制を構築するために相互に努力することを確認した。さらには、会談の結果を履行するために必要な交渉を行うことも確認した。その他、北朝鮮は朝鮮戦争の戦没米兵五三〇〇人の遺骨収集について協力することを約束した。

この首脳会談について最初に確認できることは、トランプ大統領と金党委員長が対話のテーブルについて対話を交わし、米朝間に燻っていた核戦争の脅威を払拭したことである。これは偉大な歴史的転換の瞬間であった。半年ほど前までは激しく戦意を高め合って手持ちの核兵器攻撃のオプションをテーブル上に並べ合っていた両者が手を握って対話し、その悪魔の選択から自由になる道を選択したことである。これは広島原爆以降の歴史では、冷戦体制下の一九六二年一〇月に米ソが「キューバ危機」を回避して以来の快挙である。キューバは日本からは遥かに遠い国であるが、朝鮮半島は日本と目と鼻の関係にあり、その朝鮮が第二の「ヒロシマ」とならなかった意義と喜びは大きく譬えようもないほどである。

それが第一である。そしてこの合意は、すでに北朝鮮に核実験場の廃棄の取り組みをもたらしたし、米側にも八月の米韓軍事演習の取り止めを表明させた。トランプ大統領も朝鮮戦争の休戦協定を平和協定に切り替える約束をしたといわれるなど、その他にも肯定的な取り組みの方向へ歩み出す契機となっている。

たしかに問題も残った。米朝間の核兵器の問題はシンガポールで終わる話ではないからである。この首脳会談を伝えたメディアも、両者の合意した共同声明には北朝鮮の非核化についての具体策がなく、その実現の明日の姿が見えないことに懸念以上の警告を発している。米国の野党民主党も「トランプ氏は何の成果もなく核を持った北朝鮮を容認した」と非難している。北朝鮮としては段階的に非核化を進めるということなのであろうが、その保障が見えていないことに日米のメディアはいら立っている。とくに日米の専門家たちは北朝鮮が「CVID」（「完全かつ検証可能で不可逆的な非核化」という言葉の頭文字を取って表した略語）に同意していないことを危惧している。

たしかにそこに問題はあるが、私としてはトランプ政権が初めから難題となる非核化プロセスの具体化を要求するよりも、まずは朝鮮半島の非核化を受け入れさせて、核戦争の危機から世界を解放したこと自体を評価したい。これは何を危機と見るかによって評価が変わる問題であろうが、私としてはまずは現状の米朝対決において核戦争の危機にまで追い込まれた状況を取り除いたことを第一としたい。交渉を積み重ねる時間は得られたのだ。非核化を受け入れたなかにあっては、時間は北朝鮮にのみ有利に働くものではないからである。

つまり、今回の歴史的合意は世界の衆人環視のなかで行われたものであり、その時間を合意の不履行のために使うリスクは日米のメディアが論じるほど高くはないだろう。しかもそれは米朝にとっては核戦争というリスクから免れるために得られたものである。とくに、戦争に国の存亡を賭けてきた北朝鮮がその体制の保障を得ることになった米朝首脳合意を無にするような行為をすることはないと考えるのが合理的なことであろう。また、トランプ政権にしても、これまでの核兵器の歴史に新しい成果を積み上げた成果に照らし、それを反故にすることもないであろう。いわば、今回の米朝合意は、核の歴史で確認されている「相互確証破壊」（核兵器によって戦争する両国はともに絶滅を免れない）の現実的危機を認識した両国が論理として確認した究極の選択だったといえるだろう。

問題はたしかに複雑であり、残された課題も大きい。米朝間だけの問題にとどまるものでもない。世界と核兵器という関係から見ると、核危機の問題は米朝の関係を超えているからだ。それはすでに見たとおり世界はまだ一万数千発の核兵器に包囲されている。このことを考えれば、この核状況において米朝が孕んでいた核戦争の危機を対話によって回避できた意味こそ考えるべきであろう。核保有国が持つ一万数千発の核兵器も人間の対話によってのみ解決されることを教えているからだ。

二〇一七年八月一〇日、トランプ氏が「われわれはいつでも交渉を考えている。オバマ政権は話そうともしなかった。そろそろ交渉してもいい時だ」とも語っていたことを改めて思い起こす。この時、米連邦下院の民主党議員六二人が連名で当時のティラーソン国務長官に書簡を送り、「核威嚇応酬を続けるトランプ大統領の言動によって北朝鮮との緊張が著しく高まり、核戦争の不安が増大していることを強く懸念する」として大統領の自制を求めたのだった。しかし、この時トランプ氏の北朝鮮威嚇は対話を展望していた中での応酬の一環であったことがその一年後には証明されることになったのである。

もちろん、トランプ大統領によって進められる米国の行方を今の段階で全て肯定的に予言することはできない。米朝核合意も東アジアの領域に封じ込められて、米国をＩＣＢＭの脅威から排除しただけの限定的な戦略の一つだったと説明されることがないとは言えないからだ。米朝合意後の状況で事態をさらに悪化させた「イラン核合意」からの離脱によってトランプ政権の破壊的姿勢が進行しているのを見ても、中東でもう一つの「北朝鮮核問題」を作りだすという危うい戦略を進めているようにも見える。米朝核合意で作りだした朝鮮半島と東アジアの非核化への道を今度は中東では閉ざし、イランを挑発して核開発へと誘導しているようにさえ見えるからだ。

そうならないためにも、南北朝鮮人民と日中両国民、さらには世界の諸国が北朝鮮の非核化の意思をしっかり支え、北朝鮮が名実ともに南アフリカに次ぐ二例目の自国の核を放棄した国となれるように力を尽くすことが肝心である。その前例を東アジアに造り出すことが中東に蠢く核兵器所有願望者たちの歯止めともなる。この非核化プロセスの実現のために共同していくことは、核兵器禁止条約の発効へ向けた批准の歩みにも有利にはたらくであろう。

米朝首脳による北朝鮮の非核化は、その核兵器を挟んだ米朝の「戦争ゲーム」が生んだ稀な歴史的成果であったことは確かであるが、しかしそれをトランプ大統領の個性とからんだ政治的偶然の成果として終りしてはならない。もともと、東アジアの非核への意思は広島・長崎の被爆者に根ざしたものであり、その普遍的な意思は人類の生存の意思に沿っている。

そこに示されてきた最大の教訓は、一つの国家が草の根を食べても耐え抜くという国民的決意のもとに開発した核とミサイルであっても、それが究極的には国民を活かす道につながらず、国の指導者たちにしても結局は世界政治の中の裸の王様にしかなりえなかったのである。核兵器という暴力の神話が生み出した北朝鮮的バージョンは実に貧困な悲喜劇として幕を閉じそうである。これはもちろん北朝鮮の敗北を意味しない。それは核兵器に頼り核の力で生きようとする者たち総体の敗北を意味するだろう。核にしがみ付き、核の威力で国と世界を支配しようとする者たちの迷妄をこそあらわしている。考えてみるが良い。生物の誕生という地球の真理が何万年も前から示されてきた時、その中の人間の生存が一発の核爆弾によって打ち砕かれてしまうと考えること自体、地球が示してきた真理とは両立しないと言うべきである。人間はその真理を証明していくであろう。その人間はまだ人類として確固として存在しているからである。

特集1 日本と東アジアの今

「明治一五〇年」批判の立場について

伊藤　晃

（一）

今年は明治一五〇年ということで、政府が先に立ち、諸地方自治体でも記念事業の企画が進んでいるようだ。現代日本人に、明治の先人の業績と精神を思い出させるためだそうで、能力主義的競争や「機会の平等」にかかわる教育制度、社会・文化の国際化のなかでの日本人の文化的・技術的能力の開発、立憲制度の確立などに光を当てたいらしい。だいたい近年政府が推進する政治目標にかかわるものだが、ことに立憲制度は、欧米諸国と日本が「共有する民主主義的価値」の基本で、日本が非西洋諸国の先達だと自負する中心点だから、当然重視されている。(1)

一方で、いま支配集団の、むしろより大きな政治目標になっている方面が出てこない。それは軍事大国化や国民に対する国家の規制を強める国権主義、すなわち改憲、また日米軍事同盟の力で日本がアジアを、さらに世界を動かす大国としてふるまう野望、といった方面だ。どこかうしろめたいのかもしれないが、しかしこの二方面は、現安倍内閣の政治を見ればわかるように固く結びついた一体のものなのだ。

そして明治一五〇年をふり返ってみれば、この一体性が近代化と軍事大国化の一体性として一貫して続いていたことがわかる。それは国家目標にかかわることであった。明治一五〇年を見る私たちの視点はここに据えられるべきだろう。ことに最近安倍政治反対の勢力に、立憲主義を押し立て、ここに安倍との対抗軸を作ろうとする（天皇のかくれた同調をも期待して）人が目立つのだが、私はこの文章で、近代日本の立憲制度の歴史は安倍政治を否定しない面をもっており、その面に現明仁天皇も立脚していることを言うつもりだ。

（二）

いま述べた視点に立って、まず明治国家の国家目標を調べてみよう。

一八五三年に「黒船」が来航する。一九世紀世界を支配する列強の圧力が及んできたのだ。当時の支配集団、武士層は、これに対してその支配をどうにかして守らねばならない。ここで武士層に分裂が生じ、小規模な内乱を経て一方の分派が権力を握る。つまり明治維新だが、ここでその指導分派（薩長土肥）が対抗的、日和見的諸分派の積極的同意を得て武士層を再統一した綱領的立場は、外圧にうしろ向きに抵抗（攘夷）・保身することを越えて、日本が自ら列強支配の世界に諸列強と対等の一員として加わり、近隣を侵略・支配できる大国となる道をとる、ということであった[2]。当時よく使われたことば、「万邦に対峙する」、「万国に対立する」とはこのことであって、私はここに明治国家が近代日本に残した国家目標、「国是」を見る。

ところで、武士層による社会支配の危機は幕末期には内的に進行していたが、これを外圧が露呈させることになった。「万邦に対峙する」には腐朽した支配体制の変革が必要であり、それは欧米列強をモデルに一九世紀世界に同化することだと、上記諸分派は感じとる。これに応じて明治維新における武士層再統一は、武士層自体が新社会の支配階級として、ある選抜を経て転生する過程、武士層の清算を出発させることになる。

こうしてかつての攘夷武士たちが明治維新指導集団として一九世紀的国家の創出に当たるが、しかしこの転生が「万邦に対峙する」を媒介とするかぎり、近代化とはあくまで列強仲間にふさわしい国家になることなのであり、経済力も軍事力も東アジアで帝国としてふるまう力でなければならない。つまりこの近代化は攘夷が前向きに姿を変えたもので、「万邦に対峙」して新時代における支配国家になる意欲が近代化（経済的には資本主義化）の推進力になったのだ。これが現代日本における、先進国たることを鼻にかける態度と軍事大国としてふるまうこととの一体性の出発点だ。

「万邦に対峙する」近代化のために、明治維新指導集団は天皇制国家を創出した。

古代以来の各時代、支配集団はいろいろ入れ替わるが、共通しているのは、権力を握るとき古代以来の国家（次第に形骸化する律令国家）に参入してその君主たる天皇の認証を得るという形式をとったことだ。各時代の支配集団は天皇なる伝統的君主を、自らが統一するための権威として相持ちし、時代を超えて受け渡してきたのだ。天皇はそれ自体権力者ではなく、人民を直接支配するものではないが、各時代の人民上層が支配集団に向けて上昇をはかるときは、だいたい天皇に目を向けるのであった。

この天皇を明治維新指導集団もまた、彼らの権威の源泉、武士集団諸分派再統一の柱として活用し、やがて欧州君主制にならって自分たちの権力の中心に据えた。天皇はたしかにこの過程で機能した。明治維新過程の内乱で、薩長土肥と佐幕派の対抗が固定的分岐にならず、中間派まで含めて新国家の熱心な成員に溶解したのには、たしかに天皇の融和的機能が働いている。(3)やがてこの機能は、人民全体を国民化する上でも有効に働くことになる。

天皇の存在意義を二つの面、立憲制と国民の創成について見てみよう。これらはやがて制定される憲法の二大方面であり、明治一五〇年宣伝の中心問題だが、いずれも天皇の存在を機能させることを抜きにして語ることができない。

まず立憲制について。これが明治維新を出発点とすると言われるのは、その通りだ。例の五か条の誓文の第一条「広く会議を興し万機公論に決すべし」である。幕末に幕府系知識人の海外見聞をはじめ議会制度に関する情報はかなり広く流布していた。これらから着想したのであろうが、政策としての立憲制提案はまず土佐藩がリードした。上・下の「議政所」を設け、大名・公卿から陪臣・庶民に至るまで人材を集めようというのだが、その前提として天下の政治の全権を朝廷に集中し、そのもとでの議政所なのである。

この提案は武力討幕論に対置された大政奉還論に盛られたもので、武士層の分裂を避けて朝廷のもとでこれを再統一する形式として考えられているのだ。その発展としての五か条の誓文の「広く会議を興し」は原案では「列侯会議を興し」であった。明治の立憲制はこういう発想を起点にしているのである。(4)

立憲制の形式で保障されるべき支配集団再統一の内容は、対立しあう多くの論を「私論」とし、これらを天皇のもとで「公論」化するということ。古来天皇が「私《わたくし》」を「公《おおやけ》」化するとされたことを活用しようとしたのだ。なお立憲制の重要要素、「三権分立」も同時期に出た「政体書」に見られるが、これは「太政官」（朝廷政府の最高機構）の権力を立法行政司法に分けるというものである。

君主のもとでの立憲制、立憲君主制は一九世紀ヨーロッパの常識的政治体制で、それを幕末知識人が学んだのは自然である。だが彼らは肝腎な、それが生れた歴史過程を深く見なかったと思われる。この世紀この大陸で、フランス革命に発する人民革命は一つの底流である。伝統的君主権力はこれに対抗し、主導権をとれた場合も妥協を強いられた。そこに成立するのが立憲君主制なのだ。従ってその内面には君主制と人民勢力との対抗が包まれている。日本人の外からの眼には、その形式は見えても内包は見えなかっただろう。だから立憲君主制は日本に来て、その形式が武士集団再統一に役立てられることができた。

つぎに国民の形成について。一九世紀列強は総じて国民国家であることで強い。そこで明治維新国家も人民の国民化をはかることになる。もちろん自ら主体的に国を作る国民でなく、国家から権利を与えられ、国家に義務を負う一員として国家に参入を許されるのだ。人民の指導層・知識層はその媒介になるが、やがて彼らの多くが議会や下級国家機関、市民社会の諸装置を通じて支配集団に組みこまれていく。

明治維新において人民は立ちおくれ、受動性と権威への屈従が残るが、他面には古い支配の崩壊のなかで解放と自己の権利への希望、自らの価値の自己主張が生れる。これを国家は、身分的解放、経済活動の自由、限られた人権や参政権で受け止め、また人民各個の価値を、国家や民族に貢献しうるものの価値として認めた。天皇制イデオロギーが効果的に動員された。その中心の国体思想は、万世一系の皇室がかつて国を創り、いまも統治者だというが、同時にその国家形成は国民の先祖の協力によって成ったともいうのである[5]。つまり万世一系は万民翼賛と一体であり、こういう君民一体理念において国民イデオロギー化されるのだ。国民は国の歴史と重ねて自分の「家」を見る誇りを許された。

人民に国家について説き諭す先頭に立つのが天皇だ。一八八二年の軍人勅諭は、兵士たちが天皇に率いられた国家（軍）の一員であることを説く。汝らはすでに私《わたくし》的な人間関係（主従関係）のなかの者ではなく（つまり天皇の私兵でもないわけだ）、公《おおやけ》の人間として国家に属し、国家に対して義務を負っているのだと。一八九〇年の教育勅語は、国民にふさわしい人格に向けた自己形成を天皇が命ずるものだ。こうした国民、新しい型の人間の創出（多分に強制を含む）に学校と軍隊は有効に働いた。

さらに国民は対外戦争の勝利のなかで、帝国日本の飛躍に自己の上昇の夢を重ねていく。日清・日露戦争はこの意味で国民戦争であり、大元帥天皇の統率下不敗の軍隊への期待と共にナショナリズムが国民に内面化される。「植民地あってこそ日本人は生存できる」は疑われない常識として働くであろう。「万邦に対峙する」はこうして国民意識の枠組となる。

立憲制と国民の地位とは一八八九年大日本帝国憲法に規定された。この憲法は欽定憲法として作られた。国家指導勢力が天皇の名において制定し、自ら国家のあらゆる形を決める「憲法制定権力[6]」となったのだ。

欽定憲法は一九世紀ヨーロッパでも珍らしくないが、しかし立憲制と同じく、もともと人民的勢力に君主権力が妥協して作られたもの、君主権力が憲法制定権力としてふるまうとしても、内面に人民勢力との対抗を包んでいる。ところが日本の場合この対抗関係が希薄であって、人民に国家権力への批判が微弱なまま国家の専権によって欽定されたのだ。天皇主権がこの国家的専権の表現となる。

この憲法は人民の天皇批判を許さないイデオロギーとして国体思想を押し立てたが、これは憲法制定権力、つまり国家指導勢力を批判させないための保障なのだ。この権威主義は人民勢力を内的に規制した。実際には人民側から権力批判は絶えたことがないが、それは天皇にさえぎられて憲法制定権力に届かない。「憲政の常道」の主張など、むしろ憲法をよりどころにした抵抗なのである。この、人民が憲法制定権力になる意志を前もって封じる関係を、以後この文章では、仮に「欽定憲法主義」と呼ぶことにする。これは「万邦に対峙する」とともに、明治国家を一貫して特徴づけることになる。これらへの根源的批判が人民運動の変らぬ課題となり、遠くこんにちにまでつながっていると私は考える。明治一五〇年を回顧するときにも、私たちの視点はここに置かれるべきであろう。

（三）

明治国家は、一九世紀世界における支配する国々の列に加わるという目標をともかく達成した。日露戦争で、ロシアに対抗して英・米とのブロックを組むことができた。つまり「万邦に対峙する」の実現である。朝鮮植民地化も列強に認められ、日本は「一等国」、東アジアで能動的に情勢を作る側の国になったと自負したのだ。ところがこの達成物は一九世紀世界のものであって、時代が二〇世紀に移るとそれは怪しくなる。

日本は、東アジアで最大の軍事力を働かせられる国だという立場を活用した独自行動によって、この地域の列強の一つである。しかし視野を全世界に拡げればまだ二流の帝国主義であって、列強のうちのどれかとブロックを組んではじめて、東アジアでの地歩を政治的に確保することができる。ところで日本は、日露戦争の戦果として朝鮮だけでなく南満州のロシア利権を奪取したが、そこからすぐに南満州を排他的に独占しようとした。この独自行動が英・米、ことに米国の激しい反発を呼ぶ。つまりアジアへの独自な進出とその保障としての対英・米ブロックの形成とが矛盾することになるのだ。「万邦に対峙する」の前途が危うくなるのである。

米国との対立は解決が可能とも思えた。一九二一―二二年のワシントン会議がそれで、中国・太平洋での日・米対立の解決をはかったこの会議で、ある妥協が成立する。まだアジアで日本と戦争する用意がない米国が日本の満州独占の意志に承認を与えたのだ。この事態が順調に進めば日本の「万邦に対峙する」はまた息を吹きかえすことができる。だがその障害になったのは、一九世紀の国際政治においては無視されていた要因、列強の帝国主義に抵抗する民族解放運動、中国の民衆運動、国民革命であった。これが日本の満州独占の独自活動に一貫して反対する。それを排除しようとする日本の軍事政策は一九二〇年代末から三〇年代にかけて、アメリカとの対立をも再燃させることになり、三一年満州事変に始まる対中国戦争の泥沼化のなかで日本は対米戦争に入るのである。これはつまり、「万邦に対峙する」が、二〇世紀の世界的現実のなかでどういう実現形態をとればよいか混迷し、結局破綻したということだ。

「欽定憲法主義」の方はどうなるか。

一九世紀世界に対応した天皇制国家は二〇世紀に入ってせまくるしく時代遅れになってきた。国家が経済建設を主導する方式は、資本主義生産を自由に発展させ生産力を飛躍させる必要にも、経済発展の中で激化する社会的対立にも対応力をもたなかった。またかつて明治国家によって創出された国民であるが、社会と文化の成熟につれて人びとの思考は国家の枠をはみ出し、被抑圧諸層の不満は高まり、改めて国民の内的な統一が要求されることになる。いずれの面でも自由主義を抱擁しうるよう天皇制国家の懐を拡げる必要があった。議会の重みも増さざるを得ない。憲法創設勢力である国家指導層がすべてにわたってイニシアティヴを取りつづける「欽定憲法主義」は動揺するのである。

これに対して人民運動側に「万邦に対峙する」と「欽定憲法主義」への批判は生じたか。

この時代の多方面の政治的思想的運動は従来「大正デモクラシー運動」と呼ばれる。これは明治国家体制への広汎な批判を含む。普通選挙と議会中心主義、貴族院や枢密院など専制権力機構の改革、軍隊改革、治安法制改廃など。ここに表われた思想水準を指導的思想家吉野作造に見てみよう。[7]

吉野に対しては当時社会主義者たちからの批判があった。主権の所在を問わずその運用のみを論ずる（つまり天皇主権の問題を避ける）議論だと。しかし彼はこの批判をさして気にはしなかったであろう。吉野は天皇主権を掲げる憲法を別に悪いものと思わず、むしろそれを積極的に人民のために、人民の意向に沿って、つまり議会中心主義として運用できると考えていた。

吉野によれば、憲法上天皇主権として表現されている日本の「国体」は、もともと法的観念というより皇室と国民とを結ぶ関係を言う観念である。議会中心主義に対抗させて皇室中心主義を言うのは、官僚専制主義が天皇主権（国体）を利用しているのだ。問題は天皇翼賛を官僚中心主義で行うか議会中心主義として国民大衆の力で行うかにある。「我国の国体が君主の大義を明かにして居るが故に、立憲政治の根柢的精神は、民主的形態を取ることなくして発現し得るのである」。民主主義の目的、人民本位の政治はもともと日本では「君主の大義」なのだ。つまり本来「君主の大義」自体が官僚専制を退けるのであり、「議会中心主義を一層徹底して君民一体の大理想を実現するの外はない」。彼は天皇親政を言うのではない。むしろ天皇主義の精神をして議会政治・立憲政治を抱擁せしめること（つまり天皇を権力としては無化すること）が彼の目標になる。

そしてこの議会中心主義は世界文明史上の趨勢であり二〇世紀現代世界の「大勢」である。現に英・米などの「デモクラシーのための戦争」が軍国主義を圧倒しつつある（第一次世界大戦）ではないか。「天皇の大義」はこの大勢に一致する。この大勢が創り出す国際平和の理想に日本もまた同調すべきなのだ。

吉野の考えの特徴は、明治維新で創られた近代天皇と官僚専制との一心同体を切り離して見るところにある。だが実はこの一体性が憲法創設権力であり、人民勢力への抑圧力なのであった。この力が創設・運用した議会は、人民勢力の指導的部分をこの一体性の内部に吸収する力として働いた（政友会創設など）。ところが吉野は、官僚専制に対して天皇と議会勢力（彼の夢では人民の意向に沿ったところの）との同盟を考えるのだ。だがそれは議会中心主義を、憲法創設権力の人民に対する超越性の内部に押し止め、せいぜいこの権力の時代に合わせた合理化を提唱することにしかならないであろう。権力が当時自身で合理化を試みることもあり、それは人民運動や吉野らの批判に押された面もあったが、むしろ官僚勢力は彼らの判断で天皇制国家の一定の高度化をはかったのだ（小作法をめぐる農政官僚の動きなど）。いずれにせよ、吉野からは「欽定憲法主義」への深い批判は出てこない。

吉野は二〇世紀の世界の大勢に「あるべきもの」（sollen）を見てとり、これにもとづいて一連の政治・社会改革を考えた。しかしその「あるべきもの」の内に包まれている激しい対立については現実的感覚が鈍かったと思われる。彼は日本の対中国・朝鮮政策についても批判的立場をとった。けれどもそれは、二〇世紀列強に許容される最大限の「あるべきもの」（たとえばウィルソンの一四か条）を越えて被抑圧民族自身が創り出そうとする新しい「あるべきもの」（日本の「万邦に対峙する」への本質的批判であり、鈴江言一・尾崎秀実らが認識できたもの）への鋭い感覚は持ち合わせなかったと私は思う。こうして吉野の批判者としての立場は、頼りにする「世界の大勢」自体が危機に陥るなかで力を失うのである。

吉野作造が期待したような「世界の大勢」はやがて危機に陥る、というよりこの「大勢」はもともと裏側に危機があったのである。

まず、第一次大戦後の国際協調にもかかわらず、実は戦後処理がただちに次の戦争を準備することになったし、また以前からの対立がすぐ再燃した。前者はヨーロッパでのドイツをめぐる情勢であり、後者には中国・太平洋地域における日米の対立がある。ただちに軍拡競争というわけではなく、軍縮時代でさえあるのだが、第一次大戦の「総力戦」の様相は、たとえば日本などでも、二〇年代から高度軍事国家、社会の軍事化への模索を開始させるのである。

つぎに、二〇世紀に入って国際政治に新しい要素、反帝国主義民族解放運動が登場し、これが列強の支配に不測の要因をもたらしたことを、先に日・米の対立について見た。

さらに総力戦であった第一次大戦は、戦後にも巨大な大衆を政治に引き入れた。一九世紀的民主主義は有効性を失う。社会国家の方向へ民主主義を更新・高度化するか、ナショナリズムと指導者国家で大衆的政治生活を総括するか、あるいは社会主義へ向かうか。こうした選択肢の間で各国の政治は緊張する。ことにロシア革命は資本主義世界に「赤化」の危機感を生み出し、日本の場合これが民族解放運動の脅威と結びつく。朝鮮から中国という帝国日本の発展線を逆に辿って、ロシア—中国—朝鮮と赤化の脅威が流れこんでくる（中国の民衆的抗日運動、朝鮮の三・一独立闘争）。日本人の朝鮮人観は「哀れな亡国の民」から「不逞鮮人」に飛躍する。

これらの根底に資本主義体制自体の危機がある。大戦後の資本主義は恐慌と失業の解決能力を失ったかにみえた。一九世紀の自由主義的資本主義ではすでに生産力をこれ以上発展させられないのではないか。この認識からのちにケインズ主義が出発するのであり、またアメリカニズムが新時代の発展を牽引するかにみえたが、さしあたり二〇年代末の世界恐慌を防ぐことはできなかったのである。

日本に帰って、国家指導勢力がこれらの危機を認識するところに「大正デモクラシー運動」への回答があった。危機に対して国民をどう立ち向かわせるか。国民が信頼する軍隊を先に立てて大陸侵略を前進させるなかで、帝国日本を飛躍させた歴史、天皇に媒介された国民一致のナショナリズムに国民を回帰させる。普通選挙（二五年、男だけだが）は国民のこの方向への積極化にも役立つはずだ。そしてそこに作られる国民一体から異分子を排除するための装置（二五年治安維持法）。それらの上に展開される「大陸の危機」の煽動は、激化した社会的対立をはっきり意識している。「国難」に当って、国民どうしの対立でなく、国民全体に希望を与える大陸へ発展するために天皇と軍隊の下で団結しようと（軍人の陰謀・反乱などでも必ず社会の危機が告発される）。こうして満州事変を経て「万邦に対峙する」は国民的に再生するのである。天皇・軍隊・国民の同盟に追い越されて「立憲政治」は混迷し、諸政党はむしろ「欽定憲法主義」のなかに生きる道をみつけようとした。一九四五年敗戦時に存在していたのはこうした状況である。

（四）

一九四五年の敗戦という日本帝国の最大の危機において重大だったのは、人民に歴史の主導力になる用意がなかったことだ。大日本帝国憲法廃棄運動が生れず、新憲法創設運動もなかった。つまり人民は自ら憲法創設勢力になろうとせず、「欽定憲法主義」への批判が存在しなかったのだ(8)。

長年の戦争の辛苦が終ったという安堵、重苦しい抑圧からの解放感はあり、その後厭戦と権力の抑圧への嫌悪、平和・民主主義への希求がたしかに人民の内面に根づいた。けれどもそれは支配集団、戦争指導集団への反感ではあっても、一貫した責任追及とは言えない。同時に明治以来「万邦に対峙する」に同調し、戦争と植民地獲得を支持してきた自己内面のナショナリズムへの批判も希薄であった。戦後の朝鮮をはじめアジア諸国の民衆には、植民地であった過去から脱却して自らの将来を開こうとする意欲がみなぎり、諸列強がこれを抑圧し続けるなかで戦争状態（朝鮮戦争など）が生じて、アジアは血みどろの戦争の時代なのだが、日本の民衆はこのことに鈍感ないし無感覚で、日本人だけの平和と民主化（後述）の小春日和を過していたといえるだろう。自分たちの生活・権利・民主主義を求める運動の大波は、総じて歴史への鋭い感覚を欠いた受動的な急進化であった。

一方支配集団の側は、危機のなかでも状況を主導する意識を失わず、それはまず「万邦に対峙する」における矛盾（アジアへの独自な侵略行為と対米・英同盟との矛盾）を解決できず敗戦を招いたことへの「反省」に表われた。すなわち彼らは、天皇を先頭にただちに対米同盟に復帰したのだ。(9) これは希望に満ちた戦後世界の裏にある危機、共産主義との対立を機敏にとらえ、「万邦に対峙」してアジアを動かす列強の一員への復位を、アメリカ主導の世界支配体制への主体的参加によって追求しようとしたもので、ここに明治以来の国是のたしかな実現形態を見出したのだ。

もちろん敗戦国の立場として、対米同盟はさし当り対等ではありえなかったが、しかしけっして多くの人が言うような単純な対米従属があったのではない。日本は列強同盟のなかで自分が寄与しうる役割を見出していくのだ。第一に日本の地理的位置を生かした軍事基地の提供。今も沖縄の基地は、支配集団からすれば日本の誇り得る貢献である。また日本の再軍備が「自衛力」の名のもとに進行するが、これは世界支配体制のなかで米軍をアジアで最大限に機能させるための軍事力がそう表現されているのだ。

この国是再発見と一体となって、アメリカニズムの主導による二〇世紀世界への遅ればせの同化が進んだ。すなわち戦後民主化と経済の高度化であって、日本は二〇世紀後半の列強たるにふさわしい政治・経済・社会の実現を妨げる一九世紀的残存物（例えば寄生地主制、専制権力）を基本的には清算した。

支配集団は、アメリカ占領軍が憲法創設権力として働いた戦後憲法に、多少とまどいながらも主体的にこたえていった。自らも占領軍とともに憲法創設権力を構成しようとしたのだ。その意志は第一に、国が人民に民主主義を上から与えようとする行為に表われた。人民を「主権者国民」たらしめ、なすべきことを啓蒙する教育者としてふるまったのだ。第二に国の形を作る主導権を握りつづけた。各種法制が、戦後憲法下の新要素である地方自治法、労働関係法規に至るまで、国家主導で整えられた。他方で戦前統治方式のあるものが巧みに温存され、戦後民主主義になにげなく織りこまれた（戦前「天皇の官吏」の再生産方式が戦後高級公務員のそれに引きつがれたことなど)。これらを支配集団は戦後憲法にもとづいて実現した。国家の意志を貫く形態として民主主義を働かせるのは、「欽定憲法主義」の新時代への適応であった。

ここまで私は、戦後人民運動が明治以来の「万邦に対峙する」と「欽定憲法主義」の明確な批判において立ちおくれたことを述べてきた。しかし一面で、人民運動にはこうした自己の内面の克服につながる要素が大量に生れてきたこともたしかなのだ。

日本国憲法はさし当り米占領軍が憲法創設権力として働いたのだが、そこには時代離れした敵国日本を作りかえようという熱意と理想主義により、世界憲法史の民主主義的伝統に立つ高さがあった。だがそれゆえに、新憲法の内容は支配集団にとっても、また人民運動にとっても、いわば外から当為(sollen)として与えられたことになる。憲法に盛りこまれるべき価値をめぐる政治的・社会的対抗、憲法創設闘争が国内に存在して、そのなかから憲法が作られたのではない[10]。だからこの憲法は事後に、その各条項をどう解釈し、どういう形態で実現するかをめぐる多くの対立を存在させることになった。

支配集団側についてはすでに少し述べたが、人民の側にも、平和への希求やまた自分たちの生活・権利の要求に立った解釈につながる運動、支配集団にまかせれば形骸になりかねない条項に実質的内容を与えるべき運動が数多く存在したのだ。二五条をめぐる「朝日訴訟」はその典型的な例で、国民の健康で文化的な最低限度の生活を保障する国の義務について、国の解釈と正面から争ったのであった。基本的人権・労働・女性の権利についても多くの事例があった。そして九条は非武装を命じているのか、国の自衛力保持を認めているのかの対立。上述のように戦後の再建軍隊は日米同盟下で機能することを前提としているのだから、前者の解釈(一九五一年総評が方針化した「平和四原則」、五〇年代に拡がった反基地闘争、沖縄民衆の諸闘争)は「万邦に対峙する」の戦後の実現形態に対抗するはずのものだ。

憲法をある形に実現しようとするこれらの運動は、自ら憲法を創設する人民の意志の出発点と言っていいだろう。こんにちまでいろいろな方面で続いているこれらと支配集団の意志との対抗を、かつて私は「事後の永続する憲法創設闘争」と呼んだことがある[11]。これは戦後の基本的な政治的対抗構造をなしてきた。「欽定憲法主義」批判がここにあったはずであった。

問題は、人民運動の指導部と自任するもの、諸政党や各種知識人集団に、さまざまな運動が憲法に支えられるだけでなく憲法創設的意義をもつことの明確な認識が少なかったことだ。だから戦後の伝統的な憲法闘争である護憲運動は、受身の立場に陥りがちであった。たとえばいまも、九条について明文改憲阻止の世論喚起に重点がおかれているが、しかし仮にそれに成功したとしても、あるいは「九条の精神」が世界に発信されても、現に九条が厳存するなかで世界有数の軍隊があり、日米軍事同盟が機能している事態を変えることにはならないだろう（これに対して能動的九条運動は沖縄と各地の反基地闘争にある）。

こういう護憲ならば、支配集団もそれなりに、彼らが推進してきた実現形態において戦後憲法を支持する立場であったのだ。彼らはさまざまな政策を、憲法にもとづき議会決定（つまり「国民の意志」）を根拠に実現した[12]。彼らは、かつて天皇主権を運用したように、こういう形で国民主権を運用し、活用したのだ。この意味での「護憲」や戦後民主主義の立場は、戦後天皇、ことに明仁天皇が積極的に象徴しようとしてきたものだ。

憲法九条の実現形態についてもう少し言おう。第二次大戦後、世界中から戦火が絶えた年は一年もないほどの戦争の時代が続き、しかもその戦争は、武器においても、また住民への攻撃性においても著しく残虐である。米国はその最大の主役であり、日本も日米同盟を通じてこんにちまでこの軍事構造のなかにある。アジアの大国としての復位もこの環境においてのことだ。しかし日本人は一般に、朝鮮・ヴェトナムなど日本が直接関与したものを除くと、世界的な戦争の現実に無感覚だったと思われる。世界的な戦争の時代は、日本人が「日本の平和と繁栄」を謳歌した時代でもあるのだ。しかもそこでは自国をアジアの先進国、民主主義のリーダーとして疑わない。何度も言うが、沖縄などを除けば、この国民意識が「万邦に対峙する」の戦後形態を下から支えてきたのだ。

世界の戦争構造のなかでの日本の位置から眼をそむけ、「戦後日本の平和と繁栄」を讃美しつづけてきたのが、戦後二代の天皇であった。この意味で二人の天皇はいま述べたような国民の平和意識を象徴し、むしろリードしてきたのであり、日本が世界の戦争に貢献する軍事大国に復位する上で一役買ったというべきである。私は天皇の戦後における最大の戦争責任がここにあると考える。

戦後憲法の解釈と実現形態について、人民運動側には独自な選択への努力があったのに、全体としては支配集団側の選択に対して受動的な立場に止まったということになる。

その理由の一つは、上述のように戦後支配集団に現代世界に即応した生命力更新があったのにそれを軽視したことであり、また人民運動側に戦後与えられたsollenを越えてより高い主体形成が進まなかったことが重要だろう。いずれについても、人民運動の当時の主な指導思想、マルクス主義（というよりスターリン主義）と近代主義（丸山真男や大塚久雄ら）の双方に問題があったが、これは別の機会に改めて考えてみたいと思う。いずれにせよそれらが自己の時代おくれに気づいたのは一九六〇年前後のことだっただろう。マルクス主義の場合そのころ自己革新が始まるのだが、しかしやはりそのころ急速に進む経済と社会の現代化（産業全般の合理化、経済の高度成長、経済大国化）に追い越され、思想内の保守主義を克服できずに、体制への批判力に自信を失ってしまうのだ。

戦後民主主義の問題点、そのなかにあった自己への批判の必要に、人民的運動の眼が改めて及んだのは、一九七〇年代にかかるころだったと思われる。そのころ華僑青年闘争委員会による運動内の民族主義の告発、青い芝の会による障害者差別糾弾、ウーマン・リブ運動による運動内の女性差別・抑圧への批判などが相次いだ。これらは戦後人民運動における構造的矛盾を厳しくついたものだが、それをつうじて戦後民主主義全般への批判になった。憲法体制のなかで人びとがよく見てこなかったことがらへの注意の喚起である。戦後民主主義と不可分だった科学・技術の進歩への信仰も批判されるようになった。生産力増大の巨歩が着実に生み出した各種公害への反対、核兵器の恐怖と別ものとされていた原子力の平和利用、原子力発電への批判運動。人民運動の沖縄に向ける眼が本格的に自己批判されるのは、七二年沖縄「返還」前後。新憲法のもとでなお「北海道旧土人保護法」が適用されていたアイヌの人びとの声もわずかながら届くようになる。

戦後民主主義が多くの抑圧と差別を内に含んでいたという認識は、そうした状況を自ら批判する主体の形成を伴わねばなるまい。それは多くの運動主体が、単に憲法秩序のなかで与えられた権利によって自己を主張するだけでなく、自己の将来を自ら決定する主体になろうとし、それらの間に相互批判と相互自己変革のつながりを形成していく過程であろう。[13]これは国家によって主権者たらしめられた人民という立場の根本的克服であり、従来憲法が約束しているとされたものの確認を越えて新しい解釈、新しい実現形態を模索していくことでもある。男女間、民族間などの法的平等を確認しながらさらに新しい人間関係を創造していくことなど。

こうしてもろもろの政治・社会問題に憲法問題を見ることは、一五〇年にわたって命脈を保ってきた「欽定憲法主義」を最終的に葬り去る力になるであろう。私たちにとって明治一五〇年をふり返るとは、戦後人民運動史をさらに前方へ推し進めること以外ではないのだ。

(五)

こんにち人民運動は四、五〇年前とくらべて明らかに分散状態にある。このなかで支配集団はある自信を得、「万邦に対峙する」その形、「欽定憲法主義」をつらぬくその形を実感しつつあるかもしれない。現に安倍政権はそれをつかみとった気になって、改憲を推進し、朝鮮半島に戦争を煽る主役をつとめようとしているようだ。だが事態は彼らの思惑どおりに進むだろうか。

明治一五〇年の歴史を踏まえて安倍の野望が押し出そうとする思想は、①国民が国家を規定する現憲法の規定がただのたてまえになっている、そのたてまえさえ拒否されるべきであり逆に国家の方が国民を規定する考えを憲法に表現すべきだということ、そして国家というものが国際社会を構成する主体なのだということ、②国際社会は列強の主導性が支配するのだ（日本はこの世界で「万邦に対峙」する。リアルな力である軍事力をもって、情勢に左右されるのでなく情勢を作り出す大国としてふるまう）ということ。だがこうした、いわば伝統的な国権主義は、こんにち世界的に批判されつつあるのではなかろうか。

まず②から見てみるが、冷戦終了後、米国をはじめとする列強は、中近東を見てもわかるとおり、自分たちが推進した戦争をさえ左右しきることが困難で、混乱しか作り出せていない。むしろそのなかで世界政治にかかわる新しい主体として中・小国の努力が目立つようになった。たとえばASEAN一〇か国が、さまざまな問題を抱えながらもともかく一体を保ち、我が物顔にふるまおうとする米・中・日にもたやすくは従わない力を得つつあるようだ。昨年夏国連で一二二か国の賛成で採択された核兵器禁止条約は、核兵器保有国やその意欲をもつ日本などをただちに掣肘はできないが、中小諸国が国際政治の規範を創るイニシアティヴをとろうとする動きとして軽視できない。またいま朝鮮半島をめぐる情勢において、韓国の同意を得ずに米・日が専断することが可能であろうか。

①については、すでに主権国家が世界政治の唯一の主体でなくなったことが明らかだ。国民国家の統一性はあちこちで動揺しており、現代の投機的資本は国境を自在に越えて活動する。国際政治に数多くのNGOなどが活動し、その多くに民衆的主体を認めることができる。多方面の国際問題の解決が国家を越えた視野で追求されている。たとえば軍隊慰安婦問題で日本国家の主張が世界的にあまり相手にされないのはなぜか。前述のようにこんにちの戦争は住民生活の徹底的破壊を特徴とするが、そのなかで性暴力も昂進する。この深刻な事態をどうするか。国際社会にそれを批難し根絶するための努力が広くつながりつつあると思われる。ここで日本人は、過去の重大な加害者体験を自らふりかえり、厳しく問うことで重要な役割を果たすことができる。ところがここで日本政府は、日本国家の立場にのみ固執するのだ。

つまり明治一五〇年を自賛する政府の姿勢は、民衆が大きく浮かび上りつつある世界の現実から取り残されているのである。だから私たちが明治一五〇年を問うとすれば、その方向は、日本の人民運動がそうした世界的動向のなかで積極的役割を果たすことに向かうべきだろう。それはどのようにしてか。

世界の、具体的にはアジアの民衆が、平和なアジアを作るという点で、いま日本人民に何を期待しているか、そこから考えてみよう。おそらく何も期待していないだろう。日本人民の意志が感じとれず、事実、目下外から感じとれるような意志を持たないからだ。

日本は明治以来「万邦に対峙」して、東アジアでの数度の大戦争に能動的主役をつとめ、一貫してこの地に戦争情勢を作り出す働きをしてきた。この軍事大国は第二次大戦後も日米同盟下でその働きを再生させ、現に米・中に伍して軍事的緊張の大動因である。アジア民衆が日本に見ているのはそういう歴史と現在であり、望むのは「万邦に対峙する」軍事大国性の根本的除去なのではなかろうか。私は、日本人民はここに憲法九条の、一般的ではない現実的意味を見るべきだと思うのだ。日本の非武装がもし実現するなら、東アジアの地に将来にわたって緊張をもたらすであろう大要因の一つが除かれることになる。日本がこの地域の情勢を作り出す大国の一つであるからこそ、その非武装はこの地域の情勢を根本的に変える働きをするだろう。侵略構造が変わる、それはやがて日本自身（非武装の）をも侵略から守ることになるであろう。

日本の非武装は、しかし現支配集団によっては、また現在の諸列強の協定をもってしては実現され得まい。私はここで世界政治を動かす民衆的要因の登場について考えるのだ。日本人民の意志とアジア民衆の意志の共同が実現するとき、日本非武装の条件は生れるのではあるまいか。いまそれは不可能だ。アジア民衆は日本人民運動にそういう意志を実感していない。むしろ憲法九条の精神を世界に「発信」しながら、日米同盟を推進する政府を長く存在させている、この「二枚舌」を感じているだろう。だがもし日本人民が自国の「万邦に対峙する」の歴史的批判の上に、非武装を抽象論でなく明日にも実現すべき課題として綱領的に掲げ、ここに一つの集団的意志が生れてアジア民衆に実感されるなら、その本気さにおいてアジア民衆は日本人民運動を歴史上はじめて信頼することになろう。もしそうなれば、それは国際政治上の新しい力を生み出し、地域の情勢を作り出す上で列強の政治に対抗することになろう。日本の非武装はこうした「意志と力」によって実現されるほかはなく、なにか有力な諸国家が合意できる「合理的な」提案を考案することによってではないのだ。

私がこの文章で沖縄に現存する民衆運動と各地の反基地運動に何度か言及したのはこの意味においてなのだ。それらは日米同盟下日本の軍事的志向が生きる現実そのもの、「万邦に対峙」してきた近代日本の歴史そのものへの批判につながるものをもっている。つまり支配集団に対抗して憲法九条に非武装という解釈を与えるべき運動である。これらの深いところにある意志を探り当て、それを日本人民運動全体の集団的意志にすることができるなら、一筋の希望がそこに生れるであろう。それは戦後の「永続する憲法創設闘争」の継承である。こうして私たちは明治一五〇年にわたる「欽定憲法主義」を克服する歩みを進めることになるのだ。

〈註〉

（1） 政府文書、「『明治一五〇年』関連施策の推進について」（二〇一六年）、「明治期の立憲政治の確立等に貢献した先人の業績等を次世代に遺す取組について」（二〇一七年）

（2） 「交易にて露・米に失ふところは、また土地にて鮮満に償ふべし」（吉田松陰）など。

（3）最近流行の明治維新論において、佐幕派（会津など）との関連で薩長の専横を強調する人が多いが、これは見当はずれである。

（4）以上、幕末「立憲思想」については、尾佐竹猛『維新前後に於ける立憲思想』（一九二五年）を参照。

（5）大日本帝国憲法に付せられた「憲法発布勅語」

（6）「憲法制定権力」は、他からなんらの拘束も受けない、憲法を作るところの根源的権力を、憲法に規定されて働く権力と対比して言うことば。

（7）以下、吉野作造の文の引用は、「憲政の本義を説いてその有終の美を済すの途を論ず」、「所謂天皇親政説其他を評す」（ともに一九一六年。『吉野作造博士民主主義論集』第一巻所収）、「憲法と憲政の矛盾」一九二九年、吉野著『現代政局の展望』所収）から。

（8）以下第四節については、なお私の旧著『「国民の天皇」論の系譜』（二〇一五年）第八章を参照されたい。

（9）一九四五年、裕仁天皇のマッカーサー訪問、同じく裕仁天皇のいわゆる「沖縄メッセージ」を見よ。

（10）当時少数の知識人に見られた憲法私案の作成は人民的憲法闘争を予定したものではない。

（11）註（8）にあげた旧著《》の第八章、第六節。

（12）いま安倍政権はこの立場をも修正しようとしているかにみえる。

（13）私はルソーの言うように人民にもともと「一般意志」があるとは思わないが、それが創出される歴史過程、そのための政治学を考えたいとは思っている。

特集1　日本と東アジアの今

「僕らの村」（日本国憲法）

石垣　義昭

人間はだれもが幸せを求めて生きています。

そんな当たり前のことから書き始めるのは、現代があまりにも不幸せに満ちているからです。貧困、差別、飢餓、恐怖が多くの人を襲っています。アフリカの紛争地からの難民はどれほどの人が地中海で、また難を逃れるその途中で命を落としたのでしょうか。シリアでの空爆にさらされて逃げ惑う人々、負傷して運ばれる子ども、撃たれて路上に横たわり動けないでいる人の映像などを見ていると、どうしてこういうことが繰り返されなければならないかを考えずにはいられません。

難民はなぜ生れるのか？　言うまでもないことです。紛争の恐怖から逃れるためです。飢餓にさらされない暮らしを求めるからです。子どもたちが教育を受けられる国、少しでも人間が人間らしく生きられる社会を求めるからです。どうしてそのことを非難することが出来るでしょうか。

関口知宏さんの旅

ＮＨＫＢＳテレビに「世界鉄道紀行」という番組がありま

す。俳優の関口知宏さんが世界の鉄道を乗り継ぎながらさまざまな地方を回る番組です。四月の今はやっていませんが、以前は中国を回っていました。ついこの間は北欧を回っていました。二〇一七年の二月末、私がこの原稿を書き始めた頃はポルトガルを回っていました。

私は家に居て、世界の人々の暮らしが分かるこの番組を楽しみに見ていました。二月の初めのその時は北欧を旅していました。スエーデンを南から北に向かう途中でした。気軽に途中駅で降りて、町の人と交流し、また鉄道で旅を続けます。

たまたま乗り合わせた車内の人たちとの会話、車窓から見える風景の素晴らしさにひかれます。街の人との交流の場面、そこから見えてくる人々の暮らしにも関心が湧きます。

もちろん番組ですから、関口さん一人が旅をしているわけではありません。番組の背景には企画した人に始まって、撮影する人、録音する人、機材を運ぶ人など多くのスタッフによって製作されていることでしょう。この番組に限らないでしょうが、そういう多くの人によって検討され練り上げられているに違いありません。というのはこの番組の組み立てや内容に初めの頃とは違った作品としての深まりを感じるからです。この番組は世界の自然と暮らしを訪ねながら、世界中の人々の平和な暮らしの実現を願って制作しているように思えるのです。

北欧の人々の暮らし

関口さんがスエーデンの旅で出会った学生たちは奨学金（日本のように利息が付いたりはしないし、返さなくてもよい仕組みが工夫されているようでした）だけでなく、生活費も国から支給され、安心して学ぶ事の出来る喜びを語っていました。お年寄りたちも年金暮らしの安心を語り、談笑していました。医療費も無料で、人々の暮らしの穏やかさが印象に残りました。消費税は高いが、そのおかげで、こういう穏やかな老後の暮らしが出来るのだからありがたいと言って納税を苦にしていないと語った人の様子も忘れられません。

関口知宏さんは実に気取らない、自然体で、出会う人々の家にも招かれ、食事もご馳走になり、心の交流を重ねていきます。北欧の人々のこういう暮らしは、難民キャンプに留め置かれている人、アフリカや世界の紛争に巻き込まれている地域、空爆にさらされているシリアの人々には考えられないものです。同じ地球上でどうしてこのような違いがあるのだろうと思わず考えてしまいます。スエーデンの隣のノルウエーもフィンランドも、その自然と歴史の上に落ち着いた暮らしを築いていると北欧を旅したことのある妻が言います。

北欧は子どもたちの学力も国際比較で上位を占めています。

エッセイストで教育問題を中心に発言されていた阿部菜穂

子さんは、ＯＥＣＤ（経済協力開発機構）の実施した国際学力テストで、二度にわたってトップクラスの成績を上げ、「学力世界一」の評判を定着させたフィンランドの教育について書いています。（岩波ブックレットNo.６９８）。

常に「子ども」を中心に置き、学校と教師を信頼する教育風土は、市場の競争原理に基づく体制とは全く違うものだった。フィンランドの公教育を支えるのは、「民族、性別、経済状態に関わらず、全ての子どもに対し、平等に質の高い、教育の機会を与える」と言う教育哲学である。

国語教師として、私立の中学と高校に四一年間勤めた私の経験に照らしても、最も重要な教訓に思えます。「市場の競争原理」ほど教育とは相容れないものはないのです。

話は変わりますが、ノルウエーもスエーデンも第一次世界大戦にも第二次世界大戦にも加わることなく、現在の福祉国家を築いてきたことが分かりました。

戦争の悲惨さに学び、二度と戦争はしまいとフランスとドイツからはじまったといわれるＥＵは、いまや二八カ国にも及び、その理念と実践に対して、二〇一二年にノーベル平和賞が授与されています。しかし、ここに来て、イギリスの離脱で雲行きが怪しくなっています。離脱するイギリスが必しも悪いとはいえないようですが、ＥＵはどこへ行くのでしょう。バラバラになって、差別と貧困とテロの頻発する国へと解体していくのでしょうか。再び戦火を交えるＥＵには決してなってほしくはありません。テロは世界各地に広がりつつあります。

人の心の中に平和の砦を！

ユネスコ憲章の前文には、「戦争は人の心の中で生れるものであるから、人の心の中に平和の砦を築かなければならない」と述べられています。私たちはどのようにして、私たち一人ひとりの心の中に平和の砦を築く事ができるのでしょうか？

そんなことを考えている時に一冊の本に出会いました。東京画廊の経営者である山本豊津著『アートは資本主義の行方を予言する』（ＰＨＰ新書）です。著者はこの本の中で次のように述べています。

一九九〇年前後に社会主義や共産主義を標榜していた国家は軒並み崩壊しました。ところが残った資本主義が明るい未来を描きうるかと問われれば……どうも難しい状況になっています（一八三頁）

フロンティアを失った資本は、自国内に格差を生み出し、そこで資本の収奪システムを確立するか（米国はすでにそうなっているし、日本もそうなりつつあります）、国家間の摩擦を強め紛争や戦争によって需要を生み出すか（これも杞憂で済まされない事態になりつつあります）いずれにしても明るい展望が描けない状況です。（一八三頁）

この山本氏の指摘は今の時代状況、世界の情勢を的確に捉えていると言えないでしょうか。山本氏はこうした状況認識に立って、今の行き詰まった世の中を紛争や戦争によらない方法で切り開くために、「教育に芸術を」という、一つの提案をしています。著書の最後のところの引用です。

明治開闢以来、日本の教育の目的は一貫しています。それは画一的な人間を作り出し、そのヒエラルキーの中で最も優秀な人間を国家が独占することで、体制強化を図ろうとすることです。ところが美術や美術教育は違います。人と同じことをやってもダメなのです。自分なりの感性やものの見方を身につけ、自分なりの表現をすることが芸術の世界です。そこでは他者と同じになることではなく、違いを作り出すことが求められます。そして、その違いを認め合うことに価値を置くのです。

芸術のこの価値観があれば、今学校で起きているような陰湿ないじめもなくなるのではないかと思います。いじめの本質は、他者を認めない、異質なものを排除する偏狭さから来ているからです。（略）

個性や違いを尊重し、お互いを認め合うこと、オリジナルな感性を持ち、それを表現できること。それができるようなアーティスティックな人が増えたら、この世界は変わるのではないでしょうか。

日本だけではなく世界中が今の世の中のシステムの限界を感じています。世の中を変えるのはかつては宗教やイデオロギー、あるいは戦争だったかもしれません。これからはもしかするとアートな発想力や、アートから学ぶ価値転換の力が新しい世の中を生み出すきっかけになるかもしれない——。究極の有用性である武器を、有用性をあえて求めない芸術に変えてしまうこと。文化力を武器とする発想です。一画商に過ぎない私ですが、そんな期待もじつは密かに抱いているのです。（二一四頁）

長い引用になりましたが、ここには不幸せに満ちた現代を変えるかもしれない新しい提案がなされていると思うのです。

つい先日（二〇一七年三月）「シリア、モナムール」という映画を観ました。シリア市民を不幸のどん底に突き落としているシリア内戦の絶望的状況を映像化したものでした。一〇〇〇人を超える市民が命がけで隠し撮りした映像に出口の見えないシリアの状況が表現されています。まさに言葉を失う悲惨さであり、地獄です。その悪魔的映像に原爆投下直後の「ヒロシマ・ナガサキ」が重なってくるのを覚えました。

ヒロシマ・ナガサキ・沖縄の悲劇に立ち返る

先ほども触れましたが、私は一九六四（昭和三九）年から二〇〇五（平成五）年まで、私立の中学と高校で国語の教師を務めました。その間、広島で被爆した作家原民喜の小説「夏の花」を教材にしたり、遠足の際に中学生と東松山（埼玉県）の「丸木美術館」（丸木位里・俊夫妻が被爆者を描いた絵を展示）を訪ねたりしました。高校生を引率して、修学旅行で広島や長崎の原爆記念館にも行き、被爆者の方の話を聴きました。沖縄の平和祈念館を訪ね、日本軍や沖縄の人たちが追い詰められた摩武仁の丘にも立ちました。そうしたことを通して生徒とともに見聞した近代戦争の姿は、昔の戦《いくさ》とは次元の異なるものでした。戦争は武器の発達によってすっかり姿を変え、一般市民も巻き込み、いわゆるジェノサイド（皆殺し）という悲惨なものになっていたのでした。ピカソの作品「ゲルニカ」に込められた怒りの深さが改めて思われたのでした。

小説「夏の花」に描かれた原爆投下直後の広島で原民喜が見た光景は、まさに言語に絶するものでした。人々は焼けただれた姿で助けを求め、水を求め、水のあるところに、川べりに折り重なるようにして死んでいったのでした。人間は空気の無いところでは生きられないように、水のないところでも生きられないのです。その光景は東京大空襲や、戦争末期、空襲を受けたどの街でも見られた人間の姿であり、生き物の姿でした。

人類は二つの大きな世界戦争を経験しました。その悲惨さに学び、国際連盟が作られ、国際連合をつくってきたのです。一人ひとりの人間存在の価値に目覚め、国連憲章を作り、日本国憲法に結実させても来たのです。

福島やチェルノブイリに学ぶ

しかし、世界の大国は核兵器を保有しています。チェルノブイリや福島の事故で明らかになったように危険な原発が世界中に作られています。

アメリカは世界一の軍事力を誇示するように、この四月に入ってシリアに五九発ものミサイルを打ち込み、アフガニスタンに驚異的な破壊力を持つ新型の風圧爆弾を投下したことが報じられています。北朝鮮との間の緊張関係を高め、東アジアの人々の不安を駆り立てています。が、そうであるからこそ、世界の平和を希求する声も高まっているのではないでしょうか。

確かに、「核兵器禁止条約」の前に、核を保有する大国が頑として立ちはだかっています。しかし、一方で国連での動きからも分かるように、核軍縮、廃絶への声が国際世論としてかつてない高まりをみせていることも事実です。

原発には現在の人間の力ではコントロールすることのできない不透明さがあり、地球環境の保護の観点からも自然エネルギーへの転換が世界的潮流となっています。

昨年の暮れの一二月一九日には世界中の人が平和に暮らす権利があることを認める「平和のための権利宣言」が国連総会で採択され（賛成一三一カ国、反対三四カ国、棄権一九カ国）ています。

私たちはどのような未来を開くことができるのでしょうか？　人類全体が破滅の渕に立たされている今だからこそ、私たちの未来を決めるのは私たち一人ひとりなのだというこ とが問われているのです。私たち一人ひとりが心の中に平和の砦を築き、その心を寄せ合い、平和な未来の実現のために力を合わせること、それは可能なのではないでしょうか。

ある教師と生徒の夢

この日本にかつて素晴らしい未来を構想した一人の少年とその少年を指導した先生がいました。少年は大関松三郎という小学校六年生でした。先生は寒川道夫という青年教師でした。少年と先生の共作とも言える一冊の詩集があります。今、わたしの手元にあるのは大関松三郎詩集『山芋』寒川道夫編著（講談社文庫）というものです。この本の解説で丸木政臣氏が二人を次のように紹介しています。

大関松三郎は一九二六年に新潟県古志郡黒条村に生まれ、一九三三年に小学校に入学、一九四一年に新潟鉄道教習所に入所、一九四四年に海軍通信兵として南シナ海で戦死している。（一七一頁）

寒川先生の二四歳から三〇歳——、それは児童詩、作文教育を根幹とする寒川教育論が形成されたときである。教師としてその精神が最も燃焼した時期に大関少年は寒川先生の弟子だったわけである。その時期というのは、昭和初年の凶作、不況、失業、飢餓から、ファッシズムが、台頭し、やがて大陸への侵略戦争が展開していく現代日本の最も危機的なときであった。貧困と差別によって人間らしい生存が拒否されてきたというのに、またあらたに戦争によってその生命すらも奪われる恐るべき時代がやってきたのである。真実を曲げることなく人間らしく生き抜くということは、当時の教師にとって、最高のモラルであり、また守り抜くことの難しい節操でもあった。寒川先生は命がけでそれをやりぬいて後に投獄される数少ない誇り高き教師のひとりだが、一方で寒川先生は命をかけて子どもたちにも守るべき真実とは何かを教え、考えさせようとした。（一七二頁）

この詩集『山芋』は寒川道夫先生の編集によって第二次世界大戦後に出版されたものです。

今回紹介するのは、この詩集の中の「僕らの村」という作品です。戦後つまり、一九四八年に生れた「日本国憲法」の基本的な考えが詩の中に具体的なイメージとして分かりやすく描かれています。

ＩＴ革命を経てロボットの時代へ

現代はＩＴ革命を経てロボット（ＡＩ＝人口頭脳）の時代を迎えつつあります。人間の労働をロボットが肩代わりしつつあるわけです。この詩の中に農業の工業化に成功したとも言える一つの場面があります。

……／こないだから　やっている　稲の工場栽培は／太陽燈の加減の研究が成功すれば／二ヶ月で稲の栽培ができる／一年に六回　工場の中で／五段式の棚栽培で米ができるのだ／今に　みんなをびっくりさせてやるぞ／……

今でも夢のような話ではありますが、今なら、太陽エネルギーを活用しての稲の工場栽培も実現可能な構想として理解できるではありませんか。しかし、そこまでいかなくてもすでに農業を初め、さまざまなジャンルの研究開発が進み、食糧の生産力を高めています。村中の人が暮らしていくための生産力を実現したことを示す次のような一節は十分に可能なところに来ているのではないでしょうか。「僕らの村」の労働時間は午前中で終わりなのだと言います。

……／ひるからは　じぶんのすきなことができるのだ／絵でもかこうか　本でもよもうか／オートバイにのって映画でもみにこうか／今日は研究所にいくことにしよう／……

となって先ほどの場面に続いていくのです。詩の中にはこんな箇所もあります。

……／あそこから今出て来たのは組合のトラックだ／きっと、バターや肉や果物のかんづめや／なわや　むしろや　かますや　靴なんかのせているのだろう／村でできたものは遠い町までうられていく／そして南の国や北の国のめずらしいものが／果物でも　機械でも　おもちゃでも本でも／村の人たちの　のぞみだけ買ってこられる／……

ここには生産力を高めた世界中の品物が輸出入によって行き交う姿が夢物語として描かれています。戦前の日本の貧しさは、先ほどの丸木政臣氏の引用した箇所にもあるように、特にひどいものでした。戦後の私たちの親たちの苦労も並大抵ではありませんでした。そうした貧しい暮らしの中で描いた夢には違いありません。寒川道夫先生と大関松三郎が夢見たこの「僕らの村」の未来構想は、最初に触れた関口知宏さんの「世界鉄道紀行」などを見ているとこれは決して夢ではないと思われてくるのです。最近は世界を旅するさまざまな番組が次々と報道されています。そうした番組を見ていると、実にその土地ならではの文化溢れる暮らしが築かれていることに気付きます。

人類全体の財産を軍事費に使う誤り

今、戦後七〇年を過ぎて、急速な文明の発展によって、人類は上記の詩の場面を現実のものとしつつあるのではないでしょうか。人類は今世界全体を見れば、人類全体が暮らしていけるだけの生産力を達成しているのではありませんか。そのありあまる富が一部の人に偏っていることに問題があるのです。巨額の金額が軍事費に使われていることもです。もう少し詩の続きを見てみます。

……／あちらから　静かにくる白い自動車は／病人をのせてあるく病院の自動車だ／「よう恒夫か、足はどうだい」／「もう　元通りにはなおらんそうだ／それで　こんどは学校へ入ってな／家畜研究をやっていくことになったんだ」／「おおそうか、しっかりやってくれ、さようなら」／自動車はいく　僕はトラクターを動かす／病人はだれでも無料で病院でなおしてもろう／そして体に合う仕事をきめてもろうのだ／だれでも働く／みんながたのしく働く／自分の力にかのう　仕事をして／村のために働いていいる／村のために働くことが　自分の生活をしあわせにするのだ／みんなが働くので　こんなたのしい村になるのだ／……

事故や病気などで障害を持つ人も、その人のできる範囲で働ける（生存権を保障する）社会が描かれています。医療費も無料で、みんなが村のために働き、村のために働くことが自分の生活を幸せにする社会が夢見られています。しかも、それは夢ではなく、現在一部の国ですでに実現しつつあるのです。先ほどの北欧の事例だけではありません。

中米コスタリカでは、軍事費を全て教育費に回し、兵隊の数だけ教員を増やすとして、国づくりが進められています。コスタリカの平和憲法を小学校から学び、実際に平和国家への道を模索しています。自分の国の実践を踏まえ、対話と外交によっていくつかの中米紛争に和解の道筋をつけた功績でアリアス大統領は一九八七年度ノーベル平和賞を受賞し、賞金でアリアス平和財団を創設しています。（伊藤千尋著『活憲の時代』シネ・フロント社、七四頁）

人類は確かに不幸な戦争の歴史を重ねてきました。戦争によってそれまでの長い歴史の中で造り上げてきた街を壊し、生活や文化や自然を破壊し、人間も含め命あるもの全てを死に追いやる悲惨も、ヒロシマやナガサキで経験しました。しかし、一方でそうした悲惨に学び、「日本国憲法」にみるような人類にとっての普遍原理とも言うべき「平和の理念」も掴み取ってきたのです。

福島の大地と暮らしを育んだ先祖たち

福島の大地は先祖が何代にもわたって培ってきた文化豊かな土地でした。相馬は二宮尊徳が飢饉や飢餓に陥った村々の町おこしに関わったという歴史を持ちます。「相馬の馬追い」が有名ですが、相馬盆唄など多くの民謡発祥の地とも言われ、豊かな文化、習俗を培ってきた村であり、町だったのです。その福島が放射能によって人の住めない土地になってしまいました。先祖代々の土地に人や生きものを住めなくしておいて、小さな竹島などの無人島をめぐって他国と領土争いをし、生きるか死ぬかの緊張を高め、人々を不安に陥れているというのは何とも愚かなことではないでしょうか。

「僕らの村」の終わりの部分を見てみましょう。その志の高さに励まされるのは私だけではないでしょう

……／世界中のひとを　しあわせにしてやるぞ／村じゅうで共同で仕事するから／財産はみんなのもの／貧乏なうちなんか　どこにもない／子どもの乳がなくて心配している人なんかもいない／みんなが仲よく助け合い／親切でにこにこして　うたをうたっている／みんながかしこくなるよう　うんと勉強させてやる／学校は　村じゅうでいちばんたのしいところだ／運動場も　図書館も　劇場もある／ここでみんなが　かしこくなっていく／これが僕らの村なんだ／こういう村はないものだろうか／こういう村は作れないものだろうか／いや　作れるのだ　作ろうじゃないか／君とぼくとで　作ろうじゃないか／君たちとぼくたちとで作っていこう／きっとできるに決まっている／……

ここまで読んでみるとここには「日本国憲法」の基本理念がしっかりと語られていることに気がつくのです。もしかすると戦争中に投獄された経験を持つ寒川道夫氏は戦後の「日本国憲法」に触れ、その喜びや感動を大関松三郎という教え子との共同制作の手法をとって表現したものなのかもしれないのです。この詩の大切なことはその理念が豊かな暮らしの中に、具体的に、現実のものとしてイメージ化されていることです。

ただ、「財産は　みんな村のもの」という文言に引っかかる人がいるかもしれません。しかし、私は「財産」という言葉に「平和の理念」を重ねることでいいのではないかと思うのです。

一七八九年のフランス革命以来、人類はさまざまな試行錯誤を重ねながら、人間一人ひとりに備わった基本的人権という概念の大切さに気付いてきました。この概念は今では世界

の平和の理念の最も大切なものの一つとなっています。人類が培ってきた「財産」は単に物だけではなく、人を人として尊重し、世界中の人が平和に暮らす社会を構想するその理念と実践でもあるのではないでしょうか。

進む世界のグローバル化

先ほども触れましたが、急速に広がるIT革命は通信網や航空機などの交通機関の発達を可能にしました。世界のグローバル化も確実に進み、加速しています。今人類が最も必要としているのはこのグローバル化を踏まえた未来構想なのだと思うのです。

「僕らの村」から引用した箇所の一つには進んだ生産力と流通のグローバル化による村づくりの到達点が語られていました。障害を負った人も含め、すべての人にその人の可能な働く場所があること、つまり憲法で言う労働権、働く権利に触れています。

最後の引用箇所では学ぶ権利、「教育権」を保障する心豊かな村の様子が歌うように語られています。小学校六年生だった実在の人物に重ねて、このような未来像が心豊かに夢として語られたことに驚きます。この「僕らの村」の「世界中のひとを幸せにしてやるぞ」というフレーズは、「日本国憲法」の前文の一節「われらは、全世界の国民が、ひとしく恐怖と欠乏から免れ、平和のうちに生存する権利を有することを確認する」に重なります。

「僕らの村」も「日本国憲法」も一国平和主義ではありません。そのように言って日本国憲法を否定する人がよくいますが、それは明らかに誤りです。

「日本国憲法」は武力によってではなく、対話と外交によって世界が共存する道を実現することの大切さを指し示しているのです。繰り返しますが、「世界鉄道紀行」が示すように世界には豊かな自然の恵みがあり、人間の工夫によって生み出された技術はとてつもない豊かな生産力を示しているのです。かつての「僕らの村」の夢は、今現実のものとすることが可能なところまで人類は来ているのです。ただその豊かさを軍事力というきわめて非生産的なものに転化し、環境を破壊し、人を殺し、不幸のどん底に突き落としているところに問題があるのです。貧富の差を拡大し、一部の人に富を偏在させる今の社会のシステムに問題があるのです。人類が生み出した富が、逆にその富を独占しようとする人たちの心を狂わせてしまっているのではないでしょうか。

ゴーギャンとゴッホの絵の値段

先ほど紹介した山本氏の著書によると、絵画の史上最高額は二〇一五年七月の時点において、三五五億円とあります。

作品はゴーギャンの「ナフェア・ファア・イポイポ（いつ結婚するの）」だそうです。二番目はポール・セザンヌ「カード遊びをする人」三二五億円とあります。（二〇頁）

ゴッホ（一八五三～一八九〇）の「ひまわり」が五八億円の高値で日本人によって競り落とされ、世界を驚かせたのは一九八七年のことでした。わずか四半世紀（二五年）の間に六倍に跳ね上がったこのオークションの値段の推移にも驚くべきものがあります。生前にはたった一枚の作品しか売れなくて、生活に窮し、弟テオの援助のみを頼りに画業に打ち込まざるを得なかったゴッホ。その困窮した生活の故に、三七歳の若さで、自ら命を閉じたゴッホは、自分の一枚の絵にこれほどの値を付ける現代社会をどのように見ているでしょうか。これは投機に狂奔する現代のギャンブル（金融）資本主義を象徴する話と言えます。

人間としての幸せを捜し求め続けたゴーギャン（一八四八～一九〇三）にしても、自分の絵に付けられたこのとてつもない値段に、驚き、あきれるに違いありません。

植民地支配によって巨万の富を得た西欧社会はその富を背景に深く退廃し堕落していました。ゴーギャンは西欧社会の対極にあって、未開の地といわれたタヒチなどの島の人々の暮らし、自然とともに暮らす人々に人間としての輝きとも尊厳とも言うべきものを見出していました。しかし、そのタヒチに暮らしながら、ゴーギャンはその人々もまた植民地支配の中で、豊かな精神性を失い、金銭支配に取り込まれていく失望も味わったのでした。

「我々はどこから来たのか、我々は何者か、我々はどこへ行くのか」

これはゴーギャンが四八歳（一八九七年）の時に書いた作品の題名です。彼はこの作品を描いたとき、病をかかえ、人生の深い挫折の中にいました。遠く離れていた妻との最終的破綻、最愛の娘の死という不幸を妻からの手紙によって知った時、彼は自殺を決意します。そして、遺書としてこの作品を描いたのです。この絵に全精力を注ぎ、描きあげて自殺を図ります（一八九八）。自殺は未遂に終わり、亡くなったのは五年後の一九〇三年でした。その最晩年の年賦に

三月、白人の横暴に対して土民を擁護し、フランス植民地の憲兵と争う。三ヶ月の入獄生活を送り、三〇〇〇フランの罰金を課せられる。熱帯で見た雪の日の幻影「雪のブルターニュ風景」を制作後、五月八日死去。（世界の美術『ゴーギャン』河出書房）

と書かれています。

彼の人生の最後が象徴するように画家ゴーギャンの人生はその画業において、一九世紀から二〇世紀を蹂躙した植民地

主義との格闘でもあったのでした。

楽園の島タヒチ

繰り返します。ゴーギャンがタヒチ行きを夢見たとき、そこに期待したのは西洋文明に汚染される前の自然に育まれた人々の暮らしでした。タヒチの豊かな自然に包まれ、「生まれ、暮らし、死を迎える」原始的な生活です。一八八一年から二年間、タヒチに暮らしたゴーギャンはその旅行記とも言える「ノア・ノア」に、人間としての心のふるさとを見るような神秘的な体験をしたことを書きとめています。しかし、ゴーギャンがそこに見たのはそれだけではありませんでした。

大航海時代を迎え、植民地主義の波に乗る西欧は、タヒチのような島々さえも深く呑み込み、人々の心を汚染しつつあったのです。西欧文明の影響を受け、金銭取引を受け入れた島の人々の暮らしも、心も、すでにタヒチの素朴な姿を失いつつありました。

ゴーギャンは画家を志す前、株式の仲買人としてかなりの収入を得ていました。結婚し、子どもにも恵まれ幸せな家庭生活を送っていました。が、一八八三年のフランス経済界の不況にともない株が暴落したのをきっかけに仲買人の仕事をやめて、それまでの日曜画家として楽しんでいた絵の道を本業としようと決意します。しかし、絵は思うように売れませんでした。彼の選択が家庭を困窮に追い込み、彼が求めてやまなかった幸せから次第に彼を遠ざけて行きました。その逆境が彼に近代という時代の虚飾を見抜かせたとも言え、彼のその洞察が、遺書としての絵に凝縮されている気が私はしています。

人間は幸せを求め、幸せな暮らしを求めて生きてきたのです。そのための産業革命でもありました。しかし、植民地化の時代に入り、植民地となったタヒチの現状を見た時、人間は本当に人類としての幸せの実現に向かっているのだろうか、私たちはどこに向かおうとしているのだろうか？　とゴーギャンは問わずにいられなかったのではないでしょうか。そういう思いのこもった絵なのではないかと私は考えています。

ゴッホも宮沢賢治もピカソも！

ゴッホもまたそういう人でした。牧師になろうとしたゴッホは、貧しい鉱夫たちの暮らしに心を寄せるあまり、自分が着ていたものさえ与えてしまい、その行き過ぎをとがめられ、牧師の道さえ失ってしまいます。しかし、目の前の貧しい人や困っている人を見ると何とかしてあげたいと思うゴッホの心はその絵に余すところなく表現されています。

ゴッホは貧しい人、困っている人に心を寄せずにいられない人だったのです。初期の作品「重荷を背負う人たち」(一八八二)や「馬鈴薯を食べる人々」(一八八五)からすでにそうした彼の心は表れていますが、晩年の作品「星月夜」(一八八九)などにおいて、一層その思いは深められています。画家ゴッホの対象への心の深さが、時代を超えてますます彼の絵を観る者の心を捉えるのではないでしょうか。

絵画に限らないのです。本当の意味での芸術家とは人間の幸せを問い続け、その実現を日々実践している人たちのように私には思えます。音楽でも、書でも、文学でも、演劇でも、映画でもすぐれた芸術というものはそういうものではないでしょうか。

宮沢賢治は「世界ぜんたいが幸福にならないうちは、個人の幸福はありえない」(農民芸術概論綱要)と述べましたが、賢治が求めていたものも全ての人の幸せだったのです。賢治の作品が多くの人の心に響き、読み継がれ、語り継がれるのもそのせいのような気がします。

ゴーギャンの作品が問いかけるもの

ゴーギャンの絵に戻ります。作品の題名の問い掛け、「我々はどこから来たのか」という問いは人類の歩み、歴史そのものを指していたのではないでしょうか。日本人もまた縄文時代、弥生時代、封建時代と歴史を重ねて、文明を発展させ、生産力を高め、文化を築いてきました。人類はさまざまな争いも重ねながらではありますが、少しずつ歩みを速めてきました。それまでの戦《いくさ》は国家間の戦争へと姿を変えました。そうして戦争というものがもたらす悲惨な痛苦を経験しました。

繰り返しますが、ピカソが「ゲルニカ」で表現したその痛苦は、戦争が、いわゆる戦《いくさ》から航空機による空爆、つまり無差別爆撃(皆殺し戦争)へと質的に転換したことを知ったときの怒りであり、悲しみでした。スペインの共和制を覆した独裁者フランコの要請を受けたナチス空軍がゲルニカを空爆したとき、市民を巻き込む近代戦争の本質が露わになったのです。

第一次世界大戦の死者は一〇〇〇万人から二〇〇〇万人にも及ぶといわれ、ウオール街の株価の暴落から始まった第二次世界大戦の犠牲者は五〇〇〇万人から七五〇〇万人にも及ぶといわれます。二度の世界大戦を経て、人間の想像を超える狂気(アウシュビッツや原爆)に直面した人類は国際連盟、国際連合を生み出し、二度と戦火を交えることのない、世界平和への道を模索してきたのです。国連憲章も日本国憲法もそうした多大な犠牲の上に掴み取った人類の到達点であり、人類普遍の原理でもあるのです。

にもかかわらず、人類はさらに憎しみの連鎖、終わりなき対テロ戦争へ、布告なき、ルールなき泥沼のような殺し合いへと踏み込んでいるのです。これはもうかつて国家間で争われたあの戦争とも言えない、軍需産業による金儲けのみを追求する人間不在の世界です。

我々は何者か？

「我々は何者か」、この問いは、我々人類が今直面している問題そのものを問うているのだと思います。ゴーギャンの絵に即して言えば、生れてから死ぬまで、つまり、大気（空気）の問題、水の問題、食の問題、住居の問題、医療の問題、環境破壊、戦争、核兵器、テロ等さまざまな問題と向き合う学問、さまざまな文化、文明、言語等々それら全てを含めて「我々は何者か」と問いかけているのではないでしょうか。これらの私たちの暮らしそのものである諸課題を乗り越えて、私たちはどのような未来につなげることができるのかが問われているのだと思います。

最後の問い、「我々はどこへ行くのか？」、人類は破滅の道へ進むのか、未来を生きる子どもたち、若者にどのような未来を手渡すことができるのか？　それが問われているのです。

通信機器、情報網の発達、交通手段の進化は地球を一つにしつつあります。いわゆるグローバル化です。グローバル化は歴史の必然であり、そのこと自体は否定すべくもありません。地球の裏側の情報が瞬時に反対側の人々に伝わり、伝えられ、国境を越えて人々は行き交っています。旅番組が増えているのはそのことを示しています。

人類はその生産力において、文化、文明において、人類全体が心豊かに暮らす社会を実現する力をすでに十分に身に付けているのです。その余剰の富が一部の人に集まり、軍事費として人を殺し、地球環境の破壊に使われ、無駄に捨てられているのです。そうして多くの人が恐怖に脅え、飢餓にさらされ、世界は血なまぐさいテロの不安にさらされているのです。

諸悪の根源は人間不在の今の社会システム、そこから生まれる人間不信、軍事力に頼る心の弱さにあるのではないでしょうか？　グローバル化が問題なのではなく、富の偏在、軍事力に頼る心こそが問題なのです。

人間を幸せにする「美」、それは「平和」です。平和の対極にあるのが軍事力であり戦争なのです。紛争、戦争ほど醜悪なものはありません。戦争は悪魔です。戦争は人間を野獣に戻し、「殺すか殺されるか」というその極限状況において、人間を野獣化します。野獣性は確かに人間の本性の一つの側面です。しかし、野獣の対極には「美」もあるのです。「真」を求める心もあり、「善」を求める心もあるのです。それらもまた、人間の本性の一つの側面なのです。

野獣の手元にあるのが武器であり、軍事力なのです。真、善、美の手元にあるのがペンであり、平和の願いなのです。武器の足元にあるのは人間不信であり、差別ではないでしょうか。平和の願いを支えるのは信頼です。人間不信を人間信頼に変える道筋、それはすでに示されています。私たちがそれを直視するか否かです。

被爆者の方から伺った話を思い出します。東京大空襲を経験した人の話を思い出します。戦火からわが子を守ろうとして、手で穴を掘り、すべての爪を血に染めた母。自らの身でわが子を覆い、戦火からわが子を守ろうとした母。野獣の対極にあって人間の本質を示すもう一つの姿がここにあります。私には焼け跡の子を抱く黒焦げの母の姿に聖母マリアの姿が重なります。

人と人が支え合う信頼の道へ進むのか、殺し合い、憎みあう野獣の道へ進むのか、人類は今その岐路に立っています。

画家シャガールの願い「平和」

ユダヤ人の画家シャガール（一八八七～一九八五）は作品を通して、いつもそのことを問うていました。シャガールはゴッホとゴーギャンの影響を深く心に受けた画家でした。二人の生涯年齢を合わせた以上に生きたシャガールは、何世紀にもわたるイスラエルの苦しみを心に刻み、描き続けました「出エジプト」（一九五二～六六）。村を焼き払われ、炎と恐怖に逃げ惑う群衆を描き、また、しばしば空飛ぶ恋人を描きました。「解放」（一九三七～五二）。

九八歳までシャガールはヴィテブスクで、ニューヨークで、パリで、ロンドンで制作し、個展を開き、作品を通して、平和であることの尊さを表現し続けました。イスラエルの問題はパレスチナの問題でもあり、人類全体の問題でもあったのです。

「平和学」という学問

最近日本でも取り上げられるようになりましたが、「平和学」という学問があります。この学問によって、人類はその未来に「平和」を展望出来るようになりました。

オスロの平和研究所を立ち上げたと言われるノルウエーの平和学者ヨハン・ガルトゥング氏は暴力を「直接的暴力」・「構造的暴力」・「文化的暴力」に分類し、次のように定義しています。

「直接的暴力」として、戦争、争乱、テロ、リンチ、レイプなどを例にあげます。

「構造的暴力」として、貧困、栄養失調、飢餓、疾病、無秩序、抑圧、失業などを例にあげます。

「文化的暴力」として、上記二つの暴力を正当化し、合法化するために用いられるイデオロギー、扇情的言説やポスター、文学、音楽などをあげます。

この分類を踏まえて、戦争やテロなどの直接的暴力のない状態を「消極的平和」とし、構造的暴力のない状態を「積極的平和」と定義づけています。そうして、「積極的平和とは「豊かさ、秩序、正義、自由、民主主義、人権尊重、健康、福祉の充実、文化的生活、安全な環境」などが高いレベルで実現されていることだと言います。

私たちに、今、求められているのはまず世界中に「消極的平和」であれ、それを実現することです。紛争を収めることです。紛争のない国を増やしていくことです。最近テレビで増えたさまざまな旅番組がそういう国々を紹介しています。それぞれの国がその国の歴史や文化や風習に基づいて、それぞれの国の「積極的平和」の実現を目指しています。そのために各国政府やNGOやさまざまな市民団体などが協力し合っています。核兵器廃絶の国際世論の高まりがそれをよく示しています。

「平和への権利宣言」を国連が採択！

昨年の国連総会において「平和への権利宣言」が採択されたことは先ほども紹介しました。私の知るかぎりでは、赤旗と東京新聞がこれを報じました。が他紙は伝えていません。私自身、「平和への権利」ということについて知ったのは最近のことです。しかし、国連の総会でしかも多数の国の賛成で、この権利が採択されたことはもっと報道されるべきとても大切なことではないでしょうか。人類はそこまで来てもいるのです。

東京新聞が紹介する、笹本潤弁護士（「平和への権利国際キャンペーン・日本実行委員会」事務局長）の談話を引用します。

もともと平和の問題は国連なり、各国政府がやるもので、個人がものを言うという発想はなかった。イラク戦争で、無実の人たちが殺され、「人権問題として許されるか」という声が上がったのが出発点。スペインの非政府組織（NGO）が動き出したのを知り、一緒にやることになった。日本は憲法に「全世界の国民に平和的生存権を」と書いてあり、学説も判例もある。この権利をどう使い、何ができるのかは日本にしか言えない。

今後の活動として、条約化を目指すこと。児童の権利も女性の権利も、まず国連総会が権利の存在を認めた後、条約化されて、より拘束力のあるものになった。これからが本番だ。憲法施行七〇年となる今年、各国のNGOとともに、国際条約を作って批准するよう働きかけを強めていきたい。

引用は以上ですが、こうした国際的な取り組みが、日本の国内で十分に報道されていないことは残念です。さらに、米国などの主要国といわれる国に加え日本政府がこの条約に反対票を投じたというのもとても残念なことです。

「小学校に出来た美術館」の話。

最後に私の家の近くの小学校に、空き教室を利用してできた美術館の話を書きます。その美術館をつくった校長先生のお話を聞く機会がありました。

若い頃、オランダのレンブラント美術館に行かれた時、ある光景に出会ったそうです。世界の名画の前でオランダの子どもたちが、誰も指導者のいないなか、模写をしていたのです。その光景に驚きました。「日本ならガラスの向うに名画があっても、手前に柵があり、近づくことさえ出来ない。まして、子どもたちに名画を模写させるなんて聞いたこともない」と。

さらに驚いたことは、日本人の観光客が名画を写そうとして、フラッシュが焚かれた時、期せずしてブーイングが起こった。名画は写真に撮るものではないというわけです。校長先生はそこに文化の違いを痛感したそうです。この体験がきっかけとなり「いつか学校に美術館をつくり、子どもの時から文化の心を育てたい」と思ってきた。この校長先生の思いが、ＰＴＡや地域の人や教育委員会の協力によって実現したのだというお話でした。

以来、年間計画を立てて、ほぼ二カ月ごとに展示替えをして、子どもたちの「風っ子展」（相模原教育委員会）の作品、地域のさまざまなジャンル（写真、絵画、書道、手芸等々）の作品を展示しているのです。近くにある美術大学との連携も含め展示は多岐にわたっています。ユニークなものとしては、「マダガスカルと日本の子どもたちの友好展」や「詩と絵画のコラボレーション展」（精神しょう害がある人たちが書いた詩を題材にアマチュアの画家が描いた絵を同時に展示する）などもありました。上條陽子氏（画家、相模原芸術協会会長）が繰り返し実施してきた「パレスチナの子どもたちの絵画展」など も観る人の心を捉えてきました。

こうしたさまざまな企画によって、小学校の子どもたちは多様な世界と出会い、心を豊かなものにしてきていることは確かだと思います。子どもたちの美術館での鑑賞は時に感想（コメント）となり、そのコメントが作者に渡されて、作者を励まします。ある作者は子どものコメントの素直さに癒され、その鋭さに驚いています。いまや、その空き教室を利用した美術館は地域の人と人の繋がりに大きな役割を果たしています。

校長先生のお話では、着任当時、校内の子どもたちの様子は大分荒れていて、地域からの苦情も多かったと言います。

私の孫が入学して以後、何回となく参観の機会がありました。校内には子どもたちのさまざまな作品が貼り巡らされていました。各教室の前に貼られたクラスの全員の子どもたちの作品を見ていくと、低学年から高学年へと子どもたちの成長していく心の様子がよく分かります。在籍する子どもたち一人ひとりがその学校の児童としての居場所が保障されている安心感がありました。一人ひとりが個として尊重されているのが伝わってくる思いがありました。他校から新しく来られた教頭先生が「展示された作品に子ども達がいたずらをしないことに驚き、感動した」と話されていました。

私の孫も卒業しました。校長先生も代わりました。教員も入れ替わりましたが、美術館は続いています。教員と地域の人が運営委員会をつくり運営しているのです。

展示期間中の日曜日に、二回だけ地域に一般公開されます。地域の新聞や回覧板がそれを伝えます。小学校の美術館は地域の人たちの人と作品、人と人との出会いとコミュニケーションの場ともなっています。

私が最初の方で紹介した山本豊津氏の言葉にありましたが、「一人ひとりの感性を育て育み、その差異を個性として尊重し、認め合う価値転換」が、身近なところで実践されているのを見る思いがします。

私も七五歳を過ぎました。最近の世相への危機感のなかで、もうたいしたことはできない高齢者ですが、現在を生き、未来を生きる子どもたち、若者たちに少しでも平和な社会、平和的生存の権利が保障される世界が近づくことを願って、ささやかながらこんな文章をまとめてみました。

この文章をまとめたのは昨年の四月でした。その後一年を経て、パレスチナ・イスラエルにおいて、シリアにおいて、東アジアにおいて紛争への危機を深めています。そして、解決への模索もかつてなく深く世界中で続けられています。昨年度のノーベル平和賞は、「核兵器禁止条約」の国連での採択に力を尽くした団体「ICAN」（NGO）に授与されました。授賞式には原爆投下直後の惨状を目の当たりにしたサーロー節子さんが招かれ、核兵器の非人道性を切々と訴え、世界中の人々に深い感銘を与えました。

一昨年のオバマ大統領の広島訪問に続き、今回のノーベル平和賞の話題は核兵器のもたらす悲惨さに対する世界の注目を集め、核兵器禁止の国際的なうねりとなっています。

原爆の悲劇を象徴する写真として「原爆で死亡した弟を背負って火葬の順番を待つ直立不動の少年の姿を捉えた」一枚があります。ローマ法王がこの写真に世界中が注目することを求めたことが報道されました。

ICAN（核兵器廃絶国際キャンペーン）のベアトリス・フィン事務局長が今年の一月一二日から来日し、「核兵器禁止条約」への日本政府の参加を求めました。事務局長は核戦争が始まってからでは遅い、世界中の国がその前に批准することが重要と、特に世界唯一の被爆国である日本の立場に強く訴えていました。

市井に暮らす一人ひとりが寒川先生や大関松三郎が心に描いた未来構想「僕らの村」のように、これからの日本、そして世界の未来をどう構想するかが今私たちに求められているのではないでしょうか。

特集1　日本と東アジアの今

「働かざるもの食うべからず」考

石井　明美

はじめに

定年退職後間もない頃、明るい春の日差しの街を歩いていて、ふと不思議な気分になった。ここにいる私は、もう誰に断ることもなく、書類を提出する必要もなく、ウイークデイの昼間、自由にこの街を歩き、美術館に行き、買い物をして構わない。何故だ。それは職場から解放され、賃労働から解放されたからだ。それじゃ今まで四〇余年、明るい日差しを享受できないで来たのは？　もちろん、職場という空間に閉じ込められていたから。

……それから一五年近くたった今、春になると時々思い出すこの時の気分は微妙に変化してきたことに気づく。退職したのだから日課だった通勤と職場での勤務がなくなったという当然のことを春の日差しの中で実感したという感慨は徐々に薄れ、自分の都合と好みで行動することが当然になってくるにつれ、人生の真っ盛りの時期におまえは何をやっていたんだという自らへの嘲りに変化し、人間として生きるとはどういうことかということへの関心が強まるにつれて、退職後間もない時のあの感覚はバカげた無意味なものとしか思えなくなってきた。

そんなとき、この感覚的な思いを理論化し、思想的裏付けを与えてくれるキーワードに出会った。それは「ベーシック・インカム」。

基本所得と訳されるこの考え方は、「すべての人に」「無条件で」「一定の所得」を保障するというもの。しかも所得は「現金」または電子マネーで。ニンゲンであれば誰でも、何の留保もなく、身辺調査もなく、喜ぶよりもまずは疑問を投げかけるだろう。どうしてたら、喜ぶよりもまずは疑問を投げかけるだろう。どうしてそんなことができるのだ。どこからそんな金が出てくるというのだ。金持ちにも貧乏人にも平等に配る？　そんなことをしたら怠け者ばかりになってしまうではないか。働くことの意味と価値がなくなってしまうではないか……と。

でも私は面白いと思った。最も惹きつけられたことは「働く」ということへの考え方やその姿勢が従来のものから全く転換するという発想だ。それは今後の世界であり得る変化かもしれないと思った。それによって人間の生き方が一大転換することになる。世界は今よりも楽しくなるだろう。少なくとも飢えや生命の危機への恐怖が大幅に減少する。持てる才能や感性を生かすことをより多くの人に可能にする機会がぐんと増えるにちがいない。

そんな思いを理論や思想だけでなく、現実の世界に実現していくための大きな課題の一つが「働く」をどうとらえるかということだと気づいた。そこで改めて、「働く」ということと、その裏返しにある「働かない」について考察し、在職中は思いつきもしなかった「働かない」という選択肢の可能性によって得られるものについて考えてみたいと思った。

1.「働く」ことと「食う」こと

「働かざるもの食うべからず」の呪縛

人生の主要な時期、心身ともに活発で生産的でもあった時代を、私は食うため、生活するため、更には社会的に活動する場として職業に就いていた。そこでの私の（内心の）モットーは、勤務時間以上には絶対に働かないというもので、それは退職まで一貫していた。自らの身以外に何も持たない労働者はその「労働力」を切り売りすることで糊口の道を得るしかないのだとマルクスに教えられ、それは契約の時間以上に費やしてはならないと自らに言い聞かせていたから。

それでも（世の多くの働く女性と同じく）日々はとにかく忙しかった。労基法によれば、一日の労働は八時間のはず。それがなかなか守られず、私のモットーはいつも挫折しそうになった。しかし、今考えると、忙しさの理由はもっと別のところにあった。それは「契約」した勤務時間以外の仕事、つまり家庭生活を営むための時間だった。家事育児、と一口に片付けられる当然の女の仕事とされていたものを「これも労働だ」と日の下にさらす人々が現れ、「家事労働にも賃金を」と主張する運動がイタリアの女性たちから沸き起こったのを最近になって知り、初めて「そうだったのか」と気づかされた。今も多くのまじめな人々は「働かざるもの食うべからず」を当然のものとして受け止めているが、実態は、そんなお説教をされなくともせっせと働いているのになお苦しい。それは「働かざる」ではなく「働いているのにそれが賃労働とならない」つまり賃労働に換算されない労働が世の中にはたくさんあるということで、そのことをマルクスは教えてくれなかった。

「働く」と「食う」は連動するか

アウシュビッツ収容所入口の門に掲げられたスローガン「労働は人を自由にする」はいかにも悪い冗談だが、「労働」の結果が「自由」という考え方は（それが真実ならば）明るい未来を予想させてくれる。「働かざるもの食うべからず」の裏返しは「働けば食べていかれる」で、ここでの「食う」は単に生物的に生き延びることではなく、生活していくことまで意味していると思うが、「人を自由にする」ということまでは含んでいない。労働は人の生き方や思想性にまで影響を及ぼすことを考えると「自由にする」の方が適切だと思う。

だがさらに考えると、では生き方や思想性の形成、つまり人間としての成熟は、労働によってのみなし得るものなのかと疑ってみたくなる。

そこで、「働く」と「食う」または「自由になる」の関係について考えてみると、そもそも過去から現在まで働かないで食っている（生活している）人は世の中にいくらでもいるという事実に気づく。働かないで食っている（＝生活している）人とは、働かなくても十分に生活できる資産や財産を持っている人、また障害や病気などで働きたくても働けない人、更には乳幼児や老人など人生の始まりや終りの段階にある人と大まかに分けられるが、全人口から見たらこれらの人々の方が、働いている人よりはるかに多い。そうなると、労働をしない多くの人たちが皆人間としての成長等から外れているなどということにはならないし、働いている人より劣っているとは言えない。

つまり、「働かないと食えない」とか「働けば自由になる」というのは、働かせることで利益を得ることができる人たちからの脅しや甘言にすぎないのではないかとさえ思われる。「食う」も「自由」も汝働くべしと強制するための価値づけの言葉にすぎないのではないか。

働かない人の功績

人は自由なのが一番いい。何にも束縛されず、好きなことをやり、好きなことを考え実行する。もちろん、他人に迷惑をかけないでという社会のルールを守ったうえで。

このような生き方をしてみたい。私が賃労働には最低限の時間しか割きたくないと思って過ごしてきたのもそんな理由からだった。

ところで世の中には余裕のある人、やりたいことをやっている人はたくさんいる。それにはその人の才能や境遇、意思や関心の強さ等いろいろあるが、「働かざるもの……」という面だけで見てみると、どんな人でもまずは生物的に「食う」保障を得たうえで、そのような生き方をしている。しかし、その「食う」保障を得るために費やす時間が多い人や少ない人、または全くその必要がない人もいる。歴史に残る政治家や芸術家、科学者等の人々は個人の努力や才能を別にすれば、少なくとも食うための算段だけで人生の大半を過ごしてはいないだろう。そしてこれらの人々が歴史や社会を動かす大きな力となってきたのも事実だと思う。

つまり、科学や芸術などの発展を含め、人間の歴史を動かす力としては、働かない人の方が功績が大きい。人間の社会は不平等なのだ。

2. 呪縛から逃れられない社会

働いているのに貧しい人々

私が親の仕送りから放たれ、これからは自分で食う方策を見つけなければならなくなったときはちょうど高度経済成長期で、大して考えることもなく「デモシカセンセイ」(教師にデモなるか、教師にシカなれないとの揶揄)になり、そのまま退職まで過ごした。この時代の私の同級生たちはそんな気分で「デモシカ」かもっと気の利いた大企業に就職し、無事に退職を迎えた人が多かったと何十年目かの同窓会で知った。今考えると昭和生まれのこの世代は、もしかして戦後最後の恵まれた世代かもしれないと思う。

アベ政権になって今、「働き方改革」とか「一億総活躍社会」とかいかにも怪しげな方針が出されているが、その真意は「いかに効率よく働かせるか」、または「なるべく多くの人を安くいつまでも働かせるには」という働かせる側からの要望だ。できるだけ多くの利潤を生みそれによって拡大再生産を続けるという資本主義の本質は、市民革命以後の民主主義社会を目指す方向とは相いれないものだということがやっとわかって来て、この両者の調整をすることが政治の大きな役割だと自覚した近代国家の政府は、戦争という大きな犠牲を払いつつそれぞれに努力してきたと言える。だが本来、資本主義経済という枠の中では、雇用される人間はその人格や個性を無視され、単なる「労働力」という生産要素の一つにされてしまう(生産現場での使い勝手という目的から能力や性格などが考慮されることはあるが)。だがそれでは人間として浮かばれないのは当然だし、誰も「労働力」の提供者として一生を終わりたくない。民主主義国家はそこを調整し、人間性を失わなくて済む社会を作るべきだった(そのようなことを目指してある程度成功した福祉国家というものが北欧にはあるが)。

だが、資本主義経済はその本質を保ちつつも進化し、複雑化した。「資本家と労働者」とか「持てる者と持たざるもの」という区別は明確でなくなり、「働く」の定義さえ共通しているとは言えなくなった。フェミニズムと連動して、家事労働は「労働である」と認定されてきたが、それは新たな安い働き口や職業を創出した（クリーニング屋とか家事代行業とかの）が、それによって女性が楽になったとかより人権が認められたことにはならない。また「名ばかり事業主」は車一台持つだけで（場合によればそれも借り物の）で仕事は大企業の下請けとか、「名ばかり店長」は正社員一人の二四時間営業のコンビニなど、どちらも労基法の適用を受けないで働かせるための方便だ。このような人たちにとっては「働かざるもの……」どころではない。「働けど、働けど……」なのだ。

働きたくても働けない人々

仕事の関係から、私は今まで何らかの障害を持つ人たちの教育や卒業後の生活に接することが多かった。初めて養護学校（今は特別支援学校という名称になったが）に着任した時、集合していた全校児童生徒たちがすべて何らかの障害を持っていると知って驚いた。そのような性格の学校だから当然のことなのだが、その集団はなぜか特別な雰囲気を漂わせていた。私は希望してそこに赴任したわけではなかったから、「障害者」への漠然とした世の偏見を抱いていたせいかもしれない。この人たちには何ができるのか、何ができないのか、どうやって日常生活を送っているのか。そして、卒業したらどうやって暮らしていけるのかと。

そんな人たちと日々接している中で、私自身が学んだことは、それまでの普通の学校での教育、全員に同じ教科書で教え、掛け声一つで同じ行動をとるようにする、ということは無効で、一人一人個別に何ができるのか、何を必要とするのかをこちらが学び理解することから始めるということだった。

だが高等部（高校に当たる）を卒業する生徒たちの進路を担当することになり、彼らが就職できそうな企業や会社の担当者たちと直接折衝するようになると、様々な矛盾に直面させられた。就職させるとは、正に一人の人間をその会社や企業の役に立つ労働力として売り込むことで、そのためには「障害ある一人の生徒」では通用しないのだ。そこにあるのは健常者（普通の人のこと）と健常者中心の社会で、障害者はいかに健常者に近く振舞い、健常者並みに働けるかということだった。健常者に近くなるということは障害者にとっては異常な（またはとても困難な）ことなのだが、学校という守られた場で「何ができるか」から出発し、その能力を伸ばすべく努力を重ねてきたことが、ここ健常者主体の社会では「何ができないか」と決めつけることから始まるのだと分かった。そのことは露骨に給料に反映されるから、彼らの能力、働きは最初から健常者よりも低く、それは金額の問題のみならず、待遇や評価にまでかかわる。それでも給料や待遇に目をつぶれば彼らは「働く意思をがあって働いている」範疇に入る。

それ以上に、もはや健常者主体の社会で働くことが困難な人は福祉施設や作業所ということになるが、ここでは完全に

「食うために働く」ことは目指されていない。さらに健常者社会から遠い人や病気を抱えている人は「労働」とはかけ離れた生活をせざるを得ないことになる。

悪意のセーフティーネット

自分の力で「食って行かれない人」は国家がセーフティーネットとして最低限の生活を保障することになっている。しかし今、この制度がかなり危ういものになっている。

山森亮「ベーシックインカム入門」（光文社新書）にはこの制度を説明する分かりやすい図が描かれている（三〇頁）。これを紹介すると次のとおりである。

まずは左右に職業生活の始まりと終わりを示す柱が立っている。左の柱から右の柱へ渡された綱を人は綱渡りよろしく歩んでいくが、腰に「社会保障」という命綱をつけ、「完全雇用」という手すりにつかまりながら進んでいく。下の方には「公的扶助」というセーフティーネットがハンモック状に張られているという図。「完全雇用」（ちゃんと就職すれば食べられる）というしっかりした手すりにつかまり、もし病気やけがなどで手すりが使えなくなったら腰の「社会保険」（本人や会社、国が保険料をかけている）で対応し、それでも綱渡りが不可能で落ちてしまったらセーフティネットという網（公的扶助つまり生活保護）が墜落を食い止めるというものだ。

この図のポイント、完全雇用と、社会保険、そして公的扶助がそれぞれに機能していれば国民は誰も安心して右の柱にたどりつけるはずだが、山森氏はどれも不完全で不安定だと述べている。完全雇用と言ってもワーキングプアと呼ばれる人たちがいるし、腰ひもなしの綱渡りをする人たち（非正規雇用など）もいる。そして最後のセーフティーネットに引っかからなければ墜落、つまり生命の保証がなくなってしまうと。そして今、このネットがきちんと機能していないが故の悲劇が、一見豊かに見える社会のあちこちで起こっている。最近の一つの事例から考えてみると。

二〇一八年五月一〇日の東京新聞「年金プア　不安の中で」という特集の一つ。その見出し文だけ並べると、大見出しは「『生活保護は恥』根深く」、次いで「七〇代男性　体調崩し仕事できず」、そして「偏見なくす啓発を」とある。この男性は離婚して子ども二人を育てながらの勤務で、時間工面をするために低い賃金の職を転々と変えざるを得ず、その上病気がちだった。まじめに働いて年金はついたが、老齢基礎年金、老齢厚生年金、企業年金を合わせても月約五万七〇〇〇円。アパートの家賃四万一〇〇〇円や医療費でとても生活できず、ついに生活保護を申請した。しかし「生活保護は恥」意識はいまも強く、近所づきあいも避けて目立たないように暮らしているという。

この男性を先の人生の綱渡り図に置いてみると、初めはおそらく完全雇用の手すりがあり、社会保険という腰の命綱をつけて人生の綱渡りをしていたものが、離婚というつまづきと子育てという重荷によってまずは完全雇用の手すりを失い、それでもまじめに働いて社会保険は機能したが、いかにも少額で、生活するには足りない。やむなく「恥」を忍んで最後の生活保護にたどり着いたということになる。

この男性の現役時代は「父子家庭」だったわけだが、実は母子家庭ならその何十倍も多いと思われる。母子家庭の女性たちは、この男性のような社会保険さえもなく必死に働きながら子育てをしているに違いない。そして政府はこのような人たちを温かく援助しようとは少しも思わない。「恥」の根拠は「働かざるもの……」精神に反するからだと思い込ませ、この制度をますます使いにくいものにしている。つまり生活保護申請の際の徹底した身元調査によってその人と家族を査定し、更には親族の資産調査にまで及ぶという。それは「犯罪者が裸にされて検査を受けるようなもの」だと先の男性は述懐している。

さらに付け加えれば、最近厚労省は生活保護の基準がこれを受給していない人の最低ラインより高いからと、生活保護基準の方を引き下げることにしてしまった。セーフテイネットの網の目をもっと大きくしてこの網に引っかかるものを少なくしようという訳だと、山森氏は言う。だがこの網目からこぼれ落ちて墜落した生命はどうなるのか。または「恥」を恐れてこの網に近づこうとさえしないで自ら命を絶ったり、「おむすび食べたい」と日記に書いて餓死した大都会の独居老人の魂はどこへ行くのだろう。

3．だれでも生きる権利がある

憲法二五条は保障する

「働かざるもの食うべからず」。よく考えると、これは何という残酷な箴言だろう。人は食べなければ生きていかれないわけだから、「……食うべからず」とは生きるな、つまり死を意味するとも読める。これに比べれば「労働は人を自由にする」の方がまだ人間臭い（アウシュヴィッツの門に掲げられるのでなければ）。この言葉の裏返しは「労働しない人間は自由になれない」と言っているだけで「生きていかれない」とは言っていないから。だが、どちらにしろ「働け」を強要していることは変わりなく、それは、働くことができない人により強く影響を及ぼしているように見える。

で、伝統的な（?）この呪縛から自由になるにはまずは憲法二五条をよく読み、その精神を理解することだと気が付いた。「すべて国民は健康で文化的な最低限度の生活を営む権利を有する」（憲法二五条第一項）。この文言の中には「働けば」とか「働くことによって」とかの留保条件は一切ない。主語は「すべて国民」だから「誰でも生きる権利がある」と単純に言ってよい。国は国民の生きる権利を保障すべきなのだ。それが、公的扶助、具体的には生活保護というものだ。アベ政権と自民党は改憲などと言う前に、国民が主人公だという現憲法の精神をよく理解し、実現することにまずは努力すべきだ。

実現への道を妨げているもの

憲法二五条が掲げる「健康で文化的な生活を営む権利」を具体化した生活保護の実態は今、かなり危ういばかりか福祉の精神に反するとさえ思われる。

その理由は、最もこれを必要とする人に少しも優しくないことだ。切羽詰まって福祉にたどり着いても本人と周囲は恥と罪意識から抜け出せない。「お上の世話になりたくない」「働かないのにもらうなんて」というもの。さらに身元調査によって経済的にも心理的にも丸裸にされ、人格も尊厳も喪失させられてしまうこと。その結果として経済的には生きることを保障されてもただ息をしてひっそりと暮らすしかなくなってしまう。これは健康で文化的な生活ではない。

憲法二五条の精神を真に現実のものとするには福祉（生活保護）を受けている人もそれを必要としない人も同じく「健康で文化的な生活」を営むことができる社会にすることでなければならない。それは生活に困窮した一部の人の問題ではなく、社会全体の問題だ。

生きる権利の根拠

先に取り上げた新聞記事「年金プア　不安の中で」を読んだ読者が、投書欄で、憲法二五条から由来する生存権の保証なら「生活保護」ではなく「生活保障」と改称すべきだという提案をしていて、なるほどと思った。「保護」というのはいかにも上から目線で「保障」というのはその権利を確保することだ。生きる権利を認めるということは「生かしてやる」ではなく「生きることを保障します」という義務を意味する。

だがなぜ、働くことが出来ず自分の身の回りのことさえできない人たちも生きる権利があり、国がそれを保障しなければならないのか。その過程を考えると（先に述べたように）まずは「働いてもそれが収入につながらない人」たちが声をあげ、家庭の仕事も労働だと主張した。次いで、心身の障害で働くことが困難な人たちは「生きていること自体が労働だ」と言って「福祉はお情け」と思い込んでいた昔風の頭を持つ人々を驚かせた。つまり、「賃労働だけが労働ではない」という主張によって、「生きていること＝働くこと」の関係が崩れ、更に「労働」の内容も変化した。つまりどんな状態の人でも「生きる」こと自体が対価を得る「労働」に値する。それを保障するのは当然だ、ということだ。それが生きる権利を保障する根拠だ。

私が初めて障害を持つ人たちの集団に接した時の思いは、この人たちは何ができるのだろうかという直感的な不安と懼《おそ》れのようなものだったと思うが、それは、「（障害を持つ）この人たち」という集団ではなく、何らかの心身の障害を持つということだけが共通の、貴重な一人一人の生命なのだということをやっと今になって理解できたということだ。

4．よりよく生きることとベーシックインカム

労働からの解放

「生きることが労働」という障害ある人からの発言は、福祉を受ける身にとっては大きな自信と人権の保障につながる。そしてそれは留保なしの現金で、無条件に、すべての人に、というベーシック・インカムの考え方だ。

現金を無条件で誰にでも与えるということになれば、福祉（生活保護）のための査定はいらなくなる。つまり「福祉はいらない。お金を直接与えればよい」（ルドガー・ブレグマン「隷属なき道」の表紙帯の文）ということになり、福祉の考え方も、働くことへの考え方も変化させてしまう。生活するために直接必要なお金があれば、餓死する人はなくなるし、働けるかどうかで生き方の質が大きく左右されることもなくなる。

働くことが嫌いという訳ではないが自分の自由時間が奪われるという被害妄想を一方で抱いていた私にとっては、もしかして人はそんなに働かなくてもいいということかと期待してしまう。熱心に働くことが美徳でなくなれば、働きすぎで体をこわすとか、意に沿わないけど「給料がいいから」という基準で職場を選ばなくてもよくなるだろう。

でも、「お金を直接与える」と言っても、その財源はあるのか。またその正当性は、と誰でも考えてしまうだろう。これについてはＢＩ（ベーシックインカム）についての研究者がいくつかの私案を出していて、どれが決定的とは言えないが、現在福祉政策を実行するに必要な経費の大部分が不要になった分（査定をする職員とか膨大な書類作成とか）を充てるとか、税の仕組みを変えるとかの提案があり、それらの工夫によって財源は可能だと述べている。また、ある試算によれば、現在の働きによる生産量（または富）は、全人類が十分に食べていくに足るだけあるという。

いくら配るのか、お金持ちにも配るのか、という方法の問題もあるが、考え方を変えれば不可能ではない。少なくとも、一部の人たちの「働き過ぎ」というのはありえなくなるだろう。

ＡＩ時代の労働格差

仮にＢＩが与えられるようになったからといって、（報酬を得るにしろ得ないにしろ）労働そのものが世の中からなくなることはない。ただ、現代では賃労働が特定の個人や分野に偏在し、その結果生み出された富が偏在し、総体として人々の間の格差が広がっている。世界規模で見ると、一パーセントの富んだ人の収入が他の九九パーセントすべての収入に匹敵するという。

格差の問題は古くからあり、産業技術の発展とともに拡大してきた。新しい道具や機械の発明は、人類を豊かにしたが、人手（労働力）が機械にとって代えられると、不要になった人手（労働者）が失業する。今後ＡＩ（人工知能）が人間の仕事にとって代わるようになれば失業者が多くなることにな

る。産業革命時代の「ラッダイト」（一九世紀イギリスの機械破壊運動）のようなことが起こらないようにするには、現状の体制と考え方を変えなければならないだろう。つまり本当の意味の「働き方改革」をすることだ。機械が人間の仕事をしてくれれば人間はそれだけ働かないで済むはずだから。

今まで見てきたように、「働かざるもの……」の呪縛を脱し、人生のより良い生き方をすることが意義あることだと皆が考えれば、この豊かな時代はいいチャンスだ。働きすぎてうつ病とか過労死になる代わりにその仕事を皆で分け合えばいいのだ。ブレグマンによれば、それは「一日三時間でよい」という。

分配の問題

「労働力」を分け合うこと、つまりワークシェアは特定の個人の過重な負担を減らすことだが、格差は完全になくなるわけではない。

分配の問題は、富の偏在を出来る限り少なくして貧困を解消しようというものだ。これはいま蓄積されている富は誰のものかとか、富が築かれた原資、地球上の資源や環境、土地などは特定の個人のものではないと考えれば、富は人類すべてのものと考えることができ、この富の分配つまりそれへの税の合理性とその分配の正当性が根拠づけられる。このように税をどうかけるかによって分配の公平性が保たれるという考え方がある。これも試案または実験段階で、完全に確立されてはいないが。

おわりに

ＢＩの考え方は約二〇〇年くらい前からあり、世界の各地で人権運動や、人種・フェミニズム・障害者の権利確立の闘いなどと共に思想的・理論的に論じられ、部分的だが実行されても来た。が、未だ一つの政治体制とか経済政策という形で確立されてはいない。でも、この考え方は現代社会の不合理、不条理な部分の解消に大きなヒントとなるのではないかと期待している。

もしかして、今の私は個人的にはＢＩを支給された生活を送っているということかもしれないと思った。私のＢＩは年金で、それも年々少なくなってはいるが、賃労働はしなくていいから（無給の家事労働は残っているが）読む時間も書く時間も工夫次第で確保でき、勤労時代の欲求不満を解消すべく日々忙しく充実もしているから（人生の残り時間を考えると遅すぎたかもしれないが）。

「働かざるもの……」の呪縛から多くの人が抜けだし、世の中がそのような風潮になれば、いつかＢＩ時代がやってくると思うのは単なる夢物語ではない。世界的に遅れている日本でさえ女性の地位は私の母の時代よりはるかに向上し、障害を持つ人が家の一室から出て街を闊歩するのは当然となった。人類の歴史はそれまで考えられなかった変化を遂げてきたのだから。

特集1 日本と東アジアの今

歴史的転換をみせる朝鮮半島と日本

大畑　龍次

はじめに

安倍政権が長期化している。安倍政権をもっとも特徴づけているのは、安保法制と改憲策動だろう。米国の一極覇権が崩壊して多極化するなか、米国の相対的衰退を補完する役割が日本に求められている。その結果、安倍政権は安保法制と改憲策動に突き進んでいる。専守防衛から自衛隊の世界的展開を可能にしたものが安保法制であり、そのような自衛隊として認知させようというのが改憲策動である。しかし、それらの政策遂行のために日本が国難に直面しているというデマゴギーが必要となる。そのために選ばれたのが中国の台頭と朝鮮（朝鮮民主主義人民共和国）の核・ミサイル開発だった。中国との間では、尖閣列島（釣魚島）領有権問題と南シナ海での島嶼建設が取り上げられ、朝鮮に対しては軍事的「挑発」への脅威が語られてきた。このような安全保障上の危機を語ることによって安保法制と改憲策動を可能にする世論が形成された。昨年二〇一七年の秋に安倍政権は「国難」選挙を仕掛けて勝利した。自公とその補完勢力が伸長して三分の二の改憲勢力となった。小池・前原が仕掛けた野党共闘つぶしと「国難」キャンペーンのまえに改憲阻止勢力は後退を余儀なくされた。選挙制度の問題があって改憲勢力の議席数が国民の意志を正しく反映していないとはいえ、改憲発議が可能な勢力になっているのが現実である。安倍政権は、中国・朝鮮を敵視する姿勢を露わにし、それを安全保障上の脅威としている。書店では嫌中、嫌朝の書籍が溢れ、右翼的な雑誌も同様の論考で埋め尽くされている。このような状況にあって正しい中国・朝鮮認識を持つことが必要である。

二〇一八年が明けると、朝鮮半島情勢は融和ムードへと変わった。金正恩国務委員長による「新年辞」を契機に朝鮮の平昌五輪への参加、特使としてソウルを訪問した金与正は文在寅大統領に平壌訪問を要請し、三月初旬の答礼の特使団が平壌に派遣され、四月末の南北首脳会談が決定された。その報告にアメリカに向かった特使団は、トランプの「五月までの米朝首脳会談」という決断を引き出した。さらに、二度にわたる電撃的な中朝首脳会談によって日本の孤立が一層鮮明となった。朝鮮半島はいまや歴史的な転換のときを迎えているが、日本は「蚊帳の外」にあり、いま一度日本政府の対朝鮮政策を検討しなくてはならない。本稿では朝鮮民主主義人民共和国を「朝鮮」と表記する。

1.　朝鮮半島問題とは何か

まず、朝鮮半島問題とは何かを検討しなくてはならない。最近のマスコミでは「北朝鮮情勢」という表現が使われている。なにか朝鮮国内の情勢を取り扱っているような表現だが、そこには意図的なものが感じられる。少なくとも朝鮮半島情勢とするべきだろう。朝鮮半島問題とは、朝鮮半島の地域問題でもなく、朝鮮の非核化問題でもない。かつての冷戦的対立に起因した南北、さらにその周辺関係国である日米中ロの対立を克服し、北東アジアを平和な地域にする問題である。

北東アジアの敵対的な対立構造を克服することこそが朝鮮半島問題の本質である。第二次世界大戦が終わったとき、北東アジアの戦後体制をめぐる東西の対峙があった。日本の支配層は天皇制を守る「国体護持」を優先し、米国は占領政策遂行と西側ブロックに日本を引き入れることを決断した。その結果、敗戦国日本は東西ドイツのような分割統治を免れることができた。北東アジアにおける東西対決構造は、戦勝国側にあった朝鮮半島の分断をもたらした。一九四八年に南北の政府が生まれた。半島の両国は今年建国七〇年を迎えるが、それは分断の七〇年でもある。さらに、一九五〇年に朝鮮戦争が始まった。朝鮮人民軍が怒濤の進撃で釜山周辺まで迫った。米軍が仁川上陸作戦で朝鮮軍を分断すると、朝鮮軍は北への後退を余儀なくされ、中国との国境地帯へと追いつめられた。戦争は半島の全域に広がった。米軍を主力とする国連軍が中国国境に迫ると、中国は中国義勇軍を組織して参戦した。後方も含めると、一〇〇万人にもなる中国の参戦で戦争は実質的に米中戦争となった。一九五三年七月に朝鮮戦争は停戦協定を結んで収束を迎えた。日本は朝鮮特需で戦後復興に成功する。こうして朝鮮半島の分断は今日まで続くことになった。

朝鮮戦争後、朝鮮からは中国義勇軍など外国軍は撤退したが、米軍は米韓相互防衛条約（一九五三年一〇月）に基づいて韓国に居座り続けた。この条約によると、軍事行動の作戦権は米軍が握っている。こうして朝鮮半島は南北の分断と対峙が続くことになった。朝鮮半島問題とは、半島を舞台にした南北、東西対立をいかに克服するかという問題である。決して南北の、あるいは半島の地域的な問題ではないし、朝鮮の核保有の問題でもない。それをもっともよく表現しているのが六者協議であった。六者とは南北と日米中ロで構成されているが、六者は半島の近代史に深くかかわってきた。日本は朝鮮半島の利権をかけて日清・日露の戦争に勝利した。清国はその後新中国に引き継がれ、ロシアは旧ソ連から新ロシアへと引き継がれていく。日本の敗戦後は中ソと日米の対立が半島に影を落とすことになった。六者協議とは、半島の近代史のなかで利害対立してきた諸国が最終的に対立を克服し、北東アジアの平和を実現するものだった。

六者協議は二〇〇五年九月に共同宣言を出した。その宣言にこそ、朝鮮半島問題の本質が見事に示されている。その宣言には以下の六つの項目が盛られている。①平和的な方法による朝鮮半島の検証可能な非核化の確認、②米朝、日朝の国交正常化、③エネルギー、貿易および投資の分野における経済面の協力、④北東アジア地域の永続的な安全保障、⑤「約束対約束、行動対行動」の原則の確認、⑥次回会合の確認。この宣言によれば、問題解決のためには「約束対約束、行動対行動」の原則が守られなくてはならないことを示している。一方的に朝鮮の非核化だけが求められるのではなく、あくまでも平和的な方法による朝鮮半島の非核化が実現されなくてはならない。その前提には米朝、日朝の国交正常化が実現されなくてはならない。対立関係が解消してはじめて「朝鮮半島の非核化」が実現し、北東アジアの安全保障が実現する。この宣言は画期的なものだったし、朝鮮半島問題の青写真を描いたものだった。しかし、その直後に米国はアモイにある「バンコ・デルタ・アジア」の朝鮮口座が偽ドル偽造に使われているとして閉鎖を要求し、朝鮮は米国の朝鮮敵視政策だとして反発し、二〇〇六年一〇月に一回目の地下核実験を行った。結局、六者協議は二〇〇七年三月の第六回会合を最後に開催されていない。朝鮮は、「約束対約束、行動対行動」の原則が無視されたと感じたに違いない。

朝鮮半島問題とは、このように北東アジアの対立関係をいかに解消し、平和な北東アジアを作り出すことである。そのなかでもっとも鋭く対峙しているのは米国と朝鮮だが、時代の趨勢からみると、米中関係がより根本的なものと見なければならない。朝鮮戦争は最終的には米中戦争だったし、中国は朝鮮の貿易の九割を占め、対韓国貿易でも日米のそれを越える水準になっている。韓国は軍事的には米国に依存しているが、経済的にはより強く中国と関係している。米中対立は、台湾、南シナ海、さらにインド洋へと広がっている。そして、日本は米国に寄り添いながら米国側に立っているという構図になっている。こうした東アジアから南アジアにかけて展開されている米中対峙のひとつが朝鮮半島問題なのである。したがって、朝鮮半島問題の解決は米中対立全体の解消にも重要な意味を持っている。

2．激動の朝鮮半島情勢

朝鮮半島情勢は二〇一七年から二〇一八年にかけて激動のときを迎えた。二〇一七年が一触即発の軍事緊張に包まれた年だとすれば、今年二〇一八年は南北融和と対話の年となった。

(1)　軍事緊張の二〇一七年

米国では昨年二〇一七年一月二〇日にトランプ新政権がスタートした。トランプは大統領選挙期間中、オバマの戦略的忍耐政策を批判しながら、「金正恩とハンバーガーを食べたい」とつぶやいた。オバマの戦略的忍耐政策とは、核・ミサイル開発を続ける朝鮮とは交渉しないというもので、軍事的、外交的な圧力を加えながら、朝鮮の自滅を待つ政策であった。トランプがオバマの対朝鮮外交を厳しく批判していたことから、対話に舵を切るものと思われた。しかし、徐々に「全ての選択肢がテーブルにある」と言いながら、武力行使に傾いていった。

四月六日にシリア空軍基地に五九発のトマホーク攻撃を行った。シリアが化学兵器爆弾を使ったことへの報復だった。米軍がシリアのアサド政権に攻撃を仕掛けたのは初めてのことだった。さらに、四月一三日にはアフガン国内のＩＳ拠点に大規模爆風爆弾（ＭＯＡＢ）攻撃を強行した。この爆弾は核爆弾に次ぐ破壊力を持つものであり、実戦で使われたのは初めてだった。このふたつの武力行使は、攻撃対象に打撃を与えるだけではなく、朝鮮を威嚇するものだった。トマホーク攻撃は「斬首作戦」に有効だし、ＭＯＡＢ攻撃は朝鮮の地下軍事施設への攻撃に効果的と思われていたからだ。このふたつの攻撃の間の四月九日、トランプは日本海に空母カールビンソンを派遣した。四月の米中首脳会談でトランプは「中国がやらなければ我々がやる」と武力行使を示唆する発言もしている。韓国国内では三月一日から四月末まで米韓合同軍事演習が行われており、空母の派遣はそれに合流するものだった。「斬首作戦」「上陸作戦」が行われ、最新鋭兵器が動員された。トランプ政権の対朝鮮政策が武力行使に傾いたことが鮮明になった。

これらの米韓の動きに対して朝鮮はどう対応したか。日米首脳会談が行われていた二月一二日に中長距離弾道ミサイル「北極星2号」の発射実験を行い、三月六日には弾道ミサイルの四発同時発射を行った。そのうち三発は日本の排他的経済水域に着弾した。固形燃料のミサイルや移動式発射台からの発射実験など、朝鮮はミサイル開発の進展ぶりを見せた。トランプが武力行使の姿勢を見せたにもかかわらず、朝鮮は自粛姿勢を見せず、三月二二日、四月五日、同一六日、同二二日にミサイル発射実験を行った。軍創建日の四月二五日には最大規模の砲撃訓練も実施した。米韓合同軍事演習に対抗する朝鮮の牽制行動によって軍事緊張は極度に高まった。

韓国では四月中旬から大統領選挙が行われていた。二〇一六年の一〇月ころから行われたキャンドル集会によって朴槿恵大統領が失職し、前倒しした大統領選挙が行われていた。最大野党の「ともに民主党」の文在寅候補が独走していた。文在寅候補は朝鮮に融和的な姿勢を見せていたことから、米国の一連の軍事行動は緊張を高めることで、保守勢力の援護射撃だった。これまでの選挙戦では安保問題は保守勢力に有利に展開していたからだ。しかし、キャンドル革命の力は文在寅を大統領に押し上げ、二〇一七年五月一〇日に文在寅政権がスタートした。

八月危機の朝鮮半島

米韓合同演習は四月に終わったが、夏に再び朝鮮半島は軍事緊張に包まれた。七月に朝鮮は二度のＩＣＢＭの発射実験を行い、その射程距離は米本土に到達すると推定された。トランプは八月八日、「世界は見たことのない炎と激しい怒りに直面する」と朝鮮を威嚇すると、朝鮮はグアム島周辺への四発同時ミサイル発射実験を明らかにした。この発射実験はトラップの「レッドライン」となると思われたが、金正恩は八月一四日に「米国の態度を見守る」と発言し、トランプも「賢明な判断」と応じて危機は回避された。

しかし、米韓が八月二一～三一日に「乙干フリーダムガーディアン」の米韓合同演習を行ったため、朝鮮は二度のミサイル発射実験を行った。そのうちの八月二九日の「火星12」は日本列島を越えて襟裳岬東方の太平洋上に着弾した。このミサイル発射実験はグアム島周辺への実験同様の射程距離で発射したものと思われる。この八月二九日はかつて日韓併合が行われた日にあたり、日本への警告となっていた。この日の朝、出勤準備の家庭に「Ｊアラート」報道が流され、ほぼ一時間にわたってミサイル報道が行われた。日本政府は外交チャンネルを総動員して「国際社会の圧力」を叫び、石油禁輸を盛り込んだ制裁の実現に動き出した。さらに九月三日、朝鮮は六度目の核実験を実施。過去最大の爆発規模で水爆実験と思われた。これまでの核保有国の場合でも五～六回の核実験で核弾頭の開発に成功していることから、朝鮮はほぼ核弾頭開発に成功したといえる。

トランプ政権は一一月二〇日、朝鮮を「テロ支援国家」の再指定に踏み切った。ブッシュ政権時の二〇〇八年に解除されたが、その再指定だった。米国の制裁はさまざまに出されていたので、この再指定は象徴的な意味であった。金正男殺害や日本の拉致事件などを根拠としたとされる。朝鮮はこれに対して一一月二九日、「火星15」のミサイル発射実験を行った。ミサイルは高い軌道を描いて日本海に着弾したが、その射程距離は米国全域をカバーするものとなった。こうして朝鮮は核弾頭の開発と大陸間弾道ミサイルの開発に成功し、核武力の完成を宣言するに至った。大気圏再突入技術や命中精度の問題はあるものの、朝鮮の核・ミサイル開発は最終段階に至った。残されていることは太平洋上の水爆実験ぐらいとなり、実戦配備の段階に移った。

国連安保理は「火星15」発射実験への制裁として一二月二二日、朝鮮への制裁を発表した。それによると、①年間の石油製品の朝鮮への輸出量を上限五〇万バレルとすること。朝鮮への輸出量は四五〇万バレルであることから、九〇パーセントの削減となる。②朝鮮国外で働く朝鮮労働者を一年以内に送還すること。海外で働く朝鮮労働者が稼ぎ出す外貨が核・ミサイル開発の資金源になっていることが制裁となった理由である。

このように二〇一七年はかつてない軍事緊張に包まれた。朝鮮はこの一年に各種のミサイル発射実験を行った。移動発射台や潜水艦からの発射、四発同時発射、夜間発射など多様な発射実験に成功し、核武力の完成を宣言した。これに対し国連安保理の制裁は朝鮮封鎖の様相を呈するに至った。

圧力一辺倒の安倍政権

このように二〇一七年の朝鮮半島は緊迫した軍事対決の中にあった。そのなかで安倍政権はどのような態度をとってきたのか。世界中でもっとも強く圧力強化を叫んでいるのが安倍政権である。自民党内の民主主義がほとんど機能しない「安倍一強」体制もあって、米政権内の対話派のような異論さえ存在していない。ミサイル発射実験を「ミサイル発射」、朝鮮の対抗措置を「挑発」、日本列島越えのミサイル発射実験を「日本に向かうミサイル」などと朝鮮に対する恐怖感・敵愾心を煽る政策を実行した。不必要に広域に発せられる「Jアラート」によって列車が止まり、自治体による避難訓練の実施、「窓際に寄るな」、「頭を押さえろ」、「地下施設に避難せよ」などの注意喚起は「国難」雰囲気を作り出し、そして「国難」総選挙で政権延命に成功した。麻生にして「北朝鮮のおかげ」で総選挙に勝利したと言わしめた。

安倍政権はトランプの「全ての選択肢はテーブルにある」とする武力行使の可能性を支持してきた。トランプ発言を支持するということは、戦争になってもかまわないということであった。どのような事態が起こるのか国民に説明し、国民の理解を求めなくてはならないが、そのような説明を安倍の口から語られることは未だかつてない。そもそも国際紛争を武力で解決するのは、平和憲法に反する違憲行為である。

そこで、どのような事態になるのかを考えてみよう。第一に、第二次朝鮮戦争はかつての朝鮮戦争とは違うということだ。戦場は朝鮮半島に限定されず、日本列島をも戦場となることが明らかだ。安保法案は日本を戦争当事者にする。朝鮮の攻撃力は、日本列島はおろかグアム島の米軍基地をも対象となった。また、この戦争は核戦争の様相を呈するだろう。原発への通常兵器での攻撃でも核戦争同様の事態となる。日本海を渡って難民が押し寄せるかもしれない。第二に、その戦争は侵略戦争であり、日本はその片棒を担ぐことになる。長期的な展望から判断すると、その国力からして朝鮮側が戦端を切ることは考えられない。最終的な勝利の可能性は低く、自殺行為となるからだ。戦端を切るとすれば、米国側であることは容易に判断できる。それは核・ミサイル開発に対する懲罰戦争となる。核・ミサイル開発を侵略行為と見ることはできない。侵略行為ではない単なる実験を理由とする武力行使は侵略と呼ぶしかない。さらに、朝鮮が反撃すれば、安保法制下にある日本は集団的自衛権を行使しなくてはならない。日本は戦争当事国となり、侵略者となるのだ。第三に、東京オリンピックの開催が不可能になる。武力行使が行われて戦争になれば、終結までには数年を要するだろう。そうなれば、二〇二〇年の東京オリンピック・パラリンピックは開催不能になるだろう。オリンピックという国家的イベントが台無しになる。個人的には東京オリンピックには必ずしも賛成ではないが、多くの国民が期待していることも事実である。安倍がトランプの路線を支持するということは、こうした事態になることを語り、それでもなお支持することを説明しなくてはならない。そうでなければ、国民の安全をいかにも軽視した姿勢といわなくてはならない。

(2) 朝鮮半島情勢の新展開

朝鮮では毎年正月元旦に指導者の「新年辞」が発表され、その年の施政方針にあたる位置づけが与えられる。今年も例年通り国内外の情勢について分析し、目指すべき方向性を明らかにした。その演説で金正恩国務委員長は「核ミサイルの発射ボタンが机の上にある」として米韓などの軍事挑発に毅然とした態度をとることを明らかにする一方、平昌五輪を民族の慶事として受け止めることを明らかにした。

この「新年辞」を受けて韓国は、一月九日の高位級会談を板門店の韓国側施設である「平和の家」で開催しようと提案した。朝鮮側も韓国側の提案を受け入れ、会談が実現した。韓国側は趙明均統一部長官、朝鮮側は李善権祖国平和統一委員長を主席代表とする各五名の代表団を派遣した。首席代表のレベルから考えると、閣僚級会談と位置づけられる。この会談は休憩をはさみながら一〇時間を超えるマラソン会談となり、映像や音声などを文在寅大統領と金正恩国務委員長が見守る中で開催されたという。韓国側のマスコミも好意的に扱い、韓国側代表団の車列が会議場に着くまで生中継するという熱狂ぶりと伝えられた。

この会談によって①平昌五輪への朝鮮の参加。応援団、芸術団などの派遣、②軍事当局会談の開催、③南北問題を巡る全ての問題を協議する高官級会談開催が合意された。これらは文在寅政権のスタート当初から提起していたもので、南北チャンネルが稼働したことを意味した。五輪・パラ期間の米韓合同軍事訓練の「延期」が示され、朝鮮側も核・ミサイル開発を中断したことから、中ロが主張していた「双中断」が実現した。平和の中で五輪・パラ開催が約束された。

トランプ政権は好意的な反応を見せたが、日本政府は警戒的な態度を示し、日本のマスコミも「北朝鮮の出方に注意せよ」「微笑外交を警戒せよ」といった論調だった。安倍政権の頑なな朝鮮敵視姿勢が際立った。一方、韓国の進歩勢力は大規模な共同応援団を組織する方針を明らかにし、総連系などの在日組織も応援団を組織することになった。その後、一五日に芸術団派遣、一七日に選手団派遣について南北は実務協議に入った。芸術団派遣については約一四〇人の三池淵管弦楽団の派遣に合意し、民謡やクラシックを演奏することになった。一七日の実務協議では①統一旗を掲げる合同入場行進の実施、②合同女子アイスホッケーチームの結成、③テコンドー演武団の派遣、④金剛山での文化行事開催、⑤朝鮮の馬息嶺スキー場での南北合同練習、⑤京義線陸路での韓国入り、⑥平昌パラリンピックへの朝鮮の参加、⑦朝鮮応援団の派遣と南北合同応援などが合意された。南北合同応援団には前述のように在日韓国・朝鮮人も合流した。また、朝鮮の参加種目はアイスホッケー、フィギュア・ペアなど五種目であることも明らかになった。南北合同チームのため、国名は「コリア（COR）」、国旗は「統一旗」、国歌は「アリラン」となった。

韓国国内ではチケットの販売数が急激に伸びる一方、左右のイデオロギー対立も激化した。右翼の「韓国愛国党」はソウル駅前で集会を開き、金正恩国務委員長の写真や朝鮮国旗に火をつけ、「平昌五輪」ではなく「平壌五輪」だと文在寅政権を批判した。一方、芸術団の視察団長の玄松月氏に対するマスコミのフィーバーぶりはすごく、彼女の写真が新聞を埋め、行く先々で「おっかけ」ができるほどだった。爆発的南北融和ムードが巻き起こった。

五輪開幕日の前日にあたる二月八日、朝鮮は「建軍節」の大規模な軍事パレードを実施した。一方、米韓双方の軍事当局者は三月一八日のパラリンピック閉幕早々の合同軍事演習の実施を主張していた。このような南北双方の神経戦が続いていた一月二九日、朝鮮は金剛山での文化行事の開催中止を通知してきた。韓国のマスコミが軍事パレードを批判的に取り上げていることに不快感を示したものと受け取られた。この行事には発電用軽油を韓国が提供することになっていたが、米国が制裁がらみで批判的で米韓間で協議中だったことも関係していると分析された。同三〇日には空路で馬息嶺スキー場での南北合同練習に参加する韓国選手が訪朝し、帰りは朝鮮選手とともに帰った。今回の南北航路の開設は初めてという。

同時期の一月一六日、米国のティラーソン国務長官とカナダのフリーランド外相が主導する外相会合がカナダで開催された。参加したのは日本、韓国、インド、スウェーデンなど二〇か国で、朝鮮と中ロは不参加だった。米国のティラーソン国務長官は「対話が最善のオプション」といいながらも、日本とともに「最大限の圧力」を主張。特に、河野外相は「圧力を緩和したり、北朝鮮に報いたりすべきときではない」と強硬姿勢を見せた。一方韓国は、五輪・パラ停戦を南北対話の糸口に、さらに米朝対話に結び付けたい意向であることから、日韓の温度差が際立った。

河野外相は機会あるたびに「最大限の圧力」を各国に呼び掛けている。日本が各国に制裁への協力を働きかけているのは、日本はこれ以上の圧力行使ができないことから、外国頼みになっている感がある。また、こうした日本の行動の裏側には、国際社会では必ずしも国連制裁が支持されていない現実があるようだ。そもそも米国主導の国連運営や国連安保理の動きに対する批判的な諸国はなおさらである。中ロは安保理制裁に賛成した手前、それなりのポーズをとっているが、朝鮮の核・ミサイル開発は自らの脅威にはならず、朝鮮の孤立や混乱は中ロの国益に合致しない。むしろ、米韓の軍事演習と朝鮮の核・ミサイル開発の「双中断」と対話による解決こそが中ロの本音だ。

日本が対朝鮮政策で強硬姿勢をとっているのは、朝鮮の脅威うんぬんよりは、国内の改憲策動を進める狙いもある。朝鮮を敵視し、その恐怖心や敵愾心を拡大することが改憲策動には必要なことなのであろう。韓国の知人たちから「日本は朝鮮半島での戦争を望んでいるようだ」という声は、日本のこうした本音を衝いたものだろう。

南北首脳会談と板門店宣言

五輪外交でもっとも注目されたのは、金正恩の妹である金与正が特使として派遣され、文在寅大統領の「早期の平壌訪問」を要請したことだった。文在寅大統領は訪朝要請に「条件が整えば……」と慎重姿勢を見せた。条件とは、韓国の国内世論の動向と米国との協議だった。国内の世論調査では七割が南北首脳会談に好意的と伝えられていたから、米国とのすり合わせが問題となる。ともかくボールは文在寅に投げられた。

五輪閉幕式には金英哲統一戦線部長が出席し、文在寅大統領とも会談して「朝米会談の用意がある」と伝えた。韓国政府は三月五～六日に青瓦台の鄭義溶国家安保室長を首席とし、国家情報院の徐薫院長など五人の特使団を派遣した。この特使団派遣はトランプ大統領の事前了解を得て行われた。朝鮮が金与正を特使として派遣したことへの答礼として位置づけられ、文在寅大統領の親書を伝達した。朝鮮は金正恩国務委員長との昼食会と面会に応じ、実務協議で①四月末の南北首脳会談開催、②首脳間のホットライン設置、③朝鮮の非核化の意志表明、④米朝対話の用意表明、⑤対話期間中の核・ミサイル開発の凍結、⑥韓国側のテコンドー演武団と芸術団の平壌訪問の六項目で合意した。この六項目のうち、③～⑦はどちらかというと、米国に対するものと言ってもいいものだ。韓国特使団はこの合意を説明するため九日、トランプ大統領と面談した。この面談でトランプ大統領は「五月までの米朝首脳会談」を表明した。場所と日時も明らかにされなかったが、情勢は画期的展開となった。その後の実務接触によって南北首脳会談は四月二七日に板門店の韓国側施設「平和の家」で開催されることが決まり、韓国側は①朝鮮半島の非核化問題、②軍事緊張の緩和問題、③南北の共存と協力問題を議題として提案した。こうして南北、米朝首脳会談がセットされるなか、三月二六日に中朝首脳会談が電撃的に開催され、金正恩の初の外遊になった。冷却化していた中朝関係は改善され、金正恩国務委員長は朝鮮半島の核問題について「段階的措置による非核化」を提案した。

三回目の南北首脳会談が四月二七日、板門店の南側施設「平和の家」において開かれた。この首脳会談では「朝鮮半島の平和と繁栄、統一のための板門店宣言」が出された。この宣言によって朝鮮半島の平和・繁栄・統一のロードマップが明らかになったわけだ。板門店宣言は三つの部分から構成されている。

第一に、「共同繁栄と統一」。ここでは自主統一の原則が明らかにされ、これまでの南北間の合意を履行・発展させるべく協議していくとされた。具体的には①開城地域に南北共同連絡事務所を設置、②六月一五日などの共同行事開催と二〇一八アジア大会（八・一八～九・二）への共同出場、③八月一五日の離散家族再会事業、④一〇・四共同宣言の履行と一次的なものとして東海線および京義線の鉄道と道路の連結事業。なお、一〇・四共同宣言にはそのほかに多くの共同事業が合意されているので、順次進められることが予想される。一〇・四宣言では推進のために副首相級の「南北経済協力共同委員会」を組織するとされているので、そのような組織が作られるだろう。

第二に、南北の「軍事的緊張緩和」。軍事的敵対行為を中止し、非武装地帯を平和地帯に、西海北方地域を平和水域にするとされる。今後、軍事緊張緩和のための軍事当局間会談を持つこと、五月中に将官級会談を開催すると合意された。すでに非武装地帯の敵対宣伝とビラ散布は中止されている。

第三に、朝鮮半島の「恒久的平和体制の構築」。武力行使をしない不可侵合意と段階的な軍縮の推進。年内の朝鮮戦争の終結を目指し、停戦協定を平和協定へと実現すべく三者（南北と米）あるいは四者（南北と米中）に協議を推進するという。こうした南北の合意は米軍の武力行使をつよく牽制するものとなるだろう。そして、「完全な非核化を通じて核のない朝鮮半島を実現するという共同の目標を確認した」。この「核のない朝鮮半島」の表現は米国の核の傘も想定されている。そうでなくては「共同の目標」にはならないからだ。宣言の最後には、文在寅大統領の平壌訪問も合意された。文在寅が望んでいた首脳会談の定例化に一歩前進したことになる。半年後の首脳会談によって宣言の進捗状況「実りの秋」が確認されるだろう。

朝鮮半島をめぐる諸問題のうち、南北だけでは解決できない問題がいくつかある。ひとつは朝鮮半島の非核化問題である。この問題はどちらかというと、米朝間の問題である。朝鮮半島における核問題というとき、中ロの核は含まれず、対峙関係にある米朝の核を指している。また、朝鮮の核武力は朝鮮敵視政策をとっている米国に対する自衛的なものであるものとされてきた。したがって、米国の朝鮮敵視政策の放棄、平和協定締結と国交交渉によって体制保障が担保されなくてはならない。板門店宣言が朝鮮半島の非核化を目標としたものの、朝鮮が保有する核に言及がないとする批判はあたらない。それは米朝対話において話し合われるべき問題だからだ。もうひとつは、停戦協定を平和協定にする問題だが、そもそも停戦協定に署名したのは米中朝なのだから、少なくとも三者による協議が必要だ。より正確に言えば、米国ではなく国連軍であり、中国ではなく中国義勇軍であったが、実質的には米中といっていいだろう。しかし、停戦協定によって対峙している韓国を抜きの協議は考えられないことから、四者による協議が妥当だろう。日本政府が要請した拉致問題はあくまでも日朝間の問題であり、取り上げる理由はない。その後、文在寅大統領が拉致問題を取り上げたことが伝えられ、金正恩国務委員長が日朝対話の用意を伝えている。米日中ロの関係国の反応でいえば、日本以外はおおむね歓迎の意を表しているといっていいだろう。

歴史的な米朝首脳会談

舞台は米朝首脳会談に移ったが、米朝間の神経戦が続いていた。

朝鮮は四月二〇日、朝鮮労働党中央委員会総会において核・ミサイル開発の中止、核実験場の廃棄を決定したと明らかにした。核実験の廃棄措置は五月二三〜二五日に行い、米韓などに公開するとしている。核武力の完成によって必要性が減少したこともあるが、米国へのメッセージとなった。板門店宣言でも「北側が取っている自主的な措置が、朝鮮半島の非核化のための大胆で意義ある重大な措置」として南北によって認識された。また、中朝首脳会談において金正恩国務委員長は「段階的措置」に言及した。六者協議共同声明でも明記されている「約束対約束、行動対行動の原則」にしたがって段階的に進むことができれば、朝鮮半島の非核化は可能だという立場である。さらに朝鮮は五月九日、拘束中だった韓国系米国人三人に恩赦を与えて解放した。トランプ大統領夫妻が深夜にかかわらず出迎え、自らの成果として大宣伝を展開した。トランプが米朝首脳会談の開催地と日程を正式発表したのはその直後だった。

さて、首脳会談を前に米朝間の暗闘はどのように進んでいたのか。米国はふたつのポイントで自らの立場を表明していた。ひとつは朝鮮が具体的な非核化措置をとることであり、もうひとつはそれが行われるまで最大限の圧力を行使するというものだ。朝鮮が非核化に合意すれば、体制保証と経済建設に協力するとしている。ボルトン大統領補佐官（安全保障担当）がもっとも強硬な姿勢を貫き、リビア方式を主張している。一方、朝鮮側はあくまでも段階的な解決を主張し、一方的な非核化を拒否している。米朝間の意見対立があるのは明らかで、金正恩国務委員長の二度目の中国訪問が五月七～八日に行われたことに端的に示されている。米朝首脳会談を前にして意見調整と経済協力を取り付けたものと思われ、その後朝鮮の経済視察団が派遣された。中朝の親密化で米国への揺さぶりをかけた格好だ。

朝鮮側の揺さぶりはさらにエスカレートした。米韓両空軍による合同演習が実施されたことに抗議し、五月一七日に予定されていた南北閣僚級会談の無期限延期を通告した。この会談は「板門店宣言」を受けた協力事業を論議するはずだった。さらに、この通告があった一六日、金桂寛第一外務次官が談話を発表し、「米国が一方的な非核化を要求するなら、首脳会談の再考もありうる」ことを明らかにした。金桂寛は長く朝鮮外交を主導してきた人物。こうした朝鮮側の攻勢は、米朝首脳会談の日程と場所が明らかになってからのことで、朝鮮外交の面目躍如ぶりを見た思いだ。米国報道は「朝鮮の非核化」だけを取り上げているが、朝鮮側は「板門店宣言」にしたがって年内の終戦と平和協定を提案しているはずだし、米朝国交問題も取り上げていると思われる。その後、二四日に崔善姫外務次官が「米朝首脳会談の再考を最高指導者（金正恩）に提起する」と発言。このような朝鮮の動きを受けてトランプ政権は五月二四日、米朝首脳会談の中止を明らかにし、最大限の圧力政策に回帰することを表明した。しかし、翌日二五日に金正恩国務委員長の意を受けて金桂寛が米国に再考を促す談話を発表すると、トランプは「良いニュース」とつぶやき、予定通り開催もありえると明らかにした。二六日には四回目の南北首脳会談が板門店の北側施設「統一閣」で開かれ、板門店宣言の履行と米朝首脳会談の推進を確認した。無期延期されていた南北高位級会談を六月一日に開催するなどが合意された。

神経戦の末に、米朝首脳会談は当初の予定通り六月一二日に行われた。会談は両首脳だけの会談後、拡大会合、昼食会、合意文書署名、トランプ大統領の記者会見と続いた。今年は朝鮮の建国から七〇周年にあたるが、その節目に敵対関係を続けてきた米朝両国の首脳会談が開かれたことは歴史的なことであり、その成功を心から歓迎したい。合意文書の要点は次の通り。

①平和と繁栄を願う両国人民の念願に基づいて新たな米朝関係を樹立していくことにした。
②朝鮮半島で恒久的で強固な平和体制を構築するために共に努力する。
③朝鮮民主主義人民共和国は二〇一八年四月二七日に採択された板門店宣言を再確認し、朝鮮半島の完全な非核化に向けて努力することを確約した。
④戦争捕虜および行方不明者の遺骨発掘を行い、すでに身元が確認された遺骨を即時送還することを確約した。

第四項以外には具体的な言及はなく、全体として包括的な内容となっている。第一項の「新たな米朝関係を樹立」の確認からは、今後米朝国交交渉へ向かうことが期待される。当面は連絡事務所の設置などが糸口になるだろうと思われる。第二項の「恒久的で強固な平和体制を構築」は、終戦宣言から平和協定締結へと向かうかが焦点だろう。第三項は、朝鮮が「朝鮮半島の完全な非核化に努力する」ことを表明したものである。これはこれまでも表明していたことの再確認といえる。なお、前文にトランプが朝鮮に「安全の保障を提供すると確言」したとあるが、これはいわゆる「体制保証」とまでは言えない。

日米のマスコミの反応は、「金正恩にやられた」という論調が大勢のようだ。会談以前にトランプ政権がＣＶＩＤ（完全で検証可能かつ不可逆的な核廃棄）を声高に主張していただけに、その落差が大きすぎるというところか。米議会も「不満」を表明しているし、金正恩に軍配というのがおおかたの評価。今後もトランプ政権は、朝鮮の非核化を要求することは明らかで、その進展に合わせて「新たな米朝関係」と「恒久的で強固な平和体制」の協議に応じるものと思われる。関係改善の具体化はこれからだが、敵対関係を転換して関係改善に向かうことに合意したのは大きな成果であろう。

その後、六・一二米朝首脳会談の具体化の動きも見られる。この夏の米韓合同軍事演習の中止が決定されたのは、「恒久的で強固な平和体制」の第一歩であり、朝鮮がロケットエンジンの発射施設の廃棄を打ち出したのも朝鮮半島の非核化にむけた行動と評価できる。また、第四項の「戦争捕虜および行方不明者の遺骨発掘」では朝鮮が早くも実施しており、五五柱からの遺骨が身分証などとともに引き渡されるという。

この米朝首脳会談の結果、南北は板門店宣言を進める条件が生まれ、目を見張る進展を見せた。南北の協力事業が進展を見せ、秋の南北首脳会談が「実りの秋」となることが予想される。また、安倍政権は対話に向かう姿勢を明らかにした。しかし、対朝鮮政策の抜本的な見直しなしには成果は期待できないだろう。過去清算と国交交渉に向かわせる世論を作らなくてはならない。

3．安倍政権の対朝鮮政策を問う

安倍政権のスローガンは戦後レジュームを清算することだとされている。筆者の私見では、象徴天皇制と日米安保同盟こそが戦後レジュームと思うが、安倍にとっては現憲法が占領軍によって押し付けられたものであり、憲法九条の改憲を行うことこそが戦後レジュームを終わらせることとされている。すでに、国会勢力は発議に十分な勢力になり、二〇一八年内にも九条改憲が日程に上ろうとしている。こうした改憲策動のためには、改憲の必要性を国民の間に広く作り出すこと、日本が「戦争のできる国」とならなければならない必然性が必要だった。まさに、改憲を必要とする「国難」が必要であり、その「国難」はごく身近なところになくてはならない。安倍政権の朝鮮に対する対応は、「仮想敵国」の域を超え、「敵国」そのものと言っても過言ではない。朝鮮を「国難」をもたらす国とされたのである。

戦争法案の背景

二〇一五年は戦争法案をめぐる攻防のあった年だった。そこでも「国難」が叫ばれた。安倍政権の国難キャンペーンは中国と朝鮮を標的として展開されてきた。中国との間の尖閣列島（釣魚島）の領有権をめぐる争いと中国の南シナ海（南中国海）での人工島建設と軍事基地建設であり、朝鮮の核・ミサイル開発が「国難」とされてきた。しかし、戦争法案の必要性は日本の近隣に迫る「国難」よりも、アメリカからの要請が大きい。アメリカは覇権国家としての地位に陰りに見られ、アメリカの一極支配構造は崩れつつある。アメリカの財政危機は常態化し、米軍経費は減少する一方である。こうしたアメリカの弱体化こそが、「アメリカ・ファースト」のトランプ政権を誕生させた理由でもある。他国のために犠牲になる余裕などなくなってきたのだ。独力での世界支配、「世界の警察官」の役割を誰かに肩代わりしてもらわなくてはならない。有志連合への依存であり、ついに日本にも要請せざるを得ない事態となった。こうした要請のもとで生まれたのが、戦争法案である。日本の軍事力を専守防衛などとして日本とその周辺に限定することはできなくなった。しかし、そうした真実は戦争法案をめぐる議論ではほとんど触れらなかった。もっぱら中国と朝鮮によってもたらされた「国難」からいかに守るのかということが語られた。中国についての問題はさておいて、ここでは朝鮮の問題について考えてみる。

朝鮮が日本にとって脅威なのか。そして、その脅威に対処するために改憲が必要なのだろうか。そもそも日本国憲法には国際紛争を武力で解決してはならないという原則がある。もし脅威があるとしても、それは平和的な方法によって行われなくてはならず、武力によって解決しようとするのは、そもそも憲法違反と言わなくてはならない。朝鮮との敵対的な関係を改善し、国交交渉を通して友好的な関係を築くことができれば、朝鮮は脅威にはならない。中ロは日本を攻撃しうる核兵器も含めた軍事力を有するが、中ロの存在は脅威とは考えられていない。それなりの平和的な関係があるからだ。朝鮮についても同じことがいえる。朝鮮がたとえ核・ミサイル開発を進めたとしても、朝鮮との友好関係を樹立することができれば、朝鮮は脅威ではない。対話によって作り出される友好関係こそがもっとも平和憲法に適った、もっとも確かな安全保障の道である。

朝鮮が日本にとって脅威となるシナリオを考えてみよう。朝鮮がある日突然、日本を軍事的に攻撃することがあるだろうか。安倍政権は朝鮮を好戦的な国だと宣伝していて、あたかもそのような事態が生まれるようなことを宣伝している。しかし、より冷静に判断すれば、そのような可能性はほとんどない。日本と朝鮮の総合的な国力を考えてみると、日朝間の戦争の最終的な勝利者は朝鮮ではないだろう。したがって、朝鮮が軍事行動をしかける可能性は低く、もしそうなれば、朝鮮にとっては自殺行為に等しい。冷静な軍事的な判断から考えると、ありえないことである。そこで、朝鮮をとてつもない異常な国家とすることが必要だ。それが「ならず者国家」というものだ。ならず者は普通の常識では推し量れない論理によって「切れて」しまう。朝鮮を「ならず者国家」として、朝鮮が「切れて」しまうという論理である。しかし、朝鮮は決してそのような国ではない。朝鮮指導部は冷静に自らの位置を理解し、行動し、「朝鮮の暴発」は考えにくい。

朝鮮半島周辺が戦場となるもっとも高い確率はアメリカとその同盟国の武力行使にある。朝鮮は現在、核・ミサイル実験をしているが、武力行使をしているわけではない。マスコミではミサイル発射実験を「ミサイル発射」、日本のはるか上空を飛行するミサイル発射実験を「日本に向かって発射」などと表現しながら、あたかも軍事行動をとっているかのような扱いをしているが、あくまでも実験に過ぎない。トランプが「全ての選択肢はテーブルの上にある」として示唆している武力行使は、実験に対するものであり、侵略戦争と言わなくてはならない。「戦争を望まないが、恐れない」朝鮮は反撃に出るだろう。米軍とその基地に対する攻撃は、集団的自衛権によって日本も軍事行動に加わることになる。日本は侵略戦争の片棒を担ぎ、戦争当事国となる。これがトランプの武力行使によって起こることである。

不安と敵愾心を煽る安倍政権

ほんらい日本政府がやるべきことは、日本周辺が戦争状態にならないように努めることだ。同盟国であるアメリカの武力行使に反対し、話し合いによる解決を促すべきなのである。しかし、安倍政権のやっていることはまったく逆のことで、戦争への不安と朝鮮に対する敵愾心を煽っている。そもそも米国・米軍の武力行使によって引き起こされる事態について説明しなければならない。第二次朝鮮戦争になれば、日本も戦場となりかねず、核戦争の様相を呈すること、そして国家的イベントの二〇二〇年東京五輪・パラ大会の開催も危ぶまれることなどを説明しなくてはならない。それでもなおアメリカの武力行使を支持するというのだろうか。

前述した「ミサイル発射」「日本に向かってミサイル発射」だけではなく、必要以上に広域に出された「Jアラート」によって列車がとまり、避難訓練が行われて不安と敵愾心は増幅されている。マスコミもまた、こうした政府のやり方を批判するどころか、政権にこびて不安と敵愾心を煽っている。朝鮮のニュースといえば、軍事パレートとミサイル発射実験の映像が流される。そのような映像が好戦的な朝鮮を刷り込ませている。また、米軍とその同盟国の軍事行動は「牽制」と表現し、朝鮮のそれは「挑発」と表現される。かつて日本は「鬼畜米英」という言葉で敵愾心を煽ったが、それと同じことが繰り返されている。日本のマスコミのあり様はかつての「敵国」扱いに等しいもので、朝鮮に対するいかなる悪罵も許されている。冷静さを欠いた報道は国民を誤った方向に誘導することは、日本国民の苦い歴史的経験だが、そのような事態が進んでいる。朝鮮本国だけではない。日本に住む在日朝鮮人とその組織にも理不尽な行為が繰り返されている。ヘイトスピーチ、総連会館売却問題への介入、高校授業料無償化からの朝鮮高校の排除、軽微な犯罪を利用した在日朝鮮人への刑事弾圧などを挙げることができる。すべてが安倍政権の仕業ではないにしろ、その根源には安倍政権の朝鮮敵視政策があるし、放置している政権に責任がある。

拉致問題の偏重

日朝平壌宣言には「日朝間の不幸な過去を清算し、懸案事項を解決し、実りある政治、経済、文化的関係を樹立することが、双方の基本利益に合致するとともに、地域の平和と安定に大きく寄与するものとなるとの共通の認識を確認した」と書かれている。その後、この言葉は日朝平壌宣言の精神とも言われている。「不幸な過去の清算」とは、日本の朝鮮植民地支配に対する謝罪と賠償を意味している。その基本的枠組みは日朝平壌宣言で示されており、日朝間の合意が出来上がっている。次の「懸案事項の解決」というのは、日本政府の説明では、核・ミサイル開発と拉致問題を意味している。そのうち核・ミサイル開発については日朝間だけでは解決することができない。朝鮮の核・ミサイル開発は、米国・米軍による核兵器も含めた軍事的圧迫、朝鮮の体制を認めない敵視政策の対抗として行われているものである。したがって、主要には米朝対話によって解決されるものであり、日朝間の懸案事項とは言えない。拉致問題は純粋に日朝間の懸案事項といえるが、それだけではない。ストックホルム合意（二〇一四年五月）では、「日本人遺骨および墓地、残留日本人、いわゆる日本人配偶者」も合意されている。その後、日本政府の言動からはこれらの問題はほとんど語られず、拉致問題だけが偏重されている。生活支援の在り方にも偏重が見られる。拉致被害者と家族が帰国したときに、国会は「北朝鮮当局によって拉致された被害者等の支援に関する法律」を作って生活支援を行っている。しかし、中国在留孤児など戦争とその後の混乱の中で犠牲になった戦争被害者などと比べても、拉致被害者とその家族に対する厚遇には政治的意図が感じられる。

拉致問題の報道のしかたにも偏重が見られる。政府は拉致問題を最優先課題として、その報道を優先的に流すよう働きかけている。報道内容も「家族会」を批判するような内容などは統制されている。その結果、真実に迫るためのマスコミの活動は歪められている。例を挙げてみる。田原総一郎氏はかつて、「拉致被害者の八人は死んでいる。外務省も知っている」と発言した。「家族会」などの抗議が起こったが、氏は情報源を明らかにしなかった。政府もマスコミもことの真実に迫ろうとしなかった。外務省の誰かがリークしたとしたら、拉致被害者の生存を前提とする取り組みの危うさを内部告白したものと思われるが、真実に迫ることはできなかった。また、朝鮮の宋日昊日朝国交渉担当大使が記者会見で「報告書はほぼ出来上がっているが、日本は受け取りを拒否している」という趣旨の発言をしている。拉致問題については再調査をしたものの、「八人は死んでいる」内容だと示唆している。これも真実は明らかにならなかった。ことほど左様に拉致問題を偏重するあまり、その他の人道的な問題は解決されず、言論の自由が脅かされている。

この問題の解決には対話のチャンネルを稼働させなくてはならない。国交交渉を再開し、そのなかで話し合わなくてはならない。拉致問題も解決しなくてはならないが、「日朝間の不幸な過去の清算」も解決しなければならないからだ。日朝平壌宣言はその同時解決を目指したものだったが、拉致問題への偏重姿勢が事態を複雑にした。政治家としてもっとも拉致問題偏重姿勢を貫いてきたのが安倍首相である。この姿勢が安倍を首相に押し上げたという成功体験があるからだろう。安倍政権の「拉致問題の解決なしに国交交渉なし」という基本姿勢にこそ問題がある。拉致問題に偏重するあまり、国交交渉を閉ざすとすれば、朝鮮との国交樹立を阻止するための政治利用というしかない。オバマ政権はキューバとの国交樹立を断行したが、いわゆる両国の懸案事項がすべて払拭されてからのことではなく、「まず、国交樹立」という政治的な判断によるものだった。安倍政権はオバマ政権に学ばなくてはならない。

圧力外交の安倍政権

かつて安倍政権は、対朝鮮政策の基本として「対話と圧力」という政策スタンスだった。しかし、現在では圧力一辺倒の姿勢になっている。安倍政権はすでに米国とともに朝鮮とのカネ、モノ、ヒトの往来を遮断しており、自らの圧力行使には限界があるし、影響力は限定的だ。また、中ロをはじめとする主要国は対話による解決を主張している。南北対峙をしている韓国でさえ対話による解決を目指しているし、米政権内部にもティラーソン前国務長官のような対話路線があったことと比べてみると、安倍政権の対朝鮮対応は異常であり、国際的に孤立している。このような国際世論のなかで安倍首相は「地球を俯瞰する外交」を展開しつつ、拉致問題と圧力強化への協力を要請する行脚を続けている。しかし、圧力外交が国際的な包囲網になっているとはいえない。もっとも朝鮮に影響力を行使しうるのは中国なので、中国頼りにならざるを得ない。中国には中国なりの国益があり、日米と共同歩調をとるわけではない。核保有国である中国は、朝鮮が核保有になることには賛成できない。核拡散は自らの核保有国としての軍事・政治的位置を相対的に弱体化させるからだ。その限りでは好ましく思っていないが、朝鮮の核・ミサイル開発は中国への直接的な脅威ではない。それはロシアにとっても同じことが言える。中ロが口をそろえて対話による解決を求めてもいる。このように圧力一辺倒の対朝鮮政策は、国際的な世論にもなっていないし、朝鮮半島の緊張を高めるだけで何の解決にもならない。そもそも朝鮮半島の軍事緊張が原因はどこにあるのだろうか。日米が朝鮮の体制を認めずに軍事・政治的に屈服させようというところから始まっている。朝鮮はそれに対抗するために核・ミサイル開発を進めてきた。それは残念なことだが、応分の責任は朝鮮敵視政策をとってきた日米の側にもある。朝鮮の核・ミサイル開発のプロセスは、日米の圧力のたびに朝鮮が徐々に技術的に発展を遂げてきた歴史だった。このスパイラルを断ち切ることが必要だ。六者協議の共同声明のなかに「行動対行動」という言葉があった。相手がそれなりの行動をとれば、それに相応する行動をとるというものだ。しかし、残念なことに、朝鮮半島の軍事緊張もまた「行動対行動」によってエスカレートしてきた。

日米が朝鮮に対してとっている圧力政策は、武力行使直前まで来ている。日本政府自らが平和憲法の精神を踏みにじっているのだ。そして、マスコミも含めた日本の世論のなかに平和主義がどれだけ定着しているのかが試されている。二〇一七年秋に行われた総選挙で安倍政権を「国難」選挙として臨んだ。安全保障問題を争点にしたというよりも、朝鮮への圧力行使政策の是非を問う選挙だった。民意を反映しない選挙制度があり、小池・前原ら自公政権の補完勢力の策動があったとはいえ、安倍政権の延命を許してしまった。国民のなかにどれほど憲法の平和主義が定着しているのかが問われた選挙だった。今日の政治状況は憲法の精神がどれだけ定着しているのかを如実に示している。安倍政権の対朝鮮政策は憲法の平和主義に反する行為であることを忘れてはならない。

おわりに

朝鮮半島はいま世界史的な転換点に差しかかっている。そのなかで日本は「蚊帳の外」におかれている。指摘してきた安倍政権の対朝鮮政策の誤りによってもたらされた結果というしかない。それは安倍政権では克服できない。なぜならこの対朝鮮政策こそ安倍政権の根幹にかかわることだからだ。私たちに問われていることは、徹底的な安倍政権批判であり、過去清算と国交交渉の再開を声高に叫ぶことである。

朝鮮の現体制についてさまざまな批判がある。しかし、それらは基本的には朝鮮の内政問題であり、その国の人々によって解決されなくてはならないことだ。現在、朝鮮は一七四か国との間で国交関係があり、国連の加盟国でもある。「あるがままの朝鮮」を世界は国家として認めている。日本はそのような国際社会の常識に従わなくてはならない。

北東アジアの安全と平和は、日朝間の関係改善抜きにはありえない。朝鮮半島問題の解決には日本の関与が必要だし、朝鮮侵略の最終的な清算をしなければならない。私たちの当事者性を決して忘れてはならず、日本政府の対朝鮮政策を糺せるのも私たちだけである。

特集1　日本と東アジアの今

台湾における原爆開発の試みとその挫折

――蔣介石親子の夢と核科学者たち

山口　直樹

はじめに

東アジアにおいて朝鮮半島で南北分断が行われたのは一九四八年のことだったが、このころ中国大陸では国共内戦の勝敗が、ほぼ決まろうとしていた。アメリカにおいては中国大陸における国共内戦は国民党が敗けるということは、一九四八年の時点ではほぼ把握できていたようである。

その結果、蔣介石ら国民党が、台湾に逃れることになることとは、よく知られている。

台湾における蔣介石たちの合言葉は、「大陸反攻」というものであった。その切り札といってよいものが、台湾における原爆開発であった。実は原爆開発によって大陸反攻にうってでて大陸をとりもどすということが、蔣介石、蔣経国親子の二代にわたる夢であった。

最終的には挫折に至るものの日本人にとって「台湾における原爆開発の歴史」は、盲点となっているようにおもわれる。日本ではこうしたことに関して報じるメディアはほとんどないようだが、実は中国大陸ではこうした問題を扱ったドキュメンタリー番組が放映されていた。私自身、それを見るまでは、このことについてはほとんど知らなかったのでいささか驚きもした。中国大陸における原爆開発の歴史についてはある程度知ってはいたが、台湾について無知な自分を反省せざるを得なかった。

かつて竹内好は、「もっと台湾を」と語ったことがある。日本の知識人（とりわけ進歩的とされていた知識人）が、台湾にほとんど関心がない状況を念頭において言った言葉だが、この言葉は現在も意味を持つ。竹内好の主宰する雑誌『中国』の編集部に出入りしていた池上正治氏は「あのころ台湾は『悪の巣窟』と思われていたからね」と私に語ったことがある。現在、日本で「悪の巣窟」とされているのは北朝鮮であるが、台湾は、かつて現在の北朝鮮のような位置にあり、現在のその位置は反転しているかのようである。だが「悪の巣窟」だから無知でもよいということにはならない。ここでは現在の北朝鮮や中国の状況も視野に入れながら、台湾における原爆開発の歴史を考えておきたい。

1．俞大维という物理学者について

まず、台湾における原爆開発の歴史を考えるとき、抜かすことのできない人物が、俞大维という物理学者である。日本人にはほとんど知られていないこの俞大维について書いておきたい。俞大维は、台湾では教科書にでてくる有名な人物である。

俞大维は、一八九七年に浙江省に生まれている。一八歳で復旦大学の予科、一九歳で南洋公学（現在の上海交通大学）電気工学科に入学。

一九一八年、ハーバード大学で哲学を専攻した。三年で博士号を取得。さらにSheldon Travel Grantという奨学金を獲得してドイツのベルリン大学に留学して、哲学や数理論理学を学び、カントの純粋理性批判やアルバート・アインシュタインの相対論を学んだ。

彼は一九二五年にMathematische Annalenというドイツ語の数学雑誌に論文を発表した最初の中国人となった。

呉宓によれば、陈寅恪と俞大维は、ハーバード大学とベルリン大学においてももっとも読書する学生であったらしい。ドイツ革命挫折後のワイマール共和国ドイツでは、資本主義体制は安定を見せ、科学研究の水準は世界のトップクラスといってよかった。ワイマール共和国のドイツは、世界の学問の中心といってよく、多くの留学生をひきつけていた。アメリカが世界の学問の中心地になるのは、ドイツで一九三三年一月にナチスドイツが、政権を取り、優秀なユダヤ系の学者を排斥し始めてからである。

中国帰国後は、国民党の軍政部参事となっている。弾道学の専門家としても軍事方面で貢献があった。俞大维は、一九二九年から一九三二年にかけて二度ほどドイツに滞在していたこともある。

また、俞大维は、アメリカやイギリスに助けを求めつつ、ドイツに学び研究開発の体制を整備した。

民国期に理化学研究所、応用化学研究所、弾道研究所、精密機械研究所などを設立したのは、彼である。

一九三七年から一九四五年の抗日戦争の時期は、重慶に数学者华罗庚とともに逃れていた。

そのとき华罗庚は、俞大维と数学について語り合うことが多かったというが、俞大维の数学の能力は、华罗庚を驚かせるものだったらしい。

一九四五年一一月、俞大维は、物理学者の吴大猷や化学者の曾昭抡さらには数学者の华罗庚と相談して原子爆弾製造に乗り出そうとしていた。

一九四六年九月俞大维、吴大猷、曾昭抡、李政道（アメリカのシカゴ大学でイタリア人物理学者フェルミのもとで物理学を研究しノーベル賞受賞）、朱光亜といった物理学者のメンバーでアメリカに赴いている。

ところが、アメリカは、彼らにマンハッタン計画の情報を公開することを拒んだ。このころからアメリカは、南太平洋のビキニ環礁で核実験を開始し、マーシャル諸島の住民を移住させていた。このころアメリカはソ連の存在を意識し、冷戦がはじまることを予想していた。もし外国人にマンハッタン計画の情報を公開してしまえば、ソ連に漏れてしまう恐れがある。このことを警戒し、最優先の国家機密にしたものと思われる。

俞大维は、中華民国において蒋介石の厚い信頼を得ていた軍人、物理学者であったため一九四九年の国共内戦敗北後、蒋介石と台湾に渡り、国民党の国防部長を務めた。

もっとも人を驚かせたのは、俞大维が飛行機で大陸をたびたび偵察していたことで、この過程で中国大陸において中国共産党が、原爆開発を進めていることを突き止めていた。中華人民共和国では一九五五年ごろから原爆の研究開発がすすめられており、一九六四年一〇月に新疆の砂漠ではじめて原爆の実験に成功している。新中国の多くの物理学者や化学者が動員された両弾一星として知られる中国のプロジェクトは、ここに一つの達成点に到達することになった。一九五〇年代ソ連のスターリンは、毛沢東の新中国には原爆を持たせたくなかったが、毛沢東は、原爆を所有することによって国際社会での発言力を確保したかったのである(1)。

その翌年の一九六五年、俞大维は、国防部長を病気のため辞めなくてはならなかったが、その後を引き継いだのが、蒋介石の長男の蒋経国であった。俞大维が、亡くなったのは一九九三年で九六歳まで生きたことになる。なお蒋経国の娘と俞大维の息子は、結婚しているので両者は親戚関係にある。

一九九九年に中国でもっとも著名な科学者、銭学森は、俞大维の功績を評価し、その功績は主に三つあるのだと述べたことがある。

第一にドイツの弾道学の権威であるクランツ（Cranz）博士を中国に招き、弾道学やその方面に関する知識を中国人に教えさせたこと、また兵器や弾道学の方面の人材を養成したことであった。

第二に彼は、軍事品に関する品質について深く熟知しており、軍事品の規格や検査に関する制度を制定したことである。

第三に彼は、工業管理や経済効率の重要性を熟知しており、コストの効率を重点的に計画する制度を確立し、中国の工業力の水準を高めるのに貢献した点である。

やはり俞大维は、軍事的な側面に関して大きな貢献があったということになる。

2．吴大猷という物理学者について

俞大维とともにアメリカへ行った物理学者の吴大猷は、中国近代物理学の父といわれる人物である。なぜそういわれるのだろうか。ここでは吴大猷についても少し見ておくことにする。

吴大猷は、一九〇七年九月二九日に広東の広州で生まれている。

南開大学卒業後、国立北京大学物理学教授や西南連合大学教授を歴任した。

一九三一年から一九三三年までアメリカのミシガン大学で修士と博士を取得した。

一九三四年にはアメリカで一年働いた。帰国後は、北京大学や西南連合大学で教鞭をとった。

一九三九年に丁文江基金を獲得、その後、一九四六年にミシガン大学とコロンビア大学で教える。一九四八年には中央研究院の院士となる。

一九七八年には台湾に移り、中央研究院の院長になる。なおこれを蒋介石に進言したのは胡適である。

一九九二年には、中央研究院の院長として国際学術会議のため北京を訪問したが、これは大きな事件ともいえる出来事であった。吴大猷は、四六年ぶりに大陸の土を踏んだのであり、弟子の李政道を伴い天壇公園を訪問した。

吴大猷の物理学者としての仕事の範囲は、非常に広い。

一九三〇年代には、各種原子分子の光現象について、四〇年代には原子分子の振動について研究した。

一九七五年に刊行した『理論物理学』の七巻本は、原子物理、分子物理、核物理、大気物理、統計物理、相対論など多領域にわたっていた。

吴大猷は、生涯に一二〇以上の論文を発表し、研究書を五冊刊行している。

一九三七年、日本軍による北京占領によって北京大学、清華大学、そして天津の南開大学は、昆明に逃れ西南連合大学を形成する。この西南連合大学においては中国の創造的知性が結集され、そこから優秀な学者が輩出された[2]。

吴大猷は、西南連合大学時代に楊振寧や李政道などのちにシカゴ大学でノーベル賞を受賞する物理学者を教え、七〇年代中期からは、従来の物理学研究の貢献に加え、科学哲学の問題や科学史の問題にも取り組み始める。

これらの仕事は、『吴大猷科哲文集』にまとめられている。

また、回想を交えた近代中国物理学史を扱った本も書いている。呉大猷が歩んだ道そのものが、近代中国物理学史に重なるものである。

人生の最後は台湾に在住し、中央研究院の研究者として科学研究や多くの科学者、技術者の養成を行った。

呉大猷は、一九四六年に兪大维らとアメリカに赴くことになる物理学者ではあるが、台湾における蒋介石の原爆開発には、反対の立場をとることになる。

3. 唐君铂という軍人について

台湾における原爆開発を考えるときもう一人、重要な唐君铂という軍人がいる。

唐君铂は、一九一〇年に広東に生まれている。唐山交通大学土木系卒業後、黄埔军校第九期を卒業し、イギリスの陸軍工兵学校、ケンブリッジ大学機械系で学士と修士を取得した。一九三八年に帰国後、国民政府の国防関係、陸軍関係の職を歴任、一九五六年国防部次長に就任。一九六九年に中山科学院副院長兼原子力委員副委員長就任、一九八二年総統府の国策顧問となっている。国共内戦の時、蒋介石に台湾に逃れることを提案したのは、この唐君铂であったという。

イギリスは、第二次世界大戦のときナチスドイツから攻撃を免れていた。それは、ヨーロッパ大陸とは海を隔てた地理環境が影響したと考えた。

同様に台湾は、中国大陸からは、海で隔てられている。このような地理環境であれば中国から軍事的な攻撃はされないだろうと唐君铂は考え、国共内戦敗北後、蒋介石に台湾に逃れるように提案したのであった。

4. 台湾とイスラエルとの関係

ヨーロッパで長年にわたって差別、迫害されてきたユダヤ人が、自らの国家を建設しようとするシオニズムという思潮が、一九世紀後半から起こる。政治的シオニズムを考えた人物としてオーストリアで記者をしていたテオドール・ヘルツェルが、重要である。

ヘルツェルは、ユダヤ人への冤罪事件であるドレフェス事件を取材しているときにこの考え方を思いついたという。ヘルツェルは、のちに一八九七年スイスのバーゼルで第一回シオニスト会議を開催する。一九一七年にイギリス外相が、「パレスチナにおけるユダヤ人の移民」を約束するバルフォア宣言をだす。一九四七年に国連分割決議を経て一九四八年にイスラエルを建国する。この建国によって先住民であった多くのパレスチナ人が、離散を余儀なくされた。パレスチナ人たちは、このイスラエル建国のことをナクバ Nakba とよんでいる。日本語ではさしずめ災難というような意味である。(3)

一九一七年にイギリスがバルフォア宣言を出したが、この背後には、ハイム・ヴァイツマンというシオニストの科学者がいた。

イスラエル科学史を考えるときには、外せない人物である。ハイム・ヴァイツマンは、一八七四年にロシアにユダヤ人として生まれスイスとドイツで化学を学んだ(4)。

スイスの大学の博士課程で化学を専攻し、学位を取得。一九〇三年にイギリスに移住し、マンチェスター大学で化学を教える。一九〇七年にパレスチナを訪問し、ユダヤ人国家建設には、政治的解決と植民の両方が必要だと考えるようになる。

化学者としては砂糖にバクテリアを発酵させ、合成ゴムを得ようと研究したが、失敗した。しかし、一九一〇年ごろバクテリアの一種クロストリジウム・アセトブリクジウムをつかって、でんぷんからアセトンをつくる方法をみつける。

第一次世界大戦のとき火薬の原料として大量のアセトンが必要となったが、このときハイム・ヴァイツマンはイギリス政府に協力し、イギリス政府はアセトンの工業化に成功した。

このときにヴァイツマンは、イギリス政府の外務大臣のバルフォア等と知り合っていた。

第二次大戦中は、イギリス軍需省の顧問となり合成ゴムとハイオクガソリンを研究した。

一九四七年の国連分割案のときパレスチナ独立は認めたが、ネゲブをイスラエルに含めるように主張した。これをアメリカのトルーマンと会見し支援を取り付け、認めさせた。

そしてイスラエルの建国の一九四八年、イスラエルの初代大統領に就任した。

イスラエル建国後にアルバート・アインシュタインをヘブライ大学に招こうとしたのも実は、このヴァイツマンであった。

現在もイスラエルには、ヴァイツマン研究所（一九三四年にダニエルシーフ研究所として設立、一九四九年に改名。現在二五〇〇人の科学者、博士課程の学生などがいるという。）という研究所があるが、それはこの科学者に由来するものである。

ここからわかるように、イスラエルは、そもそも科学技術立国として建国しようとする志向をもった国家であり、現在もそうあり続けている。

イスラエルは一九五〇年代、主にフランスと提携して核開発を行っていた。

イスラエルでは、物理学者のボーグマンが、核開発を指揮し、もっとも重要な人物となっていた。一九五七年、唐君铂は、物理学者のボーグマンを台北に招き、蔣介石と三日間の密談をもった。ボーグマンは、蔣介石にイスラエルの核開発の経験をはなし、これを台湾に持って来れば、台湾も核開発ができるはずだといったという。

蔣介石もこの話には非常に興味を示したらしい。

一九六四年に蔣介石は、自分の長男の蔣経国を台湾の国防大臣に、唐君铂を国防常務次長にしたがこの年の一〇月、中国共産党は、原爆実験に成功する。これに刺激を受けた蔣介石は、中山科学研究院を一九六五年に創設、イスラエルの科学者ボーグマンを顧問として迎え入れる。ここで原爆開発を行おうとしこれを「新竹計画」と呼んだ。

また、中山科学研究院では英語の訓練が課されていた。これはアメリカとの関係の深さを示すものだが、アメリカからは、台湾が核を持つことについて警告がなされることになる。

さらに蒋介石は、台湾の核開発に物理学者、呉大猷の協力を得ようとしたが、呉大猷は台湾が核兵器を持つことに強く反対した。台湾の国土は小さく、核実験を行うような場所がないことを懸念したことが大きかったようである。

また、マンハッタン計画に参加していた一九一二年生まれの南京の中央大学卒業の実験物理学者の呉健雄も台湾が核を持つことには反対した。呉健雄は、中国のキュリー夫人、原爆の母ともいわれる人物でノーベル賞を受賞してもおかしくない仕事をしていたといわれる女性物理学者である。

しかし、蒋介石にとって核兵器は、大陸反攻の最後の切札といってよいものだった。

蒋介石もこの時点では、大陸反攻が、現実的なものでないことにはうすうす気が付いていた。

しかし、イスラエルのボーグマンは、蒋介石に呉大猷の言うことは聞かなくていいと励ましたという。

ボーグマンは、「呉大猷の言うことは大げさであり、もし核兵器の開発に成功すれば、その時関連の産業も発達する。だから、ほかの人の影響を受けないように」と述べたという。

一方、呉大猷は中山科学院核研究所を原子力研究所の管轄に戻す事を提案していた。

そこで中山科学研究院核研究所は、防衛部門を離脱することになる。

「新竹計画」は「桃園計画」に変更され極秘で核開発計画は続いていた。

外部からは、平和研究のように見えたが、実際にはそこで核開発の研究が行われていた。

5. 台湾と南アフリカの関係

原爆開発にとって技術や科学者以外には、材料が重要であった。

その材料とは、ウラン235であった。

原爆を一つ開発するのにウラン235は、二〇〇トンは必要であった。

台湾は、このウラン235を南アフリカから入手しようとしていた。南アフリカは、一九世紀後半から大英帝国の植民地となっており、大英帝国から多くの科学者や技術者が来ていたため、アフリカ大陸の中ではもっとも科学が発達を遂げた国であった[5]。

台湾は、一九七一年に国連から脱退し、政治的に孤立していたが、当時の南アフリカもアパルトヘイト政策によって国際的に孤立し、台湾と似た状況にあったと思われる。（なお南アフリカは、黒人政権に移行する過程で核兵器の廃絶に成功している。[6]）

そこで台湾が金をだし、イスラエルが技術を提供し、南アフリカが原料のウラン235を提供するという協力体制が形成されつつあった。

国際原子力機構の外部で原子力のネットワークが形成されていたのである。

七〇年代南アフリカと台湾の貿易は、当初七〇万ドルだったのが、五七〇万ドルまでに成長した。台湾は、南アフリカに継続的に経済援助を行っていた。（現在は、アフリカの国々は、台湾と外交を断絶し、中華人民共和国と国交を結ぶ国が増えている。）この南アフリカとの協力関係をふくめた計画を「桃園計画」と呼んでいた。

台湾から南極に行くエビ漁の船にわざと間違えて南アフリカにいかせ、そこでウランを調達するということをやっていたということが、私の見たドキュメンタリーでは紹介されていた。

こうした計画は、アメリカのＣＩＡ（中央情報局）の知るところになり、五年以内に台湾は、原爆を持てる能力を持つようになると考えられていた。

中山科学研究院には、アメリカに滞在したことがある研究員が九〇パーセント以上を占め、たくさんのスパイが、存在していた可能性も私の見たドキュメンタリーでは示唆されていた。[7]

6．蔣介石、蔣経国親子の原爆開発という夢の挫折

一九七二年国際環境の変化によってアメリカと中国は接近し、国交を結ぶ。

このことによって蔣介石は、台湾では自衛のため原爆が必要だと考えたようである。

しかし一九七五年四月五日、蔣介石が「桃園計画」の成果をみることなく死去する。その二日後、まるで蔣介石の後を追うかのようにボーグマンは、イスラエルで死去する。

こうして蔣介石の原爆開発の夢は、後継者の蔣経国に受け継がれる。

台湾では一九七五年に最初の原子力発電所ができる。一九七七年にアメリカではカーターが大統領に就任、核の拡散を防止することを目標とした。

こうしたなか蔣経国は、「台湾は一貫して原子力の平和利用を主張してきた」と記者に述べ、台湾は核兵器を製造する能力はあるが、決して核兵器は使用しない、大陸反攻もアメリカ軍の参加は必要としない、と述べたという。物質的な支持があればよいとものべていた。この当時の台湾の核理論研究の水準は、すでに一定の水準に達しており、台湾で核兵器をつくれる状況にあるとアメリカは見ていた。そこでアメリカは、中山科学院原子力研究所の調査を行ったりした。これによって中山科学院原子力研究所の設備などは、アメリカに

もっていかれるが、蒋経国は、予算や人員を減少させることはなかった。研究を地下で行おうとしていた。蒋経国はアメリカの圧力がかかっていたにもかかわらず、核開発にこだわった。やはりこれは、大陸反攻のための最後の手段だと考えていたことによるものと、原爆を持つことによって国際社会における発言力を高めたいという思惑があったと思われる。

一九八八年一月一二日、中山科学院原子力研究所副院長の張憲義が、突然、核開発の秘密情報を持ち出し、アメリカに逃亡するという事件が発生する。

張憲義は、一九四五年生まれ、台湾で中学、高校を卒業後、台湾理工大学で物理を専攻していた。一九六七年に卒業後、中山科学院にはいっていた。アメリカの大学で博士号を取得一九八四年から副所長に就任していた。

実はアメリカのCIA（中央情報局）のスパイであったとされる。最初は日本に逃亡し、そこからアメリカに逃げたとされる。この逃亡の翌日、一九八八年一月一三日、蒋経国は、ショックによって血を吐いて倒れ、息を引き取った。これによって蒋介石、蒋経国親子の原爆開発の夢は最終的に挫折した。

7．蒋経国と台湾

私が、蒋経国が、トロツキーの影響を受けていたということをはじめて知ったのは、今から二〇年ほど前、斎藤哲郎『中国革命と知識人』（研文出版、一九九七）を読んだ時であった。その時の驚きは今も忘れがたいものがある。この興味深い蒋経国について簡単に見ておくこととしたい。

蒋経国は、父、蒋介石と母、毛福梅との間に長男として一九一〇年四月二七日に生まれている。興味深いのは、父親の蒋介石に反発してソ連のモスクワにあった中山大学に留学し、ロシア人女性と結婚していることである。孫中山が、一九二五年亡くなったことを記念しモスクワに創設されたのが、中山大学である。

一九二五年にモスクワの中山大学に留学しているが、このとき六歳年上だった同学が、鄧小平である。モスクワ中山大学の初代校長は、ラデックというポーランド出身のトロツキー派の人物だった。（二〇年代のモスクワ留学組の中国人に最も人気があったのは、トロツキーであったようである。[8]）この影響で蒋経国は、トロツキーに心酔していく。一九二七年、上海で蒋介石は、クーデターを行い、共産党を弾圧した。これに対し蒋経国は、親子の縁を断絶すると宣言し、それが、ソ連の『プラウダ』で発表されたこともある。

しかし、スターリンが支配体制を確立するにしたがい、ソ連では、蒋経国は苦労の連続となった。

一九三六年の西安事件で蒋介石が軟禁されると、境遇が一変し、一九三七年には一二年ぶりにようやく中国に帰国することができた。

帰国後は、父、蒋介石と和解し側近となった。

一九四五年ソ連が、中国東北部になだれ込み占領した時は、長春に赴き国民党の代表としてソ連と交渉した。ロシア語が堪能だった（夫人はロシア人である。）ためである。しかし交渉は難航した。

なお、蒋経国はその後、トロツキーの思想からは離脱したが、晩年の台湾の体制の民主化や戒厳令の解除という政策、世襲はしないことの表明などにはトロツキーの影響を指摘する声もある。たしかに蒋経国のこの決断がなければ、台湾における権威主義的な政治体制は継続していた可能性が高く、今日のような複数政党制の民主的な政治形態は生まれていなかった可能性が高いであろう。

おわりに

かつて日本の主に「進歩的文化人」からは、「悪の巣窟」とおもわれた台湾では、三・一一の影響を受けて（当事者の国では脱原発がすすんでいないが）脱原発の政策を打ち出すにいたった。一方、かつての「人類のユートピア」と日本人が考えたこともある北朝鮮においては、反民衆的な一枚岩的な体制が三代にわたって世襲されるとともに、核兵器も開発され、核実験も行うようになっている。また、中国は一九六四年に原爆の開発に成功し、今日では都市化に伴う電力需要を賄うため二〇三〇年までに二三六基の原子力発電所を建設するという目標を掲げ、原発大国への道を歩みつつある。

二〇一一年の日本で福島第一原発の事故が発生した直後は、中国は原発に慎重な姿勢だったが、二〇一二年を境に積極姿勢へと転じていった。新規の原発建設を本格化させる構えという。五年間で発電能力を約三倍に増大させるのだという。なぜ中国はこれほど原発推進に熱心であるのだろうか。

それは、現代中国の最大の課題が、経済成長にあると考えられているからである。これは北京の大気汚染に関しても同じことが言えるだろう。

郭四志『中国エネルギー事情』（岩波新書、二〇一一）において「原発基地について、多少、運行の安全を懸念するが、住民たちは、まだ政府に対し、反発・抗議したことがない。その主因は、中国の社会主義体制によるものである。土地が国家・公的所有で、政府には原発の立地・土地収用を任意に行う自由があるし、また民主主義国家である日米欧のように原発基地の周辺住民による猛烈な反対運動が起きるということは見られない[9]」と書いている。民主主義と社会主義が反対概念のように理解されているが、これは、社会主義に対する通俗的理解であろう。

また、中国で地域住民たちが原発に抗議したことがないわけではない。

さらに中国にも原発に反対している学者は存在する[10]。

最も懸念されるのは、将来的に中国で原発を増やしていく過程で、不透明で官僚的な原発の運営体制のなかで事故が起こる可能性であろう。

かつてソビエト連邦で「原子力の平和利用」による社会主義建設を最初に考えたのは、蔣経国に影響を与えるトロツキーであった。トロツキーは、原子力によって生産力を飛躍的に向上させそれを労働者のために提供することを考えたのであった。[11]それは、一九二〇年代のことであった。この時は原子力といっても実際に原子核の崩壊現象が見つかったりしていたわけではない。

原子核の崩壊という現象が見つかるのは、一九三八年、ベルリンのカイザー・ウェルヘルム研究所の化学者オットー・ハーンとその助手リーゼ・マイトナーによってである。そこで原子核が崩壊する際に巨大なエネルギーが、発生することがわかってきたのであった。

より現実的に原爆の製造が進んでいくのはこの発見を契機にしてである。それを現実化させるのには七年の歳月が必要であった。トロツキーは一九四〇年にメキシコでスターリンの刺客に暗殺されるため原爆投下というものを知らずに亡くなった。もしトロツキーが、一九四五年の原爆投下を知っていれば一九二〇年代のように「原子力の平和利用」を唱えたかは疑わしいと思われる。

ちなみにアメリカのトロツキー派のキャノンたちは、アメリカによる日本への原爆投下に反対していた。

一方、トロツキーの後継者のエルネスト・マンデルは、「原子力の平和利用」と社会主義建設は相いれないものと考えた。マンデルは、『後期資本主義』（柘植書房、一九七二）の出版のあと、とりわけ環境と資源に関するマルクス主義的考察に情熱を注いでいた。トロツキーが生きた古典的帝国主義の時代と「後期資本主義」の時代の違いは、象徴的に原子爆弾の存在によって表現できると考え、核兵器のみならず原子力発電所をなくすことが、現代社会主義の主要な課題であるとまで述べている。

そうしたことを考えあわせるなら二一世紀の現代中国は社会主義というより中国共産党による「開発独裁」を基調とした国家資本主義ないし官僚資本主義の道を歩もうとしているようにも見受けられる。これは環境社会主義ではなく環境資本主義の路線であろう。現代中国における環境資本主義は、中国の特色ある社会主義の名の下で環境問題を市場経済にゆだねるという方式をとっている。

環境資本主義でもある程度は、環境問題の解決は図れるかもしれないが、限界がある。抜本的な解決は、計画経済（官僚による上からの指令経済ではない。）によって脱原発の方向性に向かわなければ、環境社会主義は実現できない。

現代、中国や北朝鮮とは核開発に関して対照的な道を歩もうとしている台湾だが、脱原発の方針を打ち出すに至った現在に至る知られざる台湾における原爆開発の複雑な歴史を私たち日本人も知っておく必要があるだろう。

（なお本稿は、「葦牙ジャーナル」に発表した「北京において台湾の知られざる原爆開発の歴史を考える」を加筆修正したものである。）

〈註〉

（1）デビッド・ホロウェイ『スターリンと原爆』（下）（大月書店、一九九七年）
（2）楠原俊代『日中戦争期における中国知識人研究——もうひとつの長征国立西南連合大学への道』（研文出版、一九九七年）
（3）ナクバについては、広河隆一『パレスチナ一九四八　NAKBA』（合同出版、二〇〇八）
（4）トーマス・ヘイガー『大気を変える錬金術——ハーバー、ボッシュと化学の世紀』（渡辺圭子訳）（みすず書房、二〇一〇年）
（5）一九世紀から二〇世紀にかけての南アフリカの科学の状況に関しては、saulDubow, Science and Socirty in South Africa（Studies in imperialism）Manchester Univ Pr, 2009を参照。
（6）峯陽一『南アフリカを知るための60章』（明石書店、二〇一〇年）
（7）このドキュメンタリー作品は二〇一六年四月二五日に「蒋介石の核開発計画の流産」として上と下に分けて北京で放送された。
（8）王凡西『中国トロツキスト回想録——中国革命の再発掘』（矢吹晋訳）（柘植書房、一九七九年）
（9）郭四志『中国エネルギー事情』（岩波新書、二〇一一年）（一九一—一九二頁）
（10）吉岡桂子『問答有用——中国改革派19人に聞く』（岩波書店、二〇一三年）における第三部「原発大躍進には断固として反対する」——「体制内」からの原発計画反対論」を参照。
（11）トロツキー『文化革命論』（和田あき子訳、現代思潮社、二〇〇八年）

『葦牙』（第四三号、二〇一七）訂正
「西光万吉とベンヤミンの思想における比較研究——田中愛子の絶筆の詩「今、光っていたい」の思想を手がかりに」
注（4）「私は一九八七年頃、仙台においてNHKの番組で田中愛子についての番組を目にしている。新聞記事として」→「私は一九八七年頃、仙台においてNHKの番組で田中愛子についての番組を目にしている。新聞記事としては「朽ちる墓標に心痛め」（神戸新聞、二〇〇五年八月一〇日）、磯辺康子、中島摩子「日航機墜落30年　遺族高齢化、遠のく御巣鷹兵庫から祈り」（神戸新聞、二〇一五年八月七日）菅原洋記事（東京新聞、二〇一五年八月一〇日）など。中学生の作文としては第二九回全国中学校人権作文コンテスト八木遥「御巣鷹山を訪ねて」など。」
注（30）福田典子→福田雅子
注（41）「炎天下に夢見るもの」→「炎天に夢見るもの」
注（42）『科学批判学』→『科学の危機』
注（60）『反日中国の真実』→『「反日」中国の真実』
一一六頁　ドイツ民主党→ドイツ社会民主党

特集1 日本と東アジアの今

「アジア的復古」を考える
――石井知章氏の所説に関して

瀬戸　宏

1．問題の発端――重慶モデルの評価を巡って

「アジア的復古」を考えてみようと思い立ったのは、二〇一五年六月に出版された梶谷懐氏の著書『日本と中国、「脱近代」の誘惑』（以下『誘惑』と略記）の次の部分を読んだ時である。

「薄（熙来――引用者）の在任期間に（中略）今後三年間で三〇〇〇～四〇〇〇万平米の廉価な住宅を建設し、数百万人におよぶ土地なし農民の住宅問題を解決する、という目標を掲げていました。とはいえ、この数字にどの程度実現の裏付けがあったかどうかはなはだ疑問です。（中略）薄が在任中にとった手法は、農村の都市化に関する重慶市の社会実験を、本来の方向性とはかけ離れた、派手な数値目標が先行する政治的パフォーマンスの色彩が強いものにしてしまったといえるでしょう。」（八八―八九頁）

そして梶谷氏は、重慶モデルと「『民意』を後ろ盾にした『公』の優越性によって、『私』の領域が極端に狭められ、私有財産全般が『悪』とされた」（『誘惑』九三頁）。毛沢東時代とりわけ文化大革命との同質性を指摘し、そこから「公」がすべてに優先する中国での「アジア的なもの」を見出してい

る。重慶モデルは「アジア的」なものの噴出の結果だと言うのである。

だが、私はこの部分を読んで強い疑問を持った。今後三年間で三〇〇〇~四〇〇〇万平米の廉価な住宅を建設するというのは、三〇〇〇万平米の公営住宅建設が二〇一〇年六月開催の中国共産党重慶市第三期委員会第七回会議で決定された「中共重慶市委の当面の民生活動をやりとげることに関する決定」(いわゆる重慶民生十条)でまず打ち出され、一年後の二〇一一年七月二一日に中共重慶市第三期委員会第九回全体会議で決定された「中共重慶市委の三つの差異を縮小し共に豊かになることを促進する決定」(いわゆる共富十二条)で四〇〇〇万平米に修正されたものである。重慶民生十条、共富十二条の内容は、直近の重慶市人民代表大会で行われた黄奇帆市長(当時)の報告でも述べられ、重慶市人代で承認されている。文革期のような不正常な時期ならともかく、文革終結直後に「民主と法制」が打ち出されて約三〇年たった中国で、中共重慶市委員会全体会議、重慶市人民代表大会という重慶市の共産党・権力機関が公式に決定した数字が「どの程度実現の裏付けがあったかどうかはなはだ疑問」と言うことがあり得るのだろうか。重慶モデル、薄熙来事件は、「アジア的」なものの現れなのだろうか。調べてみたところ、薄熙来失脚後も公営住宅建設は予定通り進み、目標は基本的に実現していた。

私は『誘惑』刊行以前から薄熙来事件・重慶モデルを研究する必要を感じており、初歩的な研究成果を「薄熙来の『重慶モデル』とその失脚をどう評価するか」(大西広編『中成長を模索する中国「新常態」への政治と経済の揺らぎ』慶応義塾大学出版会 二〇一六年五月、収録)にまとめた。梶谷懐氏の見解については「中国の近代化と『アジア的なもの』——梶谷懐『日本と中国「脱近代」の誘惑』から考える」(情況出版『情況』二〇一五年一一月号)と題する批判論文を発表した。私の薄熙来事件・重慶モデルについての見解の要旨は次の通りである。

薄熙来事件の本質は、国有経済・社会主義要素重視か私営経済重視かという中国共産党の路線対立に彼個人の権力闘争がからまったものである。重慶モデルの基本内容は市場経済の進展、特に一九九〇年代末の国有企業改革でより顕著になった格差拡大(ジニ係数が〇・四を越えたのは国有企業改革が提起された一九九七年中共一五回大会前後)への下層民衆の不満に基づくもので、その本質は胡錦濤政権の調和(和諧)社会建設の重慶における具体化である。重慶モデルに権力闘争のためのポピュリズムの側面があったのは確かだが、ポピュリズム自体はアメリカのトランプ大統領誕生、イギリスのEU離脱決定など欧米にもみられ、決して「アジア的」なものではない。

重慶モデルの重要な柱である「打黒」も、不十分さはあっても一定の法的手続きを踏んでおり、文革とは異なる。「打黒」の主要目標は暴力団(黒社会)解体であり私営企業家逮捕・資産没収はそれに伴う副次的なものである。すべての私営企業家が拘束・逮捕や資産没収されたわけではなく、そのような私営企業家は重慶の私営企業家全体からみれば少数である。二〇一二年三月の薄熙来失脚から六年以上たち、個別冤罪の名誉回復や没収資産返還はあったが、「打黒」の基本内容は二〇一八年八月現在依然として間違いとはされていない。「唱紅」も後期には政治性を帯びた大規模な大衆運動の面が強くなったが、文革のような特定勢力の打倒を目指したものではない。

重慶モデルは、少数派が非理性的な大衆運動を利用して対立する反対者を打倒したという意味での「文革の再来」ではない。現実の文革も、本質は中国共産党内の路線対立に指導部内の権力闘争がからまったものであった。重慶モデルを文革の再来とするのは、中国共産党の路線論争・権力闘争でしばしば見られたように、反対側（特に勝利した反対側）の権力闘争のためのレッテル張りだと言える。

これに対して、梶谷氏の反論「現代中国と『アジア的なもの』への視点——瀬戸宏氏の批判に応える」が『情況』二〇一七年春号に掲載された。私は、『誘惑』には現在の中国をどう把握するかの重要な問題が含まれているが、『誘惑』自体は論点もかなり未整理であり、「民生十条」「共富十二条」など重慶モデルの基本文書、基本資料を検討せず主にイメージだけで批判している側面が強く、『誘惑』自体にこれ以上こだわってもあまり生産的ではないと考え、直接の再反論は行わなかった。とりあえず、後は読者の判断に任せればよいと考えたのである。

しかし、直接の再反論を行わなかったからといって、私がこの問題に対する思考を放棄したのではない。問題の中核をなす「アジア的なもの」については、梶谷氏も石井知章氏と見解が共通する面があることを認めている。そして、石井氏が氏の論著で打ち出している「アジア的復古」の方が論旨が明確であり、問題を考えるうえで有意義なのである。それで、私は石井知章氏の「アジア的復古」を検討することにしたのである。

2．石井知章氏の「アジア的復古」概念を巡って

石井知章氏は、次の著書・編著書で自己の「アジア的復古」論を述べている。まず、『K・A・ウィットフォーゲルの東洋的社会論』（社会評論社）が、二〇〇八年四月に刊行された。続いて『中国革命のパラダイム転換　K・A・ウィットフォーゲルの「アジア的復古」をめぐり』（社会評論社、以下『転換』と略記）を二〇一二年一〇月に出版している。さらに、石井知章編『現代中国のリベラリズム　一九二〇年代から二〇一五年まで』（藤原書店）が、二〇一五年一〇月に刊行された際、同書に「K・A・ウィットフォーゲルと近代——『封建的』なものと『アジア的』なものとの間」（以下『リベラリズム』と略記）を発表している。ここでは、より論点が鮮明な『転

換』『リベラリズム』に基づいて石井氏の所説を検討したい。

石井氏によれば、「アジア的」概念の出発点はマルクス『経済学批判』序言」（一八五九年）の次の一節である。

「おおざっぱにいって、経済的社会構成が進歩していく段階として、アジア的、古代的、封建的、および近代ブルジョア的生産様式をあげることができる。」（岩波文庫版一四頁、下線引用者）

マルクスのこの言に依拠して、アジア的生産様式論が生まれるのである。石井氏は「アジア的」概念の内容を次のように述べている。

「マルクスにとって『アジア的』なものとは、（中略）ポジティブなものではなく、むしろ『前近代的』非合理性を象徴するネガティブなものである。」（『リベラリズム』五〇五頁）

石井氏の考えでは、ヨーロッパの封建制は近代を生み出す力を持っているが、アジア的生産様式はそうではないのである。

このような基本認識に立って、石井氏は現実の革命運動とアジア的生産様式論の関係を考える。マルクス主義は革命運動と密接な関係を持っているからである。

石井氏はまずロシア革命とアジア的生産様式論の関係を考察する。最初に問題とするのは、一九〇六年のプレハーノフとレーニンの論争である。プレハーノフは社会主義者の権力掌握の考えを「時期尚早」とし、レーニンらの土地国有化の計画に対して「反動的」可能性のあるものとして反対した。

「そのような政策は、土地およびその耕作者の国家への隷属を廃止することにならず『この古い半アジア的秩序の存続をそのまま』に見送り、その復古を助けることになるとしたのである。」（『リベラリズム』五一三頁）

そしてこれこそが当時、本来のマルクス主義者らの間で広く共有されていた歴史的展望だったと石井氏は言う。それに対してレーニンは、「アジア的」概念を承認しつつ、段階的運動や政策でそれを乗り越えるのではなく、西側先進工業国での社会主義革命との連動で解消することをめざしたという。

石井氏は次に、スターリンによる唯物史観の公式からのアジア的の削除を問題にする。先にみたように、マルクスが『経済学批判』序言で述べた唯物史観の公式にはアジア的という言葉があったが、スターリンはアジア的を削除し、原始共産制―奴隷制―封建制―資本主義―社会主義とした。そのため、アジア的要素の存在が見過ごされ、かえってソ連社会にアジア的要素が温存されたとするのである。

「東洋的農業社会、あるいは東洋の半管理者的官僚社会とはまったく同じものではないにせよ、それらの社会と深い関連を持つ全体的管理国家体制のアパラチキ（ロシア語の「機構」）が、革命後のソ連社会の中にも築かれ、ここにロシア社会における『アジア的復古』の基礎が成立したのである。」（『転換』三二頁）

さらに、石井氏は中国革命とアジア的生産様式論の関係を問いただす。「アジア的生産様式」論は中国革命を巡る極めて実践的な課題として提起されたが、コミンテルン、スターリンによって全否定された。これは、上述した「世界史の発展段階」から「アジア的」が削除されたこととも関連している。「あるべき中国革命の路線を『普遍史』としての『世界史』的発展のプロセスへと『恣意的に』載せ、西側の先進資本主義国において来るべき革命との理論的、実践的一体化を図ったもの」（『転換』二九頁）なのである。

この問題に関する石井氏の要約を引用しよう。

「中国革命は本来、伝統的村落共同体と専制国家によって成り立つ『前近代的』社会構造を『近代ブルジョア的』なそれへと根本的に転換させるという課題を担い、なおかつ民族解放闘争（統一戦線）の目標としての『民族主義革命』という課題と『同時に』、しかも『同じ比重で』追求されるはずであった。それにもかかわらず、ここでアジア的生産様式が排除されたことで、『民族主義革命』だけが前面に押し出されることになり、その結果、『アジア的』なものの復古へと導いた『農民革命』への大転換がもたらされ、『前近代的』なものとの全般的な闘争という課題は完全に後景に退き、そしていつの間にか『半封建』という言葉が、極めて矮小化された『反国民党（＝反蒋介石）』という意味にすり替えられ、『前近代』的なものがまるごと『解放』後にまで温存されることとなったのである。これは原理的には、スターリンが前近代的である『アジア的』なものと、本来、近代へと向かっていくはずの『封建的（feudalistisch）』なものとを形式的には等価に扱い、実質的には両者をすり替えて定式化したことによって実現されたものである。」（『転換』三六〜三七頁、傍線引用者）

石井氏によれば、この問題に気づいたのはアメリカの中国学者ウィットフォーゲルだった。石井氏によれば、ウィットフォーゲルの中国革命におけるアジア的復古の問題についての認識は、次のようなものであった。

ウィットフォーゲルは、マルクスらの原典に徹頭徹尾内在することによって再構成されるテキスト・クリティークでアジア的生産様式を再検討した。ウィットフォーゲルは、レーニンの土地「国有化」が農民を再び拘束し、ロシアにおける「アジア的」遺制を再び活気づけ、「古い、半アジア的制度」の「復古」を招くと、プレハーノフが一九〇六年に主張していたことを、一九四八年に知った。まもなくウィットフォーゲルは、マルクスとエンゲルスがロシアの村落共同体こそツアー専政主義の社会的経済的基礎であり、それらはヨーロッパの「封建的」村落共同体とは構造的に異なった「アジア的」な、インドの村落共同体と同じものと見なしていたことをも知った。このアジア的復古の問題こそ、現存する（あるいは現存した）「社会主義」体制の問題に真剣に取り組んできた世界の知識人たちの「不安を駆り立てる」ものの根源なの

である。(『転換』三一〜三二頁)

石井氏の「アジア的復古」論を整理すると、次のようになろう。

スターリンが「アジア的」を「唯物史観の公式」から削除し毛沢東もそれを受け継ぐことによって、中国社会に存在する前近代要素との対決が回避され中国革命勝利後も温存され、さらに一定の条件下で前近代要素が噴き出す。これが、中国におけるアジア的復古である。反右派闘争、文革、六四天安門事件、重慶モデルは、アジア的復古の具体的な現れである。

3. 石井知章氏の「アジア的復古」論への疑問I

――中国の前近代は変化のない社会か、マルクスの中国論の検討

石井氏の「アジア的復古」論に対する私の疑問を述べることにしよう。まず、マルクスの中国論と中国社会全般に関する問題を検討する。

第一に、中国社会は黄河文明成立以来二〇世紀まで変化・進歩のない社会だったか。

石井氏は「歴代王朝は興亡を繰り返すだけで社会が進歩しなかった」(『転換』二〇頁)と述べる。石井氏と同じ見解を、マルクスも一八五三年に述べている。

「完全な孤立は旧中国を保持するための第一条件であった。その孤立がイギリスの手を通じて暴力的な結末をつげたのであるから、分解は確実に起こらざるを得ない。それは丁度密封された棺のなかに注意深く保存されているミイラが、外部の空気と接触すると決まって分解するのと、同じように確実なのである。」(マルクス「中国とヨーロッパにおける革命」(新潮社版『マルクス・エンゲルス選集』第六巻、二一九頁)

マルクスのこの論述は、今日からみれば、中国社会の本質考察としても、時事評論としても正しくない。

まずアヘン戦争以前の中国は決して完全に孤立してはいない。朝貢貿易の存在ほかを考えれば、すぐに理解できることである。

次に、アヘン戦争以前の中国は、決して密封された棺に保存されたミイラではない。中国社会は古代より不変なのではなく、一九世紀中期までに相当に変化発展している。

第三に、中国社会の分解は、アヘン戦争敗北で開国を迫られても決して確実には起こらなかった。清朝崩壊はアヘン戦争から約七〇年後であり、その後も前近代要素は中国社会の中で長く残っている。

中国社会は不変か、という問題をもう少し考えてみよう。前近代社会では、生産力の関係で人口増減とGDP増減はほぼ一致しているとされる(丸川知雄『現代中国経済』)。そうであるなら、中国社会が不変であれば、中国の人口もほぼ不変であった筈である。

中国の人口増減の実際の情況はどうであろうか。研究によれば、戦国時代の中国の人口は約二〇〇〇万人で、社会が安定した前漢末には約六〇〇〇万人に増大していたという。（加藤徹『羊と貝の中国人』）これが、マルクスが中国社会不変説を述べた一八五三年前後には、四億人余りに増加していた。歴史上では、王朝の安定期に人口が増大し、社会不安や戦乱が続く王朝末期に人口が減少するという、周期的な人口増減が繰り返されるのではあるが、中国の人口は確実に増加している。中国社会は相当に発展し不変ではないことが、人口変化からも証明できるのである。

文化面からも、中国史にはいくつか大きな社会変動があったことは証明できる。例えば、宋代には『三国志演義』など近世白話小説、伝統演劇の萌芽形態が出現する。これらは商業出版・商業演劇であり、商業資本の一定の発達が無ければ生まれえない。中国社会不変説では、商業資本の出現を説明できないのである。

マルクス自身は、自己の理論をどのように自己評価していただろうか。『経済学批判』序言に次の一節がある。

「ひとたびこれをえてからはわたしの研究にとって導きの糸として役に立った一般的結論は、簡単につぎのように公式化することができる。」（岩波文庫版一三頁、下線引用者）

マルクス自身が、自己の説は「導きの糸」すなわち仮説だと述べているのである。

近年の歴史学、社会学研究では、西ヨーロッパにおいても社会発展過程は「唯物史観の公式」に言う原始共産制→奴隷制→封建制→資本制、という単純、単線的なものではなかったことが立証されつつある。たとえば、佐藤俊樹「近代を語る視線と文体　比較のなかの日本の近代化」である。（高坂健治・厚東洋輔編『講座社会学1理論と方法』東京大学出版会、一九九八年収録）

マルクスの歴史学説、特に中国論は、彼が生きていた一九世紀の時代制約に満ちている。石井氏はマルクスの著作のみに基づいてアジア社会を分析している。それは、マルクス個人の思想体系分析には有意義だが、現実のアジア社会分析としては二一世紀の今日ほとんど意味をなさない。

また、石井氏は文革や重慶モデルを中国社会古層の噴出と述べるが、古層とは中国のどの時代か、石井氏は語っていない。すでに確認したように、中国四千年の歴史は相当な変化発展の歴史であるから、単に古層というだけでは意味をなさないのである。

4. 石井知章氏の「アジア的復古」論への疑問Ⅱ
――中国革命とアジア的復古

次に、中国革命や社会主義とアジア的復古の関係についての石井氏の所説を検討しよう。

毛沢東ら中国共産党は、中国社会の前近代要素との対決を避けたのだろうか。

社会の近代化を測定する重要な要素として、婚姻関係があげられる。中国革命——中華人民共和国建国以前の中国は、婚姻において決して近代的ではなかった。

「中華人民共和国建国以前の中国は基本的に一夫一妻多妾制であった。（中略）一九三〇年の新民法では妾に関する規定が消え、妾を法律の外に排除してしまったが、実際には畜妾を禁止しているわけではなかったため、中国社会では一夫一妻多妾制は、一九五〇年の婚姻法（第一章原則第二条）によって畜妾の禁止が明文化されるまで続いたと考えてよい。」（白水紀子『中国女性の20世紀』一八四頁、明石書店二〇〇一年）

中華人民共和国建国直後の婚姻法制定（一九五〇年五月）によって、中国の前近代的婚姻規定は初めて廃絶された。この婚姻法は、男女平等と当事者個人の意思が結婚の唯一の根拠、家庭内構成員の平等（家父長制や畜妾の否定）など、西側諸国の関係法令と対比してもさして遜色ないものであった。土地改革法（一九五〇年六月）による地主制の廃止も思い出されていい。建国前後に共産党主導で創作された大量の文芸作品、たとえば魯芸集団創作『白毛女』（一九四五年）や趙樹理『小二黒結婚』（一九四三年）なども中国社会の前近代要素を強く批判している。中国共産党が中国社会の前近代要素に無自覚、無批判だったとはとても言えないのである。

石井氏はまた次のようにも述べている。

「本来のマルクスの目的とは、『ブルジョア民主主義』と資本主義制度の成熟化を阻むすべての障害物を排除することにあった。この段階こそ、マルクスが『アジア』におけるコミュニズムの到来の前提とみなしたものであったが、この実現目的を堅持したのはけっして共産党ではなく、たとえその立場がすでに『反共』に転じていたとしても、むしろ国民党側であったとはいえないであろうか。」（『転換』一五四頁）

国民党は共産党よりも民主要素を重視しただろうか。第一次国共合作崩壊後の国民党による共産党員集団虐殺、国共内戦期や台湾一九五〇年代の白色テロ（反対者への強圧的弾圧）とりわけ一九四七年二二八事件（一万八〇〇〇人とも二万八〇〇〇人とも言われる目的意識的な本省人知識人虐殺）などをみても、国民党が共産党よりも政治的に近代的であったと言えるのであろうか。

仮定の話をしてもあまり意味が無いが、もし中国革命が失敗し国民党支配が継続するか共産党政権との南北朝状態が生まれていた場合、国民党支配地区では大規模で継続的な反対勢力弾圧・虐殺が行われていた可能性が強い。中華人民共和国建国後に共産党によってさまざまな弾圧事件が引き起こされたことを私は否定しない。しかしそれは中国社会の後進性が背景にあり、共産党の政治理論の直接の産物とは言えない。「アジア的復古」とみえる現象は、共産主義運動から生み出されたものではない。中国だけではない。インドネシアの九三〇事件後の共産党員集団虐殺など、アジア諸国では非・反共産党勢力による「アジア的復古」的な事件も数多いのである。

5．結論

現在の中国に前近代要素が中国の政治・社会に強い影響をもたらす情況が存在していた（している）のは、事実である。それは、現象的には「アジア的復古」にも見える。しかし、ソ連崩壊後の旧ソ連各国の現状（特に中央アジア諸国）やアフガン、イラク戦争後の情況をみると、中華人民共和国あるいは中共政権が存在しているからこそ、中国での「アジア的復古」は現在の状態で収まっている、とも言える。何らかの事情で中華人民共和国あるいは中共政権が崩壊すれば、中国社会での「アジア的復古」情況は現状よりもいっそう激しくなることは、容易に想像できる。

だからといって、中国国内に確かに存在している不合理な情況・社会要素に抗議することが間違いだと言っているわけでは決してない。権力は批判が無いと堕落するから、困難な状況の中で現状に抗議している中国人には敬意を表したい。

日本（外国）の現代中国研究者としては、中国の将来を決めるのは最終的には中国人であるという認識の下で、冷静に現代中国の肯定的・否定的両側面に対処し、自己の中国研究の質を高めていくことが取るべき態度ではなかろうか。

現在の中国の「アジア的復古」問題と「アジア的生産様式」論は、切り離して考察すべきである。「アジア的生産様式」論は、世界史認識の方法論としては資本主義に先行する社会形態研究のための一つの方法論として、「アジア的復古」論とは別に意味があると私は考えている。

6．付随的問題

石井氏は「中国革命論のパラダイム転換」を提唱している。だが私見では、日本の現代中国研究（の主流）は、革命パラダイムから近代化パラダイムへの研究パラダイム転換を完了してしまっている。たとえば、日本現代中国学会の全国大会共通論題から、ソ連崩壊直後の一九九二年を最後に社会主義の字句が消えている。アジア政経学会は初めから社会主義に関心を持たない。そのような現段階で、それを無視してマルクスや外国の中国研究者（ウィットフォーゲル）の論著、コミンテルン文書にのみ依拠して「中国革命論のパラダイム転換」を主張しても、日本の現代中国研究界主流の関心を引かないのではないか。時代錯誤という印象すら与えかねない。私が「アジア的復古」に関心を持っているのは、一つには私が個人的に革命パラダイムにこだわっているからである。

石井氏（梶谷氏も）が重慶モデルに関連して思想的に新左派のみ注目し紹介しているのは、一面的である。中国で実際に影響力を持っているのは新のつかない左派（もしくは老左派）である。私が関わっている社会主義理論学会は日中／中日社会主義フォーラムの定期開催など（老）左派との交流に努めてきたが、中国の包括的認識という点で、その意義は（広がりの点では問題があるとはいえ）大きいといえよう。

石井氏らの「アジア的復古」論に基づいては、中国現代文学（芸術）研究は成り立たない。中国現代文学研究は、中国現代文学は基本的に西洋近代文学と同質であるという認識に立ち、本来は中国に存在しなかった現代文学が、なぜ、どのように成立し、発展したかを研究の中心に置いている。それには、中国現代文学を生み出し受け入れる近現代の中国社会は、少なくない点で（完全に、ではない）西洋近代社会と同質だ、という前提がある。石井氏の観点に公開で異を唱える故・代田智明氏や私が、いずれも中国現代文学（芸術）研究者であるのは、偶然とは思えない。もちろん代田氏と私の中国近代化認識が一致しているかどうかは別問題である。

石井氏は、学界＝学会という不思議な論理を展開し、「研究そのものが『社会的に意味のない』こととすら理解され、ウィットフォーゲルの言説に対する扱いがそうであったように、この研究者集団＝学会からは『完全に（＝論理整合的に）』排除されることにならざるを得ない」（『転換』三八頁）と述べている。だが、学会とはさまざまな研究者が自説を発表し他の研究者と討論するボランティア機関に過ぎない。私は『転換』（三九頁）で現代中国研究の代表的学会の一つとされている日本現代中国学会（現中学会）の事務局長を四年（二期）、理事長を二年（一期）務め、文字通り学会の中枢にいたが、学界の中枢にいたという実感はまったくなかった。石井氏の主張が現中学会で排除された、学会発表などを拒否された、ということも聞いた記憶が無い。

大学教員の多忙化などで学会役員のなり手がなかなかいない今日、「学会の中枢」に入ること自体は必ずしも難しいことではないだろう。ただし、それと自己の所説が多くの研究者に認められるのは、別のことであると思われる。

附記

本稿は二〇一七年二月一二日開催の社会主義理論学会第七三回研究会（専修大学神田校舎）での報告「『アジア的復古』を考える――重慶モデルの評価から始めて」を、当日の討論を踏まえて文章化したものである。なお、本稿第二節は、本来ならプレハーノフ、レーニン、ウィットフォーゲルの論説に直接あたりその主張を確認する必要があるが、現在はその余裕がない。研究会当日、出席した石井知章氏から自己の主張の要約として正確であるという発言があったので、当日の報告のまま文章化することとする。

特集2 現代に生きる左翼思想

「陣地戦」は現代にも通用するか

小原 耕一

筆者が『葦牙』本誌にはじめて投稿したのは「レーニンの省略とグラムシの読みかえ――マルクス『政治経済学批判序言』をめぐる断章」(『葦牙』二二号・一九九六年一月)であった。筆者はこの拙論で、解説論文「カール・マルクス」(一九一四年)を書くさいにレーニンはマルクスの「序言」(一八五九年)からの長い引用をおこなっているが、二つの重要なパラグラフを引用しなかった事実に注目した。日本のグラムシ研究においてはじめてこの事実に光をあてたものであっただけに、筆者にとって特別感慨深いものがある。

レーニンが省略し、後にグラムシが注目した二つのパラグラフとは何か。一九三三年に書かれた雑録ノートの草稿の冒頭でグラムシは「受動的革命の概念は政治学の二つの根本原理から厳格に導きだされるべきものである」(ノート15§§〈17〉「マキアヴェッリ」)と述べ、レーニンが「序言」の引用から省略した二つの命題をグラムシなりに要約して紹介している。

1)どのような社会構成体(formazione sociale)も、その構成体において発展を遂げてきた生産諸力がいまだにその後の進歩的運動のための余地を見出しているうちは、消えてなくなることはない。

2)社会は、その解決のために必要な諸条件が整っていない諸課題を自らに提起することはない。

この二つの命題の分析は、構造と上部構造の関係にかかわる歴史弁証法の幾つかの基本的原理を引きだすうえで（ノート4§〈38〉〈構造と上部構造の関係〉）、さらに重要なことに、グラムシが「陣地戦」論および「受動的革命」論を練り上げるうえで、根本的に重要な視点を提供している。前述の論考からちょうど一〇年後に、筆者は同じく『葦牙』（三二号・二〇〇六年七月）に「『受動的革命』と現代──ノート22『アメリカニズムとフォーディズム』のための予備的覚書」を書いた。この論文はグラムシの「受動的革命」論、それとも深く関係する「陣地戦」論と「市民社会」論の内在的関連を解明したものである。これらの問題は、グラムシ・ヘゲモニー論の魅力のよって来たる源泉はどこにあるのか、という問題とも深く関係している。今から一二年も前に書かれた論文であるが、グラムシ・ヘゲモニー論を深く理解するうえでも重要な論点が考察されている。

昨年五月ごろアンジェロ・ドルシ『新グラムシ伝』（Angelo d'Orsi, Gramsci Una nuova biografia 2017 Feltrinelli）が刊行された。最初のグラムシ伝『グラムシの生涯』（ジュゼッペ・フィオーリ Giuseppe Fiori, Vita di Antonio Gramsci, Laterza 一九六六年）が発表されてから五〇年ぶりのこの『新グラムシ伝』でドルシが展開している論点にも気配りしながら、現代においても、「陣地戦」論がグラムシ・ヘゲモニー論の魅力の源泉の一つとして通用するのかどうかの問題関心のもとに、改めていくつか問題点を整理してみたい。

グラムシのモスクワ、ウィーン滞在と「陣地戦」論展開への序章

グラムシは一九二二年五月二六日、コミンテルン執行委員会へのイタリア共産党の代表団としてモスクワに向け出発し、六月二三日、ラトヴィア国境を越えてモスクワに到着した。拡大執行委員会の第二回会議で、グラムシはコミンテルン執行委員の一員となった。

一方、ムッソリーニが首班に指名されてファシスト権力の成立に導いた「ローマ進軍」の結果、日刊『オルディネ・ヌオーヴォ』は廃刊となり創立まもないPCdI（コミンテルン所属のイタリア共産党）は「非合法」活動を余儀なくされていく。国外に追放されたトロツキーが一九三二年に回想していることだが、一九二〇年代はじめにイタリア党内にファシスト独裁が可能であると考えていたものは「グラムシをおいて」ほかにだれもいなかった。

一九二二年一一月五日～一二月五日に開催されたコミンテルン第四回大会に出席したグラムシは、本国の同志たちから、ファシストの「ローマ進軍」の衝撃とその結果について、また一〇月末のムッソリーニの権力掌握について知らされた。コミンテルン大会期間中、さらに翌一九二三年にもま

たがってグラムシは、レーニン、トロツキー、ジノヴィエフ、カール・ラデックその他ソヴィエト・ロシアの新指導体制の要人と会っている。

病み上がりのレーニンはこの大会で「もっとも重要な問題の序論」を述べるにとどめざるを得なかったが、その発言の多くの部分を一九二一年春に導入を決定した「新経済政策」(ネップ)の問題の解明についやした。

「自国を社会主義共和国と宣言している共和国で、社会主義的でない要素が、社会主義よりも高く評価され、それよりも上位にあるものとみとめられることは、だれにとっても、奇妙におもわれるであろう。しかし、われわれがけっしてロシアの経済構成を、同質的なもの、高度に発達したものとみないで、ロシアには家父長制的な農業、すなわちもっとも原始的な農業形態と社会主義的形態とが並存していることを十分に自覚していたことを、諸君が思いだすならば、問題は明らかになる」(「ロシア革命の五ヵ年と世界革命の展望」一九二二年一一月一三日、コミンテルン第四回大会での報告、全集三三巻四三五—四三六頁)と述べた上で、レーニンは「退却の可能性にもそなえなければならないという考えが重要な意義をもつのは、単に理論的な見地からばかりのことではないとおもう。近い将来資本主義にたいして直接の攻勢に転ずる準備をしているすべての政党は、実践的な見地からも、退却をどのように保障するかを、いま考えてみなければならない」(同、四三七頁、強調の傍点は引用者)と強調した。そして新経済政策を実施し、農民に商業の自由を与えた結果、「わが国で農民が決定的な要因であることは、だれも疑うものはいない」(同、四四一頁、強調の傍点は引用者)と述べたのである。

グラムシは大会会場でこのレーニンの演説にじっと耳を傾けていたにちがいない。レーニンは演説の最後に「イタリアのファシスト」に言及し「外国人は、ロシアの経験の一部を自分のものにしなければならない。……イタリア人はまだ十分に啓蒙されておらず、彼らの国はまだ黒百人組(帝政ロシア末期の極右的、暴力的な団体の総称)の害をうけないわけではないということを、たとえば、イタリアのファシストがイタリア人にあきらかにすれば、これらのファシストは、われわれを大いにたすけることになるかもしれない」と述べたが、とくに新経済政策をめぐる「退却の可能性」についてのレーニンの言及を興味深く聴いたことであろう。また、一九二三年五月三〇日にレーニンの指示で『プラウダ』に発表された「わが革命について」などの速記録をグラムシは妻となるジュリア・シュフトの助けもかりてむさぼり読んだにちがいない。

グラムシはモスクワをあとに一九二三年一二月三日ウィーンに到着した。一九二四年五月までイタリアに帰国することは彼にたいする逮捕状がだされたために不可能であった。さしあたってイタリアの党と欧州の他の共産党との接触を維持することがウイーン滞在中のグラムシのおもな任務だったと言われるが、実際には、ファシズム支配下で半非合法活動を強いられる状況のもとでも、まずはイタリアの党の知的文化的水準を引き上げ党内教育活動を強化するとともに、とくに廃刊に追い込まれた『オルディネ・ヌオーヴォ』復刊の準備を精力的にすすめた。

『オルディネ・ヌオーヴォ』復刊のために、ピエロ・スラッファやジノ・ジーニなど親しい知識人の協力を想定していたが、復刊第三号『オルディネ・ヌオーヴォ』(一九二四年三月一―一五日)の一―二面にグラムシは「『オルディネ・ヌオーヴォ』の綱領」を書くとともに、四面には論文「今日と明日の諸問題」と題する無署名論文を掲載した。この論文はウィーン滞在中にグラムシが執筆したものである。その論文には「『オルディネ・ヌオーヴォ』の古くからの購読者である友人から私たちは以下の手紙を受け取った」との前書が付されている。この手紙の送り手は[S]とされているが、それはピエロ・スラッファ(Piero Sraffa)のことであった。

この論文の最初に詳しく引用されているスラッファの手紙はこう書かれている。「私たちの不一致はとりわけ時代順序(di ordine cronologico)のとらえ方にあるように私はおもう。あなたがたが私に書いていることの大半を私は受け入れるが、それはファシズムの倒壊後に生ずるであろう諸問題の解決策としてであって、……今日の諸問題はそれとはきわめて異なっている。……労働者階級は政治生活から完全に不在であるとの見解に私は立っている。そして共産党は今日(傍点は原文イタリック)、積極的(positivo)なことは何も、ほとんど何もやっていないと結論せざるを得ない」と党にたいする厳しい批判からはじまっていた。

この共産党にたいする批判はスラッファ個人の見解というよりも、一九一九―二〇年にプロレタリア革命に共鳴し、その後ファシズムのために自分自身が利用されるのを拒否した広範な知識人の立場であり、またプロレタリアートの一部、イタリア共産党の一部の党員の立場でもあることを忖度しながらも、グラムシは、スラッファの批判に手加減を加えることなく反論した。「自分の立場から生ずる結果や自分がおちいっている多くの矛盾に気づかずに、おろかな立場にたって自分の論証の弱点や虚言を自分自身で浮き彫りにすることになっている」と。

グラムシは、労働者階級は「不在」であるとか、ファシストの暴力は「秩序」の問題であって「社会」問題ではないといったスラッファの主張についても、「わが友人Sは、自分の民主主義的でリベラルな、つまり弁証法的でマルクス主義的というよりも規範的でカント的な知的思想形成のイデオロギー的痕跡のすべてを自分自身で打ち砕くことにまだ成功していない」と指摘するとともに、「反対派が形成される過程に共産党が積極的に介入し……農民大衆が自分自身を労農政府の綱領に賛同する方向をとるのを保証するなら、そのときプロレタリアートはもはや以前のように《不在》ではない。そこにこそ今日の諸問題と明日の諸問題の双方が解決される政治活動路線がある」と述べた。時代の流れを読みとりそこから変革の課題を引き出すことに、この時点でのスラッファの立場にはいちじるしい限界や立ち遅れがあるとグラムシは見ていたであろう。

この論文を締めくくるにあたってグラムシは、「三つの要点」として、スラッファの立場とは対立するが、プロレタリア運動の当面の必要と課題の考え方のおもな特徴点を次のように総括している。「1．ファシズムによってつくりだされた情勢が労働者階級のために提起した具体的諸問題についてのいっそう鋭い気づきをわが党にあたえ、組織が目的それ自体でなく、党がもっとも広範な大衆のあいだに革命的なスローガンを広めるための手段になるようにすること、2．リボルノ大会（一九二一年一月二一日、共産党分派が社会党から離脱して共産党を創立した大会）ではじまった解体と再構成の過程を早めることによって、共産主義インタナショナルの旗のもとにプロレタリアートの政治的統一のために活動すること、3．労農政府のスローガンのイタリアにおける意味を具体的に明らかにし、このスローガンに全国的な政治的実体を与えること――このことは、農民大衆のもっとも焦眉の問題、したがって何よりもまず《南部問題》という一般的な言い方で総括されるこれらの特定の諸問題をわれわれが研究してはじめて実現可能である。ファシズムによって自分たち自身が一掃されるのを許さず、あれこれの形で一九一九―二〇年の自分たちの態度を否定する覚悟のなかった友人Sのような知識人は、ふたたび『オルディネ・ヌオーヴォ』のなかに討論と再結集の中心点を見出すことができるであろう」。

グラムシがモスクワ、ウィーンに滞在した一九二二年六月から一九二四年五月までの二年間、イタリア共産党はその路線を明確に確立していたわけではなかった。指導部内に矛盾や対立も抱えていた。いましがた紹介した論文「今日と明日の諸問題」はそのころのグラムシの時代認識のあり方をある程度反映しているようにおもう。このころグラムシはまだ時代の変化と「陣地戦」戦略への転換の必要について明確な認識をもっていたとはいえないとしても、そうした時代認識への手がかりになるような考え方を芽生えさせつつあったことは疑いないようにおもう。

ロシアで着手された「新経済政策」とそれによる「退却の可能性」が、ロシアやヨーロッパでの革命闘争における「機動戦」から「陣地戦」への転換の必要性を示唆したものとグラムシが読みとったと考えても、まったくの見当はずれではないだろう。ロシアとイタリアにおける農民問題の位置づけや労農政府の提起、そして「南部問題」の研究の必要など、これらの問題は、やがて獄中ノートで展開されるグラムシ「陣地戦」論、ヘゲモニー論構築のための重要な糸口となってくるのを私たちは見るであろう。

グラムシ逮捕直前のトリアッティ・グラムシ論争

グラムシは一九二六年一一月八日午後一〇時三〇分、ローマのアパートで逮捕された。逮捕されるおよそ二五日まえの同年一〇月一四日、スターリン・ブハーリンの多数派とジノヴィエフ・トロツキー・カーメネフの反対派との対立をめぐるロシア党内の分裂の危機を憂慮して、グラムシはロシア共産党中央委員会宛に書簡をしたため、これをモスクワ（コミンテルン）にいるパルミーロ・トリアッティ宛の手紙とともに送った。トリアッティはイタリア共産党政治局からロシア共産党中央委員会宛の書簡とグラムシからの手紙を読み、一〇月一八日に書簡の内容に不同意である旨の返事をグラムシに送った。グラムシは一週間後の一〇月二六日にトリアッティに反論する手紙を送った。グラムシが書いたロシア共産党中央委員会宛の書簡やグラムシ、トリアッティのあいだで交換された手紙については、一九六四年五月三〇日付の『リナシタ』に発表されたと記憶している。これらの書簡や手紙については東京グラムシ会でもこれまで何度か論議されているので、ここでは立ち入った議論は控えるが、とくに時代の流れとともに変化する変革の課題とヘゲモニーの関係について、トリアッティ宛の二通目の手紙（一九二六年一〇月二六日）でグラムシが述べているところを振り返ってみたい。グラムシはこの手紙の終わりのほうでこう指摘している。

「一九一七年一〇月から九年たったこんにち、西側の大衆を革命化できるのは、もはやボリシェヴィキの側からの権力の奪取の事実（傍点は原文イタリック）ではない。というのはこの事実はすでに達成され、その効果を生み出しているからである。こんにち、イデオロギー的にも政治的にも効果的（attiva）なことは、いったん権力を獲得したプロレタリアートが社会主義を建設することができる（傍点は原文イタリック）ということの説得力（もしあるとすれば）である。P.（党）の権威はこの説得力と結びついており、これは学校教育の方法で大衆のあいだに教え込むことはできない。それは革命的教育によってのみ、つまりP. R.（革命的プロレタリアート）が全体として確信をもち団結してたたかっているという政治的事実（傍点は原文イタリック）をしめすことによってのみ教え込むことができるものである」。

このように、一〇月革命後しばらくのあいだ「権力の奪取」の革命的スローガンを大衆のあいだに広めることが重要であったとしても、とくに新経済政策が導入されることによってロシアに新たな複雑な「退却の可能性」が生まれた状況のもとでは、従来のように「権力の奪取」のスローガンをくり返すのでなく、大衆のあいだに革命的プロレタリアートは「社会主義を建設することができる」という事実を説得力をもってしめすことこそ大切であると、グラムシは強調したかったのであろう。

グラムシのヘゲモニー論構築にとって、時代の流れの変化に機敏であり、その変化に応じて変革のスローガンや課題をも的確に対応させてゆく創造力が求められるということである。そうでなければいくら言葉のうえで威勢のよいことをいってみてもそこからいかなる説得力も革命的ヘゲモニーもうまれてこないからであろう。

コミンテルンの方針急転換とトリアッティとの決裂

コミンテルンの第六回大会（一九二八年七月一七〜九月一〇日）ではそれまでの方針の「急転換（svolta）」を承認し、社会民主主義（la socialdemocrazia）は資本主義のおずおずとした弁護から公然たる支持へと転じたと批判する宣言を発表した。いわゆる「社会ファシズム論」への転換である。大会テーゼを起草したのは当時コミンテルン議長であったブハーリンであった。「急転換」をうながした背景には、それまで相対的安定期にあるとされていた資本主義が突如崩壊寸前の危機にあるかのような唐突な情勢認識が伴っていた。

グラムシはコミンテルンの方針の「急転換」を獄中で知った。この転換は、グラムシにとって、強引な農業集団化と工業生産加速化によってネップに終止符を打ち、生まれつつあるスターリン権力支配への危機感をつのらせる重要な要因であったかもしれない。

獄中ノートに「有機的危機（crisi organica）」という表現がでてくる。「古い構造に固有の諸傾向を念頭におき新しい前提をもってその諸傾向を抑制する新しい構造を組み立てることによってはじめて乗り越え可能な」（ノート14、§57〈過去と現在〉、一七一六頁）危機のことをさしている。「危機はまさに古いものは死んだが新しいものはまだ生まれてこないところに由来する」（ノート3、§34、三一一頁）。現代においても危機の特徴をあきらかにするには、その危機を成り立たせている歴史的構造的背景を深く分析することは不可欠であろう。

いずれにしろ、獄中のグラムシはこのコミンテルンの資本主義破局論に追随することはなかった。危機とその危機の可能な解決のために、その時どきの「力関係」の分析に力を入れた。この点は早くも最初のノート（ノート1、§44、A稿、一九二九—三〇年）で指摘されている。グラムシの分析方法の特徴は、歴史的—政治的テーマに真っ向から取り組む際に、自分の考察を「政権到達以前と以後の政治指導の問題」と結びつけて分析するところにあった。この草稿はグラムシがヘゲモニー（egemonia）の由来を強く意識した草稿であり、およそ五年後に改めて執筆されたノート19「イタリア・リソルジメント」（§24〈民族と近代国家の形成と発展における政治指導の問題〉C稿、一九三四—三五年）で補正され展開されている。

グラムシにとってイタリア・リソルジメントは結局のところ「革命なき革命」であり、「人民不在の上からの革命」であり、「受動的革命（rivoluzione passiva）」の一変種であった。グラムシは、指導的階級であり支配的階級でありながら、達成することができたはずのすべての目標を達成できなかったリソルジメント運動における穏健派の政治的対応を分析し、

「受動的革命」という理論的―政治的結論を引き出した。行動党も同じような限界をかかえ、リソルジメントに民衆的民主主義的な特徴を刻印しうる自立した勢力に成長することはなかった。（グラムシの「受動的革命」と「陣地戦」の関係についてはノート15、§11〈マキアヴェッリ〉、ノート15§15〈マキアヴェッリ〉、『未来都市』第六五号、リソルジメント関連草稿を参照されたい）。

同時にイタリア・リソルジメントについてのグラムシの分析視点は複眼的である。グラムシはイタリア・リソルジメントを語りながら、アルベール・マティエ（Albert Mathier）のフランス革命論やジャコバン主義分析にも関心をよせ、トロツキーの「永続革命」についての分析にもふれ、レーニン死後のソヴィエト指導集団の内部で起こりつつあった事態をも視野に入れながら「陣地戦」および「受動的革命」を分析することを忘れない。

グラムシにあって《受動的革命》概念は、リソルジメント期の歴史の解釈基準としてよりもむしろ、ファシズムの到来と支配確立、西方における革命の失敗とロシア革命の求心力の枯渇、さらにはアメリカニズムの出現、世界恐慌などに象徴される歴史的一時代を分析し特徴づける概念として発展させられる。とくに《受動的革命》を「ブルジョアジーが惨憺たる破壊を被ることなく、またフランス的な恐怖政治的装置もなく権力の座に着くことができるきわめて柔軟な土壌を社会的諸闘争が見出すような政治的形態」（ノート10§〈61〉「クローチェのイタリア史とヨーロッパ史の二つの歴史書についての批判的論考のための諸論点」、一三五八頁）としてとらえたところに、グラムシの慧眼がうかがえると筆者は考えている。

グラムシがロシア共産党やコミンテルンの方針に追随していたならば、リソルジメントの分析はおろか、資本主義の危機的状況のもとで時のブルジョア支配階級の側から危機の再生をはかるための「政治的形態」として積極的に組織される「受動的革命」を「陣地戦」の一環と見る分析視点も生まれることはなかったかもしれない。

マルクス主義の新たな発展方向、実践の哲学の歴史性

一九三〇年後半期から一九三一年末にかけて、グラムシの獄中での考察からマルクス主義における図式主義（schematismo）のあらゆる痕跡がしだいに姿を消してゆくことになる。マルクスは構造／上部構造[1]についての自説をも超克している、とグラムシは見る。なぜなら機械的な史的唯物論は「誤りの可能性を考慮せず、あらゆる政治行為を構造によって規定されたものとして、直接的に構造の実在的で恒常的な変化の反映とみなす」（ノート7、§24、八七二頁）からだ。要するに、グラムシは、構造／上部構造についてのマルクスの視点も固定したものでなく変化することに注意を喚起している。

「実践の哲学（filosofia della praxis、filosofia della prassi）」は、思考と行動のずれや食違いを乗り越えようとする意志として、グラムシの考察の重要な核心点をあらわしている。マルクスの「フォイエルバッハ・テーゼ」（一八四五年）は俗流唯物論の哲学的立場を批判的に乗り越えようとしたものであるが、「教育者自身が教育されねばならぬ」、「環境の変更と人間的……自己変革との一致はただ革命的実践としてのみ……合理的に理解されうる」との第三テーゼは、上部構造が構造にも影響を及ぼす可能性に言及したものとして見逃せない。

だからといって哲学は必要なくなるわけではない。グラムシによれば、哲学は実践と相互に影響しあい、機械論的でも経済主義的でもなく弁証法的な関係のもとではじめて実践の哲学となる。こうしてグラムシは、マルクス主義の新たな発展方向を従来とは異なる視野において模索しはじめた。

しかしグラムシは「実践の哲学」にもその歴史性にもとづく限界があることも認めている。「ある意味で実践の哲学は、ヘーゲル主義の改革および発展であり、あらゆるイデオロギー的要素から解放された哲学であり、諸矛盾についての完全な意識である」と述べる一方で、「実践の哲学は、永遠かつ絶対的と考えられてきたあらゆる《真理》が《一時的》な価値（歴史性）をもったものと理論的には主張するとしても、このような解釈が……実践の哲学それ自体にとっても有効であると《実践的》に理解させるのはきわめて困難である。これはまた、あらゆる歴史主義的哲学に差し出される一つの困難である」、「だから、同じ実践の哲学が、適切でない意味で一つのイデオロギー、つまり絶対永遠の真理の教条的体系になろうとする傾向が見られる事態も起こるのである。特に、『民衆教程』[2]に見られるように、その教義体系が俗流唯物論と、永遠絶対であらざるを得ない《物質》の形而上学と混同されるときに、そういうことが起こるのである」（ノート11、§62、一四八七―一四九〇頁）とも指摘している。グラムシのブハーリン批判の対象とトーンは問題によって必ずしも一様ではないが、スターリンを頂点とするソヴィエト権力の公認の哲学教義全体を批判するためのダミーとしてブハーリンの著書が使われているとの見方には一定の根拠があると考えてよいのではないか。

「歴史的ブロック」概念と新しいマルクス主義理論

グラムシはコミンテルンの資本主義破局論と社会ファシズム論の立場はとらず、従来のInternationalism（国際主義）に代わってCosmopolitanism（世界主義）という表現を受容するまでに至るが、ここでもグラムシが従来の《マルクス・レーニン主義》の分析的枠組やカテゴリーに窮屈さと居心地の悪さを感じ始めていたことをうかがわせる。要するに、一九三〇年代になって、それまで使われてきたものとは異なる概念や語彙をもちいるマルクス主義者グラムシがあらわれてくる。一九三二年のある時期以降グラムシは「史的唯物論」・「弁証法的唯物論」の言い回しを「実践の哲学」に変えることになるが、その転換の背景にはアントニオ・ラブリオーラ Antonio Labriola（一八四三―一九〇五）の先駆的役割を無視することはできない。「実践の哲学」を「史的唯物論の核心点」と規定したのはほかでもなくラブリオーラである。

実践の哲学は、「ある自立的に実存している思考のリズミカルな自己運動性……が、最終的には思考がその所産であるところの諸事物の自己運動性に取って替わる」（ラブリオーラ『社会主義と哲学』第四書簡、邦訳八三頁）ことである。「自己運動性」とは『論理学』でのヘーゲル用語を連想させる。

ラブリオーラによれば、実践の哲学は「歴史的社会的人間をその全体性において把握することを通じて観念論……のあらゆる形態を最終的に止揚するように、それ（実践の哲学）はまた、旧来の意味での自然主義的唯物論――唯物論という名称はごく最近までそういう意味をもっていた――の終わりをも意味する」（前掲書、同頁）のである。

このようにラブリオーラは、唯物論と観念論の伝統的な対立の止揚を実践の哲学の重要な使命とみなした。だからこそグラムシは「従属集団が新しい型の国家を呼び起こして真に自主的でヘゲモニー的な集団になる瞬間から、具体的に新しい知的道徳（モラル）的秩序、つまり新しい型の社会を構築する必要性、したがってもっとも普遍的な諸概念、もっとも洗練された決定的に重要なイデオロギー的武器を練り上げる必要性が生まれる。アントニオ・ラブリオーラを再び広く普及し彼の哲学問題の立て方を支配的地位に押し上げなければならないのはこのためである。このようにして、より優れた自主的文化のための闘いが提起される」（ノート11§〈70〉「アントニオ・ラブリオーラ」、校訂版一五〇八―一五〇九頁）と強調したのである。

グラムシにとってまず重要なことは、俗流化・教条主義・公式への還元からマルクス本来のマルクス主義を守ることであった。そしてプロレタリアートにとって客観的に困難な情勢のもとで、新しい時代に合ったマルクス主義のありかたを模索・追求する必要性を痛感したにちがいない。

先にふれたコミンテルンの方針転換にたいするグラムシの批判的見方は、マルクスの構造／上部構造論を理論的に鋭く問い直す一つのきっかけともなった。ここでグラムシはジョルジュ・ソレル Georges Sorel の『暴力論』[3]に見られる「歴史的ブロック（Blocco storico）」の概念に着目する。これはマルクス主義理論の内部での新たな刷新をあらわすものであった。いいかえれば、マルクスやマルクス主義の伝統から出発しながらも独得な思想圏域の構築に向けた新たな一歩であり、マルクス主義の母斑を保持しながらも、固有の自立性（autonomia）を有する文字どおりの思想潮流を形成する必要を意識したものとみなすこともできるのではないか。その意味で「歴史的ブロック」は構造／上部構造についての従来のマルクス主義的二分法を批判的に克服することの重要性を示唆したものと考えてよいだろう。要するに、「歴史的ブロック」は、思想的諸要素が物質的諸要素と融合しあい、前者が後者を、またその逆に後者が前者を糧として批判的に相互吸収するという弁証法的な考え方を表現したものとグラムシは理解したのであろう。

だから、グラムシにとっては、人間それ自体も、純粋に個人的主観的諸要素と、個人と能動的関係にある大衆的客観的諸要素あるいは物質的諸要素との「歴史的ブロック」のように見えたのであろう。

グラムシは、三〇年代初めに、長年彼自身が無批判的に受け入れていた命題、すなわち構造／上部構造の一対一の対応関係、二つの要素が相互に影響しあう関係を批判するところまですすむ。ときにグラムシは、構造にはむしろ上部構造に属する要素が言外に含まれているという考え方をとっているとも見られた。こうしてグラムシは《上部構造論者》とか《上部構造の理論家》とみなされることになるが、これはグラムシ思想を過度に単純化するものかもしれない。グラムシの立場を特徴づけるのは、経済的契機、構造の与件を強調することも忘れずに、二つの概念の弁証法的統一性に眼を向けたところにある。

また、構造／上部構造を基軸とする見方から歴史的主体とそのイニシアチブを重視する方向への根本的な転換をグラムシは遂げようとしたとの見方もある。たしかにグラムシは主体の創造性、主体の行動、歴史的に特定された人間の優位性を評価するが、それはあくまで抽象的な主体ではなく、感じたり、考えたり、愛したり、行動したりする生身の人間のことである。

一方では粗野な俗流唯物論の拒否、《マルクス・レーニン主義》的教条への蔑視、他方では、歴史と諸個人から具体的基層を取り去るクローチェの思弁的観念論にたいする批判、こうした二重の批判から、グラムシ独自の理論的立場の構築が始まる。しかしながら、歴史的ブロックを分析する際のグラムシの特異な点は、彼が当面している情勢がつねに運動し、つねに変化することが考慮に入れられているところにある。

グラムシのカテゴリーはすぐれて歴史的性格のものである。グラムシにとって構造は、基本的に、現在がその継続であるところの過去において規定される土台（基礎）である。グラムシが関心を向けるのは、いまも変化し動いている生きた現実であり、過去を継承する現在との関係、いいかえれば構造／上部構造の有機的関連を理解することにある。グラムシの獄中ノートに「過去と現在」という表題をもつ覚書草稿が少なくないのも、このためではないか。

ところでグラムシは構造／上部構造の意味をどのように把握しているのか。

グラムシは、たとえば、この問題の複雑さがうかがえるとして、図書館は構造か、それとも上部構造か？　科学者の実験室はどうか？　オーケストラの楽器はどうか？　などと設問する。(4) グラムシはこれらの設問にじかに回答することはしないが、「科学的思考は《科学的道具》を創造する上部構造であり、音楽は楽器を創造する上部構造である」と述べている(ノート4、§12「構造と上部構造」、四三三頁)。となると楽器が奏でるその時代のメロディーを美しいと感じる感覚も上部構造に属すると考えてよいのか? 時代意識も、時代感覚も時代の変化を超越したものではありえない。であるとすれば、脳にいろいろな暗示をかけて生まれる観念も、一定の社会的意識形態の対応として上部構造に属すると考えることも可能だということであろうか。いずれしろ、グラムシのヘゲモニー論は生きた時代意識や時代感覚をたくみにとらえたところで成立するものであって、それを無視したところではけっして生まれてこないと考えてよいだろう。

グラムシ国家論・市民社会論の特異性

一九三二年はグラムシにとって特別重要な年である。この年に「史的唯物論」「マルクス主義」の言い回しをやめその代わりに「実践の哲学」の採用を決断したことは先に述べた。さらにこの一九三二年にグラムシは独自の国家理論を練り上げようとする。マルクス主義の歴史を振り返れば、レーニン以前には、国家論でまとまりのある系統的な理論的成果は生まれなかった。レーニンの『国家と革命』はいろいろな時代的制約や限界はあるにしても、断片的なマルクス、エンゲルスの国家論の批判的概括に貢献したばかりか、彼らのテキストから重要な断片を整理し、とりわけ一九一七年一〇月の革命をめぐる政治闘争のための重要な手がかりを与える傑作となった。

しかしながら、グラムシは国家を「階級支配の道具」とする単純な見方には満足しなかった。「国家はふつう政治社会(すなわち所与の時代の生産様式と経済に人民大衆を適応させるための独裁または強制装置)として理解されていて、政治社会と市民社会(すなわち教会、組合、学校、等々の、いわゆる私的組織をつうじて国民社会全体にたいして行使されるある社会集団のヘゲモニー)との均衡とは理解されていません。しかもまさにこの市民社会のなかでこそとくに知識人は活動しているのです」(一九三一年九月七日付タチアーナ宛書簡)。このようにグラムシは狭義の国家としての政治社会と市民社会とを内在的に区別・統合し、両者の不安定な均衡のうえに国家がなりたっていると見た。それにくらべるとレーニンの国家論では市民社会との弁証法的関係のとらえ方はかならずしも明確ではなかった。

グラムシが構想するヘゲモニーがその効果を発揮するのは、国家という「政治社会」よりもむしろ「市民社会」においてであった。だからこそグラムシの「陣地戦」論・ヘゲモニー論にとって「市民社会」の分析は決定的に重要であった。それが重要なのは資本主義社会においてだけではない。社会主義をめざす社会においても重要であることは、獄中ノートでも強調されているところだ。グラムシによれば、レーニンは革命後のロシアにおいても「陣地戦」への転換が必要であることを理解し、このために「国の土壌の認識と市民社会の諸要素によって表象される塹壕と要塞の諸要素の確定を求めていることを理解しながらも、自分の定式をさらに深める時間がなかった」〈ノート7哲学メモⅡ、§〈16〉「陣地戦および機動戦あるいは正面戦」、八六六頁〉のである。

グラムシのキイ概念：ヘゲモニー

国家においても、構造的契機と上部構造的契機のあいだの仕切りが、それら二つの契機が統合し相互交流の中で一つに融合するにつれて無くなり、市民にたいする強制を通じて支配を行使する機能と、ヘゲモニーを通じて合意を実現する機能という二つの異なる機能を合わせもつ統合国家を生み出すのである。この傾向は、力関係しだいで、「市民社会による政治社会（狭義の国家）の再吸収」としてあらわれる場合もあるし、その逆に「政治社会による市民社会の再吸収」としてあらわれる場合もあるだろう。

『新グラムシ伝』の著者ドルシによれば、獄中ノートでヘゲモニー概念があらわれたのは、一九三〇年の初めのリソルジメントに関する草稿においてであり、最後にあらわれたのは一九三五年四月の言語問題に関連するノート29§〈3〉草稿においてであるが、この点はさらに検討を要するところだ。「政治的ヘゲモニー」、「文化的ヘゲモニー」、「言語的ヘゲモニー」、「知的ヘゲモニー」、「モラル的ヘゲモニー」などその都度異なる属詞がつけられ使い分けられた。そしてヘゲモニー概念を磨き上げる過程において、グラムシは《マルクス・レーニン主義的》教義からしだいに脱皮しようとする。言語学的な多少の意味の振幅はありながらも、他の民族にたいする一つの民族の、他の階級にたいする一つの階級の、他の社会集団にたいする一つの社会集団の優位を実現するための手段として、グラムシはヘゲモニー理論を彫琢する必要性を痛感したにちがいない。

このテーマを最初にグラムシが取り上げたノート1では、「指導（direzione）」としてのヘゲモニーと、「指導（direzione）プラス支配（dominio）」としてのヘゲモニーとのあいだに多少の意味上の振幅が見られたが、ヘゲモニーはどのような主体によって、またどのような手段をもっていかにして実現されるかの研究はしだいに深められてゆく。一九三一―一九三二年にグラムシは、このヘゲモニー概念に関してレーニンにたいする自分自身の理論的負債[5]（il proprio debito teorico）を強調している。ヘゲモニーはまた、公的な《ヘゲモニー装置》（国家、学校、政治制度）としても、あるいは私的な《ヘゲモニー装置》（政党、組合組織、宗教制度、メディア）としても役立つものである。

またドルシによれば、ヘゲモニーは、グラムシが革命に取って代わるものとして示唆したものではなく、むしろ成熟した資本主義諸国で、世界の西方と言われる領域における革命の表現として示唆したものと述べられているが、この点もさらに吟味する必要があるだろう。

陣地戦におけるイデオロギー闘争の役割

陣地戦は、現代において、西方においてはなおさらのこと、ヘゲモニーを構築するための、より正確にはサバルタン（従属的）諸階級の「対抗ヘゲモニー」を構築するための適切な形態となった。

ヘゲモニー、知識人、イデオロギー活動、文化的活動などが相互に絡み合う複合的な結節点において、イデオロギーは重要な位置を占める。このためグラムシは、イデオロギーの用語を最初に否定的な意味（「虚偽意識」？）でつかったことがあるマルクスのイデオロギー論についても認識論的価値をもつものと見たレーニンを再評価し、これにもとづいてヘゲモニーと知識人の役割に関するテーマを発展させることが重要であると考えた。

哲学、イデオロギー、政治を一種の陣形（cerchio）のなかで一体化させ、その陣形の中で諸々の概念が融合するまでに互いに密接に結合している、そういう一つの星座（costellazione）のような存在をグラムシは想像したのかもしれない。グラムシはイデオロギーの受容の仕方の違いにも光をあて、一定の階級や社会構造に必要不可欠な《有機的》イデオロギーの積極的な意味を重視した。この視角から見ると、マルクス主義もまた、一つの有機的イデオロギーであり、一社会集団の解放のために奉仕するものとはいえ、歴史的に有限であらざるをえない。マルクス主義もまた人間大衆を《組織》し、人間が動き回り、自己の立ち位置についての意識を獲得し、そこでたたかいを組むところの土俵・舞台を形成する、そういうイデオロギーに属しているからである。

マルクス主義を、本質的に歴史超越的なものと主張したり、自らを永遠絶対のものとみなそうとすれば、マルクス主義も、恣意的なものに転化せざるをえない。イデオロギーの考察は上部構造の領域でグラムシがおこなった多くの研究の一つを代表するにすぎないが、そうは言っても、まさに構造との月並みな二分法というかたちで、上部構造それ自体の旧態依然の教義に満足しない点に、グラムシ独得の姿勢がうかがえると言わねばならない。

陣地戦におけるサバルタン（従属的）社会諸集団の闘争

グラムシはフォルミアにあるクズマーノ医師のクリニックで一九三四年一二月から一九三五年八月まで監視付の療養生

活を送った。フォルミア滞在はグラムシにとって「最後の創造の季節」となった。心身は衰弱していたが、最後の力をふりしぼって一連の特別ノートの編集、新しいノートの作成、古いノートの補正などの仕事に着手した。虐げられた人々のヘゲモニー構築のために、文化的な諸側面の考察に力を入れようという衝動はいまだ健在であったようである。

研究すべきカテゴリーがグラムシの理論的課題として新たに追加された。「サバルタン諸集団（Gruppi subalterni. subaltern groups）」のカテゴリー研究もその一つである（ノート25「歴史の周縁で。サバルタン社会諸集団の歴史」）。ノート25はノート19「リソルジメント」、ノート22「アメリカニズムとフォーディズム」、ノート27「民間伝承に関する所見」などとともに、二〇世紀から二一世紀にかけて、グラムシの名声を世界的に高める重要な要因となった。

常識（senso comune）、良識（buon senso）、民間伝承（folclore）、民衆文化、ジャーナリズム、宗教、知識人の活動など、上部構造にかかわるこれらのカテゴリーとその相互関係は、晩年のグラムシが懸命に深めようとした課題であった。グラムシは民間伝承を、支配諸階級の世界観に対置される「サバルタン諸階級（classi subalterni）の世界観」として分析した。だがサバルタン諸階級全体は、被支配関係をひっくり返すために自らを組織するには、あまりにも非有機的でまとまりに欠けた存在である。逮捕される直前に書かれた「南部問題に関する若干のテーマ」（一九二六年一〇月）でグラムシは、南部を「無定形でばらばらの農民大衆をかかえる重大な社会的分解状態」と特徴づけ、結束と組織の欠如が従属者たち（subalterni）を政治的に無力にしているため、彼らの反乱は失敗を運命づけられている、と指摘している。この南部問題についての論考では、「サバルタン」の用語は使われていないが、ノート25でグラムシはこう述べている。「従属的社会諸集団の歴史は、不可避的に個々ばらばらで散漫（episodica）である。これらの集団の歴史的活動には、たとえ一時的なものであっても、統一への傾向があることは疑いないが、この傾向は支配的諸集団のイニシアチブによって不断に粉砕される［……］。従属的諸集団は謀反や反乱を起こす際にも、支配諸集団のイニシアチブの影響をつねに受けるのである」（ノート25、§2「方法論上の基準」、二二八三頁）。

悲惨な生活条件にたいするサバルタンの不満が外にあらわれると、しばしば自然発生的な反乱は起こる。自然発生性は効果がないだけでなく、非生産的である。このことはすでにノート3（§48「自然発生性と意識的指導」三三一頁）で指摘されている。グラムシによれば、「自然発生性と意識的指導」を統一させることこそ、従属的諸階級の実際の政治行動を成功に導くものだからである。

グラムシにとって、社会的後進性と文化的貧困をあらわすものが民間伝承であるとすれば、民間伝承の研究は、ある時点でプロレタリアートや労働者階級に取って代わって自らを「サバルタン（従属者）」と呼びはじめた人々の社会変革への参加をうながす出発点でもあった。

民間伝承の研究は、サバルタン集団とその歴史の研究と同様、マルクス主義の伝統にはほとんど由来しない革新的なパラダイムである。「実際的行為のための格言やそれらの格言から派生し、またはそれらの格言を生み出したところの幾多の風習……として理解された《人民のモラル》、迷信として現実の宗教信仰と密接に結びついたモラルが存在するのは事実である。公認の《モラル》よりもきわめて強力で、しぶとく、効果的な命令のようなものは存在する」（ノート27、§1、二三一三頁）。

「サバルタン諸階級・諸集団」は等質的なカテゴリーではないから、サバルタンを同一の実体（entità）をもった不変の存在と考えるべきではない。従属者たち（subalterni）も、ばらばらに分解された存在であり、上下のヒエラルヒー（位階制）の中で生存している。遅れたサバルタンもいれば進んだサバルタンもいるのだ。

それではいったい彼らの従属性（subalternità）を克服する道はどこにあるのか。従属者たちによる「自律性・自立性（autonomia）」の獲得である。それは長期の過程と複雑な闘争をつうじてはじめて可能である。近代国家は、「市民社会」によって支えられている。グラムシは「一連の強力な要塞と砲台」という軍事用語の比喩をもちいて「市民社会」に擬えている。「陣地戦は、たしかに、文字どおりの塹壕によって構成されるだけではない。それはまた配置についた軍隊の背後にある領地の組織的および工業的システムによって構成されている。（中略）もう一つの要素は、その価値はきわめて不均等ながらも、まさにマスとしてのみ機能することができる強大な人間大衆が、この隊形に参加することである。（中略）少なくとももっとも先進的な諸国家において、『市民社会』は、直接の経済的要因による破局的な《急襲》（危機、不況その他）にたいしてきわめて複合的で抵抗力のある構造となった。市民社会の上部構造は近代戦における塹壕体系のようなものである」（ノート13§24、一六一五頁）

支配力を強める権力の形成との闘争が効果的となるためには、どのような戦略が必要か？　グラムシによれば、それは権力の中枢にたいする戦術としての正面攻撃ではない。それは「市民社会」を舞台とする長期の「陣地戦」戦略においてである。

「陣地戦」の時代に、従属者・サバルタンに求められるのは、「市民社会」における辛抱強い一貫したイデオロギー・文化活動である。グラムシは「陣地戦」が「ヘゲモニーの未曾有の集中」（ノート6§〈138〉「過去と現在。政治分野でも機動戦から陣地戦への移行」、八〇二頁）を求めるとも言っている。これはいいかえれば、予備的前提として経済改革をも含めた「知的・モラル的改革」の不断の運動ということもできよう。グラムシはその活動の中で知識人と革新的な党との対話と提携が、変革の事業を前進させる力になりうると考えたかもしれない。残念ながらグラムシは、この事業の帰趨を見届けるまえに、一九三七年四月二七日息を引き取った。

（本稿は二〇一八年二月一七日の「グラムシを読む会」でおこなわれた報告を補正し加筆したものです）

〈註〉

（1）「人間は、彼らの生活の社会的生産において、一定の、必然的な、彼らの意志から独立した諸関係に、すなわち、彼らの物質的生産諸力の一定の発展段階に対応する生産諸関係にはいる。これらの生産諸関係の総体は、社会の経済的構造を形成する。これが実在的土台であり、その上に一つの法律的および政治的上部構造がそびえ立ち、そしてそれに一定の社会的諸意識形態が対応する。物質的生活の生産様式が、社会的、政治的および精神的生活過程一般を制約する。人間の意識が彼らの存在を規定するのではなく、彼らの社会的存在が彼らの意識を規定するのである。」（マルクス「政治経済学批判序言」一八五九年）

（2）ニコラエ・ブハーリン著『史的唯物論の理論――マルクス主義社会学の民衆教程』（一九二一年）

（3）ソレルは『暴力論』の序論で「私は、人々が一つの事物をその諸要素に分解するように、このような形象の諸体系を分析しようと試みるべきではないということ、それらを歴史的な力として一体として理解すべきであるということ、そして、なかんずく、諸既成事実をば、行動前にうけいれられていた予想と比較することを避けるべきであるということを、示そうと欲したのであった」（岩波文庫上巻四九頁）とのべている。グラムシはこの点に注目してソレルから〈blocco storico〉の概念を引き出したものとおもわれる。

（4）グラムシのこの問題提起については、イタリアの研究者のあいだでも意見の相違がある。アンドレア・ギンツブルクは論文「二人の翻訳者：グラムシとスラッファ」（スラッファ作業ペーパー・センター、二〇一四年四月）の脚注42で、「図書館を構造と考えるべきか上部構造と考えるべきかというグラムシが提起した問題はある種の困惑を示すものか、いっそう悪いことに経済主義への回帰を示すものだろうというコスピトの解釈に、私は同意しない。この解釈は経済学と経済主義の誤った同一視にもとづいているように私には見える」と述べている。

（5）「人間はイデオロギーの部面で経済的衝突を意識するというマルクスの言明は、心理学的モラル的ではなく認識論的な価値をもっている。したがってこの概念もまた認識論的な価値をもっており、だからマルクス主義哲学、史的唯物論へのイリイチの最高の貢献、独創的で創造的な貢献と考えるべきであろう。この観点から見ると、イリイチは政治理論および経済学においてだけでなく哲学においてもマルクス主義を前進させたであろう……」（ノート4、§38「構造と上部構造の関係」、四六五頁）。この覚書草稿は冒頭で「この問題は史的唯物論の中心的な問題であると私はおもう」と述べ、自分の立ち位置を確かめるための要素として「経済学批判序言」からレーニンが省略した二つの原理をグラムシは引用している。

特集2　現代に生きる左翼思想

ホブズボームのグラムシ論を批判的に読む
――補助線としてのトロツキーとロシア革命

森田　成也

二〇一八年二月一九日、私はある研究会に招かれて、昨年に翻訳が出版されたホブズボームの『いかに世界を変革するか――マルクスとマルクス主義の二〇〇年』（作品社、二〇一七年）に関する報告をすることになった。そこでは、この膨大な著作の中から二つの論点を抽出し、それぞれについて報告を行なった。一つは、マルクス、エンゲルスによるロシア革命の本格的な議論がいつ始まったのかについてであり[1]、もう一つはホブズボームのグラムシ論についてである。前者についてはすでにさまざまな機会に論じてきた問題でもあるので、後者についてのみ文章の形で再現しておきたい。

はじめに

ホブズボームは本書『いかに世界を変革するか』において、マルクス死後のマルクス主義の歴史を理解する上で決定的なロシア・マルクス主義を、レーニンその人を除いてはほとんど無視しており、言及する場合も基本的に否定的な文脈でしか言及していない。それに対して、イタリア・マルクス主義についてはトリアッティに関してもグラムシに関しても基本的に肯定的文脈でのみ取り上げており、とくにグラムシに関しては二つもの章も当て、ほとんど絶賛とも言える態度で接しており、歴史家としての落ち着いた客観的な評価には程遠い[2]。

このグラムシの突出ぶりは、ロシア・マルクス主義のほとんど完全な無視と好一対をなしており、本書におけるホブズボームの基本姿勢をよく示している。そもそもプレハーノフを嚆矢とするロシア・マルクス主義の発展なしにはロシア革命は存在せず、したがってグラムシのいわゆる「創造的な」理論も構築されえなかったというのに、である。

それだけでなく、グラムシの独創性と考えられているものの多くは実はロシア・マルクス主義から、とくにトロツキーから引き継いだものであって、グラムシの本当の意義を理解する上で、このロシア・マルクス主義およびトロツキーとの関係を無視することは絶対にできない。ホブズボームは、ほとんどのスターリニスト理論家と同じく、この継承関係をほぼ完全に無視している。

たとえば、ホブズボームが「ヘゲモニー」という概念について「典型的なグラムシ用語」と述べているが（ホブズボーム『いかに世界を変革するか』作品社、二〇一七年、四〇九頁。以下頁数のみ記載。また訳文は既訳に必ずしもしたがっていない）、この「ヘゲモニー」をマルクス主義の文脈の中で最初に用いたのは、一八八〇年代のプレハーノフであり、それをマルクス主義世界の中で定着させたのはアクセリロート、レーニン、トロツキー、マルトフ、マルティノフらのロシア・マルクス主義者たちであり、それをグラムシのようなイタリア共産党の理論家たちにまで普及したのは、レーニン、トロツキー、ジノヴィエフ、ブハーリン、スターリン（彼らはみなこの用語を頻繁に用いていた）を指導者とするコミンテルンであった[3]。この一点だけからしても、ロシア・マルクス主義との密接な関係なしに、ホブズボームの言うグラムシの思想の「まったくの独創性」（四一〇頁）について正確に語ることはできないのである。

Ⅰ、グラムシ思想のイタリア的起源

イタリア社会の複合性

ホブズボームは、グラムシのような独創的理論家が生まれた理由をイタリアの歴史的・地理的特殊性に求めている。それ自体は正当なのだが、イタリアの特殊性と言われるものの多くが実はロシアの特殊性と共通しており、むしろそのミニチュア版であることを無視している。ロシアおよびロシア・マルクス主義の特殊性との比較（共通性とともに相違）という「補助線」を入れて初めて、イタリア社会とイタリア・マルクス主義の特殊性を正しく理解できるのである。

たとえばホブズボームはイタリアの歴史的特殊性の一つ目としてイタリア社会の複合性について言及し、次のように述べている。

イタリアは一国のうちに、本国と植民地、先進地域と後進地域の双方を含んでいるがゆえに、世界資本主義のいわばミクロ宇宙であった。グラムシの出身であるサルデーニャ島は、イタリアの……後進的で半植民地的な部分である。〔北部イタリアの大都市〕トリノは、……今と同じように当時から、すでに工業資本主義の最も発達した段階と、〔南部から〕移住してきた農民たちが労働者へと大規模に姿を変えていくという特徴を表わしていた。言いかえれば、この知的なイタリア・マルクス主義者は、発達した資本主義世界と「第三世界」のどちらか一方に完全に属している国々出身のマルクス主義者とは違って、その双方の性格および両者の相互関係を把握できるという非常に恵まれた位置にいた。(四一一頁)

しかし、このような社会の複合的特徴(トロツキーが言うところの先進性と後進性との「複合発展」)は、はるかに大きな程度で帝政ロシアに当てはまるのは明らかである。イタリアにおける後進地域といってもしょせんはヨーロッパの枠内の話であって、帝政ロシアの東方地域やシベリア地域のような、場合によっては一〇〇年前とほとんど変わらない生活様式が存在するのとはまったくレベルが違う。また、帝政ロシアは文字通り国内植民地を多数抱えていたのであり、この場合の「植民地」は単なる比喩ではない。今日、当時のイタリアから独立して独自の民族国家を作っている事例はないが(帰属が変わった事例はあっても)、革命前の旧帝政ロシアに属していて現在は独立した民族国家を作っている国は軽く一〇を超えている。当時はフィンランドやポーランドでさえ帝政ロシアの一部だったのだ。

この一文の中でホブズボームは、北部のトリノにおけるような先進的大工場における先進的労働者と南部から移住してきた遅れた元農民との同居ないし結合について述べているが、これもまた典型的にロシアの特徴であった。たとえば、サンクトペテルブルクにおけるプチロフ工場は当時におけるヨーロッパの大工場に匹敵する巨大工場であった。トロツキーはまさにこのような帝政ロシアの先進性と後進性との独特の結合から永続革命の理論を作り出したのである。

もしホブズボームがこのロシア的特殊性との共通性に着目していたなら、そして、このような先鋭な複合的発展の歴史を持つ国から、イタリアのグラムシ(サルディーニャ島出身)やロシアのトロツキー(ウクライナの農村出身)のような独創的理論家が生み出されてきたことに着目していたなら、グラムシを唯一独創的な理論家として例外主義的に捉えるのではなく、グラムシの歴史的位置をより法則的に、したがってよりマルクス主義的に捉えることができただろう(このことは、より小さな程度でだが、ポーランド出身のローザ・ルクセンブルクや中国出身の陳独秀にもあてはまる)。そしてこのことは、いささかもグラムシの価値を低めるものではない。

むしろイタリアの特殊性は、このような複合性一般にあるのではなく、このような複合性にもかかわらず、旧帝政ロシアと比べれば、全体として先進的・西欧的要素が支配的であり、そのことがグラムシをプレハーノフやレーニンやトロツキーのようなロシア・マルクス主義者たちと比べてより西欧的な理論家にしたということがわかったはずである。ホブズボームはグラムシを「単に『西欧共産主義』の理論家とみなす」ことに反対しているが（四一一頁）（それは彼の「南部問題に関する覚書」やサバルタン論を念頭に置いているのだろう）、それは、たとえばカウツキーやオットー・バウアーなどとの比較では正しいが、ロシア・マルクス主義者との比較では必ずしも正しくない。

　この点は、ホブズボームが指摘しているイタリア社会の第二の特殊性からも裏づけられている。彼は次のように述べている。

> イタリアの歴史的特殊性のうちで重要な結果の一つは、一九一四年以前でさえも、イタリアの労働運動は、工業的であると同時に農業的であること、プロレタリア的であると同時に農業労働者に基礎を置いていたことである。……共産党の非常に強力な影響下にあった諸地方（エミリア地方、トスカーナ地方、ウンブリア地方）は工業地帯ではない。そして、戦後イタリア労働組合運動の偉大な指導者であったディ・ヴィットリオは南部イタリア出身者であり、農業労働者であった。（四一一〜四一二頁）

以上の引用文は、ロシアの農村と比較してのイタリア農村の相対的進歩性をはっきりと示している。前者では、ロシアの農民は古くからの農村共同体に強く固執していたナロードニキのイデオロギーが支配的であった。しかし、イタリアでは農村における階級分化がかなり進行していたので、イタリアの労働運動は農場労働者に依拠することができたのである。

ブルジョア革命の未達成

ホブズボームはイタリア史の第三の特性として、イタリアのブルジョアジーが自らの革命的使命を達成することに失敗し、それゆえ、グラムシのようなイタリアの社会主義者は自らをイタリアの（潜在的な）国民的指導者（ヘゲモン）と考えるようになったと書いている。

> イタリアのブルジョアジーは、ある意味ではイタリア国民を創出するという自らの英雄的な使命を果たすことに失敗――あるいは部分的に失敗――したのである。イタリアの革命は未完成であり、それゆえグラムシのようなイタリアの社会主義者たちは、自分たちの運動がネーションの潜在的指導者として、国民的な歴史の担い手としての役割を担う可能性についてとりわけ自覚的だったと思われる。（四一二頁）

だがこのような特徴もまたイタリアのみの特殊性ではなく、後発資本主義国一般の、とりわけロシアの特徴でもあり、だからこそ、ブルジョア民主主義革命を達成するというブルジョアジーの歴史的使命は労働者階級と労働者政党にゆだねられたのであり、これが後発資本主義社会に強力な永続革命的ドライブをもたらしたのである。

イタリアの特殊性はむしろ、そうした後発資本主義国の中では、比較的、下からの革命（ガリバルディ！）がかなりの程度遂行され、カヴールによる「上からの革命」とガリバルディによる「下からの革命」とが相互に補完しつつも、前者のヘゲモニーと後者の挫折によって近代統一国家としてのイタリア国家が建設されたこと、つまり「受動的」であるとはいえブルジョア革命をそれなりに経験していたことにある。

この点についてはホブズボームも先に引用した文章の直前で少し触れてはいるが、それがロシアとの関係で特別な意味を持つことを指摘していない。ブルジョア革命の未達成は、イギリスやフランスに対してはイタリア的特殊性であるが、ロシアに比べてはむしろその相対的な達成こそがイタリア的特殊性なのである。ホブズボームは先の引用文で、イタリアをフランスとドイツから均等に区別しているが、ロシアを比較対象に入れてくるなら、これらの国はむしろ三つのカテゴリーに分類される。ブルジョアジーないし小ブルジョアジー自身が下からのブルジョア革命の主体となった先発国たるフランスおよびイギリスと、下からの革命は失敗したが、「上からの革命」ないし「受動的革命」を通じて多かれ少なかれブルジョア革命を遂行しえた中進国たるドイツおよびイタリアと、いかなる意味でもブルジョア革命が達成されなかった後進国ロシア、である。

イタリアとドイツとの間には、たしかにホブズボームが指摘するような若干の相違が存在するが、英米やロシアというもっと異なる国家との対比では、両国は同じカテゴリーに分類されるのである。ドイツと共通するこのイタリアの特殊性こそが、イタリアにおける第一次世界大戦後の工場評議会運動＝「労働者革命」が勝利することなく終わった最も重要な理由の一つである。イタリアでは一定程度ブルジョア民主主義革命が達成されていたので、イタリアでは、ロシアにおけるほど永続革命的ダイナミズムは強力ではなかったのである。

カトリック教会と国家との独自の関係

ホブズボームはイタリア社会の第四の特性として、カトリック教会が単なる一宗教施設という水準を超えて、イタリアにおいて、国家から分離し独立しながらも独自の民衆統合装置として（国家のように！）機能していることに注目し、このことがグラムシにおける「市民社会のヘゲモニー」という周知の議論の背景になっていることを指摘している。

イタリアは、他の多くの国々のような単なるカトリックの国ではなく、カトリック教会が独自にイタリア的な機構であり、教会が国家装置なしに国家装置から分離して支配階級が自らの支配を維持する一つの様式をなしているような国であった（そして今もそうだ）。……したがって、イタリアのマルクス主義者たるグラムシが、自らが「ヘゲモニー」と呼んだもの、すなわち、単に強制力に依拠しているわけではない形で権威が維持される仕方について、他国のマルクス主義者よりも自覚的であった。（四一三頁）

以上の認識はおおむね正しいが、実はここでも、ロシア社会におけるロシア正教会の役割との相違という補助線を入れることで、イタリアの特殊性も本当の意味でわかるし、そしてここからグラムシが「市民社会のヘゲモニー」という議論を発展させた知的源泉も明らかになるのである。

グラムシは一九一八年に、トロツキーのマサリク論（一九一四年にオーストリア社会民主党の機関紙『カンプ』に掲載された「マサリク教授のロシア論」）を自らイタリア語訳して、『グリード・デル・ポポロ』という新聞に紹介文つきで発表し、さらにその後、一九二〇年六月には今度は「ロシア文明の精神」という表題で『オルディネ・ヌォーヴォ』に掲載している。さらにグラムシはその「獄中ノート」でも、ノート7の「宗教改革とルネッサンス」と題した部分と、ノート14の「イタリア文化についての覚書」と題した部分において、この論文に二度も言及している。[4] そして、実はこのトロツキー論文こそ、グラムシの「西方・東方」論や「市民社会のヘゲモニー」論の決定的な理論的源泉なのであり、また「獄中ノート」では何よりも「知的・道徳的改革」論との関連で触れられていることからして、この「知的・道徳的改革」論とも深く関わっているのである。

マサリクは後にチェコ大統領となるすぐれた知識人であるが、同時にマルクス主義の批判者であり、『マルクス主義の危機』という著作を出すとともに、ロシア通として、ロシアに関する分厚い著作『ロシアとヨーロッパ』も出している。トロツキーはこの『ロシアとヨーロッパ』を批判する論文を一九一四年に『カンプ』に掲載した。この論文の中でトロツキーはとりわけ、ロシアを「神政国家」ないし「神権政治」として規定しているマサリクの議論を批判しており、ロシアにおいて正教会はヨーロッパにおけるカトリック教会のような独立した地位を持っていないこと、それが国家に従属するものであり、ツァーリ国家の補完物にすぎないことを指摘している。そしてこの中でトロツキーは西方と東方との違いについて力説している。この論文を偏見なしに読むなら、誰しもこれがまさにグラムシの「西方・東方」論や「市民社会のヘゲモニー」論の原型をなすものであることを理解するだろう。以下に主要な部分を引用しておく。

……ロシアとヨーロッパとの対立はいったいどこに存在するのか？　それは、単にヨーロッパが……議会体制への途上において、ロシアよりはるかに先を行っているという点にあるのだろうか？　言いかえれば、ロシアは単に後進国だということだろうか？　しかし、このような一般論にたどり着くために、これほどの膨大な理論的エネルギーを費やす必要はまるでなかろう。ところが、ロシアとヨーロッパとのあいだには――しかもまさに教会と国家との相互関係……といった問題において――、年代的な相違や発展テンポの違いといったものにとどまらない相違が存在しているのである。（トロツキー「ロシアとヨーロッパ」、『ニーチェからスターリンまで』光文社古典新訳文庫、二〇一〇年、一九四頁）

このように、トロツキーはまずここで、ロシアとヨーロッパとの相違をロシアの単なる後進性に見出すのではなく、その独特の相互関係のうちに、何よりも、教会と国家との関係における両者（ロシアとヨーロッパ）の違いに見出そうとしている。ではその違いとは何か。

マサリクにあっては神権政治という概念は、政治的および歴史的な内容を欠いている。彼は、この概念を心理学的に規定しているにすぎず、何らかの宗教意識にもとづいている国家はすべて、彼にとっては神権政治なのである。しかしわれわれは、この神権政治という概念をむしろ、国家に対する教会ヒエラルキーの直接的な支配として理解したい。たとえば、ローマ法王による国家的支配は神権政治であった。カトリック教は、あらゆる諸国において、ローマにその一端がつながっている自らの自立した組織を国家に対抗させて作り上げた。それに対して、東方正教会……にあっては、聖職者階級は神権政治にまで高まることができなかった。彼らは国家権力に順応し、その宗教的権威で国家権力を覆い、その見返りとして、さまざまな物質的恩恵を国家から受け取った。（同前、一九四〜一九五頁）

このようにトロツキーは、西方とロシアとの相違を、前者においてはカトリック教会が国家に対抗して自立した組織を作り出し、支配的な影響力（ヘゲモニー！）を行使しえたのに対して、ロシアにおいては正教会が専制国家に従属したことのうちに見出している。トロツキーは、国家と教会との関係におけるこのような相違は、西方と東方とのより一般的な歴史的相違にもとづいているとして、ずっと後に『ロシア革命史』においても繰り返すことになる議論を展開している。

東方と西方との発展過程における基本的な相違は、東方の物質的および文化的な諸条件が比較にならないほど不利であったという点にある。海岸線、土壌、気候など、これらすべての条件が、西方でははるかに恵まれていた。さらに西方では、ローマ文化の貴重な物質的遺産と思想的伝統が脈々と受け継がれ、それは蛮族〔ローマ人が外国人を呼ぶときに用いた呼称〕の発展に強力な刺激を与えた。それに対し、東方の大平原では、誰も、われわれの祖先にとって遺産となるようなものを準備してくれなかった。さらに、自然はわれわれの祖先を北極からの風やアジア遊牧民族の侵入にさらした。それゆえ、貧しく苛酷なモスクワを中心とするこの広大な空間に、アジア的東方とヨーロッパ的西方の両者に対抗しうる国家をつくり上げるためには、住民の物質的諸力を極端に張りつめることが必要だったのである。このような条件ゆえに、教会は自立的な組織として発展することができなかった。そのための養分が国内には欠如していたからである。教会はただちに国家に従属し、単に国家の思想的支柱となっただけでなく、その直接的な行政的道具となった。(同前、一九六頁)

西方に比べての東方の地理的・歴史的条件の過酷さと貧弱さとが、西方と東方における思想的・文化的伝統の厚みの決定的差を作り出し、それが国家と教会との関係をも規定した。ロシアにおいて教会は市民社会において自律的存在となるような経済的・政治的余裕を持つことはなく、国家の行政的道具と化したのである。このことはさらに、西方と東方における市民社会そのものの豊かさの相違、したがってまたその社会的イデオロギーの支配力の相違と直接に結びついている。

経済発展が緩慢で、しかも経済的後退によって長期にわたって発展が中断されたことは、教会の組織的貧弱さの原因になっただけでなく、「神話」を含む社会的イデオロギー全体の貧弱さをもたらした。イデオロギーの発展には、物質的な余剰が必要なのである。……中世におけるイデオロギー的創造のかまどとなったのは、現在と同じく都市であった。しかし、中世のロシアはあまりに貧しく、複雑な内的結晶物——同業組合、自治体、大学——を伴うヨーロッパ的な都市を自己のうちからつくり出すことはできなかった。西方では、カトリック教会に対する憤激は、人民大衆のあいだで宗派的運動の性格を帯び、都市とその精神文化——神学的・スコラ的文化と人文主義文化(ルネッサンス!)——の助けを借りてのみ、宗教改革へといたることができた。ロシアでは、たしかに教会の分裂は起こったが、宗教改革は起こらなかった。(同前、一九七～一九八頁)

このように、公認の教会イデオロギーは宗教改革の余地を与えないほど原初的で可塑性に欠けるものであったが、まさにそのことが将来において、新しい社会階級が教会とラディカルに決別することを準備したのである。(同前、一九九頁)

このようにトロツキーはまさに、西方と東方との違いを正しく認識し、その核心に国家と教会との関係の対照的とも言える違いを置いており、それが基本的に西方と東方における国家と市民社会との関係の相違にもとづいていることを明らかにしている。ホブズボームは、カトリック教会の独自に支配的な役割をイタリアのみの特殊性とみなしているが、それは、市民革命や宗教改革を経た他のヨーロッパ諸国（イギリス、ドイツ、フランス、オランダなど）と比べてのイタリアの特殊性ではあるが、そもそも最初からロシア正教会が国家に従属しその行政的手段となっていたロシアと比較するなら、むしろカトリック教会の相対的自立性は、ヨーロッパに普遍的な特徴なのである。ここでもロシアという補助線を入れてこそ、イタリアの本当の特殊性が明らかになるのだ。

さらにトロツキーはそれとの関係で、西方においては、都市における同業組合や自治体や大学などの複雑な内的結晶物（市民社会におけるヘゲモニー装置！）が存在し、それが西方における豊かな市民社会の基盤となったのに対して、ロシアにはそういうものは存在しなかったこと、しかし、このような市民社会の脆弱さゆえに、かえって、ロシアの民衆が教会イデオロギーからラディカルに手を切ることをも可能にしたことを指摘している。

以上の一連の叙述には、グラムシが「獄中ノート」で考察した「独創的な」思想の紛れもない原型、その豊かな材料があるのは明らかだろう。グラムシがこの論文に感銘を受けてわざわざイタリア語に翻訳して二回も出版したのも無理はない。同論文がイタリア社会におけるカトリック教会の独自の統合力を、したがってまたロシアと異なる西方の市民社会の独自の重みをグラムシに理解させる決定的な役割を果たしたのは明らかである。(5)

Ⅱ、グラムシの理論的オリジナリティ

ホブズボームはさらにいくつかの特殊性（イタリアにおける政治学の伝統とイタリア革命の失敗による新しい戦術・戦略の探求の必要性）について述べているが、これは直接に次のテーマ、すなわちマルクス主義におけるグラムシの独自の貢献という問題にただちに結びつくので、次にこのテーマに話を移そう。

政治と国家

ホブズボームは、マルクス主義に対するグラムシの主たる貢献を「マルクス主義政治理論を開拓したこと」にあると述べている（四一四頁）。これは正しい。しかし、ホブズボームは、その先行業績として何ゆえか、エンゲルスの『家族・私有財産・国家の起源』とレーニンの『国家と革命』を挙げている。しかし、これだと国家理論と区別される政治理論が問題になっているのではなく、あたかも国家理論の単なる言いかえである政治理論が問題になっているかのようである。

ここでの重要なポイントは、グラムシは「マルクス主義国家論」を開拓したのではなく（よくそう誤解されているのだが）、あくまでもそれとは区別される「マルクス主義政治理論」を開拓した点である。グラムシの以前にマルクス主義的な国家論を構築しようとした人はエンゲルスやレーニンだけでなくマックス・アドラーやカウツキーやブハーリンなどもいた

が、それらの人々と違ってグラムシの真の独創性は、政治理論が国家論とが区別され、後者とは独立した理論的・実践的な探求領域をなすことを発見したことにある。

たとえば、先ほど述べた、カトリック教会の独自の支配力、統合力は国家論という枠組みでは説明できない。「グラムシにおける国家の拡張」というよく言われる主張はそれ自体としては正しいが、それを文字通りの意味にとって、国家があたかも市民社会やそこでの諸装置をも自己の構成部分としているものとして解釈するならば、あるいはそれらをグラムシが文字通りに国家の一部とみなしていると解釈するならば、グラムシの主張の理論的オリジナリティの決定的な部分が誤解されてしまうことになる。

周知のようにグラムシは一九三一年の有名な手紙の中で国家について次のように述べている。

国家は通常、政治社会（すなわち、所与の時代の生産様式と経済に人民大衆を適応させるための独裁または強制装置）として理解されていて、政治社会と市民社会との均衡（すなわち、教会、組合、学校、等々の、いわゆる私的諸組織を通じて国民社会全体に対して行使される一社会グループのヘゲモニー）としては理解されていません。しかも、まさにこの市民社会のなかでこそとくに知識人は働いているのです。（アントニオ・グラムシ『獄中からの手紙　愛よ知よ永遠なれ』第三巻、大月書店、一九八二年、二二七頁）

ここでは「国家」はあくまでも「政治社会と市民社会」との「均衡」として理解されているのであって、市民社会の諸装置――「教会、組合、学校、等々」（トロツキーがマサリク批判の論文で列挙したものと重なることに注意）――がそれ自体として国家の概念に直接含まれると言っているのではない。ビュシ＝グリュックスマンは『グラムシの国家論』という大著を書き、プーランツァスやアルチュセールは学校や教会や政党などを「国家イデオロギー装置」と命名し（明らかにグラムシに触発されて）、あるいはグラムシには国家に関するちゃんとした理論は存在しないという「批判」も存在しているが、これらはすべて誤解に基づくものである。ホブズボーム自身も、本書で「強制的諸制度とヘゲモニー的諸制度との均衡」を「こちらのほうがお好みであれば両者の統一体」（四一九頁）と言いかえているが、このような言いかえはいささかミスリーディングである。「均衡」（関係）と「統一体」（実体）とはまったく異なる。

グラムシは、国家と有機的に連関しつつも国家とは異なる「政治」の領域を国家と市民社会との有機的関係（均衡）の構築ないしその破壊のうちに見出したのであり、国家を単純に（つまり制度的ないし領域的に）「拡張」したのではない。たしかに、グラムシには「国家＝政治社会＋市民社会」という表現もあるが、これも「政治社会と市民社会との均衡（＝有機的関係）」をより簡潔に言いかえたものであって、市民社会への国家の浸透を表現するものであっても、市民社会を文字通り国家のうちに包摂しているという意味ではありえない。もしそうなら、西方も「国家がすべて」ということになり、東方との対比は意味をなさなくなるだろうし、[6] さらに次のようなグラムシの文言も意味をなさないことになるだろう。

> 西方では、国家と市民社会とのあいだには適正な関係があり、国家がぐらつくとたちまち市民社会の頑丈な構造が姿を見せた。国家は第一塹壕であるにすぎず、その背後には要塞と砲台の頑丈な連鎖が控えていた。（グラムシ『新編現代の君主』ちくま学芸文庫、二〇〇八年、二〇六頁）

教会や学校や政党やクラブなどは、国家の（イデオロギーであれ何であれ）装置でもなければ、拡張された国家の一部分でもないからこそ、むしろ国家から独立し、それとしばしば対立するからこそ逆に、政治的・経済的支配階級の公的支配への民衆の統合という（そう言ってよければ国家的）機能を日常的に果たしうるのであり、したがってまたブルジョア国家が危機に陥ったときには（「ぐらつくと」）、ブルジョア的秩序を守る第二の（より強固で柔軟な）戦線としての役割を果たしうるのである。

したがって、これらの諸組織は、支配階級のヘゲモニー装置であるとは言えても、国家の装置を構成するのではない。とりわけ教会を（間接的であれ）国家の装置とみなしてしまうとすれば、まさにロシアにおける正教会とイタリアにおけるカトリック教会との間にある決定的な差異を見逃すことになるだろう。

またファシズムの機能が、通常国家における市民社会のヘゲモニー装置の相対的自立性を奪って、あるいはしばしば解体して、ファシスト国家に直接従属するものに転化させるか、あるいは最初からファシスト国家の直接的な従属機関として再構築することにある点も見逃されることになる。ファシズムを含む例外国家は、政治社会と市民社会との均衡が深刻に破壊され、市民社会における支配層のヘゲモニーが危機に陥ったときに、この均衡の回復を国家への市民社会のより直接的な包摂と支配によって図ろうとする試みである。古典的な軍事独裁がこれを「上からの機動戦」として遂行するのに対して、ファシズムはこの過程を何よりも「下からの陣地戦」として遂行する。とくに、すでに社会民主主義勢力だけでなく共産主義勢力も広く深く市民社会の中に根を張っていて広範な（経済的・政治的・社会的）諸陣地を構築している場合には、この「下からの陣地戦」は一種の「分子的内戦」の様相を帯びることになる。それゆえ、ファシストが国家権力を完全に掌握したときには（もちろん彼らは権力を掌握したならば、共産主義・社会主義勢力に対し「上からの機動戦」を発動する）、他のどの例外国家よりも市民社会の諸装置を国家の側に深く包摂ないし再編することができるのであり、したがってまた、それだけファシストの政治的支配は「全体主義」的な様相を帯びるようになるのである。

国家、政治、市民社会に関するグラムシの言説は時に曖昧で矛盾したように見えるし、実際、グラムシは「国家」と「政治」とを明示的には区別していないのだが（そのことが多くの人々を誤解に導いた）、トロツキーのマサリク批判論文という補助線を入れて読み解くなら、グラムシの理論の基本線はまさに以上のように理解されるべきであろう。

「政治」概念の拡張

狭い意味での「政治」と区別されるグラムシの独自の「政治」概念の重要性に関して、ホブズボームは次のように述べている。

> 彼にとって政治とは、社会主義を勝ち取るための戦略の核であるだけでなく、社会主義それ自身の核でもあるのだ。……彼にとって政治は「人間の中心的な活動であり、個別の意識が社会的世界および自然的世界のあらゆる諸形態へともたらされる際の手段」（『獄中ノート』）なのである。つまり、彼にとって政治とは、通常使われる用法よりもはるかに広いのである。（四一七頁）

したがって、グラムシにとって特徴的なのは、「国家の拡張」というよりもむしろ「政治の拡張」なのであり、これはかなり独創的な発想である。狭い意味での経済の世界における「労働」に相当するものが、市民社会の世界においては「政治的行為」なのである。このような「政治概念の拡張」は、後に戦後の第二波フェミニズムにおける「個人的なものは政治的である」という発想にもつながるものであり、現代社会科学にとって決定的な意味を持っている。

ところで、このような「拡張された」政治概念をグラムシはまったく独自に編み出したのだろうか？　それともどこからか学んだのだろうか？　ホブズボームはこの点について何も述べていない。だが、ここでも重要なヒントになるのが、グラムシがロシア滞在中に発表されたロシア革命指導者の文献である。内戦が完全に終了し、新しい経済的・文化的建設の時代に入った一九二三年中ごろ、トロツキーは集中的に日常生活と文化の問題について論じた一連の論文を『プラウダ』で発表している（同年、『日常生活の諸問題』という単独の著作として出版）。その最初のものが「人は政治のみによって生きるにあらず」であり（『プラウダ』一九二三年七月一〇日）、その中でトロツキーは「政治の二つの概念」について論じている。それを見てみよう。

> 言うまでもないことだが、ここでは「政治」という言葉が、二つの違った意味に使われているのである。第一には、社会生活の全領域での集団的行動を方向づけているすべての支配的理念、方法、体系の総体を包括する広義の唯物弁証法的意味で使われており、第二には、権力闘争と直接に結びつき、経済、文化などの仕事と対置される社会活

動の一定部分を特徴づける狭義の特殊な意味で使われている。政治とは集中された経済である、と同志レーニンが書くときには、彼は広く哲学的意味での政治のことを考えにおいている。「政治を少なくし、経済を多くせよ」とレーニンが言うときには、彼は政治を狭い特殊な意味にとっている。（トロツキー『文化革命論』現代思潮社、一九七〇年、一四頁）

ここで語られている政治の第一の「広義の」意味、すなわち「社会生活の全領域での集団的行動を方向づけているすべての支配的理念、方法、体系の総体を包括する広義の唯物弁証法的意味」こそ、グラムシがその「獄中ノート」で発展させたものに他ならない。

そして先の引用文の中でトロツキーがこのような二重の政治概念の起源をレーニンに求めていることは興味深い。ここでも、ヘゲモニーの場合と同じく、「レーニン―トロツキー―グラムシ」の継承関係を描き出すことができる。グラムシがレーニンから多くを学んだことは疑いない。だがそれは、ほとんどの場合、理論的にも、言葉使いの点でも、トロツキーを経由して学んでいるのである。

革命の戦略と未来社会像

ホブズボームは、グラムシは単に社会主義への移行に向けた戦略を探求しただけでなく、その戦略それ自身のうちに、あるいはそれを可能とする労働者の組織それ自身のうちに未来の社会主義社会の原型を見出そうとしていたと主張している。これも正しい。

ここで私が強調したいのは、ここでわれわれが政治問題上の二つの異なった論点について論じていることである。すなわち、戦略と社会主義の性格という二つの問題である。グラムシはこの二つを把握しようと努めた。しかし一部の解説者はこのうちの一つ、すなわち戦略のほうだけを過度に強調しているように私には思える。（四一五～四一六頁）

このような手段と目標との相似性は、グラムシの陣地戦とヘゲモニーという戦略的枠組みと有機的な関係を持っていたのは明らかである。その権力掌握過程が「下からの権威主義的陣地戦」として遂行されたファシズムとは対照的に、グラムシは、共産主義による権力掌握を「下からの民主主義的陣地戦」として構想し、党と労働者階級との間の、労働者階級と他の被抑圧階級との間の関係を有機的で民主主義的なヘゲモニー関係（模範、説得、先見性、実体験、等々を通じた自覚的な同意の調達にもとづく指導と被指導の関係）として構想していた。だからこそ、手段ないし「革命の戦略」と、目的ないし「実現されるべき社会像」との間に、有機的な相似関係を想定することができたのである。

この問題に関連して重要なのは、そしてホブズボームがやはり注目していないのは、グラムシが「獄中ノート」においてトロツキーの「日常生活（ブィト）」論に強い関心を寄せていたことである。この方面に関しては、グラムシがトロツキーの「労働の軍隊化」論を批判した点にばかり興味がいっており、グラムシとトロツキーとを対立させようとする傾向がしばしば見られるのだが、それよりもはるかに重要なのは、内戦の終了と平和的な経済再建の時代に（そもそも、トロツキーが「労働の軍隊化」を主張したのは完全な軍事的・経済的崩壊のもとでかろうじて経済活動を可能にするためだった）、社会主義建設における日常生活と文化の「分子的変革」の重要性をトロツキーが強調し[7]、そのことにグラムシが強い関心を寄せていたという事実である。

グラムシは「獄中ノート」においてトロツキーのコミンテルン第四回大会における演説を、戦略の転換を目的としたものだとして注目していたことは比較的よく知られている。その中でトロツキーが言っていたのは、ロシアにおいてはブルジョアジーの社会的・政治的支配力（ヘゲモニー）の弱さゆえに、その政治的権力を覆すのは容易だったが、その後で内戦や社会の社会主義的変革にとっての長く苦しい戦いが続いたのに対して、西方ヨーロッパではその逆に、ブルジョアジーの社会的・政治的支配力の強さゆえに、その政治権力を獲得する以前に、ブルジョアジーの支配をほりくずすための長い戦いが先に来るだろうというものだった。この見解は、言うまでもなく、グラムシが「獄中ノート」で模索していた西方の共産主義政党における戦略・戦術の転換（ヘゲモニーをめざす陣地戦）と直接結びついているのだが、それだけでなく、ロシア革命の指導者たちが革命後に直面した文化的、日常生活的、経済建設的、技術的、等々の問題のいっさいが西方ヨーロッパでは革命以前に問題になるし、したがってそれらの問題に関する革命指導者たちの考察が、西方では革命のための戦略のヒントとして役に立つということをも意味する。

とりわけこの問題に最も熱心に最も早期に取り組んだのがトロツキーであり、その際に重視したのは、民衆における「個性の開花」であった。この「個性の開花」なき集団主義は容易に全体主義に堕することになる。スターリニズムの台頭の中で、トロツキーのこの問題意識は極めて大きな意義を持っていた。そして、この、文化と日常生活の民主主義的変革という課題こそ、革命の戦略とあるべき未来社会像とを結びつける決定的な媒介項の一つであり、そこでのトロツキーの考察は長く続く痕跡をグラムシの中にとどめている。ここでも、ロシア革命とトロツキーという補助線がグラムシを理解するうえで決定的なのである。

党とソヴィエト

そして、この、革命戦略と未来社会像との有機的連関という論点において、グラムシはその結節点として「現代の君主」としての前衛党（共産党）を置いたのだが、ここに実はグラムシの独創性とともにその限界も示されている。最後にこの論点について論じておこう。

ホブズボームは「グラムシの戦略理論における三つの要素」(四二三頁)の第三として次のように述べている。

第三の点は、グラムシの戦略の核心には、永続的に組織される階級運動があるということである。この意味で「党」についての彼の考えは、いわば、組織された階級としての党というマルクス自身の考え、少なくとも晩年のマルクス自身の考えに回帰するものである。ただし、グラムシは、マルクスやエンゲルスよりも、そしてレーニンと比べてさえ、党の形式的組織よりもむしろその政治的指導性とその構造の諸形態に、さらには階級と党との「有機的な」関係と彼が呼んだものの性質に関心を注いだ。(四二五頁)

ここにはいくつか問題がある。まず第一に、グラムシの党理論＝「大衆的前衛党」論は、晩年を含めマルクスの考えとはまったく異なる。マルクスは、前期には「共産主義者同盟」に見られるように少数派の陰謀家の党を構想し、晩年には独立した労働者階級の大衆政党の必要性をエンゲルスとともに主張したが、後者はここでグラムシが考察している前衛党や共産主義政党とはまったく違い、マルクス主義者をその(有力な)一部とする社会主義的大衆政党にすぎない。そして、そのような党を体現するものこそ第二インターナショナルの社会民主主義政党なのであって、あくまでもそれと対立した形で共産主義政党を構築しようとしていたグラムシの考えがマルクスの考えへの回帰であるはずがない。

第二に、「大衆的前衛党」の持続的建設という発想そのものは、第三インターナショナルの第三、四回大会における転換(レーニンとトロツキーによって主導された、ヨーロッパにおける陣地戦、統一戦線、大衆的共産党の建設という路線)以降にヨーロッパの共産党に与えられた戦術的展望であり、このこと自体にはグラムシの独創性はない。むしろグラムシは、第三回大会の時点ではこのような路線に反対するボルディガ派の一人であり、彼がこのボルディガ主義から決別して大衆的前衛党という発想に立ったのはようやくコミンテルン第四回大会の数か月前にモスクワに直接出向いて、そこでトロツキーやジノヴィエフから説得を受けた結果であった。

第三に、「党と階級との『有機的』関係」についてグラムシが初めて本格的に考察したのは、一九二三年末から一九二四年初頭にかけての同志たちへの一連の手紙の中でであり、一九二三年末におけるトロツキーの『新路線』にはっきりと影響を受けた結果であった[8]。だがホブズボームはこの点についても何も言っていない。

第四に、そしてより重要なのは、持続的な階級運動としての「党」に対するグラムシの深い考察にもかかわらず、彼には、その持続的組織たる「党」が、個々の特定の陣地においてだけでなく、全国的なレベルでヘゲモニー勢力になるための、したがって「権力の党」になるための決定的な機関である「ソヴィエト」に関する考察が決定的に欠如していることである。

未来の社会主義社会の原型になりうるのは、実は、共産党そのものではなく、それを含むソヴィエトである。そして、グラムシが構想した「下からの民主主義的陣地戦」の最も重要な舞台になるのは、ソヴィエトであり、またロシア革命において「階級と党との有機的関係」が真に実現されたのは、このソヴィエトを媒介にしてのことであった。実際、一九一七年の二月から一〇月までの、ロシア革命における「陣地戦的局面」において、労働者大衆の間での説得と実践的模範による民主主義的コンセンサスの獲得によってボリシェヴィキが政治的多数派となったのは、このソヴィエトを通じてであった。

ところがグラムシは、一九一九〜二〇年における工場評議会運動に参加しそこにおいて指導的役割を果たしていたにもかかわらず、「獄中ノート」では、このソヴィエト（あるいは労働者評議会）についてほとんど何も述べていないし、ホブズボームも何も述べていない。たしかにホブズボームは、「政党と階級は歴史的には同一視されてきたが、同一のものではないこと」に注意を喚起し、この問題が社会主義諸国の「官僚化の危険性」や「スターリニスト的発展」の問題と密接に結びついていることを指摘しているが（四二一頁）、これがまさに党とソヴィエトの有機的関係として実践的に理解されなければならないことについては、何も述べていない。

グラムシにあっては、党は、革命の戦略を断固追求するだけでなく（そのためにはその組織構造は中央集権的で階層的で、ある程度まで政治的に排他的でなければならない）、未来社会の原型にもなる（そのためにはその組織構造は連合的で多様な政治的潮流を包含するものでなければならない）という矛盾した二重の課題を同時に背負うものとなり、このことがグラムシの変革理論と党の理論の両方を大きく制約したのである。

もちろん、両課題をもっぱら対立的にとらえる必要はない。両極は、グラムシが「獄中ノート」の中でまさにそう目指したように、より接近したものにならなければならない。共産党は、スターリニスト政党や社会民主主義政党のような、上意下達の指令的党でもなければ、単なる議会的・組合的指導者の党でもなく、真に民主主義的で階級と有機的連関を持った党でなければならない。しかし、それでもその許容範囲には大きな制約が当然あるだろう。また、未来社会は極端に連合的で非中央集権的なものとみなす必要もないが、それでもそれは党よりもはるかに多元的で非階層的なものでなければならないだろう。したがって、この二つの課題を同時に「現代の君主」としての党に均等に求めることはできないのであって、それらは当然にも党とソヴィエトによってそれぞれ別々に担われなければならない。そして、この問題は、主として革命の戦略を担う党と、複数の党や潮流を包含する連合的なソヴィエトとの弁証法的な（補完しあうとともに対立しあう）関係として再把握され、今度は両者の潜在的ないし顕在的な矛盾が理論的に考察されるとともに、実践的に解決されなければならない。

ボリシェヴィキは結局この課題の解決に完全に失敗したし（一九二一年以降における一党独裁とソヴィエトの形骸化）、グラムシからはその点に関する洞察は見られない。他方、トロツキーは、一九三〇年代の半ば以降、ソヴィエト多党制の復活、そしてソヴィエト民主主義の枠内での政権交代の可能性の容認という観点を提起することで、党とソヴィエトとの有機的関係というプロブレマティックを再設定したのだが、それは十分に深められないまま、スターリニストの放った暗殺者によってその命を絶たれてしまった。

一九二〇年代後半以降、共産党系の理論家たちの中でソヴィエトの比重がどんどん下がっていき、やがて姿を消していくのは、スターリニズムの理論的支配と軌を一にした過程なのだが、グラムシもその悪影響をまぬがれていない。しかしパリ・コミューン以来、民衆の下からの大規模な運動が起きたときには必ず、この種の民主主義的自己統治機関が出現している。それは今日における最高度に発達した資本主義社会においても同じである。たとえば、二〇一一年のアメリカにおけるオキュパイ運動でも、そうした現象が見られた。

革命の一元的ヘゲモニーを握るべく構想された前衛党としての共産党が世界的に姿を消していく中で、評議会やコミューンのような民主主義的で多元的な自己統治機関の潜在的意義は今後ますます増大していくだろう。グラムシの議論を現代に生かすためには、いささか権威主義的な比喩である「現代の君主」としての前衛党から、「現代の寄合」としてのソヴィエトないしコミューンへと、あるいは単一の前衛党とは異なる左派諸潮流の政治的連合体の可能性の探求へと考察対象をシフトさせなければならないだろう。二〇世紀におけるロシア革命の成功と堕落と崩壊という歴史的経験を踏まえて、バージョンアップされた民主主義的自己統治機関と、バージョンアップされた政治的変革組織との弁証法的関係を解明することこそ二一世紀の課題であろう。

〈註〉

（1）この第一の問題に関する報告は以下に収録。森田成也「マルクス・エンゲルスのロシア革命論の変遷――ホブズボームの『いかに世界を変革するか』を手がかりにして」、『ニューズ・レター』第六四・六五号、トロツキー研究所、二〇一八年。

（2）しかし、ホブズボームはこの論文の以前に受けたインタビューでは、グラムシについてかなり冷たい調子で語っている。参照、E・P・トムスン&N・Z・デイヴィス他『歴史家たち』名古屋大学出版会、一九九〇年、一三頁。

（3）このヘゲモニー概念のロシア・マルクス主義的起源については、たとえば以下の論文を参照。西島栄「ヘゲモニーと永続革命」『トロツキー研究』第五八・五九合併号、二〇一一年。同「トロツキー、レーニン、グラムシにおけるヘゲモニー概念の継承関係」『ニューズレター』第五二・五三合併号&五四号、二〇一二年。同「ロシア・マルクス主義とヘゲモニーの系譜学」、『情況』秋号、二〇一七年。

（4）「獄中ノート」でトロツキーのこの論文に触れた二つの部分を翻訳したものとして、以下を参照。グラムシ「宗教改革とマサリク――『獄中ノート』の断片」『トロツキー研究』第四二・四三合併号、二〇〇四年。

（5）ちなみに、トロツキーは『文学と革命』の第二部（ロシア文化と西欧文化に関する一九〇八～一九一三年の諸論考を集めた部）でも西方と東方との違いに着目した議論を展開している。グラムシの「未来派に関する手紙」が収録されたこの『文学と革命』をグラムシが熱心に読んでそこからさまざまな着想を得たことは間違いない。

（6）もっとも、東方に関しても「国家がすべて」というグラムシの言い方は明らかに誇張であり、ミスリーディングである。かつて革命的ナロードニキはロシアでは「国家がすべて」であり、社会（彼らにとってそれはミールという閉鎖的な農村共同体だった）から完全に遊離しているとみなして、テロでツァーリや高級官僚を殺しさえすれば革命が実現できると考えた。だがそれはまったく誤りであった。

（7）たとえばトロツキーは一九二四年に次のように述べている。「政権転覆は数ヵ月の、時に数週間の事業でさえあるが、文化的向上は、数年、数十年の事業である。なぜなら、それは、社会的基盤全体の改造、その分子的変化を必要とするからである」（トロツキー『著作集』第二一巻『過渡期の文化』、モスクワ―レニングラード、一九二七年、三六七頁）。

（8）この過程については以下の論文を参照。西島栄「トロツキーとグラムシの交差点――一九二三～二四年初頭の手紙を中心に」、片桐薫・湯川順夫編『トロツキーとグラムシ――歴史と知の交差点』社会評論社、一九九九年。

特集2　現代に生きる左翼思想

マルクス主義の再生めざして

——ベンサイド著『時ならぬマルクス』を読む

竹下　睿騏

（一）「有機的」知識人としてのベンサイド

数年前に共訳者の一人、小原耕一氏から寄贈された一冊の部厚い学術書を読む機会があった。現代フランスのマルクス主義者ダニエル・ベンサイド（一九四六年〜二〇一〇年）が著した『時ならぬマルクス——批判的冒険の偉大さと逆境（十九—二十世紀）』（MARX L'INTEMPESTIF《ランタンペスティフ》. Grandeurs《グランデュールス》 et《エ》 misères《ミゼレ》 d'une《ドゥネ》 aventure《アヴェントレ》 critique《クリティーク》 (XIXe–XXe siècles), Paris, Fayard, 1995）の邦訳版（佐々木力監訳、小原耕一・渡部實訳、未来社、二〇一五年）である。Ａ４判で五八〇頁にも及ぶ。通読するだけで三か月もかかった。

ベンサイドといえば、パリ第八大学の哲学教師として教鞭をとりながら、一九七〇年代末から毎年、数冊のペースで著作を発表し、講演、報告、新聞雑誌への寄稿、対談、討論、論争、論評などの活動にも精力的に取り組んだマルクス主義理論家である。同時に、一九六八年の「パリ五月革命」で学生活動家として名を馳せて以来、一貫してフランス内外のトロッキズム系の左翼運動や政党の組織者、リーダーとして活躍した「異端のコミュニスト」でもあった。本人は、謙虚にも「単なる活動家だ」と自称しており、「指導者、エリート、哲学者」嫌いであったようである。(1)

アメリカのコーネル大学教授（現代社会思想史）エンツォ・トラヴェルソは、著書『左翼のメランコリー』の中で、ベンサイドをアントニオ・グラムシのいう「有機的」知識人だと評したが、[2]これには、グラムシに敬意を表していたベンサイドも渋々であれ納得したであろう。グラムシの知識人論では、この「有機的」という意味内容をどう理解するかがポイントである。グラムシ研究者松田博氏によれば、グラムシは、知識人論を、彼独自の国家論（政治社会プラス市民社会、国民統合の二つの契機＝強制と同意）、ヘゲモニー論（政治的指導能力と知的・文化的指導能力）、政党論、陣地戦論、さらに「実践の哲学」論（「哲学内部の改革」「哲学を超える哲学」「現実変革の哲学」）などと密接に（＝有機的に（竹下））関連づけて考察している。特に「ヘゲモニーの創造・普及の担い手」である知識人を、聖職者などの「伝統的」知識人と区別し、「有機的」知識人として重視したのである。[3]市民社会の同意獲得にとっても、変革主体の知的・文化的成長にとっても、これを直接援助し、あるいは変革主体と「啓蒙哲学者」のような「指導的思想家」「大知識人」との媒介役を行なう「有機的」知識人集団の形成がますます緊要な課題になっているのはまちがいない。

ベンサイドは、新しい思想、理論を産出した「大知識人」ないしは「全体的」知識人の一人であろうか。控え目に見ても、それぞれの専門的知識をもちよって結合した「集団的」知識人の一員として、誠実に、「哲学」と「政治」、思想と行動、理論と実践の統一（合一）をめざして苦闘した傑出した活動家といえよう。

（二）「マルクス主義の危機」に抗して

『時ならぬマルクス』のフランス語版原書は、一九九五年一〇月に刊行されている。なぜベンサイドは二〇世紀末のこの時期にこんな浩瀚な書物を発表したのか。監訳者の佐々木力氏によれば、ベンサイドは、自伝『緩慢なる焦燥』（Une《アネ》 Lente《ラーント》 impatience《アンパーシャンス》）（革命をじれったくて待ち切れない（生涯）というほどの意味か（竹下））（二〇〇四年、未邦訳）の中で、一九九〇年前後に生涯最大の危機――マルクス主義の理論的危機、革命的企画の戦略的危機、普遍的解決の主体の社会的危機の「三重の危機」を迎えていたと回想している。

これが、一つは、一九七〇年代末から世界を席捲した新自由主義的イデオロギー的攻撃および世界資本主義のグローバル化によるフランスの政治的混乱と左翼運動の後退、もう一つは、追い討ちをかけるように、この新自由主義的グローバル化の圧力によって余儀なくされた一九八九年のベルリンの壁の崩壊、一九九一年のソ連邦の自壊、社会主義体制の解体と「ポスト冷戦」への移行を背景として生まれた危機であることは、いうまでもない。

ベンサイドは、自伝で「悲想的でモラル的な意気消沈せしめる壊滅状態に、多重の〈さらば〉が折り重なった。武器よ、マルクス主義よ、革命よ、プロレタリアよ、さらば」と悲痛な想いを吐露している。さらに、ベンサイドと親交のあった佐々木氏は、晩年になってベンサイドは「不治の病」と宣告されたエイズ患者であったと明かす。個人的にも人生そのものの危機であったのである。

私の周囲でも、このとき、崩壊前にいちはやくソ連邦や東欧の社会主義建設の否定的な現像や内実を部分的であれ知り得た者を除いて、多くのマルクス主義研究者は衝撃を受けて立ち直れないでいた。中にはマルクス主義から離れる者もいた。改めてマルクス主義の現代性――現代資本主義批判の理論的思想的武器＝指針としての有効性はこういう難局を迎えた現代においても通用するのか否かを問い、マルクス文献の本格的な検討に入る者も現われた。当面する新自由主義的資本主義のグローバリゼーションの本質を解明するために粘りづよく現状分析に本腰を入れて取りかかる者もいた。少数ではあるが、マルクス主義者の共通の責任において二〇世紀型社会主義の破綻・失敗の原因だけでなく消しがたい貴重な実績をも探究し、ここから教訓を得てこれに代わる新しい未来社会――二一世紀型の社会主義像の可能性と条件についての模索と研究に進む者も現われた。

それでは、ベンサイドはどう対応したのか。ベンサイドは、この危機的状況に直面してこの逆境から逃げ出すことなく果敢に立ち向かった。マルクス文献の再解釈とマルクス主義の再構成をマルクス批判家とのあいだで批判と自己批判の「対話的弁証法」を通じて試み、マルクスの理論とマルクス主義には依然として再生の生命力が内在することを確認するとともに、「イデオロギー批判」の書として早急にまとめ公やけにしたのである。この著作によって、落胆し動揺している多くの変革主体、とくに活動家を鼓舞激励し、理論的確信をもって再び力強く歩き始めてもらいたいとの願いからである。これがベンサイドの出した回答だと思われる。

(三) マルクス主義批判の大合唱が始まる
――ポパー主義と「分析的マルクス主義」について

この著作を執筆するにあたって、ベンサイドが初めに取りかかったのは、マルクスの理論とマルクス主義に対して次々と投げかけられるマルクス批判家たちの広範多岐にわたる言説を集めることであった。マルクスの理論は、その著作が発表されてからというもの、一〇〇年余りにわたって「歪曲、無理解、変造の対象」（トラヴェルソ）となってきたが、ここに来て「マルクスはもはや〈死んだ犬〉となった。マルクス主義は古くさい。今さらマルクスでもあるまい」「歴史は終焉した。コミュニズムは幻想だった」という新自由主義的理論家の主張や「スターリン主義は大罪を犯した。同じ思想の創設者マルクスも同罪だ。この際マルクスが生み出した思想と運動総体をスターリン主義とともに埋葬しよう」という反社会主義的な時代風潮に乗っかった数々の批難が急速に広がった。フランス革命とコミュニズムの歴史家フランソワ・フュレは、早々と、コミュニズムの墓石に記す墓碑銘について「過去と幻想――二〇世紀におけるコミュニズムについての試論」という試案さえ準備した(4)。

悪意に満ちた批判ばかりではない。マルクス主義陣営の内部だけでなく外部からも、「正統派マルクス主義」の縛り（われわれも一九五〇〜六〇年代初めまでその支配下にあった）から解き放たれてマルクス批判が増えたのは否めないが、新自由主義の攻勢が進んだ一九七〇〜八〇年代に無視しえない一定の影響力を持つに至ったマルクス批判の二大思想潮流――ポパー主義と「分析的マルクス主義」学派が生まれた。

「批判的合理主義」哲学を創設して合理主義思想を徹底的に追究したカール・ポパーは、二〇世紀を代表する哲学者の一人である。演繹と帰納の二つの推論形式のうち、帰納法の論理妥当性を否認し、帰納主義的な思考様式の誤りを指摘する。代わりに大胆な仮説構成の自由と批判による厳しい反証可能性を提唱した。無知と誤りの可能性を自覚し、誤りから真摯に学ぶ姿勢を堅持することが重要だと説く。この立場が、開かれた討議と「開かれた社会」、自由主義と民主主義を擁護する「批判的合理主義」の立場となる。この見地から、とりわけ、ナチズムとスターリン主義の「全体主義」批判の立場からポパーは、執拗なまでにマルクス主義を全面的に批判した。とくにその「歴史法則主義」的思考方法――歴史の普遍的発展法則を認め、唯物史観に基づいて未来を予測しようとする立場が自由な討論を否定する、弁証法は歴史法則の独断的把握であると指摘した。ポパーもその後継者ポパー主義者も、マルクスは「経済決定論者だ。ヘーゲルと同罪の〈普遍的歴史〉――コミュニズムの到来を預言する歴史目的論者だ。進化必然論を信奉する科学主義者、公式主義者だ」と旧聞に属する常套句で批判を繰り返す(5)。

「分析的マルクス主義」は、一九八〇年代後半から台頭してきた「アカデミックなマルクス主義」の一学派である。ジョン・ローマーとジェリー・コーエンが主唱し、ヤン・エルスター、エリック・オリン・ライト、ロバート・ブレンナー、アダム・ブルズェウォルキー、フィリップ・ヴァン・パレースら専門分野の異なる欧米の大学教員からなる。「方法論的集産主義」に対抗する「方法論的個人主義」を共通の信条とし、「慣例上の科学的規範の尊重、体系的概念化の重視、体系的モデルの利用と論法の展開における概念の明確化」など共通の方法論的立場を共有している。分析哲学や「合理的選択論」、新古典派経済学など、社会諸科学の手法を採用してマルクス主義特有の課題――方法論、史的唯物論、搾取・階級論、国家・革命論、社会主義論、倫理学の全領域について大胆な批判的考察を行なった(6)。

「正統派マルクス主義」によって広められた政治色のつよいドグマ化され硬直したマルクス主義を清掃する企ては首肯

できるとしても、従来の伝統的な意味でのマルクス主義を体系的に清算し、これに代替する「分析的マルクス主義」を構築しようとする試みは、その志や良し、されどその中身は賞賛に値するものであるのか検証が必要だ。刺激的な問題提起や成果はいくつもあるが、見過ごせない難点もある。コーエンが定式化した「歴史の一般理論」。ローマーが定式化した「搾取と諸階級の一般理論」（マルクス理論の中核＝価値論、剰余価値論の方法論的な解消）。「方法論的個人主義」による階級関係や搾取概念の修正の試み。階級論・階級闘争論のゲーム理論による解説の試み。マルクスの階級論とロールズの正義論との和解の試み（「平等主義正義」の提案）。「福祉国家」社会主義に代わる「個人の自由を尊重したリベラルな社会主義」「市場機能を制御した市場社会主義」の構想など。しかし、この新しいマルクス批判は、英米で一定の影響があったが、一九九〇年代の決定的な分水嶺を迎えて急速に勢いを失ない、マルクスから訣別する者が続出した。

（四）マルクスの理論は闘争と変革の「批判理論」である

こうして集めたマルクス批判の種々の言説の論点を整理すれば、各論者がマルクスの理論をどのようなものとして把握しているかが判明する。ベンサイドは、これに対して自らのマルクスの理論像を提示する。

1、マルクスの理論は、批判されたような思弁的な歴史哲学、歴史主義的な歴史理論ではない。

2、マルクスの理論は、諸階級の経験的な社会学ではない。

3、マルクスの理論は、自然科学の規範に適合的な経済学、実証科学ではない。

マルクスの理論は、以上の歴史的理性、経済学的社会学的理性、科学的実証性に対する三つの批判を構成要素とし、これらが「共鳴し合い、補い合っている」、すなわち「有機的に」内的に連関し合った統一的な全体＝総体である。一言でいえば、「教義的体系」ではなく、社会的闘争と世界変革の一つの「批判理論」だと要約する。これを敷衍《ふえん》すると、「弁証法的理性批判」（サルトルに同名の著書がある）の理論だということになる。

ヘーゲルは、「内在的批判、すなわち真の批判というものは、外在的ではなくて、論争相手の本拠にまで飛び込み、彼自身の土俵（勢力圏内）で対決するのでなければならない」（『大論理学』）と述べているが、ベンサイドも、ヘーゲルに学び、そういう批判精神で論客と対抗している。マルクス批判の言説、異説の内容をその論拠にまで深く立ちいって検討し、できるだけ正確に理解しようと努めている。その上でマルクスに立ち帰り、その論点に最も関わりのあるマルクス文献を再読・再解釈して適切な章句を対置し、コメントを付加している。時にはマルクス理論の淵源にまで遡り、とりわけヘーゲルに立ち帰り、ヘーゲル文献からも必要な章句を引用する。西洋マルクス主義の哲学教師なら当然の素養と学識かもしれないが、驚くべき深いヘーゲル理解である。さらにベンサイドが強調するのは、マルクス文献の解釈をめぐって積み重ねられてきたマルクス主義の多元的多面的で豊かな膨大な遺産――「複数のマルクス主義」「千と一つのマルクス主義」の存在である。この知的宝庫の文献からも助けを借りて反論を行なっている。特に度々依拠しているのは、グラムシの『獄中ノート』（一九三〇年―三六年）とヴァルター・ベンヤミンの『歴史の概念についてのテーゼ』（一九三九年）、『パサージュ論』（一九八九年）他の文献である(7)。

　反論にあたっては、論敵といえども決して悪罵中傷や一方的な論断の対象にすることなく、あくまでも敬意を払いつつ双方がリアルで妥当な認識に到達できるようにと相互対話と相互批判の姿勢（「対話的批判の弁証法」）が堅持される。論者の言説への反論は、論者のマルクス理解にいかに曲解や誤解、一面性、独断があるかを説得的に論述＝叙述するために、論者の言説をあますところなく正確に公正を期して紹介し（長い引用となる）、次々と根拠を示して批判的に（「発生的・批判的方法」）展開される(8)（こちらも出典を示しての長い引用となる）。叙述は、フランス語特有の隠喩とレトリックに満ちた、作家志望だったベンサイド独自の豊かで自由な思想的文体である。厳しい論理の世界が文学作品と化す。その上、訳者が実に懇切丁寧な、原著にはない「索引」を作成し、原著の注を補う「補足注」まで用意している。学術書として体裁が整う。その結果、一見読みやすくはないが、学問的にも内容の濃い、じっくり読破すればマルクスの何たるかが理解できる浩瀚な書物が世に現われたのである。原著が公刊されて二〇年後に日本でも待望のベンサイドの主著が登場し、また「一つのマルクス主義」を学ぶチャンスが提供されたのは、歓迎すべきことである。マルクスの「フォイエルバッハに関するテーゼ」に照らしてみれば、「世界の解釈」（理論）と「世界の変革」（実践）とは弁証法的に相互不可分の関係にあり、新しい解釈（認識）が示されれば、これを理論的武器として闘争と変革の実践的運動に活用される可能性が高まるからである。

（五）マルクス理論の再生＝再構成にむけて

マルクス批判に対する詳細な対話的反論、論争的探究の共同の知的営為を通してベンサイドは、従来のマルクス解釈、マルクス理解をどのように深化・発展させ、豊富化したのか、これから厳しい検証と公正な評価が求められるところである。その作業を始めたばかりの筆者には責任をもって語る資格はない。いくつか気がついた点を述べるだけである。

　1、弁証法的思考の再生が緊急に必要とされている。

ベンサイドが何度も言及しているように、マルクスは一八五七―五八年の経済恐慌に衝撃を受けて、レーニンは一九一四年八月の世界大戦に伴う第二インターナショナルの破綻の危機に直面して、いずれもヘーゲルに回帰し、すでに読んでいたヘーゲルの『論理の学』(『大論理学』)『哲学の集大成・要綱』(『小論理学』)を丹念に批判的に再読した。その直後、マルクスは中断していた『政治経済学批判要綱』を書き進め、レーニンは『哲学ノート』を残し、帝国主義戦争に対する戦略の立て直しに向かった。ベンサイドもまた『大論理学』と『哲学ノート』、さらにヘーゲルの『精神現象学』とマルクスの『経済学・哲学草稿』、エンゲルスの『反デューリング論』に立ち帰っている。そして最も真剣に再読したのは『資本論』と『政治経済学批判要綱』である。マルクス、レーニン、ベンサイドは、同様に思想的危機にあったとき、弁証法について深く研究しなおしたのである。

最近、小原耕一氏の要請を受けて、ケヴィン・アンダーソン著『レーニン、ヘーゲル、および西欧マルクス主義　批判的研究』の英語版原書(一九九五年)の翻訳を手伝った。高屋正一氏と担当したのは、レーニンの『大論理学』分析の章である。シベリア流刑中にすでに読んでいたとはいえ、ほんの数か月の再読でヘーゲルの弁証法的な論理を唯物論の立場から批判的に研究し、わがものとしている。『哲学ノート』を『大論理学』と併せて味読してほしい。アンダーソンのコメントも適切でレベルの高いものである。ここで得た文献学的な知見から見て、ベンサイドの弁証法理解は相当なものである。

弁証法をどう理解するか、これがマルクス理論、マルクス主義の再生の最も重要なテーマの一つであると思われる。ベンサイドも哲学史を概観し、スピノザ、ライプニッツ、カントを経て、ヘーゲルがドイツ古典哲学の頂点に達し、さらにヘーゲル左派、とりわけフォイエルバッハを介してマルクスがヘーゲルを乗り越えて新しい高みに達したこと、弁証法に関する記念碑的労作が先に述べたベンサイドの再読した文献であることを確認している。

マルクス、ヘーゲルの文献に精通している哲学研究者島崎隆氏は、弁証法を大別して、①対話や問答、議論の方法・技術(主観的弁証法)、②世界観、人生観の論理、それを把握する学問的認識の方法(客観的弁証法)だと定義される。①について、ベンサイドがテキストで実際に進めているマルクス批判家との論争の具体的なあり方そのものが弁証法的であると明言できる。従来のマルクス主義の独断的セクト主義的な対応が反省させられる。②について、島崎氏は、「弁証法の基本法則を〈質量の相互転化の法則〉〈対立物の統一と闘争=矛盾の法則〉〈否定の否定の法則〉に限定される傾向が強かったが、今日では弁証法のカテゴリーや法則は多様に把握されるようになって、いくつもサブ・カテゴリー、サブ・法則が提起されている。弁証法の運動の三重構造(三段論法)〈端緒(始元)―進展―終局〉も〈肯定―否定―否定の否定(高次の肯定)〉〈直接性―媒介性―直接性の回復〉〈即自

—対自—即かつ対自〉〈普遍—特殊—個別〉などと多様な推理連結に定式化される。したがって、いまだ弁証法的論理は学問的に可能な限り明晰な論理として整理されている訳ではない。再構成する必要がある。弁証法的論理が事物とその認識過程を貫くとすれば、対象を直観的に見て悟性の力で分析し、最後に総合的に把握して、直観的全体性を再構成するように、具体的事実の認識過程において一つずつ弁証法的方法で解明していくことが大切である」と論じる。[9] ベンサイドの弁証法理解もその「一つの重要な例証」である。とりわけ弁証法を駆使した『資本論』の論理構成と叙述がレーニンの指摘する第一巻だけでなく、第二巻、第三巻についても当てはまることを論証している。まさに『資本論』が「論理学の書」であることを裏づけている。

2、『政治経済学批判要綱』の意義を改めて確認する必要がある。

従来、「ポリティッシェン・エコノミー Politischen Ökonomie」を「経済学」と訳しているが、訳者たちは原義に即して「政治経済学」と訳す。そうすると、従来の「経済学批判」は「政治経済学批判」となる。「政治」と「経済」、「政治学」と「経済学」は、本来、切り離してそれぞれ別個に孤立的にとらえるのではなく、密接不可分に関連づけて、すなわち「政治（社会——大谷禎之介説）」（上部構造）プラス「経済」（土台）を「社会構成体」（社会構造の総体）として、「経済学」も「政治学」「社会学」と有機的に結合してトータルにとらえるべきだという問題提起である。一考を要する。

ベンサイドは、『政治経済学批判要綱』への「序説」（「政治経済学批判」の研究プランへの八項目の註解）（一八五七年）と『資本論』初版、すなわち『政治経済学批判』への「序文」（一八五九年）との対応関係を調べ、連続性とともに相異性（柔軟な見方と硬直した見方）を明らかにしている。「序説」の第二番目の註解で「従来の観念的歴史記述」に代わる新しい「現実的な歴史記述」を構築すること（歴史記述法の革命）が予告されており、それが『資本論』において実行されていることをつきとめた。『資本論』解釈、『資本論草稿』の研究に一石を投じるものである。『資本論』で「歴史」（時間論）と「世界」（空間論）の概念的構成を不可分のものとして社会関係が編成されていることを探究していく必要がある。

3、マルクスの思想の中心にあるのは階級闘争である。したがって変革主体の労働者階級の問題はひきつづき中心的なテーマである。しかし、階級概念の正確な定義は、マルクス文献で見出すのは困難である。『資本論』の未完の第五二章のもつ意味は、定義や分類を重視する社会学的アプローチでは決してとらえることができず、社会抗争の「動力学」の中で、闘争によって構成される諸関係のシステムの全体性の内部で有機的に接合しながら、具体的に条件づけられるものであると示唆していることである。ベンサイドの読みは一つの卓見である。「マルクスの想定した主要な変革主体プロレタリアートはどこへ行ったのか。今や大きく変容して闘うプロレタリアートはどこにもいない」という批判に対する有効な反論である。何が盛り込まれるはずだったのか推測するのは興味深いテーマだが、労働者階級の果たすべき役割や社会変革の進め方、あるいは未来社会論の本格的な展開にまで踏み込んだものであったかも知れない。未解決のまま残された課題にチャレンジする必要がある。

4、マルクス主義は自然科学の発展に関心を向けつづける必要がある。

ヘーゲルもマルクスも当時の最新の科学技術の成功に魅せられて、フォローしつづけている。科学論、技術論についての造詣も深い。自らの理論展開の中に科学技術の知識を批判的に吟味して採り入れている。『資本論』初版の「序文」は「すべての科学」に当てはまる性格をもつ。諸科学を政治経済学批判の典型と見なしている。哲学の科学化と科学の政治化、イギリスの経験主義的実証的諸科学・フランスの合理主義的諸科学と「ドイツ的学問」（思弁的弁証法的哲学）、サイエンス science（経験的に吟味可能な体系的知識としての〈分科の学＝科学〉）とヴィッセンシャフト wissenschaft（すべての理論的知識、科学的知見を包括する〈学＝学問〉）との間でバランスをとろうとジレンマに苦しむ。しかし、マルクスは弁証法的批判によって前者を乗り越えて（止揚して）「新しい学」＝「人間化された自然と自然化された人間の学」を構築する（科学から学への革命）。マルクスの理論は「科学性で飾り立てられたエセ学問である」との批判があるが、マルクスの理論は実証科学に適合的な経済科学ではないのである。

「空想的」社会主義と「科学的」社会主義との対比も訳語も含めて検討が必要である。「ユートピア Utopia」を「空想」と訳すと、事実に基づかない、現実にはあり得ない「空想性」「幻想性」が強調されて、現状に対する不満や批判を反映して理想社会＝未来社会を設計構想する原義が消えてしまう。「サイエンス」と「ヴィッセンシャフト」の意味のニュアンスの違いを考慮しないで一律に「科学」と訳すと、自然科学的、科学主義的意味、客観的な方法で実証された「真理性」「科学性」の意味に誤解されるからである。問題は、すべて科学的に解釈済みとされ、あとはそれを導入＝適用するだけだと考えられてしまう。

現代資本主義は、機械制大工業と情報通信革命[10]（コンピューター・ネットワーク）が結合した新しい生産力段階を迎えている。さらにAIが一般化しつつある。『資本論』段階をはるかに超える水準である。そこでは、「価値法則」の実現さえ無視されるような普遍的労働、「科学的労働」（創造的な発明発見に関わる労働）が決定的に重要な役割を果たしている。労働者は、科学的知識・技能を身につけ、自立した人間形成をめざす「知的労働者」（ノレッジ・ワーカー knowledge worker）として成長することが求められる。科学の資本主義的充用性を高めるか、それとも科学を未来社会を切り開く重要なツールとして変革主体が掌握するか、厳しく問われている。

5、ベンサイドが最終的な資本主義批判の対象に選んだのは、地球環境問題である。「生産力第一主義のマルクス理論には環境問題についての理論的言及がない」との批判があるが、ベンサイドは、『経済学・哲学草稿』『ドイツ・イデオロギー』『資本論』『自然の弁証法』などで人間と自然の関係について理論的考察を行なっているとして、重要な章句を摘記する。ヘーゲルの「生命・生活過程」論（『大論理学』）は『ドイツ・イデオロギー』に引き継がれ、『経済学・哲学草稿』で「人間の非有機的存在」＝自然と「人間的自然存在」＝人間との関係論（自然と人間の同一性、「物質代謝《メタボリズム》」概念の登場）、さらに『政治経済学批判要綱』、『資本論』で発展させられ、生産関係を、労働を媒介とした人間の自然との関係、および人間同士の関係と切り離しがたいものとして論じる。環境破壊は、主として資本による科学技術の進展をはじめ様々な要因によって引き起こされた「物質代謝過程の撹乱」であることが明らかとなる。マルクス理論を掘り起こし、新たに「エコロジー」理論の構築を図ることが急務である[11]。

6、最後に、コミュニズムについて一言述べておきたい。『ドイツ・イデオロギー』の「人類史全般の第一前提は、生身の人間諸個人の生存である」という根源的な一元論的原理（生命・生活最優先論）において『経済学・哲学草稿』の「コミュニズムにおいて徹底した自然主義あるいは人間主義が、観念論と唯物論両方から区別されること、同時に、それがこれら両者を統一する真理であるということをわれわれは見出す」という古典哲学二元論（自然・自然主義（物質・唯物論）と人間・人間主義（精神・観念論））は解消されるのか。それでは二元論の形式的矛盾をどのようにして弁証法的に止揚していくのか。マルクス主義者に課せられた難題である。自然主義と人間主義との弁証法的統一は、エコロジー問題の待ったなしの深刻さから、ようやく共通認識になりつつあるが、唯物論と観念論との弁証法的統一となると、マルクス、レーニン、ベンサイドの思想的到達点に接近するまでには、もう少し時間がかかりそうである。ベンサイドではないが、革命、コミュニズムの到来がじれったくて待ち切れない想いである。本年はマルクス生誕二〇〇年という記念すべき年である。矛盾を極限にまで深化しつつある現代資本主義の具体的分析にひきつづき本腰を入れて取り組みたいものである。

〈註〉

（1）エンツォ・トラヴェルソ著（宇京頼三訳）『左翼のメランコリー　隠された伝統の力　一九世紀～二一世紀』法政大学出版局、二〇一八年。

（2）同右。

（3）松田博編訳『知識人とヘゲモニー「知識人論ノート」注解』明石書店、二〇一三年。

（4）フランソワ・フュレ著『幻想の過去』ロベール・ラフォン／カルマン・レヴィ、一九九五年（未邦訳）。ダニエル・ベンサイド稿「共産主義とスターリニズム『共産主義黒書』に答える」一九九七年、ベンサイド著（湯川順夫訳）

『21世紀マルクス主義の模索』つげ書房新社、二〇一一年所収。

(5) カール・R・ポパー著(久野収・市井三郎訳)『歴史主義の貧困』中央公論社、一九六一年。同(小河原誠・内田詔夫訳)『開かれた社会とその敵』全二冊、未来社、一九八〇年。同(武田弘道訳)『自由社会の哲学とその論敵』世界思想社、一九七三年。

(6) ジョン・ローマー編『アナリティカル・マルキシズム(分析的マルクス主義)』ケンブリッジ、ユーピー、一九八六年。高増明・松井暁編『アナリティカル・マルキシズム』ナカニシヤ出版、一九九九年。

(7) ベンサイドのグラムシ理解は、『時ならぬマルクス』で取り上げられているグラムシ文献の引用章句やベンサイドのコメントがすべて適切であり、正確であるとの証言を訳者の一人、グラムシ研究者の小原耕一氏から得ている(二〇一八年五月二六日)。ベンヤミンについては、監訳者の佐々木力氏が「解説」の中で、ベンサイドにとってベンヤミンは最も思想的に近い哲学者である、ベンヤミンの『歴史テーゼ』からその「先鋭な歴史読解の方法」を学びとり、それをバネにしてベンサイドの歴史批判が画期的に進展したと述べている。ベンサイドは、『自伝』の中で、『われ、フランス革命なり』(一九八九年)、『ヴァルター・ベンヤミン、メシアの歩哨』(一九九〇年)、『うんざりする(闘い疲れた)ジャンヌ(・ダルク)』(一九九一年)の三部作は、「日付が示しているように、出来事の論理の険しい道筋に沿った救世主的な合理性の回り道を通って、共産主義の問題によりうまく戻るための並行した道、踏みならされていない異端者の道をたどることである」(湯川順夫訳)と独白している。これが、ベンサイドの思想的危機を突破してマルクスに帰る契機となった歴史的理性批判の書物である(「歴史的弁証法」の再発見)。ベンヤミンのパリ研究『パサージュ(空間形態)論』は多くの研究者に影響を与えているが、ベンサイドがその業績を評価しているデヴィッド・ハーヴェイもその一人である。主著は『パリ モダニティの首都』であるが、今では『資本論』研究や新自由主義論のほうが注目されている。

(8) 「対話的弁証法」については、現代日本を代表する哲学者の一人、島崎隆氏の著書『対話の哲学——議論・レトリック・弁証法』こうち書房、一九八九年、増補新版、一九九三年、同『ヘーゲル弁証法と近代認識——哲学への問い』未来社、一九九三年を参照されたい。

(9) 加藤尚武他編『縮刷版/ヘーゲル事典』弘文社、二〇一四年、所収「弁証法」の項目。尾関周二他編『哲学中辞典』知泉書館、二〇一六年、所収「弁証法」の項目。

(10) ニック・ダイヤー=ヴィズフォード著『サイバー・マルクス』イリノイ大学出版、一九九九年(未邦訳)。北村洋基著『情報資本主義論』大月書店、二〇〇八年を参照されたい。

(11) 島崎隆著『エコマルクス主義——環境論的転回を目指して』知泉書館、二〇〇七年、岩佐茂・佐々木隆治編著『マルクスとエコロジー——資本主義批判としての物質代謝論』堀之内出版、二〇一六年を参照のこと。

特集2 現代に生きる左翼思想

ハンナ・アーレント『全体主義の起源』と川上徹『終末日記』

野村 喜一

はじめに

『全体主義の起源』は、ドイツに同化した比較的裕福なユダヤ人家庭に生まれたハンナ・アーレントがナチスの迫害を逃れて、ドイツからパリそして米国に亡命、ドイツ敗戦後、ナチスによるユダヤ人の行政的・工業的大量虐殺（ヨーロッパユダヤ人の大半約六〇〇万人）に衝撃を受け書かれた。

当初は、ハンナ・アーレントの全体像について書くつもりだったが、とても全体像を書くには勉強不足なことを実感し諦めた。川上徹でさえ、彼女の思想の核心に迫るまでに約七年の歳月を要している。私は、去年の『葦牙』四三号（論文名「ロシア革命――革命の墓掘り人スターリン」）の延長となるロシア十月革命とレーニンを彼女がどう捉えていたか、二つ目に川上徹が『全体主義の起源』を読んで、一九七二年当時の日本共産党の全体主義的体質をどう捉えたか、三つ目に全体像、核心に迫ることはできないにしても彼女の言う「全体主義」とはどういうものか、最後に現在の日本の反体制運動を担う人々のスターリン主義（全体主義）認識について私の正直な感想を、書いてみた。

ハンナ・アーレントの思想全体の紹介については、『全体主義の時代経験』（藤田省三　みすず書房　一九九七年）、『アレント――公共性の復権』（川崎修　講談社　一九九八年）、『精読　アレント『全体主義の起源』』（牧野雅彦　講談社選書メチエ　二〇一五年）がお薦めである。彼女の生涯については『ハンナ・アーレント――「戦争の世紀」を生きた政治哲学者』（矢野久美子　中公新書　二〇一四年）がある。川上徹が「アレントが『起源』の第三巻「全体主義」を著すにあたっては、彼女自身のユダヤ人としてのナチによる受難体験と、コミンテルンで粛清に遭った夫（ドイツ共産党員……引用者）のボルシェビズム体験という受難が前提にあったはずだった」（『川上徹《終末》日記』一〇四頁　同時代社　二〇一七年）との指摘は、彼女の思想を研究する上で重要なことだ。

脱稿したのは一九四九年（昭和二四年）、私の生まれた年である。一九五一年に米国で英語版が出版された。「反ユダヤ主義」、「帝国主義」、「全体主義」の三巻からなる大部の著作である。

近年、米国で再出版されベストセラーに顔を出しているとのこと。昨年、NHKの「100分で名著」という番組がとりあげている。ネットにアップされているので、ほんのさわりの部分、ナチスドイツのヨーロッパユダヤ人迫害に限定しての紹介ではあるが一見の価値はあると思う。

しかし、この番組は本書の核心部分であるナチズムとスターリニズムの類似性、この両体制をハンナ・アーレントは、全体主義と規定しているのだが、このことについては何ら触れていない。

日本でも、みすず書房により一九七二年に第一巻「反ユダヤ主義」、第二巻「帝国主義」、一九七四年に第三巻「全体主義」が刊行され、昨年、同書房から新版が出版された。

日本国内での出版が二〇年後になったのは、どうも本書は〝反共の書〟とみなされていたのではないか。

なにせ、本書はナチスドイツとソヴェトロシアの同質性を論じているのである。

彼女曰く、「ナチズムとボリシェヴィズムを比較」して、「この二つは歴史的にも社会的にもこれ以上の相違は考えられないほど異なった条件のもとで成立していながら、結局はその支配形式ならびに諸制度はともに驚くべき類似性を示すにいたっている。すなわちスターリンはヒトラーの場合と違って、彼の支配の初めにあたり、解体した社会という彼の運動にいわばお誂え向きの条件に恵まれていなかった。そのため彼（スターリン）は、レーニンが遺した革命的一党独裁を全体主義的な支配体制につくり変えるために、まずこの条件を人為的な手段で創り出さねばならなかったのである」（二七、八頁……何のことわりがない場合は『全体主義の起源』第三巻全体主義からの引用）と。

彼女の、「この二つは歴史的にも社会的にもこれ以上の相違は考えられないほど異なった条件のもとで成立していながら、結局はその支配形式ならびに諸制度はともに驚くべき類似性を示すにいたっている」と言う文章は、トロツキーが一九三六年に書いた論文――「スターリン主義とファシズムは、社会的基盤が根底から異なっているにもかかわらず、対称的な現象である。この二つは多くの主要な点で非常によく似ている」（『裏切られた革命』（トロツキー選集補巻2）二九〇、二九一頁　現代思潮社　一九六八年）――と個々の言葉は違うが瓜二つである。おそらく彼女は『裏切られた革命』に示唆を受けて書いたのだろう。

本書をあくまで通読（精読には至っていない）しての感想だが、アーレントはレーニンとトロツキーをよく読み込んでいるという印象だ。

一　ハンナ・アーレントのロシア十月革命とレーニンに対する認識

『葦牙』四三号で「ロシア革命――革命の墓掘り人スターリン」と題して、ロシア十月革命について、またロシアのプロレタリア国家がレーニン死後換骨奪胎された経過について書いた（書いたつもり）。

しかし、一九三〇年以後のスターリン独裁――彼女が言う「レーニンの独裁を廃棄しスターリンの全体主義的支配を確立した第二革命（「上からの革命」（渓内謙教授）……引用者）」、「ブハーリンは彼をチンギス・ハンになぞらえ、スターリンの政策は『国を飢饉と破滅と警察支配に導く』と確信していた。（その後実際にそうなったのだが）」（まえがき　一九六八年の英語分冊版）――の成立、すなわち「スターリン主義的反革命、官僚主義的全体主義という前代未聞の社会構成体」（フランスのマルクス主義者ダニエル・ベンサイド）については、ほとんど書かなかった。

最初に触れたが『全体主義の起源』は、日本の左翼の中では〝反共の書〟と思われた節がある。欧米の書をすぐに翻訳する日本での出版が二〇年後になるというのは解せない。はたして、ハンナ・アーレントは反共主義者であろうか？　それは全く違う。

彼女は、最近のロシア十月革命とレーニンを全面的に否定する現代日本の歴史学者、政治学者とは明確に違う。「レーニンの革命的一党独裁」とスターリンの独裁体制（全体主義）を明確に区別している。

1　革命家としてのレーニン

彼女は、「レーニンは、権力の奪取がこれほど容易でその維持がこれほど困難なところは世界のどこにもない」（二八頁）と、言ったと書いている。確かめてみる。

レーニンは一九一九年五月に「第三インタナショナルとその歴史上の地位」と題する論文で、「私はすでに何度かつぎのように言ったことがある。ロシア人が偉大なプロレタリア革命を始めるのは、先進諸国にくらべてたやすかったが、この革命をつづけ、社会主義社会の完全な組織化という意味での最後の勝利までやりとおすことは、より困難であろう、と。われわれがそれを始めるのがたやすかったのは、第一に、ツァーリ君主制が政治的になみはずれて――二〇世紀のヨーロッパとしては――遅れていたことが、大衆の革命的強襲（グラムシのいう、「機動戦」……引用者）になみはずれた力をあたえたたからである。第二に、ロシアの後進性が、ブルジョアジーにたいするプロレタリア革命と、地主にたいする農民革命とを独特のかたちで融合させたからである」（『邦訳全集第29巻』三〇三頁～三一一頁、『レーニン10巻選集⑨』一五四、一五五頁　日本共産党中央委員会レーニン選集編集委員会編　大月書店　一九七一年）と、ロシア十月革命を総括している。

そして、彼女は「彼（レーニン）の頭にあったのは単にロシアの労働者階層の数的な弱さ（当時のロシア人口の一〇パーセント程度……引用者）だけではなく、この本来無政府的な、完全に無構造な状態」（二八頁）に、「何らかの構造性を与えることに、彼が権力についたわずかの年月を捧げ尽くしたからだった」（二九頁）と論じている。

ロシアの「無政府的な、無構造の状態」、「ゴーリキーの言葉によれば『政治的教育をまったく欠いたこの捉えどころのない巨体』」が、「ボリシェビキによるケレンスキー政府打倒を有利にした」（二四頁）と。

このロシアの状況を、グラムシは「原生的でゼラチン状であった」と、次のように指摘している。

「私には、イリイッチ（レーニン）が、［一九］一七年に勝利のうちに東方（ロシア……引用者）に適用された機動戦から、西方（西欧……引用者）でただ一つ可能な形態であった陣地戦へ変える必要があることを理解したように思われる。……惜しむらくは、イリイッチにはかれの定義を深めるだけの時間がなかった。かれが深めることができたのは理論的にだけであり、一方、基本任務は国民的なものであり、地形を偵察し、市民社会の諸要素によって代表される塹壕と要塞をつきとめること等々であることを考慮にいれるにしても。東方では、国家がすべてであり、市民社会は原生的でゼラチン状であった」（『現代の君主』二〇二頁　石堂清倫・前野良編訳　青木文庫　一九六四年）。

「本来無政府的な、完全に無構造の状態」（アーレント）、「原生的でゼラチン状」（グラムシ）のロシア社会の統治者レーニンは、「構造性を与えることに、彼が権力についたわずかの年月を捧げ尽くした」（アーレント）と。

2　統治者としてのレーニン

彼女は、最近のロシア十月革命とレーニンを全面否定する論調、すなわち十月革命とレーニンがスターリンの全体主義を生み、現在のプーチン独裁に継続しているとの主張――典型的には、私が『葦牙』四三号の書評で取り上げた『ロシア革命――破局の8か月』（池田嘉郎著　岩波新書　二〇一七年）――とは違い、農民が八〇パーセントを占めそのほとんどが文盲というヨーロッパで一番遅れたロシアの統治者として必死の努力をしていたと、次のように書いている。

「大衆指導者（代表的なのは、権力掌握前のヒトラーとムッソリーニ……引用者）としての本能を完全に欠いていたレーニンは——彼は雄弁家ではなく、自分の過失を公然と認め分析したがる明らかな傾向を持っていたが、これは全体主義の指導者（アーレントのいう全体主義の指導者とは、ヒトラーとスターリンのこと……引用者）の無謬性ばかりか、あらゆるデマゴーグの基本的通則とも衝突する——ロシアの厖大な数の住民に何らかの構造性を与えることに、彼が権力についたわずかの年月を捧げ尽くしたからだった。ただこの目的のためにのみ、彼は自分のマルクス主義的確信に反して、およそ作り出せるかぎりの社会的、民族的、職業的差異を強化し制度化した。……彼はこの政策のためにマルクス主義イデオロギーおよび彼自身の理論に対してかなり重大な譲歩を余儀なくされる。……いずれにせよ彼はまず、農民自身の手による大土地所有者からの無政府的な土地没収を合法化することから始め、これによってロシアではおそらく最初にして最後の——少なくとも現在のところまでは——自分の土地を持つ解放された農民、フランス革命以来ヨーロッパ国民国家の最も信頼できる担い手だった農民を創り出した。彼は労働者階級を強化するためにできるかぎりの努力を傾け、権力がプロレタリアートの手にあるとされる国家においてでも、労働者階級は必要とあれば国家の官僚機構に対抗して自分たちの利益を貫徹しうる独立した労働組合を必要とする、と明言した（いわゆる「労働組合の軍隊化」を主張するトロツキーとの論争になった……引用者）。また、ネップ政策によって生み出された新しい中間層は保護育成され、内戦の終結後には驚くべく急速な発展を見せた。だが彼の試みのうち特筆すべきことは、きわめて広汎な民族政策をとることによって民族間の差異を確立したことであって、彼はソヴィエト連邦の最も原始的な民族（中央アジアにあったジンギスカン以来変わらないモンゴルの汗国に対しても……侵攻したジエルジンスキーは、王様を吊るして住民を解放しようと主張した……引用者）に対しても独自の言語と文化を持つ構成民族への発展途上にある民族として呼びかけていた」（二九頁、三〇頁）。

十月革命後、権力を掌握したレーニン。このアーレントの論述のうち、労働組合、民族政策（民族自決権）について、レーニン自身の言葉で確認しよう。

労働組合

レーニンは、「第八回全ロシア・ソヴェト大会、全ロシア労働組合中央評議会およびモスクワ県労働組合評議会のロシア共産党（ボ）グループ合同会議での演説（一九二〇年一二月三〇日）」で次のように述べている。

「彼（トロツキー）によれば、労働者国家では、労働者階級の物質的および精神的利益を擁護するのは労働組合の役割ではないということになる。これはまちがいである。同志トロツキーは『労働者国家』をうんぬんしている。失礼だが、それは抽象である。……いまわれわれにむかって、『ブルジョアジーがいないのに、国家が労働者の国家なのに、いったいなんのために、まただれから労働者階級を擁護するのか』と言う者があるとすれば、それは明らかな誤りである。……わが国の国家は、実際には、労働者国家ではなくて、労働者農民国家である。……（ブハーリン「どんな国家だって？ 労働者農民国家だって？」）私のうしろで同志ブハーリンが、「どんな国家だって？」と叫んでいるが、これには答えないことにする（レーニンの演説にたいして、この当時ボリシェビキ党内最左派のブハーリンが〝ヤジ〟を飛ばしている……引用者）」。わが党の綱領、「すでにこの綱領から、わが国の国家が官僚主義的にゆがめられた労働者国家だということがわかる。……こういう悲しむべき――なんと言ったらいいか？――レッテルとでもいうべきものを、この国家に貼らなければならなかった。まさにこれが過渡の現実なのである。……実際にこんなふうになっている国家で、労働組合が擁護すべきものはなにもないというのか」、労働者の「物質的・精神的利益を擁護するのに、労働組合なしにやっていけるというのか？――それは、理論的にまったくまちがった議論である。それは、われわれを抽象の国に、あるいはわれわれが一五年か二〇年後に到達するであろう理想の国に、連れてゆくものである。だが、私にはそれだけの期間にさえそこまで到達できるという確信がない」（『邦訳全集第32巻』三一―三〇頁、『レーニン10巻選集⑩』一〇一、一〇二頁　日本共産党中央委員会レーニン選集編集委員会編　大月書店　一九七一年）。

アーレントの論述――「彼（レーニン）は労働者階級を強化するためにできるかぎりの努力を傾け、権力がプロレタリアートの手にあるとされる国家においても、労働者階級は必要とあれば国家の官僚機構に対抗して自分たちの利益を貫徹しうる独立した労働組合を必要とする、と明言した」――の通り、レーニンは、「実際にこんなふうになっている国家（「官僚主義的にゆがめられた労働者国家」）で、労働組合が擁護すべきものはなにもないというのか？」と、トロツキー、ブハーリンを批判、論難している。

民族政策（民族自決権）

ブハーリンの「私は勤労諸階級の自決権だけを承認したい」（労働者階級が権力を掌握した場合だけ……引用者）との主張にたいして、レーニンは次のように反論する。「つまり、君は、現実にはロシアを除いてはただ一つの国でも達成されていないものを承認しようというのだ。これは滑稽である。……わが国にはバシキール人、キルギス人、その他幾多の民族がいるではないか。彼らに自決権の承認を拒否することはできない。旧ロシア帝国の国境内に住む諸民族のどれにたいしても、われわれはこれを拒否することはできない。……いまだにムラー（イスラム教の聖職者……引用者）の影響下にあるキルギス人、ウズベク人、タジク人、トルクメン人のような民族にたいして、われわれはいったいなにをすることができるだろうか？……われわれは、これらの民族のところに行って、「諸君の搾取者どもを倒そう」と言えるだろうか？われわれはそうすることはできない。というのは、彼らはまったく自分のところのムラーに隷属しているからである。この場合には、われわれは、その民族が成長し、プロレタリアートとブルジョア分子とが分化するまで待たなければならない。かならずそうなるにきまっているからである。同志ブハーリンは待とうとしない。彼はあせっている」（『邦訳全集29巻』一五二―一七五頁、『レーニン10巻選集⑨』一三六、一三七頁、「ロシア共産党（ボ）第八回大会での演説、一九一九年三月一八日―二三日」）。

彼女は、レーニンを称賛して言う。

これらの「レーニンの政策は、経験に学び生活の日々の状況から教えを得る彼の並はずれた能力から生じたものであ」（三〇頁）ると。

彼女は、「彼（レーニン）は自分のマルクス主義的確信に反して、およそ作り出せるかぎりの社会的、民族的、職業的差異を強化し制度化した。……彼はこの政策のためにマルクス主義イデオロギーおよび彼自身の理論に対してかなり重大な譲歩を余儀なくされる」と、述べているが、私はそうは思わない。

私はレーニンの政策こそ、まさにマルクス主義だと思う。マルクス主義は、現実を分析する道具である。権力を掌握した場合にこそ、まさに現実から出発しなければならない。現実の国の状況を「抽象の国」、「理想の国」（レーニン）として、それを前提に現実の政策を打ち出すことはできない。

二　アーレント『全体主義の起源』と川上徹

冒頭で、川上徹の最後の著作となる『川上徹《終末》日記』に触れた。いつの《葦牙フォーラム》かは忘れてしまったが、その後の飲み会で生前川上徹と親交のあった本誌編集長の牧梶郎氏が、川上徹は日本共産党を除名された後、「藤田省三教授にハンナ・アーレントを読まされ、共産党純粋培養の川上さんはショックを受けた」と、話していた。

その時、川上徹が『査問』（ちくま文庫　一九九七年）のなかで、新日和見主義事件（一九七二年）の際に、長期間日本共産党本部に監禁され査問を受けた時のことを回想して、「今の日本がソ連・東欧型の社会主義体制であれば、私は銃殺されていただろう」（『査問』一三〇頁）と、述べているのは本書と無関係ではないだろうと思った。その後、『川上徹《終末》日記』を読んだら、アーレントの『全体主義の起源』についてかなり書いていた。

引用が長くなるが、その一部を紹介する。

「言うまでもなく『起源』は、一九三〇年代のナチとスターリンという二つの全体主義権力が誕生するに至る「諸起源」（＝諸要因）を解明した、アレントの傑作であった。この本がボクのそれまでの世界観を一挙に突き崩したのだった。アレントが対象とした権力は二つともすでに歴史的に消滅していたが、そのメンタリティーは、一九六〇年代以降とくに宮本体制確立後の日本共産党の中に、いやボク自身の精神構造の中に生きていた。全体主義の諸特徴といわれているものの一つひとつが、おのれにとって実体験上思い当たるフシがあるのだった。これは深刻な発見であったし、発見が遅すぎたという自覚は悔恨とともにあった。……『起源』の前に「全体主義体験」をテーマとした何点かの本を読んだ。……みすず書房から出ていた一連のもの、『三つの世代』（アントニーン・リーム）、『スターリン時代』（ウォルター・クリヴィツキー）、『絶滅された世代』（エリザベス・ポレツキー）、『アルバート街の子供たち』は息をのんで読んだし、とくに強烈だったのは（絶版のため同じく藤田から借りて）コピーで読んだ『躓いた神』（リチャード・クロスマン）とアーサー・ケストラーの『真昼の暗黒』だった。『真昼の……』では反革命分子として処刑される運命を受け入れつつ「スターリン万歳」と叫ぶ男が描かれる。『躓いた……』では、全体主義の犠牲がけっしてソビエト・ロシアだけでなく、各国の共産党内に染みこんだものなのだとそれぞれの体験が綴られていた。その中の一人リチャード・ライトがアメリカ共産党内における黒人差別に絶望するくだりには、この党の病いの深刻さをしった。……「スターリン万歳」のセリフは、その時はグサッときた。ボクが屈辱的な「査問」体験を経てなお党にとどまり続けて「じっと我慢の子」を演じ続けていた精神状態の背景には、「万歳」の男と同じような体質があったからこそだった。……ボクに「全体主義」メンタリティーと対峙し、自分の内部にあるそれを見つめることを求めていた」（同書一〇二、一〇三頁）と。

川上徹の全体主義体験

一九七二年日本共産党本部での一四日間の監禁・査問において、本人も書いている——監禁中の夜は党本部勤務員が、自殺予防の目的で、「二組の布団をぴったりとつけて敷いたのである」（『査問』四〇頁）——が直接的なテロル（殺人）の恐怖にさらされている状況ではなかったが、川上徹は、反革命分子として処刑される運命の男が「スターリン万歳」を叫ぶことと、自らが「屈辱的な「査問」体験を経てなお党にとどまり続けて「じっと我慢の子」を演じ続けていた精神状態」を同じ全体主義的メンタリティーと書いている。

が、それとともに下司の勘繰りかもしれないが、共産党エリート（東大出身、再建全学連委員長）としてのメンタリティーもあったのではないか。いつか、共産党宮本指導部が誤りを認めることはないにしても、自分を指導幹部として迎え入れるのではないかとの期待が微かにあったのではないか。——一四日間の監禁、査問の後、同じく除名された広谷俊二共産党元中央青年学生対策部長から「脱党して一諸にやらないか」と誘われた時、「三ケ月ほど前の査問体験が生々しくよみがえった。何のために、あのとき、あれほどの屈辱に耐えたのか。それは党に残るためだった」（『査問』一六〇頁）と、回想している——。

前例がある。上田耕一郎と不破哲三氏（両氏とも東大出身）である。

この二人は一九五七年『戦後革命論争史』（大月書店）を書き、戦後の日本共産党の活動を事実に基づき手厳しく批判している。その後、自己批判し共産党の最高指導部に名を連ねた。

アーレントは、全体主義的メンタリティー利用した「自白の引き出し方」を、次のように書いている。

「ボリシェビキ（スターリン支配体制確立後のボリシェビキ党……引用者）は自分たちの味方から自白を引き出そうとするとき、この自己強制（「じっと我慢の子」……引用者）をきわめてしばしば利用し……信念の固い忠実な党員に自白を強いる論法……おまえは確固たるボリシェヴィストなのだから、党がいつも正しいことは知っているだろう。……おまえは歴史的発展の（ということは、この発展の代行者としての党の）敵である」（三二一頁）。そして、彼女はトロツキーを引用し「われわれが正しくあり得るのは党とともにあるときのみ、そして党によってのみである。歴史はこれ以外の道を用意していないのだ。イギリス人は『正しかろうと間違おうとわが国はわが国だ』と言う……それならばわれわれははるかにすぐれた歴史的正当性をもってこう言おう。わが党はわが党だ、特定の個別的、具体的ケースで正しかろうと間違っていようと」（六、七頁）。

歴史的発展、歴史的正当性

この、「歴史的発展」、「歴史的正当性」、いわゆる社会発展の歴史法則——社会主義への移行は歴史の必然——というのが、曲者だ。歴史的発展を推進するのが民主集中制（上意下達型）共産党というのも二重の〝ウソ〟だ。

そもそも、「歴史的必然性は機械的な宿命性をまったく意味しない」、「内在的な『歴史的必然性』、そうなるはずの、またそうなるかもしれないことを述べるのであって、確実にそうなることを述べているのではない」（『時ならぬマルクス』九八頁　ダニエル・ベンサイド　佐々木力監訳　小原耕一・渡部實訳　未来社　二〇一五年）。「歴史的発展」、「歴史的正当性」、「歴史的必然性」を現実的可能性に転化しうるのは創造性に富んだ闘争であり、そこにはあらゆる現実社会の要素が入り込む。上意下達型（民主集中制）、異論・反論を封じる組織ではそれを取り込むことは不可能だ。

ロシア十月革命の具体的進展過程を見ればわかる。

レーニン指導下のボリシェビキは、革命前、後を通じて論争が絶えなかった。情勢が激動すればするほどその論争は激化した。そればかりか、個々の方針、政策が違う組織を、権力奪取、武装蜂起という一点の意見の一致で組織の統合まで行っている。

レーニンとトロツキーは、二月革命の前まではお互い聞くに耐えない批判、非難の応酬合戦をしていた。しかし、レーニンは十月革命直前（七月頃）にトロツキーが率いる「メジュライオンツィ」をボリシェビキに引き入れた。「メジュライオンツィ」は、「二月革命後は首都ペテルブルグでボリシェビキに匹敵するほどの勢力をもっていた。四〇〇〇人の党員と四万部の新聞を発行していた。そこには知的に高い優秀な人材が数多くいた」（『ロシア十月革命とは何だったのか』四四頁　聴濤弘　本の泉社　二〇一七年）。

トロツキー率いる「メジュライオンツィ」と「ボリシェビキ」の統合は、「ロシア革命にとって大きな出来事であった」（同右）。これは、アーレントが称賛するレーニンの現実を正面からみすえる卓越した能力のたまものだ。

公安のスパイ

新日和見主義事件で見逃せないのは、宮本指導部の指示に忠実に従い、川上徹一派の摘発に公安のスパイが大活躍したことだ。民主集中制（上意下達型）の組織は、「最も腐敗した卑劣な分子」、公安のスパイが組織内で出世しやすい。なぜかというと、こういう人達は、大衆運動、革命が目的ではないから、論争、理論闘争にはまったく関心がない。ひたすら、上の命令に忠実に従い、組織内で昇進し、より重要な情報を公安に流すことが目的なのである。新日和見主義派の摘発で出世した、民青「大阪府委員長の北島は、党が査問の態勢に入ると同時に、自ら率先して『分派分子』の摘発に乗り出した……彼はその後党本部勤務となり重要な仕事についた。国会で、不破にぴったりと寄り添っている北島の姿を見た、というウワサもあった」、民青愛知県委員長の男も「われわれを糾弾する急先鋒であった」（『査問』一三五、六頁）。この二人とも公安のスパイであったことが、その後「赤旗」に発表された。二人の公安のスパイ（民青大阪府委員長、愛知県委員長）がどのような経緯で組織内に潜入したかは明らかではない。

この類似の動き――とは言っても国家レベルではあるが――について、アーレントは、東欧諸国をスターリン支配下におく先兵になったのが、「最も腐敗した卑劣な分子」だと次のように書いている。

「衛星国のボリシェヴィズム化はまず人民戦線の戦術と見せかけだけの議会制をもつて始まり、それにすぐ続いて一党独裁の公然たる確立と、それまで大目に見られていた諸政党の指導者や党員の一掃が行なわれ、そして最後の段階では、モスクワが信用していなかつたその国生え抜きの共産党指導者たちが情け容赦なく罪を着せられ、見世物裁判で辱しめられ、拷問され殺されたのだが、それを指揮したのは党の最も腐敗した卑劣な分子、すなわち共産主義者であることより、モスクワの手先であることを優先させた連中だった」（まえがき　一九六八年英語分冊版）。

このスターリンによる東欧諸国の衛星国化（昔々は、東欧諸国の人民民主主義革命といった）について、最近の『前衛』誌上で人民戦線戦術について、渡辺治一橋大学名誉教授がほぼ同じ内容のことを不破哲三日本共産党社会科学研究所長との対談で語っているのでご紹介する。

「不破さんが注目したのが、ブルガリアの衛星国化に際してスターリンの『大テロル』時代の手法、スペイン人民戦線で実験した手法が使われた……ヒトラーは侵略戦争やって、東ヨーロッパを制圧し支配圏を拡大したけれど、結局定着できなかった。それに対して、スターリンの東ヨーロッパ衛星国化は、その後数十年にわたって東ヨーロッパを抑えることに成功した。その衛星国化では、まず共産党中心の連合政府を樹立させ、『大テロル』時代の手法を利用して〝反革命の陰謀〟をでっち上げ、……社会民主主義政党や反政府党を絶滅させて、共産党の一党専制政治体制を確立」（『前衛』二〇一七年一月号　一九一頁　日本共産党中央委員会）したと語っている。

屈辱的な「査問」体験の総括

川上徹は自らの「屈辱的な『査問』体験」を次のように総括している。

「ハンナ・アレントの労作『全体主義の起源』（全三巻）との出会いは、ボクにとってけっして自然の成り行きといったようなものではなく、きわめて人為的でなかば強制的（自分に対して）なものだった。一九九〇年一一月、ボクは三〇年間在籍していた共産党をやめたのだが、その後のものの考え方・見方を再建していく過程で思想家藤田省三に大変世話になった。……藤田による数人の読書会（自称「藤田ゼミ」）をやってもらったのである」、「二〇点近いテキストをやったあとで、後から考えれば相当な地ならしをしたあげくに、藤田が計ったように『ちょつと本格的にやってみるか』と誘ってくれ、ようやくハンナ・アレントを読み始めたのだった」、「ボクは研究者としてあるいは物知りになるために読んだわけではない」、「自分にどうしても必要なものを獲得するための読書であった。指導する藤田もそのつもりだった。自分が何者であるのか、自分の共産党体験とは何であったのか」、「ボクが自分の体験を『査問』（ちくま文庫）という形で世の中に出すことができたのは一九九七年の暮れのことであった。編集者との協議で表記のタイトルになったが、**ボクの原案は「私の全体主義体験」というものであった**（ゴチック引用者）。ゼミで『起源』を読んでから六年経っていた。『査問』は六年遅れの「卒論」提出の意味もあった」（『川上徹《終末日記》』一〇〇～一〇二頁　同時代社　二〇一七年）と。

それにしても、川上徹にこのような体験をさせた一貫性を誇る日本共産党指導部はなにを考えているのだろう？　中国共産党でさえ、特に胡耀邦時代に戦前に遡って名誉回復、党籍復活をしてるのに。中国共産党の場合は殺害している場合が多いからか。

日本共産党の場合は、除名した人を名誉回復してたら多すぎて〝きりがない〟ということか。いや、中国共産党は、その何百倍にものぼる。

不破哲三氏は、「スターリン時代の中世的な影を一掃」して、マルクス主義、科学的社会主義の「ルネサンス」を目指し、「スターリンが世界の共産主義運動に支配的な影響力をおよぼした中世的な暗黒の時代そのものに科学のメスを入れ」、「そして、その仕事は、若い時代の十数年の期間ではあったが、スターリン時代の空気を吸い、スターリンの理論の研究に打ち込んだ経験をもつ世代に属する人間が果たすべき課題であり、またその経験がなければ果たせない任務である」（『スターリン秘史』六巻　不破哲三　二九三、二九四頁　新日本出版社　二〇一六年）と、語ってるが「五〇年問題」（日本共産党の武装闘争時代）を除き、自主独立の日本共産党には、スターリン主義の「中世的な暗黒の時代」の影響はなかったとしている。

自己反省がなさすぎる。まあ〜、『全体主義の起源』を読んだ川上徹は、いまさら名誉回復をされても、あまり喜ばないと思うが？

三　アーレントの全体主義

彼女の全体主義規定とはどういうものか？　一般的なファシズム規定と、どう違うのか？

ディミトロフがコミンテルン第七回大会で演説したヒトラー・ファシズムの規定「金融資本のもっとも反動的な、もっとも排外主義的な、また、もっとも帝国主義的な要素の公然とした暴力的独裁である」、「政治的ギャングスター主義」、「中世的な野蛮主義と野獣主義」（『反ファシズム統一戦線』九頁　勝部元訳　国民文庫　一九五五年）が有名だ。が、しかし、間違ってはいないが、なにか型通り、皮相な感じがする。

ヒトラーとナチスを「金融資本」という経済に還元してしまっている。上部構造の相対的独自性と国民意識を軽視している。

彼女は、「ナチ体制の所業」すなわちユダヤ人等の工業的大量虐殺に、歴史上現れた独裁、暴政、軍国主義とは違う大きな特徴をみる。

「全体主義的支配の行なったことは、われわれに知られている歴史の中に、またその組織形態は古典的政治理論の定義するさまざまの国家形式（共和制、王制、暴政あるいは君主制、貴族性、民主制）の中にまったく類例のないものである。その支配の独創性はまず何よりも、一般にこのシステムの犯罪と言われているものの中にあらわれた。ニュルンベルクで裁かれたナチ体制の所業の特色は、われわれの持っている罪悪や犯罪の概念——数千年前に十戒の中に記され、一見決定的に規定されたかのように見える形での——をもって捕捉することも、われわれの手許にある法的手段をもって裁き、罰することもできないということにあった。「殺すことなかれ」という戒律は、「生きる資格のない劣等の人種および個人」、もしくは「死滅する階級」の絶滅を体系的に、もしくは大量生産的に行なう——しかもそれはただ一回の行動ではなく、明らかに無期限につづくものと予想して立案された行動なのである——人口政策に対しては何の効果もない。殺人とは何であるかを知っている殺人犯ではなく、当事者すべてが主観的には罪を感じないようなやり方で数百万人の殺戮を組織する人口政策の専門家（アイヒマンら……引用者）を罰するには、死刑も無意味である。殺されたものは体制に対して何の罪も犯しておらず、殺害者は決して〈人殺し〉の動機で行動しているのではないからだ」（二八三〜四頁）と。

　ヨーロッパユダヤ人を強制収容所に輸送する任務についていたアイヒマンは、自分は法律（指導者原理に基づくナチスの法体系による国家行為）に基づき、与えられた仕事、任務を忠実に尽くしただけだと。エルサレム地方裁判所で、「ユダヤ人殺害には私は全然関係しなかった。私はユダヤ人であれ非ユダヤ人であれ一人も殺していない——そもそも人間というものを殺したことがないのだ」（『イェルサレムのアイヒマン』一七頁　みすず書房　一九六九年）と陳述している。

　アーレントも、アイヒマンは反ユダヤ主義者でもなく、ヨーロッパユダヤ人を強制収容所（死体製造工場）に輸送する仕事はしていたが、直接であれ間接（殺害命令）であれ、ユダヤ人を殺した証拠がないと。

全体主義が成立する前提条件

ヒトラーは、第一次世界大戦で敗北したドイツに現れた。

「共産党純粋培養」の川上徹に対して再教育をほどこした藤田省三教授は、その当時のドイツの状況を次のように述べている。

「動員されて消耗され尽くした結果、従来の職場は無くなり（失業）、近隣・友人のつながりは雲散霧消し（社交の消滅）、過激なインフレは物との関係における尺度や基準を喪失させ（大戦後の一九二三年、パン一個が一兆マルクになり、一〇〇兆マルク紙幣も発行された。この時期のマルクは、「紙屑マルク」と呼ばれる……引用者）、数時間後の事態の予測すらも不可能にする程、不安定な状況が毎日の日常を支配し……、こうして、一口で言えば全員が自分の生活社会を失ったのである。生活社会を失った人間は、もはや人との関係でも物との関係においても社会人ではなく、関係のつながりの網目から放り出された無社会的孤立者である」、「人間という存在が一人だけで『因幡の白兎』のように被覆物なしに赤剥けの肉を痛々しく曝して『放り出されてあるもの』（Geworfenheit）」という事態（『全体主義の時代経験』五六〜五八頁　みすず書房　二〇一四年　初出『思想の科学』一九八六年二月号　思想の科学社）。このような状態のなかヒトラーは登場した。

　しかし、スターリンはヒトラーのような前提条件に恵まれなかった。スターリンは、レーニンの作り出した「自分の土地を持つ解放された農民」、「プロレタリア国家の官僚機構に対してさえ対抗する労働組合」、「あらゆる民族の自決権」をあらゆる謀略、人為的手段を駆使して破壊することから始めなければならなかった。

このことについて、彼女は次のように書いている。

「スターリンがこのためにとった方法は、インターナショナリズムの名において新しい少数民族を、階級なき社会の名においてソ連の新しい諸階級を絶滅したことだった。彼はまず、各民族の代表機関として機能していたソヴィエトがまだわずかながら持っていた権力と威信を清算することから始めた。……たとえ無力な代表機関となってはいても、ソヴィエトは党ヒエラルヒーの全能をある程度制限する役割を果たしていたからである。この清算で注目すべき点は、スターリンがソヴィエトをあっさり廃止することはせず、党細胞をその中に作らせて……内部から掘り崩されて実際には党そのものの表看板でしかなくなったこの機関を最後まで残しておいた……一九三〇年にはロシアは帝政時代と同様、モスクワの党機構のもとに完全に中央集権化されていた。また帝国のロシア化、少数民族の抑圧にしても、今度の専制支配は非識字者を一掃したという点でわずかにツァーリ支配と異なるにすぎなかった。それというのも、非識字者はプロパガンダとイデオロギー教化に対する非常に自然な、きわめて有効な防壁であることが分かったからである」（三二一、三二二頁）。

この彼女の見方（「非識字者はプロパガンダとイデオロギー教化のきわめて有効な自然防壁」）は、鋭いというか、氷のように冷徹である。スターリン主義を徹底的に批判するドイッチャーは、スターリン独裁下のソ連邦の労働者、農民の識字率の急速な向上と教育の普及が、スターリン独裁を打倒する政治革命を促すとの、かすかではあるが期待をもっていた。ドイッチャーは、ソ連邦での政治革命（トロツキーの言う第二の補足革命）に期待をかけすぎたということか。彼女のほうが、さめた目を持っていた。

四 現代日本の反体制運動のスターリン主義（官僚主義的全体主義）認識の現状

全体主義的メンタリティーが、「一九六〇年代以降とくに宮本体制確立後の日本共産党の中に、いやボク自身の精神構造の中に生きていた」と、川上徹が述懐するように、このメンタリティーが、戦前からの一貫して反戦平和のために闘ってきた戦後の日本共産党、特に宮本体制の中に色濃く残った。最近は、どうであろうか?

また、五〇年代の珍妙な山村工作隊、火炎瓶闘争を主導した日本共産党に代わり、全面講和、反基地闘争、三池闘争、六〇年安保闘争、護憲運動を主導した日本社会党左派（中心は社会主義協会）の中にも勧善懲悪的（社会主義は善、資本主義は悪）単細胞左翼——中国、朝鮮に対する贖罪の意識の強い人（高齢のご婦人に多い）に中国共産党独裁政権を擁護する人が多い。このような人々を私は失礼ではあるが、勝手に「勧善懲悪的単細胞左翼」と呼んでいる——。日本社会党の組織そのものはスターリン主義的体質からは無縁だったにも関わらず。

しかも、五〇年代、六〇年代はこれらの潮流が左翼内では多数派であった。もっとも、学生運動のなかでは〝反帝・反スタ〟を叫ぶグループは数多くいたが。

そして、左翼の中の社会主義を自称する国家に対する何とはなしの信頼感、あるいは中国、朝鮮にたいする贖罪の意識（これは正しい）からストレートに中国の現在の国家体制（中国共産党独裁政権）を全面的ではないにしても擁護する姿勢は今も根強い。失礼だが、それは幻想である。

定年退職後、「葦牙」の会の同人の方々から、様々な研究会への参加を誘われ会合に参加したが、いまだスターリン主義の総括が中途半端なまま、新たな社会をどう作っていくかなどと、議論していることに違和感を覚えた。話の本筋とはかけ離れるが、私のような定年退職後に再び、このような活動に参加するひとのことを「きせる左翼」、現役で土、日に参加する人のことを「日曜左翼」というそうだ（牧梶郎氏）。

研究会に参加してみると、「現在の中国共産党は、いまだ社会主義を目指している」とか、ミニ「全体主義」の北朝鮮を礼賛する人までいる。このような人々は概ね七〇歳以上の人だが、地元でも沖縄を応援する熱心な人が、宮古島等への自衛隊増強——琉球弧と言われる南西諸島の南端、宮古島、石垣島、与那国島への陸上自衛隊基地の建設が進んでいる。主に、中国軍に対する対艦、対空ミサイル基地と警戒レーダー基地である。建設が進んでいる宮古島の基地は千代田地区と呼ばれる水源に建設されている——について、尖閣諸島を「中国が侵略するはずがない」と発言するなど、中国を対外的膨張を図る現実の国ではなく、「抽象の国」、「理想の国」（自らの願望）として東アジア情勢を分析する人々もいる。しかし、五〇年代、六〇年代、「日本の知的世界を水浸しにして」いた「ドグマティックな俗流マルクス主義」（『後衛の位置から——現代政治の思想と行動』追補　一一頁　丸山真男　未来社　一九八二年）者はどこへいったのか？　ほとんど鬼籍に入ってしまったか。今の世の中、俗流マルクス主義者（マルクスレーニン主義を自称した正統派マルクス主義も含む）、そしてその影響を受けた人々も貴重である。長生きして、できうれば頭をもう少し柔軟にして頂きたい。

現実の運動への否定的側面

私は思う。

アーレントが全体主義と規定するスターリン主義をキチンと総括することなくしては、新しい社会、それを社会主義と呼ぶかどうかは別として、その提示する将来社会を信用できるはずがない。

反逆老人、老人左翼——私は、地元松戸市で「五月三日憲法記念日の集い」実行委員会の活動に参加しているが、今年は、鎌田慧さんの講演だった。鎌田さんは、戦争法案反対運動の時のことを概ね次のように述べた。六〇年、七〇年安保闘争の主体を担っていたのは、青年労働者と学生だったが、今回の戦争法反対運動の主力は老人だと（鎌田さんは「反逆老人」と表現していた）。地下鉄の中で「帽子を被り、ザックを背負った老人を見て、この人国会前に行くな……」と――の戯言で終わってしまう。

そればかりか、われわれの現実の運動に大きなマイナスをもたらしている。

六月の新潟県知事選をネット上で見ると、「池田ちかこ野党統一候補『北朝鮮の拉致は創作された事件』（一九九七年論文より）」といった情報が拡散。

六月八日一八時半の新潟駅前での「池田ちかこ市民大街宣」では、元経産官僚古賀茂明氏や慶応義塾大学名誉教授金子勝氏らがスピーチする中、元拉致被害者家族会事務局長で元東電社員の蓮池透氏が柏崎刈羽原発を再稼働すべきではないと訴えた後、こんな告発もした。「……とんでもないデマ、フェイクを流している……池田千賀子さんは『拉致問題は北朝鮮の創作だ』（ママ）と。そんなバカなこと、誰が言うのですか……」（YAHOO!ニュース 六月九日一六：一〇配信）。しかし、二〇年前のこととはいえ、『月刊社会民主』一九九七年七月号に北川広和氏が「食糧援助拒否する日本政府」と題する論文で、「根拠のない拉致疑惑事件」、「拉致疑惑事件は、日本政府に北朝鮮への食糧支援をさせないことを狙いとして、最近になって考え出され発表された事件なのである」（国立国会図書館インターネット資料収集保存事業（WARP（Web Archiving Project）……この論文はネットを通じてかなり広範囲に拡散している）と断じている。この当時、北朝鮮金正日政権の犯行が濃厚だと一般に考えられていた時期であり、北川広和氏の考え方、思考は事実ではなく、社会主義を名のる国は〝善〟だという陳腐なイデオロギーから組み立てた論文の典型例と言えるだろう。付け加えると、池田千賀子氏は全くの無所属であり、社民党との関わりは無い。ついでに、私の地元には「拉致事件」の話題が出ると、日本は「朝鮮から従軍慰安婦二〇万人、労働者を三〇万人、強制連行したではないか」と、反論する人がいる。

「レーニンが遺した革命的一党独裁を全体主義的な支配体制につくり変え」（アーレント）た、スターリンが主導する二〇世紀に現れたスターリン型「社会主義」国家は、人民に塗炭の苦しみを与えた。

ソ連邦の強制的農業集団化、「収容所群島」（ソルジェニーツィン）といわれる強制収容所、中国の二〇〇〇万人とも三〇〇〇万人ともいわれる餓死者を出した大躍進、人民公社運動（強制的農業集団化）そして人民間の殺し合いまでに発展した文化大革命、スターリンが軍事占領したシュタージ国家東独に象徴される秘密警察支配の東欧諸国、カンボジアのキリング・フィールド（虐殺者が一五〇万人とも二〇〇万人とも）、北朝鮮の「苦難の行軍」時期の餓死者二〇〇万人という事実を見せつけられれば、中国、北朝鮮の国家体制をなんらかの形で擁護する老人左翼がいくら「新しい社会」だの、「協同組合を基礎とした社会」だの言っても説得力は全くない。

過去（一九八四年天安門事件）を改竄どころか抹殺する中国共産党独裁政権のどこが〝社会主義〟だ！　冗談も休み休み言って欲しい。過去に目をつぶる者には、現在も、未来もない。

私としては、少しでも老人左翼の頭をほぐしてもらおうと思っている。というのも、なんだかんだと言っても、このような人々が護憲運動の中心を形成しているのである。野球、サッカーは監督が〝アホ〟だとダメだが、大衆運動は指導部が〝アホ〟でも運動が高揚をする場合がある。大衆運動の指導部（ほとんど老人左翼）、反逆老人（私も含めて）は国会前、地元の集会等には、指導者〝ヅラ〟するのではなく「枯れ木も山の賑わい」だとの意識でもって参加する必要があるのではないか。

青い鳥症候群

濃淡の差こそあれ、旧社会主義諸国、中国、ベトナム、キューバへの幻想をふっ切れば、若者との距離が接近することは間違いない。『葦牙』「葦牙ジャーナル」に二度、三度と引用してきたが、再度引用する。

「自分の『社会主義の夢』を他国に託し、ソ連↓中国↓キューバ↓ベトナムと放浪するような『青い鳥探し』を、今日の中国やベトナムに求める悪弊をやめること」（『葦牙』三四号、「社会主義中国という隣人」加藤哲郎）が必要だろう。また、世界中探しても国家単位では「青い鳥」が見つからないので、スペインバスク地方の大規模協同組合モンドラゴン、韓国での協同組合の急速な発展（ソウル宣言）等々に目を向けている人々がいる。協同組合運動の発展は注目、称賛すべきことだが、その会合に集まる人々の全てとは言わないが（半分位か？）、どこか「青い鳥」症候群を脱していない感じがする。日本の左翼――とはいっても私も含めて老人ばかり――の旧態依然たる悪弊を感じるのは私だけだろうか。どこかに「青い鳥」を求める習性を、このへんで改める必要があろう。それと、初期マルクスの世界に「青い鳥」を求めて、わけのわからないミョウチクリンな概念を「創出」するのもやめてほしい。マルクス主義は、なにより自分が生きている時代の現実を分析する、現状分析の道具である。日本の赤裸々な政治経済状況、現実の大衆運動の現状分析から「青い鳥」が飛翔すると思う。

小林多喜二文学からみるプロレタリア文学

然　雄

三年ほど前、小林多喜二の主な作品及び書簡集を読む機会があった。そのとき感じた思いは、今でも鮮明に残っている。それは、多喜二の文学に対する真摯な姿勢であり、悩む姿であった。多喜二はプロレタリア文学の旗手のように言われている。しかし、多喜二が求めた文学は、プロレタリア文学と単純化しえない悩みと内容を含んでいる。

「おーい地獄さ行ぐんだでー」で始まる「蟹工船」。「国境の長いトンネルを抜けると雪国であった」で始まる川端康成の「雪国」。意味合いは異なるがどちらも非凡な書き出しで始まっている。文学における言葉の重要性をこの二作は教えてくれる。短い文章で云わんとする情景をいかに読者の脳裏に浮かび上がらせているか。私は多喜二を語るときには情景描写のうまさ、凄さを描き出せる作家であると指摘する。多喜二にはプロレタリア作家の名称が与えられた。時代の要請として多喜二は喜んで受け入れたと思えるが、彼は自分の文学をプロレタリア文学という言葉だけで収斂しようとはしなかった。そのような文学運動を心の奥で抵抗していたと思える。「私の気持ちから云えば、プロレタリア運動の意識が出てくるところが気になります。小説が主人持ちである点好みません。プロレタリア運動にたずさわる人として止むを得ぬ事のように思われますが、作品として不純になり、不純になるがために効果も弱くなると思いました。……」と「蟹工船」の描写の生々と新しい点に感心しながら、志賀直哉は多喜二からの書簡の返信で述べている。多喜二は直哉の言わんとする意味を理解できる作家であった。

I

作家を考察するとき、その作家の生い立ちが作品に色濃く映りだされるものである。人の感情は幼児期からの心の変遷が大きく左右する。多喜二の父は秋田（現・大館市）の地主の次男として生まれた。父の育った家は郵便の取次ぎを行なっていた名家の大地主であり、多喜二家族が北海道の小樽へ渡たる時に頼った、伯父の起こした事業が破綻しなければ、多喜二は生れ出なかったであろう。伯父（多喜二の父の兄で長男）の事業の失敗から生じた借金により小林家の田畑は他人に渡り、家を継いだ多喜二の父と家族は、手元に残った農地だけでは喰ってはいけず、小作もしたが、それでも喰えず、多喜二の両親は工夫（土方）をして喰いながらえる生活であった。

日雇いの娘であった多喜二の母セキは、幼い頃から子守りなどで自分の喰い扶持を稼いでいた女性である。小林家はセキを体の弱い次男（多喜二の父）の嫁として切望して迎えたが、セキが丈夫な働き者であることが望んだ理由であり、体の弱い多喜二の父の生活力を考えてのことであった。母セキは未就学の文盲の女性であったが、家族からは大事にされ、夫や叔母から文字を教わっていた。多喜二の父や伯父叔母は、大地主であった子供のころに受けた教育により博学であったようだ。多喜二はどん底の貧困生活を過ごしながらも、文学や音楽を楽しむ文化的な雰囲気、環境が残る家庭で育っている。当時としては特異な家庭であった。その特異性が小林多喜二という作家を創り出したのである。

初期の多喜二の作風は彼自身の生活からくる感性・感情を綴った短編が多い。「田口の『姉との記憶』」（一九二五年四月）では、女学校に通っている姉は、雑穀の出回期になると娼婦の一つ手前に見られている豆撰工場で働き、火山灰会社の石炭カス捨て場からは頭を灰だらけにしてコークスを拾う。鰊漁の最盛期には鱗まみれで畚を担ぐが、日曜日には大漁の鰊で埋まる鰊場見物に会社員や学生がやってくる。彼らが見ている前では姉は畚を担ぐのを嫌がった。しかし、女学校へ通える財力のない家では自ら金を稼ぐほかない。畚を担ぐ女性を「品定め」するような言葉が見物人から発せられる。同級生やその家族からも、醜いと云われる姿を見られてしまう。嫌である。女学生であり、乙女である姉の感情を描いた作である。

「人を殺す犬」（一九二六年八月）では、土木工事現場の飯場で、賃金の前金払いによる監禁されて働く二三歳の工夫である源吉を描いている。非人間的な労働により源吉は身体を壊してしまう。死を予期した源吉は、死ぬ前に青森に残してきた母親に会いたい思いから飯場を逃げ出す。親方は棒頭（監督）にピストルを渡し、探し出すように命令する。夕方、体中から血がにじみ出ている姿の源吉が縛られて戻ってきた。工夫達の夕食が終るのをみはらかい、工夫を広場に集め、見せしめとして行われる土佐犬による源吉殺しを見ることを強制される。源吉は土佐犬から逃げようと試みるも無駄であった。土佐犬に首を咥えられた源吉は「怖かない。オッ母ッ」と叫ぶと、息がとまった。源吉の死体を埋めに山に行った工夫の一人は、帰り道で「だが、俺ァなあキット何時かあの犬を殺してやるよ……」と云った、で終わっている。

この二作品とも貧しい人の姿を描いている。「田口の『姉との記憶』」は多喜二の姉の姿を思い浮かべた作品であろう。富める者との格差、社会の底辺で暮らすみじめさ、鱗と汗にまみれて働く少女の姿を、同級生に見られたくないと願う乙女心を描きだしている。その描き方は貧困を知り尽くした者の描写である。

「人を殺す犬」は労働現場での最貧困層の人々を描き出したものである。最貧困層の殺されても文句が言えない労働環境を描きながら、殺した者への底知れぬ怒りをぶつけている。多喜二の両親や家族の日常的な働く姿から感じ取った実感であろう。しかし、この怒りはただの怒りでしかなく、雇い主（資本家）への怒りが根底に渦巻いていたであろうが、犬を殺すことで目的が達成されてしまう。

この時期の多喜二は、貧しい者、社会的存在すら否定された者への哀歓と怒りを小説にぶつけている。その怒りは、理不尽で不平等な社会の表面的な現象に向けられ、その奥で笑みを浮かべている権力者には明確な形で向かってはいない。

多喜二文学には「瀧子もの」と云われる小説群がある。多喜二の初期の作品で、多喜二文学を理解するうえでは重要な作品集である。「瀧子もの」とは実在の娼婦田口瀧子をモデルにして書かれた一連の短編小説で「酌婦」（一九二五年一一月）「瀧子その他」（一九二八年三月）などがある。瀧子の父は蕎麦屋をしていたが、商売に失敗し、失意のうちに自殺している。瀧子は父の借金のかたに一三歳で室蘭の銘酒屋に売られ、父の死後に小樽に転売された。そこで多喜二と出会うのである。多喜二は瀧子がいる「曖昧屋」へよく出かけている。「曖昧屋」とは一階が飲み屋で気に入った女性とは二階で床を一緒にできる性を売る店である。多喜二は北海道拓殖銀行の同僚に連れられて曖昧屋に行き、瀧子に出会ったとされる。みじめな境遇でいながらも、素直さが消えない瀧子。必死に今の境遇から抜け出ることを願っている瀧子に、多喜二は心を奪われていく。

「……

瀧ちゃんの借金はいくらあるんだ。僕としては勿論出来るだけのことはしたいが、残念にも金がないんだ、それでも何かその返金に努力したい、知らせてくれ。

最後に、決して悲観したり、失望したりするな、俺たち二人の間の愛を信じていよう、いくら力弱くはかないように見えるとしてもだ。無茶に酒を飲んで体をこわさないように。

……

私の最も愛している

瀧ちゃんへ」

「手紙有難う。瀧ちゃんの気持ち分かって嬉しかった。瀧ちゃんの苦しい境遇を思うと、僕などの生活があんまり呑気で、もったいない。然しあくまで、光を見ることを、望むことを忘れずに、清い心持をもっていってくれ。

この本は小説ではないが、然し読み易い本だと思ったので届ける。若し読みたい本があったら教えてくれ。『極光』はいくらさがしてもないから駄目だ。

この本の中には『幸福者』が書かれている。本当に不幸なところにいる瀧ちゃんが、この本を読んで、どう思うか。然し少なくとも、この中に書かれているような、聖い、悲観しない、決して悲観しない気持ちになるよう望んでいる。勉強のつもりで読んでくれ。

瀧ちゃんの苦しい気持を思いながら、この本を贈る。では、

最も懐かしい

瀧ちゃんへ」

この書簡は、多喜二が瀧子宛（一九二五年三月）に出した二通である。多喜二は曖昧屋に瀧子に会いに行っても、一度も二階には上がってはいないようだ。書簡にも書かれているが、多喜二は瀧子を励まし、「曖昧屋」の一階で瀧子に文字などを教えていたと云われる。その後、多喜二は友人から金を借り集め、瀧子を身受けし、家族と一緒に生活させている。瀧子は身受けされながらも、慕っている多喜二からは、二人の将来の話を聞かされることはなかったらしい。多喜二の家の生活は、瀧子を身受けできる経済状況ではないこともあり、辛くなったのであろう、瀧子は家出をしている。その時の多喜二は狂ったように瀧子を探し廻ったようだ。瀧子の境遇と母セキの生い立ちが重なっていたのかもしれない。愛している瀧子に多喜二は結婚の言葉を言ってはいないという。多喜二が瀧子に求婚すれば、身受けされた身である瀧子には応じる道しか残されていない。母の結婚も、母の丈夫な身体を父や伯父、叔母が求めたものであり、母の境遇からは、母の選択肢はなかったと考えられる。そのことを考えた多喜二は求婚できなかったと思えるが、一三歳から娼婦として育てられ、売春宿で暮らしていた瀧子の生活風習も原因していたのであろう。

多喜二の家を出た瀧子は、貿易商と結婚し、彼女は女性としての人生を全うしている。瀧子は魅力的な女性だったのであろう。多喜二の死後、瀧子は多喜二の命日には必ず多喜二の母セキを訪ねてきたという。

「瀧子もの」と云われる小説は、「田口の『姉との記憶』」「人を殺す犬」と似ている。「酌婦」は、三人の酌婦の淫売屋での生活、その思いなどを描いた小説だが、三人が身を売る淫売屋「越後屋」から出火し、周辺にある淫売屋へ延焼してしまう。娼婦のうち滝子は行方不明になるのであるが、滝子

が放火し、逃げ去ったように思わせる記述で小説は終わっている。「酌婦」も「人を殺す犬」のように、目の前で生じている不条理への怒りからくる短絡的な行為で終わる。

「田口の『姉との記憶』」「人を殺す犬」「瀧子もの作品」などの初期作品は、多喜二の心を知れる作品集である。社会の底辺に押し込められながら、必死に生きている者の姿を描きながら、どうにもならない社会の構造に、ぶつぶつと怒りが湧き出している。その怒りが、多喜二文学の根底に流れているのであるが、その怒りは眼前の事象に向いている。しかし、この感情は、多喜二がプロレタリア運動へ関わりを深めるにしたがい、当然、変化していく。

Ⅱ

「村の百姓達は、坊さんのいう一語々々に、『南無阿弥陀仏』を云って、ガサガサした厚い、ひゞの寄っている掌でじゅずをならした。

『何事も阿弥陀様のお心じゃ。――何事も阿弥陀様のお心じゃ。それを忘れてはなりませぬぞ、いいですか』

『決して不平を起こしてはなりません、そう、おしゃか様はおっしゃいましたじゃ。何事もあみだ様のお心じゃ。……。』

坊さんは、物慣れた調子で、云った。百姓達は、これ迄何度もその文句は聞いていた。が、何度聞いても有難い言葉だ、と思っていた。そして、今更のように頭を下げ『南無阿弥陀仏』をくりかえした。」

「源吉は一つかみに由の頭をつかむと、

『こら、こら！』と振った。

『大きな態して、そったら子と、さわいでればええ！』と母親が、叫んだ。

由は、今度は泣きながら

『兄、銭《ぜんこ》けれ、銭けれ』と云いだした。

『銭ければ、えゝ。銭ければ、えゝ。』

『くそ、ずるい奴だ――銭もらえば直るッてか？』

『銭けれ、ぜんこけれ。』

由は、勢いづいて、足をばたばたさせて、それを云いだした。」

この二つの文は防雪林（一九二八年四月）からの抜き書きである。先の文は、地主が百姓の精神修行のためと称して、年に二度ほど坊主を呼んで行う行事を描いた箇所である。教育らしい教育を受けていない、善良で無知な小作農の仏（坊主）への敬虔な怖れと信仰の姿を描いている。後の文は、村のお祭りの日に、屋台で使う小遣いをせびる幼子の姿である。

「軒下に子供三、四人集まって、『ドンドン、ドン！』をやっていた。由三はランプの台を持ったまま側へ寄って行った。

『ドンドン、ドン!』

『ドンドン、ドン!』

『中佐か?――勝ったど! 少将だも。』

相手は下で上唇を嘗めながら、『糞!』と云った。

『ドンドン、――ドン!』

『ドンドン、ドンァッ一寸待ってけれ!』――何か思って、クルリと後ろ向きになると、自分の札の順を直した。

『ドンドン、ドン!』

『ドンドン、ドン!』

『中将!』

『元帥だ!――どうだ』――いきなり手と足を万歳させた。」


これは「不在地主」(一九二九年九月)に書かれている子供達の遊ぶ姿である。これらを読んでいると昭和二〇年代生まれの私にとって、幼い頃の情景が浮かび、多喜二の文と重なってくる。書かれているような遊びをしたような記憶がよみがえってくる。それほど、生活に根差した描写を多喜二は行っている。多喜二の小説は、辛い生活を過ごした過去と現在の経験が下敷きとなり、抑圧されている者たちの感情や生活習慣を描きながら、抑圧者への強い憎しみと抵抗を表現している。そのため、創作としての華やかさの少ない地味な文体、ストリーの小説となっている。

多喜二は一九二九年一月に葉山嘉樹へ書簡を出している。

「……今、不幸にして、お互に、政治上の立場を異にしますが、貴方がマキシム・ゴールキーによって洗礼を受けたと同じように、私は、貴方の優れた作品によって、「胸」から、生き返ったと云っていいのです。理論上のものは別として。他の機会でも、こっちの新聞にご照会をしたこともあり、数度、数十回も読み返えし、会う人、会う同志、に、私は貴方の作品をすすめてきました。云うならば、私を本当に育ててくれた作品は「戦旗」の人達のどの作品でもなくて、実にあなたの作品、及び平林たい子氏の二、三の作品でした。殊に、今、『海上生活者』に対して、責任をもって、『読め! お前達はこの本だけは読まなければならないのだ!』と、薦め得るものは、公平に云って戦旗の作品には一つも無いと云って、いいのです。公然とそう云えるのです。貴方の作品を欠いて、日本中一作もないようです。……

平林たい子氏の作品――『秋風』『荷車』『施療室にて』など、私は非常な感激をもって読んだものであることを、何時か、お会いの節、お伝え下さることをお願いいたします。『創作月刊』の正月号では、平林たい子氏が推薦する新人の中で、私の名を挙げてくださいました。私としては、この上なく、いやかえって、恐ろしくさえなるほど、嬉しいものでした。まだ、御便りする機会を持っていません、――そうゆう事など、御話し下さることを望んでいます。……」


引用が長くなったが、この書簡は多喜二の文学に対する姿勢がよくあらわれている。当時、プロレタリア文学運動は路線上の違いにより「戦旗」派と「文芸戦線」派に分かれており、葉山嘉樹は「文芸戦線」派の代表的作家であった。この書簡は多喜二が路線対立する代表的存在の作家である葉山嘉樹に出した手紙である。

葉山嘉樹は士族の家庭に生まれ、早稲田大学高等予科に入学するも、放蕩生活の末に退学している。葉山嘉樹はプロレタリア文学に芸術性を持ち込んだとして、高く評価されていた作家である。「淫売婦」や「セメント樽のなかの手紙」などの作品を残している。


「私は全つ切り誤解してゐたんだ。そして私はなんと云う恥知らずだったらう。

私はビール箱の衝立の向こうへ行った。そこに彼女は以前のやうにして臥せてゐた。

今は彼女の體のうえには浴衣がかけてあった。彼女は眠っているのだろう。目を閉じていた。

私は淫売婦の代わりに殉教者をみた。

彼女は被搾取階級の一切の運命を象徴してゐるように見えた。

私は目に涙が一杯溜まった。私は音のしないやうにソーッと歩いて、扉の所に立ってゐた蛞蝓へ、一円渡した。渡すとき私は蛞蝓の萎びた手を力一杯握りしめた。

そして表に出た。階段の第一段を下るとき、溜まっていた涙が私の目から。ポトリとこぼれた。」


「骨も、肉も、魂も、粉々になりました。私の恋人はセメントになってしまいました。残ったものはこの仕事着のボロ許りです。私は恋人を入れる袋を縫っています。私の恋人の一切はセメントになりました。私はその次の日、この手紙を書いて此樽の中へ、そうっと仕舞い込みました。

あなたは労働者ですか、あなたが労働者だったら、私を可哀想だと思って、御返事ください。

この樽の中のセメントは何に使われましたせうか。私はそれが知りたう御座います」


この二つの文は葉山嘉樹の短編小説の代表作と云われる、「淫売婦」（一九二三年七月）と「セメント樽の中の手紙」（一九二五年一二月）に出てくる場面である。

「淫売婦」は、病弱で働くことができない女性を、彼女が食べられる程度に病弱の女性の売春相手を男が誘い入れ、生活を支える話である。私は売春目的で引き込まれた男として描かれている。

「セメント樽の中の手紙」はセメント工場で働いていた恋

人が、仕事中に破砕機に落下し、破砕されたまま、セメントになってしまった労働災害を描いた作品である。

この二つの作品とも題材は重く暗いものである。しかし、葉山の手にかかると、その重さは軽くなり、その暗さは消えてしまう。それは葉山の生きざまから出ているのであろうが、多喜二に比べると、小説の構成や物語性に長けている。読者を意識して書いているように私には感じる。多喜二が褒めている「海に生くる人々」（海上生活者）も同様の傾向を持っている。

多喜二はこのストリー性や構成力にすばらしさを感じ、自分にない魅力を感じ取っていたのであろうが、明らかに多喜二にある民衆の生活感が葉山には薄い。生活感が薄い分、目新しいストリーが設定しやすく構成が生きてくるのであろう。なぜか、「セメント樽の中の手紙」を読んでいると村上春樹の短編小説を思い出してしまった。

多喜二は葉山のようなストリー性や構成の優れた小説を書くことを望んだのであろうが、当時の多喜二には難しかったと思える。それは、生々しく生きてきた多喜二の生活経験が許さなかったのではないか。当時の多喜二は、母や家族、民衆の血の滲むような悲惨な生活の不条理に対する怒り、その怒りが文筆活動の原動力になっていた。そのような多喜二がストーリー性や構成、芸術性を深く捉えるには、しばらくの時間が必要であった。が、それを待つことなく多喜二は黄泉の世界へ旅立ってしまったが。

Ⅲ

多喜二の「独房」（一九三一年六月）はプロレタリア文学を考える上に、重要な問題を投げかけている。

「つまり、この作者としては『一九二八年三月十五日』『蟹工船』『工場細胞』『オルグ』等は完全ではないながらも示してきた主題の積極性と観点の社会性をさらに押し進め、押し広めていかなければならないのである。これらの作品には様々な欠点がある。しかし、それは基本的には正しい方向であった。『独房』は様々な長所を持っている。しかしそれは基本的に誤った方向であるのである。それはプロレタリア的観点から小ブルジョア的観点への転落の第一歩を示すものである。」

これほど酷い文章はあまり見かけない。プロレタリア文学に接することのない民衆には、この文章が何を述べているのか理解できるであろうか。理解できないに違いない。民衆が理解できない文章を平気で書く「知識人」のおごりが感じられ、一般論のみで構成されている文には、民衆に訴える力はない。この文章で心を動かされる者は、書いた者の地位にへりくだっている者だけであろう。この文章を書いたのは、多喜二を指導していたと云われる蔵原惟人である。

「二三日して、寒くなったので着物をき換えたとき、袂に何か入っているらしいので、オャと思って手探りにすると、小さなカードのようなものが出てきた。

金と朱で書いた『お守り』だった。

マルキストにお守りでは、どうにもおさまりがつかない、俺は独りでテレてしまった。

中を開けてみると『文殊菩薩真言』として、朝鮮文字のような字体で「オン、ア、ラ、ハ、シャ、ナウ』と書かれている。『オン、ア、ラ、……。』

俺は二三度その文句を口の中で繰りかえしている。

却々スラスラと云えない。然しそれを繰り返しているうちに、俺は久し振りで長い間会わないこの愚かな母の心に、シミジミと触れることが出来た。

俺たちはどんなことがあろうと、泣いてはいけないそうだ。どんな女がいようと、惚れてはならないそうだ。月を見ても、もの想いにふけってはいけないそうだ。母のことを考えてメソメソしてもならないそうだ——人はそう云う。だが、この母親は俺がこうゆう処に入っているとは知らずに、俺の好きな西瓜をかっておいて、今日は帰ってくる、そしてその日帰ってこないと、明日は帰ってくると云って、食べたがる弟や妹にも手をつけさせないで、終いにはそれを腐らせてしまったそうだ。俺は此処に来てから、そのことを、小さい妹の仮名交りの、でかい揃わない字の手紙で読んだ。俺は、それを読んでから、長い間声を立てずに泣いていた。

俺には、身体の小さい母親が、ちょこんと座って、帯の間に手をさしはさんでいる姿が目に見える。いつでも心配があるときの、母の恰好だったからである。」

引用が長すぎるようにも思えたが、この母への想いを綴った文章が、小ブルジョワ的観点への転落の第一歩だと指摘されたのである。監獄に入れられて、独房の中で母を思う心は人として自然な感情であるが、その心を小ブルジョワ的と決めつけている。その監獄も現在とは質的に異なる、強力な民衆弾圧機構である戦前の監獄である。

多喜二の母は子供や家族の生活を守るためだけに、身を粉にして働きとおしてきた女性である。無学で善良な民衆の一人でもある。そのため、多喜二も書いているように、土着の信仰などを素直に信じる、当時としては典型的な善良な庶民であり、民衆の姿であったと考えられる。多喜二もこのような民衆が躰を寄せ合って生きる家庭の情景や感情を描き出すことが上手な作家であり、その描き方が、一つの魅力となっている作家である。民衆の生活感情や心の動きを描かないプロレタリア文学、小説とはいかなるものであろうか。ここに、イデオロギー優先に陥りやすく硬直化しやすいプロレタリア文学論がある。

文学は読者の心に訴え、読んだ者からの賛意、共感を得て成り立つものである。その賛意、共感のなかには著者の考え方や思想性が当然含まれている。一部の「活動家」だけが納得するような文学など邪道であろう。そもそも、民衆の生活は様々な考え、培われた風習や感性のうえに成り立っている。蔵原惟人が指摘するようなプロレタリア文学は、このような文学であると、規定することは可能であろうが、民衆の感性や生活感覚と乖離したプロレタリア文学となり、プロレタリア文学のためのプロレタリア文学でしかなく、民衆を口にしながら民衆を切り捨てる文学になる可能性を秘めている。あえて云えば、勘違いしたプロレタリア意識は、戦前の軍人勅語の裏返しの側面を持つ恐れがあると考えられる。素晴らしい文学は上から目線で決められるものではなく、民衆そのものの心が決めるものであろう。

多喜二文学を知るうえでやはり重要な存在は、志賀直哉であろう。多喜二には「党生活者」「工場細胞」や「オルグ」などの蔵原がほめたたえるプロレタリア文学の作品がある。しかし、蔵原がほめたたえる作品は直哉の書簡で指摘された「主人もち」の小説である。

多喜二は地下活動に入り、官憲に追われていた一九三一年一二月に、直哉に会うため、遠路、奈良へ出かけている。地下活動をしている者には、駅や列車は常に官憲の目が注がれている危険な場所である。その危険を冒してまで直哉に会いに行った多喜二の想いは、「私の気持ちから云えば、プロレタリア運動の意識が出てくるところが気になります。小説が主人持ちである点好みません。プロレタリア運動にたずさわる人として止むを得ぬ事のように思われますが、作品として不純になり、不純になるがために効果も弱くなると思いました。……」と云った志賀の言葉を理解してのことであろう。

このことは何を意味するのであろうか。多喜二の文学に対する抑えられない感情からであろうが、葉山嘉樹あてに出した書簡がその答えを教えてくれるように思える。多喜二はプロレタリア文学を、蔵原のように狭く考えるのではなく、広い意味で理解していたと考えるのが自然である。

直哉に会った二年後に、多喜二は築地署で虐殺された。多喜二の文学に対する思いは死ぬに死ねぬ心境であったに違いない。もっと、もっと、もっと、文学と対峙したかったに違いない。

終わりに

小林多喜二は戦前の前近代的な天皇制独裁政権に妥協のない闘いを挑んでいる。多喜二の怒りの根源は、幼少期から多喜二が味わい、身近に出会った非人間的、死と隣り合わせの搾取される民衆の実態であり、身を粉にして働いても喰うことすら出来ない社会である。その怒りが、民衆を苦しめる元凶であった天皇制独裁政権への闘いに駆り立て、プロレタリア運動に身を投じたのである。その点が、学費を遊興費に使い果たし、早稲田を中退した葉山嘉樹とのプロレタリア運動の関わり方の違いであろう。葉山は転向作家と云われているが、時代背景を考慮すると、葉山の想いは、転向作家と一言では云い切れぬ悩みの末のことであろうと想像できる。

私は多喜二が虐殺されずに戦後も作家として創作活動を続けていたならば、多喜二の文学は新たな世界を造り出したと考えている。それは、蔵原惟人との別れを意味し、民衆の生活に根を下ろし、民衆の風習やその生態を描きながら、底辺に追いやられている者の怒りや貧しくとも力強く生きる民衆の姿を描き出したであろう。それが民衆の生活であり、生きさまであれば、ある時には濃厚と思われる性描写も行い、母を偲んで泣く姿も当然描いたであろうし、底辺で生活する階層の問題点をさらけ出し、その民衆の内心を描き出しながら、社会へ投影することもしたであろう。多喜二の著作を読むと、そう確信できる。

また、葉山嘉樹や志賀直哉の文学からも、小説の構成やストーリー性など、蔵原惟人が無視する、あか抜けた小説、芸術性を求める文学を多喜二は追求したであろう。私たちは、その多喜二の姿を確認する道を断たれてしまった。悲しい限りであるが、多喜二を殺したとされる官憲のなかには、戦後も要職に就いていた者もおり、この不条理に怒りがこみ上げてくる。

資本主義がますます腐朽し、一部の資本が富を民衆から合法的に奪い取り、多くの民衆が貧困の谷を滑り落ちている時こそ、プロレタリア文学の持つ意味は大きい。しかし、プロレタリア文学を「闘争の文学」や「革新政党文学」など、狭い意味のみで用いることは慎むべきと思える。プロレタリア文学も時の流れに対峙し、民衆の心に根差した、民衆の眼を持ち、民衆の生活の中から描き出すべきであり、今の民衆の生活が映り出される文学であろう。一部の活動家や知識人が、上から目線で規定する傾向がプロレタリア文学にはみられるが、プロレタリア文学は民衆の心、生活上の知恵、感性などで評価されるべきと思う。その意味するところは、民衆の生活感覚を身に着けた、理性・思想性の高さであろう。「ブルジョワ文学」を上回る優れた芸術性も求められるであろう。民衆の生活は支配者層の生活に比べると、粗末であり地味でもある。ある意味では、なんの変哲もない日常生活の中から、民衆の喜び、悲しさ、怒りを感じ取る優れた感性が求められるのであり、民衆、人間を謳いあげる表現力が求められていると考える。

プロレタリア文学は、言葉で言うには簡単ではあるが、その本質は深い人間味を伴う、困難が伴う文学ではないかと感じている。

※「田口瀧子」は「田口たき」「田口滝子」とも書かれるが、多喜二の手紙に従った。

〈参考文献〉

「定本　小林多喜二全集」新日本出版・「小林多喜二の手紙」岩波文庫・
「母」三浦綾子（角川文庫）

危機の共通の認識、そこから……

奥井　武史

はじめに

本稿は、『葦牙』二号の共同討議「戦後の民主主義と生活意識」における霜多正次氏と山根献氏の問題提起に基づき、リスクの種類、防衛、克服の核心を考察するものです。最初に、両氏の発言を引用します。

山根献氏「文学の衰弱ということが言われているが、それは、一つにはそういう文学の阻害状況があることからきてるだろう。既存の現実をのり越えていくための内的契機がつかみきれないために、いろんなところで共感はするんだけれどやはりばらばらになっていて、孤独なんだ。」

霜多正次氏「その内的契機というのは、けっきょく危機意識を共通にもつ、家庭の危機、人間の危機を実感するという共通感覚を共有するところからからはじまると思うんだな。そういう危機意識が生まれているという状況を共通に認識するようになれば、そこから道がひらけてくるのではないか。……ふつうの生活人は、やはりなんとかしなければ生きていかれない。そこで、どうしたら人間らしい生活ができるかということで、話し合いがはじまるんだと思うんだね。だれか偉い人が解決策を教えてくれるのを期待するのでなく、自分たちで見つけていく、そういう姿勢が必要だし、それなしには打開の方法はないと思うんだな。」

すべての人と社会は常にリスクにさらされています。例えば結婚をするとき、会社に就職するとき、いろいろ先のことを考えこの人なら、この会社ならうまく行くだろうと確かめるが、実際にうまく行くかどうかは先になってみないとわからない。これは、将来に賭けています。リスクとは危機に瀕するという意味ではなく、将来の危険の可能性を言っています。いろいろなリスクを見極めて管理できるかどうかが、私達の将来に大きな影響を与えます。

企業はその分割により組織が軟体化し、社会のニーズを敏感に捉えられるようになりますが、『葦牙』も独立し、社会のニーズを敏感に捉えてきました。

1．リスクの種類

①**政治リスク**　国の政策は、方向を誤ったり国民や企業に危険を及ぼしたりすることがあります。最も極端な例は戦争です。経済成長により各国の工業生産力は大きくなったけれども、有限の資源とマーケットの取り合いが起こり、そこに戦争のリスクが出てきます。人類は軍備拡張に伴って生産能力を増し、戦争によって一時に物資を消費するということを繰り返してきました。

②**産業リスク**　新しい技術やコンセプトが出てきて、今迄持っていた古い技術やコンセプトが陳腐化していくリスクです。また、富の社会的生産と並行して、危険が社会的に生産されます。危険の社会的分配はきわめて不明瞭、不公平に行われています。

③**成長リスク**　自分の仕事や組織が社会で伸びるか伸びないかというリスクです。過去にあぐらをかいていると、とり残される可能性が大きい。

④**忖度リスク**　特に大企業や官庁で、社員、公務員への「全人格支配」と、個人が組織に隷属して「献身」を競い合うことにより、製品欠陥、データ改ざんが増加し、またイノベーションが減少している。会社人間や仕事人間が増加して、家庭のレストラン化、砂漠化が生まれ、家族間の葛藤リスク、家庭内人権問題を派生させています。

⑤**就労リスク**　就労とその正当な報酬が脅かされています。サービス残業、長時間労働、単身赴任などの常態化は、ストレスとフラストレーションを発生させ、それらが蓄積されている。人々は全く余裕やゆとりのない社会に生き続けており、それが、どれだけ、とげとげしく一触即発的風潮を生んでいることか。多くの人は格差はあるが豊かな社会という認識よりも、不平、不満に満ちた面白くない無目的社会に生きているという認識の方が強いでしょう。これらが飲酒、うつ病等の疾病の引き金となり、それが発展して家庭不和、家庭崩壊へと連動し、児童虐待、家庭内暴力、子供の問題行動、いじめ、異常で猟奇的犯罪などを誘発させている。スマホや不気味な

新興宗教への傾斜は、無目的社会の心のむなしさをいやす存在となっています。「働く」は「暮らす」の犠牲の上にあり、相互に反目しています。現代はこの修正を求めている不安社会です。

⑥**資産リスク**　資産を形成できないリスクと、資産の運用ができないリスクです。最近の日本企業は利益をただ会社内に積み上げているので、稼ぐ力が衰え利益率が下がっている。このため、国も金融機関も年数パーセントの投資収益率を確保できない。従って企業は、低金利の負債を増やし投資を拡大する、賃金を上げ働く意欲と能力を向上する、余った資本を増配で株主に返すなどして資本効率悪化のリスクを防ぎ、成長へのギアを上げる必要があります。

⑦**製品・環境リスク**　企業が製造物責任、公害等の社会的責任を果たさないことによって起きるリスクです。ＩＴ企業は個人情報管理と、個人情報を使ったビジネスモデルに疑念が指摘されています。

⑧**組織リスク**　組織における幹部養成、権限委譲、組織運営などが出来ておらずムダ、ムリ、ムラがあり組織機能が働かないリスクです。他の部門で深刻な問題が生じても、こちらでは見て見ぬふりをしています。

⑨**リーダー（指導者）リスク**　良い意味でも悪い意味でもワンマンのリーダーの性格が組織の成功、失敗を左右するリスクです。良いワンマンリーダーの自主独立、進取、社会奉仕などの性格は組織を成功に導く重要な要因です。変化を勇気と知恵でくぐり抜けて来たリーダーは自信をもっています。しかし環境が変わっても昔の方法を見直さないリーダーは、その資格を失います。世襲のリーダーは、多くの場合パイオニア精神に欠けます。消極的な性格や、組織化による自由でなく垣根の中に閉じこもる自由によって、脱落して行きます。

⑩**拡大リスク**　組織の規模拡大に伴い生じるリスクです。三段階があります。

ⅰ．**小規模組織**　独立して組織を作った場合、本人はその仕事には精通しているが、全体を管理した経験はありません。それまでは良かったが、独立したとたんつまずくことが多い。

ⅱ．**中規模組織**　リーダーはメンバーを直接指揮しますが、組織的に運営することは殆どありません。外部や内部の異論を嫌い、成長から脱落することが多い。

ⅲ．**大規模組織**　規模が大きくなり組織が多岐にわたりすぎて、リーダーは部下の報告や外部情報に十分に向き合えません。中間組織は単に名称になり、組織から人格が消え、組織は社会と乖離して行きます。

⑪**純粋リスク**　自他の死亡、傷病、財産損害等のリスクです。適切な保険と、日ごろから健康に注意することが必要です。しかし、巨大地震に襲われても補償が乏しく、

自己防衛のため貯蓄も必要ですが、貯蓄よりも消費を重視する社会傾向があります。

以上、リスクの種類を検討しました。私達は将来を不確実性に賭けていますが、情報の入手とその検討に力を入れることによって、リスクを管理し、リスクの受動的な負担者からリスクの能動的な統制者へと移ることができます。

2. リスクの防衛

①リスクの経験、調査、回避

ⅰ. **リスク経験**　リスクの防衛のためには、リスクを経験しリスクを回避するコツを身につけていることが重要です。長く苦労して茨の道を切り開いてきた人は、七転び八起きの根性があり、訓練されているので、この場合はこうあの場合はこうと応用がきく。生死の境をさ迷った、被災した、倒産した、裏切られた等の経験も重要な訓練の機会です。親や先輩から財産や立場を譲ってもらってそのままやっているというような人は、リスクの経験と訓練がないので一番リスクがある。そのような人や組織とは、深い関係を持たないことがリスク対策です。

ⅱ. **リスク調査**　過去のデータを分析し、それを未来の問題解決の指標として現在化し、発生しうるリスクの種類、内容を予測します。これらに一定の時間と費用を惜しむことはできません。

ⅲ. **リスク回避**　調査の結果不必要なリスクを把握すれば回避し、それによってリスクによる損失の大部分は避けられます。

②リスクの分散、移転、負担

回避できないリスクは分散または移転により隔離します。

ⅰ. **リスク分散**　リスクの分散方法は、副業、多角化、地域分散等があります。ただし新しい仕事、事業はいきなり取り組むのではなく、現在の仕事、事業の周辺から徐々に取り組むことが大切です。連携化、アウトソーシングも重要です。これらによって会社はすべての機能を持たなくても事業に参画出来るようになり、個人はアウトソーシング先として事業経験を持つことが出来るようになります。新しい仕事や事業によって、リスクの分散が出来ます。

ⅱ. **リスク移転**　リスクの防衛のためのもう一つの方法はリスク移転です。まず、結婚、株式会社化という組織形態によるリスクの移転があります。次に保険の利用と、社会保険制度を守ることがあります。よき家庭を築き、よき地域関係を築くことはリスク移転のためにも重要です。

iii．リスク負担　分散、移転しても残るリスクには、計画できるものと計画できないものとがあります。計画できるものは例えば家の修理のようなもので、大規模なものは積立金を準備し、発生したときに崩します。計画できないものは天災などのリスクと、家族や会社などから連鎖的にこうむるリスクがあります。リスクが発生したときに負担するために、適切な保険に加入することや預金などの貯えが必要です。同時に、よく事前調査して対策を講じ、損害の可能性を下げることが重要です。しかし原子力危険や環境リスクなどの保険化は不能で、その究極的負担は社会全体のものになります。

3．リスク克服の戦略

ここではリスクの防衛を掘り下げます。

①環境変化が与える影響の探知
マスコミ報道は、リスクが人や企業に与えた結果は示しますが、リスクの正体は殆ど示していません。社会、経済、技術、政治は重なり合って変化するので、これらの影響を捉えるには、表面的な情報に振り回されないで、歴史を学び、外国を知ることが大切です。それによって起こりうる現象を機敏に洞察し、リスクを認識し、文章や文学が描けます。

②チームの確立
民主的で組織的なチームは、個人の集積以上のチームワークです。外部者の参加を広く求める必要もあります。

③不確実性とリスクの抑制
不確実性は与えられたものという一般的な考えかたは間違いです。不確実性とは情報入手の不足からくる将来の見積りの不足です。情報の入手と検討に注力すれば、不確実性を最小限に縮小できます。リスクを重要なものから特定し、予測を数値化し、最小に軽減して行くことが必要です。

④分権化の利用
リスクに備える方法の一つは分権化です。例えば地方自治体は、中央集権国家の弊害を除去し各地域に自主性、創意性、機動性を与えるものです。企業も事業部制があります。しかし権限の一部委譲を前提としているだけに、新しい理念を伴わないと効果を発揮できません。

⑤組織の分割
分権化よりもいっそう徹底したやり方が組織の分割です。ひとつの部門が独立して経営できる段階になれば、本体から切り離して独立の組織として発展させます。組織の分割は、

方針が徹底する、能力のある人を責任者にできる等の利益がある一方、運営コストが増える、適当な人がいなければ失敗する等の不利益があります。しかし分割によって組織を軟体化し、機動性、合理性、管理の徹底などを強化できるのは重要な効果です。新しい資金協力者を募ることも重要です。

⑥専門化による独自の分野の確保

下手に多くの事に手を出そうとすると低品質になるので、むしろ専門化戦略が有効です。独自の分野を明確にすることによって、個性のある能力や作品が多く集まり、競争し、高品質になります。

⑦リスク防止の理念

i．企業性を大切にする

生業性は、サラリーマンや零細企業者に多く見られます。最近は、朝から晩まで自分の時間を会社に切り売りして働くよりも、自分らしいことが出来てそれを認めてくれ、お金をくれる人がいるような仕事で生きて行こうとする人が増えています。

企業性は、中小企業に多く生じるもので、想像力と創意に富み、利益管理に明るく、機敏性と積極性であらゆるリスクに立ち向かい、チャンスを利用します。資源を調達してどの程度成長できるかは、チャンスの利用いかんです。

経営性は、大組織になると表面に出るもので、代わりに企業性は希薄となります。調査分析等により客観的情報の吸収に努力し、合理的に管理を行う意欲と能力を持っています。組織を重視し権限と義務を明確に規定します。それだけに行動に機敏性を欠き、官僚的な非能率の危険があります。リスクをおかして効果を最大化するより、組織の安定化に関心を払っています。

機会を発見し成長する思想は、企業性にもっとも存在します。組織が大規模までに発展すると、小回りがきかなくなり効果より安定が重要となって次第に成長率は縮小し、衰退していきます。企業性によってこそ、新しい事業が生まれ成長し、社会発展の基盤ができます。

ただし注意したいのは、組織が成長する過程においては企業性だけでなく経営性も必要なことです。経営性を忘れていると目先に走りすぎ、それが権力性と合体して社会や構成員の利益に反し、自ら発展を阻止します。

現代は、大企業でも数年後どうなっているか分からず、従業員は自分の生業を失ってしまう可能性があります。また「もう生きているのも嫌だ」と絶望的な気持ちになる仕事もあります。今の仕事が自分を〝生かして〟くれないなら、自分らしく生きられる仕事を探した方が良いと考える人は増えています。都会での生活になじめず、将来に惑う二〇代、三〇代が、全国の農村を渡り歩く「農業バイト」の数は三万人ともいわれ、稼いだら数か月海外で過ごす人も多いようです。日本の農家は二〇一五年に一三二万戸と三〇年前の四割で、高齢化や担い手不足が深刻化する中、農業アルバイトは貴重な戦力になっています。

農家との共同出資による農業生産法人を展開している小売業もあります。生産者に小売りや計数管理のノウハウを伝え、農業の体質強化につなげています。

会社員の副業を後押ししようという流れも出て来て、副業は今迄よりしやすくなってきました。仕事を掛け持ち、企業化を目指すとなると、時間的には忙しくなり体力は消耗しますが、健康で精神的に豊かな生活を送れる可能性があります。

ⅱ．社会の自由と利益計上に貢献する

今日、人々と企業は、政府によって認可された特権ではなく、社会により守られた民主的な自由によって、仕事をしています。社会からのリスクを防ぐためにも、社会の自由の発展に貢献することが重要です。

社会の自由の発展に貢献する重要なポイントは、社会が必要とする価値ある商品、サービスを創り出し提供することです。企業は使用総資本に対して一定の利益を得てこそ、存続、雇用、生産向上、公衆の利益、環境改善、文化の向上を促進することができます。

ⅲ．独立していること

独立した企業とは、下請企業ではないという意味ではなく、自己よりも高い権威の指図を受けず主体性と責任をもつリーダーに指揮される企業を意味します。独立した企業の経営者は、成功すれば利益は大きく報酬が多くなりますが、失敗すれば給与、利子、経費を払えないので、そのことがリスク負担の勇気を養います。ヒト、モノ、カネの使い方は能率的で無駄がなく、陣頭指揮と個人的接触によるコミュニケーションは大企業に真似ができません。

一方、大企業を中心とする戦後の社会は、戦前からの官僚統制を国民を組織化する手段とし欧米の技術を導入して発展してきました。しかし政府や企業があまりにも中央集権化されることによるモラルの低下、非効率性、財政赤字が発生したため、平成一九年九月三〇日施行の金融商品取引法の中の内部統制に関する条項によって、上場企業は、財務報告に係る内部統制報告書の提出と、それに対する会計監査人の監査を受ける義務を課せられることになりました。

企業のみならずあらゆる組織において権限や権力は目的に向かって正当かつ合理的、有効に行使されなければならず、その行使のプロセスと結果に対し申し開きする説明責任（アカウンタビリティ）が生じる。そのアカウンタビリティが正当であるかどうかを証明するために監視監督が求められる。

企業のみならずあらゆる組織においては、その構成員の積極的な参加協力がなければ運営ができない。また、内部統制制度が構築されていれば、内部統制の記述は常に更新されて行き、その構成員が関わらざるを得ないことから、経営者や政治家などの不当な目的の実行は相当程度困難なものになり、経営者や政治家などに対する監視の輪が広がる。ここに、個人の自由を回復する手段としての自主的な内部統制制度が期待される。

企業のみならずあらゆる組織においては監視監督のシステムが必要であり、組織構成員の参加、協力による自主的創造的な内部統制の構築が求められる。もともとはアメリカ的な内部統制という管理方法を、チームワークを重視する「日本的経営」という概念に取り込み利用することによって、逆にアメリカ的な経営に対抗し自衛する根拠をつかむことができ、企業とあらゆる組織において正しい意味で組織の民主主義的内面構造を築くことが可能になるのではないだろうか。

〈参考文献〉


末松玄六『危険克服の経営』マネジメント社、一九七七年。

亀井利明『危機管理とリスクマネジメント』改定増補版、同文舘、二〇〇一年。

亀井利明『ソーシャル・リスクマネジメント論』日本リスクマネジメント学会、二〇〇七年。

奥井武史「内部統制とソーシャル・リスクマネジメント」『実践危機管理』第一八号、日本リスク・プロフェショナル学会（二〇〇八年一月）四四—四九頁。

日経新聞「漂泊バイト農村救う」新聞記事、二〇一八年六月四日。

『民主文学』四月号問題とは何だったのか

——終刊にあたって『葦牙』創刊と継続の意味を振り返る

牧　梶郎

『葦牙』も今号でとりあえず終刊となる。そこで、そもそもどういういきさつで『葦牙』が創刊されたのか、『葦牙』は何を問題にし何を目指したのか、を私なりの視点で振り返ってみたい。「私なりに」というのは、私は『民主文学』四月号問題での当事者でもなければ『葦牙』を創刊した同人でもなく、介入した共産党と直接やりあった経験もない、その意味では、蚊帳の外にいたからである。それでも、四月号問題で紛糾した民主主義文学同盟（以下、文学同盟）の大会には出席していたし、親しくしていた文学同盟の事務局員を通じてその大会後の動きについてもある程度は理解していた。『葦牙』の第一次同人の全員が第一線を退いている現状で、すぐ次に続いた世代の責任としてこの問題を論じてみたい。

一、『民主文学』四月号への共産党の介入

宮地健一ブログ〝不破哲三の〈秘密報告〉〟

まずはこの問題を外部がどう捉えたかを知るには、「共産党、社会主義問題を考える」というホームページで系統的かつ広範な共産党批判を展開してきた宮地健一の「不破哲三の宮本顕治批判〈秘密報告〉——日本共産党の逆旋回と四連続粛清事件」というブログ（www2s.biglobe.ne.jp/~mike/fuwahimitu.htm）がある。

もちろん不破哲三による宮本顕治批判の〈秘密報告〉なるものは実際には存在しない。あくまで〈秘密報告〉というのは宮地が、スターリン死後フルシチョフが行った秘密報告の

形式に倣って、不破哲三が宮本顕治の独裁体制を批判したという虚構である。実際には、不破が宮本を表立って批判したことはないし、むしろ宮本にならって権力の維持に汲々としたという方が当たっている。ただその内容に関しては「宮本・不破氏が行った事実に基づいている」とのことである。

〈秘密報告〉がいう「共産党の逆旋回」とは、一九七〇年代の半ばから一九九四年の第二〇回大会まで宮本顕治により指導された路線の転換で、主としてユーロコミュニズムに影響され開かれた党へと民主化に進んだ流れを断ち切って、再び党幹部による中央集権を強め、異論を排除する方針を意味する。その結果として、第二〇回党大会までに宮本私的分派・側近グループが党の支配権を握り、ソ連崩壊後の世界情勢を「冷戦は終わっていない」と分析したり、丸山眞男批判キャンペーンを張ったりの誤りを犯し、学者・知識人の顰蹙を買い支持者を減らしてしまった、という。

こうした逆旋回を遂行するために行われたのが四連続粛清事件、すなわち、①「(民主集中制を巡る)田口・不破論争」や「上田・不破査問事件」(一九八二年)を含む「ユーロコミュニズム、スターリン問題の研究・出版活動粛清事件」、②「民主主義文学同盟『四月号問題』事件」(一九八三年)、③古在由重氏の除籍にまで発展した「平和委員会・原水協一大粛清事件」(一九八四年)、④「東大院生支部の党大会・宮本勇退決議案提出への粛清事件」(一九八五年)、だそうである。

民主主義文学同盟への介入

〈秘密報告〉は宮地のフィクションであるが「民主主義文学同盟『四月号問題』事件」に関する記述は、当時の文学同盟議長霜多正次の文学回想記『ちゅらかさ』の「『四月号』問題」「『葦牙』の創刊」をベースにしており、まずまず押さえるべきところは押さえている。

したがって、それほど付け加えることはないかもしれないが、霜多正次の前掲書に加え、同じく当事者であった中里喜昭の小説『昭和末期』も材料として、当時民主文学同盟の末席にいた私なりの読み方や見聞を加えて、「民主主義文学同盟『四月号問題』事件」を振り返ってみたい。

この問題は『民主文学』一九八二年四月号の「赤旗」への広告掲載が拒否されたことにより顕在化された。当初はその理由が説明されなかったので、文学同盟側には大きな不安が走った。たかが「赤旗」の広告と思われるかもしれないが、共産党の影響下にある人々を潜在読者とする出版物にとって「赤旗」に広告が載るかどうかは多大の影響を持つ。(川上徹が『査問』を出版して以来、同時代社出版物の「赤旗」への広告掲載が拒否され、同社売り上げが激減し倒産の危機に追い込まれた事実がそれを証明している。)

やがて文学同盟常任幹事の党グループ会議が招集され、宇野三郎常任幹部会員・書記局次長を筆頭に教育・イデオロギー・文化・知識人などを担当する五人の中央幹部が乗り込んで以下の三つの問題点を指摘した。

1)「四月号」には、野間宏が引率した訪中団に言及した小田実の原稿が載っており、編集後記ではその原稿に対する謝辞まで述べられている。中国共産党はわが党への乱暴な干渉をいまなお謝ろうとしないばかりか、依然として反党分子との交渉をつづけて反省の色がない。日中文化交流協会常任理事である野間宏らの訪中もそのひとつである。したがって野間訪中の事実を記述した小田実論文をのせ、しかも貴重な原稿をいただいて感謝するという編集後記を載せるような雑誌の広告を「赤旗」には掲載できない。また、このような記述をのせることは、民主文学運動自体の基本方針と伝統から逸脱した軽挙であり、思想の風化がみられる。とうぜん編集長の責任が問われなければならない。

2) 一九八二年一月二〇日に発表された「核戦争の危機を訴える文学者の声明」は、三四名の「お願い人」が署名を呼びかけ、約五〇〇人の文学者から賛同をえたものであり、その社会的意義は党も評価するし、党員文学者がその署名に応ずることは何ら問題はない。ただ「お願い人」のなかに「反党分子」が入っていたのであれば、また「すべての政党・団体・組織から独立した文学者個人」の署名が呼びかけられているのであるから、「お願い人」となった中里喜昭はもとより文学同盟の幹部は党員としてその点をきちんと糾すべきであった。

3) 民主主義文学同盟第一〇回大会への幹事会報告草案は、以下の点で問題がある。①中国の大国主義的な干渉が、日本の民主運動・民主文学運動に障害をもたらしている事実に言及すべきである。②革新統一運動の一翼としての文学運動であることの認識が弱い。③現代の危機を悲観的にとらえ、危機とたたかっている革新勢力についての記述がよわい。環境破壊や科学技術についても、文明の終末論的にとらえられていて、独占資本の経済的行き詰まりや、科学技術を民主的にコントロールできなくなっている事実にはふれていない。④戦後民主主義のブルジョア的限界にふれず、民主主義を絶対的に擁護すべきものとしてとらえている。⑤個の確立が抽象的に強調されすぎている。⑥上記と関連して『民主文学』の作品は批評の基準が甘く、問題点の指摘がなく、めでたしめでたしになっている。⑦全体として近代主義的で、思想のノンポリ化がめだつ。

これらは明らかに共産党による民主文学同盟という大衆団体への介入である。文学同盟常任幹事の党グループはみな驚き、反発し、反論が続出し、「四月号」の問題を議論するだけでもグループ会議は何度も繰り返し行われた。

文学同盟の抵抗と妥協

問題になっている小田実の文章は、その号に丸山昇の紹介で載せた中国の当代小説「人、中年に至る」(シェン・ロン作、福地桂子訳)の「まえせつ」の中にある、「昨年くれの中国訪問で、私は何人かの中国の作家とあった。野間宏さんを『団長』としてかっての『使者』の同人仲間と一種の『作家代表団』をかたちづくって行ったので（野間さんと私の他に行ったのは、井上光晴、篠田浩一郎、真継伸彦の諸氏だ）、招待者の作家協会のほうでもそういう機会をつくってくれた」というわずか雑誌五行のものである。そこを読んで、これは中国を賛美し反党分子野間宏を擁護しているのでまずいと思った人は、津田孝のほかには誰もいなかったろう。

また中野編集長の謝意も「翻訳の労をとられた福地桂子氏ならびに小田、丸山両氏のご好意に編集部として感謝したい」であり、文学同盟外の人への当然の配慮である。これらをもって中野編集長は責任を取って辞職しろという党の要求は、言いがかり以外のなにものでもない。

これらに対しては、当然のことながら津田孝を除く常任幹事全員が反発した。しかしこんな簡単な議論がなかなか決着しない。数ヶ月にわたってのグループ会議を通じて、党の側が毎回同じことを繰り返し、いっさいの聞く耳を持たないからである。そのうちには個人を呼び出して説得や恫喝を繰り返すので、中には精神の変調をきたす者も現れた。その頃には、この問題は宮本顕治の指示であることが常任幹事のメンバーにもわかってきたし、文学同盟の一〇回大会の期日も迫まりその準備もままならなくなったので、また足並みも乱れて来たので、大会直前に常任幹事会側が折れて、中野編集長は解任しないということを条件に、

(1) 野間宏を団長とする文学代表団の訪中は、文学同盟にとっても容認できない中国の干渉主義のあらわれである、

(2) そのことを肯定的に記述した小田実の原稿を『民主文学』にのせ、寄稿に感謝するとしたのはあやまりであった、

(3) この教訓を今後に生かして行きたい、

の三項目を合意した。

常任幹事の主だったメンバーがあくまで中野編集長の続投にこだわったのは、民主文学同盟の編集長を辞めさせられれば再就職の道は厳しく生活に困るだろうと心配したことはもちろんだが、中野健二の編集者としての能力を高く評価していたからではないか。私自身は中野編集長とは親しくしてもらっていたので、彼が若くて新しい書き手を見出し育てるその手腕はよくみて知っている。それにしても中野健二は霜多正次や中里喜昭ほど世間に知られていたわけでも、影響力があったわけでもない。それなのに党の側が、なぜ執拗に中野編集長の首級を要求したのか、実際のところはよくわからない。（おそらくは中野編集長から重んじられなかった津田孝がその不満から党中央に讒訴した結果ではないか。この件はまた後で触れることになろう。）

これで少なくとも「四月号」の問題では共産党中央も納得し一件落着かにみえた。まだ二つの問題は残るが、それらは

時間をかけて納得させればいいだろう、党の側はそう考えたに違いない。

こうして民主主義文学同盟第一〇回大会が無事開催の運びとなった。

二、民主文学同盟一〇回大会の意外な展開

炎上した四月号問題

民主文学同盟第一〇回大会は一九八三年五月三日から始まった。ふだんはこの種の会合には出ない私も、この日は参加した。一緒に文学サークルをやっていた事務局のメンバーから「大変なことになっているから」と誘われ、持ち前の野次馬根性が騒いだからである。会場には、噂を聞きつけたり党の側から動員されたりして集まった文学同盟関係者一五〇名くらいがひしめいていた。

大会には恒例の常任幹事会報告の他に、四月号問題に関する常任幹事会の上記三項目の自己批判文章も付されていた。参加者の質問や意見は四月号問題に集中し、特に「野間宏訪中団を肯定的に記述した小田実の原稿を『民主文学』にのせ、寄稿に感謝するとしたのは誤りであった」とする常任幹事会の見解は承服できないという若い同盟員の発言が相次いだ。彼らにしてみれば、べ平連の中心人物である小田実が『民主文学』に原稿を寄せたことは大いに勇気付けられる歓迎すべき事態であり、これを誤りだったと自己批判する方が不思議に感じたのだろう。こうした常任幹事会見解に対する批判に応えたのは、もっぱら常任幹事であり党の幹部会員でもある津田孝だった。しかし、もともと問題そのものが党からの横槍とも言うべき無理筋であったので、津田の説明を聞いて納得するものは皆無で、次第に攻撃の矛先は津田孝自身に向けられていった。

党のスポークスマンである津田孝が孤立無援で奮闘する情景を、中里喜昭は小説『昭和末期』で次のように描いている。

「こんな空気になるとは予想もしなかった。ひっきりなしに反対意見が出る。徳永（津田孝）への援護射撃のつもりか、突然、河合誠（小田実）の批判をやり出すものもいた——ベトナムのカンボジア侵略反対を唱える河合氏は、反社会主義的であり、民主勢力に敵対するものだ。／だが、そんな的外れは、徳永の孤立をいっそうきわ立たせた。反対側は勢いづいた。やじる。混ぜかえす。徳永ひとり応戦し、石沢（西沢俊一・党文化局長）さえ助けようとしない。吃音がひどくなり、二の句なかなか継げなくなった。こんな事態は徳永も予測しなかったろう。／なぜ笑うんだ。／おかしいから笑うんだよ。／馬鹿とはなんだ。／恫喝と言ったんだよ。党の幹部だったら、人の見方や考え方に〝べき〟をつけて批判していいの。おかしいよ、そんなの。／発言者は、わざわざ後

ろへ体をねじったり、指を突きつけたりして徳永の方へ正面から向き直って発言した。拍手と同調の叫びが怒気をはらんだ。徳永がまた嘲笑されている。私は目をそむけた。」

常任幹事会で最後は党の主張に同調した他の常任幹事も津田孝を見殺しにした。

そのうち津田一人だけの意見ではなく他の常任幹事からも見解を聞きたいとの声が上がり、常任幹事会議長の霜多正次が発言した。

「この問題は常任幹事会でも意見がわかれて、長いあいだ論議をかさねたすえに、やっと到達した結論である。だから、ここでこれ以上論議しても、結論はなかなかえられないとおもうので、常任幹事会ではこういう結論になったのだということを了承して、大会ほんらいの文学論議にうつってほしい。」

霜多の言外に込めた「これは党の決定であり覆すことはできないのだ」というニュアンスを感じとったのか、提案は受け入れられ議論はこの間の文学活動をまとめた大会報告に移った。しかしその文学論議でも、大会報告とは別に津田孝が発表した霜多正次『南の風』を批判する評論へと非難が集中した。半年前には同じ作品を大いに称揚した津田が、今回は掌を返すように激しい批判に転じたのであるから当然でもあった。そこでも津田は圧倒的に孤立し擁護する意見は一つもなかった。津田のその評論にこそ共産党が民主文学同盟に押し付けようとしている文学観が込められていた。党は『南の風』が描いているような市民の自主的な運動ではなく、統一戦線の先頭に立って戦う党の姿をこそ描かなければならない、と民主文学同盟に要求していたのである。

このような雰囲気で行われた大会も、四月号問題についての三項目合意も含めて、常任幹事会提出の議案はすべて採択されて終わった。末席に連なって議論を聞いていた私は採決には保留したが、驚いたことに私以外に一人の保留者を出しただけで、残りはみな賛成に回っていた。大会討論を通じて舌鋒鋭く津田孝を論難していた若い小田悠介（小森陽一）も例外ではなかった。「全会一致」「一枚岩の団結」という幻想はまだこの頃は強く残っていた。

四月号問題に関する限り、大会での熱心な議論はまったく採決に反映されなかったことになる。党の押し付けに反対してきた常任幹事たちがグループ会議の決定に縛られ本音の発言を封じられたからであり、それを察した一般同盟員が党の方針に逆らう勇気を持たなかったからである。どんなに大衆的民主的に議論しようとも、それ以前にあらかじめ党がグループ会議で決めたこと（その内実は党中央の意向であるのだが）の方が正しい、とするのが前衛党の建前である。それは明白な民主主義の否定だというのが、その時私が感じたことである。（グループ会議の必要性を定めた党規約はその後二〇〇一年の第二〇回大会で削除された。）

新役員の大量辞任と『葦牙』の創刊へ

大会の最後に役員選挙が行われた。まず幹事六〇名を同盟員の選挙で選び、選ばれた幹事が二〇名の常任幹事を選び、さらに常任幹事の互選で議長、副議長、事務局長、編集長を選ぶ。幹事の選挙は、定数を上回る候補者名簿から定数以内の数だけ信任する不完全連記制である。私は前常任委員から霜多正次、中里喜昭、中野健二など信頼できるとわかっている数名を信任しただけだった。結果は、これら三人を含め文学に比較的柔軟な姿勢で取り組んでいるものが上位を占め、津田のように党的立場を強調するものは票数の少ない下位に並んだ。発表されたそうした結果に会場からは拍手が起こりはしたが、津田らを落選にまで追い込むことにはならなかった。

新しい常任幹事会は前任者が全て再任され、現行体制の維持が確認されて中野健二も編集長に留まった。しかし党の側はグループ会議や常任幹事への個別工作を通じて執拗に中野編集長の解任を迫り続けた。中野編集長には直接辞任を迫って追い続け、重病の母親を見舞いに帰った九州や妹の家にまで及んだという。結局、中野も秋までには編集長辞任を受け入れることになったが、そこで党が予期しないハプニングが起きた。中野編集長の辞任に合わせて、霜多正次が議長を降り、中里喜昭、山根献、及川和男、武藤功、上原真、飯野博、平迫省吾、井上猛が常任幹事を辞任したのである。彼らはみな外部への発信力を持つ『民主文学』の主要な作家・評論家であったから、その文学同盟に与えるインパクトは相当なものだった。党の文化官僚もそれまでの経緯から多少の離反者は覚悟していただろうが、これほどの造反は予想していなかったろう。そのせいもあってか、幹部会員で文化局長兼文化部長の西沢舜一は次の党大会で役職を解任されている。

この時に常任幹事を辞めた一〇人は、やがて霜多正次を中心に集まって「葦牙同人会」というグループを発足させた。そのグループを同人会としたのには幾つかの理由があった。まずは自分たちの書きたい小説や評論を自由に発表する場を持つことの表明である。共産党の方針に逆らって役職を辞した以上、これまで通り『民主文学』に原稿を掲載してもらえる保証はなかったからである。そして、他からの干渉を受けないために、あくまで財政面も自前でやるのを原則とした同人組織としたのである。当時の『民主文学』発行元は共産党が全額出資する新日本出版で、四月号問題では、それまでの累積赤字を解消するために編集体制の刷新を要求してきた経験があったからであろう。したがって、翌一九八四年一一月に創刊された雑誌『葦牙』は全て同人費を中心に購読料およびカンパで賄われた。もう一つの理由は文学運動の在り方に関わっている。中心になった霜多正次はかねてから「文学の創造運動と文学者の政治的・社会的活動の統一戦線的な組織とわけるべきだ」との持論を持っていたので、当初はあくまで「文学の創造運動」として同人会としたのであり、政治的・社会的活動において党と対向することは考えていなかった。

しかしながら、党の側から一方的な『葦牙』に対する攻撃や同人に対する締め付けが始まり、やむなく『葦牙』も反論し、同人は党を離れることを余儀なくされた。こうして好むと好まざるとにかかわらず、「葦牙同人会」は「文学者の政治的・社会的活動の統一戦線的な組織」にもなったのである。

こうした党にもマイナスとなった一連の出来事の背後には、当時の共産党議長宮本顕治の強力な指導があった。

三、宮本顕治の深まる妄執

発端としての蔵原批判

宮本顕治が書記長となってから、党の文化・知識人問題の責任者を長い間務めていたのは蔵原惟人である。戦前の蔵原は、プロレタリア文学運動の理論的指導者として、平野謙・本多秋五らに「神様のような存在だった」と言わしめるほどの権威を持っていた。「敗北の文学」でプロレタリア文学の評論家として出発した宮本顕治にとっても、当時の蔵原は仰ぎ見る存在だったにちがいない。戦後は、中野重治や宮本百合子らとともに新日本文学会を創設するなど、文化・芸術の民主主義的な発展に尽くしていた。その柔軟で温厚な人柄からも（吉野源三郎元『世界』編集長も「階級的野心のない人だ」と表していたという）、党幹部としては例外的に党外文化人・知識人からの信頼も厚かった。

その蔵原惟人に対して、宮本顕治は一九八〇年に発刊された『文芸評論選集第一巻』「あとがき」でプロレタリア文学理論の誤りを正すという形で間接的に批判を加えた。このプロレタリア文学の総括ともいうべき「あとがき」は、予告されていたにもかかわらず長い間その執筆が進まず発表が遅れていたものだった。一九七七年に袴田里見を除名して、自らに対抗する戦前からの非転向党員の放逐をほぼ実現させた宮本顕治にとっても、文学分野における蔵原惟人の権威に挑戦するような文章を書くのには、やはりそれなりの準備が必要だったのだろう。

宮本顕治が主に批判したのは、階級的観点に立ち唯物弁証法的に事物の因果を正しく描くことにより、労働者に革命は必然であることを認識させ、革命的行動への参加を促すことこそがプロレタリア文学の目指すべき道である、とした蔵原理論の持っていた唯物弁証法の文学的図式化に対してである。それ自体は過去の呪縛からの解放として歓迎されたが、後でおいおい見るように、文学は社会変革のために奉仕すべきだという、政治の文学に対す優位性を否定するものではなかった。

この「あとがき」の発表以降、宮本顕治は「もう僕も、文学に発言権ができた」などと語り、『民主文学』の作品や大会決定に目を通し、運動のあり方や方針に関して注文をつけるようになった。宮本の文学同盟に対する最大の不満は、革新統一のためのさまざまな闘いとその発展、とりわけその中心を担う共産党員の活動する姿があまり描かれていない、というところにあった。そして、その原因として民主主義文学にふさわしい作品評価の基準があいまいになっていることを指摘した。

宮本顕治が考える作品批評の基準とは、「作品の社会的存在が価値あるか否か」、「芸術作品が、読者に与える感動力によって、読者を高めるかどうか」、「社会の必然的発展の行程に沿うべき感性的認識を与えるかどうか」、「作品が真理を具体的形象の中に語っているかどうか」である（「評価の科学性について」）。この評論は戦前のものであるが、この部分は「あとがき」で基本的に正しいと追認している。一番目と二番目はまずまず普遍的であり問題はないが、三番目と四番目は少し注釈が必要かもしれない。三番目は、（必然的である）社会変革への共感を呼び起こすことができているかどうかの意であり、四番目は、プロレタリアによる社会変革が必然であるという真理が作品世界を通じて納得的に描かれているかどうか、ということである。あいかわらずの史的唯物論への図式的理解が根にある。民主文学同盟の機関誌名を「新戦旗」と提案したという、宮本顕治の時代錯誤はまだ生きていたのである。（ちなみに、『民主文学』という名前は金達寿の発案によるという。）ここから、革命のため、統一戦線結成のために奮闘している共産党員をもっと描けという檄も出てくるのである。

こうした宮本顕治の意向は、即座に「赤旗」や『文化評論』など党の機関紙誌に反映され、民主主義文学はどうあるべきか、批評の基準はなにかといったテーマの評論や座談がたびたび掲載されるようになった。

しかし、宮本顕治の見解は文学同盟主流の立場とはかなりずれていた。当時の議長だった霜多正次は、一〇回大会に向けて行われた創作活動を総括する座談会にふれて、以下のように述べている。

「さいきんの民主主義文学の創造上の特徴は、『変革のイメージの模索』といっていいのではないか。高度経済成長がもたらした人間と自然の破壊、共同体の崩壊などの終末的ともいえる現実のなかで、どう生き、どう変革のイメージをつくりだすことができるか、それがほぼ共通の創造上の課題になっている。そして、個の自立と共同の再生の問題を統一的に解決する可能性をさぐる、というところに、問題意識があつまってきているようにおもえるとして、具体的な作品を検討しているのだった」

（『ちゅらかさ』）

その頃は高度経済成長によりいわゆる大衆消費社会が日本に浸透し、従来の体制対反体制、全資本対全労働、保守対革新といった単純な対立構造が見えにくくなった時代で、川上徹などが期待していた大衆運動もすっかり停滞していた。そうした時代閉塞状況のどこに突破口を見出そうかと文学同盟の作家たちは模索し苦悩していたのである。『分岐』『仮の眠り』などで共産党員の闘いを描いて党から高く評価されていた中里喜昭も、『自壊火山』『解かれゆく日々』『与論の末裔』などで、闘う労働者ではなくむしろ周縁に追いやられた人間に焦点を当てた作品へと軸をずらせ、新しい境地を拓いていた。生活、文化、価値の多様化に応じて、文学作品のテーマも多様化すべきだとの立場だった。

そうした文学同盟主流の文学観は、あいかわらず前衛党が指導する階級闘争を描けとする宮本のそれに比べて、はるかに時代の要請に深く反応していたといっていい。時代の真実にリアルに迫ろうとしていた文学者としては、すなおに党の方針に従うわけにいかなかったのは当然だろう。

突出する津田孝

しかし宮本顕治からの直接の指示である以上、党の側も手をこまねいて座視しているわけにもいかない。あの手この手を使ってその意見を文学同盟に押し付けようと画策したが、その尖兵となったのが津田孝だった。当時の津田は文学同盟常任幹事で共産党の中央委員であり、毎月のように『民主文学』に論考を載せる目立った評論家であったが、文学同盟内部での評判は芳しくなかった。その文章には宮本百合子や小林多喜二など大家の引用が多く、自らの独自のロジックに乏しく、その主張するところも党派的事大主義的で本来文学にあるべき感性の膨らみに欠けていたからである。

事大主義の一つの表れが、沖縄における共同体をも視野に入れた村おこし運動を描いた霜多正次『南の風』への評価である。一〇回大会の二年前には「全体的評価としては、民主主義文学の『大きな収穫』」と評価していたにもかかわらず、宮本が史的唯物論にもとづいた評価の基準を言い出した途端に、共同体を変革の契機として描くのは「過ぎ去った時代をなつかしむ、多分にユートピア的」「資本主義国にふさわしい現実変革の展望としては、あまりに貧しすぎる後ろ向きのイメージだ」と手のひらを返すようにその評価を否定的に変えたのである。現在の保守をも取り込んだ「オール沖縄」の発展と成果を考えれば、霜多正次の先見性は明らかであろう。

したがって、津田孝が宮本顕治の指示に忠実に、階級論的な批評の基準論を展開すればするほど、文学同盟内で孤立し浮き上がるのは当然であった。それでもなお、津田孝は懸命に党の主張を代弁し続けた。そうすることが自らの党から与えられた役割であり、自らを認めてもらえる道である、と信じ込んでいたからだろう。その行き着いた先が先に見たような文学同盟一〇回大会での圧倒的な孤立であり、中里喜昭をして目を背けさしめた惨めな醜態だった。

津田孝について知っていることは多くない。東大の中国文学科を魯迅研究家丸山昇と同期に卒業し、著名なプロレタリア作家徳永直の娘と結婚し、新日本文学会や民主主義文学同盟で共産党の主張を代弁しつづけ、共産党の幹部会員にまで上り詰めた。晩年は病を得て寝たきりとなり、世代交代した民主主義文学会（二〇〇三年に同盟から会へと改称）からも相手にされず、最後は娘に看取られながら一人寂しく死去したという。ほかには、若い頃の会合で、当時は最高の権威だった蔵原惟人に批判され、飲んで帰る途中に「あの蔵原め」と喚きながら同僚の肩に噛みついた、というエピソードが知られている。

津田孝という人物は、その権威主義的な上から目線の評論や強い上昇志向とはうらはらに、酒を飲んだときはそれほど嫌味な人間ではない。ある時、自分がライフワークとして書きたいのは義父である徳永直の再評価なのだ、とぽつり洩らしたことがあった。

戦前『太陽のない街』で名を成した徳永直も、戦後は宮本百合子を中傷する『人民文学』を主導したことなどで、宮本顕治が君臨する共産党からはすっかり疎んじられ無視されていた。その徳永直の名誉回復を目指すことは、娘婿として当然の課題といっていい。だが、共産党に忠誠を尽すことにより自らの立場を高めてきた津田孝には、宮本顕治の逆鱗に触れるかもしれない試みにはリスクもある。結局のところ、津田孝が徳永直論を発表することはついになかった。

宮本覇権の確立へ

先に見たように、一九八〇年に蔵原惟人を批判することで党内の覇権をほぼ確立した宮本顕治にとって、残る気になる存在は一九五八年以来ずっと中央委員会議長を続けていた野坂参三だけになった。一九七七年に参議院議員を引退してからの野坂は、党内においてはほとんど影響力を失い、もっぱら自伝『風雪の歩み』の執筆に専念し党務からは離れていた。それでも宮本にとって煙ったい存在であったことには違いない。野坂は、戦前はコミンテルンの日本代表や、戦争中は中国での反戦活動などで国際的にも名を知られ、大衆的にも宮本よりはるかに人気があり「愛される共産党」「大衆的前衛党」路線を歩む共産党の顔だった。その野坂を宮本は一九八二年の第一七回党大会で議長職から引退させ、自ら名実ともに第一人者の議長となった。野坂の輝かしい経歴や党内外での人気の高さを、自尊心の強い宮本が快く思っていなかっただろうことは、その一〇年後に一〇〇歳を越えた野坂をスパイ容疑で除名したことからも伺える。

こうして宮本顕治は、戦前から活動を続けてきた主だった共産主義者たちを、除名して党外に追いやったり、自らの支配力の下に封じ込めたりして、党内権力を自分一極に集中することに成功したのである。春日庄次郎など構造改革派を切り捨てた一九六二年の第八回大会以来、宮本書記長の下で、志賀義雄、神山茂夫、袴田里見など戦前からの有力な政治家、また野間宏、佐多稲子、中野重治などの著名な文学者が除名処分にされている。

その宮本顕治に新たな懸念が兆し始めていた。その一つが党内で目立ち始めた若い指導者たちの台頭である。中でも宮本が抜擢して書記局長に据えた不破哲三と、参院地方区で議席を維持し続け副委員長となった上田耕一郎の兄弟は、党外にも通用する理論家でもあり、いずれ宮本を脅かす存在になるだろうと目されていた。その二人を宮本は一九八二年に査問にかけたのである。自らの存在を脅かすようになる前に叩いておく必要を感じたからだろう。査問の結果としての自己批判書は、一九八三年八月号の『前衛』で公表されたが、自己批判の対象となったのは、なんと二〇年以上も前に出版され、本人たちの意向で絶版にしていた『戦後革命論争史』の記述内容だった。この本を読むと、戦後すぐの革命運動には様々な闘士や理論家がそれぞれの個性を発揮しながら共存競合しており、宮本顕治もそのワンノブゼムでしかなかったことがよくわかる。

宮本顕治が党内覇権を確立してきた背景としては、書記長時代を通じて宮本が指導した共産党の党勢拡大があった。一九七二年の衆院選挙で推薦候補を含めて四〇人の当選を勝ち、七九年にはさらに四一名まで増やした。一九八〇年には機関紙の購読数は三五五万部に達し、党員数も四〇万人を超えてまだ伸長していた。先進資本主義国で最大最強の共産党を作り上げたのは自分だ、その自分こそ今後とも共産党を全面的に指導するべきだ、という自負が宮本にあったのは間違いないし、ある意味では当然といえたのかもしれない。

しかし、その党勢拡大にも一九七九／八〇年をピークに翳りが見え始めていた。宮本顕治は、一九八〇年六月に情勢は「戦後第二の反動攻勢期」にあるとして警戒を呼び掛けたが、その背景には当時の日本社会党と公明党がその年の初めにとりきめた共産党を排除した「連合政権についての合意（社公合意）」が意識されていた。直後の衆院選挙では当選者は二九名に減り、機関紙も一九八二年には減紙傾向が顕著となってきた。野坂の棚上げも、上田・不破兄弟への自己批判強要も、こうした反動攻勢期を乗り越えるためには、自らの一層強力な指導が求められるという宮本の思い込みだったのだろう。

小田実と「日市連」、市民運動の高まり

党内権力を完全に掌握した宮本顕治だが、その声望が党外にまで広がることはなかった。運動の方向を大衆闘争から選挙活動に変換したせいで、平和運動など反体制の大衆運動はもっぱらベ平連などの市民運動が担うことになり、小田実ら無党派市民運動家の影響力が増していたからである。一九八〇年の一二月二八日には小田実と色川大吉を代表とする「これでいいのか日本！　市民連合（日市連）」が結成された。こうした状況を宮本は二つの観点から憂慮した。

一つは、本来は共産党に集中するはずの反体制のエネルギーが、無党派の市民運動に吸収拡散されることへの苛立ちである。それまで順調だった共産党の党勢拡大の勢いが削がれることへの懸念でもあった。宮本顕治はこの時点でまだ、大衆運動は前衛党を強めるためにこそあるべきだ、とするコ

ミンテルンの「伝動ベルト論」と「唯一前衛論」の立場にあったと思われる。

もう一つは、ベ平連の指導と実績で名をあげ、新しい時代の反体制運動の指導者として名を成してきた小田実個人への対抗心である。戦後最高の思想家・運動家・政治家であるとの妄執に取り憑かれた宮本にとって、市民運動をバックに台頭してきた小田実は無視できない存在だったのだろう。特に、小田実の共産党を含めた既成左翼批判には敏感に反応し、「日市連」発会式前日にそのボイコットを指示し、翌年の新春インタビューでは、共産党を既成左翼として否定するのは反共主義だと小田実を糾弾した。「赤旗」紙面もそれからは「日市連」批判を繰り返した。

しかし一方で、平和問題担当となった上田耕一郎副委員長は、こうした市民運動の高揚と連帯する立場から協調を目指し、党機関誌『文化評論』一九八一年一月号（発売は前年一二月）に小田との対談を掲載していた。これはその後表明された宮本見解とは明らかに立ち位置が違っており、翌年、上田が不破とともに査問に付された一因となったものと思われる。

その後、共産党の「日市連」と小田実への評価は宮本の見解で統一され、一九八三年八月の中央委員会では、市民運動の装いをした新たな反党勢力であり、統一戦線の一翼ではない、と規定された。そこまで宮本が言い切るようになった背景として、その年の四月に行われた東京都知事選挙での体験があったようだ。松岡英夫革新統一候補の応援演説で、同じ宣伝カーに乗り合わせた小田が宮本の面前で、既成左翼政党批判を滔々と述べ立てたことにひどく腹を立てたらしい。閉会のあいさつでも宮本はそのことに触れている。

一九八一年の暮れに市民運動の高まりを背景に小田実が中心となった核戦争の危機を訴える文学者の声明（反核声明）」案というものが出された。これは井伏鱒二、井上靖、井上ひさし、尾崎一雄、木下順二、草野心平、埴谷雄高、堀田善衛、安岡章太郎、吉行淳之介、大江建三郎、中野孝次といった著名な文学者を含んだ三四人の「お願い人」がかってない広範な文学者に呼びかけた署名運動だった。その「お願い人」の一人に小田実と親しかった民主文学同盟の中里喜昭も名を連ねていた。中里は文学同盟の仲間にも署名を呼びかけたのだが、その呼びかけられた一人が共産党本部にご注進に及んだ。というのも「お願い人」の一人に反党分子（小田切秀雄）がいたからである。慌てた共産党文化部が文学同盟員に署名させないように働きかけたのはいうまでもない。その指示に従って署名を辞退したり撤回したりするものも多かったが、その時はすでに中里から依頼を受けて署名し、撤回を拒んだ文学同盟員も少なくなかった。当然、「お願い人」になって働きかけた中里喜昭は共産党文化部による糾弾の矢面に立たされた。

最終的に「反核声明」は一九八二年一月二〇日に、文学同盟員数名を含む五三五人の賛同人を得て内外に発表された。

この声明は大きな反響を呼び、各種の反核・平和運動グループを活性化させ、世間の関心もかってないほど高まった。五月二三日の「核兵器廃絶と軍縮をすすめる八二年東京行動」には四〇万を越える市民が参加した。そうした反核運動の高まりを睨んでか、宮本顕治は「反核声明」を支持するという談話を「赤旗」一面トップに載せた。

中里喜昭と宮本顕治

小説『昭和末期』によれば、この機を捉えて中里は宮本に手紙を書いて、文化部の不当を訴えたという。宮本からの返事は「赤旗祭り会場で会いましょう」というものだった。赤旗まつりでの面談はわずかな時間だったが、中里は宮本が反核運動の広がりを評価し、中里のこの間の行動も理解してくれたと感じていた。この時点で中里はまだ宮本顕治を信頼していた。

中里が宮本に直接言葉をかけられたのは『仮の眠り』が第二回多喜二・百合子賞を受賞した一九七〇年だった。授賞式に出た中里へ宮本は蔵原惟人を通じて「仕事を辞めて作家として小説に専念したらどうか」と伝言した。そのすぐ後に体調を悪くして代々木病院に検査入院した中里のところに宮本が訪れ、作家に専念したらと改めて直接勧めた。宮本は（腐っても鯛の文芸評論家として）中里のもつ才能に注目し、党員作家として育てて行こうと考えたのは間違いないだろう。

その二年後に中里は二〇年勤めた長崎の造船会社を退職し創作に専念することになった。中里喜昭の作家誕生の背景には宮本の奨めがあったのである。

一九八三年に行われた手塚英孝（宮本と同郷の先輩作家で、その小林多喜二研究には定評があった）を偲ぶ会でも、宮本はわざわざ中里に話しかけ、時間が限られた赤旗まつりで話しきれなかったと会話を続けたという。

一九八三年に刊行された『日本の原爆文学』全一五巻の販売促進講演会で、中里が講師として予定された会は共産党からと思える圧力でことごとくが中止となった。執筆者に反党分子が多数混じっていたからである。中里は再び宮本に手紙を出してその不当を訴えたが、下部機関からの「党外のことはあずかり知らぬ」というにべもない返事しか来なかった。ここにおいて中里の宮本に対する幻想は潰えたと思われる。それを宮本の側から見れば、中里を見捨ててもライバル視する小田実らの市民運動を切り捨てることを選んだということになる。

四、その後何が変わったのか、変わらないのか

民主文学のその後

四月号問題から三五年、宮本顕治引退から二四年が過ぎた今、当時の問題はその後どのような経過を辿ったのかを振り返って見たい。

文学面では、宮本顕治の期待と叱咤激励にもかかわらず、その後の民主文学同盟が戦前のプロレタリア文学のような隆盛や影響力を取り戻すことはなかったし、革命や統一戦線の先頭に立って戦う共産党員を描いて成功した作品も現れなかった。共産党の活動がもっぱら党員と機関紙の拡大や選挙の票読みに限られてしまい、そうした活動でいくら先進的な党員を描いても文学的感動を呼びにくいからである。労働運動でも共産党員は少数派として孤立させられ、ストライキや大規模な運動を組織して闘う姿は描きようがなくなっていた。せいぜいが、孤立させられながらも迫害に抗して頑張り続ける党員を描く程度である。また平和運動などの大衆運動においても主体は共産党から市民グループに移っていたのは、前に書いたとおりである。

時代の現実との接点を欠いた時代錯誤の文学論に依拠することとなった文学同盟は、当然のことながら衰退を余儀なくされ、世間の関心も世間への影響も薄らいでいった。その後二〇〇三年に、民主主義文学同盟は民主主義文学会に改組され、財政も共産党資本の新日本出版社に依存するのではなく会費と購読料を基本とするように改められた。それに伴い共産党組織による取り扱いを止めて直接購読と書店販売に基礎をおくこととなり、一応は大衆組織としての独立性と民主主義が確保されたと思われる。

月刊誌『民主文学』は現在も三〇〇〇部前後の読者を維持しているが、内容的には未だ文化の多様性という時代の変化に応じ切れない模索の段階にあるといっていいだろう。共産党員の社会変革における先進的闘いの強調に対する反動としてか、最近の誌面では親の介護で苦労する日常や貧乏だった子供の頃の思い出いでといった小市民的な生活を描いた作品が多くなっている。一方で組合の活動に取り組む党員像を描いた作品もなくなったわけでない。そうした多様性はあってしかるべきだが、大事なのは題材ではなく、どうしたら文学が現実世界によりリアルに迫ることができるか、いいかえれば、この現代社会にあって人間はどんな存在であり、よりよく生きるとはどういうことか、について時代に即した新しい形象を創りだせるかどうかである。いずれにしろ、文学の内容については、民主文学会内部の自由で平等な議論による成熟に期待したい。

市民運動への対応

もう一つの市民社会や市民運動との反目の問題を見てみよう。これはかって「前衛党」であり、今でも民主集中制を組織原則とする共産党にとって宿痾のような問題であり、長らく変化の兆しさえなかった。それが最近、急に動き始めた。

きっかけは反原発運動で、首相官邸前集会を呼びかけた「首都圏反原発連合」に、共産党・原水協系の「原発をなくす全国連絡会」と旧社会党・原水禁系の「さようなら原発1000万人アクション」が連帯したことである。こうした共同行動を通じて、二〇一五年一二月には「戦争させない・九条壊すな！　総がかり行動実行委員会」が発足した。この会には長年いがみ合っていた各種の平和護憲運動のグループが、共産党系と旧社会党系および市民団体とが同席する形で参加した。同会の主催する二〇一六年の「平和といのちと人権を　５・３憲法集会」が三万人が参加する大成功をおさめたことで、こうした統一行動が定着したといえる。この動きはその後の戦争法案反対運動を大いに盛り上げ、ＳＥＡＬｓ、ママの会、学者の会などこれまでになかった市民運動を生み、一つの帰結として「市民連合」の誕生をもたらした。さらには「総がかり行動実行委員会」に全国の「九条の会」が加わって「安倍９条改憲ＮＯ！　全国市民アクション」が結成され、共闘の輪はさらに広がった。国政選挙で野党と市民連合の統一候補を擁立させるまでに一気に進んだ運動の高揚には、共産党の市民社会と市民運動への認識と方針の転換が不可欠だったろう。宮本顕治の市民運動を目の敵にする悪しき遺産も少しずつ克服されつつあるといっていいのではないか。

何が変わっていないのか

こうしてみてくると、四月号問題で当時の民主文学同盟常任幹事会に党中央が押し付けようとした見解は、不当な言いがかりでしかなく、その後の党の成長により、今となってはそのほとんどが誤りだったことも明らかである。とはいえ、まだ昔と変わっていない点も多々ある。

その一つが「反党分子」と民主集中制の問題である。反党分子とは党を除名除籍された者のことであり、ほんの一部に公安や警察のスパイや協力者はいるものの、ほとんどは党の見解や方針に反対して組織から追い出された人々である。その処分理由は党規約違反とされているが、民主集中制の規約、例えば、分派の禁止、党内議論の外部公表の禁止など、の下では都合の悪い異論を排除することが極めて容易なのである。こうして排除された人々の中には、自らの信念に基づき市民社会で活動を続け、市民運動の信頼される担い手になっている者も少なくない。したがって、反党分子との同席の禁止といった不文律があると、多くの市民団体や市民運動との協働は難しくなる。その壁に阻まれて無念の思いをした末端党員も多いはずである。

「総がかり行動実行委員会」や「全国市民アクション」などに見られるような市民団体や市民運動との大胆な連帯へと舵を切った最近では、この問題は大きな運動ではそれほど重視されていないようにも思われるが、目に見えない細かいところでは、このタブーはあいかわらず強固に生きている。『葦牙』は今も反党出版物であり、川上徹が創業した同時代社は長らく反党出版社なのである。ひと頃「赤旗」にたびたび登場していた辻井喬も、西部邁や宮崎学らとの講演集『あえて暴力団排除に反対する』（二〇一二年）を同時代社から出版して以降はすっかり声がかからなくなったという。（つい最近に至って同時代社出版物の「赤旗」への広告掲載が認められるようになった、ということである。）

「赤旗」への広告掲載拒否の問題では、最近もかもがわ出版の聴濤弘著『マルクスならいまの世界をどう論じるか』が拒否にあっている。今回も拒否の理由は明らかにされていないが、宣伝文にある「共産党政権下の資本主義」という中国を示唆するフレーズが、中国を「社会主義を目指す国」と分類している共産党の綱領規定に反するということなのだろう。

もうひとつ文学関係で看過できない出来事として、二〇一二年秋におきた、当時民主文学会議長の稲沢淳子が「赤旗」に連載していた小説「青銅の海」の掲載中断がある。民主商工会で働く若い女性を主人公にしたこの小説が、民商を解雇された青年が裁判で勝利した「豊島民商問題」に触れそうになると、突然「赤旗」から掲載中止を申し渡されたという。この裁判で共産党は解雇した民商側につき、結果として解雇は不当の判決を受けて敗けていた。思い出すのは、一九九一年に、やはり「赤旗」に連載中の特高警察の実態を暴く森村誠一「日本の暗黒」が、宮本顕治のスパイ・リンチ事件に近づいた時に、突然連載中しになった事件である。この時は森村誠一が党外の有名人であったため問題が大きくなったが、稲沢潤子は党員であったため「赤旗」側の要求を受け入れた。彼女が議長を勤めていた民主文学会も本人と党の間の問題であるとして特に騒ぎ立てはしなかった。相変わらずの「臭いものに蓋」であり、都合の悪いことは無かったことにする、党史にも通ずる共産党的発想といえる。

こうした市民社会の常識からは考えられない非民主的体質は、共産党が今も固執している民主集中制という組織原則に起因しているのだが、その点も多少の改善は見られるものの、その原則は現在もゆるいでない。

なぜ今も『葦牙』か

最後に私事になるが四月号問題以来の『葦牙』との関わりについて振り返って見たい。

当時の私は『民主文学』に小説や評論を十数編発表してはいたが、それほど目立った書き手ではなかった。ただ文学同盟第一〇回大会のあり方を遠回しに批判し、津田孝を宮本顕治の言葉を使って批判した文章を、直後の『民主文学』に中野編集長の要望もあり書いて載せた。これが一部の関心を引いたらしく「公安情報」に私の本名が出身校と共に暴露されることとなってしまった。それも一つの要因となって一九八五年に卒業以来勤めていた会社を辞めることになり、しばらくは生活の糧を得るのにあくせくし、文学運動からは遠ざかった。そんなわけで民主文学同盟も退会し、発足した『葦牙』との付き合いも単なる読者にとどまった。

五〇歳代の半ばを過ぎ次の仕事もなんとか安定してきた頃に、残る人生で自分が本当にやりたいことは何かを自問し、それは文学であると考え、仕事から文学へと軸足を少しだけ移すことにした。そのとき文学活動の場として迷わず選んだのがまだ存続していた『葦牙』であった。発刊当時この雑誌は三号も保てばいいだろうと噂されていたが、二四号まで続いており、折から第四次同人募集を行っていたからである。

『葦牙』が存続していたのは、リーダーだった霜多正次が共産党批判はせずに（批判に対する反論はしたが）、自分たちの文学の追究に第一義的な目標を置いたからである。つねづね私は日本における（もしくは共産党の）少数意見者の質の低さに不満を持っていた。自分たちの意見の正しさをいかにして多数意見にするかという戦略も戦術もないまま圧迫に堪えきれずに暴発し、多数者に反発するあまりつまらぬ批判・誹謗の泥沼にはまり込んで自滅する、という繰り返しを嫌というほど見せられてきたからだ。その轍を踏まずに『葦牙』が曲がりなりにも志を曲げずに一五年もがんばっていたことは私にとって新鮮だった。発刊以来、読者としてカンパを出し続けた関係もあって、当時の『葦牙』同人からは問題なく受け入れてもらえた。

創刊の辞で霜多正次は「わが国では、この自由と平等の理念がなお未成熟、不徹底であることを、私たちはみずからの問題として痛感しないわけにはいかない。したがって、文学の課題も可能性も、この民主主義の理念を社会生活の具体にそくして徹底して追求し、実践するところにあると考える」と書いていたが、実際に『葦牙』は、ソ連を崩壊させた硬直した理論の批判、東欧民主化革命への支持、日本の市民運動との連携、グラムシの陣地戦論など現代にも通じる変革理論の紹介、などを通じて「民主主義の理念を社会生活の具体にそくして」実践してきた。その志を（できれば、それまで手薄だった創作で）引継ぎたいと考えたのである。

もう一つ「自主と共同」というモットーも今は気に入っている。最初は左翼らしくない何となくかったるい標語だと思っていたが、書き手個人としてはあくまで自主であるが、『葦牙』内部では共同する、『葦牙』としてはあくまで自主を貫くが、他グループとは共同する、そこに私は市民社会の民主主義的原理があると感じるようになっている。

こうして『葦牙』での居場所を確かにした後に、こちらはいろいろ注文をつけられたが、民主主義文学会にも再加入した。「あれかこれか」ではなく「あれもこれも」というのが私の基本的なスタンスであり、これは人間関係を結ぶにあたっても一貫している。同じ理由で現在は『葦牙』と「葦牙ジャーナル」の編集長を共同で務めながら、毛色の違う「現代の理論」誌の編集委員にも名を連ねている。また意見の異なる党派が集まって議論・研究する「これからの社会を考える懇談会（コレコン）」や「中国研究会」などにも参加している。文化の多様性を認める以上、まずは自己の多様性を発展させることこそが大事だと考えるからであり、理想はマルクスのいう「人間の自由で全面的な発展」である。

あったか南の楽園
——宮古島かけめぐり紀行

河津みのる

（一）

寒波のしつこさに耐えかねて、あったか南の島の楽園・宮古島へ、観光と静養をかねて三日間の格安ツアーへ出かけることにした。

宮古島は、沖縄本島（那覇）から南西へ約三〇〇キロメートル、東京から約二〇〇〇キロメートルに位置する八つの島で構成されている。今回は二泊三日で、五島をめぐるツアーだ。

宮古本島で、〈恵子美術館〉をやっている友人と会えるチャンスがあればと、手紙にツアー日程を添えて出しておいたら、さっそく返事がきた。

「やあ、日々ハードスケジュールだよ。けど、さいごの日に宮古空港でお会いしましょう。今日こちらの気候は、二二度です」とのメールがとどいた。

羽田空港をフライトし、沖縄那覇空港までは二時間三〇分ほどだ。

「さあ、すこし宮古島の資料を読んでおくとするか」

琉球列島は、今から数十万年前に地球の温暖化や陸地の沈降によって海面が上昇した時期に、その周辺にサンゴ礁が発達した。

その後、サンゴ礁が再隆起して、現在の地形となったのか。機窓から外を眺めていると、たちまち沖縄・那覇に着いてしまった。

＊

那覇空港からは、一五〇人ほどが乗り込んだ中型機で宮古島空港へむかった。

宮古島は、二〇〇五年に周辺の市町村が合併し、人口約五万三〇〇〇人の宮古島市が誕生している。

「宮古島は、いわばサンゴ礁の島々なのだ。一年の平均気温が二三・六度だから暖かいはずだ」

宮古島市の資料へと目を移していく。面積が二〇四・五平方キロメートル。市の木がガジュマル。市の花がブーゲンビリアとデイゴ、
市の蝶がオオマダラか。

四〇分ほどすると、青い空の下、青い海に浮かぶ島が見えてきた。

「あっ、緑色のきれいな島だ。海岸線に白い波が寄せている」

宮古島空港へは静かな着陸だった。コンコースを歩いていくと、ラン科の鉢植えが出迎えてくれた。

「わっ、赤紫色の花々がきれいだ。デンファレの名札が付いているよ」

ぶ厚いジャンパーを脱ぎすてて、心地よい気分で専用バスに乗り込んでいく。

「あそこ、赤い花がいっぱい。ブーゲンビリアだ」

専用バスが走りだすと、育ちざかりのヤシの並木がつらなっていた。

「ようこそ。ガイド嬢の西泊と申します。これからバスは来《く》間《り》島《ま》へむかいます。車道のわきに広がっているのは、サトウキビ畑です。

まもなく宮古本島と来間島をむすぶ一六九〇メートルの来間大橋をわたります。一九九五年に開通しました。ゆっくり走ります。橋の上からの海は絶景です」

車は少なく、バスは快適に走っていく。

「ほら、前方に白い大橋が見えてきました。真ん中がふくらんでいるのは、大型船が通過するためです」

大橋の上の車窓は、いわば展望台だった。エメラルド・グリーンの海面は、すっかり凪いでいる。

「ここらの水深は五〜六メートル。海底が砂地の部分がエメラルド色に見え、黒っぽい部分はサンゴ礁です」

女性客から、うっとりしたような声があがった。

「あゝ、感激だわ。やっぱり来て良かった」

「ほら、一〇〇メートルほど先に白い波がみえますね。あそこは浅く、防波堤になっていて内側は、凪が静まって透明度がいっそう深まっています」

専用バスは、来間島へ上陸していった。

「この島の周囲は、八キロメートルほどで、人口は二三〇人です。島の飲み水は、本島よりケーブルで引いています」

ガイド嬢が石碑や案内板のある方向へ導いていく。

「さあ、展望台はこちらです。ここに、架橋一〇周年を迎えた〈架橋て島栄え〉の記念碑があります。ここから、対岸にある宮古島の白い海岸線が一望できます。

ここが、水泳・自転車競技・長距離走の過酷レース、トラ

イアスロン大会のスタート地点として有名なところです」

海水浴場の白い砂浜が七キロメートル以上も続き、エメラルド色の海に、白い来間大橋が景観よく横たわっていた。

展望台から島内をめぐっていくと、黒いビニールを敷いた葉タバコ畑が手入れされ、サトウキビ畑がひろがっていた。

サトウキビ畑では、鎌を使って刈りとって収穫している農民たちの姿が見られた。

「この島は農民たちが一致団結して、大資本の開発攻勢に抵抗してきました。島と農業を愛する心意気が島を守っているのです」

ガイド嬢の農民たちに寄せる声に好感をもちつつ、狭い島内を一巡し、来間大橋をわたって宮古島へ戻ったのだった。

（二）

エメラルド色の美ら海にかかる来間大橋をわたると、すぐに宮古島だ。この島はぐるりと一周しても一〇三キロメートルの島。海岸線をながめ、サトウキビ畑の生き生きとした緑色に魅かれながら、専用バスは快適に走っていく。〈極上リゾート地〉にあるホテルを目指してのドライブだ。信号も少なく、すれちがう車はほとんどない。

「今日のコースは、あとホテルへ行くだけです。隣接しているドイツ文化村の散策ができます」

夕暮れは、東京より一時間半くらいは遅いようだ。部屋につくと、冷房が入っているのにおどろかされた。

「あっ、白いハイビスカスの花模様のついた真っ赤なベッドカバー。今宵は艶っぽいムードになるかな」とつぶやきつつ、バルコニーから外をみると、青い海がひろがり、ホテルの前庭にはプールがあり、砂浜などの景観が心地よかった。

部屋内へ荷物をおいて、ドイツ文化村へ足を運んでみることにした。ドイツの古城を模した、中心部の高い造りの城は、博愛記念館になっていた。周囲の公園も手入れがゆきとどき、感じがいい。

「洋風、優美な古城だね」

一八七三年にドイツの商船が台風で座礁。その乗組員たちを救助し、一ヵ月あまり手厚く看護し、本国に送り返したのが縁で、一九九六年に完成した古城だった。

「あっ、ドイツ首相の來島記念碑がある。〈友好の絆とこしえに〉か。メッセージまで刻まれているよ」

「こっちには平和の鐘の塔だ」

二人して樹木や花々を愛でながら、ゆっくりと散策していく。そこへ、ドイツの民族衣装を着た二人の娘さんがやってきた。

「お写真、お撮りしましょうか」と、気さくに声をかけてきた。

「衣装、よくお似合いですね」と声をかけたら、「私たち、専門学校生です」と笑顔で教えてくれたのだった。

*

ホテルの向かい側に「沖縄総合ミュージアム」があり、〈琉球の風〉の文字が見えてきた。

「ここで、島唄の演芸や工芸体験もできるのか」

「ほら、こっち側に黄色や赤い小さな花々がいっぱい咲いている」

駐車場の入口には、五メートルほどの案内塔が立っていた。きれいな花模様を背景に〈またんみゃーち〉と大きく書かれていた。

何だろう?　と、ちかづいていくと、〈またお越し下さいませ〉と添えられていた。

時間が迫っているのに気づいて、ホテルの部屋にもどり、ひと風呂あびて、夕食へ出かけてみた。

「わっ、〈琉球の風〉入口付近の灯りに、ガスの炎《ほのお》が幾つも燃えている」

「ハワイでも、こんな灯りがあったね」

炎の灯りはゼイタクに感じられたが、歓迎の意志を強くしているようにも思えた。

「さあ、あなた方のテーブルは、こちらですよ」

よしず張りのなかのテーブルには、小鍋に〈豚すき御膳〉がセットされ、昆布の煮物や和え物、果物などもならんでいた。

「ちょっと、質素すぎるような料理だな」

「格安ツアーだもの。ほらあそこ、追加料理ができるのよ。別料金だろうけど」

見ると、屋台のような出店が並び、ビールなども売られていた。

「じゃ、オリオンビールで乾杯しよう」

周囲に仕切りの扉はなく、初夏のような風が心地よい。

「料理は意外とさっぱり味だね。豚すき鍋、けっこう旨いよ」

アルコールがまわってくると、ついつい軽口になって隣席へ声をかけた。

「おたくは、横浜からですか。古希をすぎて、健康で旅に来られるのは、幸せの部類だろうね」

「お互い、オクサンに恵まれましたね。やっぱり、〈お酒と貯金〉が趣味ですか」

たわいない冗談も、旅の楽しみに入るのだろう。

*

夜の八時すぎ、ライブハウスへゆくと、ホテルの観客らが一〇〇名ほどつめかけていた。

「さあ、ショーのはじまりです。私らは昼間ホテルなどで働き、夜は出演者に早変わりしています」

紺色のハッピ姿に、黄色い腰布、白足袋をはいている。腹部へかかえ持つ太鼓へ、バチを振り上げ、勇壮に叩きはじめた。

ドドン、ドン、ドンと打ち鳴らし、かけ声を発して、勢いよく跳び上がったりしている。

どうやら、地域性をもった宮古踊りで、雨乞いや豊作祈願、人情や風俗を謡いこんでいるようだ。

つぎは、観客たちを立たせ、両手を上下に降り、手拍子をうち、足を踏み、踊りへ誘い込んでいく。

練習がおわると、舞台上へお客たちをまねき、年配者の男も女も声を掛け合い、ヤンヤと大騒ぎで踊りだした。

「出演者と観客の一体化だな。昼間の疲れを癒すのにもってこいだよ」

一段落すると、出演者のライブとなった。若い男性に女性も混じっていて、皆楽しくてしょうがないといった雰囲気だ。

再び、出演者がバチを振り上げ、勇壮な太鼓と踊りとなった。観客たちは大喜びしながら、旅の疲れを癒しつつ、盛んな拍手をおくっていた。

（三）

宮古島のホテルでは、朝の四時すぎに目覚めた。長い習慣で、早朝散歩に出ける時間だった。

身支度をしてフロントまで行くと、傍らに年輩の警備員が手持ちぶさたそうに椅子へ座っていた。

ロビーから外に出てみると、あいにく小雨が降っており、街灯は見当たらず、あたりは真っ暗闇の状態であった。散歩をあきらめ、警備員と話すことにした。

「昨夜、道端でグァグァという鳴き声が聞こえましたが、何か生き物ですかね？」

「琉球蛙というヒキガエルの一種です。産卵期が近いので、求愛の鳴き声だったのでしょう」

「この島には、ヤシガニが生息しているとか？」

「大きいのになると、五〇センチぐらいになります」

「宮古島の人口は？」

「二〇〇五年に合併して五五〇〇〇人ほどになりましたが、現在は減少傾向です」

「この宮古島の特徴は？」

「山といっても一一〇メートルほどで、川がないことですかな。サンゴ礁の島ですから、地下水のダムを造って、飲料水などに当てています」

「産業の方は？」

「農業はサトウキビと葉タバコが中心。それに野菜類の生産と観光業。漁業がちょっぴり加わるかな」

「来島への交通機関は？」

「那覇で乗り換えの航空機利用が多く、二便だけですが羽田からの直行便があります。時間はかかりますが、船便もあります」

「ここのホテルの宿泊数は？」

「満室で、五四一名です」

親切かつ適切な返答に好感を持ちつつ、お礼を言って辞することにした。

＊

バイキングの朝食をすませると、専用バスの出発時間が迫っていたので、ロビーへ行ってみた。

「あれっ、青空がみえる。変わりやすい天気なのだ」

近くにいたガイド嬢が、声をかけてきた。

「この島、〈晴れと曇りと雨〉が、一緒の日がかなり多いですよ。傘は持ってきていますか?」

「はい、持参しています」

専用バスは、池間島へ向かって進み出した。

「まもなく池間大橋を渡ります。全長が一四二五メートル、一九九二年に開通しています。エメラルド・グリーンの海が間近に見られます」

大橋をわたり切ると、NHKテレビドラマ「純と愛」の放映で、主人公がプロポーズしたという伊良干瀬《いらびし》へ着いた。

「あそこに、ハート型をした岩の穴が見えるでしょう。狭いけれどサンゴ礁の砂浜もあります。写真タイムをとりましょう」

そこにはひなびた売店が一軒あるのみであったが、また小雨が降ってきた。それでもテレビドラマの影響をうけている年輩女性たちが砂浜に下りて、はしゃぎながらハート型の岩を背景にしきりと写真を撮っていた。


専用バスが西平安名崎付近へすすむと、島の人が営むみやげ物店がならび展望台もあった。

「あそこ、サトウキビの茎を搾っている。コップ一杯一五〇円だって」

女性たちが列をつくって、買い求めはじめた。緑色をした本物のジュースだ。一口飲ませてもらうと、甘さと新鮮さが味わいぶかい美味をつくっていた。

(四)

小雨の降るなか、専用バスがスピードをゆるめると。ガイド嬢が車窓を指さしながら、説明をはじめた。

「ほら、あそこの牧舎近くに小型の馬が数頭みえますね。あれが宮古馬です。体高が一二〇センチほどで、飼い主に従順で、粗食で耐久力に富んだ馬なのです」

目をむけると、茶毛のたてがみをつけ、人懐かしそうな顔をむけてきた。

「一九五五年頃までは、一万頭を数え、サトウキビ栽培や収穫、運搬などで盛んに活躍していました。

ところが農機具の普及などによって、わずか三〇頭ほどに減ってしまいました。現在は行政機関や数戸の農家によって、種の保存と増殖に努力しているのが現状です」

せっかくの宮古馬。あまり数がへってしまうと、近親交配など遺伝的な弊害も出てくるだろうと、誰もが心配そうな目をむけていた。

専用バスがすすんでいくと、風力発電三基のプロペラがゆっくりとまわっていた。

ここ西平安名崎付近の海岸は、いつも風が吹き、自然エネルギーの活用にもってこいの場所なのだ。

「デンマークなど外国製のものばかりですが、一基で一般家庭の約八〇〇戸分をまかなえます。

風が四メートル以上になると発電をはじめ、一六メートルで最大出力一七〇〇キロワットくらいになります。

また、風の方向によって角度を変えながら一分間に一四～三〇回転し、風が強すぎると自動停止する装置になっています」

真下へ近づくと、白いタワーは空高く伸び、プロペラの回転音がひびいてきた。

＊

小雨がけぶる専用バスの中で、ガイド嬢から「海水の特徴と製塩方法」の説明をうけつつ、雪塩製塩所へむかった。

「あっ、白い平屋造りの建屋。あそこが製塩所と、お店なのだな」

バスから降りると、隣接している〈ミュージアム〉へ案内された。壁に各種の図表が貼られ、室内は四〇人ほどが入ると満席になってしまった。

黄色と赤色のカラフルな服装をした男が説明をはじめた。

「ようこそ。ここでは雪塩製造の過程や役割についてのお話をします」

壁の図表を指差しながら、順序よく解説をしていく。

「まず原料となる海水ですが、宮古島の海岸沿いの約五万年前の珊瑚石灰岩層から汲み上げた地下海水を活用しています。

この海水は、隆起した珊瑚礁の石灰岩層を浸透するために、珊瑚によって天然に濾過されています。

そのために、清廉で、微量なミネラル分がそのまま溶出していることです。これを濃縮し、瞬時に水分を蒸発させ、製塩しております。ニガリ成分を含んだままの粉末状が自然塩となります」

この工程をへてから、検品して雪塩や、少量の水を加えた後、圧力をかけて顆粒状に仕上げているとのことであった。

利用方法は、各種料理の下ごしらえとか、お肌の角質を取るクリームなどに及んでいた。

「売店は、すぐ隣りにあります。どうぞ、商品の開封後は密封して冷蔵庫に保存をお願いします」

自然塩に好感をもった女性たちは、売店に押しかけて買いあさっていた。

「ほら、ソフトクリームもある」と、得意げに頬張っている女性たちもいた。

＊

次は、海の中を泳ぐ色とりどりの魚たちを見ることができる海中公園だった。

「宮古島　海中公園」と書かれた珊瑚礁の大きな石碑が出迎えてくれた。

各種貝類などが展示された入口から建物の中へ入っていく。

「ややっ、ヤシガニが飼われている。一〇センチくらいのハサミをもっているぞ」

解説板には、「オスのほうが大きくなり、特殊化したエラで呼吸している。小さい頃は貝殻を背負っている」などと記されていた。

地上から海中へと階段のトンネルをくぐって下りていく。その階段に「平均満潮位」「平均干潮位」と書かれていたから、実際に海中へもぐっていくことが実感できた。

最深部へつくと、ガラスの窓がずらりとならんでいた。

「わっ、実際の海中が観察できるのだ。サンゴ礁の中には、色とりどり、大小さまざまな魚たちが泳いでいる」

自然のままの海中の状態を眺められるのは珍しいことだ。

「チャンスのよい時は、海亀もみられますよ」

耳元で声をかけられたので、横をみると若い男性の案内係員であった。

「観察窓は、何ヵ所あるのですか?」

「右側から左側まで、二四窓あります。魚たちの表情や動きも各様ですよ」

「ところで、餌づけはされているのですか?」

「特にしておりませんが、潮の流れで変わりますね」

この海中公園は、宮古島市が発注し、二〇一一年に完成された施設だった。後ろの壁には、「周辺のサンゴ礁」のカラー掲示があり、さまざまな形の八種類の写真が貼られていた。

「わっ、すごい数の魚のポスター。〈南の海の仲間たち〉だってさ」

「色彩もさまざま。タテに一一匹、ヨコは一五〇匹ほどです」

満ちたりた気持ちで外に出てくると、青空がのぞいていた。海岸沿いには砂浜がひろがり、遊歩道がずっと岬の先まで連なっていた。

＊

専用バスは、島尻マングローブ林へむかって走り出した。小雨はいつの間にか止んでいた。ガイド嬢が説明をはじめた。

「マングローブとは、熱帯・亜熱帯地方の海岸や河口の海水と淡水が混じった泥土に生育する、常緑低木と高木の一群の総称を言います。

島尻マングローブ林は、奥行き約一キロメートルの入り江に発達した宮古諸島で最大規模の群落を形成しています」

バスを降りると、緑葉の木々が見え、木道がつらなっていた。

「わっ、泥土に小さな赤いカニがいっぱいいるぞ。ちょうど引き潮なのだ」

「木の根のところ、ハゼみたいに跳ぶ小魚もいる」

看板をみると、市指定の天然記念物になっていた。木の種類は、どんな名前だろうと考えをめぐらせていると、ガイド嬢が教えてくれた。

「ヤエヤマヒルキ、メヒルキ、ヒルギモドキなど、三科五種が確認されています」

根は親指ほどの太さで、泥土に刺さった子供の木もあちこちに見られた。

「あっ、石橋だ。ここらは入り江で濁っている海水、淡水が混じっている水域だな」

水が引いて泥土があらわになっているところには、小さな穴がいっぱいできていた。

「赤いカニのヤツ、穴にもぐりこんだと思ったら、すぐに甲羅を見せて出てくる」

「ユーモラスだなあ。ハゼもピョンピョンと跳びはねて」

小雨が止んで、木道をそぞろ歩いていくと、ガイド嬢が教えてくれた。

「マングローブは、環境保全の面では近年問題になっている赤土流失による汚染防止にも大きな役割を果たしています。現在、適切な保護が必要になっている植物なのです」

人間を憩わせるだけでなく、特殊な自然の生態系を子供らに学習させる最適な教材になっているとも強調していた。

(五)

昼食に〈ソーキそば〉を食べることになった。〈ソーキそば〉とは、白いウドン状の麺で、豚のあばら肉がやわらかく、野菜類と煮つけられていた。

伝統的な調理法で、あばら肉を水からゆっくり長時間ゆで、煮汁を捨てて肉を洗い、醤油や鰹だしなどの味を浸み込ませてつくるということであった。

「軟骨までが意外とやわらかくなっている。白っぽい脂味もさっぱりしているね」

「栄養価も高く、暑い気候に合っているのだろう」

昼食をおえて、専用バスはカーフェリー乗り場の平良港へ向かった。

「伊良部島は井戸水を使っていたが、一九九六年に海底送水ができるようになったのです。現在の人口は約五九〇〇人、鷹の一種サシバの中継地としても知られています」

埠頭で待っていると、カーフェリーがやってきた。

「大型バスが四台と、乗用車が積み込まれはじめた」

専用バスのまま乗り込んでから、甲板の椅子席へ移った。

「ここらの海もきれいだね。マンタもいるとか」

「あそこ、工事中の大橋が見える。完成すると宮古島一の長さになります」
＊

二五分ほどの乗船で、伊良部島へ着いてしまい、専用バスは、渡口の浜へ向かってすすんでいった。

「右手に、六〇〇メートルほどの砂地がひろがっています。ここが渡口の浜で観光名所に指定されています。大小の岩塊が沢山見えますね。大昔、津波が運んできたといわれています」

ガイド嬢の声に耳を傾けていると、金網を張り巡らせた下地空港が見えてきた。

「ほら、ここの短い橋を渡るだけで下地島。航空機の発着訓練をしています。しかし、現在のパイロット養成は、費用が安くすむ米国でやられています」

滑走路に練習機は見ることができず、ここへ普天間の基地を移転するニュースがあったことが思い出された。

また、雨が降ってきた。専用バスは滑走路をまわって〈下地島の通り池〉へと向かった。

駐車場から、ゆるやかな坂道をのぼっていく。

「道端にいろいろな植物があり、花が咲いているね。あっ、あそこの木にパイナップルが実っている」

「あれは、アダンだよ。実の形が小さいでしょう」

意外と植物が多く、下地島の海岸近くに行くと、二つの円形の池がならんでいた。

「ここが、国指定名勝・天然記念物〈通り池〉です」

ガイド嬢が云うには、東北側の池が直径約五五メートルあり、海岸側が直径約七五メートル。水深が二五メートル、二つの池が地下部分で海と通じているということであった。

「両池は潮の干満で変化することが知られ、その成因は琉球石灰岩が長年の間に、二カ所の天井が崩落して出来たといわれています」

小さい池面の方はエメラルド色で、海側の方は紺碧色に見える。両池とも柵で囲われていて、観光客はしきりとシャッターを切っていた。

「この池には、継子伝説とか、いろんな言伝えがありますが、神秘的な景観は珍しく、石灰岩特有の岩形をしています」

「魚はいますか？」

「はい。深度や塩分濃度に差があるため、多様な魚介類が分布しています」

＊

雨がはげしく降ってきて、頭にジャンパーをかぶり、急ぎ足で駐車場まで戻ってきた。

「天候が変わりやすいでしょう。宮古島は温暖ですが、数多い台風には耐久力と鍛錬が必要になります」

「なぜですか？」

「その季節になると、台風が足踏み状態で移動しないことが多いからです。都会の人は二回の台風を我慢できて、ようやっと島人になれるといわれています」

やがて、専用バスは伊良部島からカーフェリーに乗って宮古島へむかった。

「今宵の夕食はホテルにて、宮古島特産の食材を使った〈和琉球バイキング〉となります。女性たちは、野菜サラダが好物ですよね。

〈無農薬、有機野菜のサラダ〉が食べられます。パパイヤちゃんぷるとか、五穀米も用意されています。男性たちには、オリオンビールがお勧めです」

宮古島内を走っているとき、ガイド嬢が「下手ではずかしいのですが」といい、〈芭蕉布〉を歌いはじめた。

♪海の碧さに　空の青
南の風に　緑葉の
芭蕉は情けに　手を招く
常夏国《とこなつ》
我《わ》したの島
沖縄《うちなー》……♪

独特の節まわしで、三番まで歌いおわると、もうホテルが近づいていた。

(六)

いよいよ、明朝は宮古島を出発することになる。スーツケースの荷物を整理していたら、

箱根で「地球博物館」を見学したときのエッセイが出てきた。夜一〇時過ぎ、親切に応対してくれた早朝の警備員へお礼をかね手渡してみた。

「箱根の博物館で、アンモナイトの化石を見てきたことも書いてあります」

「あの頭足類の化石動物でしょう。実は、この旧建物のロビーのサンゴ礁の壁に、アンモナイトの化石がありますよ」

警備員の服装のまま、ライトをもって現場へ案内してくれた。

「ほらここ、オウム貝に似た模様、あそこにもあります。ある大学教授のお客さんが発見し、教えてくれたのです」

翌早朝、再び彼をたずねると、エッセイを読み終わっていて、氏名と住所をせがまれてしまった。

朝食をすますと、専用バスは、〈砂山ビーチ〉へむかって走り出した。ガイド嬢が説明をはじめた。

「ここは、パウダー状のサンゴ礁の白い砂が有名です。そばに海水浴場もあって、観光客の人気スポットです。隆起サンゴが長い年月をかけ、海風の力で造られたビーチです」

両側が緑の草やぶの、白い砂道をのぼっていく。

「あっ、道端にうす紫色のアサガオが咲いている」

「これ、自然の花だよ。ヒルガオじゃないかしら」

そこに、婦人用の靴が一足おかれていた。

「靴を脱いで裸足になると、気持ちが良いんだとさ」

砂道をのぼるにつれて、男女用のさまざまな靴が脱がれていた。

「やっぱり、靴がすべって歩きにくい。細かい砂地、裸足で歩くのがよいのだ」

「他人の足跡を踏んでいくと、のぼりやすいよ」

息が切れてくる頃にのぼり切ると、前方に青い海がひらけ、白い砂浜では波に戯れ、大勢の観光客が憩っていた。

「あっ、左手に岩の洞窟。やっぱりサンゴ礁の岩なのだ。洞窟をくぐった向こう側には、青い空と青い海の景観がひらかれている」

盛んにシャッターが切られ、波うち際では女性たちの嬌声があがっていた。

「海のひろがりと透明度がいいね。宮古の特徴なのだ」

帰りもやっぱり急坂に感じられた。息を切らせながらも道の端っこを歩くと、意外に登りやすかった。

駐車場付近にくると、生搾りのマンゴジュースの出店が声をかけてきた。その側には大きなガジュマルがいく筋もの、茶色い気根を垂れ下げていた。

＊

専用バスが走りだすと、車窓からサトウキビ畑が見え、白っぽい花をつけていた。

「ちょっと細めだけれど、トウモロコシの穂花に似ているね」

「花は、植物の生殖器官。種子をつくるのだからな」

隣席の会話に耳を傾けていると、「熱帯植物園」へついてしまった。園入口のアーチは
緑色の葉や花々で飾られていた。

案内板をみると、市民の憩いの場として一九九七年に造園されていた。一二ヘクタールの広さがあり、沖縄県最大の人工熱帯植物園で、観光名所に指定されていた。ガイド嬢について園内を一巡することにした。

「ほら、そこに蘇鉄が緑葉をひろげていますね。葉の先に茶色い綿毛のような花芽があるでしょう。こっちの尖ったのがオスで、平べったいのがメスです」

園内をすすんでいくと、随所に色とりどりの花々が咲いている。

「この大きな緑色の葉がクワズイモ。でも食べられませんよ」

「あっ、ブーゲンビリアの花壇がある。赤が冴えわたっている」

「あそこに、幹が人間の胴体のようなトックリヤシ。足元には紫色の小さなスミレが可愛く咲いている」

その奥に、何やら洞窟が掘られていた。

「これは、戦時中の防空壕の名残です。当時の日本軍や住民が使用したものです」

ガイド嬢について行き、池を眺め、デイゴ並木道をそぞろ歩いていく。

「池の端の木がモモタマナ、右側がケマラッツジ、パンの木もありますね」

東京付近の五月のように薫風が心地よい。

「現在、この園の樹木は一六〇〇種、約四〇〇〇本が生育しています。さらに東南アジアなど外国からも導入しております」

ガイド嬢の解説を聞きながら歩いていくと、幾つかの工房がならんでいた。

「ここが、体験工房村です」

〈貝殻細工〉〈陶芸〉〈郷土料理〉〈宮古織物〉など、体験・手作りを楽しめるようにできていた。

「手作りのオリジナル商品はいかがですか?」と職人たちがよびかけてきた。

この植物園は、自然に囲まれたままで、〈見る〉〈体験する〉〈買い物をする〉ほか、宮古馬ふれあい広場などもある宮古島市立で、入場無料はありがたかった。

(七)

専用バスは、宮古島の最東端、紺碧の海に二キロメートルにわたって突き出している美しい岬・東平安名崎へむかって走って行った。

この東平安名崎は、日本百景の一つに数えられる代表的な観光地。県の天然記念物〝天ノ梅の群生落〟におおわれ、特に春には白いテッポウユリが咲く絶景だといわれていた。

晴天で、風もなく、ガイド嬢の声がはずんでいる。

「ほら、ここから岬の東平安名崎の全景が見わたせます。幅が約一二〇メートル、高さが二〇メートル、細長い半島がよく見えるでしょう」

海側に柵があって、岬の突端に白い灯台が見える。

「太平洋と東シナ海に面し、隆起サンゴ礁の石灰岩で成り立っています。

国の史跡天然記念物に指定されており、宮古島を代表する観光地です」

灯台の上からは、ほぼ三六〇度水平線の雄大な風景が見られるということだった。

が、あいにく灯台の周囲には足場が組まれ、工事がおこなわれていた。

バスを途中でおり、岬の突端をめざして歩き出した。

「あっ、観光用の人力車がきたぞ。赤い布を膝にあてた男女二人が乗っている」

ガイド嬢が解説をしてくれた。

「あの人力車、時々止まっては美しい眺望を説明し、琉球民謡も唄ってくれます」

先端近くには、案内板が立っていた。

「この辺りのきれいな海は、〈津波石〉といわれ、六〜八メートルにおよぶ岩塊が点在しています。

岬の周辺地には、通年の強風により高木は育たず、亜熱帯特有の植物群落が発達しています」

その近くに日本地図をかたどった平たい標識石があったので近づくと、那覇二七九キロ、東京一八四三キロなどと刻まれていた。

「つぎに、マムヤ乙女の巨岩の墓へ寄りましょう」

民話によれば、この巨岩の穴は、悲恋物語のマムヤの機織り場で、その乙女の霊を弔った石塔の墓があった。その傍らにカラーの美人肖像画が飾られ、花が供えられていた。しかし、その先の灯台は、残念ながら工事中で足場を通して眺めるだけであった。

*

専用バスが走りだすと、プロ野球・オリックス球団のキャンプ地が見えてきた。

「球場の周囲にノボリ旗がいっぱい立っています。一軍の練習時は、追っかけファンもきて賑やかでしたが、現在は二軍のキャンプ地となっています」

バスが進んでいくと、左手が高台となっており、丸いレーダーの建物が見えてきた。

「あそこが宮古島でいちばん高い野原岳で、一一三メートルあります。航空自衛隊の分屯基地で、レーダーによって周辺諸国の情報収集にあたっています」

ガイド嬢の声に耳をかたむけていると、昼食会場となる、世界中の貝をあつめた海宝館が近づいてきた。

「さあ、昼食は近海で捕れた新鮮な海鮮料理ですよ」

この店の入口に、五〇センチほどに伸びた緑葉の長命草の鉢がおかれていた。

「セリ科の植物で、天ぷらなどの食用にできる。こんなに大きく育つのです」

椅子席につくと、平たい貝殻が皿がわりに使われ、島人たちの気遣いが感じられた。

「やっぱり海鮮御膳は、品数も多くておいしいな」

食べ終わると、隣接する海宝館へ移動した。

「わっ、オオジャコガイだってさ。赤ちゃんがすっぽり入れる大きさだ」

そこへ、日焼けした館長の男がやってきた。

「私は、子供の頃から貝の収集が好きで、その趣味が高じてプロ潜水士となり、二六年かけて世界の貝を収集、交換や購入をしてきました。

この館内には、野武士の吹く法螺貝とか、安産の貝とか、貨幣に使われた貝など約六二〇〇種が展示してあります」

貝細工のオリジナルアクセサリーなどの工芸加工所もあり、ペンダントなどに商品化されていた。

「さあ、こっち側は、人気商品のオリジナル泡盛〈島の匠〉。

乾燥モズクも売っていますよ」

　ここの海宝館で観光客たちは、世界の珍しい貝類を堪能しながら、おみやげを買い求め、宮古空港へ向かったのだった。

＊

　昨夜、念のため電話で会う時間を確認しておいたが、「恵子美術館」の山田八郎氏と会えるかどうか。

「空港二階の出発ロビーへ、一時間前にタクシーで駆けつけます」との返事だった。

　専用バスは、ほぼ定刻に空港についた。ガイド嬢がチケットの手続きにゆき、集団で待っているとき、彼が声をかけてきた。

「やあ、一〇数年ぶりだね。懐かしいな。お互い元気そうで良かった」

「それじゃ、二階の出発ロビーで話をしようや」

「恵子美術館」は、宮古島出身の画家・垣花恵子さんらの運営する私設美術館なのだ。

　専門誌で日本最南端の美術館に認定され、沖縄では唯一、全国でも珍しい超現実・幻想的な美術を中心とした本格的な現代美術館だ。

　前回の訪問時にたっぷり時間をとって館内を鑑賞した記憶が蘇ってきた。その後、展示には垣花恵子さんの各受賞作品が加えられ、日本で認められた美術家たちの寄贈作品を含め約七〇点があって、充実されてきているといっていた。

「芸術は作品のりアリティー、味わいの濃厚さが第一だね。それに館内が写真撮影できるようになっていて、子供らの来館も多いそうじゃないか」

　彼とは、三〇数年来の詩人仲間で、千葉に住んでいたこともあり、恵子さんとの結婚の〝なれそめ〟までよく知っている。

「美術館で、恵子さんの作品の絵葉書は出せないの？」

「けっこう費用がかさむ上に、ストックなどでリスクがともなうからね。これ、『オレ、あけぼの』の本。恵子のことが掲載されている」

　カラフルな表紙の本で、酒井登志生著・千葉日報社から発行されていた。

「私も古希すぎ、ちょっと右腕や足が引きつり、取材メモにも困っていたのだ。でも宮古島の紀行文は書きたいと思っているよ」

　交互に記念の写真を撮リ合っていると、目前の出発ロビーで手荷物検査がはじまり、そわそわしながらの話は思うにまかせなかった。

「じゃ、名残り惜しいけど、お元気で！　ご両親をたいせつに」

　彼とは握手して分かれ、機内でさっそく寄贈を受けた本の、恵子さんが紹介されているページを読みはじめたのだった。

煙草を吸ってもいいですか

青木　信夫

かれこれ一年ほど前の或る日、朝食を終えた時、妻が話し合いたいことがあると真剣な顔で言うので、話し合いに応じることにした。何か重大なことでも発生したのかと恐る恐る妻の話を聞くと、今後家の中では一切煙草を吸わないことにしてほしいという話だった。それまでも私は自分の書斎にしている二階の個室で煙草を吸う時は、部屋の仕切りを閉めて、なるべく窓を開けて、煙が部屋にこもらないように配慮はしていたのであるが、それでもだめだというのである。私はかれこれ三〇年位パイプ煙草を味わっていた。その前は普通の紙巻煙草を一日一〇本ほどふかしていたのだが、パイプ煙草を知ってからそれに魅了されていたのである。妻の真剣さに負けて私は言い訳はせず、「ハイ、判りました」と言う外なかった。

　それ以来、私は煙草を味わいたい時は、パイプを持ってベランダに出るか、家の廻りを散歩しながらパイプをふかすか、近くのベンチがある小公園などで味わうことにしている。ベランダは季節の良いときはパイプをふかしながら読書し、時々緑を見つめるという至福の時間になるのだが、寒い季節には出る気にならない。幸い私の住んでいる家は高原地帯で隣家との間に充分空間があり、別荘も半数近くあるので、散歩中もめったに人に会わないから、パイプをくわえていても人に見られる機会は少ない。これが都会であれば、そうはいかないだろうと思う。罰則があるところもあるようだ。また公園でも灰皿が置かれているところは最近は少ないのではないだろうか。都会に住む愛煙家の皆さんはどうされているのだろう。

＊＊＊

　最近、行きつけの図書館の書棚で『たばこはそんなに悪いのか』（WAC文庫　二〇一六年一二月刊）という本を見付けた。「喫煙文化研究会」が著者になっていて、三人の編集になっている。その会の会長はすぎやまこういち（作曲家）で養老孟司、倉本聰、ジェームス三木、筒井康隆、黒鉄ヒロシなど二〇一六年一一月現在三五名の会員名簿が記載されている。どんな内容が書かれているのか興味をひかれて、早速借りて読んでみた。非常に精緻に書かれていて、以下の煙草問題に対する私の考察は、この本の内容に負うところが多い。

　現在日本において幅を利かせている煙草バッシング、また一部の反喫煙主義者の原理主義的傾向に対する反論であり、煙草の効用についても書かれている珍しい本だ。本来、カウンター文化といってよい煙草バッシングに対する反論が、もっと自由に論じられてもよいと思うのだが、こういう本の存在さえ殆んど知られていない、また類書もあるが余り出版されていない、また広範な人に読まれることは多分ないであろう。それが煙草問題に対する日本の文化の現状であろう。

　喫煙者は非喫煙者に比べて一〇年程寿命が短いというのが医学界の定説になっているようだが、一方わが国は江戸時代以来、世界に冠たる喫煙大国であり、男性の喫煙率は昭和三〇～四〇年代は七〇～八〇パーセント程度で推移し、昭和四三年（一九六八年）には八二パーセントに達したそうだ。この年をピークにその後は一貫して低下傾向にあり、今日では三〇パーセントを超える男性が喫煙しており、先進国中では依然として高いレベルにあるようだ。もし喫煙者が一〇年も寿命を縮めるなら、その影響で喫煙者が圧倒的な多数派を占めていた日本男性の平均寿命はそれが反映されて然るべきだが、八〇パーセントもの男性が喫煙している時代にぐんぐん寿命を延ばし、一九七三年にはスウェーデンを抜いて主要先進国でトップの長寿国になった。「煙草好きな日本男性が世界一健康で長寿」という事実と、「喫煙者は不健康で短命」を立証する多くの疫学的研究とは矛盾していないだろうか。その矛盾の原因をつきとめようとしたのが本書の意図であるようだ。

　私は以前から反喫煙の主張は文化に対する否定ではないかと密かに考えていたのだが、そのことを余り話題にしたことはなく、またその問題を深く考えてこなかった。このことを文章で書くのも初めてである。だが、煙草の害がこれだけ喧伝されている一方で、日本では約二〇〇〇万人が、世界では正確には判らないが、恐らく一〇億人を超える人々が喫煙しているのは何故かということは、もっと究明されてもよいのではないかと思う。

　外国の事情はよく知らないが、日本では煙草の宣伝はテレビでも新聞でも行なわれていない（最近例外的に加熱式タバコの宣伝が新聞にあった）。しかも煙草の箱には注意書きがある。今、私の手元にあるパイプ煙草には「人により程度は異なりますが、ニコチンにより喫煙への依存が生じます。未成年者の喫煙は健康に対する悪影響やたばこへの依存をより強めます。周りの人から勧められても決して吸ってはいけません」という注意書きが記されている。それにも拘らず、殆んどのコンビニでは煙草を売っているということは買う人が絶えないからであろう（勿論、未成年者には売っていない）。

　私は煙草問題は医学の観点からだけでなく（それも勿論必要だが）人類の文化や習慣の問題として、また人間は生物の一つとして、臓器や皮膚を持った肉体であると同時に、精神（心）を持った存在であるという総合的な観点から論じられることを望みたい。学問の分野で言えば、理系の医学だけでなく、文系の社会学の対象にならないだろうか。社会学は歴史社会学とか家族社会学とか宗教社会学や地域社会学などに専門化されているが、文化社会学、或いは心理社会学という分野で、優秀な社会学者による解明がなされないかと期待する。社会学はフィールドワークを行なうから、多くの喫煙者を調査して、本当の喫煙する理由や人間関係に与える影響を知りたい。

＊＊＊

人類にとって共通の嗜好品は酒、煙草、コーヒー（紅茶や日本茶も含めて）だと思われるが、嗜好品はそれがなくても生きていくことは出来るが、もしそれがなければ生活に潤いがなくなってしまう。また音楽や踊り、絵画や彫刻は腹の足しにはならず、それなしでも生きていけるが、人間の長い歴史の中でそれらが生まれたのは、憩いというか、楽しみというか、精神（心）の高揚、豊かさを感じられるということを人間の心が知ったからではないだろうか。せっかく生まれて、いつかは死ぬのだから、生きている間は心が豊かでありたいと願う気持が、嗜好品を味わい、芸術活動や鑑賞という行為になって表れているのではないだろうか。

ところで嗜好品の中で煙草だけに付いて廻るものとして受動喫煙の問題がある。煙草は煙を出すので、非喫煙者に迷惑を掛けるという問題だ。これは煙草バッシングの有力な根拠になっている。これは結局、分煙という方法でしか解決しないだろう。しかし分煙の程度を巡って対立や不和が生じかねない。実に難しい問題だが、喫煙者は自ずとマナーを守る必要があると同時に、非喫煙者もある程度の寛容さがあればと思う。しかしやはり煙草が嫌いな人の前では煙草は吸わないほうが望ましい（寛容、不寛容の問題は人類の歴史に大変重大な影響を与えてきた。ごく身近な人間関係の中でもそれはいえるのではないか）。だが人様々だから現実には中々難しいだろう。従って未解決のまま残るかも知れない。人間の社会には完全な解決不能な問題が沢山あるので、これもその中の一つかも知れない。

『たばこはそんなに悪いのか』という本の中で私が興味を持ったのは色々とあるのだが、その中で喫煙が身体感覚（五感）に与える影響についての記述がある。まず触覚（皮膚感覚）に与える影響についてだが、唇と手指と喫煙行動は深い関係がある。唇と手指は脳に与える影響が特に大きいとのことである。次に嗅覚（ニオイ）は動物にとって最も原初的で本能的な感覚であるが、これも脳に対する影響が大きいようだ。受動喫煙問題の根源はニオイの問題かも知れない。生理的なニオイの問題は好きか嫌いかに分かれるので、妥協点を見付けるのは難しいのだろう。視覚との関係では、立ちのぼる煙、紫煙を眺めることによる癒しである。聴覚と喫煙とは余り関係がないようだ。マッチを擦る音やライターを点火する時の音は余り関係がないだろう。味覚はうまいという感覚だが、煙草がうまいというのは普通の味覚とは違い「脳、心の感覚」である。つまり喫煙は感覚（五感）を通じて「快」を与えているという効用を持っているということだ。

もう一つ私が興味を持ったのは、喫煙者は自殺願望や自殺を試みるリスクが高く、このリスクには禁煙で解消されたという調査結果がある一方で、喫煙は気分をリラックスさせる効果があり、喫煙者にはパーキンソン病が少ないし、うつ病の治療法の一番は喫煙であり、喫煙者に自殺者はいないという全く正反対の調査結果があるようだ。私は何となく喫煙者に自殺は少ないという説を支持したいと思っている。ついでに犯罪者（特に殺人や傷害）と喫煙との関係だが、『たばこはそんなに悪いのか』には統計資料が色々と掲載されているが、犯罪者についての調査資料はない。私は直観的に喫煙者の犯罪率は低いのではないかと想像するのだが（これは私の妄想か）、それを裏付ける調査資料が望まれる。

＊＊＊

日本人の平均寿命が男女共に世界でトップクラスにあることの私なりにまとめた理由だが、次のことを挙げたい。

① 気候などの自然的条件
② 食事（和食、特に野菜を食べること、更に洋食をとり入れたこと）
③ 医学の進歩により肺結核などの感染病が減ったこと（これは世界共通）
④ 国民皆保険制度
⑤ 憲法により基本的人権が保障されていること（更に二五条の生存権も加えて）
⑥ 憲法九条により戦争をしなかったこと
⑦ 各個人による健康維持の努力（運動、趣味、ボランティア活動、サークル活動、盆踊りなどの伝統芸能への参加などの社会的、地域的なつながり等々）

喫煙は肺がんの原因になることがあるという疫学的な統計資料もあるが、平均寿命に与える影響を必要以上に過大視することは、人間の寿命を総合的な視野で考察するならば、そして煙草の効用面も考慮すれば、もっと冷静であるべきだと思われる。生き甲斐のある人生を送ることが一番大切ではなかろうか。

かつてヒトラーは、公衆衛生と個人の清潔を理由に喫煙を禁じたという。国家権力による個人の健康や衛生を指図する事態は、全体主義国家の特徴で、押しつけであり、市民の自由に対する抑制である。

チャーチルや吉田茂がくわえていた葉巻、厚木飛行場に着き飛行機から降りながらパイプをくわえていたマッカーサーの姿は印象的であった。もし彼等が葉巻やパイプをくわえてないとしたら、そこには何か欠落感があるのではないか。私はテレビでドラマはあまり見ないから詳しくは知らないが、多分喫煙シーンは少なくなったのではないだろうか。山田洋次の寅さんシリーズでは喫煙シーンが効果的だったような気がする。そこには人間関係のクッションというか「間」があったように思う。

＊＊＊

今、日本では女性の喫煙率は男性に比べてはるかに低いだろう。勿論妊娠中や子供が幼児のときは喫煙は控えた方がよいだろう。しかし女性の一生の中で、喫煙可能な期間は相当長期にある。喫煙がもし脳に対して「快」の刺激を与えるとすれば、そこに男性と女性とで違いがあるはずはない。女性がそれを利用しにくいのであれば、性による差別ではないか。

江戸時代はキセル煙草だが、喫煙率は男女共驚くほど高く、江戸時代の生活習慣に定着していた。そこには自ずと喫煙マナーも出来ていただろう。明治になって「良妻賢母」が規範となり女性の喫煙は激減した。

最近、国会で「候補者男女均等法」が可決されて注目を引いた。女性の国会議員は衆議院では一〇・一パーセントである。また最近大相撲の土俵に女性は立てないことに対する抗議が起っている。女性の喫煙率の低さはこれらとは性格が違う問題ではあるが、やはりそこには社会的な抑制が働いていると思われる。これもジェンダー（性別）の問題として社会学の課題にならないものだろうか。先に書いた「喫煙文化研究会」の会員三五名の中には石井苗子（参議院議員・保健学博士）の一人だけが女性である。

いつも音楽があった

エンゲル大宮

「サティスファクション」ローリングストーンズ
（一九六五年、作詞　ミック・ジャガー、
作曲　キース・リチャーズ）

こんな曲は聞いたことがなかった。管楽器のようなイントロ、ささやくような歌詞から絶叫するような歌声、「I can't get no satisfaction」と絶叫する歌詞は私たちの気持ちを代弁していると思った。とにかく欲求不満だった。全てが欲求不満だった。私は中学生だった。このレコードは絶対買おうと思ったが当時シングル盤の新譜が三五〇円だった。一か月の小遣いが一五〇〇円くらいの時に三五〇円は大金だ。無駄にはできない。その頃札幌で「リズム社」という中古レコード屋があった。そこに行けば安く買えるという。行ってみたら「サティスファクション」の新品が三〇〇円だったので即決で購入した。自宅でプレーヤーがある兄の部屋に行ってすりきれるほど聞いた。今世紀最高のロックの名曲だと思った。

英語は得意科目だったから試験時間は余った。期末テストは半分くらいの時間でほとんどできた。試験会場を出るということはできないから、余った時間に投案用紙の裏に、ローリングストーンズの曲名を英語で書いてみた。「SATISFACTION」「TELL ME」「AS TEARS GO BY」など、そのまま投案用紙を提出したのが失敗だった。答案用紙を返却するときに英語の専科である波本先生は私の投案用紙を返却する前に裏側をちらりと見た。一瞬びっくりしたような顔をして、「お！　山田は難しい単語を知ってるな」と言ったかと思ったらみるみる険しい顔になった。「これは流行歌の題名だな！」「こんなものを投案用紙の裏に書くやつがいるか！」と一喝された。試験の成績はよかったはずだが印象点は最悪だった。担任の三浦先生から後で、「試験の答案用紙に余計な事は書かないように」とこっぴどく注意されてしまった。

ローリングストーンズはイギリスのロックバンド、ビートルズとほぼ同時代に活躍したが、ビートルズが洗練されたメロディーとハーモニーで一世を風靡したのに対して、徹底的に反体制、反権力を貫いた。服装もビートルズがしゃれたユニフォームで決めていたのに対して、汚い格好で「ロンドン乞食」と呼ばれた。ドラッグを常用しているという噂がつきまとって来日公演はなかなか実現できなかった。ローリングストーンズはメンバーの多少の入れ替わりがあるが現在も現役のロックバンドである。ボーカルのミック・ジャガーは七四歳、未だにバリバリのロックシンガーである。

「白雪姫の毒りんご」泉谷しげる

（一九七一年、作詞・作曲　門谷憲二）

「むなしいむなしいとつぶやいても
また明日もむなしいだけ
空に浮かんでる白い雲も
今では何も答えてくれない」

で始まる歌詞は妙にシニカルで覚めた詩だと思ったが、泉谷の詩ではなかった。詩人の門谷憲二の詩だった。この詩になぜか時代を感じた。

吉見はとんでもなく積極的な女子だった。全く面識がない私に対してとなりのクラスから呼び出してきた。学生運動の話を聞きたいというのだ。なぜ私を知ったかというと、一組の担任の小林先生（女性）が、二組の山田君（私のこと）が学生運動に詳しいそうだから話をしてみなさいといったそうだ。まったく粋な先生もいたもんだ。女子に男子を紹介するなんて。吉見はバレーボール部の選手で、短パンに体操着の練習姿のままで私のところにやってきた。むっちりした太ももが丸見えで目のやり場に困ったが、彼女はそんなことはおかまいなしで、七〇年安保への熱い思いを熱心に語った。彼女のクラスをのぞくと、教室の後ろの黒板にカラーチョークで「七〇年安保粉砕！」などと大書してある。よく担任に消されないもんだ。彼女の頭の中には地道に支持を拡げるなどという発想はなく、ただひたすら行動に突き進む過激な発想があるのみだった。

やがて一〇・二一の国際反戦デーの集会に行こうということになった。阪急伊丹駅で吉見と待ち合わせしたのだが、少し早く駅に着いたので駅前の本屋で参考書を立ち読みしていた。そこにやはり他クラスの女子である田口がきて、

「あら、山田君じゃない　参考書を選んでるの？」などと話しかけてきた。実は田口とは面識がなかったのだが、少し前の生徒会の会議で、私が札幌の高校の経験を話して、ここの生徒会にはルールがない、というようなことを話して、それを田口が聞いていたらしいのだ。私は札幌の高校から兵庫県伊丹市の高校に転校してきたのだ。きっとほかの生徒からみたら、札幌からきた生意気なやつだと思っていたに違いない。田口は成績がいい女子で学年でもトップクラスの成績で、しかも美人だった。急に話しかけられた私はどぎまぎしてしまい、

「え、ああ　まあ」などといいかげんな返事をして、吉見との待ち合わせ時間が迫っていたのでそそくさと別れてしまった。まったく惜しいことをしたもんだ。他のクラスの女子と知り合う機会なんて、めったにないのである。人生には「モテ期」というのが何回かあるそうだが、このときがまさに「モテ期」だった。もっとも実際にモテていたわけではない。

吉見と待ち合わせした後は大阪の公園で集会に参加し、御堂筋のデモに参加した。数万人が参加した大規模なデモになった。御堂筋は大阪のメインストリートで幅広い道だが、そこを手をつないで道いっぱいに拡がって歩くのである。フランスデモというのに初めて参加した。夜になると雨がパラパラ降ってきたがみんな走ってデモを行った。吉見とつないだ手を離してしまうとはぐれてしまうので、彼女の手をぎゅっと握ると、彼女もぎゅっと握りかえしてくるのである。その夜の想い出は、大規模な反戦集会に参加したという興奮よりも、女の子とずっと手を握っていたという興奮の方が大きかった。吉見とは左手をつないでいたのだが、右手を誰とつないでいたかは覚えていない。

高校を卒業後、私は東京に出てきてしまったので吉見とは会っていない。彼女の存在は私にとって、「白雪姫の毒りんご」だったのか？

「僕たちに今一番必要なものは

熱い恋や夢でなく
まぶしい空から降ってくる
白雪姫の毒りんご」

「伝道」加川良

（一九七一年、作詞・作曲　加川良）

「悲しい時にゃ　悲しみなさい
気にすることじゃ　ありません
あなたの大事な　命に
かかわることじゃ　あるまいし」

不思議な詩である。タイトルのように教会で牧師が説教しているようにも聞こえる。自殺防止のキャンペーンソングのようにも聞こえる。

一〇代は情緒不安定な時期である。死んでしまいたいと思うときがある。さほど死ぬような悩みがなくてもである。勉強がうまくいかなかったり、友人関係がうまくいかなかったり、自殺するような原因は特にないのである。それでも自殺しようと思った。私は札幌で高校一年だった。自殺するに当たってはなるべく苦痛がない方法がいい。凍死というのは楽だと思った。本を読むと冬山で寝てしまうとそのまま凍死するそうだ。しかし自殺しようとする人間がそんな安易な事を考えるだろうか?

学校の裏山には雪が積もっていた。そこで睡眠薬を飲んで寝れば凍死できるのではないか？　と思い、学校を朝さぼって薬局に行き、睡眠薬（?）は買えなくて、鎮痛剤を買った。鎮痛剤は眠くなると聞いていたのである。そして鎮痛剤を飲んで裏山の雪の上に横になった。そのまま眠くなって凍死するはずだった。しかし眠くはならなかった。そもそも気温が高くて凍死なんかするはずがなかった。コートを着たまま横になったので暑くなって汗をかいてきた。雪は溶けてびしょびしょになってきた。凍死どころじゃない。ばかばかしくなってきてそのまま学校に遅刻して行った。たかだか一時間弱の遅刻だが、それでも非日常的な感覚だった。あのとき死んでいれば俺はもうこの学校にはいないのだ、と思うと何も考えずに授業を受けているみんながバカに見えた。バカだったのは凍死しそこねた私だったのだが。

「そうですそれが　運命でしょう
気にすることじゃありません
生まれて死ぬまでつきまとうのは
悩みというものなのですよ」

あの時の札幌での事を思い出すと、今でもやるせない想いが「伝道」の歌詞とともによみがえってくる。

加川良は「教訓」や「戦争しましょう」などの反戦ソングで知られるフォークシンガー、市民団体の集会などでも「教訓」を歌い続けたが、二〇一七年に白血病で亡くなった。六九歳だった。命を大切にするよう歌い続けたが、自身は病気で亡くなってしまった。

「この暗い時期にも」生田敬太郎
（一九七一年、作詞・作曲　生田敬太郎）

「この暗い時期にも　いとしい友よ
　僕の言葉を聞いてくれ
　だましたり苦しめたり　はずかしめたり
　見放したり　おどしたりなどはしないから」

人生を応援するような歌というのはけっこうあるが、あまり正面から「がんばれ！」などというような歌は苦手である。根が素直じゃないから、「なにががんばれだ！」などと思ってしまう。その点、生田敬太郎のこの歌は妙に心に響いた。語り手の謙虚さが伝わってくるような気がした。

高山とは特に気が合うというわけではなかったが、なんとなく仲良くなった。高山の方から近づいてきたのである。放課後、お好み焼きを食べに行ったり、家に遊びに行ったりした。高山の妹はまだ小学生で、お好み焼き屋に連れていくとうれしそうについてきた。私にも妹がいたが中学生で生意気だったし、高山の妹がばかに可愛く見えた。高山だがボクシングが好きで成績は悪かった。いつもボクシングのポーズを取っているのである。成績が悪いもんだから人ごとながら心配になって、

「お前、大学入れるのか？」と聞いたが、

「なに、すべり止めがあるから大丈夫」とか言っていた。

卒業して、私は東京の大学になんとか合格した。高山はどうしたかと思っていたらある日手紙が来て、東京に出てくるから泊めてくれという。大学は滑り止めの大阪学院大学も含めて全て落ちたという。大学はあきらめて、東京でタイプライターの専門学校に入るという。

「これからの時代はタイプだ！」などと言うのだ。

ああ、やっぱりと思った。高山は状況判断がおかしいのだ。男がタイプライターの学校なんかに行ったたって食えるわけはないのだ。とはいえ、東京に出てくるというからとにかく東京駅に迎えにいき、船橋の実家に一晩泊めた。

「お前、これからどうするんだ」と聞いたら、

「しばらく泊めてくれ、その内なんとかするから」とかいう。私の母親も不安気な顔をしていて、

「あの子、いつまでいるのかしら」などと言う。ただならぬ雰囲気を感じたらしい高山は次の日、友達の家を探すといって出かけていった。その後連絡はなかったから、伊丹市の実家に帰ったと思うがその後連絡はない。人生には暗い時期というのが必ずあるから、そのときの状況判断が大切だと思う。進学、就職など人生の転機にあたって彼の人生に的確な助言をしたやつはいなかったのか？　かくいう私も自分のこ

とでせいいっぱいで、高山のことまで心配する余裕はなかった。薄情な友人だったと思う。

「この世にゃどうしようもないことなどない
　人は独りということ以外にゃ
　人生は甘いものにせよ苦いものにせよ
　好ましいものとして役立てよう」

高山はあのときの苦い経験を、好ましいものとして役立てられただろうか?

生田敬太郎は、泉谷しげるや吉田拓郎と同時代に活躍したフォークシンガー、他人を思いやる歌詞とブルース調のメロディーが素晴らしかったが、大きなヒット曲はなかった。

『葦牙』の思い出

山口　直樹

はじめに

私が、『葦牙』を初めて見たのは、いつだっただろうか。たしか一九八〇年代後半、書店で見かけ、なかにトロツキー関連の志田昇氏、西島栄氏、加藤哲郎氏、いいだもも氏といった人たちの論考を見つけ、読んだ記憶がある。

田舎出身の大学生で政治的にナイーブな青年であまりよくは考えずに民青に入ったりして友人から驚かれたりしたことがある。大学に入りたての頃は、代々木系と非代々木系の区別もあまりつかないほどのナイーブさだったのである。

しかし、大学に入ってからはさすがに両者の区別は、自覚するようになっていた。

『葦牙』を見かけたのは、その両者の区別がつき始めたころではなかったかと記憶する。

最初に『葦牙』を見かけた印象は、地味ではあるが、文学や思想に関する時代の本質的な問題に取り組んでいる雑誌だということであった。

そして第二に『葦牙』が、どうやら代々木系の雑誌ではないということには気が付いていた。というのもたまに『民主文学』から別れた経緯などが掲載されていたので、直接的には知らないものの間接的にそのことを知るようになったのである。

まだ八〇年代後半は、かろうじて大学生の間にスタンダードな教養といったものが、生きていたように思うが、そのなかで丸山真男、小田実、加藤周一、久野収、鶴見俊輔といったところは読むようになっていたが、日本共産党が、これらの知識人を批判するキャンペーンを張っているということ知るのは、もう少し後のことになる。

1. 文系と理系のはざまで『葦牙』を読む

私が、『葦牙』の読者として少し特異な位置にあるとすれば、大学で物理系に所属しつつ文学や思想の問題に関心を持ち『葦牙』を読んでいたということにあるかもしれない。冒頭に述べたように『葦牙』に掲載されていたトロツキー関係の論考は、物理の実験などをやっている合間に熱を入れて読んでいたほうだと思う。最初は、それらの内容を十分理解していたとはいえないだろうが、ともかく関心だけはあってじっくりと読んでいた。（のちには『トロツキー研究』のほうにも目を通すようになり、そこにおける翻訳者、執筆者であった湯川順夫氏にもお会いしたことを記憶している。）

しかし、当時はただ読んでいるだけであって自分が『葦牙』に論文を書くことになるとは、全く考えたことがなかった。

2. 「葦牙ジャーナル」への投稿

どうやって『葦牙』の編集部とつながりができたのかが、今よく思い出せないのだが、いつのころからか自宅には『葦牙』のほかに「葦牙ジャーナル」が送られてくるようになった。

そのなかに「葦牙ジャーナル」に投稿してくれないかという紙が入っていたので「『怪物の時代』におけるゴジラと石原慎太郎について」という論考を投稿したことがある。幸い「葦牙ジャーナル」のほうに掲載されたのだが、これが私の「葦牙ジャーナル」におけるはじめての論考となった。今から二〇年ほど前の論考だが、私は、『葦牙』の同人の人たちが、『石原慎太郎というバイオレンス』という石原慎太郎批判の本を上梓するということを知っていたので、都知事となった石原慎太郎批判を私なりに行うためにゴジラを呼び起こすことにした論考であった。当時『ゴジラ』（一九五四）をレンタルビデオ屋で借りてきて見てこの作品には深い哲学が含まれていることを見て取っていたので迷わず、このテーマで書くことにした。今から考えてみれば、サブカルチャーや特撮を扱った論考というのは、「葦牙ジャーナル」にはなかったのでちょっと毛色の違う論考になっていたように思う。（そのサブカル路線は、「仮面ライダーとは何か」「葦牙ジャーナル」一二二号という論考に継承されることになった。）その後、ゴジラは私のメインテーマとなり、第五福竜丸の被爆者、大石又七氏や『ゴジラ』の出演者である俳優宝田明氏にもあって、北京の大学では中国人の青年にゴジラの授業をして感想を書いてもらうという〝北京ゴジラ行脚〟までやることになるのだから「葦牙ジャーナル」のこの論考が私の原点になっているといえる。その後、もう一本、官僚や政治家が主導する「科学技術立国」を日本ナショナリズムとして批判的にとらえる論考を書いたが、北京への留学などで忙しくなってしまいその後の論考を投稿することは停滞してしまった。

3．北京からの投稿

私は、北京に居を移し、北京大学のなかの勺園というところに住むようになったが、『葦牙』や「葦牙ジャーナル」は、北京に送ってもらっていた。その後、二〇〇八年の北京オリンピックの時も北京にいたので、一度、北京の様子を書いてくれないかと依頼を受けていたのだが、思いのほか多忙でその要請にこたえることができないでいた。

私が、「葦牙ジャーナル」で北京から連載をするようになるのは、三・一一後に facebook を通して編集部の牧梶郎氏から直接メールをもらったことがきっかけとなった。

私のことを忘れず、熱心にお誘いいただいたこともあって引き受けることになった。これまで「葦牙ジャーナル」では、二〇回ほど北京からの連載を行った。

第一回のテーマは、「日中のはざまで考えるゴジラ」というものからはじめている。

これは、二〇一一年三月一一日の東日本大震災を『ゴジラ』の出演者の俳優、宝田明氏からの電話で北京で知るという稀な経験をしたために選んだテーマであった。私は、三・一一の原発事故の後、二〇一一年五月、北京大学の教室で「日中原子力テクノロジー再考」というテーマで報告を行ったことがある。これには日本人を中心として三〇人以上の聴衆があったが、私の知る限り北京の日本人で原子力に関するテーマで報告を行った人というのは、ほとんど聞いたことがない。

フランスのパリでは、パリ在住の日本人が、反原発のデモを行ったことが伝えられていたが、北京では、日本人が反原発のデモをするというようなことはなかった。

そうした中で私が読んだ「葦牙ジャーナル」の印象に残った論考は、一〇〇号記念号に掲載されていた丸山茂樹氏の「資源小国批判」という論考であった。

丸山氏は、この論考の中で当時の日本が資源小国であるとの認識から戦前期において「満州国」の資源を「開発」していく論理と戦後日本における原子力発電所設立の論理が相似形であることを石堂清倫氏の言葉を引用しつつ説得的に論じていた。

石堂氏の指摘を戦後日本の原発の問題と関連づけた丸山氏の指摘は、私が、満州の植民地科学史研究を行っている人間であるがゆえに教えられるところが大であった。

石堂清倫氏は、満鉄調査部にいたが、自然科学系の試験研究機関の満鉄中央試験所の所長に就任することになる丸沢常哉氏は、石堂氏の友人でもあった。

私は、この丸沢常哉氏のことを「満鉄中央試験所最後の所長、丸沢常哉の科学者としての闘い」として「葦牙ジャーナル」に、そして『葦牙』（第四二号、二〇一六年）には「戦前期における丸沢常哉の科学技術思想」を書いた。

前者は、二〇一五年一一月、評論家の佐高信氏を北京にお招きした時にお渡しすることができた。そのとき私は、佐高信氏から「丸沢常哉を知っている日本人はそう多くはないね」といわれたことも鮮明に覚えている。私の主宰する北京日本人学術交流会でも佐高氏をゲストに「丸沢常哉と岸信介」というテーマで扱いもした。

佐高氏は『週刊金曜日』で丸沢常哉のことを扱い、そしてそこで私のことにも言及していただいており、大変ありがたく思った。

その佐高氏のことも「葦牙ジャーナル」には書くことになるわけだが、佐高氏が二〇一五年一一月に合計五日ほど北京に滞在されていたときは、毎日、半日ほどは、タクシーのなかでつきっきりで佐高氏と話をするという得難い機会を得た。

多岐にわたる話題で話をしたのだが、話題が『葦牙』のことに及んだ時、佐高氏が、「『葦牙』といえば、シモタさんだね」といわれ、私はとっさに反応できなかったことがある。「シモタさんって誰だっけ」と思ってしまったのだが、シモタさんとは、もちろん沖縄文学を扱った霜多正次氏のことであり、さすが佐高氏は、霜多正次氏の文学をよく知っておられた。私は、まだ霜多正次氏の文学作品は未読ではあるが、ぜひ読んでみたいと思っている。

なお、このときに佐高氏から直接教えてもらったのが、『週刊金曜日』で連載されていた辺見庸の『1★9★3★7』（金曜日、二〇一五）という作品であった。佐高氏によれば、堀田善衞や武田泰淳のことを扱っているとのことだったので、日本に戻った時、佐高氏と辺見氏の対談『絶望という抵抗』（金曜日）と一緒に買って読んだ。『1★9★3★7』は、辺見庸が、自らの血をもって書いたような作品で思わず知人や友人に読むように勧めたりもした。そこで改めて問題作として取り上げられていたのが、堀田善衞の『時間』という作品であった。恥ずかしながら私は、中国人を主人公にした堀田善衞のこの作品を知らずに来てしまったのだが、一度だけ「葦牙ジャーナル」のなかで堀田善衞について言及したことがある。それは、「『怪物の時代』におけるゴジラと石原慎太郎」という論考のなかで『モスラ』（一九六一）の原作者、日本における怪獣文学の先駆として言及していたのだった。そしてそこで『葦牙』の同人たちが、石原慎太郎批判の本を出版すると同時に、なぜか日本では本格的に論じられることが少ないという堀田善衞を論じた本『堀田善衞――その文学と思想』（同時代社、二〇〇一年）を出版していることを「興味深いことだ」と評していたのである。最近、その本を読んでみて辺見庸の『1★9★3★7』以前に堀田善衛の『時間』や『方丈記私記』などの作品で提出していた問題を「スルーせずに」取り上げた数少ない貴重な価値の高い本だと感じた。

『葦牙』の良質さは、こうしたところにあらわれていると思ったのである。

もうひとつ『葦牙』に関して忘れがたい経験は、佐高氏を北京にお招きした後に佐高信氏と久野収氏の対談『市民の精神』（ダイアモンド社）を読み直していたら久野収氏が、『葦牙』を読んでいる写真が掲載されている頁に遭遇し、驚かされるというものであった。思わず編集部にそのページをデジカメで写真に撮って送ってしまったぐらいである。

おわりに

最後に言うと私は、一度だけ「葦牙ジャーナル」に詩を投稿したことがある。

五〇号に投稿した「田中愛子の絶筆の詩『今、光っていたい』に寄せて」という詩がそれである。この詩に関しては『葦牙』（第四三号、二〇一七年）の「西光万吉とベンヤミンの思想における比較研究――田中愛子の絶筆の詩『今、光っていたい』の思想を手がかりに」を読めば詳しいことがわかるようになっている。私には『葦牙』が、詩を大事にする思想誌で助かったという思いがある。

『葦牙』は、啓蒙主義者風に「進歩」の名のもとに詩を切り捨てるのでもなく、またロマン主義者風に復古調の文学や詩に向かうのでもなく、合理性に依拠し、埋もれている新しい言語、文学、詩をさらに育てることに貢献してきたように思う。

『葦牙』が四四号で打ち止めになってしまうのは時代の流れとはいえ非常に残念である。

今になって「なぜもっとはやくから『葦牙』の方に論文を投稿しておかなかったのか」が悔やまれてならない。これが『葦牙』終焉に際しての私の正直な思いである。

最後にこの場を借りて牧さんをはじめとした『葦牙』編集部の皆さんには感謝を申し上げたいと思う。

本・文学と思想

『いかに世界を変革するか』　尾張はじめ
『長期法則とマルクス主義』　牧　梶郎
『近代日本一五〇年』　山口　直樹

マルクス主義は敗北したか

エリック・ホブズボーム著　水田洋監訳　伊藤誠ほか訳
『いかに世界を変革するか——マルクスとマルクス主義の二〇〇年』

尾張はじめ

本作はイギリスのマルクス主義者であるエリック・ホブズボーム（一九一七〜二〇一二）がマルクス主義の二〇〇年について正面から取り上げた作品である。一読して感じるのは著者のマルクス主義者らしからぬ（?）柔軟な感性である。マルクス主義の創成期から現代の後退期に至るまで、常に冷静な歴史家の目で時代を語り、マルクス主義の影響力や負の側面まで余すところなく書いている点に感銘を受けた。まず著者から紹介しよう。

一　エリック・ホブズボームの略歴

イギリスの歴史家、一九一七年エジプト生まれユダヤ系イギリス人の家庭に生まれる。ケンブリッジ大学在学中にマルクス主義を身につける。ケンブリッジ大学で博士号を取得後、ロンドン大学バークベック・カレッジで教える。主な著作は、『市民革命と産業革命』『資本の時代』、また『二〇世紀の歴史——極端な時代』は世界的なベストセラーになった。政治的立場だが、ケンブリッジ大学でイギリス共産党に入党、戦後一九五六年、スターリン批判とハンガリー事件があって多くの党員は脱党したが、ホブズボームはイギリス共産党員として言論、執筆活動を続けた。イギリス共産党の方がその後消滅したという。著作のほかには、英語版マルクス・エンゲルス全集の総編集長であった。

二　本作の構成

本作の第Ⅰ部は「マルクスとエンゲルス」で、『共産党宣言』『経済学批判要綱』などマルクスとエンゲルスの著作の内容と世界各国への影響が書かれている。第Ⅱ部は「マルクス主義」で、反ファシズムの時代におけるマルクス主義の役割、グラムシの登場とその影響、そして一九八三年以降のマルクス主義の後退期について論じている。第Ⅰ部については多くの人が論文や評論を書いており、特に本作で新しい発見がされたわけではない。第Ⅱ部の「マルクス主義」では、反ファシズム運動の中でのマルクス主義の役割が分析されていて参考になる。またイタリア共産党とグラムシの役割についてあらためて評価されていて、その点も参考になった。最後にマルクス主義がなぜ後退していったかが最も興味があった点だが、歴史家らしい現実的な描写に非常に共感を覚えた。マルクス主義者の中でも共産党員が書く論文などは、現実のマルクス主義の衰退を認めようとせず、スターリンや毛沢東などの指導者の責任だけを批判して自己弁護しているような評論に慣れていたので、その点に新鮮さを感じた。本作は五〇〇ページ以上の大作なので、第Ⅰ部の「マルクスとエンゲルス」については省略し、第Ⅱ部の「マルクス主義」だけを簡単に紹介し、さらに評者の意見を付与して書評としたい。

三　第Ⅱ部「マルクス主義」の内容

第Ⅱ部の「マルクス主義」では、一八八〇年から反ファシズムの時期を経て、一九八三年以降のマルクス主義の後退期に至るまでが書かれる。特に第十一章の「反ファシズムの時代に」ではファシズムとのたたかいの中で、マルクス主義が影響を広げていった過程が書かれる。また、第十二章の「グラムシ」と第十三章の「グラムシの受容」では、イタリアの歴史の中でグラムシの理論がどう形成されたかを分析し、グラムシがヨーロッパに広く影響を与えた背景について書かれている。以下簡単に紹介しよう。

ヒトラーの勝利によるファシズムの台頭は、多くの知識人を反ファシズムのたたかいへと駆り立てた。第一の理由は、ファシズムが政治的右翼の主要な国際的媒介物となったことだという。あのスペイン市民戦争が国際的な支援を受けたことはその表れだという。第二の理由は、ファシズムの脅威が政治的脅威をはるかに超えるものだったということである。「ファシズムは、ロシア革命だけでなくアメリカ革命やフランス革命から生じたあらゆる体制に加えて十八世紀啓蒙の全遺産も拒んだのである。」（三五〇頁）第三の理由は「ファシズムが戦争を意味していた」ことである。戦争と抵抗、ファシズムと反ファシズムの対立が大きくなるほど、反ファシズム陣営の中で共産主義の影響力が強くなっていった。「共産主義者は、広範な反ファシズム同盟と抵抗の政策を理論的に先駆けただけでなく、闘争の中ではっきりと指導的役割を実践的に果たしていたからである。」(三五二頁)こうして、知的業績がすでに世に認められている多くの知識人が、ファシズムに対するたたかいの中でマルクス主義に引きつけられていった。

共産主義者の側から見れば「反ファシズム統一戦線」という戦術は、あたかも「プロレタリアート独裁」の代替案のようにも見え、反ファシズムの時代が終焉を迎えた時代には共産主義理論の混乱をもたらした。知識人の一部はやがてマルクス主義に失望して離れていったものもいたが、何が自分たちの失敗で何が間違っていたかをつきとめることはできなかった。

第一二章「グラムシ」ではイタリア史とグラムシ理論が語られる。「イタリアは一国のうちに大都市と植民地、先進地域と後進地域の双方を含んでいるがゆえに、世界資本主義のいわばミクロ宇宙であった。」(四一一頁)グラムシは、出身地のサルディーニャ島の後進的な部分と、トリノのフィアット社のような発達した工業資本主義の双方及び相互関係を把握できるというめぐまれた位置にいた。第二にイタリアは工業的であり、農業的でもあったこと。第三にイタリアのブルジョワジーはイタリアの国民(ネーション)を創出することに失敗したこと。第四にイタリアにおけるカトリック教会の権力基盤がある。グラムシが「ヘゲモニー」と呼んだ、権威が維持されるやり方について、他国のマルクス主義者より自覚的だった。さらにイタリアは一九一七年以降、社会革命の客観的条件や主体的条件が、イギリスやフランス、そしてドイツよりもすすんでいると思われたのに、革命は起こらず、ファシズムが権力に就いた。この事実の分析からグラムシはマルクス主義政治理論を開拓した。ロシア以外では革命は失敗するかそもそも起こらなかった。ここで社会主義と「市民社会」というテーマが論点になる。グラムシは戦略と社会主義社会の性格という二つの問題を把握しようとしたが、多くの共産主義者は、彼の戦略だけを過度に強調しようとしているという。

結論として、ホブズボームがなぜ本作でグラムシを取り上げたかという理由だが、「彼はマルクス主義理論家たちのなかにあって、社会の特別な次元としての政治の重要性を最も明晰に理解した人だからであり、政治には権力問題以上のものが伴うということを彼が認識していたからである」(四二九頁)と書いている。例えば近年の中国の政治的諸決定は明らかに間違っているが、社会主義社会のそうした欠陥は正されなければならないと書いている。

第一五章は「マルクス主義の後退期——一九八三年から二〇〇〇年まで」である。まずソ連とソヴェート・モデルの崩壊である。マルクス主義者たちは歴史的未来に関する彼らの理論的予測が、明らかに外れたことを認めざるをえなかった。「政権の座についていなかった社会主義者は希望もやる気も失ったままであった。」(五〇一頁)そしてマルクス主義の後退はソ連型社会主義の崩壊だけに帰することはできない。ヨーロッパの共産主義政党、特に最大勢力であったフランスとイタリアでは、知識人層に対する党のヘゲモニーは失われていったという。反ファシズム、世界大戦、レジスタンスを経験した世代が政治と文化の表舞台でだんだんと退場したことにも原因がある。そして大きな問題は、レーニンがマルクスに押し付けた厳格な集権的党組織であった。これは著者によればマルクスからバクーニンへの逆転を表していたという。

最終章の第一六章では、「マルクスと労働者階級」が語られる。マルクスはプロレタリアートは「資本主義の墓掘人」であり、社会変革の本質的な担い手であったはずだが、労働運動と社会主義は運動としては同一でなかったという。一九七〇年代以降は共産主義だけではなく、改良主義的な社会民主主義も後退していった。近年労働者階級の選挙民の人気を博しているのは、急進的な民族主義右翼政党である。グローバル資本主義の制覇は、世界中の自然資源が犠牲になっているという大問題への解決策がない。ここでふたたびマルクスを真剣に考える時がきたと著者は結んだ。

四　いくつかの問題

さて本作の内容の一部を簡単に紹介したが、何が問題なのかをあらためて考えてみたい。まずモデルの崩壊である。ソ連の崩壊はソ連型社会主義の崩壊とスターリン主義的な政治体制の崩壊をもたらしたが、それに代わる先進資本主義国における社会主義のモデルがなかった。中国はどう考えてもヨーロッパや日本のモデルにはならない。政治活動を展開するにあたり、一定のモデルがないと何を目標にすればよいかわからない。さらにモラルの問題がある。スターリン主義的な政治体制は人権を抑圧しただけでなく、社会主義的道徳感を大きく崩壊させた。スターリンの腹心であるベリヤという男などは権力を利用して多くの女性を乱暴した。社会主義は、虐殺と腐敗というモラルの崩壊から立ち直っていないかに見える。

もう一つは本作中でも指摘されているレーニン型の党組織である。共産党の大会などではほぼ全員一致で議案が採択される。実際に党組織の中で反対意見がないわけではなく、議論や反対意見が封殺されて表面に出ないだけである。先進資本主義国における民主主義革命をめざす党組織が、自ら組織内民主主義が保証されていなくてどうやって民主的な社会主義を実現できるというのだろうか?

今年はマルクス生誕二〇〇年、昨年はロシア革命一〇〇周年という節目の年だがマルクスやロシア革命再評価の動きが今一つ活発でないように思える。マルクス主義はもはや世界を変革する思想であり得るのか? たとえば反グローバリズムや反戦・平和への新たな大衆運動、地域通貨や労働者協同組合の組織化による運動の拡大、自然環境保全や原発に依存しない新しいエネルギー開発をめざす運動などは世界的にも拡がっている。マルクスの思想は現代の諸問題にどう関われるのか？　一つの参考になる書だと思う。

（作品社　三八〇〇円＋税）

マルクス主義復権への書

大西広著『長期法則とマルクス主義――変革の指針としてのマルクス主義』

牧　梶郎

本書は一〇本の論考と二本の書評、それに二つの補論からなり、それぞれ別の時期に別の媒体に異なる趣旨で発表されたものである。従って、必ずしも読み進むうちに論理が展開し、理解が深まるというような構成にはなっていない。それでもその通底には、マルクス主義の存在意義を長期法則という観点から肯定的に捉え直すことにより世界の将来を切り拓くことができる、マルクス主義がケインズ経済学と決定的に異なるのは歴史の長期法則を認めるかどうかだ、というマルクス経済学者を任じる著者の強い思いが流れている。

参考のために章目次を掲げておく。

それでは、現代において著者が何を長

期法則として捉えているかを見てみよう。

国家から社会へ

著者が考える長期法則の基本的な一つは「国家の社会による再吸収」という有名なマルクスのテーゼであり、「我々は『国家の死滅』という長期の展望と整合的な未来社会論を持たなければならない」ということになる。

資本の蓄積を通じて資本主義が経済成長を果たしている間は、原始的蓄積期においてはインフラの整備や法的強制、成長期には税の再配分としての社会保障など、国家が果たす責任は大きかった。しかし、現在の先進資本主義国家のように資本蓄積が進み経済成長が望めなくなった状態では、国家に代わって社会が担う役割が大きくなっている。「『税』という暴力による取りたてに依拠した『公共業務』が我々の理想とするものであろうか。少なくとも、それへの依存度を極力低くした『社会化』のあり方が求められているのではないだろうか」。目指すは国家主義的な福祉国家ではなく市民社会が主体となる成熟社会、というのが著者の立場である。

著者のいう成熟社会では、市民が主体的に経営に関わる非営利協同の社会的企業や私的な中小企業の発展だけでなく、大手株式会社の大衆株主による市民社会的変革などが含意されている。その実現のためには、歴史法則に沿った社会における主体の形成とともに、既得権をもつ抵抗勢力（大きな裁量権をもつ政府や官僚も当然含まれる）をどう抑え込むかといった戦略が課題となる。

したがって、当面の闘いは、裁量権を持つ大きな政府を目論む国家主義に対するものであるべきで、決して反新自由主義ではない、ということになる。事実、安倍政権に対する当面の課題――集団的自衛権を全面的に容認する憲法改悪、沖縄米軍基地強化、TPP、原発再稼働、消費税増税、歴史修正主義、などに反対する闘いやモリカケの究明――はみな国家主義に関係するものである。小泉政権以来日本の左翼は何でも「反新自由主義」の闘いとしているが、それでは問題の本質に迫れないと著者は懸念する。

新自由主義とグローバリゼーション

それでは著者は新自由主義とその結果であるグローバリゼーションをどう考えているのか。

新自由主義に関しては、小さな政府を主張するフリードマンら「自由主義派」が目指したのは「政府の裁量性をなくすことにあったのである」と、理解を示す。「マルクス主義者が求めるのは『再配分』ではなく『一時所得の平等分配』（搾取の廃止）であったはずだからである」とし、搾取による所得格差を容認した上で政府による再配分を説くケインズ派より、新自由主義の方がまだマルクス主義に親和性があり、歴史法則の方向に沿っているとする。

新自由主義により近代国家の枠組みを超えて広がる市場にともない進行するグローバリゼーションもしくは統合は、

「長期には必然的な、したがって進歩的なトレンド」であり、それ自体に反対することは意味がない、と著者は説く。しかし、「総じて『民衆』の側、労働者階級の側は『グローバリゼーション』の負の側面を強調し、その多くが『反グローバリゼーション』の側にたった。『グローバリゼーション』で実際に不利益を得ているからである」ともいう。したがって、「各国のノンエリート、つまり労働者階級は流入する移民や『自由貿易』によって急増する外国製品によって雇用を奪われるなどの様々な矛盾＝〈痛み〉をずっと我慢させられ続けてきたのである。こんな状態が長く続くのであれば、ノンエリート、労働者階級の側が選挙や国民投票などで反乱を起こすのは当然のことである。……そのための〈コスト＝不利益〉を社会のある部分が一方的に蒙り続ける筋合いはないからである」ということになり、「私のここでの立場は『反グローバリゼーション』あるいは『反統合』ではない。『グローバリゼーション』や『統合』が歴史的な進歩であったとしても、それに伴うコストは資本家階級など社会の上層部によってこそ支払われねばならないのであって、あるいは少なくとも『甘受』が可能なレベルに抑えられ、コントロールされなければならない、というものである」となる。

要するに、新自由主義にしろグローバリゼーションにしろ、現在の資本主義の発展段階に応じて変化する、しかるべき歴史の長期トレンドであり、マルクス主義者はその流れを押しとどめようとするのではなく、変化する条件の中でいかに労働者や弱者の立場を護るかという、新たな闘い方を追究すべきだ、ということになる。

この本には直接取り上げられていないが、今年の国会で焦点となった「働き方改革」についてもこのことは当てはまる。政府が法案の根拠にしているのは、IT技術の発展やパソコン・スマホの普及により働き方が多様になっているという変化である。工場や事務所などに社員を集めて集団主義的に働かせて経営効率を上げた経済成長時代の労働モデルは、もはや現在の経営のニーズにそぐわなくなった。もっと自由に社員を雇用し使えるように規制を緩和したいという経営の側の要望に応えたものであるのは間違いない。ただ、それに反対するのに、変化した条件の下で新たにどう労働者の権利を護るのかの対案もなく、総評全盛時代に獲得された労働者保護の体制を護れ、だけでは単なる守旧派になってしまう。

米国の衰微と中国の台頭

著者が開発した「マルクス主義派成長モデル」（この数理的説明は第九章と十章に詳論されている）による予測よれば、先進資本主義国の経済成長は滞る。一方で、中国は二〇三〇年頃までは資本蓄積を積み上げ成長し、遅かれ早かれ世界の経済を牽引する立場になり、それに伴い米国の主導権は中国により取って代わられることになるという。トランプ米大統領の登場などにより保護貿易が台頭する中で、歴史の法則的流れである「自由貿易」をRCEPにみられるような望ましいコントロールの下で主導するのが、中国である事実はそれを暗示している。

ただ著者は、こうした中国覇権の世界＝パックス・シニカは、マルクス主義が求める公正と平等をもたらすわけではなく、中国中心主義的な国益外交となる、としている。その結果「従来『反米運動家』であった人々が『反中運動家』となる可能性は非常に大きい、日本の左翼運動には既にその兆候が表れている」とも書いている。

それでも、植民地を直接支配収奪したパックス・ブリタニカより、経済と軍事力とで世界の警察官として君臨したパックス・アメリカーナの方が少しはマシだったように、中東などで軍事力の直接の行使を伴わないだろうパックス・シニカの方が多少は良くなる、と説く。

著者は中国は国家独占資本主義と位置付けており、中国に対してはかなりの程度批判的である。しかし、鄧小平による改革開放路線を、「ソ連が『生産関係を変えれば社会主義にできる』と考えたのに対し、鄧小平は『社会主義の前提条件は生産力発展』と考えた。本来のマルクスへの回帰に一〇〇年かかったと表現することができる」と評価している。これは、マルクス主義の基本的長期法則のひとつである生産力の発展理論からみた中国経済の資本主義化への評価である。

本書にはまだ他にも興味のある論点がいくつも上げられている。

〈歴史の長期法則を認め進めるのがマルクス主義者で、貧乏人や弱者の側に立ち味方するのが左翼であり、両者は常に同一であるとは限らない〉、〈成長が止まった資本主義社会では反成長主義のエコロジストと課題を共有できる〉、〈近代経済学は需要サイドを重視し、マルクス派経済学者は供給サイドを常に問題とする〉、〈新古典派の新自由主義の方が、それを批判するケインズ経済学の修整派より長期法則にかなっている〉、〈政府による対企業の規制は「〜してはいけない」というようなものは可能でも「何らかの嫌がる行為を無理やりにさせる」のは非常に困難である（民主的規制論の限界）〉、〈十年一日の如く「反新自由主義」しか唱えない「新福祉国家論」はまったく間尺に合っていない〉、〈西側マルクス主義は「運動を導く理論」としてあったというよりは、「運動に都合よく使われる理論」であった〉、なども取り上げて論じたかったが、ここでは紹介だけにとどめよう。また、評者の力量不足もあり、九章、十章で展開されている「マルクス派最適成長論」モデルについてのコメントは控えざるを得なかった。

いずれにしろ本書は、マルクス主義は様々な点で優位性を持った理論であることを強調する、マルクス主義復権への書である。

（花伝社　二〇〇〇円＋税）

透徹した見方で近代日本一五〇年を批判的に総括した優れた科学技術史の書

山本義隆著『近代日本一五〇年――科学技術総力戦体制の破綻』

山口　直樹

二〇一八年は明治維新から一五〇年という年になるため二〇一八年は「明治維新とはなにか」を考える本がたくさん出版されることが予想される。

本書もそのことを意識はしているが、副題に「科学技術総力戦体制の破綻」という言葉が出ているように勝利者の側から見た明治維新万歳といったスタンスをとるものではない。

むしろ対極的なスタンスから明治期からの近代日本科学技術史を批判的に総括しようとした名著であろうと思う。以下その内容を見ておきたい。

第一章「欧米との出会い」は、「日本の支配層が物理学を中心とする西欧の近代科学に注目するようになったのは、江戸末期である」（二頁）という言葉からはじまる。

それまでは蘭学が、近代科学として学ばれていたが、それは医学が中心であった。

「医者の蘭学」が「武士の洋学」となって、欧米の科学や技術が本格的に学ばれるようになったのは、一八四二年に中国がアヘン戦争に敗れてからのことであるという。

一九世紀半ばには欧米と日本では技術力に歴然とした差があったのである。

ここでは、いちはやく欧米を観察していた福沢諭吉が、欧米に対してどのような見方をしていたかが取り上げられている。また福沢は、欧米の文明の強さの秘密を「窮理の学」すなわち物理学にみていたが、明治期における「窮理の学」の通俗書ブームなどにも触れられている。

ここでのポイントは、明治の日本では、科学は技術のための補助学として学ばれたということにある。今日にいたるまで日本の科学教育は、世界観や自然観の涵養よりも、実用性に大きな比重を置いて遂行されることになった。つまり実用性にその価値を見出す学問観が、明治のはじめに日本が西欧科学を受け入れたときの基調だったというのである。

著者は以下のような指摘をしている。

「西欧中世では文字文化は、もっぱらラテン語で表され、アカデミズムの学者と教会の聖職者たちに独占されていた。しかし一六世紀になって印刷書籍の出現と宗教改革にともなう俗語の国語化の動きとともに、僧侶と大学知識人による文字文化の独占に風穴があけられ、職人たちの内部から自身の経験を俗語書籍に表現する者たちが登場することになる。それは『一六世紀文化革命』ともいうべき知の世界の地殻変動であった。

そしてその変動に呼応してアカデミズムの内部からも、手仕事をいとわず実験装置を組み立て観察や測定を重視する新しいタイプの学者が登場してくる。

ガリレオやトリチェリやフックやボイルたちであり、彼らによって観察と実験に基づく実証科学の形成が始まる。これが『一七世紀科学革命』である。

しかし、それでもなお、科学と技術は別々に営まれていた」（二七頁）

これは『一六世紀文化革命』の著者らしい指摘であるといわなければならないが、実は、この別々に営まれていた科学と技術が交流し、「科学に基づいた技術」が、西欧に生まれ始めるのは、一九世紀になってからのことである。また一九世紀になってはじめて西欧で科学は社会の中に制度として組み込まれ始めた。

日本はちょうどこの時期の西欧の科学を受容していたのだった。

そして、その実用性重視の学問観が、過大な科学技術幻想を生じさせることになったとも指摘している。

第二章「資本主義への歩み」においては、工部省という省についての記述から始まっている。

一八七〇年に設置されたこの工部省は、鉄道、鉱山、土木、造船、電信、製鐵などを中心的事業とし、産業基盤と社会基盤を整備し、日本の工業化を牽引することになった。

この工部省に関してなされている重要な指摘とは、まず第一に「通常、産業の近代化がすなわち日本の資本主義化とみられているが、軍の近代化が日本の資本主義化に果たした役割は、きわめて大きい。軍と産業が同時並行で上から進められたことが、日本の資本主義化を特徴づけている」（四五頁）という指摘である。

第二には、工部省の山尾庸三や伊藤博文が、塙保己一の息子で幕臣の塙次郎を、廃帝の転居を調べているという風説をもとに待ち伏せして惨殺していたという史実を掘り起こし、「彼らは攘夷を唱え、天皇親政をめざすテロリストだった」と述べている指摘である。

第三には、工部省出身の技術官僚は、日本の支配階級、武士階級出身のものが多く、工業化の担い手として国家により教育されたという指摘である。

鉄道、通信、電気、紡績などの産業が、明治期に勃興して資本主義化が進行していくが、その原因として科学技術習得のタイミングの良さ、国家の強力な指導や意欲も高い士族の子弟の教育制度の形成などとともに、農村労働力の過酷な収奪と農村共同体の無残な破壊ということが原因として指摘されている。日本の急速な資本主義化を可能とした原因として農村の犠牲を忘れるわけにはいかないだろう。

第三章「帝国主義と科学」では植民地朝鮮における鉄道建設が海外進出、アジア侵略のためのものへと「発展」していったとされる。

さらに日清戦争勃発時に大本営を広島においたのは、当時は本州縦貫鉄道の終点が、広島であったからだという興味深い事実が指摘されている。朝鮮における鉄道建設は中国大陸進出への布石となっていたのである。

ここで日本の帝国主義の科学として取り上げられるのは、地球物理学である。

地球物理学は、日本にはお雇い外国人によって導入されるが、地震学、気象学、そして日本近辺の重力測定や地磁気測定が、主流的な位置を占めていた。

一見地味で純学術的に見える日本の地球科学研究もまた底流においては国家第一主義と実用主義に導かれていたということになる。

日清戦争の大本営が置かれた広島では、全国の気象要素が測候所に集められていたという。

地球物理学者として著名な田中館愛橘は、自らが測定した地磁気のデーターを軍に送付していたという。田中館愛橘は、その功績が認められ一九四四年文化勲章を受賞しているという。

明治期に先端的な技術として評価されたのは、軍事面からであり、軍事技術で近代化を目指した日本では、帝国大学の研究者は、平時から軍に協力していたのだった。

以上により帝国日本の科学研究は、軍と学が密接な協力体制を形成しつつ行っていたことがわかる。

第四章「総力戦体制にむけて」では第一次大戦が日本に与えた衝撃から語られている。

日本は、対外的には帝国主義列強の最後のメンバーとしてすべりこみ「連合国」の一員として第一次大戦を戦っている。

このとき日本は、青島のドイツ租借地やドイツ領南洋諸島を攻略していた。

第一次大戦では、航空機、潜水艦、戦車、毒ガスなど「最新鋭兵器」が、登場してくる。

これに呼応するかのように日本では理化学研究所や陸軍科学研究所が創設されている。

とりわけ日本にインパクトを与えたのはドイツの化学工業であった。

ドイツのカールスルース工科大学教授のハーバーによる一九〇九年の大気中の窒素と水素ガスからアンモニアを合成する方法の開発とドイツのカール・ボッシュによる一九一三年の工業化は、画期的なもので現代の大規模化学工業への道を開いたとされる。

アンモニアは硫安として肥料になり、硝酸にすれば火薬になる。このように利用すれば資源が無尽蔵といってよいほどに手に入るとおもわれたのである。

日本は、日清、日露戦争後、資源の不足を感じさせられ、また第一次大戦後中に輸入が止まり資源の不足を痛感させられ、「資源小国」という観念にとらわれるようになっていったという。

だからハーバー／ボッシュの発明と工業化の成功の物語は、日本の支配層には訴えるものがあったようである。著者は、ここでは「資源問題打開の鍵が、本格的な化学工業にあると考えられたのである。

そこには西欧化学に対する過剰な思いがあった。」（一二七頁）と指摘している。

評者は、大連にあった満鉄中央試験所の歴史を調べているものだが、この満州にあった化学工業の研究所には一九四〇年の時点で一年の科学研究費と同じだけの研究費、現在で言えば原子力予算と同じほどの研究費がついていたことがわかっている。こうした事実はこの指摘が正しいことの裏付けとなるであろう。

また、ほかにも軍に関連して「軍は染料工業が、潜在的軍事力であることを第一次世界大戦から知った」（一三〇頁）、「日本では自動車産業や航空機産業は、軍事産業として育成された」（一三五頁）という指摘がなされている。どちらも重要な指摘であろう。

植民地における実験の例として東京帝大工科大学電気工学科出身の野口遵が、創設した日本窒素肥料とその子会社、朝鮮窒素のことも取り上げられている。

そして、朝鮮窒素が短期間のうちに事業を拡大できたのは、軍の後ろ盾があったからこそできたことだったことが指摘されている。また現地の朝鮮人や中国人は、強制移住させられたため事業による恩恵などは何も受けていなかったという。

宮本武之輔、松前重義などのテクノクラートも取り上げられている。彼らは「技術報国」のかけ声とともに大政翼賛会に参加していったという。

第五章「戦時下の科学技術」この章でまず扱われるのは、桜井錠二や藤沢利喜太郎などの日本を代表する科学者の提案によって一九三二年に成立した日本学術振興会（学振）である。学振は、旧来の講座制の枠にとらわれることなく複数の講座やいくつもの研究機関にまたがる総合研究を奨励し、有能で意欲的な若手研究者の育成や支援を目指すものであった。

「独創的能力のある人材」の養成と研究に対する資金の供給を目的にした学振は、本書によれば以下のような特徴をもっていた。

「学振発足後、総合研究は圧倒的に工学分野から選ばれ、工学関係の研究費は、一九三三年で全体のほぼ四〇％、一九四二年には六七％を占めていた。初めの一〇年間にもっとも多く研究費が配分された上位、三分野は、航空燃料、無線通信、原子核・宇宙線研究であった」（一六一頁）

実用性のある工学系の研究を重視したものとなっているが、「学振は日本における科学研究の近代化を産軍からの要請への従属と抱き合わせで行ったことになる」（一六一頁）とも指摘されている。科学史家の広重徹も指摘したように学振の創設は、「日本科学史に一つの時期を画する事件」であり日中戦争を大きく意識したものだったのだ。

もうひとつ特筆すべきこととして、一九三八年五月第一次近衛内閣のもと荒木貞夫が文部大臣に就任し、文部省は、科学行政に積極的な取り組みを開始し、八月には、科学振興調査会を発足させていたことがあげられる。

この調査会の建議によって現在も続く文部省科学研究費（通称：科研費）が、創設される

科研費が速やかに創設されたのは、荒木文部大臣の働きが大きかったという。荒木文部大臣は、大学の教授や学長の人事権を大学から取り上げ、政府の任命制にすることを企てたことで知られているが、同時に科研費の創設者でもあったことになる。

この一見矛盾しているかのような事態にこの時期の日本の科学研究体制の本質があらわれているといってよい。著者は、それを「大学の研究体制の拡充と近代化が、大学自治の侵犯と抱き合わせで推進されたのである。そしてそれを研究者は受け入れた」（一六五頁）と指摘している。

この時期、天孫降臨の類の神話的歴史観や万世一系の天皇をいただく神国日本の優越性などが唱えられていた。こうした状況に反応し、科学的精神の重要性を語り、危険性を訴えたのは、田辺元であった。それが一九三六年発表の「科学政策の矛盾」であった。

これに反応したのが数学者の小倉金之助で「自然科学者の任務」において反知性主義、反文化主義への抵抗を訴えていた。しかし著者が書いているのは、小倉の問題点である。

著者は以下のように指摘している。

「小倉金之助はファシズムの温床とみなされる日本社会に残存する封建性、前近代性と、それに由来する非科学的精神、そしてボス教授や長老の支配する大学や学界における前近代的な人間関係を弾劾し、それに対して科学的精神にもとづく合理的な批判とそのことによる学問と文化の健全な発展を対置したのである。

しかしその手の論理では、ファシズムと闘えないばかりか、現実に進行している科学動員、科学統制にも対決しえないことが、やがて明らかになる。」（一七四頁）

小倉はこの五年後の一九四一年に「日本科学への要望」で「今日ではどんな科学者も科学技術新体制に無関心であったり、封建主義的な割拠主義を守ることは断じて許されない」と述べることになる。

小倉同様、ファシズムへの協力を表明した人物として社会学者清水幾太郎や樺俊雄、労農派の経済学者の東大教授土屋喬雄、経済学者大河内一男、唯物論研究会メンバーの相川春喜の発言が取り上げられている。彼らの問題点は、著者の以下の指摘に集約されるであろう。

「後進資本主義国としての封建制の残滓や右翼国粋主義者の反知性主義による非合理にたいして、近代化と科学的合理性を対置し、社会全体の生産力の高度化にむけて科学研究の発展を第一

義に置く限り、総力戦、科学戦に向けた軍と官僚による上からの近代化・合理化の攻勢に対しては抵抗する論理を持ち合わせず、管理と統制に簡単に飲み込まれていったのである」(一九四頁)

したがって、これに抗うには、ファシズムに内在する近代化の契機や科学的合理性そのものに疑いの目を向け批判を加えなければならない、ということになる。

第六章「そして戦後社会」アジア太平洋戦争で敗北した日本は、それまでの非民主的であった政治思想や国家思想の反省を迫られた。だから社会思想やイデオロギーが問題になる文系の研究者においては、戦時中に戦争協力したなら発言を躊躇するというものがあった。しかし、科学技術には戦争に必要ということで科学動員が語られ、研究者にはさまざまな優遇措置が与えられ科学者もそれにこたえてきたが、敗戦直後に科学者からそれへの反省は語られることはなかったという。

例としてあげられているのは一九四五年九月の『科学朝日』の座談会である。誰もが「科学日本の再建」を語るが、戦争協力への反省や軍事研究に携わったことを述べているものは一人もいなかったという。そして、科学者だけは戦時から平時に責任を問わずにほぼ無傷で生き残ることができたのであった。

敗戦直後、「敗北の原因」として「科学戦の敗北」「科学の立ち遅れ」が盛んに語られた。

東大教授だった渋沢元治は、「科学でも徹底的に敗北を喫した。その責任の帰するところにつき今更互いになすりあいをしている時ではない。程度の差こそあれ国民のだれもが背負うべきものである」と語っているという。著者はこのことに関して「理科系の研究者や技術者の多くは、出陣を免除されていた。にもかかわらず責任を『国民誰もが背負うべきもの』というのでは鼻白む。戦争中に置かれていた地位にあまりにも無自覚と言わなければならない」(二〇九頁)と述べているが、その通りだろう。実は大部分の科学者は、自らを被害者の位置において「科学戦の敗北」を語っていた。

さらに「『科学戦で敗北した』という総括自体に問題がある」と著者は述べる。

そして以下のように指摘する。

「要するにアメリカしか見ていないということだ。『科学戦に敗れた』というとき日本ができなかった原爆製造に米国が成功したということを前提に語られている。つまり中国は目に入っていない。実際には、蒋介石の国民党軍にせよ毛沢東の共産党軍にせよ経済力や技術力では日本軍にはるかに及ばなかったが、にもかかわらず、日本軍は中国大陸の泥沼の中で身動きが取れなくなっていた」(二〇七頁)

この指摘も、非常に鋭い指摘である。このとき中国で活動している科学者もかなりいたのだが、私の知る限り植民地化した中国にいて戦争協力への反省を語ったのは、満鉄中央試験所の最後の所長だった丸沢常哉だけである。さらに著者は問題の核心について以下のように言う。

「気象事業の一元化にせよ、電力の国家管理にせよ、食糧管理制度や健康保険制度の改正にせよ、科学動員にせよ、軍と官僚機構による総力戦体制は、それなりに『合理的』精神に導かれていたのである。そして軍人や官僚は、科学者や技術者と口を合わせて生産力の増強を語っていたのである。真の問題は、その合理性が、侵略戦争の遂行に対してさえ向けられていること、現に向けられていること、そして科学者はそれにほぼ全面的に協力してきたことにある。『合理的』であること、『科学的』であることが、それ自体で非人間的な抑圧の道具ともなりうるのであり、そのことへの反省をぬきに再び『科学振興』をいってもいずれ足元をすくわれるであろう。それを私たちはやがて原子力開発で見ることになる」(二一四頁)

ここには、著者の透徹した認識が、示されている。そして実は、五〇年前、著者がまだ二〇代後半のころに書いた『知性の叛乱』(一九六九)においても部分的にではあるが示されていた認識である。

著者は明治維新一〇〇年の時は、『知性の叛乱』(一九六九)でそして明治維新一五〇年の時は本書で透徹した認識を示したことになる。

大部分の科学者や技術者にこうした認識や自覚がないまま五〇年代の復興や六〇年代の高度経済成長を経て今日、再び大学の研究者が戦争に動員されかねない事態を招いている。なぜこんな事態を招いてしまっているのか、著者の透徹した思考を参考に考えなければならない。戦後復興と高度経済成長とは総力戦体制のなかの軍需産業の継承でもあったのだ。

一九四六年にマルクス主義者を中心に民主主義科学者協会という民主化運動の組織が設立された。彼らは、政治家は科学に無知であり、官僚は自己保身的で、財界は近視眼的で、いずれも科学に理解がなく短見だと考えていた。こうした被害者意識と思いあがりがまじりあった民主化運動は、政治家と官僚主導の科学技術立国に飲み込まれていくこととなった。

「科学的合理性と非科学的蒙昧の対比が民主制と封建制の対比で語られることによって、科学的は民主的と等置され科学立国は民主化の軸とされた」(二一二頁)

民科の民主化運動が、政治家と官僚主導の科学技術立国に抵抗の論理を持たなかったのは、このためであった。少なくとも理科系の研究者は、自らの関心によって業績を上げることを目的に研究を行い、国家の側が、科学研究や技術開発を支援するのは、それが、経済の発展や軍事力の強化などに役立つためであり、民主主義的に運営されているかどうかはまた別問題ということになる。

戦後日本の問題としてもう一つ取り上げられているのは、水俣病をはじめとする公害の問題である。それに関して著者は、以下のように書いている。

「現地の研究者の長年の地道な調査結果と中央の権威の無責任な思いつき

が、同レベルに並置され、結果として原因がうやむやにされている。その意味において、明治以来、国策大学としてつくられた帝国大学の学問は、多くの場合『専門家』の発する『科学的見解』として権威づけられることで、国家と大企業に奉仕してきたのである。

日本の公害の歴史は、『専門家』と『専門の知』が、企業や行政、そうして権力の側のものであったことをしめしている」（二三九頁）

ここにおいて述べられているのも「専門家」の「科学的見解」が、それ自体で非人間的な抑圧の道具ともなりうるという現実である。

第七章「原子力開発をめぐって」本書の副題である「科学技術総力戦体制の破綻」を象徴する出来事は、二〇一一年三月一一日の福島第一原発の事故である。

二〇一一年ごろを境に科学技術の破綻としての福島の原発事故、そして経済成長の終焉を象徴する人口減少という、明治以降初めての事態に日本は遭遇している。

原子力の開発過程がたどられているが、先端技術が軍産複合体のなかで営まれている限り「軍事利用」と「平和利用」の二分法は成立しないという指摘が示唆的である。

「たとえ本件原発の運転停止によって多額の貿易赤字が出るとしても、これを国富の流出や喪失というべきではなく豊かな国土とそこに国民が根を下ろして生活していることが国富でありこれを取り戻すことができなくなることが、国富の喪失であると当裁判所は考えている」という裁判判決の引用で締めくくられている。明治の「富国強兵」から戦後の「国際競争」をへて国富の概念が根本的な転換を迫られているのだと著者はいう。

以上、本書の内容を見てきたが、鋭い指摘が多く見られ、著者の先鋭さは衰えを見せていないことがわかる。本書の序文には「一九六八・六九年の東大闘争においては、私たちはそのように国家に取り込まれている大学の教育と研究を問題にしはじめたのだ」という記述があるが、著者は、東大全共闘の象徴的存在であった。

本書は、それから五〇年後の明治維新一五〇年にあたる時期に出版された。この五〇年の間に日本の科学技術体制の破綻や経済成長の終焉など状況は大きく変わっているが、著者の変わることのない志の高さには驚かされる。

また、『科学主義工業』『科学史研究』『科学知識』『科学ペン』『科学朝日』などのあまり言及されない科学雑誌を丹念に読み込んで当時の言説を教えてくれているところも本書の有意義なところであった。

数々の鋭い指摘がある本書は、今後この分野をリードしていくであろうし、後進は、その指摘をさらに深めなければならないであろう。

（岩波書店　九五〇円＋税）

街ともうひとつの街

柘植由紀美

街ではどんなに〝来たり者〟であっても、住みつけばいつのまにか人はそこが自分の世界の中心だと思うものです。たとえよそからの移住者で古くて小さなアパートにしか住めない境遇だったとしても、古い歴史を持つ街であれば、由緒ある街の住人として密かに我が身を誇らしく思うものです。まして美しい格子型街路の歴史的中心街が徒歩圏の環境であれば、「今日はちょっと旧市街でお茶を」などと装いも古風にしっとりと出かけたりもするのです。

街では相良《ソーラ》さんもよそのクニから来た〝来たり者〟のひとりで、格子型街路の中心街への愛着もそれなりにあります。けれどそれは住人というより、〝よそ者〟の愛着といったほうがよさそうです。相棒の野馬《ノマ》さんの「もうあの野のクニへ帰ろうよ」という口癖は、いまではあまり耳にしなくなっていても、相良さんの心のどこかに生まれ育った野のクニの記憶がそれと気づかないほどに潜んでいるからかもしれません。

相良さんの住むアパートは美しい中心街へは足に自信があれば十分徒歩圏にあり、地図を見ればきっちりと長方形に収まった格子型中心街が、少しずつ形を崩していく東側北方にあることが分かります。その日、テーブルいっぱいに広げた街の地図を見ながら相良さんは、いつも歩くことを日課にしている学校の周辺や中心街とは違う場所に目を留めたのです。アパートのすぐ北側に走っている幹線道路が一直線に西方に伸びていて、ちょうど格子型中心街の北辺を仕切っているることに気づいたのです。南辺を仕切っているのも平行して一直線に伸びる幹線道路であり、左右を仕切っているのは、やはり一直線に走る電車通りだったのです。

いま相良さんは、改めて地図の上の格子型街区の美しさに魅せられたというわけです。そしてその東側、西側、南側もその几帳面な格子型街区を余韻のように残しながらも、徐々に形が崩れていく様が分かります。しかし北側は少し趣が違っています。幹線道路をはさんでいきなり格子型とは無関係に変形した、しかもかなり広い場所が位置を占めているのです。中心街の東、西、南側は、大きな通りを隔てていても中心街とは縁つづきであることを示すかのように格子型秩序を保とうとしています。それでも中心街から遠ざかるほどに秩序の几帳面さが崩れていく様子は、人の住む世界の自然さを語ってもいるようです。それなのに何故か北側だけが、いきなり中心街の秩序とは無関係に、あるいはまるで逆らうかのように、変形した場所であることを地図は示しています。

「知らなかったわ、いつも街歩きしてるのに、知らない場所だわ……」

地図を広げて見入ったまま呟いた相良さんに、野馬さんがぼそりと呟きます。

「行ってみればいいじゃないか」

「明日いっしょに行ってみない？　いいスケッチができるかもよ」

相良さんは野馬さんに地図を見せて誘ってみます。

「バカな、ちょっとばかり形が違うって言ったって、どうせ石でできてるんだろ。面白くも何ともないさ」と鼻で嗤って取り合いません。

翌朝、やはり郊外へスケッチに出かける野馬さんを送り出したあと、相良さんはひとりで北辺の向こう側をめざします。その日は秋らしい陽ざしもなく、湿った靄《もや》がうっすらと立ち込めています。街をおおう靄は冬の季節への前ぶれのようなものです。アパートの北側の幹線道路をただまっすぐに行けば、やがて右手にその場所があることは分かるのですが、靄だけでなく車の排気ガスにもまみれてかなりの距離を歩くわけにはいきません。それで少し大回りだけど街の中を走る路面電車で行くことにします。

街の中を通ってやがて幹線道路沿いのその場所に近い停留所で降りると、相良さんはすぐ近くに北に入る細い道を見つけて奥をのぞきます。靄の中に道幅いっぱいに何か表示を掲げた建物がうっすらと見えます。その手前まで進むと左右に敷地沿いに通る道があり、とりあえず左折して塀沿いを進むことにします。未知の場所はまず外周を確かめようとするのです。少し行くとまた幹線道路から入ってくる道と交差する場所があり、右手奥をのぞくと、高い建物の間に薄暗い通りが奥へと伸びているのですが、途中で湾曲していて見通せません。とりあえずそこも通り越していくと、今度は重厚な建物の裏外壁に沿って歩くことになります。焦げ茶色の裏外壁には細い縦長の裏窓らしきものが目の高さより少し上に等間隔にあるのですが、磨りガラスでしかも金網と鉄格子でおおわれていて中の様子は分かりません。時折かすかにシューシューと蒸気の上るような音が聞こえるだけです。さらに進むと、幹線道路から入ってくる三本目の細い道を通り越した先にかなり大きな道路の交差点に出たのです。やはり幹線道路から入ってくる直線道路で、道幅はあるけれど車道としては静かな通りです。そこでようやく右折するのですが、すでに中心街の五、六街区分の距離を歩いていたのです。いよいよ敷地全体の外周を見定めようと右方向にたどっていくのですが、建物の外壁が途切れるとすぐにまた塀になり、敷地の中の様子は依然として分かりません。四街区分ほどを歩くと、やがて右折して入っていく細い道が現れ、敷地が外側に押し出すように斜めに通っています。そこも三街区分ほど進むと行き止まりです。形の崩れたT字路型変形交差点です。敷地をさらにたどるには今度はほぼ直角に元の幹線道路の方向に入っていくことになります。相良さんはとにかく外周を確かめようと幹線道路の方向に入っていったのですが、その通りは、歩き始めて最初の交差点から右手奥をのぞいて見通せなかった薄暗い通りを逆方向からたどっていることに気づいたのです。しかし途中までくると、またしても今度は左手から入ってくる道がぶつかってT字路になっています。やれやれと思っていると、少し前方右側に、たどってきた敷地の入り口を見つけて相良さんはようやくひと息ついたのです。T字路の向こう側も同じ領域の敷地のようですが、とりあえず右手の入り口まで進みます。門を入って左手に守衛所があり、中年の男性がいます。

「すみません、ここはどのような場所ですか？　いまぐるりと外側をたどってきたのですが……」

「どんな場所？」

守衛さんは苦笑して妙なことを訊くもんだと言いたげです。

「ここは『もやいの里』だよ。このあたりでは知らない者はいないよ」

「もやいの里？」

「そうさ。いろいろと不具合な者たちが暮らすところさ」

「不具合って？」

「心や体や暮らしなんかの不具合の全部さ」

「施設としてはずいぶん広いようですが……」

「施設とは違うよ。何しろ中で生業《なりわい》の全部をまかなおうって言うんだから」

「まさか?!」

驚く相良さんに守衛さんは言葉を足します。

「全部と言っちゃあ大げさだが、そうしたことをめざしているまでは主要な食料品の製造所や農園もあるし、学校もあるからね」

「学校も？」

「保育園や小学校や中学校さ。高校は外だけどね。それに向かいの建物は病院だよ。病院は外の者たちも利用できるようになっているよ」

守衛さんは身をのり出して相良さんの頭越しに指さします。T字路の向こう側もやはり同じ領域の中にある建物だったのです。それでも生業の不足分を外に頼ったり、病院の利用を外にも開放したりしてうまく成り立たせていることが分かります。たどってきた敷地の外周は相良さんの頭の中でますます複雑に広がっていくばかりです。

「中に入ることはできますか？」

「もちろんさ！」

閉じた複雑さのもやもやに、拍子抜けするほどの単純な返事が返ってきます。

「ただし、ここに名前と住所と電話番号を書いてもらうけどね」

守衛さんは訪問者用の記録用紙をはさんだバインダーを示します。

「それから中では写真を撮ってはいけないよ。どんなに広いと言ったって家の中と同じだからね」

書き終わった相良さんに守衛さんは注意を促します。

秋の靄は敷地の中にも立ち込めていて、すっきりと見通しがきかないのですが、左手にそびえる塔を見て教会だと気づきます。ふだん歩く街にも教会はあって、日曜日には周辺の住民たちが集まる光景を目にします。ここでも教会はもやいの里の人たちのためにあるようです。「もやいの里」専用教会です。

右手には腰の高さの鉄の柵に囲われた三階建ての建物があり、柵には小、中学校と表示されています。前面は運動場のようですが、校舎も運動場も小ぢんまりとしています。いかにも囲われた敷地の中の学校です。さらに奥へと進んでいくと右手から人影が現れたのですが、その様子を見て相良さんは立ち止まります。高校生くらいを思わせる男の子ですが、左の肩を大きく上下させながら歩いてくるのです。見れば左足が不自由な様子。一歩一歩ゆっくりと上半身を揺すりながら相良さんの目の前を横切ろうとします。

「こんにちは！　ちょっとお邪魔してます」

笑顔で声をかけた相良さんに、男の子はチラリと視線を向けただけで通り過ぎていきます。揺れるその背中を見送りながら、敷地の中には高校はないと言った守衛さんの言葉を思い出したのです。

学校の柵に沿って右手に回り込んでいくと、左手に住居棟が塀に沿って内向きにずらりと建っています。四階建てです。人影はなく、敷地の広さがいっそう際立つ光景です。人はどこにいるのだろう。敷地が一番奥まった、外側に少し突き出したあたりを見ると、数人の女たちがしゃがんで何か作業をしています。近づくと、菜園で野菜の穫り入れと土の手入れをしていたのです。

「こんにちは！　守衛所で許可をもらってお邪魔しています」

丁寧にあいさつをする相良さんに女たちがいっせいに顔を上げます。みんな一様にスカーフで頭をくるみ、作業着姿です。

「みんないっしょに畑の作業なんて、楽しそうですね」

「ここではみんないっしょにできることをするんだよ」

白髪を紫色のスカーフでくるんだ年長者の女性です。時々やってくる見物人への対応に慣れている様子。

「自分たちで作れるものは自分たちの手で作るのよ。自立の里をめざしてね」

落ち着いた青とピンクの花柄スカーフの女性です。

「でもいまの時代、生活の全部を自分たちの手でまかなうなんて無理なのでは……」

「もちろんそうだけど。足りないものは外から買い入れるのよ」

花柄スカーフの女性の言葉に、黙ったままの他の女たちもかすかに笑みを浮かべてうなずく様子。

「うまく機能してるってことなんですね……」

いまひとつ確信なげな相良さんに、無言の女たちがなおも笑みを向けています。お喋りな相良さんには、何か息苦しくなるような無言の笑みです。

「向こうで鶏を飼っているから行ってごらんよ」

白髪の年長女性が首を伸ばし指さして教えてくれます。示された方向を確かめると、相良さんはお礼を言っていま来た方向へ戻って、また歩いていきます。

住居棟を通り過ぎ、さらに進むと、花壇と大きな常緑樹が二本あり、その隣にプレハブ小屋があります。金網の張られた窓越しに中をのぞくと、数十羽の鶏たちが歩き回っています。白や焦げ茶色の鶏たちが入り混じっていますが、赤い鶏冠《とさか》だけがどれも同じです。薄暗い鶏舎の中をじっと見ていると、うずくまっている人の背を見つけてぎょっとします。気配を察してふり向いた顔は、先刻相良さんの目の前を横切っていった足の不自由な男の子です。相良さんが右手を上げて笑顔を見せても、男の子はやはりチラリと視線を投げただけで、また何やら手元を動かしています。よく見ると男の子は籠を持って卵を集めていたのです。

「ずいぶんたくさんあるけど、全部あなたの家に持っていくの？」

戸口から出てきた男の子に話しかけてみると、今度は無視しないで答えてくれます。

「違うよ。パン工場に持っていくのさ」

「パン工場？」

「パン工場では、菓子類も作っていて、卵をたくさん使うからね」

男の子は籠をかかえて足を引きずりながら歩き始めます。

相良さんは黙ってついていきます。

「今日はもう学校は終わったの?」

敷地の外にある高校のことを訊いたのです。

「少し前まで行ってたけどね……」

「街の学校?」

「外の街の学校だよ!」

「外の街?」

「そうさ、ここもひとつの街だからね」

「別の街ってこと?」

「そうさ、もうひとつの街さ」

「なら、外の街の高校にはもう行っていないの?」

「うるさいな! 無理して行かなくてもいいって、母さんも言うし、教会の神父さんも言うから、いまは行ってないよ」

立ち止まって男の子は相良さんを睨みます。それ以上外の街の学校のことは訊いてはいけないようです。男の子はまたゆっくりと歩き出し、ちょうど菜園とは対角線上の一番奥にあたるあたりまで来ると言います。

「ほら、パン工場だよ」

男の子の視線をたどった先に確かにそれらしい建物の入り口が見えます。パンやケーキを焼くいい匂いもします。しかし男の子は入り口のドアを開けながら言ったのです。

「ここは見学者は入れないよ。衛生第一だからね」

わけ知り顔に相良さんに言うと、卵の籠を持って中に入っていきます。

相良さんは外で待つことにします。パン工場の前にも花壇があってベンチも置かれています。花壇の周りをぶらぶらしていると、足下を柔らかい感触の何かがスルリとかすめます。見れば、太った大きな猫が長い尾をゆらりゆらりとさせながらパン工場の戸口に向かったのです。そして戸口の前でじっとしてドアが開くのを待つふうです。やがて男の子が出てくると、その足下にまとわりついたのです。

「やあ、お前、どこで遊んでたんだい?」

男の子はしゃがんで猫の毛をなでながら話しかけています。

「大きな猫ね。名前はあるの?」

「ソーラって言うんだ」

「ソーラ?! それって、私の名前だわ!」

相良さんが目をパチクリさせると、

「おばさんもソーラなの?!」と男の子も顔を上げてびっくりした様子。

「もうおばあちゃん猫だよ。とても利口で時々外の街にだって出ていくけど、必ず戻ってくるんだ。一度だけ探しにいったことがあるけどね」

男の子は得意げです。

「隣でジャムを作ってるんだ。いろんな果物の瓶詰ジャムさ」

男の子は立ち上がってパン工場の先を指さします。同じ建物の中で隣り合っているようです。そのとき相良さんは思い出したのです。電車から降りて最初に歩き始めた通りの、重厚な建物の裏外壁の窓の奥でしていたシューシューというかすかな音のことです。それはジャムにする果物を煮込む蒸気の音だったようです。

「それから缶詰工場もあるよ。病院の向かい側の建物だけどね」

「缶詰工場？　病院の向かい側？」

いまいる敷地や病院以外にもまだ「もやいの里」は広がっているというのです。

「トマトや野菜なんかの缶詰さ。外の街にも出荷してるよ」

男の子がジャム工場のほうに歩きだすと、猫のソーラもすぐ後をついていきます。相良さんもその後につづきます。

「ボクらは外の街からも必要なものを買い入れるけど、外の街にもここで作ったものを出荷してるんだ」

男の子は説明しながらジャム工場の入り口まで来ると、相良さんにドア脇の窓を示して中を見るように言います。やはり中には入れなくてガラス窓越しに様子を見るだけです。もうもうと蒸気が立ち込めている中で、全身白い作業着姿の人たちが立ち働いています。その日は湿った靄が街をおおっていたので、まるで工場の中にも靄が立ち込めているかのようです。

「働いている人たちは、ここに住んでいる人たち？」

「そうさ、ボクらの父さんや母さんたちさ」

「でも外の街に働きにいく人もいるんでしょう？」

「もちろんいるけど、多くはないね」

二人が中をのぞいて話していると、ちょうど教会の神父氏が通りかかったのです。

「やあ、マリオ、見学者の案内かい？」

普段着の神父氏は相良さんを見て訊きます。男の子の名前がマリオだということをそのとき相良さんは知ったのです。

「偶然会ったからさ。このおばさんもソーラさんって言うんだ。ほら、猫のソーラと同じ名前だよ。ほんとうに偶然ってあるんだね」

「なるほど、それは偶然だったね」

神父氏も調子を合わせます。そして相良さんにもちょっとうなずきます。

「ところでマリオ、君はもう一度外の高校に戻る気はないかね。まだ初学年だから十分とり戻せるよ」

「いやだね。それよりここにも高校をつくってよ」

「そんなに簡単にはいかないよ」と神父氏は苦笑します。

「神父さんがその気になればできるんじゃないの？」

「君はまだまだ外で学ばないといけないね。いずれここに高校をつくるためにもね」

神父氏は相良さんを意識したのか、少し威厳を見せます。相良さんもちょっと居ずまいを正してもの知り顔に言います。

「私などは、年中外の世界のことばかりで頭がいっぱいよ。何しろ好奇心の塊だから」

「……ボクはこの中で十分さ」

マリオも頑固でゆずりません。

「まあ、考えてみるんだね。私はこれから向かいの病院へ出向かなくちゃならないからここで失礼するよ」

神父氏は二人に言って立ち去ります。

マリオも不機嫌な顔をして、「ボクももう戻らなくちゃ」と相良さんに告げると、背を向けてしまいます。高校の話で気分がすっかり変わってしまったようです。

靄の立ち込めた敷地の中はまだまだ広くて、他にも見る所がありそうだったけど、相良さんはそろそろ外が恋しくなっています。秋の明るい陽ざしは外に出ても期待できそうにない曇天の日でしたが、閉じた中にいるといっそう気分も晴れません。


マリオは足を引きずりながら住居棟に向かったのですが、ふと奥の菜園を見て近づいていきます。

「母さん、まだ戻らないの？　もう昼だよ」

マリオが声をかけたのは、青とピンクの落ち着いた花柄スカーフの女性です。先刻相良さんに「自立の里をめざしてね」と言った人です。

「もう少しここで作業してからよ。それよりマリオ、神父さんに会わなかったかい？」

「ああ、会ったよ。ちょうどジャム工場の前でね。見学者のおばさんに工場のことを教えていたんだ」

「ああ、きっと黄色い髪のリュックのおばさんだね」

「そう！　ソーラさんって言うんだ。猫のソーラと同じ名だよ」

「まあ！　それは奇遇だったね！」

花柄スカーフのお母さんが感嘆すると、終始無言の女たちも顔を上げていっしょにびっくり顔です。しかし言葉を発する人はいません。

「きっとソーラがお前のために招き寄せたんだよ。リュックを背負って歩くことが楽しくてしょうがないって感じのおばさんだから、お前にも元気を出させようとしたんじゃないかね……」

花柄スカーフのお母さんは、渡りに船とばかりにマリオに語りかけます。「ほんとうに招き猫だね、ソーラは」と言いながら、マリオの顔色を窺うように訊きます。

「……それで神父さんは何か言われなかったかい？」

どうやらマリオが外の高校に戻るように案じているのはお母さんも同じのようです。マリオは押し黙ったままです。母と息子の間に気まずい気配を見てとったのか、白髪を紫スカーフでくるんだ年配女性が言ったのです。

「おや、猫のソーラはいっしょじゃないのかい？」

マリオは言われてあたりを見回します。ジャム工場から後をついてきたはずなのにいつの間にかいません。

「またどこかで遊んでるよ。外に出るのだって平気だから、ソーラは……」

守衛さんにあいさつをして外に出た相良さんは、病院の側壁と細い道路を挟んで隣り合っている缶詰工場は塀越しに見ただけで、向かいの病院との間の細い道を幹線道路の方向へと歩いていきます。来たとき最初に通り越した交差点まで進んで、左折して幹線道路からは一本内側の道をたどっていくのですが、次第に幹線道路のほうへと近づいていくようです。ふと気づくと、猫のソーラが後からついてきています。

「まあ、お前、いつの間に……」

相良さんが声をかけると、ソーラはニャーとひと声鳴いて相良さんを見上げます。

「ほんとうに賢いわね。お前はマリオの身代わりだね。それで外に出てくるのね」

相良さんは、マリオももっと外に出られるようになればいいのにとも思うのです。

建物と建物の間の道を成り行きに任せて歩いていくと、幹線道路に行きついたのです。そしてそこはとても大きな広場になっていて、幹線道路は広場の下を通っていたのです。これまでの街歩きでたくさんの大小の広場を見知っている相良さんでしたが、そこは初めて見る広場で、しかもこれまで見知っているどの広場よりも大きく、人も物も雑然としていて圧倒されます。

広場を囲む四つの角には建物があって地上階には魚市場や食料品や香辛料や日用雑貨や衣料品などの店が入っています。どの店も〝来たり者〟たちの店であることがひと目で分かります。魚市場だけは同じクニの来たり者ですが、それ以外の店は扱っている品物や、店主の顔立ちや装いで、異なるクニからの来たり者の店だと分かります。その店構えには、それぞれのおクニ柄が現れていて、看板の装飾や文字も街では見かけない異様な雰囲気があって様ざまです。そこはどこのクニか分からない異空間の場所なのです。

そして大きな野天の広場に日々テントを張って店を出す人たちも、様ざまな街やクニからの来たり者たちです。広場ではおよそ人間の生活に必要な物たちを扱っているのですが、それを商っている人たちもまた様ざまな様相を呈していています。そしてさらには、そこにやってくる客たちもそれと同じくらいに様ざまです。その広場は美しい格子型街区のちょうど北辺にできた大きなコブのようなものです。しかしコブの中身は本体の街区とはおよそ違っているのです。まるで世界中のいろんな人たちが集まってコブをつくっているかのようです。

相良さんはちょうど建物地上階の魚市場の脇から入ってきたのですが、人や物の坩堝《るつぼ》のような広場のエネルギーに目まいを起こしそうです。人混みをかきわけて進みながら、ここではみんな〝来たり者〟ばかりだと思ったのです。いつも街歩きの中で持ち歩いているよそ者意識は、ここでは無意味です。

「ネエさん、葡萄はどうだい？　とびきり美味しい葡萄だよ！」

果物を扱っているあたりできょろきょろしている相良さんに声がかかります。見ればいつもの街歩きの広場でも見かけそうな周辺地域の住民です。

「あら、美味しそうだけど、まだ見て回ってるところだから、あとでね」

笑顔を返しただけでまた人混みに紛れ込んでいくと、またどこかから声がかかります。

「奥さん！　このセーター、ぜったいお似合いよ。ほら、見て！」

声の主を探しあてて目を向ければ、テントいっぱいに吊した衣類の間から顔をのぞかせているのは、やはり街の周辺住民らしい下町のおかみさんふうです。

「まあ、ほんとうに素敵な色合いね。これからの季節にぴったりだけど、まだいろいろと見てるから、またね」

相良さんはやはり笑顔だけを返して人混みの中に分け入っていきます。テントの店の主たちの多くは、肌の色や顔立ちが違う移民を思わせる人たちだったり、街の中では見かけない民族衣装を着た人たちだったりして、客として来ている人たちの多くもその同胞を思わせる人たちです。こうしたテントの主たちは相良さんを呼び止めようとはしません。ただじっと目を凝らして見つめているだけです。そのことに気づいたのは、広場の雑踏を小一時間も物珍しく見て回ったころです。途中で声をかけてきた人たちは男女を問わず数えるほどで、思えばふだんの街歩きのテント広場でも見かける周辺住民らしい人たちだったのです。ここはちょっと違う広場だと相良さんは思ったのです。

ひと巡りしてちょうど最初の建物地上階の魚市場のあたりに戻ったところで、ざわめきが起きています。

「その老いぼれ猫を捕まえてくれ！」

男の怒声です。

「上ものの魚をくわえて逃げたぞ！」

相良さんは猫のソーラのことをすっかり忘れていたのです。嫌な予感がして近づくと、店先に飛び出してきた主人らしい黒い口ひげの男が棒を振りかざしています。

「どんな猫だったんですか？」

「いつもウロウロしてる太っちょの老いぼれ猫さ。確かソーラって言うんだ」

一瞬驚いたけれど、相良さんはじっと平静を保とうとします。

「ほれ、あのもやいの里にいる猫さ。足を引きずった坊やが探しにきたことがあって、そのときそう呼んでた猫さ」

男は相良さんの出現で棒を肩まで下ろしたのですが、その口調にはまだ怒声が残っています。

近くのテント市場の主たちが数人近寄って、またかといったふうに主人を見ています。

「私らも生ものを扱ってるが、猫も寄りつかんよ、アハハ」

顔見知りらしいひとりが自嘲気味に笑います。

「うちは干物を置いてるが、年寄り猫だけあって目のつけどころが違うようだ。旦那さんのところは、生の上ものばかりで猫もちゃんと知ってるんですよ、ハハ……」

別のひとりがなだめ口調で笑うと、いよいよ気勢を削がれた建物地上階の主人は、肩に置いていた棒を下ろしたのです。

「まあ、しょうがない……。あの塀の中に逃げ込んだらお手上げだからなあ、ハハ……」

魚市場の主人も苦笑して店の奥へと戻っていきます。

息をつめていた相良さんもほっとひと息ついたのです。


猫のソーラは、大きな魚をくわえていつもの道をもやいの里へと向かっています。今日こそは無事に棲み処にたどりつきたいものだとあたりを注意深く警戒しています。ほんとうは人間の通らない路地裏の道があればいいと思っても、両側にはまったく隙間なく建物が建っていて猫一匹入り込む隙はありません。それで人間も通るいつもの道を棲み処へと向かっています。幸いそのときは人影もなく、棲み処の入り口へと右折する交差点まで無事やってきたのです。やれやれと思ったそのときです。ふいに人の気配！

「エイ！　魚を置いていけ！」

幹線道路側から飛び出してきた少年が、振りかざした棒をソーラの首に振り下ろしたのです。一瞬目から火花が散って、ソーラはくわえていた魚をポロリと落としてしまったのです。

「エイ！　魚を置いていけ！」

もう一度首筋を一撃されて、ソーラはなすすべもなくフラフラと逃げます。あと少しのところでその日も魚を横取りされてしまったというわけです。食べ物はみんなのものなのに、どうして棒で追い回したり、叩いたりするんだろう?!　外の街はまったく不可解だ！　ソーラはその日も何の獲物もなく棲み処に逃げ帰るしかありません。


地図の上の美しい格子型街区の中心街も、よく見れば、様ざまな人や物の集まるデコボコに取り巻かれているのです。「もやいの里」も、塀のない「来たり者の広場」も、もうひとつの街なのです。

大赦令ニ依リ赦免セラル

——詩集を知らない詩人 平沼東柱の青春の蹉跌

金井 英三

その時、平沼は留置場に勾留されていた

約束の時間はとうに過ぎていたが、尚、列車を一本やり過ごしホームのベンチに腰を下ろした。嫌な予感がした。時間に遅れて人に迷惑をかけることを嫌う誠実を地で行くような奴だ。

梅雨明けの太陽がぐんぐん登り、京都盆地特有の身の置き所のない酷暑を予感させる時間になっても平沼は姿を見せなかった。白野聖彦は背を流れる一筋の汗を確認してから発車のベルに急かされて列車に向かった。切符も手に入ったし、準備万端整ったからと帰省の約束したのに遂に姿を現さなかった。

多分、もう京都には戻らないだろうと予言じみた事を言っていたから、何かと用事が立て込んだのかも知れない。下関の埠頭辺りで会えるだろうか、列車は動き出した。

ホームの喧噪は次第に収まり人影もまばらになってしばしの静寂が強い日射しの中に残された。平沼はまだ現れなかった。後続列車にもその姿はなく京都の街に宵闇が漂い始める時間になっても遂にホームに立つ事はなかった。

出征兵士見送りの万歳三唱で華やかに盛り上がったホームも心なし寂しそうに柱列の影を映している。その影に巧みに足音を隠しながら憲兵が巡邏している。大本営の勇ましい戦勝報道を裏切って日々の暮らしはつましくなっていた。軍歌と街角に溢れる決戦スローガンが浮き上がっていた。

一九四三年、大日本帝国陸海軍は二万五〇〇〇の戦死・餓死者を出してガタルカナル島を撤退。本土竹やり決戦も現実味を帯び始め校庭は生徒たちの練兵場となった。戦時を揶揄する一行の悪戯書きにも非国民だ、国賊だとして摘発される。特高や憲兵があからさまに生活の隅々にまで立ち入って耳目をそば立てた。

泊共産党再建事件、世に言う横浜事件が神奈川県特高課によって画策されたのはこの年の五月である。

同じ頃、朝鮮総督府警務局は朝鮮語学会を治安維持法違反で摘発した。朝鮮語辞典編纂を国体を変革する独立運動と指摘し弾圧した「朝鮮語学会事件」である。十一人が懲役に処されたが、この間、李允宰《イユンジェ》ら二人が拷問で獄死している。

神戸駅で山陽線に乗り換える。瀬戸内を染める西日が翳ろい島々が夕闇に溶け始める。尾道を過ぎた辺りから海風が車内に流れたが、煤煙と硫黄臭が無遠慮に立ちこめた。車内は煤煙を物ともせず強い関西訛りや広島弁が飛び交っていた。

白野はその耳障りな日本語に苦笑した。中学校で厳しく叩き込まれた日本語はこんな蓮っ葉なものではなかった。劣等民族の汚名を返上して栄誉ある臣民の第一歩は日本語の正確な会話だと厳しい教育を受けて来たのだ。

関釜連絡船を降り下関の街を歩いて驚いた事にその真正日本語は使い物にならなかったのである。言葉は風土に根ざした奥深いものだ。ハングルだって釜山と京城では違うだろうと朝鮮語にうるさい平沼にそう云われたのを思い出した。

平沼とはたまに顔を合わせることがあったが、深い付き合いがあった訳ではない。偶に出会って朝鮮人学生の情報を交換したり、食事をしたりしていた仲間の一人だった。

その日、比叡下ろしが霜枯れの落ち葉を転がしていたが、春の訪れがそこはかとなく漂いはじめてもいた。手に入れた濁り酒を抱えて一団は銀閣寺裏の路地を抜けて平沼が下宿している武田アパートに急いだ。洋風の立派な造りで六十余人の学生が入居している大きな建物である。

酒が学生達の胃の腑を焦がし始める。母国語で故郷の変貌や家族の話題になり座は華やぐが、結局は朝鮮民族の行く末になるのは当然である。いよいよ実施される朝鮮人の学徒動員や徴兵制に話題が及び始めると果てしない深刻な激論になる。

話題の中心になるのは京都帝大の宋村夢奎で大東亜戦争の

現状や朝鮮独立を解説気味に話すのである。平沼とは従兄弟で幼少時は一緒に暮らしていたと云うことだった。

酒が底をつき帰り支度が始まった。「朝鮮の歴史には余り関心がない」と云ったからか、平沼が『朝鮮史概略』を差し出した。特に読みたいとは思わなかったが受け取ったような気がする。

その時、廊下から「ドロボーだ　ドロボー！」と声が響き、足音が駆け抜けた。宗村が素早く立ち上がってドアのノブを硬く握って様子を窺った。学生達の足音が廊下を揺るがして玄関に向かって走り去った。

彼は振り返って肩を竦めた。「下鴨の特高だよ。最近、うろついているんだ。徴兵制を前に朝鮮人学生の動向が気になるんだろう」部屋は静まった。

白野は朝鮮の独立など考えた事もなかったが、何かが大きく動き出しそうな崩れそうな日本帝国の予感を感じるようになった。日本での生活に幕を下ろす時期かもしれない。学徒志願兵にしろ徴兵にしろ、朝鮮出生地からの出征になる。

白野にとって日本は悪い思い出の地ではない。慣れ親しんだ京都の石畳や古刹を名残惜しみながらゆっくり歩いた。国に帰ると決めればそれなりに名残り惜しくなる。

梅雨明けのその日も紫陽花が揺れる川端通りを歩いて下宿に向かった。河原町を端然と歩いて来る平沼に会う。彼も一度帰郷する事に決め十四日の切符を手に入れ、荷物もチッキで送ったという。民族主義者は国に帰った方が安全だ、と冗談を飛ばすと微笑んで頷いた。京都駅での待ち合わせを約束して別れた。

白野は車窓に頭を寄せ浅い眠りについた。薄い関係だったこともあり、平沼を思い出すことは二度となかった。

平沼は検事局で大和心を問われる

白野が京都の思いを断ち切った時、平沼は所轄の下鴨署で本人確認の後、留置場に放り込まれた。思い当たる理由が分からず不安が膨れ上がって心臓を突き破りそうだった。白野との約束がしきりと思われた。

壁に寄り掛かるとシャツから汗がこぼれ落ちた。朝鮮か！の低い声にフッと顔を上げると多くの眼差しに晒されていた。憐憫、軽蔑など興味に充ち満ちた詮索がはじまった。殺しはいいけどアカハタはヤラレてしまうぞ。

署員が近づくと私語は止む。取り調べの呼び出しがあると鉄扉の重い音が忙しく響いた。

平沼はまだ呼ばれない。満州北間島への帰省に逸る心が落ち着かず夜明けを待たずに起床した時だった。男たちが押し入って来て洗面具と衣類を持つように云う。廊下を伺っていた髭面が低い声で威嚇する。内鮮一体だと云うのに民族だ、独立だ、不逞の輩ごときが何をやってんだ。

長い一日が終わり、更に長い一日が終わっても取り調べはなかった。刑事の不逞鮮人の嘲笑が甦ってくる。独立運動などに関わった事はなし、何かの手違いだったのかも知れない。放免だ！　楽観論が頭を過ぎり始めた頃、平沼は呼び出された。

椅子に腰掛ける。「宋村とは従兄弟関係なんだな。ガキの頃は一緒に暮らしていたのか。満州の北間島、反日鮮人や抗日支那人が日本帝国主義を殲滅せよとかバカ騒ぎしている巣窟の地だ。宗村はそれに染まりおって危険人物の前科持ちだ。貴様はそれに影響されて民族運動の主義者になったんだろう。三高の高島を仲間に引き込み、白野なんかに朝鮮民族の優勢とかを説得していたのか。そう言うのオルグって云うんだろう」

胸をはだけた開襟シャツの刑事は積み上げた報告書を孫の手で叩きながら得意気だった。「在京都朝鮮人学生民族主義グループ事件の概要」と朱書きされていた。

頭上で大きな扇風機の羽根がカタカタと回っている。「証拠は揃っているし、ウラも取れてる。特高の調べは丁寧だ、嘘偽りなく頷けばいいんだ。住所・姓名・生年月日、そんな所から始めるか」

田中高原町二七番地武田アパート、尹東柱・ユン・ドンジュ、大正七年……「この野郎、フザケるんじゃねえ」二尺はある竹の孫の手で頬をしたたか叩かれた。同志社の学生はテメエの名前も忘れるのか。

迂闊にも朝鮮名を名乗ってしまったのだ。平沼東柱、ヒラヌマ・トウチュウ。「そう言うの、頭隠して尻隠さずと言うんだ。貴様は、朝鮮人学生民族主義グループ事件の首謀者なんだ。今日はこれまでだ」

次の取り調べは十日後にあった。孫の手の刑事でなく扇子をパタパタ叩く刑事で煙草をくわえた所は初老の文学者の風体である。

扇子は罫紙を捲りながら穏やかに云った。「四月下旬だな。東京立教大学の白山仁俊を連れて宗村と八瀬に行ったのは。東京の学生グループとの連絡でもあったのか」

平沼は思いを巡らせるまでもなかった。三人は偶然に加茂大橋の袂で出会った。その時宗村が言った。「誰かに見張られているような気がする」下鴨警察の方向に顎をしゃくった。そんな話から八瀬の新緑も悪くはないだろうと出町柳駅から八瀬遊園に向かった。

その日も宗村は朝鮮を語った。「朝鮮人ハ、従来武器ヲ知ラサリシモ、徴兵制度ノ実施ニヨリ、新ニ武器ヲ持チ、軍事知識ヲ体得スル」その武器と知識を使って「民族的武力蜂起ヲ決行シ、独立実現ヲ可能ナラシムヘキ旨、民族的立場ヨリ徴兵制度」を謳歌して積極的に利用すべきである（宗村判決文）。思いもよらぬ話だった。徴兵に参加して武器や軍事知識を学んで武装蜂起を期すと云うのである。

話としては面白いが、そういう民族的自覚が希薄なのが、現状の課題ではないのか。「民族としての誇り、自覚の覚醒をどうするか、問題はそこらあたりだよ」と白山は感想を述べていた。

平沼はこういう議論は苦手だったが、白山の言っている民族の自覚という事は頷けた。半島を吹く風に揺れる花々、暮らしに精出す生業の人々、日暮れと共に輝く満天の星空での団欒、朝鮮人が朝鮮人として当たり前に生きられる事だ……。新緑に萌える八瀬遊園の散策を思い出していた。

その新緑の幕を断ち切るように目の前に『京城日報』が拡げられた。「学徒動員について学校当局から話があっただろうが、君はどうなんだ。朝鮮では一丸となって皇国の決戦に燃え立っているよ。まあ、熟読して己の姿勢を顧みることだ」刑事は机を離れた。

三日前の京城で発行された新聞である。《征け学徒決戦卑屈なる学徒は一人も半島から出さない》一面に大きな活字が踊っている。翌日の紙面は《学徒志願兵の戦果と決意～鮮内志願者九割以上上！》平沼は新聞を手に茫然と活字を眺めた。

朝鮮総督府議会では「臨時特別志願兵採用に際しては、学徒の感激は漸次昂揚し、鮮内学校に在りては一千名の適格者中僅に四十一名を残す九百五十九名即ち九割五分弱の志願を完了せり」と報告されていた。

内務省の『特高月報』には非志願学生に対しては「自発的休退学を勧奨するも肯ぜざる者に対しては学校当局をして休学処分」にする事と記されている。

長い時間が経っていた。扇子刑事は麦茶の入ったコップを手に戻ってきた。冷えた麦茶は極上の甘露の味がした。

「どうかな。歴史は激動していると思わないか。帝国皇軍の一兵卒として御国の楯となって戦える名誉の時を迎えているのだ。徴兵ではない、志願兵なら士官の道もある。新たな朝鮮民族の歴史が始まってるのだ！」

蒸し風呂だった留置場に秋が訪れ、平沼は牢名主のような古株になっていた。雑談のような取り調べが時々あったが特段の事はなかった。快適な秋は短かった。満州の北の荒野を思わせる冷え冷えとした寒気が留置場を覆い始めた。十二月六日、起床と同時に呼び出された小部屋で手錠に腰縄を打たれ、下鴨警察から検事局に送られた。

何か闇に向かうレールの上を走らされているようだった。檻房は扉を閉じると密室である。小さな窓から陽光が射し込んでいる。孤独と静寂と寒気で押し潰されそうになる。留置場の煩わしい騒音やお喋り、体臭や諍いが頻りに懐かしかった。

翌日、検事から治安維持法違反容疑で逮捕された事を告げられた。宗村、高島、白山、松原、白野、金岡などの姿が浮かんだが、彼らの状況を知る術はなかった。

老検事はゆったりとしていた。「君は詩を書く文学青年なんだネ。和歌なんかも読むんだろう。本居宣長の歌だがね。私、好きなんですよ。〈敷島の大和心を人問はば朝日に匂ふ山桜花〉感に堪えない面持ちで平沼にも同意を求め繰り返した。

その後も断続的に呼び出されたが、特段の取り調べはなかった。警察調書を確認したり、押収されたノートに下書きした詩や忘備録のハングルを日本語に書き改めさせられたりした。自分の筆跡ではない、望郷の歌や日帝の恨みを書き殴った得体の知れないハングルも雑じっていた。連行された朝鮮人の物かも知れない。

平沼に懲役二年の判決が下る

下鴨警察や京都検事局の平沼への対応は概ねこんな穏やかな感じであったかと思われる。戦後四十年頃から韓国で「尹東柱の研究」が進み、資料の発掘や関係者の証言も出始め、この時に逮捕されたのは高島熙旭・平沼東柱・宋村夢奎の三人であることが判明した。

逮捕者の高島熙旭（高熙旭《コヒウク》）は不起訴処分で釈放され、戦後の韓国社会で名を成した。彼は平沼と同じ日に下鴨警察に連行され、検事局の取り調べを受けるなどその様子を知る生き証人である。

高は京都の第三高等学校の学生で左京区北白川東平井町に下宿していたが、そこへ京大の宋村が入居して来た。特に親しい付き合いはなかった。たまに京城の様子や大東亜戦争の状況等を話題にしたという。平沼への記憶は「やせた体格に白い顔、穏和で落ち着いていた青年……」と印象を語っているが、それ以上の思い出はない。

戦時非常措置で卒業試験が早まり七月十五日に終了する事になっていた。その前日の早朝、刑事がドカドカと入って来た。試験を受けないと卒業が出来なくなるので二日待ってくれと懸命に抗弁したが、認められず警察に連行された。

全く理由が分からず、何日間も放って置かれた。ようやく取調室に呼ばれると、いきなり「宋村を知っているか」と聞かれたので「なるほど！」彼に関連して思想問題で引っ張られたのだと直感した。刑事は一件の書類を見せた。そこには、何月何日何時に下宿の灯りが消えたとか、食堂で何を食ったとか、細かい事が全部書かれていた。

拷問とかは全く無かった。五ケ月余り経った十二月六日に検事局に送られた。印象に残っているのは麦飯に沢庵という粗末な食事である。心に残るような厳しい追及がなかった証左である。

取り調べの印象も特になく、住所・氏名・警察調書の確認くらいだった。検事は自分も三高の出で先輩になるのか等と頷き当時の思い出なども話した。翌日、再び呼び出され起訴猶予処分で釈放された。昭和十九年一月十九日であった。

その後、高は波乱の半生を経て「シンソンノ工業株式会社会長」として一代を為したが、それはまた別の物語である。

高の話から読み取れる事は治安維持法違反として摘発した「在京都朝鮮人学生民族主義グループ事件」は当初から事件性の無いことを警察・検察も承知していて取り調べも緩慢

だったのではないか、という推察である。要視察人である宗村と従兄弟の平沼を学徒出陣を前に予防的に捕捉して置け、そんなシナリオが見えてくる。

二月二二日、高釈放の三日後に平沼と宗村は起訴（求公判）された。

公判の様子は全く不明である。検事調書の存在も予審が開かれたのかどうかはもとより、公判の開始日、証人尋問、弁護人が付いたのかどうかもわからない。刑訴法で一年以上の懲役の事案は弁護人なく開廷することが出来ない定めなので、形式的に官選弁護人が付いたと思われる。

検察は二人に対して治安維持法第五条を適用して懲役三年の求刑（『思想月報』）をした。判決書によって分かることは、宋村は京都地裁第一刑事部、平沼は第二刑事部（石井裁判長）と分離公判に付されたことである。

判決の内容をみる前に、型通りの判決文書式の冒頭部分を見ておきたい。大日本帝国朝鮮総督府が皇民化政策の　環として朝鮮人に対する創氏改名を強制した事実がまざまざと映し出されている。平沼は尹の強制創氏である。

被告人　本籍　朝鮮咸鏡北道清津府浦項町七六番地
私立同志社大学文学部選科学生　平沼東柱　大正
七年十二月三〇日生

被告人は「幼少ノ頃ヨリ民族的学校教育ヲ受ケ思想的文学書ヲ耽読シ、熾烈ナル民族意識ヲ抱懐」し、長ずるに及び日本の朝鮮統治は「朝鮮民族ノ滅亡ヲ図ルモノ」と倣すようになり「帝国統治権ノ支配ヨリ離脱セシメ独立国家ヲ建設スル」他ないと思慮するようになった。

当面「独立運動ノ素地ヲ培養スヘク大衆ノ民族意識」を誘発させる事を決意をした。大東亜戦争が勃発すると「科学力ニ劣勢ナル日本ノ敗戦ヲ夢想シ其ノ機ニ乗シ朝鮮独立ノ野望ヲ実現シ得ヘシト決意ヲ固メ」、鮮人学生松原輝忠、白野聖彦等ニ対シ其ノ民族意識ノ誘発ニ専念」した。

要点を掻い摘んだだけでも筋金入りの活動家のように描かれている事が分かる。東柱の詩を日本の金子みすずの詩のようだと紹介した文章もある。その当否は別にしても東柱を知る者の証言からは「朝鮮独立ノ野望」に繋がるものはない。

判決書は思想検事の作文である。実に格調高く、民族独立運動の指導者たる者は斯くあるべし、と謳い上げているようだ。それは平沼の逮捕起訴が特高によって最初から仕組まれた画餅であった事を物語っているのではないか。

判決文は次のような結論になっている。

「一九四三年六月下旬、白野聖彦ノ民族意識強化ニ資センカ為、所蔵セル『朝鮮史概説』ヲ貸与シテ、朝鮮史ノ研究ヲ慫慂シタル等、同人ノ民族意識ノ昂揚ニ努メ、以テ国体ヲ変革スルコトヲ目的トシテ、其ノ目的遂行ノ為ニスル行為ヲ為シタルモノナリ。法律ニ照スニ、被告人ノ判示所為ハ、治安維持法第五条ニ該当スルヲ以テ、懲役二年ニ処ス」

物的証拠は白野に貸与した『朝鮮史概説』である。京都駅で平沼を待ち倦んだその人である。有罪立証に名が上がっているなど想像もしなかったであろうし、警察の取り調べも受けてはいない。

「尹東柱の研究者」である多胡吉郎が苦労の末、ニューヨーク郊外に白野聖彦（張聖彦《チャンソンオン》）を突き止め、連絡を取ったところ、尹東柱について殆ど記憶がなかった。『朝鮮史概説』も覚えていないし、学内でたまに見かけた程度の思い出しか無かったという。

こうして治安維持法第五条の適用によって懲役二年の判決が下されたのは三月三十一日である。同時に上訴権抛棄によって刑は確定した。

問題となる治安維持法第五条は一九四一年、太平洋戦争突入の年に改正された「目的遂行ノ為ニスル行為ヲ為シタルモノ」の条文である。法学者はこれは改正などではなく、全く別の新たな超弾圧法であると指摘する代物である。

本来、治安維持法は共産主義・社会主義など「国体ノ変革」に関わる取締弾圧法で民族運動・独立運動に適用することに極めて慎重な姿勢をとっていた。ところが、反日・独立運動が頻発する朝鮮では「国体ノ変革」と捉えて対応していた。朝鮮高等法院は、朝鮮の独立運動は「我帝国領土ノ一部ヲ僭取シテ、其ノ統治権ノ内容を実質的ニ縮小」する事なので「治安維持法デ云ウ国体ノ変革」であるとする見解をとっていた。

これに鑑み帝国議会も治安維持法改正審議で「国体ノ変革条項」に民族独立運動を含めると共に取締りの完璧を期すために第五条の「目的遂行ノ為ニスル行為」を追加したのである。官憲により「準備行為」と判断されれば一網打尽アウトである。

樺太で朝鮮人青年が夜学を開設し朝鮮語を教授した行為が処罰された（一九四三年：大審院判決）。朝鮮語の教授は「国体ノ変革」であり、其の「行為を為した」と認定したのである。平沼が『朝鮮史概説』を貸与した行為もタメニスル行為と判断されたのである。

北三舎厳正独房の平沼は呻吟する

懲役二年が確定した平沼と宗村は福岡刑務所に押送された。独立運動の闘士なら日帝権力と対峙する心構えも準備できたかも知れないが、物静かに思索する柔らかな詩人の心は尋常であったとは思われない。

すでに逮捕から九ケ月、国家権力に絡めとられ人権無視の監視下におかれていた平沼の心身はかなり弱っていたと考えられる。

平沼は北三舎の厳正独房に投げ込まれた。福岡刑務所の北三舎は治安維持法違反や反戦思想犯など「非国民」と呼ばれた者の独房で朱い獄衣を与えられた。獄中の獄と呼ばれ人権など端から考慮されない閉塞空間で最悪の処遇を強いられる。

平沼の獄中での様子はどうだったのか。当時の看守などに当たったが記憶に無く、ノートやメモ類も見当たらないので皆目わからなかった。

戦後「尹東柱の詩集」が刊行、国民的詩人としての評価が高まると、実は「あの時に東柱さんに会った」的の真偽を疑うような手記や体験談が多数公にされた。

その中に金憲述《キムホンスル》の回想記がある。金は独立運動で北三舎の独房に服役していた。ある日、向かい側の一〇八号に朝鮮人らしい男が放り込まれるのを見た。翌日、運動で出房した際に一瞬を突いて「朝鮮人か」と問うと「同志社の東柱だ」と答えたという。彼は口数少なく、話しかけても目で微笑み返す程度だった。体が衰弱し、一晩中咳き込む事もあり、時には運動に出られないこともあった。便器を所定の位置に出すことも、這うようにして大義そうだった。檻房の情況から死因は肺結核によるものだろう述べている。事実に近い唯一の証言ではないかと云われる。

未だ神風は吹かない。日本中の都市が無差別爆撃に晒されるようになり、福岡刑務所も空襲警報が頻繁と鳴るようになった。

満州間島も陸軍の移動がしきりだった。家屋も人も風雪の中に沈んでいた二月に平沼の家族の元に電報が舞い込んだ。「一六ニチ　トウチュウシボウ　シタイ　トリニコラレタシ」。驚愕した父は叔父の尹永春《ユンヨンチュン》を伴って龍井を後にした。

二人が荒涼とした車窓から雪原に悄然と目をやっている頃、福岡刑務所発の事務郵便が追いかけるように自宅に舞い込んだという。「東柱危篤ニツキ、保釈シ得ル。死亡シタ際ニハ、遺体ハ引キ取リニ来ルカ、サモナクバ九州帝大医学部デ解剖用ニ提供サレル。即答ヲ望ム」と言う内容である。電報と郵便の時間差の為せることだが、この電報と郵便の所在は不明で内容的にも何処まで事実なのかは分からない。

確かな事は父と叔父は福岡刑務所で獄死した息子の綺麗な遺体を引き取った事である。骨壺に納まった平沼東柱は龍井の朝鮮族キリスト教徒共同墓地に埋葬された。一家はクリスチャンで東柱もまた敬虔な信者であった事が知られている。

それから三十年後に、尹永春がその時の回想記『明東村から福岡まで』を発表した。尹東柱に多少でも触れた読者は「東柱の人体実験死亡説」に直面する事になるが、その根拠となっているのが、この回想記である。真偽は分からないが、人体実験（薬物投与）によって獄死させられた説はしばしばハテナマークが付けられながらも密やかに確信的に語られている。

ネットでは「独立運動のために日本に行って特高に逮捕され注射を打たれて殺された」類の書き込みにも出会う。

『明東村から福岡まで』の一節。東柱の遺体を引き取る前に宋村の面会を許され、廊下を進むと二〇代の囚人の韓国青年、約五〇人が注射を受けるために医務室の前に並んで居るのを目撃する。宋村夢奎は痩せさらばえていた。「どうした」

と聞くと「注射を受けろというので打たれたら、このざまになってしまって、東柱もこんな姿で……」とある。薬物投与による人体実験説の根拠になっている場面である。

一九九五年三月に放映されたＮＨＫスペシャル『空と風と星と詩：尹東柱～日本統治下の青春と死』。戦後五十年にあたり日韓共同製作による記念碑的番組でＮＨＫの多胡吉郎が制作している。

その後、多胡はＮＨＫを退社し東柱最期の思い絶ちがたく調査を進める。新たな足跡の発見などもあり『生命の詩人・尹東柱』を上梓しているが、疑惑は残るが人体実験死亡説にはたどり着け無かったと文章を結んでいる。

戦時末期、配給制度は破綻し国民の食料不足は深刻度を増し、餓死線上レベルに落ち込んだ。さつま芋でも浮いていればご馳走である。

釘宮義人は兵役法違反（徴兵拒否）で一九四四年二月から北三舎独房に投げ込まれた。人間性など認めない閉塞空間で最悪の処遇、一般囚人を更に下回る劣悪な食事であった。

一握りの大豆に米が混じった主食。汁はイモの葉・砂混じりの海草などが浮いている。慢性的空腹と栄養失調に悩まされ「大便は週に一度、ウサギの糞のようなものがポロポロと出る程度」だった。

刑務所の食料事情が戦況の悪化と共に悪くなったのは必然であり、栄養失調による体調不良を訴える服役者数は増加の一途をたどった。『戦時行刑実録』（矯正協会）によると一九四四年から一九四五年にかけて全国の刑務所服役者の死亡数が激増している。

福岡刑務所の場合、一九四三年六四名、一九四四年一三一名、一九四五年二五九名と激増している。一九四五年の服役者は二四三六名であるから、何と九人に一人の割合で獄死している。

釘宮の外にもう一人、九死に一生を得て生還したドラマを地で行くような吉田敬太郎について見てみたい。吉田は太平洋戦争中の第二十一回衆院選に福岡二区から当選した代議士である。

当選した頃は勝利の報に酔いしれていた。ミッドウエー海戦で敗北した帝国軍隊は戦線を立て直す事が出来なかった。ドーリットル空襲に見舞われ、絶対国防圏も突破され日本国土は丸裸となった。

しかし、政府はこの事実を隠蔽し「竹やりで必殺本土決戦」などと馬鹿な事を云い出した。吉田はこのままでは国民ことごとく火と硝煙と血の大渦巻の中に投げ込まれてしまう。一刻も早く真相を国民に知らせなければならないと東条内閣を批判し戦争終結へと奔走したという。

特高に目を付けられるも決算委員会に出席し「軍事費の決算報告が出ていないのは憲法違反だ」と内閣を攻撃した。果たせるかな三月に西部軍法会議から皇室不敬罪・造言蜚語罪・言論出版取締法違反等々の拘引状によって憲兵隊に逮捕される。独房は豚小屋、便所も便器もなくノミやシラミの巣となった毛布一枚である。

拷問に耐え黙秘を続けるが、法廷闘争があると調書に爪印すると陸軍拘禁所に送られ裁判を待つ事になる。此処がまた凄く、小用・大用の生理現象も勝手には許されず、時間制でしかも発射の号令で事を済ますと云うからその処遇は人間のものではない。

法廷どころではなかった。秘密軍法会議でウンもスンもなく、即決で懲役三年の判決。福岡刑務所の厳正独居房に蹴り込まれた。

「毎日、朝が来ると真っ裸で房の入り口に立たされる。両手を水平に上げ、股を広げてハリツケにされた格好で男のモチモノも露わに、口を開けていなければならない」

それ以上の問題は檻房食で、味噌汁には古畳のような海草が浮いている。砂混りなので下痢をする。絶食する、空腹に耐えかねて手を付ける。下痢をする。悪循環を繰り返すうちに、極度の栄養失調になり意識朦朧となり発熱する。

非国民は重篤になっても仮釈などない。息絶えるのを待つばかりで家族との面会も許されない。こうなると名ばかりの「病監」に移される。当時この病監では二日に三人の割で死人が出るとのことだった。吉田はその地獄絵図を次のように記している。

「雑居房には肺病患者が何人も入れられて、日夜うめき苦しんでいた。夜半に発狂して耳をつんざく叫び声を上げる者がでる。看守がバタバタと駆けつけ、発狂者をとらえて殴ったあげく立ち去る。翌朝、そこには死骸が横たわっている。栄養失調になった者はちょうど地獄の餓鬼さながらで、青膨れた顔、骨と皮ばかりの体が衣紋掛けからぶら下がったようになり、腹だけが膨れ上がっている。そんな体が何かにぶつかるとパタリと倒れそのまま事切れる」(『汝復讐するなかれ』吉田敬太郎)

死の淵を彷徨っていた吉田敬太郎が奇跡的に助かったのは病監の世話係をしていた囚人との邂逅である。「あなたの父上である先代の吉田親分にお世話になった魚屋の倅です」と、ヤギの乳を混ぜた豆乳を差し入れてくれたので息を吹き返したというのだ。

吉田親分とは敬太郎の父親で「近代ヤクザの祖」とも云われた九州の大侠客。火野葦平の『花と竜』に描かれている磯吉大親分、仁侠映画やドラマでも実名で登場している。

厳正独居で死の淵を彷徨った敬太郎は生き延びて敗戦二ヶ月後の十月九日に出獄し健康を回復した。一九五一年に若松市長に立候補して当選、以後十二年間も市長を務めた。

夜汽車の平沼は夢のなかである

天上近くの嵌め殺しの窓から星の瞬きに後押しされた夜の帳が射し込んでくる。空気は動かずズッシリと檻房の隅々まで圧倒している。静寂は時に不気味な恐ろしさを増幅させる。判決文を読み上げる石井裁判長の口元が小磯朝鮮総督の傲慢と嫌らしさに似ていた事を今頃になって気付いた。

　平沼が立教大学に入学したのは一九四二年の桜の蕾が膨らんだ四月。半年後の十月には憧れの京都に移るために同志社大学に転入学した。逮捕は翌年の七月で娑婆の生活は一年と僅かである。落ち着いてテキストを広げる時間も多くはなかった。

　判決文が云う「帝国統治権より離脱せしめ朝鮮独立国家建設」に関わる時間的余裕は無かった。出身校の延禧専門学校での学園生活が明らかにされているが、ここでも民族独立運動に関わる話は出てこない。朝鮮語が禁止されハングルが命懸けになる冬の時代に、ハングルの奥深い微妙な表現に魅せられて詩を書いていたのである。

　当然、日本でも書いていたであろうが見当たらない。私物は警察に押収され検事局を経て福岡刑務所に領置される。遺体と共に返却されるはずだが、その形跡はない。

　平沼の肉体は内と外から壊れ始めていた。猛暑の密室で噴き出た汗疹は肌寒い秋になっても治まらず、ビタミン不足から疥癬状にかたまって身体中を被った。

　裸電球が画に描いたようにぶら下がっている。今日は何月何日になるのか。日付は分からないし、どうでもよくなった。誰かが囁く、覚えているかい！　七月十四日。朝靄に烟る古都の佇まいを心に留めておこうと駅までの街並みの道順を考えた。アパートから高野川の堤に向かうと下鴨警察にでる。そこから加茂大橋に向かい、感動に胸高鳴らせた鴨川の土手を京都駅までゆっくり歩こう。京都駅での白野との待ち合わせ時間を逆算した。

　刑事が踏み込んで来たのはその時である。その後、時計は一切無用になった。総てが規律と官の指示で動く事になり、思索することさえ意味がなかった。生命への渇望は本能であった。ボロボロの麦を口の中に押し込み咀嚼する。三回ほど繰り返すと胃が張って気分が悪くなり嘔吐に咽せた。

　寒さが一段と厳しさを重ねて来て手足の感覚が無くなっていく。鴨川の瀬音がゆったりと更紗のように揺れている。

　鴨川の十里の野辺に　陽が沈み……　しずみ
　日ごとにあなたを見送り　喉がかすれた……　早瀬の水音……

　東柱が中学の頃、思わず傑作と書き込んだ鄭芝溶《チョンジヨン》の「鴨川」である。その母なる鴨川を擁する京都を「海の波が岩にぶつかって流れる瞬間にみせる微妙な緑色の街」とイ・ヤンハは『京都紀行』でしみじみと愛惜している。

　卒業記念に詩集の刊行を目論むも果たせず手書き詩集をイ・ヤンハ教授と後輩の鄭炳昱《ジョンビョンウク》に送呈して日本に発った。

　檻房に新春が訪れ、粟餅の雑煮と三粒の煮豆、小魚の甘露煮が並んだ。昔からの伝統で元旦はご馳走が並ぶ。煮豆の甘味が骨にまとわりつく皮膚に染み込んで行く。一粒の豆が気力を呼び戻してくれた。

寄宿舎で共に過ごした姜処重《カンチョジュン》の利発な眼差しを思い出す。英語力は抜群で統率力が優れ学生会長にも推されていた。その人柄を大変好ましく感じた。

学徒出陣の不条理に処重はどう対処しているのだろうか。封書は手元に届いたのだろうか。東京から京都に向かう時RIKKYO-UNIVERSITYのロゴ入りの便箋にハングルで書いた五篇の詩を処重に送ったのである。その一篇である「春」を口ずさんだ。

永い冬を耐えたわたしは　草のように甦る
愉しげなひばりよ　どの畝からも歓喜に舞いあがれ

厳しい永い冬を越え、生きとし生きる若草のように萌えなければならないのだ。青春の血がたぎっていた。平沼の絶筆となった作品である。

正月が明け日常が戻ったが、最早、運動に出られなくなった。栄養失調と寒さによって体力は限界を超え始めた。悪寒が続き胸がゼイゼイ音立てて悲鳴を上げ始めていた。夜が明けると無意識にのろのろと起きあがり、気が着けば仰臥していた。孤立無援の寂寞とした暗闇が広がるばかりであった。

夜行列車は単調な響きを刻み上三峰停車場を後にした。豆満江を渡ると龍井の朝風に迎えられる。我が故郷はもう間近だ。「しづもれば夜汽車のわだち聞こえきぬ　そぞろに旅のしてみたくなり」前掲の吉田の自由への渇望を詠ったものであるが、平沼の故郷への切ない心情でもあった。

平沼は病監に移され、何やら手当をされ注射を打たれたが、恢復の気配もなく九人に一人の割合で獄死していくその一人になった。彼の肉体は「生体実験の材料」にすらならなかった。

独房に戻された平沼東柱は一九四五年二月十六日午前三時三一分、寂寥とした凍てつく裸電灯の淡い光に吸い込まれるように息を引き取ったのではないか。尋常ではない二七歳の死に様である。詩を求めて加茂大橋を彷徨した東柱に如何なる咎があったのか。その六ケ月後に大日本帝国が瓦解した。

御赦免の平沼は未だ故郷に帰れず

平沼が日本で生活したのは留置所や刑務所を含めても三年にも満たないが、詩人を目指す若者が詩やメモを記していたであろうが痕跡がない。日本で作詩された僅か五篇の詩も京城の姜処重に郵送されている。何か運命を予告したかのようである。

姜処重に託された五篇の詩。これが将に詩人・尹東柱の名たらしめる数奇な運命を辿るのである。ハングルの詩を受け取った処重は密かに総督府の瓦解まで隠し持ち、朝鮮解放後の十月に創刊された『京郷新聞』に「日本の監獄で世を去った私たちの先輩」の詩として紹介した。刑務所で獄死した東柱を朝鮮人に知らしめた最初の出来事である。

それが契機となって日本に留学する直前に『空と風と星と詩』を送呈された鄭炳昱が自宅床下の甕に保管していた詩も陽の目を見る。一九四八年、『空と風と星と詩』尹東柱遺稿詩集として刊行された。檻房の平沼が想像だにしなかった一大事業である。

序文は独房で愛唱した「鴨川」の作者・鄭芝溶が書き、跋文を書いたのが姜処重その人である。ハングル（ハン＝偉大、クル＝文字）に思いを馳せて密やかに書かれた詩が、友人たちの手によって解放された朝鮮の大地に結実したのである。

詩集を持たなかった詩人の詩集はこうして奇跡的に刊行されたのだが、東西冷戦の政治的坩堝の狭間で友人たちの絆は断ち切られる。姜処重は左翼として軍事裁判で死刑宣告を受けて処刑されたとか、鄭芝溶は北朝鮮軍に参加し北越したとか、様々に虚実織り成して語られるが、現在も真相は不明である。

はっきりしている事は李承晩の軍事政権下で社会的忌諱人物（越北人士、左翼人物）として韓国社会から抹殺され、彼らの名前さえ声高に云うことが憚られるようになった事である。反日民族教育が徹底されるもこの時期である。

一九五五年の尹東柱十周年記念増補版『空と風と星と詩』では芝溶と処重の「序文と跋文」は削除され葬られたのは当然である。その後、尹東柱は韓国の戦後史と微妙に絡みながら、国民的詩人として揺るぎない評価を得ていくのである。

鄭芝溶が名誉を回復し復権するのは一九七〇年代である。

東柱と芝溶が在学した同志社大学コリアクラブによって「コリアの詩人・尹東柱」の詩碑が建立された。責任者の徐正敏によると「韓国の詩人」にするか「朝鮮の詩人」にするかで揉めたが、南北が統一された段階で再度刻み直すという条件付きで「コリアの詩人」で落着したという。

十年後の二〇〇五年、東柱の詩碑の脇に芝溶「鴨川」の詩碑が建立され「同志社コリア研究センター」が設立された。東アジアにおける朝鮮半島の歴史・平和問題などの研究のセンターになっていると云う。

また、平沼が下宿した武田アパートの跡地に京都造形芸術大学高原学舎が開校し「尹東柱留魂之碑」と「詩碑」が建立された。除幕式には東柱の妹・尹恵媛《ユンヘウォン》が参列し、「碑を通して過去の歴史を正しく見つめてほしい」と想いを語っている。

さらに「尹東柱を偲ぶ京都の会」による「詩人尹東柱　記憶と和解の碑」が存在する。京都府立宇治公園に建立する計画を持っているが、府が難色を示している。その経過は『立命館平和研究第12号』に詳細に報告されている。

京都の指呼の地にそれぞれの思いを掲げながら実に三基もの「詩人　尹東柱」の石碑が存在するのである。その意味合いの持つ戦後朝鮮半島の歴史の重さに何処まで共感することが出来るのか、問われていると云えよう。

詩碑建立の端緒は京都地方検察庁から平沼東柱の判決原本が発見されてからである。

大山官房文書課事務官の談「内務省の文書を全部燃やせという。内務省の裏庭で三日三晩、夜空を焦がして燃やしました」大阪府特高文書の焼却処分「敗戦の十五日の午後、特高関係の書類を焼却せよとの指令が入ったので、山なす書類を暑い陽ざしのなかで次々にドラム缶の中に投げ込み、まる二日間かけて焼いた」

記憶に新しいのは「横浜事件」の再審請求に対して横浜地裁は「関係書類を裁判所が焼き棄ててしまって資料が無い」と門前払いをしたことである。特高事案の治安維持法に関わる資料は徹底的に焼却された。

何故、京都地検に判決原本が存在しているのか、経緯は不明である。判決書は裁判用紙・裁判所と記された罫紙に筆書きされたもので息を潜めているように生々しい。

ハンコがリアルである。右側から「昭和十九年三月三十一日宣告」「昭和十九年四月一日確定」「上訴権抛棄」のハンコが押されている。これは判決から確定までの役所仕事で特段の事はない。

着目すべきは平沼東柱の名前の上に「昭和二十一年勅令第五一一号　大赦令ニ依リ赦免セラル」のハンコである。意味するところは治安維持法違反による「懲役二年の効力は消滅し将来に向かってその刑の言渡しを受けなかったものとみなす」という事である。すなわち、朕の名によって「御赦免」を受けたのである。

歴史的な詔勅は次の通りである。『本日、帝国憲法を全面的に改正し、人類普遍の原理に基く日本国憲法を公布せしめた。朕は、この憲法によつて、民主主義に徹した平和国家を建設する基礎が定まるに至つたことを深くよろこぶ。ここに、朕は、政府に命じて、恩赦を行はしめることとした。全国民は、みな、その趣意を理解して、事に當ることを望む。御名御璽』この恩赦法に基づいて大赦令が施行されたのである。

ファシズムを自らの反戦平和の勢力で倒せなかった日本の敗戦は非国民・国賊と不当な弾圧を受けた思想犯、政治犯を解放することが出来なかった。九月二六日、治安維持法違反で豊多摩刑務所に勾留されていた三木清が腎臓病の悪化により獄死する。敗戦から一ヶ月余を経ていながら、思想犯が獄中で抑圧を受け続けている実態が判明し、ＧＨＱは大きなショックを受けたと云う有名な話がある。

政権の中枢部や戦争指導者は天皇制護持を究極の課題としていた。そのために天皇制に指一本触れさせなかった治安維持法の廃止など想像だにしていなかったのである。ＧＨＱは十月四日「政治的、公民的及び宗教的自由に対する制限の除去」を指令した。この「人権指令」で治安維持法がようやく廃止されたのだ。

こうして昭和二十一年十一月三日の恩赦を待って平沼東柱の判決書にハンコが押されたのである。だが、「赦免セラル」

という事実は国民にも朝鮮の遺族にも知らされなかった。弟や妹は兄の生前の様子や足跡を求めて奔走していたのである。

市民グループによって明らかにされたこの事実を政府は今以て何等の対応もしていない。植民地支配の負の部分を認めようとしない戦後日本政府の頑迷固陋の姿勢である。

政府は、敗戦直後から治安維持法を弾圧法規として問題にしなかったように朝鮮の植民地支配にも深い関心を持つ事は無かった。サンフランシスコ平和条約で施政権を回復した政府は「朝鮮に対する施政は搾取政治ではなく経済・社会・文化の向上と近代化に日本が貢献」したと植民地支配を正当化する見解をいち早く明らかにしている。

ようやく戦後五〇周年の村山談話に至って「植民地支配と侵略によってアジア諸国の人々に対して多大の損害と苦痛を与えた。犠牲者には深い哀悼の念を捧げ、痛切な反省の意を表し心からのお詫びの気持」を表明した。

続く河野談話で「歴史研究、歴史教育を通して、永く記憶にとどめ、同じ過ちを繰り返さないという固い決意」を表明した。

侵略戦争と植民地支配の歴史研究は何処まで進み、何が明らかにされたのか。政治文化の反動化の中で無責任と云うべきか、大東亜戦争肯定論や植民地支配正当化論が声高になるばかりか、二つの談話を自虐史観と敵視する歴史修正主義が台頭している。

「御赦免」で許された平沼東柱は日本名のままで尹東柱に戻れていないのである。戦時体制下に植民地朝鮮から日本に来てどんな生活を送り、どのようにして治安維持法の犠牲者になったのか。尹東柱をどのように追悼する事が侵略と植民地支配の反省とお詫びになるのか。

誠に悩ましく難しい問題であるが、解決しなければならない課題である。何故なら平沼東柱は植民地統治下で命を失ったり、弾圧されたりした多くの朝鮮人を象徴している一人だからである。

〈参考文献〉

『空と風と星と詩 —— 尹東柱・全詩集』尹一柱著　伊吹郷訳（影書房）
『生命の詩人・尹東柱』多胡吉郎著（影書房）
尹東柱詩集『空と風と星と詩』金時鐘著（岩波文庫）　等々

ハンナ・シュミッツの告白

首藤　滋

まえがき

この短い小説（と呼んでよければ）は、第七二回《葦牙ふぉらむ》（二〇一七年一二月二五日、東京）で私が行った報告「『朗読者』に隠された真実を追って」の論旨をもとに、討論を参考にしつつ、再構成したものである。読者はベルンハルト・シュリンクの小説『朗読者』(1)を読みあるいは映画『愛を読むひと』を観たことを前提としているが、小説を未読の読者の便宜のために、小説『朗読者』のあらすじを紹介する。

小説『朗読者』のあらすじ

一九五八年初冬のドイツのある都市に住み、ギムナジウムに通う十五歳の生徒ミヒャエル・ベルクは、体調を崩して道路に吐いて苦しむところを、通りかかった三十六歳の市電の車掌ハンナ・シュミッツに助けられる。数か月後黄疸の症状が治まったミヒャエルは礼を言うためにハンナを訪ねる。ミヒャエルはハンナに魅かれ、やがて肉体関係をもつ。ハンナはミヒャエルに本の朗読をせがみ、文学の朗読とセックスが放課後の秘密の習慣になり、休暇の季節、自転車旅行に泊りがけで出たりする。ハンナはミヒャエルを譴責したりベルトで打つなどの暴力をふるうこともあった。とまどうミヒャエル。数か月の親密な交流ののち、突然ハンナがアパートを引き払い、失踪した。

一九六五年、法科大学院で学ぶミヒャエルは、ゼミナールの一環で「アウシュヴィッツ裁判」を傍聴し、被告席にナチの時代にアウシュヴィッツ収容所の看守であったハンナに遭遇する。ハンナが囚人であるユダヤ人の娘たちに本を朗読させていたことを知り、ミヒャエルはハンナが文盲であったことを知る。ハンナたち女看守たちは戦争末期に囚人を徒歩で移動させる途中、囚人を収容した教会が爆撃で火事になったとき、扉の鍵を開けて助けることをしなかった。ハンナが長年月の懲役刑のリスクよりも文盲の秘密を守り通したいとの決意のまえに、ミヒャエルは判事への通知を避ける。ハンナは終身刑となる。

一九七三年、結婚し離婚したミヒャエルは、刑務所のハンナに、朗読した録音テープを送り、これを続ける。ハンナはこれがきっかけで刑務所内で独学で識字を学ぶ。文学、そしてナチ時代の強制収容所の情報も本を通じて学ぶ。

一九八三年、仮釈放を迎えるハンナにミヒャエルは面会し、社会復帰の支度を整える。この時ハンナは六十一歳になっている。これからの二人の関係にとまどうミヒャエル。釈放の日の早朝、ハンナは独房のなかで縊死する。ハンナの残したわずかな金をミヒャエルはハンナの希望に沿って、あの教会事件で生還したユダヤ人に届けようとする。

一

二〇一八年一月のある日、七十二歳のジクムント・シュッツは、ドイツ、ハイデルベルクにあるこじんまりしたホテルの一室のベッドで、高熱になやまされつつ横になっていた。常備のアスピリンが効いた様子はなく、自分で「うー、うー」と喉元から出てくる声を認めながら、シーツにつつまれた毛布をかぶり、やがて寝入った。

目覚めたとき、ベッドの背板に二つの枕を重ねて背をもたれかけ、ジクムントはぼんやり前を眺めていた。足元の先には壁に作り付けの机があり、乳白色の受話器が載っている。昨夕、古城を見物したあと、ホテルに帰ってシャワーを浴びる前に、上着やズボンのポケットにあったものをほぼすべて机の上に置いた。財布、ボールペン、部屋のカード・キーなどが雑然と置かれている。机上スタンドの小LEDランプはその時から点けっぱなしになっていた。ふと気が付くと、左の足元においた椅子に老婦人が腰掛け、うつむいていた。その向こうの窓のカーテンは閉めてある。ひとりジクムントの足元から机の辺を見ているようだった、彼に向って見ることもなく。

ジクムントは、不思議なことに、突然現れた女に驚かなかった。いつかどこかで見た女だったからかもしれない。くすんだ空色の半袖ワンピースを着たその女は、少し猫背で、袖から出た二の腕と、組んでそのまま落とした両掌、白髪まじりのブロンドの髪、顎から首にかけての皮膚のしわと弛みから、六〇歳を過ぎているのだろうと、ジクムントは思った。いや、女の存在を認めたときから、ジクムントにはその女が誰なのかがわかっていたのだ。彼女は小説『朗読者』の女主人公ハンナ・シュミッツ(2)その人であった。ジクムントはこの女が現れるのを待っていたのかもしれない。しかしこのように姿をみせることを予期していたわけではない。

「ハンナ」

ジクムントは独り言をつぶやくような声で、女に話しかけた。女はちらとベッドのジクムントのほうに向きかけたが、ほとんど動かず、そのままだまっている。

二

「来てくれたんですね……お会いしたかった。しかしどうすればお会いできるのか、分からなかった……ありがとう」

「あなたが呼んだから、ジクムント」

「知りたいことが積み重なって、ここハイデルベルクにも来たのです。こうしてあなたに会えるとは、期待していたわけではありません。それにぼくがあなたに訊きたいことは、そうたくさんあるわけではないのです。……あなたはロマ(3)だったのでしょう」

最後のひと言をジクムントの口はゆっくり、一語ずつ、発した。女は目を上げて正面を見据えた。そしてゆっくりジクムントのほうに顔をむけた。女はジクムントと目をあわせない。しばらく沈黙のあと、女は短く答えた。

「そう、私は混血のツィゴイナー(4)」

「ぼくは、それがすべてとは言えないが、あなたがロマであることが、あの『朗読者』でベルンハルト・シュリンクが暗示していたもの、あるいは謎といっていい多くの疑問を解くことができると思いました」

「ベルンハルトは、ミヒャエル(5)の眼と心をとおしてのみ、私のことを語った。私の主張もすべてミヒャエルの聞いたこと、見たことを通じてしか語っていない。私はミヒャエルに『わたしが何者で、どうしてこうなってしまったかということも、誰も知らない』と言った」

「でも、知ってほしい、すべてを語る、という気持ちにはならなかった。リスクが大きすぎた」

ジクムントがこういったとき、ハンナはしばらく相槌をうつことがためらわれたようだった。沈黙のあと、女ははっきりとした口調で言った。

「そう、そういう気持ちにはならなかった」

ジクムントはさらに追う。

「そしてあなたは、自殺という道を選んだ」

「そう、私は自殺した」

三

「あなたは、何年生まれ？」

女が訊いた。

「一九四五年の生まれです。ミヒャエルより二歳若い」

「ミヒャエル……。私は刑務所で会ったあの時の彼の面影を想い出せない、いくら想い出そうとしても。若い日のミヒャエルは昨日のことのように目の前に浮かぶのに。あの裁判所の傍聴席に垣間見えた彼の顔は想い出せるのに」

女は、またしばらく沈黙した。そしてなにか話し始めそうな体の動きと、ためらいの溜息を繰り返したのち、女は話し始めた。

「私は、シャルロッテ・トマ。一九二二年九月一〇日、私はルーマニア、ジーベンビュルゲン[6]地方のヘルマンシュタット[7]で生まれた」

「一九二二年一〇月二一日ではなくて。名前はハンナ・シュミッツではなかったのですね」

「父から聞かされた話では、ルーマニアのツィゴイナーは一八六四年の法律ができるまで奴隷だった。祖父母の時代、一家は定着して靴屋の仕事をしていた。父はガッジョ[8]の母ヒルダと結婚して家業を継いだ。あの地方はドイツの植民地だったから、言葉は殆どすべてドイツ語だった。私には弟がいた。ペーターといって、黒い髪、褐色の肌、濃い眉、父に似てツィゴイナーの特徴があった。私は母に似て肌は白く、いわゆるツィゴイナーの特徴はあまりなかった。そういうツィゴイナーは多い。親戚にも混血の人は多かった。混血のほうがずっと多い。

「身分証には、逆三角形にZの文字が入ったスタンプが押されていた。ツィゴイナーの印。貧しかったけれど、父母に愛されて、私とペーターは大きくなっていった。ツィゴイナーでない子は学校に行っていた。私も弟も学校には行かなかった。地域でツィゴイナーの子供でも、余裕のある家からは学校に行っていた子供もいた。でも学校では、ツィゴイナーというだけでいじめにあう、という話はよくきかされた。生徒の間で喧嘩が絶えず、先生たちはツィゴイナーを目の敵にしている、と聞いた。そういうところにわざわざ行かなくてもよかった。父も母も学校には行っていなかったし、文字は読めなかった。私は店で留守番をして修理の注文を受けたり、修理した靴を届けたり、家事も母の手伝いをした」

「読み書きができなくても、運賃の勘定は問題ないのですか」ジクムントが訊いた。

「お金の勘定ですって。簡単なこと。札と硬貨の種類は限られているし、母に教えてもらって、勘定はすぐにできるようになった。買い物にも行った。お店のおつりの計算も難しくはない。生きていくためにはお金がいるし、貰う、払うの計算、暗算も慣れれば問題ない」

ここでジクムントは初めてハンナの微笑を見た。ジクムントは恥じた。「あなたは何も知らないのね」と言われているように感じて。

四

「どうやってベルリンに出たのですか？　たしか十七歳の時でしたね、一九三九年。しかも別名で」

恥ずかしさを打ち払うように、ジクムントは訊いた。

「ジクムント、あなたもミヒャエルの若い時みたいにせっかちで聞きたがりやさんなのね。でもその前にどうしてルーマニアからベルリンに出なければならなかったのか。話さなければならないことがある」

ハンナは真顔でジクムントを見た。ジクムントは、ハンナの眼をこのときはじめてはっきりと見た。しわで覆われた上下の瞼に挟まれたハンナの眼は青く透き通るようだった。やがて目をそらして、またジクムントの足元と机のほうに顔をむけて、しばらく沈黙し、やがて話を再開した。

「フランスやロシアとの戦争が終わって、父が戦場から帰ってきた。近所には手や足をなくした人、失明した人、やけどの人、いろんな人が帰ってきた。精神病院に送られた人もいた。父は無事だった。叔父、伯母、いとこたちが集まって、祝ってくれたって。そしてしばらくして私が生まれた。

「まだ幼い時、本国のある州で法律ができて、ツィゴイナーが移動を禁じられた。それからヘルマンシュタットでもロマの身分証の携行が義務になった。指紋をとられて、写真を撮られたって。

「ナチがだんだん力を得て、私が十一歳のとき、ロマには子供を産ませないって法律ができたって、父と母が暗い顔で話しているのを聞いた。ツィゴイナーじゃないお客は、ずいぶん冷たい表情になって、店の私にも母にも、冷たい目で、厳しい言葉を浴びせるようになった。なかには、そんなことは気にしないで、これまでのように靴の新調や修理の注文をくれる人たちもいた。でもだんだん声を低く、遠慮がちになって。

「アドルフ・ヒトラーという元軍人が指導者《フューラー》兼首相つまり総統になって、すぐドイツ公民法ができた。アーリア人と非アーリア人が結婚できないという法律。ロマと非ロマの婚外交渉・結婚が禁止されたのもそのあとすぐだった。私が一三歳の時」

ジクムントは確認した。

「一九三五年のことでした」

五

「二年後、一五歳のときだった。立派な体格の医師だという背広の人が兵士を一人連れて、ロマの家だけを一軒ずつ回ってきた。祖父母や先祖のことや家族のことを訊いて、髪の毛の色を確かめて、頭の大きさや、顎から目の位置とかをメジャーで測ったり、大版の手帳にペンで書きこんで、写真を撮って、それから帰っていった。遠い親戚の叔母さんが郊外のロマの居住地にいて、そこにもあの医者が来たって、あとで聞いた。医師はずっと笑顔で、私にも『かわいいお嬢さんだね』って言っていた。母は医者たちが家を出ると、食卓の椅子に坐りこんで頭を抱えて、悩んでいるようだった。私が心配して『ママ、どうしたの』って訊くと、母は私を抱きしめて『おお、シャルロッテ、心配しなくていいんだよ』と言って、椅子に坐るとまた顔を両手で顔を覆った。泣いていることはわかった」

「あの頃、ロマたちの広範な調査があったことは聞いています。遺伝学研究所長ロベルト・リッター[9]が主導した『反社会性』人種の調査でした」

ジクムントは聞いていることを女に知らせるかのように言った。女は、うなずくこともなく、話しつづけた。これを言わなければ、自分がここにいる意味がない、とでも言いたげに、しっかりと語を区切りながら。

「一六歳になってまもなくのある朝、銃をもった兵士と警官がきて、『シャルロッテ・トマさん、一緒に来てください』と言われた。母は『何のご用ですか』とは聞かず、涙を拭きながら、戸口に立って私を見送った。連れていかれたところは、学校のような立派な建物で、十人位のツィゴイナーの娘たちが不安そうにベンチに腰かけていた。

看護婦に呼ばれて処置室に入り、ベッドに横になった。注射をされて、眠った。目が覚めた時、ベッドが並んだ部屋で寝ていた。お腹が痛くなった。周りには私と同じ年恰好の娘たちが、痛みでうなりながら寝ていた。ときどき医者数人が微笑みながら回ってきて診察して、『お疲れ様、大丈夫ですよ』って言った。二日後、母が迎えに来て、家に帰った。母は私を何度も抱きしめて声をあげて泣いた。私も泣いた、よくわからなかったが。

そう、その時私は子供ができない身体にされたのだ」

六

「ある日、大きなトラックで来た兵隊と警察が近所の家々に入って、名簿にあるツィゴイナーを確認しながら道路に集めた。仕事をしていた父が名前をよばれ、店先からひきずり出されるように追い立てられて、広くなっている道路の一角に並ばされた。やがてトラックが近づいてきて載せられた。周りは兵士と警官が取り囲んだ。ペーターはその異様な雰囲気に圧倒されていたが、おもわず『パパ！』と呼んでトラックに走って行って荷台にしがみついた。『来るな！　家に帰れ！』と父はペーターに怒鳴った。荷台にしがみついたペーターを、将校が後ろから拳銃で撃った。血にまみれてペーターは石畳に落ちた。あのホラ（ダンス）が好きで、親戚が集まると一生懸命地面を踏んでみんなを喜ばせた、可愛い弟ペーターは、十歳でこの世を去った。『ペーター！』父はトラックの荷台で遠ざかりながら、叫んだ。将校は拳銃をホルスターにしまうと、オートバイのサイドカーに乗って、トラックを追った。母はお店の前でしがみつく私を支えていたが、その場で気絶した」

七

「ペーターの葬式をすませて、何日かたったある日、泣きはらした顔の母は、朝から一日家を出て、夜帰ってきた。ランプを点けて、母が呼んだ。

『そこにお坐り、シャルロッテ』

　私も泣きはらした顔で、食卓で母と向かい合った。母はゆっくり話し始めた。

『いいかい、よく聞くんだよ。明日の朝、お前は汽車に乗ってベルリンに行くんだ、一人で』

『なんの話？　あたしはママのところにずっといる。なんでベルリンなんかに行くの』

『よくお聞き、シャルロッテ。私たちツィゴイナーは、この町では生きていられないんだよ。ひと月先か、来週にも、いや明日にも、またあの連中が来て、みんな連れて行ってしまうだろう。お前の叔父さんのゲオルゲは五ヶ月前に連れていかれたきり、帰ってこない。便りもない。親戚の連中から聞いた話では、連れていかれたツィゴイナーはみんなあちこちの収容所に入れられている。ひどい所だそうだ。お父さんは殺されるかもしれない。ペーターのようにね。

　シャルロッテ、よくお聞き。明日から、いや今晩この時から、お前はハンナ・シュミッツだ。この身分証をご覧。これはお前がツィゴイナーでもユダヤ人でもなく、アーリア人ハンナ・シュミッツだという証拠の書類だ。誕生日は九月一〇日じゃない、一〇月二一日だ。しっかり覚えなさい。家の貯えをかき集めて、隠れて作ってもらったものだ。明日の汽車の切符も買ってきたんだよ』

『ママが一緒なら行く。一人なんて、無理よ』私は手に握らされた身分証を返しながら泣いて言った。

『いいかい。二人分は無理なんだよ。わかっておくれ。お前にはなんとしてでも生き延びてほしいんだよ。パパやママ、ペーターの分まで生きておくれ。どんなに辛いことや悲しいことがあっても、生きるとママに誓っておくれ』

私は母に抱きついて泣いた。お隣に聞こえないように。母もしっかり私を抱いて、そのまま夜が更けた。翌朝一つの鞄を手に、私はヘルマンシュタット駅まで歩いた。駅舎には兵隊がいて、身分証の検査をしていた。兵隊は身分証の顔写真と私の顔を見比べて、黙って身分証を突き返した。車内でも、何事も起きなかった。こうしてハンナ・シュミッツはベルリンに着いた。私は一七歳、一九三九年のことだ」

シャルロッテつまりハンナは、ここまで言うと、おおきなため息をついた。気を取り直すようにもう一度ため息をついて、ジクムントに少し顔を向け、しかし目はベッドの端にやったまま話した。

八

「ベルリン駅で尋ねて、駅舎近くの職業紹介所を教えてもらって入った。紹介所の事務員は、親切だった。手を怪我した、というと代わりに書類を書いてくれた。ジーメンスの仕事は、家庭電器や軍で使うものの組み立てだった。照明器具、電熱器とか。若い女、中年の女たちが大きな工場の広い作業部屋で作業に当たった。原材料を倉庫からとってくる作業、工具を使う要領、ハンダ付けもすぐに慣れた。戦争が始まって、工場は忙しくなった。自分のように若い娘もいたが、中年の女性もいた。挨拶はきちんとするようにした。話しかけてくる女たちもいた。『どこから来たの、家族はどうしてる……』訊いてくるのは、いつも同じだ。友達は作れなかった。自分のことはほぼなにも話さない、という態度が周りに伝わり、一人で居ることが多かった。かといって、意地悪をされることは特になかった。職場で困っている人には親切に手伝ったりしたから。アパートを借りるのは難しくなかった。仕事は一生懸命やった。それが評価されたのかもしれない。『近く職長にする』と上司が言った。

「私は、読み書きができなかった。なにか書かなければならないときは、相手に書いてもらうように頼んだ。手を怪我している、打ち身で、とか。工場に掲示が貼りだされたときは、周りの人の会話から推し測ったり、同僚に訊いたりした。『なんでそんなこと訊くの』って言われたときは、『ゆっくり読めなかったから』とか、言い訳をした。学校に行っていない子は、浮浪者かツィゴイナーか、問い詰められるにきまっているから。工場の中で、親衛隊が隊員募集をしていた。受付にいって話を訊いた。仕事は収容所の看守だという。書類はむこうで用意して、ただ署名をするだけだった。一九四三年の秋、私は二一歳」

ジクムントは言った。

「ハンナ、あなたにとって、文盲は「恥」の問題ではなかった。まさに「生か死か」の問題だった。多くの『朗読者』の読者は、文盲とはそれほど恥ずかしい、隠さねばならないものか、と疑問に思ったり、感動したりしている。ミヒャエルは『ぼくの研究分野の一つは第三帝国時代の法律だった。この分野ではとりわけ、過去と現在の問題を現実の中でどのように析出していくかが主題となる』とぬけぬけと言いつつ、この時代の様々な人種差別、排外の法律や規則についてはまったく言及していない。これはどういうことなのでしょうか。登場人物をそう設定するのならともかく。しかもシュリンクは法律家で研究者なわけでしょう。……すみません、お話の腰を折ってしまって。続けてください」

九

「配属されたのはアウシュヴィッツ収容所だった。訓練は形ばかりの簡単なもので、支給された制服についての注意や、敬礼や整列の仕方、受け答えの要領、囚人＝収容者についての説明を受けた。あとは先輩のやり方を見て、それに倣う。ユダヤ人は第三帝国の敵、排除、抹殺の対象だった。収容所には次々に収容者が送り込まれてきた。女性棟のなかにはツィゴイナーもいた。叔母さんや従妹たちに似た人たちもいた。ツィゴイナーは、ユダヤ人からも蔑まれていた。私はできるだけ顔を合わせないようにした。万一親戚の人が来て私が判れば、すべて終わりだ。収容者では病死や衰弱死が日常だった。そして生きている人達は順次ガス室に送られた。送られた人たちが、灰になって穴に埋められたり、地面に撒かれたり、トラックで川に捨てに持っていかれるのを眺めていたのだ。私は与えられた任務をまじめに努めることに専念した。そのためには収容者を牛鞭で打ったりした。初めて収容所に入ったときのその異様な雰囲気、看守の残酷な行動に、まもなく慣れてしまった。

「アウシュヴィッツにいたのは三か月程だった。クラクフのアウシュヴィッツ外郭収容所に移ったのは、一九四四年一月。それから一年後の四五年の始めにこの収容所が閉鎖された。敗戦まで数か月のとき。

「収容所の仕事、夜に少女を囚人棟から引き出して朗読させていたこと。囚人を連れて西に向かったのは、極寒の時だった。あの教会の爆撃と収容者を開放しなかったこと、後の裁判のことは、シュリンクが書いていることに私は違和感を感じない。ここでも、ジーメンスの仕事場のように、仲のいい同僚は持たなかった」

「そうですか」ジクムントは言った。「ただ、あの爆撃の晩の事件の報告書とされているものは、報告者の記名と署名があったはずで、証拠書類として裁判所や検事、弁護士が名前が違っていることを指摘しないのは理屈に合わない。あの部分は奇妙で不自然と思うのです」

一〇

「カッセルで知った敗戦の後、私はいろんな仕事についた。パン屋や肉屋、さまざまな小売店の店員、女中、掃除婦。文盲がバレそうになった時、未練なくその街を出た。男が近づいてきて、しばらく付き合い、関係を持つこともあった。一人は私が文盲とわかり、態度が突然変わった。どうして学校に行かなかったのか、しつこく訊いた。私は一切説明せずにその街を出た。ただ、住民登録は必ず続けた。母が持てるものすべてをかけて手に入れた、私が生き続けられる証をしっかり持ち続けなければならなかったから。

「一九五〇年、私は路面電車の車掌に採用された。面接で簡単なやり取りのあと、札や硬貨を並べて、お金の計算のチェックがあったが、相手は私の計算の速さに驚いた様子だった。即採用された。ミヒャエルに出会ったとき、もう八年も続けていたことになる。

「ミヒャエルとの出会いとその後の突然の別れまでは、ベルンハルトが書いている通りだ。私はミヒャエルとの数か月の関係で、初めて深い性の悦びを知った。文学の楽しみを存分に味わうことができた。文学とはなんと楽しく、美しいものか。私のそれまでの半生の哀しみと苦しみを一時的にせよ忘れさせてくれるものだった。運転手への推挙の話があったとき、私は再び町を出なければならないことになった。ミヒャエルとの別れは父やペーター、そして母との別れのときのように辛かった」

ハンナはいつの間にか、戸口近くに立って、しかし相変わらずジクムントの足元あたりを眺めている。

一一

「一九六四年、フランクフルトでの「アウシュヴィッツ裁判」のとき、ミヒャエルが自分の文盲に気づいたかどうかはわからなかった。刑務所でもそのことが気になっていた。でも、刑務所にミヒャエルがテープを送ってくれた時、私は嬉しかった。機械の使い方を看守に教えてもらって、ミヒャエルの声が聞こえたとき、本当に驚いた。嬉しかった。ミヒャエルが自分の文盲を知っていたのだと、それでまた私に朗読してくれていること。あの裁判を経て、あの親衛隊時代のことも知って、それでも私のことを思ってくれている。忘れないでくれている。ミヒャエルの肉声は、いまも彼が私を愛してくれているのだと聞こえた。聴きなおすたびに、ミヒャエルに全身を愛撫されているように思えた。刑務所に入って十年め、一九七三年のことだった。

「それから四年位たって字が読めるようになって、何度も練習して、ミヒャエルへ手紙を出した時も嬉しくて、わくわくした。でも、テープを送り続けてくれるのに、ミヒャエルからの手紙は一通も、一枚も届かなかった。面会という方法もあったはずだが、その兆しはなかった。どんな事情があったのだろう、考えても答えは出ようになかった。

「あの一九八三年の夏、釈放の話があって、ミヒャエルが迎えてくれると聞いたとき、嬉しかったが、刑務所を出てからの生活は想像が難しかった」

ジクムントが訊いた。

「いよいよ、あなたがなぜ自殺したのか。聞かせてもらえるのでしょうか。読者には『ただ劇的にこの話を終えるためさ』という人さえいます」

一二

「ジクムント、あなたはどうおもっているの」

ハンナは、初めてと言っていいだろう、ジクムントに真顔で尋ねた。ジクムントは答えをもっていた。

「ぼくは、あなたが不安を抱えながら求めたもの、それは愛情に他ならないのですが、その期待が裏切られて、生きる希望を失ったためだと考えています。ミヒャエルは、あなたへの思いが消えない反面、無関心を装っています。彼はいろいろ考えているけれど、ぼくには冷酷な心としか思えない面が目につく。彼はあなたを『小さな隙間に入れてやっただけだった。その隙間はぼくにとっては重要だったし、ぼくに何かを与え、ぼくもそのために行動はしたが、隙間は隙間であって、人生の中のちゃんとした場所ではなかった』と位置付けた。それが三九歳の彼の思いで、五〇歳のとき、『ぼくはハンナを裏切ったのだろうか。ぼくはハンナに借りがあるのだろうか』って自問している。

「ぼくは『期待が裏切られた』、といいました。あなたはあの面会のとき、ミヒャエルの言ったことに心底おどろき、狼狽したのではないですか。『裁判で話題になったようなことを、裁判前に考えたことはなかったの？　ぼくたちが一緒にいたとき、ぼくが君に本を朗読したとき、そのことは考えなかったの？』と。あなたは『それがとても気になるわけ？』続けて『わたしはずっと、どっちみち誰にも理解してもらえないし、私が何者で、どうしてこうなってしまったかということも、誰も知らないんだという気がしていたの。誰にも理解されないなら、誰に弁明を求められることもないのよ』と。そして、死者は求める権利がある、『死者は理解してくれる』と言った。あなたはミヒャエルが何か言おうとしていたようで待っていた。しかし彼は何も言わなかった。彼は理解を拒否したのだ。あなたにとって、これほどの失望はあるだろうか。あなたがなぜ文盲だったのか、かれは思いを巡らすことができたはずだ。そして、少しずつ、ほんの少しずつでもあなたを理解しようとできたはずだ。それを彼はしなかった。ただ、住まいと仕事を用意すれば事足りると、彼の人生の隙間をそう設定しただけだ。

「あなたは、ミヒャエルとの親密な人生をこれから送れるなんて考えていなかった。しかし彼があなたを理解しようと思ってくれさえすれば、いまあなたがぼくに話してくれたように、徐々に理解するはずだった。しかし彼の問いは、看守の仕事と死者をどう思っているのかという詰問に過ぎなかった」

　ジクムントは自分でも興奮していることに気づいた。

「すみません。あなたの話を聞かせてください」

　ハンナはまた窓際の椅子に坐った。

一三

「いいえ、ありがとう。あなたの言う通りです。私は字が読めるようになって、収容所のこと、ナチの考え方、ユダヤ人のホロコースト、ツィゴイナーのポライモス[10]、いろんなことを読むことができた。刑務所の私に死者は身近に現れた。父母やペーターのように。あの戦争のとき、自分が他にどうすればよかったか、考えてきた。自分は親衛隊に入って看守などになるべきじゃなかったのか。なんであの教会の鍵を開けようとしなかったのか。後悔は山のようにある。死者は私を襲ったり、脅したりすることはなかった。いつも私に寄り添うように来た。

「ミヒャエルの顔があの面会のときから思い出せなくなった。裁判官や収容所の同僚たちのように、顔がなくなってしまった。ミヒャエルにも蔑みの眼で見られるのか、なぜあの人は私を理解しようとしてくれないのか。あの親切でたくましいミヒャエルは、あの裁判以来、私をずっと責めていたのだ。それは私がかたくなに自分を隠してきたからかも知れない。いずれにしても、私は生きる希望が無くなった。父母とペーターのもとに行きたい。あの出所前日まで考えて、そう決めた」

　ジクムントは言った。

「自殺は罪の大きさを自覚したから、とか言う人たちもいます。でもぼくはそうではないと考えていました。ロマの知人がいます。彼はロマの権利を拡大しようと、いろんな活動をしています。ロマの解放の運動はなかなか進みませんが、でも前進はしています。あなたのこと、ぼくの推測を話した時、彼は『運動している自分にはあまり興味はないが、多くの人たちの同化はすでに事実だ。一人ひとり、家族ごとに解放の方策は多様にある。いつかハンナのような人が「私は混血ツィゴイナーだ」と誰に向かっても言える時代がくるだろう。いつのことになるかはわからないが』と言いました。ぼくもそう願います……ハンナ、来てくれて、話を聞かせてくれてありがとう」

「ジクムント、ありがとう。私の話を聴いてくれて。もっと前に会いたかった。死者だけじゃない、理解してもらえる人に会えて嬉しかった」

ハンナの後ろの分厚いカーテンを通して、窓が明るくなってきた。と思ったジクムントは、ハンナの身体がゆっくり消えていき、ベッドの足元の椅子がむなしく置かれているのを見た。ジクムントは窓外の鳥のさえずりを聞き、熱がすっかり下がっていることを感じながら目を覚まして、ベッドに起き上った。机のランプは点いたままだった。

〈註〉

（1）ベルンハルト・シュリンク Bernhardt Schlink（一九四四〜）『朗読者』Der Vorleser（一九九五）（英訳名は The Reader）邦訳は松永美穂、新潮社、二〇〇〇年。新潮文庫、二〇〇三年。
なお、映画『愛を読むひと』（二〇〇八年、米・独共同製作、監督スティーブン・ダルドリー、ハンナ役は英国人女優のケイト・ウィンスレット。彼女はこの作品で米アカデミーと英アカデミー賞の最優秀主演女優賞などを獲得。若干の相違はあるが、基本は小説のほぼ忠実な映画化と言ってよいだろう。

（2）ハンナ・シュミッツ Hanna Schmits

（3）ロマ Roma　いわゆるジプシーの総称的呼称。

（4）ツィゴイナー Zigeuner　いわゆるジプシーのドイツにおける呼称。

（5）ミヒャエル・ベルク Michael Berg

（6）ジーベンビュルゲン Siebenbürgen　現在のトランシルヴァニア地方

（7）ヘルマンシュタット Hermannschtadt　現在のシビウ市

（8）ガッジョ gadjo　非ロマ人。よそ者。

（9）ロベルト・リッター（一九〇一―一九五一）Robert Ritter　優生学が専門のドイツ心理学者。一九三五年「混血ジプシーの遺伝学的研究」を発表

（10）ポライモス Porajmos　ナチによるロマ人の虐殺を、ユダヤ人に対するホロコーストに相当する言葉として七〇年代ごろから使われる。

〈参考文献〉

ベルンハルト・シュリンク『朗読者』松永美穂訳（新潮文庫、二〇〇三年）
水谷驍『ジプシー　歴史・社会・文化』（平凡社新書、二〇〇六年）
金子マーテイン編『「ジプシー収容所」の記憶　ロマ民族とホロコースト』（岩波書店、一九九八年）
ロマニ・ローゼ編　金子マーティン訳『ナチス体制下におけるスィンティとロマの大量虐殺　アウシュヴィッツ国立博物館常設展示カタログ』（反差別国際運動日本委員会発行、解放出版社発売、二〇一〇年）
ヴィクトール・E・フランクル『夜と霧』池田香代子訳（新版、みすず書房、二〇〇二年）
西部邁・佐高信・『西部邁と佐高信の快著快読』（光文社、二〇一二年）

新しい職場

志川　修子

朝、職場である大型商業施設に着くとオープン前の正面口ではなく、裏口の従業員通用口にまわる。カードリーダーに通行証をかざすと、カチャという開錠音が聞こえるはずなのだが、徳男はここ数ヶ月で聴力が落ちたのか、ドアに耳を近づけないとこの音が聞こえづらくなってきている。

先月までは通用口の前にもガードマンが立っていたが、経費節減で人間のほうがお払い箱になった。ただ、中に入れば全店舗の鍵を預かる守衛室近辺、駐車場や納入業者搬入口、従業員の更衣室付近に、薄いグレー地の制服制帽を着用したガードマンがいて、徳男もそのひとりとして働いている。

勤務開始の七時までまだ二十分ある。更衣室には堂本が着替えを終え、丸椅子に座って貧乏ゆすりをしながら徳男を待っていた。

「お、徳さん、お早うさん」

ドアを開けると掠れた堂本の声が響いた。

徳男が声になるかならないかの「おっ」という音を発すると、

「ああ、きょうも朝っぱらから暗いなあ。もっと元気よく挨拶できんもんやろか」

堂本は関西人である。徳男は聞こえるような溜息をひとつ吐いてこう言った。

「こっちも言わせてもらうとな、朝っぱらからうるさいんだよ」

徳男が関西弁を嫌っているのを承知していながら、堂本はどこ吹く風で、娘が孫ふたりを連れて泊まりに来ていることや、商社マンの娘婿が来月からニューデリーに出張することを喋り続ける。

その間も片脚は休むことなく揺れている。

「商社マンは世界中どこへ行かされるかわからんからそりゃ大変や。徳さんもそうやったんやからその大変さはわかるやろ」

徳男はその昔、確かに商社に勤めていたと話したことはあるが、堂本が想像しているような「ラーメンから航空機まで」と言われる世界を股にかけて飛び回る総合商社マンというわけではなく、国内の主に食品を扱う商社にいたのだが、面倒くさいので堂本の勘違いはそのままにしてある。

「元商社マンが、こんなとこで働いているなんて、ホンマ変わってるわなあ。婿はんも首傾げとったで」

堂本は娘が商社マンと一緒になったのが自慢なのだ。何かにつけて娘婿を登場させる。

「俺もろくでもない人生やったけど、終わりよければ、ちゅうやろ」

そう言って、堂本はヒッヒッと笑った。

「俺もってなんだ。も、って」

顔を近づけ徳男は堂本を睨んだ。

制服に着替え終わると、徳男は堂本を残し、ひとりさっさと更衣室を出た。

堂本のああいう無遠慮さが徳男の神経を逆撫でするのだ。それにしても今朝の堂本は挑戦的だ。

「ケンカ売ってんのか。あのバカが。くたばっちまえ」

チッと舌打ちすると、大股で従業員通用口に向かった。

七時を過ぎると、館内のあらゆる店の従業員が続々とドアを開けて入ってくる。

「おはようございます」

「ご苦労様です」

清掃作業員やスーパーマーケット、フードコートの従業員は比較的年齢が高い。

九時前になると、家電量販店や靴、バッグ、衣料関係店等の若い人が増えて来る。これらのパートやアルバイト従業員は出入りが激しく、早いと一日で辞めていく。

ガードマンの朝の仕事として、首から下げたネームカードの点検というのがあり、本人と顔写真との相違がないことを確かめるのだ。

気の利く新人は自らカードを掲げるようにして点検を受けるのだが、中には知ってか知らでか、全く協力する素振りも見せずに素通りしようとする者もいる。

「ちょっと、カードはちゃんと表にして」

素通りを見逃しているガードマンもいるが、徳男にはそれが出来ない。

「ちょっと、あなただよ。昨日も注意したよね。ちゃんと見せて」

生徒を叱る教師のような声音で、しかも近頃声も大きいのだ。入ってきたばかりのバイト風の女の子が何事かとびっくりしている。

むっとした顔で振り向いたのは、今十代に人気のファッションブランド「ペコ」の女性店長である。

「私、もう二年ここで働いてるんですけど」

徳男を見上げ噛みつくように言うと、

「そんなことはこっちには関係ないんだよ。ルールは守れって言ってるんだ」

買い言葉が怒声になっていた。

「ルールを守れっていうなら、そっちも守って下さい。それ社会人が仕事する態度じゃないでしょ」

女性店長は負けるどころか一歩も引かない。「今どき高校生のバイトだってそんな言葉使いしませんよ。朝は一秒だって貴重なんだから、そっちもいい加減私の顔覚えて下さい」

細い眉はつり上がり、最後は早口でまくしたてた。いちいちうるさいと言わんばかりだ。

この時、徳男はこの女性店長の言ったことがよく聞き取れなかった。特に、最初の「二年ここで」のあとは膜がかかったようで、はっきりしたのは「いい加減顔を覚え……」の辺りだった。

こんなにも聞きとれないことは始めてだった。それだけでもショックなのに、加えて自分よりうんと年下の、しかも女に、きつい視線を浴びせられ、顔を覚えろと言われたのだ。

堂本といい、この生意気な女といい、いったい何なんだ。

増幅された苛立ちは不機嫌な硬い表情となり、徳男は真っ直ぐに女性店長を見下ろした。徳男のひとより大きな目玉で見られると、睨み付けられたと感じるのは仕方なく、彼女も負けずに、茶色の大きなシミの浮いた徳男の顔をもう一度見上げ、フンと鼻を鳴らしてその場を過ぎ去った。

通りかかった従業員だけでなく、もうひとりのガードマン、たまたま傍にいた守衛達も怪訝な様子でこちらを見ていた。

俺はちゃんと仕事をしようとしただけだ。

周囲の視線に気付きながら何事もなかったかのように、徳男はその場に立ち続けた。

昼休み。休憩室でカップ麺を啜っていると守衛のひとりがテーブルの正面に腰を下ろし、話しかけて来た。

「カップラーメンだけで、持ちますか」

作ったような柔和な笑顔に見覚えがあった。守衛を派遣する会社は徳男の会社よりは大手で、そしてこの施設では守衛の方が明らかに格上で、今目の前にいるのはその守衛室長だった。

「今朝のことなんですけどね」

来たか、と徳男は思った。

「ここの業務さんから聞いたんですけどね、あのブチック、『ペコ』でしたっけ。再来月から売り場を三倍に拡げるそうですよ」

それで、というように徳男は箸を止めた。

「ま、あとは察して下さい。出来るだけきちんとした言葉で接してもらえればね。相手はまだ若いんでね、大人の対応をしてもらえればいいんで」

右手に持った社員食堂の茶碗の煎茶をひと口飲むと、言うことは言ったという顔で守衛室長は席を離れた。

おかしな話だ。自分の会社ではなく、他会社の人間から注意を受けるというのはちょっと変だろう。あの生意気な女が業務に言いつけたのだろうが、それなら業務の人間が自分に直接言えばいいだろう。

ズルリと音を立てて残りのスープを飲み干すと、バキッと二つに折った箸をカップに突っ込み、近くのゴミ箱に放り込んだ。

徳男は六十歳になったら年金暮らしをしたいと願っていた。

三十代後半で商社を辞めると、それより小さな運送会社へ、それから非正規労働者へと移ってきた。年間所得は年を経るごとに減り、住まいも建売の一戸建てから賃貸のワンルームマンションへ、そして今は木造アパートだ。

数年前にざっと年間の受給額を計算したところ、あまりの少なさに頭を抱えた。

その後日本年金機構から届いた通知には、徳男が計算した数字よりも更に低い金額が書かれてあった。

正社員だろうが非正規労働者だろうが、国に納めるものは怠りなく払ってきたのに、年老いて仕事もなくなった頃にどうしてこんなに心細い暮らしを強いられなくてはならないのかと、徳男は心底腹が立った。

商社に就職した時は定年までいるのだろうと思っていた。再就職した時も骨を埋める気でいた。非正規労働者となって還暦を迎えるなんて、想像もしていなかった。

誰だって設計図どおりに一生を送れるものではない。想像していたより豊かで幸福になれる人間などまずいないだろう。ほとんどが線を引き直し、数字を書き換えて、図面を修正する。徳男自身、大幅な修正をして何とかここまできた。これからだって、線を削り、数字ごと消し去らねばならない時が来るかもしれない。しかし、世の中には病気や他者からの暴力によって人生そのものの幕引きをせざるを得ない不幸な人もいる。

テレビのニュースで通り魔に出くわしてしまった人や、もらい事故で命を落とした人の話を聞くと、言葉が出ない時がある。

そんな時徳男は、こうして働けるのだからまだ幸せなほうだと自分を納得させる。

翌朝、起きるといつものようにまずテレビを点けて一旦音量を絞った。

数字が小さければ聞こえなくて当然だ。ひとつまたひとつと大きくしていく。

このテレビを買った時は音量二十でちゃんと聞こえた。

女性アナウンサーがニュースを読んでいる。十八、十九と上げていく。二十にしてみてほっとした。ちゃんと喋っていることの内容がわかる。

アメリカのどこかの街でまた高校生が銃を乱射した。泣き叫び、逃げまどう悲惨な画面を見つめながら、徳男は微笑んでいた。

あと三年、いや会社が置いてくれるなら身体の続く限り働こう。

そう言えば堂本が年金の受給を遅らせればその分受給額も増えると話していた。

「たまにはあいつの話でも聞いてやるか」

菓子パンをひとつ食べ終えると、出かける支度をした。

七時前に職場に着くと、珍しく堂本が来ていない。シフト表を見ると今日は出勤日になっている。業務開始直前まで待ってみたが姿を現さないので、更衣室を出た。

通用口に向かう途中、向こうから守衛室長が歩いて来る姿が見えた。

きのうの説教を思い出すと不愉快だが仕様がないかと、徳男は先に軽く会釈をし、向こうもそれを返して来るものと思っていた。

だが守衛室長は徳男の姿が視界にないかのように、前を向いたまま行き過ぎた。

嫌な感じだ。見下しているのか。

気持ちの底にポッと黒い火が点いた。

五分ほど遅れて、通用口でカードの点検をするもうひとりのガードマンが来た。

彼はまだ若く、先週講習を受けたばかりの新入りだった。徳男が遅いぞという目で一瞥すると、すぐ徳男の横に来て、

「すいません。今朝堂本さんの奥さんから電話があって、具合が悪いから今日は休むって言うんです。どこが悪いとか、痛むとかって奥さんの話が長くって、いつもの電車に乗り遅れたんで……、すいません」

彼の話は全部聞き取れた。堂本が女房に欠勤の電話を同僚の自分にではなく、若造宛てにさせたということが理解できた。

ふたつ目の火が点いた。

八時を過ぎると続々と通用口のドアが開く。

「おはようございます」

「はい拝見します。ありがとうございます」

「はい、結構です」

前に立つ新入りの若造は、若い女性従業員には愛想良く、頑張って下さい、等と声をかけている。徳男もひとり、またひとり、写真と本人とを見比べていく。

平静を装いながらも、気持ちの底に点火された黒い火がふたつ溶け合い、炎となって静かに燃え始めていくのを、止められなくなっていた。

どうして俺には不愉快なことばかり続くのか。どいつもこいつも、俺を馬鹿にしてやがる。いつまで我慢をしなきゃならないんだ。

自分でも表情が硬くなっていくのがわかる。上背があり体格もいい。その上徳男の目は大きく、それだけでも他人を威圧する。だからこそ不安定で不機嫌な感情はそのまま表情に出してはいけなかった。

落ち着け、落ち着けと深く息を吐いた。

新入りでも出来る仕事だ。簡単な仕事なんだ。俺がへまをやるわけにはいかない。

「はい、どうぞ」

「あ、おはようございます」

新入りはまさに朝にふさわしい爽やかな明るさで応対している。その堂々とした仕事ぶりが却って徳男の気持ちを煽っていく。

「ペコ」の女性店長が出勤してきた。

彼女は右に徳男、左に新入りが立っているのを見ると、ためらいもなく徳男に背中を向けた。

「はい、ありがとうございます。確認しました」

新入りは張り切った声を上げて、女性店長を見送った。

守衛室長にも堂本にも相手にされず、こんな女にまで……。

「おい」

気が付いた時は遅かった。徳男は女性店長を呼び止めていた。


二週間後、月が変わったのを潮に徳男は電車で一時間半かかる千葉のショッピングセンターに移動を命じられた。きっとあの守衛室長が会社に告げ口をしたのだ。

あの日、「おい」と女を呼び止めると電光石火、守衛室長が部屋から飛び出して来たおかげで事なきを得たが、島流しには変わりないのだ。

会社の担当者は、千葉に行く前に再度研修を受けて言葉遣いから直すように。クレームがまた出たらもう次はないのだと言い残して帰って行った。

徳男はクレームが出るような仕事をしたという認識がなかった。

多少言葉は荒いかもしれないが、その程度で何故クレームと言われるのだろう。遅刻もせず、真面目にきちんとやってきたつもりだった。

唯一自分に話しかけて来る堂本にどちらが正しいかを訊ねてみたかったが、訊いたところで適当に茶化されるだけだろう。

　堂本に最後に会った朝「くたばっちまえ」と罵ったのが運悪く天に聞こえたのか、堂本はあの日以来仕事を辞めた。心筋梗塞とかで入院中ということだ。


　千葉は遠かった。交通費は出るものの、時給は百円下がると告げられ、その理由を問うと、

「千葉ですよ。東京とは違います」

　担当者は場所のせいにしているが、新興の派遣会社に押されて会社の経営状態が傾いていると、前に堂本から聞いていた。

　実際新しい職場に入ってみると、通用口から外回りまでおしゃれな制服に身を包んだ若者ばかりで、中にはキャビンアテンダントかと見紛うようなスレンダーな女性が黒のパンプスを履いて微笑んでいるのには驚いた。

　新しい会社はガードマンという仕事のイメージまで変えたのだ。

　徳男は最も人の目につかない、塀で囲われた場所にあるゴミ収集車の出入り口にひとりで立たされた。

　生ゴミだけでなく、段ボールや事業用のゴミ等を収集しに一日中何台ものダンプカーが出入りしている。

　生ゴミは朝夕やって来る収集車が後方部のドアを大きく開け放ち、回転盤上に生ゴミを載せていく。可燃ごみ、資源ごみ、粗大ゴミ、コンクリートの破片や、壊れたパソコン等の処理にも対応しなければならない。

　仕事はそれぞれの収集日と時間、各業者名を記憶することから始める。

　前担当者は突然辞めたと聞いたが、徳男はここに一日いるのは耐え難いものがあっただろうと感じた。

　屋根のついたスペースはあるものの、雨や日差しや山のように積み上げられる生ゴミの袋から漏れる臭いに辟易したのだろう。

　空調の利いた館内での仕事とは比べ物にならないほど悪条件なのだ。

　この新しい職場でやっていけるだろうか。

　徳男は内心不安でたまらない。

　外回りを担当する清掃会社の責任者に引き合わされて、お互い頭を下げた。

「最初は何だけどねえ、すぐに慣れるよ」

　前歯のない口を開けると、小柄な腰の曲がり始めた老人は、徳男の腕を軽く叩いて笑ってみせた。

　一旦館内に置かれたゴミを集めてこのゴミ置き場に持ってくるのは、濃紺のポロシャツと同色のズボンを着用した老人ばかりだ。

　身は縮み、肘は曲がり膝が開き、背中は丸みを帯びている。彼らは車輪のついたプラスチックの箱の中に大きなゴミ袋をいくつも入れて、何度も引っ張ってやってくる。

　ある時、七十代半ばだろうか、元気そうな老女が透明な小

さなビニール袋を持ってやってきた。

「ほら、これ何だっぺ」

中に黒い塊がいくつか入っている。老女が持ち上げた袋に徳男が顔を近づけた瞬間、激しい奇声が辺りに響いた。

「ネズミなんか珍しいかい」

老女はカラカラと笑って、ゴミの山にひょいと投げた。

その日は何も食べる気にならなかった。昼休みもコーヒーで済ませ、休憩室の片隅でぼんやりと外を見て時間をやり過ごした。

「千葉」と聞かされた時、久々に思い出すことがあった。

この職場のもっと先、習志野に五年住んでいたことがある。建売住宅を買って結婚生活を送っていた。

今となっては思い出すのもいやなのだが、これも何かの縁なのか、その近くでこうして働いている。

離婚を切り出され、驚いた顔をしたけれど、女の気持ちが自分から離れ、結婚という形態を続ける意思がないことは明白だった。

拒絶も説得も徒労に終わると思い、理由も訊かずに判を押した。残ったのはたっぷりローンの残った建売住宅と後悔だった。

あの五年間は何だったのか。「ままごと」だったとしか思えない。

やっとなびいてくれた女にせがまれてかなり無理をして家を買った。疲れて家に帰れば、女の笑顔と、テーブルに並ぶ温かい食事を期待したが、叶えられたのは最初の半年だけで、後はスーパーで買った惣菜とパックのままの納豆、味噌汁はインスタントというていたらくだった。

一年もしないうちに、ゴミは溜まり、物が散乱し、家の中は荒んでいった。

よく五年も辛抱したな。徳男はその五年の結婚生活を自分の人生から消そうと努めてきた。なかったことにしなければ、自分が潰れてしまいそうだった。

ろくな奴としか係わることが出来ないのは自分の運が悪いからに違いない。いつまでも悪いままではない。きっといい時も来ると自分を励ましてきたが、運のいい時はいつ来てくれるのか。

ガラスの向こうに雨粒が見えた。午後からは合羽を着ないといけないだろう。拳ひとつ分開いた窓の隙間からかすかに雨音が聞こえ始めた。雨は強くなりそうだった。

運のいい時なんて永遠に来ないだろうな。徳男は心の中でそう呟くと持ち場に戻った。

その日の夜、ろくな食事もせずに焼酎をあおったのがいけなかったのか、徳男は悪酔いをした。嘔吐が続き、黄色い胃液を吐き上げた時は、七転八倒の痛みで胃が引きちぎられそうだった。

夜がうっすらと明け始める頃、ようやく痛みはおさまったが、目を閉じるとあのビニール袋の中で死んでいた数匹のネズミの姿が浮かんでどうやっても眠ることができない。

「あの婆さん、笑ってやがった」

昔はこのゴミ置き場はもっとひどかった。ネズミでしょ、ゴキブリでしょ、ハエなんかこんな大きいのがブンブン飛んでたんだからと、両手を動かすジェスチャーまで付け加えてまた笑った。

もうあんな所に行きたくない。往復三時間もかけてゴミ置き場の管理に行くなんて、情けなさ過ぎる。

そろそろ起き出して、出勤の支度を始めなくてはならないのに、身体は布団に沈んだままだった。不意に堂本を思った。

あんな奴でも家族がいて、世話をしてくれる女房がいるんだから、神様はやっぱり不公平だ。

きょうは休もう。休んでしまおう。

新しい職場で一週間も経っていなかった。

非正規労働者になって、たくさんの業種に携わってきた。自動車の期間労働もした、建設作業員、飲食業、繁忙期の農作業も経験した。三日と持たなかったのは、介護施設の仕事だった。重労働というだけでなく、もう長くはない命と向き合うことが息苦しくてたまらなかった。

これからできる仕事が他にあるだろうか。まだ仕事を辞めていい身分ではない。

また胃痛が襲ってきた。

八時を過ぎて携帯電話が鳴った。欠勤の連絡はまだ入れていなかった。布団の中から手を伸ばし発信元を見たが、会社の担当者ではない。

「はい」

胃に手を当てて起き上がった。

「北原さんですか。お早うございます。私、小宮です」

言われても誰かわからない。

「私ね、この間挨拶した、ほら一週間前の」

あの前歯のない、外回りのゴミ収集の責任者は確か小宮と名乗った。

「きょうは休みですか。体調でも悪いですか」

徳男は早く電話を切りたかった。適当な返答をし、相槌を打っていると、

「北原さんね、あなたの歓迎会なんですけどね、来週はどうですか」

「……」

「来週の水曜日なら全員の都合がいいんですよね。あとは主役の北原さんの希望を聞かなきゃね」

歓迎会と聞こえたが、間違いではないか。小宮は徳男の返事を聞き、お大事にと言って電話を切った。

翌日、まだ胃の具合はおさまらないものの、徳男は職場にいた。

絵に描いたような美しい水色の空が頭上にあった。

昨晩出た生ゴミを積み込み終えた収集車が出て行くと、入れ違いに小宮が入ってきた。

「北原さん、これ渡すの遅れて悪かったですね」

ドラッグストアの袋から取り出したのはマスクだった。

「まだ慣れないからね。臭いに参ったでしょう。悪かったですね」

小宮は徳男を見上げている。

「北原さん、早急にボックスを設置して、事務机も置きますから。この数日でやりますからね」

徳男は何と答えていいかわからず、胃の辺りをさすった。

「半年、半年辛抱して下さい。もう辞めたいと思っているでしょうけどね、半年何とか堪えてくれたら、住めば都、やあ、居れば都になるかもしれないですよ」

子犬が大型犬に戦いを挑んでいるように、小宮は徳男を見つめ続けている。

「私もね、北原さんとおんなじだったですよ。でも、でもね、二年目にね、今の会社の責任者になれたんですよ」

塀の向こうで何が起きたのか、車のクラクションが鳴っている。それもけたたましく鳴り続ける。

「あなたまだ若いし、これからも活躍できるから。とにかく辞めないで、一日、また一日で、何とかなっていくから」

小宮はクラクションに負けるものかと話し続ける。そして初対面の時のように、徳男の肘の辺りをポンと叩いた。

徳男はマスクの箱を黙って受け取ると、一枚取り出し袋を破ってそれを眺めた。軽さと柔らかさにまず驚いた。

「どう、マスクもどんどん進化しているからね。このタイプは息がしやすいのよ。使って下さい」

確かに徳男が今まで見たこともない新しいタイプのマスクだった。

軽くて着け心地がいい。

「耳が痛くないですね。今はこんなマスクがあるんですね」

やっと小宮を見た。

この小宮という男はどういうつもりでマスクをくれるのだろう。ひとり辞めたばかりで、次も辞められたら困るのだろう。俺だってこんなところにいたくはないが、他に行く所もないし、第一、金にも困る。

「そうそう、世の中の物はどんどん変わって新しくなっていくね。人間だけだね。古臭いものにしがみついてね」

にっこり笑ってもう一度徳男を見上げた。

目を合わせなければと思うのだが、徳男はぎこちなく、すんなりそれが出来ない。

「生きるのが下手なんだ。俺は」

心の中で自分を嗤った。

段ボールの収集車がゆっくりと入って来た。

「はーい、ご苦労様」

徳男は恥ずかしさを振り切るように、大きな声で運転手に声をかけた。

失踪の果て

北山　悠

1

ＪＲ常磐線の南千住駅に降り立った隆は、プリントされた地図を頼りに山谷地区に歩を進めた。その地域の地名には山谷の名はなかったが、かつて日雇い労働者に溢れていたころから「山谷」と呼ばれていた。隆はドヤと呼ばれる簡易宿泊所がいくつもある通りを通って「弥生荘」に向かっていた。いや、「弥生荘」跡といったほうがよかった。軒を並べる簡易宿泊所の玄関には英語の看板が目立ち、外国人のバックパッカーたちが出入りしていた。隆の知るところでは、山谷の街は年老いた元日雇い労働者たちの街になり、外国人の若者たちが出入りする街になっているとのことだった。ふらふらとワンカップを片手にした老人が道端に座り込んでいる横をジーンズに大きなリュックを背負った外国人が歩いていた。

「弥生荘」は玉姫公園の近くだと聞いていた。隆が地図に目を落とす前にくすぶった匂いの立ち込める「弥生荘」の焼け跡が見えていた。数日前に出火した「弥生荘」の火災で二人の宿泊者が亡くなり、何人かがケガを負ったという。マスコミは「弥生荘」の劣悪な防火施設が犠牲者を出したと取り上げ、引き取り手が現れない被害者たちの孤独な生活ぶりをレポートしていた。その焼け出された宿泊者のなかに隆の父がいるのではないかと教えてくれたのは、姉の美代子だった。

その日、ビールとコンビニ弁当の夕食をとっていた隆のスマホが鳴った。

「もしもし、隆ちゃん、わたし、美代子。あんた七時のニュース見た」

いつもおっとりしている姉にしてはひどく慌てた声だった。

「いや、見てないよ」

「山谷の宿泊所で火事があったニュースなんだけど、現場と焼け出された宿泊者が映って、それがね、どうもお父さんらしいのよ」

「………」

「聞いているの。ちょっと見ただけだから、はっきりしないんだけど。耳の下にアザがあったから間違いないわ。あんた、ちょっと調べてくれないかしら」

その電話があってから何日かが過ぎ、隆は営業業務の時間を割いてドヤ街にやってきたのだった。営業所には「直帰」すると告げてあった。「弥生荘」はほとんど跡形もなく焼け落ちていて、まだくすぶったような火事場の匂いが立ち込めていた。その「弥生荘」の前に真新しい立て看板が立てられていた。出火のお詫びとお見舞いとが書かれ、宿泊者の消息についての連絡先があった。隆はその立て看板をスマホの映像として残し、その連絡先に電話をしてみた。何度か呼び出し音がなり、

「はい、弥生荘です」というけだるそうな声が聞こえてきた。

「あの……、弥生荘の前の看板を見て電話している者なのですが……」

「あっ、はい、失礼しました。どのようなことでしょうか」

隆には電話の前で直立不動でもしている男が感じられた。

「宿泊者のなかに私の知り合いがいたのではないかと思い、お話をお聞きしたいんですが……」

弥生荘の主人と名乗った男は、近くにいて十分ほどで行けるから、そこで待ってくれと言った。

隆の父が家を出たのは、七年前のことだった。隆の就職も決まり、入社日を指折り数えていた初春のことだった。二つ年上の姉は横浜で看護師をしていて、実家では隆と父との二人だけの生活が続いていた。父の失踪はあまりにも突然のことだった。父の携帯にも繋がらなかった。もっとも心配されたのは事件にでも巻き込まれていることだった。翌朝、隆が

父の会社に電話すると、「体調が悪いので、休みたいと電話がありましたが、いかがですか」と逆に問いただされた。隆は出勤途中で体調を崩したのなら、どこかに運び込まれているのかも知れないと思った。

数日経っても連絡は取れず、会社には「しばらく休みたいとの連絡があった」とのことだった。行方不明者として警察に捜索を依頼するしかなかった。その後、父の有給休暇が消化されるころに会社に「退職願い」が出された。この「退職願い」は神戸の消印になっていたので、関西地方の知り合いなどにも問い合わせたが、好ましい情報は得られなかった。そこには何か計画性があるように思われ、隆たちはとりあえずの生存が確認されてほっとする思いだった。

まもなく弥生荘の主人らしい男が自転車に乗ってやってきた。

「さきほど、お電話をいただいた方ですよね……」

男はぺこりとお辞儀をして、玉姫公園のほうに歩き始めた。そこにはいくつかのベンチがあり、老人たちが三人、一斗缶で焚火をしていた。春がやって来ようとしていたが、いつにない寒さが感じられる肌寒い日だった。

「さきほど電話をもらった者です。どなたのお知り合いでしょうか」

男はベンチに座るように隆を促した。

「はい、私はこういう者です。私の父が宿泊者のなかにいたのではないかと思いまして……」

隆は会社の名刺を差し出した。男は隆の名刺と宿泊者名簿を照らし合わせて見ていたが、首を傾げた。

「ちょっと古いんですが、写真があるので、見ていただきたいんですが……」

隆はスマホに収められた父の写真を何枚か見せた。

「ああ、この方ですか。似ているようですが、はっきりしませんね。えーと」

古い写真だから、無理のないことだった。男は宿泊者名簿の「新井隆」なるところを隆に見せ、この方のようだと教えてくれた。その筆跡は父親のもので、「新井」は母の旧姓だった。妻の旧姓に息子の名前である「隆」を名簿に書いたのだ。

「間違いないようです。父です。どんな感じでしたか」

「そうですね、六十歳ぐらいの人で、そんなにやつれた感じではありませんでしたよ。定住者ではなく、三日間泊まりたいといって前払いしてくれました。火事で亡くなった方や怪我をされた方もいらっしゃったんですが、そのなかにはいませんでしたね。火事のあと、どこかに行ってしまったようです。前払いをしたお金が一日分残っていましたので、そこの電話番号に連絡したんですが、使われていない電話でした」

「そうですか。あの、何か変わった様子というか、お気づきになったことはありませんか」

「そうですね。無口な方で、あまり印象もありませんね。申し訳ありません。ところで、どうしてお父さんのことがわかったんですか」

「ええ、この火事のことがニュースに出て、その映像のなかに父親らしい人が映り込んでいたもんで、やってきたんです」

「そうでしたか。力になれずに申し訳ありませんでした」

隆はもしも父親から連絡があったら知らせてほしいと言い残して「弥生荘」を後にした。失踪後初めて、父が隆たちの前に現れたことに隆は興奮した。この東京のどこかに父はいるのだと思うと、不思議な気がした。

2

父が消息を絶ったのは隆の就職が決まって大学の卒業式を待っているころだった。どこからか梅のたよりが伝えられる、まだ肌寒さが残るころだった。いつもこまめに連絡を入れてくる父からの電話はなく、それっきりになってしまった。突然の失踪だった。姉の美代子に連絡を取ったが、姉は警察に失踪届けを出したほうがいいと伝えてきたので、とりあえず行方不明者として探してもらうことにした。しかし、事故に巻き込まれたのではなく、どこかの病院からも連絡がないところを見ると、「自発的な失踪」という結論しかなかった。美代子が家を出て一人暮らしを始め、隆と父の二人だけの生活になっていた。父の帰宅はいつも遅く、隆は隆で友人たちとの付き合いもあり、同じ食卓に座ることもほとんどなかった。一緒に食事をするのは、休みの日か、父が外食に誘ってくれるときだけだった。男の二人暮らしのこともあって、会話の少ない生活だった。

父が失踪して隆が思ったのは、父子家庭でそれなりの養育が終わり、自分の残された人生を考え直したに違いないという思いだった。隆と美代子が多感な時期に妻を亡くした父は、再婚する道を断念して父子家庭の生活を選んだ。姉の美代子がそれなりの家事をこなし、姉に尻を叩かれたのもあって隆も家事の分担に参加してなんとかできたことが、父の再婚の道を難しくしていたのかも知れない。しかし、父にとっては家事のことだけではなかった筈だ。気のおけない妻がいれば、寂しさも紛れただろうし、子育てのアドバイスももらえたに違いない。隆たちが気づかないところで、父にはそうした女性がいて、隆の就職が決まって扶養の義務を終えた父は、誰かと新しい生活を始める覚悟をしたのだろうか。しかし、そんなことなら、隆も美代子も十分に理解しうる年齢になっていたのだから、きちんと説明してくれればよかったのだ。父はエンジニアであったからか、合理的に考える人間だった。理を尽くして説明することに長けていたので、そのような選択だったとしたら、きっと隆たちを説得できただろうと思った。

もうひとつ隆に思い至るのは父の中国への思いだった。母親が急死したころに父には中国での工場建設スタッフとしての転勤話があった。中国に関するパンフレットや語学の本が父の机の上に目立つようになった。父の思い入れは深まっていき、「単身赴任」の言葉を隆は何度か聞いた記憶がある。母親の急死でその話は立ち消えになり、父は中国での生活を諦めざるを得なかった。父は隆たちが巣立っていこうとしたとき、その中国への思いに突き動かされて中国のどこかにいるのかもしれない。断ち切られた思いを叶えようとしてのではなかったか。父は単身赴任の道は断念したものの、技術指導のために短い中国出張をしていたから、中国人の知り合いもいただろうし、いわゆる土地勘があったに違いないのだ。隆が思い出すのは、中国出張を前にした父のはしゃぎようだった。出張から帰った父は中国でのあれやこれやを語って聞かせたが、なぜか生き生きしていたと隆は思い当たる。隆たちの考えを会社に伝えたが、中国関係者からも情報は得られなかった。

南千住駅のホームに立った隆は美代子に連絡を入れた。帰宅して晩御飯の準備でもしているころだった。

「ねえ、どうだった」

美代子は電話に出るなり、そう言った。

「うん、やっぱり親父だった。新井隆の名前で泊まっていて、写真を見せたら間違いないって宿泊所の主人が言うんだ」

「ほんと。生きていたんだね。怪我もしてないんだね」

「うん、火事騒ぎのあと、居なくなってしまったらしい」

「そう。近いうちに横浜に出てこない」

「ああ、いいよ」

「お父さんとよく行った中華街の店、知ってる」

「ああ、たぶんわかると思う」

ベンチに座っている隆の前に電車が止まったが、隆はやり過ごした。

「まだ、あるかしらね、あの店……」と美代子が言う。

隆は何度かその店に一人で出かけたことがあった。横浜方面に行くと、決まって隆はその店に寄った。お粥のおいしい小さな店だった。その店で父親は紹興酒を温めてもらい、何品かの中国料理を並べて、ひとしきり中国出張の話をするのが常だった。ついぞ寄せられることのなかった父親の情報に隆も美代子も興奮し、それぞれの高ぶりを確認しないではいられない思いだった。

そこから電車を乗り継いで家に着いたのは八時過ぎだった。コンビニで弁当とビールを買い、いつもながらの一人暮らしの食事を始めた。食事しながらも父のことが頭から離れなかった。父はどうして山谷のドヤなどに泊まったのだろうか。「弥生荘」の主人の話では、こざっぱりとした格好だったというから、生活に困窮しているわけではなさそうな気がした。父特有の合理主義で、宿泊費を節約しただけに違いない。美代子も隆も父への感謝を忘れたことはなかった。やっと自分の人生を始めたに違いない父を探すことは、父の新たな人生を邪魔することのように思い、そっとしておくことが父への感謝の証のような気がしていたのだ。その父が身近に現れ、父への思いは募った。どんな生活を始めているのか、どんな思いなのか聞いてみたいと隆は思った。隆にはまもなく結婚するだろう恋人がいて、新しい生活を始めることになる。父だったら、どんなアドバイスをしてくれるだろうか、父の意見も聞きたいし、自分の新しい人生のスタートを報告したい。

食事を終えると、そのままにしてある父の書斎の椅子に座った。書棚にはサラリーマンらしい啓発書や技術書のほかに中国に関する本が並んでいた。『中国の思想』、『老子入門』、『大地の子』、『シルクロード探訪』。確かに父にとって中国は特別な土地なのだと思えた。その書棚から隆は父のアルバムを抜き出した。そのアルバムには「中国・しごと」とタイトルが書かれていた。工場の建屋、技術指導しているらしい様子、集合写真、レストランでのスナップ、中国のスタッフらしい人たち、それらの写真のなかに隆も見知っている顔があった。父の部下だった松井という人で、家にまで来て父の酒の相手をしてくれた。父の失踪直後にも会ったが、手がかりを見つけることはできなかった。父のことをもっとも知っている人だったが、松井の口からは何も語られなかった。

隆はもう一度居間に戻ってウイスキーをあおり、チーズをかじった。混濁する意識の中で父が中国の街を歩いている姿が浮かんだ。もう一度松井に会ってみようと隆は思った。

3

石川町の駅前に子どもを連れた美代子が待っていた。

父の消息が伝えられたのは、その失踪から初めてのことだったから、父が家族のもとに戻りたいのではないかと感じた。母が心臓発作で亡くなったのは、美代子が高校二年のときだった。不整脈などの心臓の異常があったとはいえ、あまりにも突然のことだった。子育てと仕事一点張りの父との生活に無理をしたせいだと美代子は思い、高校生の美代子は「父のせいだ」と思いもした。残された美代子たちは家事を分担せざるを得なかった。そのころから父も家事仕事をやるようになった。朝食と弁当は父の仕事だった。朝食はパン食が多くなり、最初は冷凍食品の多い弁当だったものだ。夕食は美代子の担当となり、レシピを見ながらの悪戦苦闘が続いた。それでも、父が再婚もせず、美代子たちを育ててくれたことに感謝した。サラリーマンにとって転勤はキャリアアップの手段なのだから、転勤を拒否せざるを得なかったのは、仕事人間だった父には辛いことだったに違いない。父が七年前に失踪したとき、子ども二人を社会に送り出し、自分の人生をリセットしたのだと理解した。父の再スタートに拍手を送りたいと思ったが、なぜ「失踪」なのかはいまだに分からない。もし父に会うことができたら、そのことだけは聞いてみたいと思った。きちんと話してくれれば、自分たちにも理解する分別があったのに。でも、人間というものはいつも理詰めで生きていけるものでもないとも思う。飛躍というものはいつも無分別な決断を伴うものなのかも知れない。

石川町の駅前にはぱらぱらと雨粒が落ち始めていた。美代子はバックから黄色のレインコートを出して子どもに着せた。息子は三歳になる。隆が「おじさん」だということも理解できるようになっていた。

「おじさん、まだかな。ボク、おなかすいちゃった」

「もうすぐよ。メールが来たからね」

まもなく隆が合流し、中華街に向かった。メインストリートからはずれた路地にあるレストランは昼の時間を過ぎていたこともあり、それほど込んでいなかった。隆と美代子は何度か父と囲んだ席に着くことができた。何品かの料理が並び、隆は父がそうしていたように紹興酒を温めてもらった。それは隆にはひとつの儀式のように思われた。隆は「弥生荘」の主人の話や松井との話を伝えた。

「姉さん、僕はね、父さんは中国にいると思うんだ。最近、父さんの本棚やアルバムをもう一度見てみて、そう思うようになったんだ。工場立ち上げの単身赴任が立ち消えになってからも父さんは中国の本を読んでいたようだし、短い中国出張もあって、現地のいろんな人たちと交流している写真がたくさんあったんだ」

「松井のおじさんはなんて言ってたの」

「うん、自分は何も聞いていないが、中国の工場の人間にも聞いてみると言ってくれた。南千住のあの辺は中国のスタッフが研修のために来日したときに使っていたとも言っていたよ。だからその可能性はあるかもしれないと言っていたよ。もしも中国に居るとすれば、そのあたりしか父さんには糸口がないよ。中国での生活は父さんのやり残したものだったんだよ。僕らの子育てが終わったとき、やり残したことをやろうとしたんだよ。きっと……」

「隆ちゃん、探し出してどうするつもりなの」

「……」

「父さんは自分の人生をリセットしたんだから、そっとしてあげたらいいじゃないの。生きていることが分かっただけで私は十分よ。子供じゃないんだから」

「いや、責めるつもりなんかないさ。でも、親子であることは変わらないし、むしろ僕らが応援していることを伝えたいんだ。どんなことを考えていなくなったのかも知りたいし……。姉さんたちが結婚して、孫が生まれてることも知らないなんて、不自然だろう」

甥っ子は小さなお椀に取り寄せてもらった料理を無心に口に運んでいた。

二人はそれからそれぞれの近況を伝えあった。隆は恋人の両親に会いに行ったこと、父が失踪していることを知りつつも、結婚を許してくれたことを伝えた。姉は昼間だけの看護婦勤務をし、夫の帰宅が遅いことを愚痴った。

「それにしても、父さんはどうしているんだろうね。どこかで人生を楽しんでいてくれればいいんだけど……。お爺ちゃんもお婆ちゃんもいないなんて、この子もかわいそうよ」

　甥っ子は食事を終えて退屈のあまりぐずりだしていた。

「隆ちゃん、今日は私がおごってあげる。遠いとこ来てくれたし、何といってもお姉さんだから」

「じゃ、御馳走になるか。今度、結婚相手を連れて遊びに行くよ。義兄さんにもしばらく会っていないし……」

　姉がレジに向かった。レジには店の年配の女主人が座っていた。この店の看板のような婦人で、上品な中国女性だった。会計を終えて釣銭を渡しながら、

「あら、今日はお父さんはいないんだ。あなたたちを見て思い出したわ。何日か前にお父さんが来たのよ」

「えっ、本当ですか」

「そのときは分からなかったのよ。その人、私にお辞儀までしたわ。でもよくわからなかったの。なんか見たことがある人だとは思ったけど。今日あなたたちを見て思い出したわ。間違いないわ、お父さんでしたよ」

「一人でしたか」と隆が聞いた。

「いいえ、中年の女性と二人。食事のマナーなんかから見ると、中国人のようでしたよ」

「どんな様子でした」

「どんなって、恋人か、奥さんのような感じで親しそうにしていたわ」

「そうですか」

　南千住のドヤ街に宿泊していた父は女性とともにこの店にもやって来ていたのだ。偶然だが二度父は隆たちの前に現れた。失踪してから何年も経ったが、父は隆たちの生活を懐かしんでいるように思えた。何としても父を探し出したいと隆は思った。隆たちは雨の中を駅に向かった。その雨は春の暖かいものだった。

4

　隆は南京の空港に降り立つと、無湖《ウフ》行きの直通バスに乗った。南京から汽車に乗れば、二時間のところに無湖はあり、安徽省で二番目に大きな街だという。その街に父親と一緒に中華街に来た女性がいることを突き止めることができた。父のアルバムから何枚かのスナップ写真を剥がして中華街の女主人に見てもらい、その女性を松井に確認してもらった。その女性は父の会社の現地通訳をしていた袁雅麗という人だったが、今は無湖の別会社に勤めていることがわかった。さらに、何日かして松井がその会社の住所などを調べてくれた。

　バスは高速道路を二時間ほども走って無湖の駅前近くにあるバスターミナルに着いた。駅前にはさまざまな屋台が並び、旅行者たちで賑わっていた。この街は開発が進められていた沿岸都市からは距離があったが、徐々に外資系の会社も進出してきているのだと松井が教えてくれた。隆は駅前の夕

クシー乗り場でタクシーに乗ろうとしたが、メモを見せると運転手は早口の中国語でまくし立て、乗車を断った。その表情から「近くだから、歩いていけ」とでも言っているのがわかった。次の女性運転手にも断られそうになったので、隆は指を二本立てて「ダブル、ダブル」と言うと、運転手はニコッと笑って走り出してくれた。駅前の通りを直進して左折してすぐのところに「錦江之星」ホテルがあった。こんなに近くでは乗車拒否に遭うのもしかたないほどの距離だった。全国の主要都市に展開するビジネスホテルだ。

フロントに日本で入手したクーポンを見せると、キーカードを渡してくれた。小奇麗な部屋にはベッドがふたつ並んでいた。窓からは無湖の街が見え、向かいには大きなお寺があり、観光スポットになっているようだった。荷物を置くと、隆は街に出た。街角のスタンドで市内地図を買うと、中国茶が飲めそうな店に入った。落ち着いた店で中国茶を頼み、茶菓子バーからお菓子を食べることができるようになっていた。中国茶の心地よい香りが店内を満たしていた。テーブルに地図を広げ、袁雅麗のいる会社の住所を探した。市街からはかなり離れた場所にその会社はあり、その周りにもいくつも工場があるようだった。その敷地面積から判断すれば、工場団地のようだった。今度は二倍と言わなくても走ってくれそうだった。時間は四時を過ぎていたから、退勤時間までには行けそうだった。

袁雅麗のいる会社は「安徽油圧」という社名だったが、完全な日系企業ではなく、合弁企業として油圧機器を作っているというのが松井からの情報だった。日本企業からの駐在員や日本企業との連絡のための仕事が袁雅麗の仕事なのだろう。タクシーで乗り付けて守衛室に袁雅麗と書いたメモを見せると、すぐに事務室に電話をしてくれ、玄関のほうを指さして行くようにと促した。日本企業の守衛のように親切そうな笑顔はなかった。玄関には若い女性が出てきて、

「どのような御用件でしょう」と日本語で話した。

年齢からも写真の印象でも、袁雅麗ではないようだった。

「袁さんにお会いしたいんです。日本から来たんです」

「わかりました」

と若い女性が言って、いくつも並んだ面談室のひとつに隆を案内した。まもなくして袁雅麗がやってきた。

「日本からお越しとのことでしたが、どのような御用件でしょうか」

と袁雅麗は言って名刺をテーブルにおいた。隆は会社の名刺を差し出して、

「はい、父のことで袁さんにお聞きしたいことがありまして……」

袁雅麗は驚いたような表情を浮かべ、もう一度隆の名刺に視線を送り、面談室の電話をとって何事か指示した。

「いま、お茶を持ってくるように言いました。遠いところをいらっしゃっていただきありがとうございます。ところで、どうして私に……」

「はい、袁さんが横浜の中華街で父と御一緒だったという人がいて、父のことを御存じないかと思いまして……。父は七年前に失踪しまして、ずっと消息が分からないままでした。それがひょんなことから東京に来たことがわかり、袁さんと御一緒だったということでしたので……」

お茶が運ばれ、袁雅麗は一口すると、

「あなたが隆さんですか。何度かお父様から聞いたことがあります。ところで、今晩はどちらにお泊りですか」と聞いた。

隆がホテルの名前を告げると、何度か頷き、

「分かりました。今晩か、遅くとも明日の朝までにホテルにお電話します」

「父はこの街にいるんですね」

「確かに御一緒に東京や横浜に行きました。それは間違いありません。とにかく、もう少し、お時間をいただけませんか」

「父の意向を確認してからということでしょうか」

「なんとも言えません。ただ突然のことなので……。すみません」

袁雅麗はそれ以上の話はしなかった。

「まもなく、工場の前から通勤バスが出ます。ここはタクシーを捕まえるのが難しいので、御利用ください。どこで降ろすか、運転手にも指示しておきますので……」

これ以上の進展はなさそうだったが、否定もしないところを見ると、父と相談するようだった。ホテルの近くで降ろされると、地図を頼りに鏡湖公園のほうに歩き、さらに鳳凰美食街というレストラン通りまで歩を進めた。そこが街の中心になっているらしく、乗客でいっぱいの路線バスがクラクションを鳴らしてしきりに通り過ぎた。夕闇が街を包んでいた。

レストランに落ち着いてビールと何品かの料理を頼んだ。食べきれないほどの料理がテーブルを埋めた。とにかく袁雅麗を探し出すことができた。あとは彼女からの連絡を待つだけだ。隆の慌ただしい中国での一日が終ろうとしていた。

5

隆の就職が夏の終わりに決まった頃から、僕は子育てに区切りがついたことで一安心したものの、なぜか気力が萎えていく自分を感じていた。自分の残された人生はわずかしかないが、もう一度生きている実感が欲しいと思うようになった。そのころ、僕の友人たちが何人か亡くなり、自分もそんな年になったことを思い知らされた。連れ合いでもいれば、一緒に小旅行でもして余生を送れるだろうし、何か夢中になれる趣味でも持とうとも思った。しかし、なぜか着地点の見える余生に飽き足りないという思いが募った。妻を亡くして子どもたちを一人前に育てることに必死だった日々だった。なんとか世間並みの生活を維持し、それなりの職場に送り出

すことができた。美代子も隆もよく協力してくれたことが有り難かった。そんな安心がこれからの人生の不安に繋がるとは思いもよらなかった。

あの日、僕はいつものように家を出た。ホームに立つと、いつになく乗客がホームに溢れていた。アナウンスは人身事故があって電車が遅れていると伝えていた。ふらふらと、ほんとにふらふらと、そう何の思いもなく、僕は反対側の電車に乗ってしまった。自分でも予期せぬ行動だった。それから「たまにはズル休みもいいだろう」という考えが浮かんだ。消化しきれないほどの有給休暇があるのだし、徐々に一線から外れていたので、自分がいなくても仕事は進んでいくだろうと思えた。都心に向かう電車とは対照的に電車は空いていた。なんとか席を見つけ、車窓の向こうに目をやると、出舎の佇まいが続いていた。いつもの電車の反対方向にこんな景色があるのが不思議な気がした。電車のぶら下がり広告に「蔵の街・栃木」の観光案内があった。遠い昔、妻と一緒にその街をぶらついたことを思い出した。行先は決まった。今日は妻との思い出の場所を歩いてみよう。栃木の駅に着くと、松井に電話を入れた。

「体調が悪いので、有給をとるから」

「はい、わかりました。ゆっくり休んでください」と松井は言った。

いくつか仕事の指示を残したが、何の支障もなく会社は動いていくだろうことが推測され、それが僕には寂しかった。

その日はちょっと汗ばむほどの春の陽気だった。僕はカバンとネクタイとをロッカーに預け、観光案内所の観光マップを片手に歩き出した。観光施設のオープン時間までにはまだ時間があり、ゆっくりと街並みを歩いた。

ひととおり見て回って駅前の和風レストランで天ぷら御膳と燗酒で昼食をとっているときだった。「もう少しズル休みをしよう」という考えが浮かんだ。そのときはほんの数日のつもりだったのだ。あれから何年も家族や同僚たちの前から姿を消すとは思わなかった。「プッツン」と切れてしまった自分が今でも信じられない。燗酒が二本目になり、酔った頭で「どこに行きたいんだ」と自分に聞いてみた。自分がもっとも輝いていたとき、わくわくする思いで生きていたのはいつだったろうか。妻と出会ったころ、美代子と隆が生まれて子育てに忙しかったころ、そして初めての中国工場設立プロジェクトの中心にいたころ、ひとつひとつ反芻するように思い出しているうちに、僕は長江の見えるレストランを思い出し、長江で取れた魚の頭が入った「魚頭湯」で白酒を飲んでいる自分を思い出した。テーブルの向こうには袁雅麗が座っていた。赤い顔をした彼女が「ゆっくり少しずつですよ。課長さん」と言っていたことまではっきりと思い出した。あのころはまだ部長になってなく、第一線を率いていた。工場設立のために何度も中国出張をするたびにいつも傍らには袁雅麗がいた。「そうだ、袁さんに会いに行ってみよう」。混濁する頭でそう結論を出した。旅行社に行って上海行の飛行機と南京までの高速鉄道を予約した。家に電話を入れて隆に話そうとしたが、隆はまだ帰っていなかった。卒業式前の飲み会が続いているに違いなかった。それから南千住の安ホテルに泊まった。研修のためにやってきた中国の労働者と袁雅麗たちの定宿があったところだった。隆と連絡を取ろうとしたが、留守だったことが僕を安堵させた。「プッツン」して中国に行くなんて言えない。大の大人がそんなみっともないことをするなんて説明できない、隆と美代子への連絡がそれっきりになるなんてそのときの僕の頭にはなかった。中国から帰ったら、少しは冷静になって言えるに違いないと思っていたのだ。

次の日、僕は南京に着いた。何度も泊まった定宿だったホテルに行くと、部屋があった。もう夕方になっていた。ホテルに落ち着いてから玄武湖公園を歩いた。南京の街中にある大きな湖は僕の好きなところだった。夕闇が南京の街を包み込んだころ、僕は袁雅麗の携帯電話を鳴らした。袁雅麗は怪訝そうな中国語で、

「もしもし」と言った。

「ああ、袁さん、僕だよ」と僕が名乗ると、

「ええ、課長さんですか」

「いや、繋がってよかったよ。いまは部長だがね」

そうして袁雅麗は僕の泊まっているホテルまでやってきてくれた。遅い時間だったが、僕が長江の臨めるレストランに行きたいというと、同行してくれ、「魚頭湯」での酒飲みに付き合ってくれたのだった。

「ごめんね、遅くなってしまった。旦那さんに申し訳ないことをしたね」と僕が言うと、

「いいえ、部長さんにはお世話になりましたから」

袁雅麗はそう言って笑った。なぜか袁雅麗の表情に陰りを感じた。

僕は有給で来ていて工場には寄れないことを言い、自分の子育ても一段落したから、自分への御褒美の旅なのだと言った。有給で来ていたこともあり、僕が会ったのは彼女ひとりだった。次の日はあちこち一人で南京の街を見て回り、夕方にまた袁雅麗がやって来てくれた。二人で夫子廟景区の夜のクルーズに出かけた。ライトアップされた運河をめぐるクルーズは楽しかったし、レストランでの食事にも満足した。このままここにいたいと小さな決心をしたのはその夜のことだった。

6

それからまもなく僕は無湖にある安徽師範大学の中国語コースに入学することにした。ビザを確保する必要があったし、そして袁雅麗の実家が無湖にあり、都合がよかったからだ。かつて中国語を勉強したことがあったので、授業には遅れずについていくことができた。なによりも若い留学生たち

との学生生活、学生寮での生活は楽しかった。ときおり学生たちとの飲み会もあり、そこに日本学科の中国人たちも参加してきた。彼らにとっては日本語会話の練習の場だったし、僕には中国語と中国文化の学習の場となったりした。僕が「退職願い」を郵送したのはそのころだった。日本人留学生に頼んで「退職願い」を日本で投函してくれるように依頼した。神戸から来ていたその留学生は帰国したおりに「退職願い」を郵送してくれたのだ。

そこで会った中国人学生の紹介もあって日本語学科で日本語を教えることにもなった。そこでの収入は、僕の生活を支えてくれた。若い人たちとの生活は僕には楽しいものだった。サラリーマン生活の上下関係とは違い、平等な関係が心地よかった。日本語を教えたことがなかったので、日本語の文法を勉強したりするのも楽しかった。

袁雅麗が会社を変えたのはそのころだった。僕の失踪で日本からも問い合わせがあったようで、それが煩わしくなったのかも知れない。それだけでなく、そのころ袁雅麗は離婚して小さな女の子を抱える母子家庭になり、実家の援助が必要だったのだ。袁雅麗の新しい会社は「安徽油圧」というのだが、それが僕の新しい生活の展開となった。留学生ビザが切れるころで、どうしたものかと考えていると、その「安徽油圧」の技術顧問の仕事を持ってきてくれた。油圧機器に関する知識はあまりなかったが、そこはエンジニアとして蓄積した経験や知識で何とかやりこなすことができたし、工場の設備保守にもアドバイスした。しかし、そこは週に二、三回の勤務でしかなかった。あくまでもビザのためであって、僕には日本での生活のような暮らしを続ける気持ちもなかったから、ちょうどよかった。日本語教師の仕事と技術顧問の収入で生活を安定させることができた。そんな生活がしばらく続いた。

僕の無湖での生活が一変したのはここに来てから二年目のことだった。僕は袁雅麗から老人大学というところを教えてもらった。そこでは絵画、英会話、太極拳、水墨画、写真、普通話などのいろいろな講座が無料で開講されていた。退職者たちの生活を豊かにする事業であり、こんなことを無料で実施していることに驚きもした。中国にはこんなところに社会主義の息づいているのだと思った。僕は老人大学の水墨画のクラスに入った。プロの先生が模範を示し、生徒たちはそれを手本に描いてみる。水墨画なんて初めてのことで、僕は戸惑いながらも楽しい時間を過ごした。新しいことを学ぶことの楽しさは中国語のそれと同じだった。

そこで僕は同年輩の中国人たちと対等な関係で付き合うようになった。それぞれがどんな経歴かとは関係なく、みな同じ生徒同士だった。水墨画の教室が終ると、皆で自然と食事会が開かれ、その会が水墨画教室以上に楽しい時間だった。その生徒仲間のなかに李麗達という上品な婦人がいた。彼女は当時、子供が独立し、数年前に夫を亡くして一人暮らしをしていた。同じような境遇にあることで僕らは急激に親しくなった。国語教師をしていたという李さんは、僕の中国語の個人的な先生でもあった。彼女のおかげで僕は中国語を伸ばすことができ、いろいろな中国文化に接することができた。

いくつか年下の彼女には贅沢をしなければ一人暮らしに十分な年金が出ていた。住居は教師時代に支給された団地への居住が許されていた。僕は何人かの仲間たちと一緒に彼女の家を訪ねたことがあった。小奇麗にしていた部屋には本がたくさんあり、植物も豊富だった。そのうち、僕らは二人だけで会うこともあり、小旅行にも出かけるようになった。世界的な有名な観光地にも、古い昔からの村の佇まいのあるところにも出かけた。李さんの勧めで一緒に出掛けたところはいつも僕を満足させてくれた。知的好奇心が豊かな彼女は日本人である僕と日本の文化や暮らしにも興味をもっているようだった。そんな李さんとの話のなかで、考えてもいなかった日本に気づかされることも多々あった。そうした異文化交流のなかで僕は新しい自分と日本を発見していた。

僕らは仲のいい友達だったが、それ以上になることを互いにセーブしていた。大人の、いや老人たちの分を弁えた付き合いだった。僕らはそうした付き合い方をしていたが、周りからは僕らを揶揄する言葉を何度も聞いた。しかし、僕らはそれらを否定することもしなかった。間違いなく僕はそうだったし、彼女も笑顔を見せながらやり過ごすだけだったから、「僕ら」といってもいいのだろうと思う。僕はいま、小さなアパートで一人暮らしをして、ほとんどはバスに乗って師範大学、会社、老人大学に行きながら、そこで知り合った中国人たちと生き生きと生活をしている。それが僕の失踪生活だ。

さて、なぜ失踪だったのか。僕の生活にひとつの区切りがついたあの春、隆は早晩出て行ってしまうだろうし、満員電車に揺られながら定年を迎えるだろう。子供たちは結婚し、僕に孫の写真なんかを送ってきたり、遊びに来たりするだろう。そんな生活が想像されるし、おそらくそんなに大きく違うことはないだろう。そして、息を引き取るのもいつものあの病院であり、妻と一緒に眠ることになることまで想像してみたら、たまらなくなった。自分がわくわく、どきどきしながら生きていたときをもう一度取り戻したいと思ったのだ。それはぎりぎりの思いであって、家族にも同僚たちにも説明はできない。自分でもよく説明のできないことを説明するのが面倒くさくなり、納得より「大の大人が……」、「変わった人だ……」と言われるのが耐えられなかった。それも面と向かってではなく、そう噂されるのが嫌だったのだ。

最近、僕は袁雅麗らの日本出張に同行した。袁雅麗たちが日本の企業と打ち合わせをするためだったが、僕はそのメンバーではなく、東京では単独行動をとった。通帳の整理や年金の手続きなどのためだった。しかし、日本への郷愁のような意識が心の片隅にあったのも確かだ。懐かしい南千住の安宿に泊まったが、あの火事騒ぎには驚いた。警察の取り調べでも受けることになれば、偽名で泊まったことも行方不明者であることも知れるかもしれない。いくつかの荷物は持ち出すことができなかったが、命からがら現場から逃れることができた。死傷者が出たことから、ニュースにもなったと聞いている。その後、袁雅麗とともに横浜中華街の懐かしいレストランにも行ってみた。家族三人で、隆と二人だけでよく行ったレストランだった。レストランの女主人に軽く挨拶したが、彼女は怪訝な表情を浮かべながら笑顔を見せただけだった。東京にいる間に子どもたちやせめて松井にでも連絡をしてみようという衝動が何度か突き上げた。そのたびに「いまさら……」と必死に押さえつけた。そんな意識の中で僕の失踪にもそろそろピリオドを打たなくてはならない日が来ていることを自覚した。

7

隆の部屋の電話が鳴ったのは翌朝の九時だった。

「遅くなりました」と袁雅麗は言った。

「いいえ、御迷惑をお掛けします」

「ちょっとお父さんも驚いたようで、時間がかかってしまいました」

「そうですか」

その一言は父にたどり着いたことを隆に語りかけていた。

「昼に一緒に食事をしたいと言っています。鏡湖公園のなかに湖を臨むレストランがございます。公園のなかではそのレストランしかありませんから、すぐにお分かりになると思います。そこに十二時にお越し願いますか」

「はい、分かりました。いろいろとお世話になります」

隆はすぐに美代子のスマホにメッセージを送った。父の所在がわかったこと、昼食を共にすること、そして夜に電話することを伝えた。どんな話をすべきなのか、だんだん父に近づきつつある時間のなかで問いかけてきたことだった。決して父を責めたりしてはいけないと決めていた。父の失踪がわかったころ、心のどこかで隆は父を責めていたことは確かだった。入社したばかりの会社に事情を話し、東京勤務の希望を伝えなくてはならなかった。その希望が受け入れられなければ、退職もやむを得ないという覚悟だった。父の家、父の帰ってくるところをなくしてはいけないと思ったからだ。それは隆のサラリーマン生活の芳しくないスタートと思われ、それを強いた父をどこかで責めていたのだった。それから時間が流れ、その気持ちは薄れていった。隆もサラリーマン生活を何年か送るうちに、サラリーマン生活の悲哀のようなものを感じることがあった。父もまた、父子家庭として隆たちを育て上げなければならなかったのだから、人一倍感じたに違いないと思えた。

時間よりも早めに隆はレストランに出向いた。湖が見え、入り口も見える席に隆は座った。父がひとりの婦人を伴って入り口に現れたのはまもなくだった。袁雅麗とともにやってくるものと思っていた隆には意外だった。その婦人は父と同世代の人だった。

父は隆の席まで来て向かい合って座った。父には興奮した様子はなく、以前のような落ち着きがあることに隆は不思議な気がした。そして、隆自身にも再会の感動も興奮もないことに驚いていた。

「李さんだ。お世話になっている人なんだ」

と父は李麗達を紹介し、中国語でいくつか言葉を交わし、李麗達は軽く隆に会釈すると、出口に歩いて行き、父は入り口まで婦人を見送り、また隆と向き合った。

「隆、心配をかけたな」

「うん、とても心配したよ。でも、よかった。僕らのためにできなかったことを見つけたんだから」

「隆、母さんが亡くなり、大変だったが、それは隆たちも同じさ。それはそれで楽しい毎日だった。二人ともいなくなったら、自分が抜け殻になってしまうのが、いやだったんだ。それにしても思慮に欠けることだった。ほんとに心配かけた」

父はそういうと頭を下げた。父の白髪が目立ち始めたのがわかった。しかし、隆にはこの七年の時間がわずかなものだったような気もした。白髪が増えて年を重ねてはいたが、親子の絆は再び強いものになろうとしていた。

隆は自分と姉の近況をスマホの写真を見せながら語り、父もまた近況を語った。しかし、二人は「なぜ失踪だったのか」ということには触れなかった。それはもうどうでもいいことになっているのを二人は理解していた。父は生き生きと暮らしているようで、それが何よりも嬉しかった。

食事が終わり、コーヒーが運ばれてきた。

「父さん、さっきも話したけど、僕はもう少しで結婚するんだ。結婚式に来てくれるよね」

隆は結婚相手の写真をスマホで見せた。

「ああ、そうするよ。隆が来てくれてありがたかった。行方不明にもそろそろ決着をつけなければ、と思っていたところだったんだ」と父は笑った。

「隆、いつ帰るんだ。今晩時間があるなら、今度は酒でも飲もうや。ここには隆の好きな魚料理もたくさんあるんだよ。長江の大きな魚がここではいっぱい取れる」

「そうだね」

父はどうしても行かなくてはならない用事があると言い、夕方にホテルに迎えに行くと約束してレストランの前で別れた。隆は父が教えてくれた長江にかかる無湖長江大橋や長江が臨める濱江公園に行こうと鏡湖のほとりを歩いて大通りへと向かった。夕方にまた会ったら、姉の美代子にも父の声を聞かせることができると思うと、時間の過ぎるのが待ち遠しかった。父の失踪は終わったのだ。無湖の空はどんよりと曇っていたが、初夏の暑さがあった。鏡湖の湖面からの心地よい涼風が気持ちよかった。

『葦牙』創刊号〜44号　バックナンバー一覧

第1号（1984/11）

小説　商いの刻（連載二）……中里喜昭
小説　冬の月……井上猛
小説　バラバを解き放て……江口宣

特集◆現代的課題としての『自主』と『共同』

特集評論　①沢内村から考える……及川和男
特集評論　②労働者・市民（運動）の現状と課題……上原真
特集評論　③現代的課題としての国家……武藤功
特集共同討議　現代的課題としての『自主』と『共同』——文学の立場から……上原真、及川和男、霜多正次、中野健二、武藤功、平迫省吾、山根献

評論　「虜囚史観」の形成……武藤功
評論　現代における〈近代〉の超克……山根献
映画評論　『ピロスマニ』再考……清水三喜雄
評論　戦争と詩人……今村冬三
評論　日本文化ノート（一）……霜多正次
座談会　フィリピンの旅——日本とアジアを考える……伊藤成彦、中野孝次、中里喜昭
あしかび　人種差別と社会科学の課題……佐々木建
あしかび　幕末争乱の歴史的意義……木戸田四郎
本・文学と思想　住民自治の原点を照らす■及川和男『村長ありき』……井川二彦
本・文学と思想　現代の思想的課題として■蔵原惟人『歴史の中の弁証法』……上原真

本・文学と思想　〈実態〉と〈信念〉の相克■鹿野政直『戦前・「家」の思想』……中野健二
本・文学と思想　作品に仕組まれた〈ずれ〉■大江健三郎『新しい人よ目覚めよ』……江谷悌
本・文学と思想　「文学言語」の罠■浅田彰『構造と力』『逃走論』……小田悠介
本・文学と思想　「歴史学」再構築への提言■中村政則『日本近代と民衆』……平迫省吾

第2号（1985／3）

小説　消えた男……平迫省吾
小説　漂う日……荒砥洌
小説　商いの刻（連載二）……中里喜昭

特集◆戦後四十年、そして今

特集評論　①生産至上主義と民主的価値意識……山根献
特集評論　②家族・人間のかかわりの中から……上原真
特集評論　③戦後民主主義における組織の問題……武藤功
特集共同討議　戦後の民主主義と生活意識……上原真、霜多正次、中野健二、平迫省吾、山根献、武藤功

特集エッセー◆私の戦後論

特集エッセー　戦後四十年……永井潔
特集エッセー　希望に向かって飢えている……及川和男
特集エッセー　終戦後の四十年……池田みち子
特集エッセー　感覚としての『民主主義』……小田悠介
特集エッセー　あえて、世代論的に……清水三喜雄
特集エッセー　体験と想像力……草野ゆき子
特集評論　西ドイツ戦後文学と現在……伊藤成彦

特別寄稿　自由民権運動と現代……大石嘉一郎
特別寄稿　幕末水戸藩の藩内争乱と民衆……木戸田四郎
特別対談　親鸞と現代　「白い道」の映画化にあたって……三國連太郎、中里喜昭
あしかび　胡風の回想と江口渙の回想……丸山昇
あしかび　現代を織り成すキーワード……楡井武一
あしかび　音楽は哲学を超えられるか……北村昭
連載評論　日本文化ノート（二）……霜多正次
映画評論　映画「伽那子のために」をめぐって……及川卓也
本・文学と思想　歴史の基層のカミ観念■村上重良『神と日本人』……山根献
本・文学と思想　女性解放思想のさきがけ■古在由重『紫琴全集』……武藤功
本・文学と思想　人間の営みとしての食■『聞き書き　岩手の食』……及川和男
本・文学と思想　父と子の叙事詩■中里喜昭『オヤジがライバルだった』……長船繁
本・文学と思想　家族の崩壊——再生への一石■吉開那津子『揺れる窓辺』……上原真
風紋　読者の声

第3号（1985／6）

小説　夢のゆくえ……井上猛
小説　命の火影……木下正実
小説　同級会……及川和男
小説　落陽の家……草野ゆき子
連載評論　日本文化ノート（三）……霜多正次
評論　心、空に翔ばす——井上ひさし論ノオト……清水三喜雄

評論　『南の風』の日常性――女性史と文明史の交差点……武藤功
映画評論　トルコ映画『路』について――ギュネイへの長い道程……佐多弘
本・文学と思想　共同体の核にあるもの■桜井徳太郎『結集の原点』……山根献
本・文学と思想　近代日本の断面を描く■安岡章太郎『大世紀末サーカス』……上原真
本・文学と思想　新しい生活イメージの探求■新時代工房『喫茶店のソクラテス』……江谷悌
本・文学と思想　筑豊悪人正機説■『写真万葉録・筑豊』……中里喜昭
あしかび　「ゲルニカ」と出会って……北山洋一
あしかび　熱視線アジア……小林達夫
あしかび　『人間のしるし』と私……杉山武子
風紋　読者の声

第4号（1985/10）

特集◆現代に相渉るとは

特集評論　籾殻からの眺め――新船海三郎に……中里喜昭
特集評論　『南に風』論争注釈――「民主文学」七月号西沢論文を中心に……武藤功
インタビュー　現代を撃つ文学
――中里喜昭氏に聞く……（聞き手）重松孝、吉田悦郎、蒲原雅人、蒲原直樹、藤川博樹、堀内京子、野村暁
特集評論　中里喜昭論……清水三喜雄
特集評論　『命の火影』を読む……松崎晴夫
小説　商いの刻（連載三）……中里喜昭
小説　隣人……磯野宏至
小説　木島先生……及川和男

小説　枝道……佐藤光良
評論　「西欧中世」からの眺望——堀田善衛『路上の人』を読む……上原真
評論　非人間性への憤り——梅崎春生『桜島』論……岸本隆生
評論　自然史と人間史——生産力の人間的考察のためのノート……丹野清秋
連載評論　日本文化ノート……霜多正次
あしかび　小説・方言・沖縄芝居……大城立裕
あしかび　諮問押捺と警察……金石範
あしかび　絶滅考……真野勝友
本・文学と思想　人間存在の「元型」へ向けて■大江健三郎『小説のたくらみ、知のたのしみ』……山根献
本・文学と思想　個の背負う矛盾の重さ■中野孝次『わが体験的教育論』……乾彰夫
本・文学と思想　「エセ文明性」の内なる「みもだえ」■小谷汪之『歴史の方法について』……小林達夫
風紋　読者の声

第5号（1986／3）

特集◆戦後文学の思想と方法

特集レポート　①第二次世界大戦と戦後認識……武藤功
特集レポート　②「高度成長」と戦後の文学的自我……山根献
特集レポート　③現代社会における〈私化〉とその克服……上原真
特集協同討議　戦後文学の思想と方法……山根献、霜多正次、平迫省吾、武藤功、上原真、中野健二
特別対談　現代と文学……中野孝次、中里喜昭
連載評論　日本文化ノート（五）……霜多正次
連載評論　『南の風』の政治談議——民主主義への模索……武藤功

連載評論　カナシイ夜は『吉里吉里人』——井上ひさし論ノオト（2）……清水三喜雄
連載評論　三木清の文学論——新しいヒューマニズムと「レトリックの精神」……志田昇
あしかび　ロシア語学習の周辺……五味勝義
あしかび　ゴッホとセザンヌ……井上長三郎
あしかび　劇場と人間——失われた統一を求めて……木村快
本・文学と思想　いまなぜローザとその時代が問題なのか■ローザ・ルクセンブルグ『ロシア革命論』……佐々木建
本・文学と思想　弾劾しつつ希望する■クロード・モルガン『ドン・キホーテたち』……武藤功
本・文学と思想　ファシズムと対決する現代的視座■ファシズム研究会編『戦士と革命・生産者の国家』……上原真
本・文学と思想　まっとうさの在り処■浜野博『ハンディキャップト』……藪上由美代
小説　遠方の家……井上猛
本・文学と思想　一編の雨……野口伍郎
詩　〈重なる〉という言葉……沢田敏子

第6号（1986／8）

特集◆「高度成長」と労働者像の変容

特集評論　問題提起としてのまえがき……編集同人
現場からのレポート　食うこと・働くこと——国鉄・電車運転士の〝事件〟をとおして……田中武利
現場からのレポート　労働実態と労働者意識の落差——電機・鉄鋼を中心に……河津みのる
現場からのレポート　鉄のすす——じん肺にみる「高度成長」のあと……長船繁
現場からのレポート　地方「行革」下の自治体労働組合……井川二彦
現場からのレポート　〝機械化管理〟下の銀行労働者……平田貞三郎
新連載評論　続・真理について（一）……永井潔

評論　生きている共同存在——及川和男『命見つめ望み抱き』……山根献
映画評論　ビクトル・エリセを記憶するということ——『ミツバチのささやき』『エル・スール（南）』……清水三喜雄
評論　「共同体」概念の価値論的位相と「共同体の再建」——アグネス・ヘラー『個人と共同体』によせて……今村裕一

小特集◆石川啄木生誕百年記念小特集

小特集評論　啄木への風土的考察——その思郷歌によせて……及川和男
小特集評論　啄木生誕百年に思う……佐々木邦
小説　冬の川音……草野ゆき子
小説　シャネルの石鹸……樋口今日子
小説　悲しみに中国そして華南……繆麗操
あしかび　熱と温もりのコピイ……中里喜昭
あしかび　「コピー」詩人にはなれない……山田八郎
あしかび　黒人文学の思想　ライト再考……石塚秀雄
本・文学と思想　労働者の「自立」への道を探る■熊沢誠『戦場史の修羅を生きて』……上原真
本・文学と思想　イメージとしての都市途人間■日野啓三『夢の島』……武藤功
本・文学と思想　武田泰淳の全体像に迫る■岸本隆生『武田泰淳論』……西垣勤
風紋　読者の声

第7号（1987/3）

対談　民族表現の今日と明日——文学は活性化しうるか……李恢成、中里喜昭

特集◆「高度成長」と現代文学の行方

特集評論　戦後文学の思想像——江藤淳から霜多正次まで……武藤功
特集評論　優しい君と世界の変換式——「私」の社会化をめぐって……山根献

特集評論　「高度成長」と日常性の変容――文学的検証のための枠組みとして……上原真
評論　ヤヌスとしてのレトリック……島崎隆
評論　この時代の危機と希望――広渡清吾『法律からの自由と逃避』によせて……野分遥
評論　「生産力形成の共同性」と「生産能力の私的取得」の社会構造――生産力の人間的考察のためのノート……丹野清秋
映画評論　言葉と映画――『蜘蛛女のキス』と『山の焚き火』……清水三喜雄
連載評論　続・心理について（二）……永井潔
小説　めじろ……井上猛
小説　戌亥さんがふたたびめがねを着ける時……野口伍郎
本・文学と思想　加藤哲郎『国家論のルネサンス』……海野八尋
本・文学と思想　佐々木建『日本型多国籍企業』……上原真
本・文学と思想　東京唯研編『戦後思想の再検討』……江頭誠悟
本・文学と思想　中野孝次『はみだした明日』……藤川博樹
本・文学と思想　クーバー『ユニヴァーサル野球協会』……武藤功
あしかび　青き英五郎のこと……倉田哲治
あしかび　敦賀半島美浜原発を見る……吉田悦郎
あしかび　高度成長思いつくままに……大浦秀雄

第8号（1987／9）

評論　教科書の思想を超えて――北田寛二氏へ反論する……「葦牙」編集同人
評論　「北田論文」注釈……塚原由紀夫
創作特集　玄関を出て……田中誠一
創作特集　山に遊びて……野口伍郎

創作特集　いけにえに風が吹く……定来文彬
創作特集　沈んだ男……浜野博
評論　思想を読む――大江健三郎覚え書……鈴木正史
評論　女たちの視座――企業社会の強圧のなかで……上原真
評論　マルクス主義美学の今日的可能性――『美学理論の展望』を評す……清真人
あしかび　生活をめぐるささやかな願い……浅野富美枝
あしかび　「こさわるのは良いことか――私の日本語観察……石川布美
本・文学と思想　「近代」とは何かを正面から問う■丸山眞男『「文明論之概略」を読む』……藤井正
本・文学と思想　マルクス主義的パラダイムを見直す■高木仁三郎『いま自然を同見るか』……池谷壽夫
本・文学と思想　反映論の認識論的枠組の克服■石井伸男『社会意識の構造』……山根献
本・文学と思想　今、新たな教育の方法と手立て■及川和男『わらび座修学旅行』……渡辺昇
本・文学と思想　革命という名の抑圧■遇羅錦『ある冬の童話』……武藤功

第9号（1988／4）

連載長編小説　中庸のとき（第一回）……中里喜昭
小説　指紋……井上猛
小説　冬のあしおと……木下正実
評論　トロツキーの文学論――芸術の特殊性とマルクス主義の文芸政策……志田昇
評論　モダニズムとルカーチ……吉田正岳
評論　グラムシに学ぶ途上で――没後五〇周年記念ローマ国際会議に参加して……上野幸子
あしかび　芝居になった『村長ありき』……及川和男
あしかび　新劇の思想　劇団民芸（近代劇三本立て）を観て……武藤功

あしかび　北田寛二「葦牙」批判についての感想……吉田悦郎
評論　社会史の隆盛が問いかけるもの――現代歴史学の課題……高橋昌明
評論　高度経済成長と家族の問題……浅野冨美枝
本・文学と思想　〈能力〉〈競争〉構造の克服■藤田勇編『権威的秩序お国家』……上原真
本・文学と思想　〈受難した子供〉を論じて唯物論の三元徳に至る■清真人『言葉さえ見つけることができれば』……渋谷治美
本・文学と思想　海峡の中の民衆像■若林正丈編著『台湾――転換期の政治と経済』……武藤功
本・文学と思想　グラムシの今日性を読み解く■坂井信義・大久保昭男訳『君はグラムシを知っているか?』……上野幸子
風紋　読者の声

第10号（1988/11）

連載長編小説　中庸のとき（第二回）……中里喜昭
小説　ハローウィン……樋口今日子
小説　記憶……磯野宏至
鼎談　女の現場から考える――愛し・働き・育てる……浅野冨美枝、黒田知恵子、やぶかみゆみよ
あしかび　日本が社会主義と映る時代――「ジャパメリカ」発見の旅から……加藤哲郎
あしかび　「芙蓉鎮」の何Qたち……武藤功
あしかび　わが「反日」と「反中国」の弁……石川次郎
あしかび　「白樺の森の中で」……桑野容子
評論　現代思想家としての加藤哲郎……藤井正
評論　現代日本の思想分析のための問題設定――吉田傑俊『現代日本の思想――伝統と転回』をめぐって……佐藤春吉
評論　〝裸形の人間存在〟への憧れ――椎名麟三『深夜の酒宴』論……岸本隆生
評論　ハンス・アイスラーの今日性――生誕九〇年に……池田逸子

本・文学と思想　霜多正次『天皇制のイデオロギー』……上原真
本・文学と思想　溪内謙『現代社会主義を考える』……武藤功
本・文学と思想　堀場清子『青鞜の時代』……草野ゆき子
本・文学と思想　小森陽一『文化としての物語』『構造としての語り』……島村輝
本・文学と思想　渡辺治『現代日本の支配構造分析』……海野八尋

第11号（1989／7）

長編小説　生まり島（上）……霜多正次

特集◆「プロレタリア文化論への歴史的検証」

特集評論　宮本顕治論　その（1）「あとがき」の構図……武藤功
特集評論　「プロレタリア文化」論に関する覚書──草鹿外吉氏への反論……志田昇
特集評論　「新思考」とトロツキイ問題……藤井一行
参考資料　「社会主義リアリズム」再考……楊春時、（訳）松下正司
特集評論　ジダーノフ路線、ついに否認さる──ソ連共産党中央委員会の「決定」をめぐって……（訳・解説）藤井一行
評論　現代文学の主体と民族──韓国の詩人高銀氏を迎えて日本文学の現在を考える……伊藤成彦
評論　日常性への回帰──椎名麟三『永遠なる序章』論……岸本隆生
評論　自然と文化の和解への願いとしての美──アドルノは近代合理主義の批判においてなぜ美を最終の拠りどころとしたのか……上利博規
評論　マルクス主義的思考の現代的展開──『モダニズムとポストモダニズム』を評しつつ……竹内章郎
連載評論　続・心理について（三）……永井潔
文芸展望　現代と「個」と……上原真
本・文学と思想　政治と文学への批評的アプローチ■武藤功『書物の戦い』……磯野宏到
本・文学と思想　「組織」の中の人間をリアルに描く■中里喜昭『昭和末期』……藤川博樹

本・文学と思想　「ズレ」や「ためらい」の奥にあるもの■野口伍郎『カスミと戌亥さん』……山下義明
本・文学と思想　現代批評が国家と向き合うとき■加藤哲郎『ジャパメリカの時代に』……山根献
本・文学と思想　唯物論に新しい分野を開拓する意欲的試み――島崎隆『対話の哲学』……佐藤春吉
詩　薔薇になっていく……楠幸子
あしかび　天皇はゼロ記号か……霜多正次
あしかび　父の奉安伝……塚原由紀夫
あしかび　ユージンでヨコスカを訴えてきました……服部翠
あしかび　肉体の忘れ物――日記からの『伸子』論……山田八郎
あしかび　アメリカ紀行……河津みのる
風紋　読者の声……吉村亮、鈴木東、小林次郎

第12号（1990／3）

特集◆日本そして東欧・いまなぜ民主主義か

特集評論　現代の「市民社会」イメージと世界の中の日本……加藤哲郎
特集評論　世界社会主義の諸問題――論争前進のための覚書……佐々木建
特集評論　「社会主義論」はどこへ――論壇論調をめぐって……石井伸男
特集評論　懐かしき村芝居……中里喜昭
特集評論　『昭和末期』まつり……塚原由紀夫
特集評論　宮本顕治論――その二「あとがきの構図」（下）……武藤功
特集評論　常識と非常識――草鹿外吉氏への再反論……志田昇
特集評論　トロツキイの『文学と革命』の復権……藤井一行
あしかび　消費税と原子力発電……服部学

あしかび　入国審査……野口伍郎
あしかび　教えられること……相原和見
あしかび　小説とドラマ……菊村信
文芸展望　現代の「窮境」をめぐって……上原真
本・文学と思想　現代の政治と切り結ぶイデオロギー批判■吉田傑俊『現代思想論』……亀山純生
本・文学と思想　天皇と戦争にひざまずいた詩人の検証■今村冬三『幻影解「大東亜戦争」』……山田八郎
本・文学と思想　漱石研究の原点を示す■伊豆利彦『漱石と天皇制』……西垣勤
詩　S女の花……沢田敏子
小説　兄——あるいは僕の「昭和」小史……平迫省吾
長編小説　生まり島（中）……霜多正次
風紋　神様きどりの裁き……小熊浩
風紋　『白河夜船』を読んで……仲村礼子
風紋　豊かさとは愛を奪うものか……山下義明

第13号（1990／8）

鼎談　激動の世界情勢と作家の立場……小田実、李恢成、中里喜昭
対談　岐路に立つ社会主義——ペレストロイカから日本の革新政党まで……田口富久治、武藤功

小特集◆古在由重追悼

特集評論　古在哲学の資質……小川晴久
特集評論　デモクラットの精神……藤田省三
特集評論　天性の楽天家……芝田進午
評論　『「敗北」の文学』の誕生——宮本顕治とトロツキー……志田昇

評論　定冠詞からの文学の自立を……中里喜昭
評論　マルクシズムとの決別――『赤い独裁者』論……岸本隆生
甲論乙駁　死亡記事の取り扱いということ――古在由重氏の死去にあたって……中野健二
文芸展望　歴史と人間……上原真
あしかび　木を伐るな、地球を救え！……浜野博
あしかび　今さら「処女」をかかげて……やぶかみ由美代
あしかび　山津波ともしらず……藤井正
あしかび　「日本共産党オンブズマン」設置についての提唱……桑野信宏
本・文学と思想　「白樺」派的自我の変遷を考察■本多秋五『志賀直哉』……菊村信
本・文学と思想　鄧小平開放体制の矛盾に迫る■加々美光行『現代中国の黎明』……武藤功
本・文学と思想　政治の劇と人間の劇■伊藤成彦『戦後文学を読む』……上原真
小説　友からの手紙……磯野宏至
小説　カナリヤ……樋口今日子
小説　二つの死……野口伍郎
小説　赤い江の流れ……木下正実
連載小説　生まり島（下）……霜多正次
風紋　新しい時代――東欧の人々に……豊中勝雄
風紋　医療過誤裁判……長尾クニ子
風紋　襲撃……塚原由紀夫
風紋　文・学者と政治……小林利根男

第14号（1991／2）

特集◆東欧「社会主義」のゆくえ

特集評論　東欧激動後の世界はどう動くか？……田口富久治
特集評論　ドイツ民主共和国の消滅と知識人──ハイナー・ミュラーの「シュピーゲル」インタビュー……（訳）照井日出喜
特集評論　東独併合──論説・インタビュー・手紙によるモンタージュ……照井日出喜

特集◆トロツキー歿後五十年

特集評論　歴史の真実と真理への接近──トロツキー文庫の日本人の手紙によせて……加藤哲郎
特集評論　トロツキーを擁護した日本人──延島英一の人と思想……志田昇
特集評論　日本人はモスクワ裁判をどう見たか？……西島栄
甲論乙駁　批判理論の貧困──「『赤旗』評論特集版」新船批判について……武藤功
評論　戦後文学・日本とドイツ……伊藤成彦
評論　『彼岸過迄』論──そのポリフォニー的性格について……岸本隆生
評論　続・肉体の忘れもの──阿武隈翠「『伸子』論の視点」に反論しながら……山田八郎
文芸展望　近代望見……上原真
エッセイ　テレビ初出演体験……黒田知恵子
連載回想　民主主義文学運動と私（一）……霜多正次
連載評論　続・真理について（四）……永井潔
詩　桃恋歌……沢田敏子
小説　仮根の家……荒井碧
小説　或る老女……平迫省吾
旅行記　ブータン王国紀行（上）……野口伍郎
あしかび　「文学の蔵」……及川和夫

あしかび　女はなぜ「姓」にこだわるのか……浅野富美枝
あしかび　民主主義が枯渇の労働運動……槙村重治
本・文学と思想　〈研究〉と〈批評〉との統一を体現■西垣勤『漱石と白樺派』……松崎晴夫
本・文学と思想　宮本顕治氏にとって科学とは何か？■武藤功『宮本顕治論』……磯野宏至
本・文学と思想　多元主義的批評と政治学■田口富久治『政治学の基礎知識』……山根献
本・文学と思想　〈重る〉ということの意味■沢田敏子詩集『漲る日』……中村不二夫
風紋　批評があってこそ文学が生きる……河津みのる
風紋　山村自給と都市住民の提携運動を……小林次郎
風紋　労働組合と政党支持の自由……吉村亮二
風紋　テレビドラマ『娘からの宿題』を観て……岸本隆生

第15号（1991／8）

特集◆イタリア共産党・その終焉と再生

特集評論　カシの樹と「左翼民主党」の日・前後――イタリア共産党内部論争の一断面……後房雄
特集評論　最後のイタリア共産党大会を傍聴して……有田芳生
特集資料　①アキッレは九〇年にすべてを賭ける……オケットへのインタビュー
特集資料　②我々の遺産は寡頭的支配集団のものではない……オケット
特集資料　③私とイングラオと第三の道……バッソリーニ
特集資料　④左翼民主党（ＰＤＳ）はもはや幻ではない……オケットへのインタビュー
評論　一九二〇年代の文学論争におけるトロツキー……桑野隆
評論　第一次大戦をめぐるトロツキーとレーニン――トロツキー『戦争とインターナショナル』を中心に……西島栄
評論　「政治の優位性論」解明への扉――武藤功『宮本顕治論　その政治と文学』によせて……伊藤成彦

評論　『行人』論――その多重的構成の意義について……岸本隆生
あしかび　しがらき、宴のあとで……木下正実
あしかび　職場から見た労働運動……槙村重治
あしかび　「脳死」…人はものではない　医学は神ではない……長尾クニ子
連載回想　民主主義文学と私（二）……霜多正次
連載評論　続・真理について（五）……永井潔
本・文学と思想　人間的・民主的な問いかけ■田口富久治『21世紀の世界はどう動くか』……上原真
本・文学と思想　「マルクス主義フェミニズム」とはなにか■上野千鶴子『家父長制と資本制』……浅野富美枝
本・文学と思想　ブリリアントな昭和知識人像■『古在由重　人・行動・思想』……中野健二
小説　M論・愛の行方……武藤功
小説　石楠花……樋口今日子
旅行記　ブータン王国紀行（下）……野口伍郎
風紋　裕子に（詩）……藤井正
風紋　「グリオ」の発刊など……佐々木建
風紋　何が民主主義文学の否定・破壊か……田所広美

第16号（1992/3）

特集◆社会主義運動の再生は可能か

インタビュー　史的唯物論と「科学的」社会主義……田口富久治、（聞き手）武藤功
特集評論　「ゴルバチョフ革命」の挫折とソ連邦の解体……武藤功
特集評論　オルターナティヴの解体＝模索――苦悩する旧東独党員・知識人たち……照井日出喜
インタビュー　バウツェンもしくはバビロン……ハイナー・ミュラー、（訳）照井日出喜

インタビュー　ユッタ・ディトフルトの挑発……ユッタ・ディトフルト、（訳）照井日出喜
小説　風の地……井上猛
小説　葦葺きの家……川辺桜
小説　里帰り……樋口今日子
詩　罪（ほか一遍）……山田八郎
短歌　メランコリー……篠原三郎
鼎談　小田実『ベトナムから遠く離れて』をめぐって……中里喜昭、吉田悦郎、武藤功
甲論乙駁　「民主集中制」と文学……塚原由紀夫
あしかび　五十にして立つ……浜野博
あしかび　現代資本主義研究と社会主義認識……佐々木建
あしかび　非米活動という赤狩り……岡部美智
あしかび　五二歳のとらばーゆ……黒田知恵子
連載回想　民主主義文学運動と私（三）……霜多正次
評論　流れる杭……中里喜昭
評論　協同組合の町・モンドラゴン――自主と協同の理念のもとに……石塚秀雄
評論　消された『思い出』――クルプスカヤ『レーニンの思い出』第一部各年版におけるトロツキーとレーニン……西島栄
本・文学と思想　ベトナムがアメリカを変える■ティム・オブライエン『僕が戦場で死んだら』……武藤功
本・文学と思想　所有の革命・生産者の民主主義■ウイリアム・ホワイト他『モンドラゴンの創造と展開』……上原真
本・文学と思想　なぜ社会主義はザッハリヒな運営ができなかったのか■平子友長『社会主義と現代』……重本直利
本・文学と思想　感性と革命■ローザ・ルクセンブルグ『友への手紙』……磯野宏至
風紋　西島論文への感想……杉津隆路
風紋　『前衛』にみる文学認識……小熊浩

第17号（1992／8）

インタビュー　世界認識と民族問題――社会主義運動と関連して……加々美光行、（聞き手）武藤功

特集◆「豊かな社会」の文化状況（その1）

特集評論　管理文化の形成……重本直利
特集評論　文化としてのプロ野球……武藤功
評論　ベルリン・一九九二年春……照井日出喜
連続評論　「民主主義文学運動と私」（四）……霜多正次
評論　批評の守則について……藤井正
作品・作家論　人間的な連続と発展――大江健三郎『僕が本当に若かった頃』……上原真
作品・作家論　二人の「私」について――夏目漱石『こころ』……岸本隆生
作品・作家論　生き死にする『場所』――南木佳士の世界……菊村信
本・文学と思想　「朝鮮人慰安婦問題と「強姦の思想」■彦坂諦『男性神話』……浅野富美枝
本・文学と思想　世紀的実験の失敗の源泉■加藤哲郎『コミンテルンの世界像』……山根献
本・文学と思想　五十年の研究踏まえた学芸談義■猪野謙二『僕にとっての同時代文学』……武藤功
本・文学と思想　今日、資本とは人間そのものである■高橋洋児『浮遊する群集』……重本直利
本・文学と思想　社会主義とは何であったか■桜井哲夫『メシアニズムの終焉』……岸本隆生
本・文学と思想　終わりなき天皇制の影■水林彪『記紀神話と王権の祭り』……藤沢進
甲論乙駁　人がたじろいだ時／『赤旗評論特　集版』批判……吉田悦郎
あしかび　塾教師われ……浜野博
あしかび　『蕪村全集』第一巻をめぐって……桐原光明
あしかび　原子力発電所と農業破壊……小林次郎
短歌　ローザ・ルクセンブルク……篠原三郎

小説　母の病……牧梶郎
小説　天山山麓幻想……野口伍郎

第18号（1993／1）

インタビュー　市民権思想の現代的意義――国家・民族・党派を超えるものは……久野収、（聞き手）武藤功

特集◆「豊かな社会」の文化状況（その2）

特集評論　映画の現在――変りゆく女と変れない男の物語……浅野冨美枝
特集評論　テレビの現在　メディアの堕落あるいはジャーナリストの不在……武藤功
評論　『流域へ』論……上原真
評論　三人寄れば愚者の知恵……ハイナー・ミュラー、（訳）照井日出喜
評論　批評の方法について……重本直利
座談会　霜多正次『民主主義文学運動と私』をめぐって……上原真、中里喜昭、山根献、中野健二、武藤功
短歌　人魚のごとき……篠原三郎
本・文学と思想　思想・文学としての批判理論の構築をめざして■唯物論研究会編『社会主義を哲学する』……山根献
本・文学と思想　マルクスの理論的空白と自由主義的社会主義の可能性■大江泰一郎『ロシア・社会主義・法文化』……笹沼弘志
本・文学と思想　スターリン的犯罪社会の証言記録■アイノ・クーシネン『革命の堕天使たち』……武藤功
あしかび　PKO選挙と戦争責任問題……藤井正
あしかび　差別と私……熊谷滋子
あしかび　野坂問題と「歴史の真実」……田本良二
あしかび　田辺聖子で眠れない……やぶかみ由美代
あしかび　お身体の曲がり角……黒田知恵子
小説　愛……尹静慕、（訳）鹿嶋節子

第19号（1993／9）

本・文学と思想　二重に越境する文学■呉錦発編『悲情の山地』……武藤功
小説　落日……荒井碧
小説　釣る……菊村信
小説　陥る橋……中里喜昭
風紋　霜多さん、お元気ですか……上野岑三
風紋　イタリア紀行……河津みのる
風紋　「除籍通知」の公表とは……田本良二

第20号（1994／6）

評論　私とマルクス主義と政治学――名古屋大学最終講義から……田口富久治
評論　ロマン的世界の崩壊とコミュニケーション世界の生成……山根献
評論　乱世の人モンテーニュ――堀田善衛『ミシェル城館の人』を読む……上原真
インタビュー　修道院からの戦闘報告――クリストフ・ハインとの対話……（訳）照井日出喜
評論　東独からの訣別……ヴォルフガング・ピアラス、（訳）島崎隆
甲論乙駁　特異なモダニティとしての前衛党――せめて近代の空気を吸おう……武藤功
あしかび　小さな旅から……浜野博
あしかび　エイズと日本社会の特質……桑野信弘
あしかび　「アジア映画」二題……岡部美智
本・文学と思想　開放と自己実現の政治■田口富久治『政治学講義』……昼神洋史
本・文学と思想　利那的な「エゴイズムの体系」の解剖■J・K・ガルブレイス『満足の文化』……照井日出喜
本・文学と思想　陰影或る人間像を追及■南木佳士『信州に上医あり』……菊村到
本・文学と思想　社会体制のオールタナティヴを模索して■早川弘道『東欧革命の肖像』……竹森正孝

第21号（1995／6）

特集◆近代の位相

特集◆戦後五十年と現在

第22号（1996/1）

特集◆知識人作家の位相

第23号（1996／12）

丸山眞男追悼特集

第24号（1998／3）
評論　戦後日本政治と丸山眞男……田口富久治
往復書簡　市民とアカデミズムと知識人――インターネット上での往復書簡……加藤哲郎、H・田中
評論　草根の英霊……中里喜昭
評論　思想としてのダイアナ……武藤功
あしかび　雨後のシャープさ……中里喜昭
あしかび　暴力と非合理への「勇気」……冨山芳幸
あしかび　自由と抵抗の思想家たち……櫻井智志
評論　大江健三郎の美学とイデオロギー……山根献
評論　イデオロギー詩とその運命――金南柱論……中村福治
評論　都市テクスト論としての〈沖縄〉――霜多正次『虜囚の哭』を視座として……田口律男
評論　大衆へのまなざし（3）――鶴見俊輔の方法論的視座……藤井正
本・文学と思想　死者の木の平和■バオ・ニン『戦争の悲しみ』……中里喜昭
本・文学と思想　中世民衆の自立と挫折■飯嶋和一『神無き月十番目の夜』……上原真
本・文学と思想　歴史を貫く市民的精神の発掘■武藤功『国家という難題』……櫻井智志
本・文学と思想　南京虐殺の新たな証言■ジョン・ラーベ『南京の真実』……武藤功
風紋　沖縄が生んだ或る小説家と出版界の貧困……櫻井智志

第25号（1999／4）
追悼特集◆堀田善衛
特集評論　「国家と革命」の世紀と堀田善衛……山根献
特集評論　「母なる思想」との戦い……上原真

第26号（2000／7）

「霜多正次全集」全五巻完結に寄せて

特集書評　「霜多正次全集」の完結を祝う……山田八郎
あしかび　二十一世紀への市民の提言……小田実
あしかび　倚りかからぬ同時代の思想者……櫻井智志
あしかび　宗教とどのように対話すべきか……島崎隆
評論　中国残留婦人たち……大出美代
評論　アジア的虚無と無常観――堀田善衛『インドで考えたこと』とその前後……牧梶郎
映画評論　『この世を離れて』論――あるいは映像と文化……清水三喜雄
評論　グラムシと『神曲』地獄編第十歌……小原耕一
本・文学と思想　知識人のハビトゥス■『近代日本文化論4知識人』……上原真
本・文学と思想　女に生まれてくるのではない、女になるのである
■キャサリン・マッキノン著／村山淳彦訳・監修『セクシャル・ハラスメント・オブ・ワーキング・ウイメン』……山根献
本・文学と思想　「方法としてのヨーロッパ」「思想としての沖縄」の可能性■立川健二『ポストナショナリズムの精神』……小原耕一
本・文学と思想　政治の孤島としての沖縄■大田昌秀『沖縄の決断』……武藤功
風紋　「三年B組金八先生」の可能性……櫻井智志

第27号（2001／7）

対談　撮ることと言葉――「長崎マンダラ」展にみる日本論の再構成……東松照明、中里喜昭
評論　東松照明と写真展「長崎マンダラ」……小林勝
評論　二十一世紀における社会主義と日本国憲法の命運……田口富久治
評論　アレゴリーとしての大江健三郎の小説の作り方……山根献
評論　方便の門を開く異形の神――青来有一『聖水』論……中野信子
評論　近代国家における天皇――『文明論之概略』に見る先行論議……武藤功

評論　グラムシと欧米における「市民社会論」の受容……小原耕一
あしかび　芝田進午氏の思想と闘争……櫻井智志
あしかび　写実家の幻影……中里喜昭
本・文学と思想　田口富久治『戦後日本政治学史』を読む――私的断層……加藤哲郎
本・文学と思想　死者との対話が紡ぐ受難と復活の物語■大江健三郎『取り替え子チェンジリング』……山根献
本・文学と思想　日本の過去と朝鮮の未来■伊藤成彦・朝鮮問題論集『闇を拓く光』……上原真
本・文学と思想　煌めく古在由重と丸山眞男対談の精神■『暗き時代の抵抗者たち対談古在由重・丸山眞男』……長野芳明
本・文学と思想　「出身血統主義」と「近代批判」という切り口でみる文化大革命■加々美光行『歴史のなかの中国文化大革命』……牧梶郎
本・文学と思想　余りに感傷的な、「素人」によるグラムシ評伝へのコメント
■アウレリオ・レプレ著／小原耕一・森川辰文訳『囚われ人　アントニオ・グラムシ』……森川貞夫
本・文学と思想　カマンベールというシテの舞■堀江敏幸『熊の敷石』……吉田悦郎
小説　アフリカから吹いてきた風……牧梶郎

第28号（2002／8）

評論　丸山眞男の「古層論」と加藤周一の「土着世界観」……田口富久治
評論　文学から見たロシア革命とソ連崩壊……川端香男里
評論　日本の社会主義運動の現在……加藤哲郎
インタビュー　石堂清倫さんに一九四〇年代前後を聞く……（聞き手）横手一彦
評論　フチーク逮捕の周辺――ヨシュカ・パクソヴァーの証言……（訳・解説）栗栖継
評論　近代の知の危機とポストモダニズム――生と形式との相克……山根献
評論　堀田善衛における「戦争と平和」――『記念碑』と『奇妙な青春』の位置……伊藤成彦
評論　ささやかなこと一つ二つ――大江健三郎の短編『飼育』に即して……武藤功

あしかび　ベルリン――文化状況断章……照井日出喜
あしかび　ネガとポジ……上原真
本・文学と思想　李恢成のCTスキャン■李恢成『可能性としての「在日」』……中里喜昭
本・文学と思想　『回想　梅本克己』について■克己会回想編集委員会編『回想／梅本克己』……いいだもも
本・文学と思想　「査問」体験から振り返る父の「事件」■川上徹『アカ』……牧梶郎
本・文学と思想　アフガン内戦の一大絵巻
■マイケル・グリフィン著／伊藤力司・小原孝子・渡植貞一郎・浜島高氏而訳『誰がタリバンを育てたのか』……石塚秀雄
小説　茉莉花の宿……牧梶郎
ルポルタージュ　台所からアメリカを見ていた……草野ゆき子

第29号（2003／7）

霜多正次追悼特集

特集評論　蘇生する霜多正次――短編『投降』を中心に……武藤功
特集評論　『霜多正次全集』第五巻を読んで……田口富久治
特集評論　霜多さんの「根理」にお憶う……上原真
特集評論　批判思想としての霜多正次の文学……山根献
特集座談会　霜多正次の文学を語る……（司会）中野健二、山根献、中里喜昭、武藤功、上原真

追悼　霜多正次

追悼　霜多さんを悼む……丸山昇
追悼　「沖縄問題研究会」のころ……新崎盛暉
追悼　座右の書雑感……須田美智子
追悼　霜多さんのこと……牧梶郎

追悼　女性問題……樋口今日子
追悼　不肖の「弟子」の繰り言……浜野博
追悼　霜多先生のこと……黒田知恵子
追悼　霜多さんそして霜多先生……長野芳明
追悼　真の人間らしさ求め、ひとすじの道……平迫省吾
詩　言葉とカラスミ……山田かん

特集◆いまアメリカは

特集評論　情報時代の「帝国」アメリカ包囲網——インドで「世界社会フォーラム」を考える……加藤哲郎
特集評論　監視の政治と身体のリズム分析——ポストモダンの戦争批判論……斉藤日出治
特集評論　イラク戦争vs反戦の彼我の新しい質とは何か——武藤功論文の提起を承けて……いいだもも
特集評論　英国・イラク戦争前後……伊藤博
特集評論　マイケル・ムーアと笑い——『アホでマヌケなアメリカ白人』と『ボウリング・フォー・コロンバイン』を中心に……白井重範
評論　家永三郎の「否定の論理」と丸山眞男の『原型論』……田口富久治
文化通信　反戦を掲げる劇場——現代ドイツの文化状況（Ⅱ）……照井日出喜
書評　岡目三目のイデオロギー論——武藤功『暴かれるべき文学のイデオロギー』に思う……中野信子
小説　お金の話……牧梶郎

第30号（2004／5）

特集◆問われる知識人像

特集評論　知識人としての平田清明——社会形成の霊媒師……斉藤日出治
特集評論　堀田善衞の知識人像をめぐって——「時間」「夜の森」を中心に……上原真
特集評論　先駆的知識人としての富永仲基……清水三喜雄

特集評論　戦後知識人と戦後思想の諸様態――小熊英二『〈民主〉と〈愛国〉』に即して……山根献
評論　グラムシ「民間伝承論」の現代的意義――日本近代史のなかでの再検討……伊藤晃
評論翻訳　グラムシは語ることができない――グラムシのサバルタン概念の諸々の指示の仕方と解釈……マーカス・E・グリーン、（訳・解説）小原耕一
あしかび　歴史的責任としてのヒューマニズム……川上徹
あしかび　二木島鯨供養塔を訪ねて……佐々木建
あしかび　ニューヨーク、北京、モンドラゴン……石塚秀雄
あしかび　私の『葦牙』参入記……奥井武史
あしかび　牧梶郎『アフリカから吹いてきた風』を読んで……財前利佳子
評論　オコナー化する日本社会――『アフリカから吹いてきた風』ノート……中里喜昭
紹介　池明観講演録　池明観講演会を開催するにあたって……川上徹
講演　T・K生の時代と「いま」――東アジアの平和と共存への道……池明観
評論　射殺するノラ――現代ドイツの演劇状況Ⅲ……照井日出喜

小特集◆法の現在

小特集評論　「法のブラックホール」あるいは「地球番外地」としてのガンダナモ基地……伊藤成彦
小特集評論　法の暴力――JR浦和電車区事件をめぐって……武藤功
本・文学と思想　新自由主義――教養と現実との隔たりを暴く眼■ノーム・チョムスキー『金儲けがすべてでいいのか』……牧梶郎
本・文学と思想　「帰れぬ旅」を歩き続ける作家■木下正実『アセポ峠』……上原真
本・文学と思想　捲土重来未だ知る可からず■いいだもも『日本共産党はどこへ行く?』……塩谷善志郎
本・文学と思想　身体の自由と不自由■金原ひとみ『蛇にピアス』……武藤功
小説　喪失……牧梶郎
小説　レーニンの帽子……武藤功

第31号（2005／7）

特集◆世界と日本の現在

特集評論　太平洋戦争の記憶とイラク――グラウンド・ゼロから大義を問う……原田容子
特集評論　社会民主党宣言から日本国憲法へ――日本共産党22年テーゼ、コミンテルン32年テーゼ、米国OSS42年テーゼ……加藤哲郎
特集評論　日本社会の危機と小泉「構造改革」……長田浩
特集評論翻訳　アメリカ合衆国――ヘゲモニーから支配へ……ジョーゼフ・A・プッティジジ、（訳）小原耕一
特集評論　「北朝鮮問題」とは何か微笑しつつ対立す米中の狭間にあって……武藤功
評論　晩年におけるカタストロフィー――エドワード・サイードの「レイト・スタイル」に関する考察をめぐって……山根献
評論　リチヤード・ライトとコミュニスム……石塚秀雄
評論　社会的個人と集合的身体……斉藤日出治
評論　市民意識をいかに形成するか――増田四郎『西欧市民意識の形成』による……奥井武史
評論　グラムシ・ヘゲモニー論とフーコー権力論……小原耕一
あしかび　経済のグローバル化とヨーロッパ中心批判……島崎隆
あしかび　映画『パッチギ！』のことなど……白井重篤
あしかび　第5回世界社会フォーラムに参加して……塩谷善志郎
あしかび　高見順のガンと詩「青春の健在」を読む……櫻井智志
あしかび　へーフリ坂のむこう……中里喜昭
評論　去勢されたドン・ジョヴァンニ――現代ドイツの演劇状況Ⅳ……照井日出喜
評論　私はなぜ、どのようにしてチェコ文学者になったか……栗栖継
評論　人間ドキュメントとしての面白さ――中沢新一『僕の叔父さん・網野善彦を読む』……中野健二

小特集◆労働の昨日と今日

小特集評論　三池闘争を考える――小説『三池炭鉱』と『与論の末裔』を手がかりに……牧梶郎

小特集評論　日本労働運動の《宝》を掘り返そう――平和四原則・三池学習闘争・国労左派競争……樋口篤三
小特集評論　個人加盟労働組合運動の光と影――全国建設及建資材労働組合……尾張はじめ
小特集評論　JR西日本百七人の死亡事故と労働組合……神坂昇
本・文学と思想　報道されないイスラエルの真実■マイケル・ホフマン／モーシェ・リーバーマン共著／太田竜監訳『パレスチナ大虐殺』……牧梶郎
本・文学と思想　二十世紀のケロイド／戦争と革命■細谷千博『シベリア出兵の史的研究』……上原真
本・文学と思想　践に裏打ちされたビジョンと構想力■中西五洲『理想社会への道』……栃原裕
本・文学と思想　日本全体主義国家への警鐘■武藤功『冤罪』……伊藤成彦
小説　〈完全犯罪〉の話……牧梶郎
小説　スクロールする日々……岬次郎
小説　サミルジョルの街角……金井英三

第32号（2006／7）

特集◆サバルタンへの視座

特集評論　サバルタンの闘争史としての『地上より永遠に』……ジグラー・ポール
特集評論　フィリピンで日本軍はいかに戦い敗れたか――大岡昇平『レイテ戦記』と『ミンドロ島ふたたび』を読む……牧梶郎
特集評論　地獄を認識せよ！しかし地獄を乗りこえよ――大江健三郎『万延元年のフットボール』をめぐって……山根献

小特集1　革命論の前線

小特集評論　「受動的革命」と現代――ノート22「アメリカニズムとフォーディズム」のための予備的覚書……小原耕一
小特集評論　日本共産党の新綱領論――「新しい左翼」政党への再生のために……武藤功
あしかび　シラク政権を後退させたフランスの若者の闘い……湯川順夫
あしかび　受諾の哀歌……中野信子
あしかび　岩波新書の新刊を読む……尾張はじめ

小特集2　天皇制コードへの異論反論

小特集評論　反天皇制の主体形成とはどういうことか――中野重治の作品を手がかりに……伊藤晃
小特集評論　天皇制廃絶へ向けた法の道は可能か――奥平康弘『「万世一系」の研究』に即して……神坂昇
本・文学と思想　ソ連・東欧の社会主義崩壊後の理論的摸索■岡本磐男『新しい社会経済システムを求めて』……島崎隆
本・文学と思想　すべてはここに始まった■大杉栄・山川均著／大窪一志編『アナ☆ボル論争』……牧梶郎
本・文学と思想　世界資本主義のなかでの日常生活を批判する■斉藤日出治『グローバル市民社会論序説――帝国を超えて』……山根献
本・文学と思想　労働戦線はいかにして強化できるか■四茂野修『甦れ！労働組合』……武藤功
小説　春の闘い……岬次郎
小説　或る男の話……牧梶郎

第33号（2007／7）

評論　恒久民族民衆法廷・フィリピンについての判決……（共訳）後藤彰彦、武藤功
評論　ころされてもなあ、わたしがまたすぐ生んであげるよ！――大江健三郎『同時代ゲーム』のなかの『沖縄ノート』……山根献
評論　自己を審判く――曽野綾子『沖縄戦・渡嘉敷島　集団自決の真実』を読む……中野信子
評論　神殺しとしての殺人――カミユ『異邦人』・正義なき正義の寓話……武藤功
評論　サバルタンによる恋愛革命――不倫の革新的意味……ジグラー・ポール
評論　伝統文化をどう継承するか――辻井喬が書いた三人――石田波郷・川田順・富本憲吉……尾張はじめ

特集◆宮本顕治氏を検証する

特集評論　わり算の文学……中里喜昭
特集評論　何が変わり変わらなかったか――処女作「『敗北』の文学」を読み直す……牧梶郎
特集評論　宮本顕治と武装闘争共産党との関係――中央レベルの活動をした証拠が語ること……宮地健一
あしかび　長崎テロルと市民力……中里喜昭

あしかび　「日本古代新史」――古田武彦を読んで……岬次郎
あしかび　三木清の暗さと戸坂潤の〝明るさ〟――思い出ボロボロ……後藤卓美
あしかび　「警察・検察の不法・横暴を許さない連帯を！」アピールについて……牧梶郎
評論　資源問題と民主主義……佐々木建
評論　私はキューバの真実にいかにして近づいたか……栗栖継
評論　濡れ鼠のフリードリッヒ――現代ドイツの演劇状況Ⅵ……照井日出喜
本・文学と思想　戦争という地獄めぐりからの反戦と愛の語り■小田実『終わらない旅』……武藤功
本・文学と思想　1960年代学生運動を総括する視点について■川上徹・大窪一志『素描・1960年代』……伊藤晃
本・文学と思想　持続可能な経済・社会システムへの改革■粕谷信次『社会的企業が拓く市民的公共性の新次元』……岡本磐男
本・文学と思想　〈愛〉の理念からの探求■村岡到『悔いなき生き方を可能だ――社会主義がめざすもの』……斉藤日出治
本・文学と思想　〝教育〟という視点からの考察■黒沢惟昭『人間の疎外を市民社会のヘゲモニー』……北方学
小説　惑い……牧梶郎

第34号（2008／7）

特集◆いま、なぜ沖縄か

特集評論　サバルタン沖縄――現代悲劇の断章……ジグラー・ポール
特集評論　「沖縄戦「集団自決」と「大江・岩波裁判」の一年――「合囲地境」下の軍命……柴田健
特集評論　隠れた構造としての「沖縄問題」――大江健三郎『沖縄ノート』から霜多正次『道の島』へ……山根献
特集評論　霜多正次の文学と思想における「ポストコロニアル」の位相……小原耕一
特集評論　いま、沖縄とは何か――「大江・岩波『沖縄ノート』裁判」が語ること……武藤功
評論　「社会主義」中国という隣人……加藤哲郎
評論　帝国・国民国家についての考察……三石善吉

小特集◆グラムシの可能性

小特集評論　グラムシはトロツキーを非難したのか？――「ボリシェヴィキ革命史をいかに書いてはならないか」への「前書き」の謎……西嶋栄
小特集評論　日本型受動革命からリアル・ユートピア・プロジェクトへ……土佐弘之
小特集評論　今なぜグラムシか？　現代の世界変革と切り結ぶ――グラムシ没後七〇周年記念シンポジウム・総括と展望……黒沢惟昭
評論　歴史認識をめぐっての課題……上原真
あしかび　狂気と正気とアウトロー――色川武大と阿佐田哲也を読む……尾張はじめ
あしかび　ますます荒廃する学校教育の現場から……永井俊策
あしかび　マルクス思想を蘇生させた市民社会論の真髄――『平田清明　市民社会を生きる――その経験と思想』を読む……丸山茂樹
あしかび　結社の自由と社会的市民性……石塚秀雄
あしかび　イタリア総選挙の結果を考える……小原耕一
本・文学と思想　事実立証に大きな成果■松村孝夫・矢野久編著『裁判と歴史学――七三一細菌戦を法廷からみる』……田口富久治
本・文学と思想　現代の罪業都市の恐ろしい物語■ロベルト・サヴィアーノ著／大久保昭男訳『死都コモラ』……武藤功
本・文学と思想　グラムシ市民社会論の理論的、実践的探究の視角
■黒沢惟昭『人間疎外と市民社会のヘゲモニー――生涯学習原理論の研究』……北方学
小説　不在の街……柘植由紀美
小説　胡蝶の夢……牧梶郎

第35号（2009／7）

追悼特集◆加藤周一を偲ぶ

特集評論　加藤周一氏を偲ぶ……田口富久治
特集評論　「旅人」としての加藤周一……藤井正
特集評論　戦時下のファシズム分析（序）――加藤周一・中村真一郎・福永武彦『1946・文学的考察』の射程……照井日出喜

特集評論　裸にして武装されざる人間の証言――戦争を怖るべきものと考えたであろうか……山根献

沖縄

評論　沖縄の地位――地政学的な問題の背景と今後の展開……ジグラー・ポール
評論　いま、亀次郎の怒りを聞く意味――『不屈――瀬長亀次郎日記』に即して……武藤功

アメリカ

評論　「変革」、オバマの約束……ジョーゼフ・ブッティジージ、(訳)小原耕一
評論　オバマさんのソフト・レボリューション――「黒人であること」の意味と変革の方向性……武藤功
評論　哲学者詩人ギーさんとの交流から考える……島崎隆
詩　平和省……ギー・クレキー、(共訳)森井香衣・今村三恵子、(協力)和久内明
論考　グラムシなら戦後天皇制をどう見るだろうか……伊藤晃
論考　グルンドリッセ(『経済学批判要綱』)執筆一五〇年後の今、マルクスを考える……エーリック・ホブスボウム、(訳)小原耕一
あしかび　泣かせる小説を読む――石田衣良・鷺沢萌・山田詠美の作品から……尾張はじめ
あしかび　アソシエーション社会の危機……石塚秀雄
本・文学と思想　二十一世紀の思想■伊藤成彦『ローザ・ルクセンブルク　思想案内』……中里喜昭
本・文学と思想　いま一度民衆のなかへ、そして民衆と共に■ジョン・ホロウェイ著/大窪一志・四茂野修訳『権力を取らずに世界を変える』……中川みのる
本・文学と思想　「社会主義」崩壊の原因を根本的に探求■黒沢惟昭『アントニオ・グラムシの思想的境位――生産者社会の夢・市民社会の現実』……北方学
小説　KASUGA　ハイツ……金井英三
小説　アフリカへ翔ける影……牧梶郎

第36号（2010/7）

特集◆沖縄と安保六〇年

特集評論　密約に見られる日米関係と吉田ドクトリン……ジグラー・ポール
特集評論　「沖縄問題」とは何か――日本より米国という「安保政治」の象徴的産物……武藤功
特集評論　アメリカニズムと情報戦……加藤哲郎
文芸評論　竹山広の沈黙……中里喜昭
文藝評論　「メイスケ母」の受難劇――大江健三郎にとっての沖縄……山根献
追悼評論　井上ひさし「笑い」という匕首……清水三喜雄
評論　マルクス・ラブリオーラ・グラムシの「再吸収」言説の謎
　――ラブリオーラ『唯物史観概説』を「社会革命の理論」として読む……小原耕一
評論　労働運動のないいまの日本でグラムシなら何を考えるだろうか……伊藤晃
評論　社会主義の崩壊、その再生への道――自分史のなかのマルクスとグラムシ……黒沢惟昭
評論　戦時下の「国民統合」――藤井忠俊『在郷軍人会』を読む……照井日出喜
あしかび　「新しい時代」に至る何本かの補助線……川上徹
あしかび　緑の野菜が意味するもの……中川璃々
あしかび　A・ワイダ『カティンの森』映評――何者かに行進を強制された人々の話なのか?……後藤卓美
本・文学と思想　合せ鏡がずれ落ちて■村上春樹『1Q84』……武藤功
本・文学と思想　全共闘運動とは何だったのか?■小熊英二『1968』……尾張はじめ
本・文学と思想　湛山思想の全体像に迫る■長幸男『石橋湛山の経済思想――日本経済思想史研究の視角』……岡本磐男
本・文学と思想　ホモ・ファーベルという言葉のアクチュアリティ
　■アドリアーノ・ティルゲル著/小原耕一・村上桂子訳『ホモ・ファーベル――西欧文明における労働観の歴史』……山根献
小説　変化への道程……岬次郎

小説　妻……橋本敏夫
小説　善意の共犯者……牧梶郎

第37号（2011／7）

特集◆東日本大震災と沖縄問題

特集Ⅰ　沖縄問題

特集評論　「県外移設」・「尖閣」・「ふるさと納税」――沖縄をめぐる三つのテーマ……新崎盛暉
特集評論　沖縄への「甘受」発言の精神的背景と日米同盟の深化……ジグラー・ポール
特集評論　沖縄と福島「被曝県」福島と「基地県」沖縄が語ること――「平和の核」神話の崩壊は「戦争の核」神話を崩壊させる……武藤功

特集Ⅱ　原発問題

特集評論　福島第一原発事故を機に原子力を考える……牧梶郎
特集評論　フクシマの核災害を考える……日野川静枝
特集評論　ドイツの脱原発運動……照井日出喜
特集評論　イタリアの国民投票について……石田泰
特集評論　イタリアにおける核エネルギーと原子力発電所……マッシモ・スマレ
アピール　「福島を救え」国民アピール――国の責任で一刻も早く放射能の垂れ流しを止めよ……「葦牙」の会・有志
文芸評論　どうしてこのような悲しみ方をするのか――大江健三郎と晩期カピタリスムス……山根献
文芸評論　カルヴィーノ文学の軌跡が示唆するもの……柘植由紀美
思想　プルードン思想の再審――プルードンと初期マルクスとの関係を中心に……小原耕一
思想　グラムシ・市民社会論の磁場――「国家の市民社会への再吸収」をめぐって……黒沢惟昭
思想　社会主義に未来はあるか――柄谷行人『世界史の構造』によせて……尾張はじめ
あしかび　名古屋で今なにが起こっているのか何が――河村庶民革命の後に来るもの……酒井浩朗

あしかび　A社で逢った人たち……岬次郎
本・文学と思想　沖縄解放への決意と情熱■大田昌秀『こんな沖縄に誰がした』……武藤功
本・文学と思想　沖縄人はゆすりの名人か■守屋武昌『「普天間」交渉秘録』……牧梶郎
本・文学と思想　独創性のある著作■長島誠一『社会科学入門』……岡本磐男
本・文学と思想　主体性論の一局面■ヴィクター・コシュマン著／葛西弘隆訳『戦後日本の民主主義革命と主体性』……後藤卓美

第38号（2012／7）

沖縄小特集　沖縄が変われば日本が変わる――何がいま普天間問題の焦点か……武藤功
沖縄小特集　日本外交の『第三の道』と沖縄……豊下楢彦
特集評論　科学者に社会的責任を自覚させるにはどうしたらよいか――池内了氏の意見を読んで考えたこと……佐々木建
特集評論　存在しない「領土問題」から考える……石塚秀雄
特集評論　『新たな福祉国家を展望する』によせて――社会保障基本法・社会保障憲章の提言を読む……尾張はじめ
あしかび　『中国嫁日記』に思う……白井重範
あしかび　ブックエンド……中川璃々
あしかび　レフト・フォーラムに参加して――「ウォール街を占拠せよ」反格差社会運動にもふれて……山田三喜雄
あしかび　五枝の松～海ぶどう――沖縄・久米島紀行……河津みのる
あしかび　岡田嘉子のこと……花村幸男
本・文学と思想　世界に悲惨をもたらした新自由主義
■ナオミ・クライン著／幾島幸子・村上由見子訳『ショック・ドクトリン――惨事便乗型資本主義を暴く』……牧梶郎
本・文学と思想　名古屋からの鋭い批判の眼■諏訪兼位他『伽藍が赤かったとき――1970年代を考える』……武藤功
本・文学と思想　言葉が意味を失ったときファッシズムがまっていた■鶴見俊輔『日本人は状況から何をまなぶか』……山根献

創作特集

小説　かみさんの地蔵……中里喜昭
小説　冬椿……木下正実
小説　断食住民……武藤功
小説　街と広場……柘植由紀美
小説　七星島……北山悠
小説　白いけむり……花朔太郎
小説　ホット・スポット……牧梶郎

第39号（2013／7）

特集◆総選挙後の日本を考える

特集評論　往復書簡◆今日の閉塞から明日の解放へ……武藤功、岡本磐男
特集評論　〈国家の理由〉と「三・一一後」の大江健三郎……山根献
特集評論　アベノミクスは国民の生活を犠牲にする……森本高央
特集評論　共産党の長期低落傾向を憂う――「老兵は死なず、ただ消え去るのみ」でいいのか？……牧梶郎
特集評論　橋下徹氏と日本維新の会――テレビが生んだ「おまかせファシズム」……野村喜一
特集評論　アドルノの『権威主義的パーソナリティ』――ファシスト的人格の根源……照井日出喜
特集評論　朴槿恵時代の韓国と社会運動の行方――再編成を迫られる社会運動……丸山茂樹
論考　朝鮮半島と沖縄県の危機――「誰も望まない戦争」の前夜……武藤功
読書ノート　「日本のヴォルテール」か「東洋のルソー」か――近代日本の進路と訳語をめぐって……小原耕一
論考　少年の孤独なたたかい――いじめ問題を考える……夏木颯人
論考　鈴木正、倚りかからぬ思想史研究者――自主性と独立心の思想史学……櫻井智志
論考　逆転する作家――カルヴィーノ文学とヴィットリーニ……柘植由紀美

論考　死と滅亡の思想または「ポラノン文化」――辺見庸私論……石井明美
追悼　平迫省吾さんを追悼する……山根献
あしかび　滅びに至るいま……中里喜昭
あしかび　左翼の誕生と衰亡……川上徹
あしかび　台湾紀行（抄）……河津みのる
あしかび　歴史的とはなにか――五都博物館巡り……石塚秀雄
あしかび　もしも、寅さんがいたならば……中川璃々
本・文学と思想　米国追随では日本は危ない■孫崎亨『戦後史の正体』……青木信夫
本・文学と思想　「福祉国家」のあり方を考える■聽濤弘『マルクス主義と福祉国家』……尾張はじめ
本・文学と思想　もう一つの社会主義は可能だ■デヴィッド・ハーヴェイ『資本の〈謎〉』……野村喜一
本・文学と思想　偏狭なナショナリストの本質を抉る書■武藤功・山根献・牧梶郎『石原慎太郎というバイオレンス』……然雄
本・文学と思想　戦後革命運動犠牲者への紙碑■渡部富哉『白鳥事件　偽りの冤罪』……中田建夫
小説　3・11ひとつの記憶……牧梶郎
小説　怒りの海……然雄
小説　交差……小林次郎
小説　鴨緑江……北山悠

第40号（2014／7）

特集◆行き詰まる資本主義と新しい社会――時代の閉塞とどう斬り結ぶか

特集評論　エコロジー的社会主義への展望……島崎隆
特集評論　「生産力」と「新しい社会」――素人の一考察――井汲卓一『変革の主体としての社会』を中心に……牧梶郎
特集評論　資本主義の衰退と新社会の建設……岡本磐男

特集評論　連帯の人間科学をめざして――グローバル資本主義に抗して……佐々木建
特集評論　社会主義の復権を目指して――現代日本の政治状況、思想状況の打開のために……野村喜一
特集評論　韓国の新たな動向――新政治民主連合と安哲秀代表のこと……丸山茂樹

小特集◆戦争をする国にしないために

小特集評論　安保不平等条約の解消が必須――辺野古問題の最良最短の解決のために……武藤功
小特集評論　集団的自衛権を考える……深草徹
小特集評論　「安倍総理の高らかな萬歳の姿勢」が意味するもの――「主権回復・国際社会復帰を記念する式典」をめぐって……西川伸一
小特集評論　尖閣軍事衝突と国民意識……石塚秀雄
論考　時によって磨滅することなき『戦後』をもとめて――黒井千次の『五月巡歴』（表題はプルーストの長編：日本語訳からの転用）……山根献
論考　魂に接するマナー――私の中の大江健三郎（その②）……石井明美
論考　宮崎駿『風立ちぬ』にみる虚構イメージのリアルな行方――宮崎駿の「思想」と「表現」はいかに結実したのか?……小山昌宏
論考　戦争が生んだ虚無観と、戦前回帰する日本を考える――大西巨人『精神の氷点』を読む……首藤滋
論考　レーニン「ヘーゲル・ノート」とグラムシ……小原耕一
論考　「マルクス主義の危機」をめぐる日本での論争――福本和夫を中心に……伊藤晃
論考　憧れの円本――『現代日本文学全集』と改造社〝山本実彦〟社長の功績……玉井裕志
あしかび　わが青春の白鳥事件――『白鳥事件偽りの冤罪』と『日本の黒い霧』……尾張はじめ
あしかび　不革命についての言い訳……白井重範
あしかび　検察の犯罪が暴かれた――袴田事件再審決定……金井英三
あしかび　開館一周年を迎えて……内村千尋
あしかび　インド遺跡への道……河津みのる
本・文学と思想　戦後思想を考える■吉田傑俊『丸山眞男と戦後思想』……尾張はじめ
本・文学と思想　教育は疎外を前提とするか■黒沢惟昭『人間の疎外と教育――教育学体系論への前哨』……柴田隆行

本・文学と思想　社会再生の鍵としての「実在社会」■大窪一志『自治社会の原像』……牧梶郎
本・文学と思想　白井聡『永続敗戦論』を読む■白井聡『永続敗戦論』……青木信夫
本・文学と思想　ドイツ左翼党――統一された左翼勢力■星乃治彦『台頭するドイツ左翼――共同と自己変革の力で』……照井日出喜
小説　「老い」のかたち……牧梶郎
小説　街と春の祭……柘植由紀美
小説　芥川の亡霊……然雄
小説　久々の遠足……志川修子
小説　黄昏に……北山悠

第41号（2015／7）

特集◆戦後七〇年をふり返る

特集評論　格差の表象と破局の予兆――ピケティ現象が語り出すもの……斉藤日出治
特集評論　無法の在沖米軍基地を追認した安保条約――民意を貫き安保政治から自主の政治へ……武藤功
特集評論　戦後労働運動「敗北」の総括……木下武男
特集評論　政府の憲法九条解釈の規範力――その確立過程を検証する……西川伸一
特集評論　戦後七〇年、大衆運動と横断左翼論――川上さんを偲んで……野村喜一
特集評論　「戦後の精神」の始まりの現象――『大江健三郎自選短篇』にみる小説の方法……山根献
特集評論　戦後七〇年の変質――実は「侮辱」の「戦間期」だった？（辺見庸と大江健三郎から）……石井明美
特集評論　政治の暴走・教育の破壊の阻止・転換――その「陣地戦」の構築を……黒沢惟昭
特集評論　中国民主化論の陥穽……瀬戸宏
評論　「物語」からはみ出す「私」とカルヴィーノ文学の軌跡……柘植由紀美
評論　諷刺の限界とはなにか……石塚秀雄

評論　憲法9条にノーベル平和賞を……石垣義昭
評論　蔡元培の学問観――科学史家の視角から……山口直樹
あしかび　自主管理に魅せられた四五年間――未来体制への展望……津田直則
あしかび　砂漠のブルース……中川璃々
本・文学と思想　ロシア革命と新しい文明への挑戦……小原耕一
本・文学と思想　日本国憲法の回復を■矢野宏治『日本はなぜ「基地」と「原発」を止められないのか』……青木信夫
本・文学と思想　暗殺事件の系譜■ジェイムズ・ダグラス『ジョン・F・ケネディはなぜ死んだのか』……尾張はじめ
本・文学と思想　経済発展の原動力としてのクリエイティビティ
■リチャード・フロリダ『クリエイティブ資本論』『新・クリエイティブ資本論』……牧梶郎
小説　玄さんとヒョンミと……北山悠
小説　対峙の日々……河津みのる
小説　「自分史としての戦後七〇年」……牧梶郎
小説　許されぬ過ち……然雄

第42号（2016／7）

評論　記憶と記録のあいだ――安倍政権下の「真理省」的状況を憂える……西川伸一
評論　人類と被爆者の願望に応え得るか――核政策の矛盾の中のオバマ広島訪問……武藤功
評論　新自由主義の継続か、社会的経済への大転換か？――総選挙後の韓国の政治と社会運動の動向……丸山茂樹

特集◆〈中国問題〉百花斉放・百家争鳴――中国はどこに向かっているのか

特集評論　高成長路線からの転換（新常態）は現代中国に何を問いかけているのか？……平田芳年
特集評論　中国とどう向き合うか……大畑龍次
特集評論　現代中国資本主義論序説……野村喜一

特集評論　中国における人権問題の最近の動向――二〇一五年頃の刑事拘束を中心として……高橋孝治
特集評論　第五回日中社会主義フォーラムを開催して……瀬戸宏
評論　自由の神話作用と資本主義――新自由主義の根源へ……斉藤日出治
評論　国家と市場と社会……石塚秀雄
評論　グラムシ「市民社会」論を考える――ブラヴォイ論文を手がかりに……小原耕一
評論　戦後七〇年は変質ではない――流砂に足を掬われながら……石井明美
評論　戦前期における丸沢常哉の科学技術思想――植民地科学史研究の観点から……山口直樹
本・文学と思想　天皇は民主主義者か■伊藤晃『「国民の天皇」論の系譜』……尾張はじめ
本・文学と思想　ソ連史への新たな一視点■テリー・マーチン『アファーマティヴ・アクションの帝国』……山﨑耕一郎
本・文学と思想　『時ならぬマルクス』の読後感■ダニエル・ベンサイド『時ならぬマルクス』……野村喜一
本・文学と思想　中東情勢解説書五冊の読み較べ――領域国民国家の行方はどうなるのか……青木信夫
あしかび　「自主と共同」に至るまで……中里喜昭
あしかび　なぜ今でも中国か……牧梶郎
あしかび　「ヒーローズ」……中川璃々
あしかび　おのれ自身を知れ……山根献
小説　大同江へ……北山悠
小説　街と破壊される街……柘植由紀美
小説　デモ・キス……高見正吾
小説　みんないなくなった……志川修子
小説　いそぎすぎた別れ……然雄

第43号（2017/9）

特集◆ロシア革命一〇〇周年とトランプ米大統

特集評論　ロシア革命一〇〇周年に革命を考える……牧梶郎
特集評論　ロシア革命――革命の墓掘人スターリン……野村喜一
評論　「アベノ人事」を検証する――異例の人事はこうして行われた……西川伸一
評論　歴史が歪曲される前に――憲法九条は最後の防波堤だ……石井明美
評論　藤子・F・不二雄SF短編から見る天賦人権論への疑義
――「法と文学」を転じて「法とマンガ」という研究領域の可能性……高橋孝治
評論　ある画集に見る親子の挫折……夏木快人
評論　西光万吉とベンヤミンにおける思想の比較研究――田中愛子の絶筆の詩「今、光っていたい」の思想をてがかりに……山口直樹
評論　世界を束ねる――チェーホフからカルヴィーノへ……柘植由紀美
評論　地球一周の船旅・一〇五日間体験記――ピースボートの奇妙な魅力……島崎隆
評論　トルコ世界遺産めぐり紀行（一）……河津みのる
本・文学と思想　二〇世紀の生きた民衆史■小熊英二『生きて帰ってきた男――ある日本兵の戦争と戦後』……青木信夫
本・文学と思想　歴史のエピソードに埋没する非歴史的ロシア革命史■池田嘉郎『ロシア革命――破局の8か月』……野村喜一
本・文学と思想　作家同士の真剣勝負■川上未映子・村上春樹『みみずくは黄昏に飛び立つ』……尾張はじめ
あしかび　緑色の雌牛天翔る馬……中里喜昭
あしかび　北朝鮮の核幻想――トランプも安倍も同じ穴の狢……武藤功
あしかび　音楽における変節とは何か――ボブ・ディランのノーベル文学賞受賞によせて……尾張はじめ
あしかび　「社会主義」思想の深化と死語化の間……然雄
小説　海の街……北山悠
小説　留守番……志川修子

小説　大人の童話はな子さん……石垣義昭
小説　美しき障害者……然雄

第44号（2018／9）

特集1◆日本と東アジアの今

特集評論　米朝核戦争のトランプ的展開――戦争ゲームは平和と連結できるか……武藤功
特集評論　「明治一五〇年」批判の立場について……伊藤晃
特集評論　「僕らの村」（日本国憲法）……石垣義昭
特集評論　「働かざるもの食うべからず」考……石井明美
特集評論　歴史的転換をみせる朝鮮半島と日本……大畑龍次
特集評論　台湾における原爆開発の試みとその挫折――蒋介石親子の夢と核科学者たち……山口直樹
特集評論　「アジア的復古」を考える――石井知章氏の所説に関して……瀬戸宏

特集2◆現代に生きる左翼思想

特集評論　「陣地戦」は現代にも通用するか……小原耕一
特集評論　ホブズボームのグラムシ論を批判的に読む――補助線としてのトロツキーとロシア革命……森田成也
特集評論　マルクス主義の再生めざして――ベンサイド著『時ならぬマルクス』を読む……竹下睿騏
特集評論　ハンナ・アーレント『全体主義の起源』と川上徹『終末日記』……野村喜一
評論　小林多喜二文学からみるプロレタリア文学……然雄
評論　危機の共通の認識、そこから……奥井武史
評論　『民主文学』四月号問題とは何だったのか――終刊にあたって『葦牙』創刊と継続の意味を振り返る……牧梶郎
評論　あったか南の楽園――宮古島かけめぐり紀行……河津みのる
あしかび　煙草を吸ってもいいですか……青木信夫

あしかび　いつも音楽があった……エンゲル大宮
あしかび　『葦牙』の思い出……山口直樹
本・文学と思想　マルクス主義は敗北したか
■エリック・ホブズボーム著／水田洋監訳／伊藤誠ほか訳『いかに世界を変革するか――マルクスとマルクス主義の二〇〇年』……尾張はじめ
本・文学と思想　マルクス主義復権への書■大西広『長期法則とマルクス主義――変革の指針としてのマルクス主義』……牧梶郎
本・文学と思想　透徹した見方で近代日本一五〇年を批判的に総括した優れた科学技術史の書
■山本義隆『近代日本一五〇年――科学技術総力戦体制の破綻』……山口直樹
小説　街ともうひとつの街……柘植由紀美
小説　大赦令ニ依リ赦免セラル――詩集を知らない詩人　平沼東柱の青春の蹉跌……金井英三
小説　ハンナ・シュミッツの告白……首藤滋
小説　新しい職場……志川修子
小説　失踪の果て……北山悠

編集後記

▼今年の夏は「命にかかわる」酷暑が続いたり、大雨の被害が各地で頻発し、台風も常になく多く発生したりで、あまり例のない異常で長い夏だった。異常気象は世界各地でも頻発し、地球規模で気候変動が生じているのは誰の目にも明らかになっている。その点では、超大国アメリカがパリ条約から離脱している現状はもっと非難されてしかるべきだろう▼先の自民党総裁選では安倍晋三が三選を果たし、しばらくは安倍政権が続くことになる。その安倍は総裁選でも改憲への意欲を語っており、秋の臨時国会への自民党案の提出は必至となっている。その改憲案は九条に自衛隊の存在を書き込むという姑息なものであるが、それを許す保守本流の劣化を嘆く前に、何よりも護憲・創憲勢力の総結集が求められる。当分は憲法問題から目が離せない▼この安倍政権を「終わりの始まり」とするためには、九月三十日に投開票が行われる沖縄知事選が肝要となる。その知事選は翁長前知事の死去により早まったが、本稿執筆時点ではまだその帰趨はわからない。沖縄の知事選ではあるが、本土の人間も安倍政権の存続を望まない以上は、オール沖縄候補の勝利に向けて手を貸すことが求められている▼三十四年続いた『葦牙』も今号をもって終刊となる。その覚悟をもって『葦牙』全てのバックナンバー一覧を用意した。また届いた原稿はもともと全て載せるつもりでいたのだが、期せずして「日本とアジアの今」と「現代に生きる左翼思想」という最後にふさわしい特集を組むことができた。さらには「あしかび欄」（随想）も「本・文学と思想」（書評）も従来通りの形式と質とを保持できた。原稿を寄せていただいた執筆者各位に謝意を表したい▼『葦牙』を本当に終刊としていいのか、については迷いはあったし、もう少し頑張れなかったのか、という思いは残る。しかし第一次同人が第一線からいなくなる現実を考えれば「老兵は消え去るのみ」でいいのではないか。もし将来において、若い世代が『葦牙』精神の継承を志し、復刊が実現するようなことがあれば、それは望外の幸せということになろう。（M・K）

直接購読について

◇本書はなるべく書店でお求め、またはご注文下さい。お近くに書店がないなど、やむを得ない場合は小社か「葦牙」の会に直接ご注文下さい。
◇直接ご注文の場合は年間購読をおすすめします。年間購読は料金前払い、送料は当方負担となります。
◇ご送金は郵便振替か、現金書留でお願いします。なおご注文の際には、住所・氏名とともに、何号からのご購読かを明記下さい。

葦牙

第四十四号

定価（一八〇〇円＋税）
二〇一八年十月三十一日発行

編集　「葦牙」の会（代表　山根　献）
〒一〇一―〇〇六五
東京都千代田区西神田一―三―六
山本ビル五階　いりす内
電話〇三（五二一四）五四三三
郵便振替 00120-9-187484「葦牙」の会
E-mail : irispubli@jewel.ocn.ne.jp
URL : http://www.ashikabit.com/

発行　株式会社　同時代社
〒一〇一―〇〇六五
東京都千代田区西神田二―七―六
電話〇三（三二六一）三一四九